中青文库

本书得到中国青年政治学院出版基金资助

鲁迅：中国现代媒介批评的开拓者

宋双峰 著

中国社会科学出版社

图书在版编目(CIP)数据

鲁迅：中国现代媒介批评的开拓者/宋双峰著 . —北京：中国社会科学
出版社，2013.8
ISBN 978 - 7 - 5161 - 2972 - 2

Ⅰ.①鲁… Ⅱ.①宋… Ⅲ.①鲁迅著作—文学研究
Ⅳ.①I210.97

中国版本图书馆 CIP 数据核字(2013)第 155844 号

出 版 人	赵剑英	
责任编辑	李炳青	
责任校对	王雪梅	
责任印制	张汉林	

出　　版　中国社会科学出版社
社　　址　北京鼓楼西大街甲 158 号（邮编 100720）
网　　址　http://www.csspw.com
　　　　　中文域名:中国社科网　　010 - 64070619
发 行 部　010 - 84083685
门 市 部　010 - 84029450
经　　销　新华书店及其他书店

印　　刷　北京市大兴区新魏印刷厂
装　　订　廊坊市广阳区广增装订厂
版　　次　2013 年 8 月第 1 版
印　　次　2013 年 8 月第 1 次印刷

开　　本　710×1000　1/16
印　　张　23.5
插　　页　2
字　　数　386 千字
定　　价　58.00 元

《中青文库》编辑说明

　　中国青年政治学院是共青团中央直属的一所普通高等学校。它于1985年12月在中央团校的基础上成立，经过二十多年的发展，目前已形成了包括本科教育、研究生教育、留学生教育、继续教育和团干部培训等在内的多形式、多层次的教育格局。与其他已有百年历史的高校相比，中国青年政治学院进入国民教育序列的历史还显得比较短。因此在高等教育跨越式发展的浪潮中，尽快提高学校的教育教学与学术水平就成为学校建设与发展的关键。2002年，学校制定了教师学术著作出版基金资助条例，旨在鼓励教师的个性化研究与著述，更期之以兼具人文精神与思想智慧的精品的涌现。出版基金创设之初，有学术丛书和学术译丛两个系列，意在开掘本校资源与迻译域外菁华。随着年轻教师的剧增和学校科研支持力度的加大，2007年又增设了博士论文文库系列，用以鼓励新人，成就学术。三个系列共同构成了对教师学术研究成果的多层次支持体系。

　　十几年来，学校共资助教师出版学术著作近百部，内容涉及哲学、政治学、法学、社会学、经济学、文学艺术、历史学、管理学、新闻与传播等十多个学科。学校资助出版的初具规模，激励了教师，活跃了校内的学术气氛，也获得了很好的社会影响。在特色化办学愈益成为当下各高校发展之路的共识中，2010年，校学术委员会将遴选出的一批学术著作，辑为《中青文库》，予以资助出版，用以对本校教师学术成果的集中展示，第一批共十六本出版后，有力地激励了本校教师的科研热情，也在学术界和社会上产生了很好的反响。本辑共推出六本著作，并希冀通过这项工作的陆续展开来不断突出学校特色，形成自身的学术风格与学术品牌。

在《中青文库》的编辑、审校过程中，中国社会科学出版社的编辑人员认真负责，用力颇勤，在此一并予以感谢！

中国青年政治学院科研处

序:鲁迅的媒介观及历史探索

"五四"运动前后,我国社会思潮风起云涌,政治与文学类报刊顿时激增,电影也开始登上文艺舞台。作为文学家、思想家的鲁迅利用报刊指陈时弊,评判思潮,成为杰出的社会批判者。没有他不涉及的领域,没有他不关注的民瘼与国家命运,对报刊、书籍与电影干预生活的错谬,更是发出犀利的批判。他的媒介批评活动在中国思想史上留下一道闪电,他的媒介思想在报刊界独树一帜,但自 20 世纪 30 年代,学界对此始终没有系统、全面的总结。

1977 年方汉奇教授的《鲁迅对某些报刊的批判》、1979 年古远清的《鲁迅与电影》、1984 年王得后的《鲁迅的电影批评》、1986 年吴海民的《鲁迅对新闻失实的批判》、2005 年胡正强的《鲁迅的新闻批评实践及其思想论略》、2006 年雷跃捷、傅蕾的《论鲁迅的媒介批评》和山东大学赵鹏博士的论文《鲁迅与中国电影批评范式的双轨解读》等论文与文章,无疑具有学术开创意义。但这些论文与文章只对鲁迅媒介批评的某个方面给予总结,对他的另外批评领域却少有涉及,宋双峰的《鲁迅:中国现代媒介批评的开拓者》一书,是我国第一部全方位研究鲁迅媒介批评的力作,第一次撰述出媒介批评人物史的专著。

宋双峰博士在攻读博士学位期间,以探讨鲁迅的媒介批评作为主攻方向,经过近两年的努力完成了这部书稿,填补了我国鲁迅研究在媒介批评方面缺少系统成果的空白,付出的艰辛是可想而知的。因为读完 33 卷、1500 万字的鲁迅全集需要多少日日夜夜且不说,就是缕析全部鲁迅研究资料也需煞费苦心,更何况鲁迅的媒介思想植根于复杂的社会背景,历史面目往往被扭曲的倒影所遮掩。

以 21 世纪的视角审视旧中国时代的思想大家,以媒介批评理论分析鲁迅的传媒思想,在媒介批评学尚处起步阶段的今天,这一探索自然有相当的难度。从最后杀青的书稿看，作者揭示了鲁迅在中国现代媒介批评史上的开拓作用，酣畅的笔墨多有精深的分析。全面反映鲁迅当时的批判思想，寻其在中国媒介发展史上的地位，是本书立论的基点。整部书稿由此演绎开来，对读者认识鲁迅在中国媒介发展史上的特殊贡献，打下明晰、深刻的印记。

在很多人眼里，鲁迅是一个严肃的文学家，一位拿着标枪的思想勇士，但他又是一位热忱的报刊家和一个"不折不扣的老影迷"。作者在书中介绍和分析了他与媒介的神交：晚年迷恋电影，不亚于书瘾和烟瘾；许广平说，他一生最奢华的事情，就是坐汽车、看电影。鲁迅非常喜欢看广告，常把剪下的广告分类，作为写作的素材。他对资本家在广告上的不择手段、对财色的迷恋和报刊对钱袋的依赖，都一一做过批判。他认为，刊登广告是一件严肃的事，对产品的宣传应诚实可信，他亲自操刀写了不少书刊广告。周建人的长女周晔曾用"批评的灵魂和报纸的躯壳"概括她的伯父，在一定程度上是贴切的，因为鲁迅在书局与报刊版面上奋其一生，始终以文字献身民族解放的崇高事业。

本书作为一部长篇传记性批评史著，以鲁迅为主线，再现了报刊上各种人物的搏杀，构建了媒介批评的恢弘图景。历史虽不可复原，绝对客观也令史家笔墨举步维艰，但如果没有对事件的客观描述，史著就没有任何价值。在作者笔下，鲁迅传播新文化的信念，常以批评家的高瞻远瞩审视媒介和媒介制度，抨击南京政府的"文禁如毛"。他对言论思想专制，一再发起冲锋，丝毫没有退缩过，这是他最宝贵的笔墨原则和媒介精神。

一个时代有一个时代的媒介问题，它们往往成为思想界种种纠结的缘起，研究媒介史不仅要寻求对媒介特定问题的认识，还要再现媒介批评者的身世、奋斗和追求，系统总结批评家的思想轨迹。本书自然有两种视角，即不仅瞄准宏观层面，分析当时的传播制度，也总结微观层面——对报刊、书籍、电影和广告的内容做出缕析，诠释鲁迅媒介思想的价值。这两种视域往往相互交叉，融合在一起，成为该书的主线。

历史上的鲁迅是一个客观存在，他的历史面貌是无法改变的。他与左翼电影之间的同路与疏离，对好莱坞电影"文化侵略"的认识，对上海小报的喜爱与批判等，本书都有独到的剖析。对鲁迅思想与话语的评价，历来学术界纷争不休：鲁迅与自由主义、鲁迅与左联、鲁迅与各党派的关系等，多学科的研究者各有歧说。虽然王富仁先生呼唤"回到鲁迅那里去"已经多年，但如果隔着价值和思维方式的樊篱，又怎能回到鲁迅那里去？今天人们对鲁迅的思考，对鲁迅的判断，都强调不可能不受当前文化环境的制约，难以摆脱历史人物研究的当代性。但作为一部史著，重要的是写出确切的史实，结论只能从史实中概括出来，而不是适应环境的需要，曲笔应景，把史实当做万花筒般变来变去。

对史料的认识及处理，应反映史学本身的演进法则，忠于历史是史家的最高研究准则和职业道德。但许多史家忽视史实的全面介绍，而本人的归纳和分析却占据文本的绝大部分，阅后根本看不到历史画面和历史人物的语言。这不是在写历史，而是在厨房里精心地为菜肴添加作料。用当代人的眼光看待历史是无可厚非的，但任何历史都是实际的存在，不会依照史家的立场而改变原貌。历史的真实不是史家的"解读"，更不应依据当代视角来解读，而应依据丰富的史料和客观精神还原真相。

该书为避免"史学当代化"，尽量对历史人物说过的话做更多的引述，对鲁迅如何批评媒介、他的批判思想有何价值，力求做出客观评析。著者既追求"真"字，又达到"取景"全面，体现治史的圭臬。所谓"所有历史都是当代史"，不过是泯灭史学客观性和真理性的托词，一旦人们察觉到史家的叙事包含虚构，他的整个史著就一钱不值了。

历史已经尘封，后人只能从史料中观察、理解历史，史著提供全面、准确的史料才能再现真理。真理与历史表现之间的关系，正在于史料的全面性与真实性，为读者奉献出这样的史料，多数读者就能正确地了解历史、认识历史。编纂史著坚守"史料第一，分析第二"的原则，才是尊重历史，忠于读者。本书以大量史实证明，媒介批评是政治的发微，社会道德的武装，人文浸润的硕果，在鲁迅媒介批评的实践中，读者看到的正是这种历史真实和历史真理。

在思想斗争最激烈的时代，传媒业确实是一条文化与政治战线，媒介批评同这条战线相随相伴，难以回避对当权者的讨伐，出现尖锐炽烈的斗争也不是什么梦魇。鲁迅的媒介批评经常在这条战线上呐喊，充满唇枪舌剑的呼啸，为今天的传媒人了解媒介提供了生动范例。这些带火药味的史实，今天年轻一代传媒人闻所未闻，见所未见。本书把它写出来，不仅是为了回归历史，而且是为了引起读者有益的思考。我想，这就是本书最大的价值。

刘建明

清华大学新闻与传播学院教授

2011 年 12 月 6 日于清华大学宏盟楼

目　录

第一篇　绪　　论

第一章　研究缘起

在源远流长的中国学术文化史上，出现过三个广开风气、思想活跃、大师群起的"诸子百家"时代。[1] 第一次出现在先秦的春秋战国时期，形成了中华文化的元典，奠定了中华民族几千年发展的基脉。至宋明时期，诸子竞胜、百家争鸣的时代再次复兴。降至近现代，中国遭受列强凌侵，民族危机空前，西学东渐，形成中国学术思想史上第三次众说竞胜的高潮。在中西文化急剧冲击与交融的大潮下，现代成为中国文化发展史上承前启后的时代，也是中国传统文化转型的时期，出现了一批星河璀璨的思想大家。他们鲜明的学术个性和独具魅力的人品文章，广开风气之先。鲁迅（1881—1936）就是其中独具特色的一位。

与此同时，真正意义上的媒介批评开始出现。[2] "五四"运动前后，政治类报刊增多，各种社会思潮风起云涌，新闻学术期刊先后诞生，为媒介批评的深入开展创造了前提，提供了园地。五四时期也被誉为"中国现代媒介批评的诞生期"[3]。当时政局动荡，思潮迭起，媒介批评互相攻击，成为思想斗争的一面镜子。新旧共存、争斗、交替，中西碰撞、排斥、融合，加之时局变动激烈，军阀割据，政党纷争，媒介由此呈现出十分复杂的面目。

对于现代中国的知识分子而言，媒介作为一种现代社会的制度性设置，为他们提供了以言报国的广阔舞台。现代知识分子与媒介空间的共舞，加速了公共舆论空间的形成，也促进了媒介批评的开展。他们对媒介的关注、批评，同样通过报刊、书籍等媒介载体出现在民众的视

---

① 张岱年：《国学大师丛书·总序》，百花洲文艺出版社1997年版，第1页。

② 刘建明：《媒介批评通论》，中国人民大学出版社2001年版，第28页。

③ 张慧玲、任东晖：《五四时期——中国现代媒介批评的诞生期》，《湖南大众传媒职业技术学院学报》第6卷第6期（2006年11月），第82页。

野中。

如果从这个角度来审视,作为文学家、思想家的鲁迅,更多的是扮演了一个媒介者的角色。他一生与媒介关系密切,无论是报刊出版,还是电影广告,抑或是书报审查制度,这位新文化运动的扛鼎者,以媒介为阵地,指陈时弊,评判得失,同时,也在丰富的媒介实践中,提出了自己对媒介的独特看法和犀利评判。

然而,无论是对中国现代的媒介批评,还是对鲁迅的媒介批评思想,目前学界都缺乏更多的关注和研究。虽然我国是世界上报纸历史最悠久的国家,新闻活动与媒介批评的同源性特点使其在漫长的新闻事业发展过程中,积累了丰厚的媒介批评的理论资源。但长期以来,媒介批评始终无法摆脱新闻传播实践的附庸和新闻理论的婢女的地位,而且学科建设还很薄弱的媒介批评领域,媒介批评理论、史和实务的建构都还远远没有成型,对此关注就更为寥寥。因此,在一些人的印象中,一直以为中国现代媒介批评实践及其理论建设是零星断爪,不成体系,缺少这方面的专文、专著。

而对于鲁迅的新闻思想,翻阅《中国大百科全书(新闻出版卷)》、《新闻学简明词典》等新闻学辞书,就会发现学界并没有把鲁迅纳入研究的视野。其实,相对于其新闻思想来说,鲁迅的媒介批评思想内容更为丰富,因为他在本质上是一个批评家。特别是鲁迅的新闻批评,是其媒介批评思想重要的组成部分。鲁迅在新闻批评方面所花费的精力和笔墨甚多,除此之外,对电影、广告等新媒介也有独到的看法。他倡议编辑的《萧伯纳在上海》在中国现代媒介批评史上具有开拓性的意义。而目前研究者对此的关注还比较薄弱。

媒介批评是对大众传媒得失利弊的分析和指陈,是对传媒系统及其各要素的状态与运作的评价,在本质上是一种价值的判断。凡是对媒介的论述(无论正面、负面)均属于媒介批评的范畴。媒介批评,与新闻理论、新闻史不同,它是对媒介的一种评价和分析,媒介批评研究,是对媒介批评思想、理论、方法发展过程的研究和阐述。因此,本书并非主要研究鲁迅的思想发展过程,也非研究鲁迅关于编辑出版等的基本思想,而是从媒介批评这个层面,研究鲁迅对媒介、媒介制度的现状及其运作做出的批评。这些批评,大部分是结合其丰富的媒介实践而提出来的,既包括正面的、肯定的,也包括否定的、批判的,为中国现代媒介批评的发展起到了重要的开拓作用。

　　自中国现代真正意义上的大众传媒出现后，在动荡纷争的时局下，媒介活动呈现出复杂难辨的面貌。它与中国社会、历史的发展紧密绞合，既彼此促进，也互相制约，有过沉痛教训，也取得过巨大功绩，给中国社会、文化的发展带来重大变化。以今天的视角再次去审视半个多世纪之前的现代思想大家鲁迅如何评价媒介，从批评的角度来认识媒介及人类的传媒思想，将给当今的传媒人带来新的观念冲击。媒介给人类带来的福音与残害让人掩卷深思，也让人从中汲取经验和教训。这是本书写作的主要目的。而21世纪E时代的情境下，关于鲁迅的批评与反批评，网络鲁迅的兴起，以及鲁迅独立自由的批评精神在当今社会的深远影响也值得我们进一步关注。

第二章 选题背景及意义

本选题涉及媒介批评和鲁迅研究两个方面。在媒介批评方面，目前学界对中国本土媒介批评思想史的研究，还处于起步阶段。虽然相关研究和实践渐次升温，但对国内外媒介批评思想缺乏必要的梳理和总结，媒介批评学的本土化基础也未能夯实，理论研究方面还存在许多空白点。如前所述，中国真正意义上的媒介批评出现于现代，而目前国内对此研究不多。以一种历史的眼光，去考察中国现代媒介批评思想，探寻现代知识分子的代表人物鲁迅的媒介批评的思想与实践，对丰富我国今后媒介批评的理论研究，创建媒介批评的中国学派，大有裨益。

其次，在传媒业迅猛发展的今天，业界也暴露出许多长期以来沉淀下来的积习。其实，许多通弊，在20世纪的现代中国就已经存在了。任何一门学科，不仅要致力于认识自己研究的对象，还要多关注旁人对自己的批评。英国历史学家巴勒克拉夫（1987）在《当代史学主要趋势》中指出："社会科学当前最明显的缺点是缺乏时间元，缺乏深度，这种深度不可能产生于对社会作静止的研究。只有研究社会在连续不断的变化中呈现自己的各种力量的动态格局，才有可能达到一定的深度。"对中国现代媒介批评的讨论，还可为我们对当代媒介的认识多提供一个历史坐标。

在鲁迅研究方面，研究工作已经开展了80多年，成果颇丰。因此，笔者在写作前征求了北京鲁迅博物馆馆长孙郁老师（现为中国人民大学文学院院长）的意见，他肯定了本选题的创新性，认为鲁研界至今还没有人系统地做过这方面的研究。因此，本选题在国内媒介批评研究和鲁迅研究方面，均有一定的学术价值。

如何辩证地、历史地看问题，客观而公正地评价鲁迅有关对媒介的论述和鲁迅思想对媒介的影响，是一个极为重要的课题。但为什么鲁迅的媒介批评思想一直没有受到研究者的关注，却是值得我们思考的话题。因为这个题目的跨学科性？抑或对鲁迅利用媒介的工具性的认识遮蔽了其媒介批评的锋芒？还是与其文艺批评相比，媒介批评显得无足轻重？总之，在鲁迅研究开展了80多年的时间里，在对鲁迅某些领域的研究有过度阐释之嫌的状况中，学界对鲁迅媒介批评思想实在是有些漠视了。也许，许多研究鲁迅的人，大都从文学的角度来考察衡量，因而忽视了对其媒介批评思想的研究。现在让我们换一个观察方位，从新闻、从媒介批评的角度来对鲁迅进行研究，就会发现鲁迅一生中最敏感的新鲜思想，有相当一部分可以说是受新闻的启发、跟着新闻一道前进的，许多杂文中闪光的、有着深邃思想内涵的语言，也常常和媒介批评交融在一起。

人云：初学三年天下无敌，再学三年寸步难行。在阅读了大量关于中国新闻史、报学史、现代思想史和各类报纸杂志、鲁迅全集、传记后，才发觉这个专题的博大精深，要写得有深度、有厚度实属不易。写作主要难点有三：

一、如何真正全面地把握鲁迅的思想实质与精神风貌，如何全面地认识媒介文化在现代社会生活中的作用。历史上的鲁迅是一个客观存在，他的历史原貌是无法改变的。保持客观、冷静、公正的研究态度和开阔的思维、辩证的分析态度是深入探讨的前提和保证。比如鲁迅与左翼电影之间的同路与疏离，鲁迅对好莱坞电影"文化侵略"的认识与"拿来主义"的观点，鲁迅对上海小报的喜爱与批判，等等。只有把鲁迅还原到他"自己"，把这些现代媒介文化现象，放在历史的长河中去分析，才能对此做出公正的评判。

二、如何用科学的眼光来审视和分析前人的研究成果。纷繁复杂的历史现象总是扑朔迷离，使人难以一辨真伪。种种批评与反批评，谩骂与争论，如果不厘清历史背后的真相，而只是就事论事，囿于表面的见解，难免会失之毫厘，谬以千里。特别是在诸如鲁迅这样的思想大家上，对他的某些思想、话语，至今都纷争不休：鲁迅与自由主义、鲁迅与左联、鲁迅与各党派的关系，等等。在为写此书而阅读前人研究成果的过程中，笔者的感受非常复杂：一方面感激多年来前人对资料的收集，使一切后来者都可以顺利地直接进入研究而免去收集资料之苦；另一方面却深感资料与研究成果之间存在的沟堑，大量新成果为一些被超越的结论反复诠注。虽然王富仁先生呼喊"回到鲁迅那里去"已经多年，但如果隔着价值和思维方式的樊篱，又怎么能够回到鲁迅那里去？

而涉及媒介批评方面，一些论文仍然在炒 30 年前方汉奇先生的冷饭而没有丝毫新意，或者只是摘抄鲁迅语录而在兜售着自己的新闻观。许多研究鲁迅的文章，实际上也是引用鲁迅的某些词句而删掉、忽略或未透彻理解鲁迅其他的重要论述。这种误读极为普遍，对此在天堂的鲁迅恐怕只能汗颜。而这种注经式研究的聚焦，也虚化或遮蔽了对学术真问题的探讨。但今天我们对鲁迅的思考，对鲁迅的评价，对鲁迅的判断，却是发生在现时现刻。我们是在这样的地方、这样的时代来谈鲁迅。我们每个人对鲁迅的评价都不可能不受到我们当前的生存环境、文化环境的制约。这就是历史人物的客观性和历史研究的当代性。

三、综述评析类文章，很容易陷入"食他人冷饭"的困境。况且对鲁迅的研究俨然已成显学，研究成果可谓蔚为大观。虽然这是个全新的话题，但要在这上面有所超越，也是有相当难度的。在本书中，笔者希望虽然不能完全言人所未言，但求能尽一己之力，见人所未见，说些新鲜话。前辈学者曾说过："板凳要坐十年冷"，意思是说研究要从真正读原始资料做起，下功夫占有资料，论从史出，同时融进中外文化的新见。这是做研究的正路。假如仅仅依靠一个外国理论的体系，或者拼凑一个自设的理论框架，再去寻找有用的材料，这就已经有了问题。本书在写作中，也希望能论从史出，字字都有出处，下笔慎之又慎，但毕竟自己才疏学浅，粗陋、错误之处在所难免，还希望专家、学者能多加指正。

因此，本书试图在一个历史时空的坐标上，阐述鲁迅在媒介批评方面的思想和实践，并与梁启超、李大钊、胡适等人的媒介批评思想相对比，指出鲁迅在中国现代媒介批评史上所应具有的开拓性地位和意义，为促进和发展我国媒介批评的学科建设，提供丰富的历史资源和新的视点。书中还辨析了有关媒介批评和媒介史上的一些疑难问题，具有一定的创新性。

第三章　文献综述

由于选题涉及媒介批评和鲁迅研究两个方面，是个交叉学科的研究。所以在此把这两方面的研究情况做一综述。

在媒介批评方面，2011 年刘建明主编的《中国媒介批评史》问世，这是 2007 年出版的《西方媒介批评史》一书的续篇，对中外媒介批评的发展给以全面的总结。2007 年是媒介批评理论与实践在中国发展的重要节点，雷跃捷的《媒介批评》一书对中外媒介批评的理论与实践进行了很好的阐释；同年在珠海举办的首届媒介批评国际学术论坛对媒介批评学科的建设与发展起到了积极的作用。在此前后，清华大学、北京大学、复旦大学、暨南大学、人民网等多所研究机构和媒体都对媒介批评给予不同侧面的关注。

不过，媒介批评研究在中国内地起步才刚刚十几年，整体来说还比较薄弱。长期以来，中国新闻研究的著作中缺少有关媒介批评方面的探讨，而多侧重于对新闻活动、思想或理论的研究。20 世纪 80 年代起，这一被认为起源于西方学界的概念逐渐为其他国家或地区所接受，中国台湾与香港地区的新闻传播学界开始对该领域的系统理论进行介绍。较早对此进行研究的是中国台湾学者黄新生，1987 年出版的《媒介批评理论与方法》对此进行了探索。中国台湾国立政治大学新闻系也于 1988 年主编《媒介批评》一书，开展了较为全面的研究。中国内地正式提出媒介批评（Media criticism）的概念，并试图考虑作为"媒介批评"理论去研究，起始于 20 世纪 90 年代中期。

1994 年，韦峰的硕士论文《论媒介批评》和 1995 年吴迪在《北京广播学院学报》第 5 期上发表的《媒介批评：特性与职责》一文，初步探讨了媒介批评的基本属性。这之后的媒介批评研究开始升温。1996 年，《新闻出版报》开辟《媒介观察》专栏。1996 年第 2 期的《现代传播》也在《学报沙龙》上,以"媒介批评"为主题开展了专题研讨。1996 年第 4—6 期的《电视艺术杂志》连续刊登《媒介批评笔谈》专栏。

2001 年,刘建明的《媒介批评通论》和王君超的《媒介批评——起源·标准·方法》出版,对媒介批评的定义、基本理念、标准与方法等进行了系统探讨,成为我国内地最早进行媒介批评理论研究的两本专著。2003 年,雷跃捷的博士论文《媒介批评论》,胡百精的硕士论文《突破与创新:中国媒介批评若干核心问题的再思考》相继问世。2005 年,李岩的《媒介批评:立场、范畴、命题、方式》、陈龙的《媒介批评论》先后出版。胡运炽的硕士论文《改革开放后的中国媒介批评》则对中国媒介批评的现状进行了研究。

与此同时,新闻界办的专业刊物也积极推进媒介批评实践,《新闻记者》、《报刊之友》(2004 年改名为《今传媒》)、《新闻界》等刊物自 2002 年以来先后开设"媒介批评"专栏。但总体来说,媒介批评研究在蓬勃发展的新闻传播学研究领域中显得还很薄弱。

其实,媒介批评并不完全是舶来品。"媒介批评并非起源于西方,更不是西方当代传媒发展的产物。新闻批评和新闻起源一起出现,媒介批评和媒介诞生同时面世,都根植于意识同源的互动性"。[1] 现在有些人谈媒介批评,言必称欧洲批判理论,有些人甚至把媒介批评和传播学混为一谈。这种学术误读似乎非常流行,人们已经见怪不怪。其实,中国从古至今,有着丰富的媒介批评思想。因为我国是世界上报纸历史最悠久的国家。新闻批评和新闻起源的"并蒂莲"现象,从中国新闻批评演变中可以得到证明。很多中国思想家把媒介作为一个社会批判领域,他们的研究重点不是传播类型、传播过程和传播模式之类,而是对媒介行为与媒介制度的批判,探讨其对人类产生的利弊影响。但是,到目前为止,学界还没有人对中国的媒介批评思想,特别是对中国真正意义上的媒介批评的开端——中国现代媒介批评思想,做一个系统的研究。媒介批评理论,或者被当做传播学批判学派的一种表述,或者被当做新闻批评,淹没在新闻理论的浩瀚卷帙里,没有被分离出来,给予足够的重视。目前学科建设还很薄弱的媒介批评领域,媒介批评理论、史

---

[1] 刘建明:《媒介批评通论》,中国人民大学出版社 2001 年版,第 25 页。

和实务的建构都还远远没有成型。

媒介批评作为一门单独的学科体系，有着自身重要的价值。媒介批评并不能完全等同于批判学派的一种分支研究。媒介批评，应该包含对大众传播媒介的宏观层面（如传媒结构、机制、与社会、与科技发展的关系等）、中观层面（如媒介现象、编辑方针、报道策划等）、微观层面（如单个媒介产品、传播者、媒介行为等）的批评，既不能笼统地等同于传播批判理论，也不应该是新闻批评学的简单继承发展。这样的媒介批评理论，才能是完整的，对媒介促进与发展有助益的思想体系。

2007 年出版的雷跃捷的《媒介批评》一书中，第五章《五四新文化运动时期的中国媒介批评》对五四新文化运动时期的媒介批评概况进行了综述。陈龙的《媒介批评论》、刘建明的《媒介批评通论》、王君超的《媒介批评——起源·标准·方法》中，也提到了中国近现代的报刊批评，对中国现代媒介批评的历史作了简要的分析，粗略勾勒出梁启超、李大钊、邹韬奋的批评实践。

但是值得注意的是，由于学科上的积淀甚为薄弱、研究者知识结构不甚理想以及文献资料欠缺等原因，尤其是对国外学界媒介批评研究历史与现状缺乏了解与正确把握，虽然媒介批评研究已经开展了十几年，但截至目前，我国学界对"媒介批评"的概念，在理解上仍有分歧、偏差。对于该概念的误解以及关于概念命名的分歧即是一种明显表现。2003 年，雷跃捷就在论文《媒介批评是对大众传媒和大众文化的反思活动》中对国内有关"媒介批评"定义进行了辨析。可直到 2007 年 3月，音坤的论文《也谈媒介批评的概念》中，仍在对国内众说纷纭的媒介批评概念进行梳理分析。2007 年 10 月在珠海举办的首届媒介批评国际学术论坛上，众多学者对媒介批评的概念、内涵也尚存争议。这样的情况对媒介批评学科的发展极为不利。

因此，我们应该在对国内外媒介批评研究历史与现状的了解与正确把握基础上，建立一致的规范，杜绝各种误用、误解的可能性。最重要的是在概念的使用上达成共识，即用"媒介批评"这一概念来统一各种称谓。这也是学科探讨的逻辑起点，也影响到论述内容的严密性。在本书第二篇第一章里，笔者还将谈到这个问题。

在鲁迅研究方面，第一篇有分量的长篇论文是 1925 年 1 月张定璜发表的《鲁迅先生》一文，对鲁迅在文学史上的地位首次做出了高度评价。1926 年 7 月，开明书店出版了《关于鲁迅及其著作》一书，是在鲁迅指导下由未名社成员台静农编选，收集了 1923—1925 年关于鲁迅的访谈和评论文章 12 篇，是第一部研究鲁迅的论文集。1936 年 1月，还不到 25 岁的李长之撰写的《鲁迅批判》一书由北新书局出版，这是鲁迅研究史上的第一部研究专著。

这之后，在 20 世纪，尤其是新中国成立以来，鲁迅研究一直是一门显学，在学界甚至出现了一门新的学科——"鲁迅学"。彭安定的《鲁迅学导论》、张梦阳厚厚的三卷册《中国鲁迅学通史》、葛涛的《鲁迅文化史》等详细记录了从 1906 年至今的鲁迅研究发展状况。这里笔者不再赘述。

在对鲁迅媒介批评思想的研究中，2006 年雷跃捷、傅蕾的《论鲁迅的媒介批评》是目前为止笔者搜集到的仅有的一篇此方面的论文，文章从言论自由、低级趣味、谣言杀人、文化批判四个方面对鲁迅的媒介批评思想进行了简要概括。但因为篇幅不长，内容较为简略。除此之外，在鲁迅对当时的媒介制度——书报审查制度的研究方面，成果较多，研究者多集中在鲁迅与文网之间的关系上，探讨鲁迅在文网中的艰难斗争。其次，在新闻批评方面，从新中国成立以来，曾有学者零星地对鲁迅的新闻批评思想进行过研究，但为数甚少，可谓屈指可数：1977 年方汉奇先生的《鲁迅对某些报刊的批判》、1986 年吴海民的《鲁迅对新闻失实的批判》、2005 年胡正强的《鲁迅的新闻批评实践及其思想论略》。其中，方汉奇的这篇文章，分七个部分，分别就鲁迅对压迫者喉舌、帮闲者嘴脸、言论自由、有闻必录、造谣、广告、低级趣味等的批评做了综述。虽然是 30 多年前的旧作，语词上带有比较明显的时代痕迹，但无论是从研究的深度和广度上来说，都是关于鲁迅新闻批评研究的重要之作。吴海民的文章主要探讨了鲁迅对新闻失实的批判，胡正强的文章则更多的侧重于对鲁迅新闻批评的特点上进行论述。新闻批评是媒介批评重要的组成部分，鲁迅在新闻批评方面所花费的精力和笔墨甚多，这是他媒介批评实践的一个重要组成部分，可是目前研究者对此的关注也还比较薄弱。此外，有关鲁迅对广告的批评，文章也寥寥无几。

对于鲁迅与影像的关系，目前学界的研究范围还比较狭窄，较多地关注在促成鲁迅弃医从文的"幻灯片事件"上，对此研究者进行了比较详尽的论述。如周蕾的《视觉性、现代性与原始的激情》、张历君的

《时间的政治——论鲁迅杂文中的"技术化观视"及其·"教导姿态"》等文。但是对鲁迅与影戏之间的关系，鲁迅与电影的专题研究，"在上世纪 80 年代后少有人再涉及"①，综合研究的文章并不多见。

其实，研究鲁迅与电影，不光是一个很有意思的话题，也是一个很长时间以来为学者们远未深入涉猎的命题。较早的有《鲁迅与电影》（古远清、高进贤，1979），《对〈鲁迅与电影〉一文的辨正意见》（柳岗，1979），《鲁迅与电影》（曾明秋，1981），1981 年出版的刘思平、邢祖文选编的《鲁迅与电影》，属于资料汇编性质，摘录出鲁迅有关电影的一些论述。后来散见的文章有：王得后于 1984 年 1 月在电影资料馆举办的《鲁迅，新文学和中国电影》研讨会上提交的论文《鲁迅的电影批评》、《鲁迅的电影鉴赏观》（陈祝义，1986）、《鲁迅电影观管窥》（王永生，1987）、《论鲁迅的电影眼光》（陈卫平，1991）、《鲁迅与外国电影》（勇赴，1995）、《简论鲁迅的电影观》（刘棣华，1995）、《鲁迅与电影》（金宝山，2004）、《鲁迅与电影》（娄国忠，2004）等，但里面内容颇多重复之处。2006 年山东大学赵鹏的博士论文《鲁迅与中国电影批评范式的双轨解读》可以算是第一篇较为全面论述鲁迅电影批评思想的论文，但对鲁迅与影像之间的关系并没有进行来龙去脉的探寻，结论上显得空洞。2007 年出版的陈明远所著《何以为生：文化名人的经济生活》中，有一部分章节论述了鲁迅与电影的关系，但其中也有一些错误。同年上海鲁迅纪念馆出版的《上海鲁迅研究》分三期连载了曹树钧所编、凌月麟校订的《鲁迅戏剧电影活动年谱》，对鲁迅的戏剧电影活动进行了编年梳理，但此年谱偏重于鲁迅的戏剧活动，对其电影活动的总结多有疏漏。

---

① 上海鲁迅纪念馆编：《上海鲁迅研究》，上海文艺出版社 2007 年版，第 241 页。

第四章 研究方法

　　学术研究应当站在学术前沿，不因选题的难度而降低对它的基本要求。王瑶先生在谈论文写作时曾说过，应做到后边的人再做此题目必不能绕开你的程度，便指的是这种要求。所谓"学术前沿"大致又分两类：一类是开垦学术处女地，进入前人从来没有进入的领域，一类是在已有的领域内寻找出新的生长空间。一般说的"填补学术空白"往往指第一类，其实第二类也是某种填补空白，只是更难一些，对研究人员的要求更高一些。在写作的过程中，笔者深深感受到鲁迅思想的"博大精深"，也深深为当时纷繁复杂的历史环境、事实的真相而困扰。因此，本书在论述时，采取了这样的措施：

　　首先，在研究态度上，采取了一种平视的态度。研究态度之所以重要，是因为研究态度会大大决定研究结论的正确性与客观性。前人研究鲁迅，或仰视，捧之入天；或俯视，摁之入地。真正能做到平视的并不多。正如周海婴、周令飞所说："鲁迅研究的工作因为历史的原因也曾一度被意识形态化，二十世纪八十年代以后开始出现明显变化，出现了很多优秀的鲁迅研究者。我们对他们的工作是很尊重的，因为，他们把主要力量和智慧放在了'还原历史中的鲁迅'这样一个工作上。'还原历史中的鲁迅'之所以是重要的，是因为在二十世纪的相当一段时间里，鲁迅被严重地'革命化'和'意识形态化'了，以至于完全掩盖了历史中真实的鲁迅形象，当然也就取消了鲁迅在中国社会从传统向现代转型的过程中所体现出来的巨大的思想存在和文化价值。然而，这种还原的工作，由于研究者个人的立场差异存在理解与认识上的歧见，因而，也就会存在思想上不同见解间的论争。也就是说，学术界对鲁迅的认识是不完全统一的，还处在一个不断还原，以趋于接近那个历史中真实的鲁迅的过程之中。因此，我们的不安显得尤为迫切。在已经存在的对鲁迅的认识和理解中，鲁迅的真实形象显得遥远而模糊。现在我们虽然在很多地方可以听到鲁迅，鲁迅也还是以各种各样的形式呈现着，但是这样的鲁迅并不是非常真实的。"①

笔者之所以引用这么一大段文字，是因为在写作的过程中，在大量阅读的过程中，发现对鲁迅的误读实在是太多太多了。所以，笔者深深地理解两位鲁迅后代所感到的"不安"。同时，笔者也发现，虽然鲁迅后代在鲁迅逝世70年后首次发出自己的声音，在鲁研界显得比较单薄，但并不微弱。他们总结的鲁迅精神的四个方面，即：立人为本的思想、独立思考、拿来主义、韧性的坚守，非常好地概括了鲁迅的精神风貌。虽然这是在沉思良久后，"鲁迅的第二代、第三代鼓起勇气，在鲁迅走后70年来第一次说出我们的想法。发出我们的声音。第一次表达我们作为鲁迅的儿子和孙子对父亲和祖父的理解和认识"②。但这个表达非常真实到位。

尽管本书的目的并非主要是"还原历史中的鲁迅"，而只是从媒介批评这样一个小的切口去探讨他在现代媒介批评史上的开拓意义，但如果不能采取一种平视的态度，不能在试图"还原历史中的鲁迅"的过程中去接近鲁迅的真实，做出的结论也势必是模糊而不真实的。虽然笔者做了大量的努力，但无论如何，正如鲁迅所说："最能引读者入于迷途的，是'摘句'。它往往是衣裳上撕下来的一块绣花，经摘取者一吹嘘或附会，说是怎样超然物外，与尘浊无干，读者没有见过全体，便也被他弄得迷离惝恍。"③ 笔者在论述中的摘句，希望能尽量避免牵强附会之嫌。

也正因此，在研究方法上，笔者首先强调了学术上的严谨、规范。对元典的解读，特别是各种版本的鲁迅文集，切勿以讹传讹。鲁迅在著述中，如《小说旧闻钞》中写出的按语，哪怕只有一句话，也是他经过考察古籍，并亲手抄录有关史料后所作的有根有据的结论。无证不立，言必有据，鲁迅是坚持这一点的。这一点也是笔者坚持的研究原则，尽可能搜集与挖掘第一手资料，包括各时期出版的新闻史、报学

① 葛涛：《鲁迅文化史》，东方出版社2007年版，第1页。
② 同上书，第6页。
③ 鲁迅：《鲁迅全集》第6卷，人民文学出版社2005年版，第439页。

史、现代史、报纸杂志、人物文集、传记以及散见于报刊的论文、鲁迅研究的书籍、文章和其他文史资料，等等。2005年版的《鲁迅全集》18本共700万字，除整理的古籍外均已通读完毕，鲁迅研究的1700多本著作和期刊网上2万多篇研究论文都已经粗读并和选题做过查重检索，精读了其中一部分著作、论文。在写作时也融入大量文史方面的背景资料，而不仅仅是就鲁迅谈鲁迅，就媒介研究媒介，通过综合资料的消化运用，分析把握鲁迅在媒介批评上的特色。在写作中，重视其批评的理论来源和哲理基础，拿何种观点与态度去批评，是评析其媒介批评思想的重要标准。

其次，在论述形式上，采用历史的叙述和逻辑的演绎相结合、史论统一的原则展开，注意从文化、社会、历史背景等多侧面、多角度地尽可能地还原历史真相，进行综合性的论述，尽可能地避免断章取义。在写作过程中，查阅发现的以讹传讹，断章取义，胡乱解读经典的文章数不胜数。还原真相，保持一种客观、冷静的态度，怕是媒介批评研究者更为重要的素质。对任何一位人物媒介批评思想的论述，都不是脱离历史环境提取出来进行抽象概念上的价值判断，而是将问题还原到历史的情境中加以审视，既考察其理论、观点、方法的本身，也考察它们产生、演化的情境和条件，使自己的研究更加接近"历史的真实"。

另外，本书还从文化、历史、新闻传播学、媒介批评学等多个角度对选题进行综合的分析研究，对选题中涉及的大量背景、理论资料进行整理、评析。在写作中，比较侧重档案研究，也就是比较重视史料，侧重鲁迅生平资料、回忆录、日记、宣传资料、政府文件、电影杂志、报纸专刊、人物报道等，希望能以大量翔实的史料和分析为基础，将批评的文本和对文本的再批评相结合，从历史和人物的角度，揭示中国现代媒介批评与社会环境、政治体制之间的关系，对鲁迅的媒介批评思想进行系统、全面的研究。这些具体的研究方法，取向不尽一致，但其共同的支点，是沟通历史和文本、话语类型与个案选择之间的联系，促成历史和文本双向对话。

对鲁迅的研究，以往比较侧重对其作品文本的研究，即以解读文本为题旨。传统上采用"社会—文化"研究和作家生平史料相结合的方法，现在被称为"外部研究"；或者以形式主义的纯文本分析方法，从文本细读切入，称为"内部研究"。但因为媒介作为公共空间的特殊性，媒介批评研究不能仅限于媒介文本的内容，或是人物对媒介的批评内容。因为，媒介与作品文本研究的显著不同就在于媒介的生成过程从编辑、创作到发行传播等，都更为复杂、宽广，更趋集体化、社会化。如果单从文本本身的特点看，媒介的不同在于它给读者提供的是一个个"版面"、"画面"。书报刊编辑从约稿、选稿到编排版面，电影导演、演员、摄像等从每一个镜头都有他明显或潜在的意图。各个不同作者的"小文本"在重新组合成"大文本"时，彼此产生了互动关系，衍生出新的意义。受众在阅读报刊、欣赏电影时，可能会忽视单个的文章、镜头、图片，而关注整个版面、荧屏的气息与主题。媒介一直处在一种动态的文化情境中，所以必须研究这个情境以及由此情境构成的文化蕴涵，还有鲁迅在其中与媒介空间的互动及其带来的对媒介批评的影响，这些都不应该被忽视。

媒介批评与媒介有着不同的互动关系，不同关系产生的结果如何，对时代的意义怎样？在科技高度发展、价值多元化的今天，如何看待鲁迅媒介批评的意义和取得的成果？从当代的角度去理解当时的批评思想，探寻其在整个中国媒介发展历史上的位置，也是让本书更深厚的一些角度。笔者在本书中试图有所体现，但还不能尽善尽美。

第五章　结构安排

　　本书的主题，是围绕鲁迅与媒介空间的互动，挖掘鲁迅对报刊出版、电影、广告、书报审查制度等方面的批评，最后的结论是要印证鲁迅在现代媒介批评史上的开拓意义。

　　因此，目前整体框架希望能体现出研究的立体纵深感和比较性。从20世纪初鲁迅的媒介批评思想开端起，一直到21世纪的今天，批评与反批评，纠缠了鲁迅的一生，直到现代化的网络媒介空间里，也仍在继续。本书力图在历史空间中把握纵、横比较的格局：

　　首先是透视民国初期的媒介环境和批评生态，探讨鲁迅与媒介空间的互动关系，在这样的历史坐标中，探寻鲁迅在媒介批评史上的开拓意义。对《萧伯纳在上海》一书的重新认识，可以让我们明确这本媒介批评专著的重要性。

　　在纵的方面，分为三个部分，分别从对新闻媒介、书报审查制度、电影广告的批评入手，详细分析了鲁迅在这三方面的媒介批评思想。

　　而在横的方面，是把鲁迅与前人、同时代人的媒介批评思想加以对比，如与近代资产阶级改良派新闻理论的集大成者梁启超、中国马克思主义新闻思想的先驱李大钊以及资产阶级自由主义思想的代表人物胡适做了对应比较，从中辨析出鲁迅在现代媒介批评史上的开拓性地位和意义。

　　在这样纵、横的梳理下，对鲁迅媒介批评思想的来源、批评的原则与取向、批评的范围等方面进行了论述，最后仍然回到当代的新媒介时空，关注21世纪E时代的情境下，关于鲁迅的批评与反批评，网络鲁迅的兴起，以及鲁迅独立自由的批评精神在当今社会的深远影响。

第二篇　鲁迅：批评的灵魂和媒介的躯壳

在很多人的眼里，鲁迅是一个严肃的文学家，一个拿着标枪的奋勇的战士。但是，如果让我们去走近他，你会发现：他还是一个不折不扣的老影迷。他可以为了看好一场电影花大价钱打的去、买最贵的第一排的好位置坐；也会同一天连看几场；如果没有看到想看的电影，他还会再接再励，直到如愿以偿才善罢甘休。鲁迅晚年对电影的迷恋，实在不亚于他的书瘾和烟瘾。许广平曾说，他一生最奢华的事情，就是坐汽车、看电影。

但是，正如夏衍所说，田汉、洪深等人对电影事业的贡献众人皆知，但是"作为宣传煽动手段的电影"的关心者——鲁迅，就很少有人知道。其实，是鲁迅在中国首次传播了列宁关于电影的重要论述；他翻译了日本左翼电影评论家岩崎昶的《现代电影与有产阶级》，①并撰写长达千余言的《译者附记》，是 20 世纪 30 年代左翼电影运动最早的理论文献。

而且，有点出乎人们意料的是，鲁迅还非常喜欢看广告，他常常把剪下的广告分类，作为自己写作的素材，还亲自操刀写了不少书刊广告。鲁迅对资本家在广告上的不择手段、对财色的迷恋和报刊对资本钱袋的依附，都作了有力的批判。他认为，刊登广告同样是一件严肃的

---

① 人民文学出版社 2005 年版的《鲁迅全集》中为"岩崎·昶"，而日本人姓名似不应加点。

事，广告对产品的宣传应诚实可信。在 20 世纪二三十年代旧中国广告业不太发达，广告法规未能真正建立时，鲁迅的这一观点对于净化旧中国的广告市场很有益处。

　　所以，在本书中出现的鲁迅，是一个作为全方位的媒介者的鲁迅。这点，却常常为研究者所忽视。其实，鲁迅的一生和媒介有着非常紧密的关系，从报刊、出版到电影、广告，鲁迅在媒介形成的公共舆论空间里，传播着新文化的信念，实现着自己以笔报国的理想。与此同时，他又常常以批评家的视角去审视媒介和媒介制度，作为媒介者的切实体验让他的媒介批评，也由此显露出与众不同的色彩。周建人的长女周晔曾用"批评的灵魂和报纸的躯壳"来概括这位伯父，可谓非常贴切，① 如果把"报纸"换成"媒介"，就更为传神了。

---

① 　周晔：《伯父的最后岁月——鲁迅在上海》，福建教育出版社 2001 年版，第 375 页。

第一章 "五四"前后的媒介环境和批评生态

　　要来探讨鲁迅的媒介批评，首先要对他当时所处的媒介环境和批评生态有一个准确的认识，只有这样，才能在一个空间的概念中确定鲁迅媒介批评的价值。"五四"前后，随着西学东渐和科学民主观念的传播，自由主义的报纸、报人及相应的新闻理念，成为刚从长期的封建专制走出的中国社会的一道风景。同时，20世纪20年代整个中国处在大的转型阶段，学术界也处在古今交替、中西融合创新的发展阶段。"在1919年的五四运动时期，如果不存在'改变一切价值观念'的需求，就不会产生中国现代文学批评"①。同样，在这种学科整理和学术转型的语境下，媒介批评也有了新的路向。五四时期提出的"科学"与"民主"思想，找到中国文化中的问题症结和振兴中华的路径，对整个中国社会思潮产生了重大影响。"科学"与"民主"是人类文明的共同财富，而在当时的语境下提出无疑是以西方文化作为参照。鲁迅对媒介的批评，也有很多是针对"科学"与"民主"而来。

　　如果说西学东渐是外在环境因素的话，中国社会的转型则是这种选择的内在动因。辛亥革命推翻中国两千年封建帝制，开始实行共和制，进行宪政改革。中国的媒介生存环境发生了变化，言论自由、舆论监督被视为一个社会文明的象征，并得到某种制度上以及心理或面子上的"保护"。陈力丹在《20世纪世界新闻传播的重大变化回顾》中认为，五四前后这一时期处在袁世凯集团垮台与蒋介石集团新起的缝隙中，没有强权全面控制全国的思想，约从1916年到1927年，中国历史上出现

---

① ［斯洛伐克］玛利安·高利克：《中国现代文学批评发生史》，陈圣生等译，社会科学文献出版社1997年版，第307页。

少有的百家争鸣的局面。①

在这一时期，中国的传媒事业取得较大发展。据统计，1919 年，中国有报纸 360 多家，其中中文报纸 280 余家。到 1925 年，中国有报纸大约 400 余家，其中中文报纸 360 余家。比较有代表性的报纸主要集中在上海、北京、天津等地。至 1921 年，中国的杂志约有 700 余种。② 作为大众媒介年轻一员的电影，1896 年在其问世一年后，即从法国来到中国。此后，逐渐在上海、北京、广州、天津等大中城市放映，到民国初期已非常普遍。广告业也随着工商业和大众传媒的兴盛而发达起来。"中国新闻事业新的历史时期也由此开端"③。

而对于现代中国的知识分子而言，现代报刊"是一种充满魔幻魅力而迥异于他们固有表达方式的社会建制，在某种意义上，正是报刊的涌现和繁荣，深刻地型塑了现代知识分子对时间、空间的新的心理体验，与此同时，报刊作为一种现代社会的制度性设置，为新型知识分子提供了自我想象和自我表达的空间，尤其是为富有士大夫意识的过渡型知识分子提供了'以言报国'的广阔舞台"④。

这种"以言报国"的行为模式和士大夫意识是构筑现代中国公共舆论的重要基石。现代中国制度性媒介的产生为公共舆论空间的形成创造了必不可少的条件，正是其得以产生并形成广泛影响的制度前提。思想史家张灏在论述转型时代时指出了传播媒介在其中的价值与意义，他说："所谓转型时代，是指一八九五至一九二〇年初，前后大约二十五年的时间，这是中国思想文化由传统过渡到现代，承前启后的关键时代。无论是思想知识的传播媒介，或者思想的内容，均有突破性的巨变。就前者而言，主要变化有二：一为报纸杂志、新式学校及学会等制度性传播媒介大量涌现，一为新的社群媒体的出现。"⑤ 现代知识分子

---

① 方汉奇:《世界新闻传播 100 年》，中国人民大学出版社 2004 年版，第 6 页。
② 戴元光:《中国传播思想史》（现当代卷），上海交通大学出版社 2005 年版，第 100 页。
③ 方汉奇主编:《中国新闻事业通史》第 2 卷，中国人民大学出版社 1996 年版，第 1 页。
④ 唐小兵、田波澜:《现代中国报刊的涌现与知识分子自我形象的变迁》，《衡阳师范学院学报》2005 年第 4 期，第 104 页。
⑤ 张灏:《转型时代在中国近代思想史与文化史上的重要性》，《张灏自选集》，上海教育出版社 2002 年版，第 109 页。

与媒介空间的共舞，促进了公共舆论空间的形成，同时也促进了媒介批评的开展。他们对媒介的关注、批评，同样通过报刊、文章、书籍等媒介载体出现在民众的视野中。

传媒业的快速发展和公共舆论空间的逐步形成，推动了传媒学术研究的开展。1919 年北大新闻学研究会出版的《新闻周刊》和 1924 年创办的北平《平民大学新闻系级刊》、1927 年发行的《新闻学刊》、1928 年的《报学月刊》等，是我国最早一批研究新闻学的杂志，发表了不少新闻批评文章。电影出版物也逐渐增多，据电影史料专家张伟先生在《中国现代电影出版物总目提要》中统计，仅 1925 年出版的专业性的电影杂志就有 20 余种。① 而报纸为登载有关电影的娱乐新闻、评论和广告所提供的篇幅也越来越多，一些大报如《申报》、《民国日报》等相继开办了专门的电影副刊。传媒学术刊物的创办，使媒介批评有了固定的园地，批评也随之萌发起来。

陈龙在《媒介批评论》中认为："媒介批评在我国历史上，通常是与文学批评、政论批评混合在一起的，真正意义上的媒介批评大体开始于近代思想改良运动，所谓的对媒介进行的批评实际上就是思想观点之间的交锋。这成为当时报学批评的一大特点。"② 的确，媒介批评在初期萌发时，因为媒介常常作为政党之间论争的工具，所以往往与文学（艺）批评、政论时评结合在一起。这时期的媒介批评，还不能算是真正意义上的媒介批评，而正如陈龙所说，是"思想观点之间的交锋"。这样的论争与交锋，可以称之为"新闻战"。媒介，只不过是思想论争中被利用的工具而已。这时期的媒介批评尚处于萌芽阶段，对媒介得失利弊的分析，还不够客观，带有明显的政党论争色彩，见表 2—1。

表 2—1 　　　　　　　　　海外革命派与保皇派报刊论战表

地点	革命派报刊	保皇派报刊
日本	《民报》（东京）	《新民丛报》（横滨）
香港	《中国日报》	《商报》
新加坡	《中兴日报》	《南洋总汇报》

---

① 《上海电影史料》第 1 辑，上海市电影局史志办公室 1992 年版。
② 陈龙：《媒介批评论》，苏州大学出版社 2005 年版，第 64 页。

续表

地点	革命派报刊	保皇派报刊
仰光	《光华日报》	《商务报》
曼谷	《华暹日报》	《启南日报》
荷属东印度	《泗滨日报》	《苏岛日报》
澳大利亚	《警东新报》	《东华报》
檀香山	《自由新报》	《新中国报》
旧金山	《大同日报》《少年中国晨报》	《世界日报》
温哥华	《大汉日报》	《日新报》

由上表可以看出，如果把双方对垒利用媒介进行思想论争的做法称为媒介批评，那媒介批评的定义也有过于宽泛之嫌。总体来说，媒介批评是对大众传媒得失利弊的分析和指陈，是对传媒系统及其各要素的状态与运作的评价，在本质上是一种价值的判断。因此，笔者比较认同刘建明教授所提出的"真正意义的媒介批评出于现代"①。五四运动前后，各种社会思潮风起云涌，传媒业广泛发展，传播理念新旧交替，学术期刊先后诞生，为媒介批评的深入开展提出社会需要和思想准备，也提供了物质条件。媒介受众的增多，媒介批评主体的扩大，让媒介批评的广度和深度也有所延伸。真正意义上的媒介批评开始出现。

比如，在民主浪潮的推动以及社会批评理论、文艺批评理论的浸染下，在新文化运动的主要刊物《每周评论》、《新青年》上，相继出现了冠以"新刊批评"或"书报批评"的专栏。名称中鲜明的"批评"二字和栏目化的固定形式，表明开展媒介批评实践在五四时期已经成为一种自觉的、经常性的实践行为。②

在雷跃捷的《媒介批评》一书中，第五章《五四新文化运动时期的中国媒介批评》对五四新文化运动时期的媒介批评概况进行了总结，认为"五四新文化运动时期的中国媒介批评，是中国现代媒介批评的开端"③。这一说法是确切的，真正意义上的媒介批评由此发轫。

---

① 刘建明：《媒介批评通论》，中国人民大学出版社2001年版，第26页。
② 张慧玲、任东晖：《五四时期——中国现代媒介批评的诞生期》，《湖南大众传媒职业技术学院学报》第6卷第6期（2006年11月），第82页。
③ 雷跃捷：《媒介批评》，北京大学出版社2007年版，第134页。

但当时思想界利用媒介进行文化领域内的思想交锋、主义论争,很容易被纳入媒介批评的轨道。如陈龙认为:"'五四'运动以后,随着阶级斗争、民族矛盾的加剧,媒介批评的主流呈现出鲜明的立场化、阵线化趋势。不同路线、派别之间的争斗,都通过媒体体现出来。20世纪20年代,鲁迅、成仿吾、郭沫若等借助《时事新报》的《学灯》、《民国日报》的《觉悟》等副刊与以《学衡》杂志为阵地的'学衡派'、以《甲寅》为阵地的'甲寅派'展开论战就很具有代表性。"①

准确地说,利用媒介进行的思想论争不应被完全纳入媒介批评的范围。媒介是公共领域的有效机体,因其载体的性质,包容范围非常广泛。如果把媒介批评的外延扩大,则容易产生把媒介批评泛化的倾向。毕竟,媒介批评的本质是价值判断,目的在于阐释媒介系统的发展方向,促进其良性发展。文化论争虽然常常成为媒介批评的表现形式,但战斗性并不是媒介批评的本质特征,对是非、美丑、善恶作价值评判和理性鉴别才是媒介批评的本质。对负面媒介现象的激烈批判和否定虽然是媒介批评经常出现的面貌,但否定和破坏只是手段,不是目的,促进媒介的良性发展才是媒介批评的根本任务和最终目的。

民国初期,传播技术和传媒市场逐步发展,文化生产的商品化使报刊、电影等大众媒介得以向民众普及,不仅在数量上扩大了其传播范围,而且颠覆了精英文化生产所遵循的原有特性,文化的内涵和生产接收方式也被重新定位。原有的精英文化,比如文学,其经典性、权威性和社会影响力慢慢地消退,取而代之的是借助技术和市场得以在现代中国普及的大众传媒。在传媒话语逐渐取代文学话语成为构建和影响社会意识主要因素的情况下,批评实践开始关注媒介及其产品。因为在社会发展的任何阶段,批评话语的产生都是基于知识群体对重要社会文化现象的关注和干预的需要,这是由批评的社会责任所决定的。

值得注意的是,这种批评话语最初并没有完全脱离开文学批评的轨道,而是从理论框架、分析方法、研究角度,乃至使用的词汇都大量借鉴了文学批评的既有范式。因为人们在这一时期对媒介的认识,还没有把它从大文艺的概念中独立出来。当时的知识分子往往把媒介纳入大的文艺范畴来对待。而且,五四新文化运动时期文艺批评思想的建立,为

---

① 陈龙:《媒介批评论》,苏州大学出版社2005年版,第65页。

媒介批评思想的诞生和批评实践的开展提供了良好的范例。可以说,中国现代媒介批评最初是从文学批评在逐渐兴起的大众传媒或大众文化时代中脱胎而出的。被斯洛伐克学者玛利安·高利克称为"中国现代文学批评史上的元勋"的鲁迅,① 对媒介批评的实践最初也是文学批评的一种延续。

以较早自觉开展媒介批评的刊物《每周评论》为例,1918 年 12 月 27 日《每周评论》推出了不定期的媒介批评专栏——"新刊批评"。第一期对《美术杂志》进行了批评,认为其"记载杂俎思潮五门","这么大的中国,这么多的人民,又在这个时候,却只看见这一点美术的萌芽,真可谓寂寥之至了"。结语则"希望从此能够引出许多创造的天才,结得极好的果实"②。从中可以看出文艺批评话语的沿袭性,以及批评者对媒介的认识以促进其良性发展为最终目的的建设性原则。可见在五四前夕,对于"媒介批评不是谩骂"这一点,媒介批评的实践者已经与前人有所不同。

《新青年》的"随感录"专栏主要采用杂文的形式,针对报刊、戏剧、电影、通俗文艺、大众文化思潮等现象,展开讨论和批评。鲁迅在"随感录"中撰写了大量的杂文,其中许多涉及媒介批评的内容,文笔犀利,嬉笑怒骂皆成文章,具有强烈的战斗性和很高的艺术性,堪称媒介批评文章的艺术典范。

在《新青年》上还有一个不定期的小栏目"什么话",则是一种特殊类型的媒介批评专栏。里面内容多是对时政言论的讥讽和嘲笑,颇有些影响力,常常被其他报刊转载。"什么话"最突出的特点是:没有作为"批评"栏目最应有的"评"的内容,每期栏目只是将报章上或一些编者认为荒谬的言论选摘几段,短则寥寥数语,长则全文摘录,然后冠以"什么话"刊出,不着一字评论。其实,对这些内容的批评、否定和讽刺全包含在"什么话"三个字中。后来的《论语》半月刊自第四期起(1932 年 11 月 1 日),也开辟了类似的栏目"古香斋",刊载当时各地记述荒谬事件的新闻和文字。鲁迅就曾言自己"最爱看'古香

---

① [斯洛伐克]玛利安·高利克:《中国现代文学批评发生史》,陈圣生等译,社会科学文献出版社 1997 年版,第 226 页。

② 《美术杂志第一期》,载《每周评论》1918 年 12 月 27 日。

斋'这一栏",认为此类"冠冕堂皇"的新闻实属"妙文",并非编者"将它漫画化了的,却是它本身原来是漫画"。这些妙文,"那里是滑稽作家所能凭空写得出来的?"但他认为,此栏所收妙文,"往往还倾于奇诡,滑稽却不如平淡,惟其平淡,也就更加滑稽"①。鲁迅还常把此栏目里的新闻素材信手拈来,成为他媒介批评的另一个话题。②

最初萌发的媒介批评实践活动,大部分出现在周刊或报纸副刊上,这并非偶然,而是由媒介批评的文体特征和周刊、副刊的媒介特性决定的。报纸正刊由于其较强的时效性特征,对于较深层次的文化、思想问题,尤其是带有学理性的问题一般不便加以系统深入的报道。而书籍的出版周期又过长,不适合以当下现象为对象的短小批评文章,所以周刊和报纸副刊就成为最适合刊登媒介批评文字的媒介。知名副刊主编孙伏园对副刊的这一特性也有所认识,他认为对出版品和书籍开展批评是副刊的主要责任之一,"无论对于社会、对于学术、对于思想、对于文学艺术、对于出版书籍,日报附张本就负有批评的责任"③。

虽然这时直接对媒介批评进行理论阐释的文字不多,大多呈现零星化、琐碎化的特征,内容主要集中在对报纸的格调、文体、经营等方面,但建设性的、理性的、以价值评判为本质的媒介批评观念已经萌芽。1920 年 7 月 14 日《民国日报》副刊《觉悟》的"通信"栏内,朱瘦桐建议《觉悟》专设一个以"批评现近出版的书报及讨伐那些冒牌的东西"为主旨的"书报批评"专栏。在复信中,《觉悟》主编邵力子阐述了自己开展媒介批评的态度:"只要社会能继续扩展好学的心理,自然一方面对于好的书报,能踊跃欢迎,鼓励他们的兴趣;一方面对于坏的书报,能逐渐淘汰,促进他们的改善。什么冒挂招牌的话,是不必说的。"④ 邵力子将建设性作为设立"书报批评"专栏的宗旨之一,反对将其建成一个依仗新文化大旗展开文化斗争的阵地。这样的认识已经

---

① 鲁迅:《鲁迅全集》第 5 卷,人民文学出版社 2005 年版,第 361 页。

② 因本书引用的鲁迅引文非常多,为行文简洁,除有著者说明的引文外,均引自《鲁迅全集》(人民文学出版社 2005 年版)。如同一段、同一句中接连为相同页码的引文,只在句末统一注明。除此之外,如文中已具体指明引文出处,则句末不再注释;如有重复引文,在前述中注明,后文不再赘述。

③ 孙伏园:《理想中的日报附张》,《京报副刊》1924 年 12 月 5 日。

④ 邵力子:《专设〈书报批评〉栏的要求》,《民国日报》副刊《觉悟》"通讯"专栏,1920 年 7 月 14 日。

触及媒介批评的本质。随后设立的"书报批评"，开始刊发一些具有鲜明媒介批评意识的文章，媒介批评实践活动稳健开展起来。

随着媒介批评实践的起步，媒介批评意识的自觉，媒介批评理论也逐步开始奠基。及至徐宝璜的《新闻学》、邵飘萍的《实际应用新闻学》、戈公振的《中国报学史》的问世，里面所涉及的媒介批评方面的内容，成为中国现代媒介批评史上最早的学理性的批评文章。

与五四初期狂飙突进地对封建文化报刊的全盘否定与批判相比，这些媒介批评思想与实践已不是主观色彩浓烈的感性批判，也不把破坏性作为批评的根本目的，而体现出建设性的、较为冷静的批判态度和较为深厚学养的特点。正如鲁迅所说："必须更有真切的批评，这才有真的新文艺和新批评的产生的希望。"① 中国现代媒介批评从此有了新的开端。

---

① 《鲁迅全集》第 10 卷，第 332 页。

第二章 鲁迅与媒介的互动

　　曹聚仁在他晚年回顾文坛时曾这样写道："说起来，中国的文坛和报坛是表姊妹，血缘是很密切的。"① 这个比喻非常贴切。的确，"一部近代文化史，从侧面看去，正是一部印刷机器发达史；而一部近代中国文学史，从侧面看去，又正是一部新闻事业发展史。假使和英国人讲故事，最好和他们谈谈伦敦《泰晤士报》；我们靠在柴积上谈闲天，也不妨谈谈上海《申报》的故事"②。

　　中国现代文坛，跟媒介的关系越来越紧密，大部分作家、学者，很少没有办过报纸、刊物的。作为中国现代意义上的第一代知识分子，这个群体的形成与中国的现代化过程紧密相关。现代化的演进不仅为他们提供了一个"安身立命"之所——现代知识教育体系和出版媒体产业，而且还让他们经历了"都市化"的洗礼。在都市化过程中，资本、人口和知识高度向大都市集中，现代型的都市替代传统意义上的自然村，成为社会文化和公共关系的中心。因此，作为文化传播的主体——知识分子也不得不从农村进入城市，接受现代化的洗礼。这个过程可以说是知识分子不断摆脱自然的血缘、地缘关系，从而逐步进入现代的都市公共空间的过程。③ 原来的传统士大夫"死亡"，现代化语境下的知识分子产生，而在其中推波助澜的重要条件之一就是现代传媒的发展壮大。

　　现代传播媒介本身既是一个物质意义上的空间，也是一种文化意义上的空间。报刊作为大众传媒的具体形式，在社会中具有一种话语的权利，报刊活动者或者说大众传播者就是大众传播话语权的掌握者。在社

---

① 曹聚仁：《文坛五十年》，上海东方出版中心 2006 年版，第 8 页。
② 同上书，第 83 页。
③ 许纪霖：《都市空间视野中的知识分子研究》，《天津社会科学》2004 年第 3 期。

会动荡转型的历史时期,报刊被赋予了强大的话语权利和相对广阔的表达空间。任何个人或者集团宣扬自己的理念,借助报刊发挥大众传媒的优势,都将起到事半功倍的效果。媒介给现代知识分子提供了一个可以在不参与政府的前提下干预社会、表达自己观点的平台。众多知识分子选择报纸、杂志等媒介作为发表自己观点的阵地、引导读者的风向标。他们希望通过现代传媒开创一个现代的、体现大众话语的新的文化和社会批评的"公共领域",并通过这个公共领域争取一定的话语权利和生存空间,创造出更广泛的文化精神空间。鲁迅也不例外。

在与媒介空间的互动中,鲁迅从报刊、出版到电影、广告等,涉及范围非常广泛。但总体来说,他跟报刊、出版的关系最为密切。还在孩童时期,他就看过《格致汇编》之类的科学杂志,对上面的精美插图非常喜欢。稍后,他还购买过《点石斋画报》等。1899 年,18 岁的鲁迅在南京矿路学堂学习时,开始阅读到《时务报》等维新派报纸,从此与报刊结下了不解之缘。1902 年赴日本留学后,经常看《朝日新闻》、《读卖新闻》,还有《清议报》、《新民丛报》、《新小说》、《民报》等国内报刊。他还积极参与到报刊的采编工作中去。到 1936 年去世,他"曾经在 103 家报刊上发表过 742 篇文章……先后参加过 18 种报刊的编辑工作"[1]。虽然他受条件所限,始终没有自己独立办成过报纸,但他"担任过《莽原》、《语丝》、《国民新报副刊》、《奔流》、《北新》等刊物的主编;担任过《新青年》、《文学》(左联刊物)的编委;指导过《未名》、《波艇》、《鼓浪》、《译文》和不少左联刊物的编辑工作;热情地支持《越铎日报》、《晨报副刊》、《民报副刊》和一些革命的进步的报刊的编辑和出版。和不少进步的中外新闻工作者,如邵飘萍、邹韬奋、斯诺、史沫特莱、山上正义等人物,都有亲密的关系"[2]。

鲁迅对报刊有着非同一般的热情,在他 700 多万字的译、著作中,共提及了 500 多种中文报刊、13 种日文报刊、32 种西文报刊和 4 种俄文报刊,可见其对报刊涉猎之广。仅在北京鲁迅博物馆所存的藏书中,"收集、保存的期刊及报纸有近四百种约二千册,大多出版发行于本世纪二三十年代,其中包括在日本出版的《浙江潮》,左联刊物《萌芽》、

---

① 方汉奇:《方汉奇文集》,汕头大学出版社 2004 年版,第 400 页。
② 同上。

《世界文化》、《新地》等，也有全国少有的文艺副刊如《狂飙》、《豫报副刊》"①。

鲁迅的报刊来源，一是自己订阅，二是朋友、学生们寄赠，三是到公园中阅览。其中第三种情况很少有研究者注意。这点在许钦文的文章《来今雨轩》中曾经提到，"当时公园里有这样一种卖报纸的人，② 背着装报纸的布袋，一手擎着一叠报纸，在茶摊里转来转去，见到静坐着的知识分子模样的人，就把那擎着的一叠报纸放到他们面前的茶桌上去，不说一句话，顾自离去，再从布袋里取出一叠报纸来擎着。那叠报纸中，除北京出版的报纸以外，有上海的《申报》、《新闻报》和天津的《益世报》等。喝茶的人翻阅完那些报纸，只要在那叠报纸上放一个铜元，那卖报的人转过来看到以后，就把那叠报纸连铜元一起拿去，仍然不说一句话。这实在是个经济的办法：读者可省些订阅报纸的钱。鲁迅先生家里只订阅北京出版的《晨报》和一份晚报，但要多方灵通消息，他常到中央公园里去喝茶，恐怕这也是个原因"③。有时看到需要的报纸，他也会当场买下。

鲁迅一生的文学活动，一生的呐喊和搏击，都与报刊、出版工作紧密相连。几十年间，他常为此弄得终日忙碌，直到他逝世前一天，还在关注着几种书刊的编辑出版工作。据粗略统计，鲁迅在从事文艺活动的30多年中，编辑和参与编辑的各种书籍（除他自己的著译及辑录整理的大量古籍不计之外）就有76种，丛书11种，自费印行13种，所用出版单位名称8个，为"相识与不相识者"的书作序跋43种，校阅并介绍出版的40余种，合计共约2000多万字。在当时的条件下，一个文学家自己创作了近400万字，又翻译了近300万字的作品，还能编辑出版如此巨量的书籍，实在是很惊人的。另外，他一生主持或参与编辑的各种文艺刊物共20种，而有些刊物是交叉着同时进行的，其刊期最长的将近6年。④ 目前有关鲁迅的报刊、出版活动的研究比较丰富，有许多资料可以参考互阅，这里不做赘述。

---

① 陈桂龙：《鲁博专家呼吁：救救鲁迅收藏的报刊》，《中华读书报》1999年2月24日。

② 笔者注，时为1924年，地点为今北京中山公园。

③ 孙伏园等：《鲁迅先生二三事》，河北教育出版社2000年版，第99页。

④ 宋应离等编：《20世纪中国著名编辑出版家研究资料汇辑》第2卷，河南大学出版社2005年版，第82页。

　　鲁迅之所以如此关注报刊、出版，是因为他非常重视其中的价值。早在1912年，他为故乡《越铎日报》创刊号写的《〈越铎〉出世辞》里，就提出："纾自由之言议，尽个人之天权，促共和之进行，尺政治之得失，发社会之蒙覆，振勇毅之精神。灌输真知，扬表方物。"① 这个激情昂扬的《出世辞》，实际上成为该报初期的宗旨，也成为鲁迅以后20多年一以贯之的媒介批评的标准，即希望媒介能在促进共和、倡导自由、鼓舞民气等方面发挥积极的作用。

　　鲁迅将报刊视为文明批评和社会批评的阵地。"中国现今文坛（？）的状况，实在不佳……最缺少的是'文明批评'和'社会批评'，我之以《莽原》起哄，大半也就为了想由此引些新的这一种批评者来，虽在割去敝舌之后，也还有人说话，继续撕去旧社会的假面。"② 他认为近人对报刊的作用还不够重视。其实，"只要撮取报章，存其精英，就是一部不朽的大作"③。可是"近人印古书，选新文章，却不注意选报，如果择要剪取，汇成巨册，若干年后，即不下于《三朝北盟汇编》矣"④。他还曾经设想编辑一种刊物，像前清时的《选报》一样，⑤ 专选各种报刊上有价值的论说和其他材料。"每省须有访员数人，专收该地报上奇特的社论，记事，文艺，广告等等，汇刊成册，公之于世。则其显示各种'社会相'也，一定比游记之类要深切得多。"⑥

　　书籍报刊等媒介，不仅成为鲁迅观察生活的"镜子"，也成为他创作文章的灵感源泉。在与周建人的谈话中，鲁迅曾提到"我离开书报就写不了东西"⑦。许广平也回忆说，他"读报是不费很多时间的，每天报来，看得很快。但是他的记忆力很好，有些他认为有用的材料，记得很牢。要用的时候，一翻报纸，就能找到……我看报的时间比他多，他不以为然，认为不需要浪费那么多的时间……他在写作中大量运用报上的材料。他也做剪报工作。上海的鲁迅博物馆里，保存着一本剪报集，

---

① 《鲁迅全集》第8卷，第42页。

② 《鲁迅全集》第5卷，第155页。

③ 同上。

④ 《鲁迅全集》第13卷，第573页。

⑤ 1902年（清光绪二十八年）在上海出版的一种杂志。

⑥ 《鲁迅全集》第4卷，第49页。

⑦ 吴作桥等编：《再读鲁迅——鲁迅私下谈话录》，长春时代文艺出版社2005年版，第151页。

剪贴得很整齐……这些资料是他从一九二八到一九三三年期间从上海出版的《申报》、《新闻报》、《时事新报》及《大晚报》等文艺副刊上剪下来的"①。

从他创作生涯的初期开始，鲁迅就利用报刊等媒介开展他的社会批判，在《晨报副刊》、《京报副刊》、《国民公报》、《时事新报》副刊"学灯"、《小说月报》、《民国日报》及其副刊"觉悟"、《狂飙周刊》、《京报·文学周刊》、《妇女周刊》、《猛进周刊》、《豫报副刊》、《旭光》、《国民新报副刊》、《世界日报副刊》等报刊上发表文章，就是《北大学生会周刊》约稿，他也不轻易回绝。我国第一个有"副刊"两字见诸报端的《晨报副镌》这一媒介样式，也是在鲁迅的帮助下诞生的。

与此同时，媒介也借助鲁迅的影响力而提升了其社会地位。荆有麟曾在《〈京报〉的崛起》一文中，分析《京报》崛起的原因之一是鲁迅在京报副刊上的文章的号召力。他回忆说："民国十二、三年，在北京学界——即今称文化界——最有势力的报纸；即销路最广，影响最大的报纸，要算研究系所办的《晨报》了……主编《晨报副刊》的，是副刊编辑专家孙伏园氏……伏园是鲁迅先生的学生，在他编辑副刊时，便常常请求鲁迅先生写稿子。"②鲁迅的《阿 Q 正传》就是发表于《晨报副刊》的。孙伏园离开《晨报》到《京报副刊》后，鲁迅转而在《京报》上"对于时事及学术、社会、文艺各方面，都有文章发表出。而最引起广泛注意而得到各种反响的，是青年必读书问题，翻译问题，女师大风潮事件，开封铁塔强奸事件，就都是鲁迅先生在《京报副刊》上发表锋利的短评而引起了检讨的……对于中国的政治问题，考古问题，创作问题，社会改良问题……都表示过独到的见解……青年人有了代替的读物，于是纷纷退《晨报》而订《京报》了，拿《京报》当时那样突然增加销路，甚至一天加到几千份……后来《晨报》居然托人向伏园说和，其狼狈情形，也不难想象……鲁迅先生恰巧又是京副主要写稿人之一。于是《京报》风靡北方了，终至发生'纸贵洛阳'现象，因为他在文化上实在起了重大作用。这虽是客观环境所形成，但作此环

---

①　许广平：《鲁迅的写作和生活》，上海文化出版社 2006 年版，第 13 页。

②　孙伏园等：《鲁迅先生二三事》，河北教育出版社 2000 年版，第 242—246 页。

境推动者,鲁迅实是第一人"①。从这个事件可以看出现代知识分子与媒介相互依存的密切关系。

1927年年底鲁迅到上海定居后,虽然对上海有些不满意,认为"上海人惯于用商人眼光看人",但也承认"这里的情形,我觉得比广州有趣一点,因为各式的人物较多,刊物也有各种,不像广州那么单调"②。上海丰富多样的媒介环境给了他更广阔的参与空间,也使他生命中的最后10年焕发出更耀眼的光彩。毋庸置疑,如果鲁迅最后的这10年没有选择在上海度过,那他的创作生涯会逊色很多。

自鸦片战争后的1843年,上海即正式开放与外国通商,依托独特的地理优势,20年后便形成为中国国内最大的一片外国租界区。这个昔日处于苏州、扬州、南京(时称江宁)、杭州等繁华名城弧形包围下的僻隅,一跃而为一个中外贸易兴旺、华洋商号林立、中西客商云集、商务活动繁盛的通商巨埠。白鲁恂在描绘当时的上海情景时指出:"在两次世界大战之间,上海乃是整个亚洲最繁华的国际化的大都会。上海的显赫不仅在于国际金融和贸易,在艺术和文化领域,上海也远居其他一切亚洲城市之上。"③

商业的兴盛和文化的杂处,使上海成为近现代中国的文化中心,各种新式学校、报刊、出版机构、文化团体等多发轫于此。尤其在报刊发展方面,更显示出上海在全国特殊的中心地位。自1850年8月第一份英文周刊《北华捷报》创刊以来,上海报刊业发展一枝独秀,至1895年,上海创办的报刊达86种之多,约占同期全国新创办报刊总数的1/2,且多数是创办在租界之内。④1895年以后,经戊戌维新运动,全国掀起办报刊的热潮,上海创办报刊数量急剧上升,在1896—1898年三年间,上海新创办的报刊达到48种,占同期全国新办报刊总数的44.9%。⑤此后,上海作为近代中国报刊中心的地位一直未变。⑥经过五四运动对新闻界的震荡,上海重新确立了其新文化运动中心的地位。

① 孙伏园等:《鲁迅先生二三事》,河北教育出版社2000年版,第242—243页。

② 《鲁迅全集》第12卷,第81页。

③ 白鲁恂:《中国民族主义与现代化》,香港《二十一世纪》1992年第2期。

④ 《上海租界志》编纂委员会:《上海租界志》,上海社会科学院出版社2001年版,第530页。

⑤ 秦绍德:《上海近代报刊史论》,上海复旦大学出版社1993年版,第47页。

⑥ 张仲礼主编:《近代上海城市研究》,上海人民出版社1990年版,第925页。

《申报》、《新闻报》等企业化大报兴旺发达，广播电台、通讯社、小报、广告、出版业等媒介也有了新的发展，现代新闻事业格局在上海初步形成。国民党、共产党的报刊也在其中联合、斗争，争夺舆论阵地。

不仅如此，上海也是早年中国民族电影制片、发行和放映业的核心基地，深刻影响着早年中国电影的精神走向和文化蕴涵。以"上海"为代表的新兴都市形象和都市文明，赋予早年中国电影相对充裕的物质条件、人才资源和观照对象，也使其从内蕴上呈现出一种独特的半殖民地半封建文化，以及在对这种文化进行顽强对抗过程中衍生出来的、具有某种启蒙特征的新鲜的文化气质。

在 1927 年鲁迅到上海时，开放的上海一面是中国的商业中心，充满了商人的喧嚣；一面又是中国政治和文化中心，成为各种力量争夺的舆论阵地、政治文化斗争的主战场。这样的媒介环境彻底改变了鲁迅以往在绍兴、北京、厦门、广州等地的生存体验。[①] 可以说，在中国现代社会的历史与文化变迁过程中，上海形成了立体多样的媒介空间：以都市为中心的消费群体的出现促进了电影、广告等休闲娱乐世界的发达，新文化中心的地位夯实了大众传媒和大众出版话语霸权的基础。这种媒介空间偏移了鲁迅以往的消费取向（如电影）和观照对象，帮助他以一种更为直接有效的方式了解一个更具有现代性的世界。

这种媒介空间的概念既可以表达纸媒、银幕等一系列物质的存在形式，也可以表达精神方面的存在形式。社会由各种各样的空间组成，而媒介空间代表了一种更为广泛的、更多人参与的公共空间。公共空间或曰公共领域是现代化的产物，是随着现代市民社会的产生而出现，是市民社会所特有的。它也是一种场所和空间，既有物质属性也有精神属性。

德国学者哈贝马斯曾就公共领域（Public Sphere）做过相关分析，尽管他在不同时期的著作中对这个概念的表述有所差异，但基本内容始终没变。他所指的公共领域首先是一历史概念，是指发轫于英国 17 世纪末和法国 18 世纪的独特的历史现象。他认为，随着早期资本主义的发展而自发形成了一个公众讨论的区域，介乎国家与社会之间，他称之

---

① 近年来，关于鲁迅与上海之间的互动关系的研究逐渐增多，有些观点颇有新意，可参照互阅。

为公共领域。在这一领域中，文艺作品对现实的批判，咖啡馆或沙龙里对现实政策的批判而形成的一种公众舆论，继而形成一种机制，决定国家的发展与走向。在公共领域中，报刊等传媒成了公众的批判工具，并在公共领域中起到至关重要的作用，因此他认为报刊是公共领域最典型的机制，并认为"公共领域说到底就是公众舆论领域"①，以此与公共权力机关直接抗衡。

李欧梵把哈贝马斯的观点总结为：市民社会中的公共领域是由谈天的空间、舆论的空间与印刷媒体的空间构成的，而公共领域能否造成的关键在于印刷媒体，印刷媒体包括报纸和小说。② 哈贝马斯为何认为公共领域能否造成的关键在于印刷媒体（报纸和小说），就如同至今有人存疑为何鲁迅选择文学（也包括了报纸和小说）作为他启蒙事业的工具而没有选择电影等视觉新媒介一样，都是非常有意思且值得深入关注的问题。

都市给现代意义上的中国第一代知识分子提供了沙龙、书店、社团、同人刊物、公共媒体、出版社、大学和广场等诸多公共空间，公共空间的开放性和流动性，特别是其中媒介空间的强大号召力吸引了他们。他们以自己的专业知识为资源，通过大学讲坛、同人社团和公共传媒等公共领域，对社会公共事务发表意见。由于都市的形成过程、文化内涵等各不相同，不同的都市形成了不同的知识分子群体。北京以首都的身份集中了全国一流的大学，是现代中国知识生产和学术生产的枢纽，具有适合温和的自由主义知识分子生长的，以国家稳定的知识体制为背景的文化空间。而现代上海则以一个独特的港口城市身份，拥有国内最发达的报业、出版社和娱乐业，因此激进的左翼知识分子可以在上海获得其生存和发展的空间，并且形成多元的公共舆论阵地。不同的都市文化影响着不同的知识分子群体，这些群体又以自己的习性兴趣爱好塑造着不同的空间，二者形成了一个良好的互动。这在某种程度上可以解释，同为现代意义上的知识分子，以胡适为首的自由主义知识分子群体的第一份报刊《努力周报》创刊于北京而不是上海，而鲁迅却最终选择了上海而不是北京。

① ［德］哈贝马斯:《公共领域的结构转型》，学林出版社 1999 年版，第 2 页。
② 李欧梵:《李欧梵自选集》，上海教育出版社 2002 年版，第 271 页。

不管怎样，20 世纪初的中国，尤其是在上海这个当时的国际大都市，随着媒介空间的拓展，也逐渐形成了这样介于私人领域与公共权威之间的非官方场域，公众在此对公共权威及其政策和其他一些公共社会问题做出评判。虽然自由、理性、批判性的讨论等公共领域的基本特征还不够明显，但随着受众面的扩大，非官方化经营方式的增强，媒介这个公共舆论空间逐渐形成了相对独立于官方政治权威之外的舆论生存环境。

以著名的《申报》为例，1872 年 4 月 30 日初创时，每期只销 600 份，4 个月后，它的日销售量就达到了 3000 份，在苏、杭、宁、汉等地，也"日见通行，发售日胜一日"。至 1877 年，每日销售量已达八九千份。到了 20 世纪 20 年代，《申报》的销量在史量才的手上急剧上升，1921 年的销量为 45 万份，1926 年年底达到 141 万份。百万读者、众多撰稿者，再加上人际传播、附加阅读者等形成了更为庞大的舆论传播圈。这就是史量才为何敢以"百万读者"之言对抗握有"百万雄兵"的蒋介石的原因所在，也是史量才爽快地用高额稿费换取敢于对抗官方政治权威的鲁迅的美文之决心所在。从 1933 年到 1934 年，鲁迅在"自由谈"发表了大量杂文，仅结集的就有《伪自由书》、《准风月谈》等。史量才给了鲁迅特别的待遇，一般文章的稿酬是千字五到十元，"鲁迅则用与不用一概照付稿酬，千字三十元"①。哈贝马斯所说的公众舆论领域以此和公共权力机关直接相抗衡的观点在此得到了很好的印证。而对于鲁迅来说，如果失去了《申报》这样一个消息灵通的信息源，失去了《自由谈》这样一个影响广泛的舆论阵地，他的社会批判及其影响也会逊色不少。现代知识分子与媒介的关系可谓是血肉相连，唇齿相依。

不言而喻，在上海这样一个媒介空间极为发达的都市，鲁迅最后 10 年的批评方式与话语方式，显示出了更为显著的现代知识分子特有的"公共性"特征。"他不仅仅只是进行客观的知识性描述与传达，而是要凸显新文化的价值与意义。正是凭借着一种独特的'思'和'言'，鲁迅进入了都市文化的公共领域，并将自己的'思'与'言'，

---

① 傅国涌，文网恢恢说鲁迅，http：//www.tecn.cn/data/detail.php? id＝8041，2003 年 2 月 6 日。

变成了公共的'思'和'言'，成为都市文化的公共资源。"① 而其中最有意味的，也是本书所要重点论述的，鲁迅对媒介的批评，也是利用媒介在这种纷繁交错的媒介空间中所完成的。

---

① 黄健：《鲁迅上海时期的文化社会思想》，载《上海鲁迅研究》，上海社会科学院出版社 2007 年秋季刊。

第三章　重新认识《萧伯纳在上海》

　　鲁迅在极其复杂的政治环境下，时刻聆听着新闻的呼声，做出多种多样的反馈。在《伪自由书》前记中，他意味深长地说："其时讳言时事而我的文字却常不免涉及时事。"① 这句话至少有两重含义：一、"其时讳言时事"，说明在当时严酷的政治氛围下，媒介环境的复杂性、言论自由的虚幻性，揭示出媒介批评的艰难性。二、"我的文字却常不免涉及时事"，时事即新闻之一种，也由此表明其批评的韧性。

　　鲁迅对媒介，爱之深，恨之也切。在他热情的关注中，也冷眼评判着媒介的得失。他纵览各种报刊，总叹息"北京的印刷品现在虽然比先前多，但好的却少"②，认为报刊上"多是些无关大体的无聊事，这是堕落文人的搬弄是非，只能令人变小"③。

　　他对媒介的批评，很多都化做了短小精悍的杂文。在他所写的950多篇杂文中，有相当一部分是就电影、报刊上的新闻、通讯、标题甚至广告加以评析而成的。特别是《伪自由书》和《准风月谈》中，涉及1933年前后上海出版的各类报刊上的100多篇资料。面对众多形形色色的报刊，他常常发出自己独到而一针见血的评价：

　　《顺天时报》——日本人学了中国口气。④

　　《猛进》——很勇，而论一时的政象的文字太多。⑤

　　《甲寅周刊》——自己广告性的半官报。⑥

---

① 《鲁迅全集》第5卷，第5页。
② 《鲁迅全集》第11卷，第33页。
③ 《鲁迅全集》第14卷，第123页。
④ 《鲁迅全集》第3卷，第177页。
⑤ 《鲁迅全集》第11卷，第33页。
⑥ 《鲁迅全集》第3卷，第120页。

《论语》——上海的"幽默"杂志,其实绝不幽默。[①]

《现代评论》——学者们的喉舌;[②] 讨得官僚津贴或银行广告费的"大报";[③] 作者固然多是名人,看去却很显得灰色。[④]

《语丝》——虽总想有反抗精神,而时时有疲劳的颜色,大约因为看得中国的内情太清楚,所以不免有些失望之故罢。[⑤]《语丝》中所讲的话,有好些是别的刊物所不肯说,不敢说,不能说的。[⑥]

《新社会半月刊》——那缺点是"平庸",令人看了之后,觉得并无所得,当然不能引人注意。[⑦]

《社会日报》[⑧] ——五花八门,文言白话悉具,但有些地方,却比"大报"活泼,也有些是"大报"所不能言。[⑨]

《涛声》——总喜欢引古证今,带些学究气。[⑩]

《文艺新闻》——论文看起来太板,要再做得花色一点。[⑪]

《申报》——最求和平,最不鼓动革命的报纸。[⑫]

《申报》副刊《儿童专刊》——昏话之多,令人发指。[⑬]

新加坡《星洲日报》——内容也并不比上海的报章减色。[⑭]

《微言》——这是一种匿名的叭儿所办,专造谣言的刊物,未有事时造谣,倘有人真的被捕被杀的时候,它们倒一声不响了;而这种造谣,也带有淆乱事实的作用。[⑮]

《浅草》季刊——每一期都显示着努力:向外,在摄取异域的营养,向内,在挖掘自己的魂灵,要发见心里的眼睛和喉舌,来凝视这世界,

---

① 《鲁迅全集》第 14 卷,第 237 页。
② 《鲁迅全集》第 7 卷,第 80 页。
③ 《鲁迅全集》第 3 卷,第 161 页。
④ 《鲁迅全集》第 11 卷,第 33 页。
⑤ 同上。
⑥ 《鲁迅全集》第 12 卷,第 65 页。
⑦ 《鲁迅全集》第 13 卷,第 137 页。
⑧ 小型日报,1929 年 11 月 1 日在上海创刊。
⑨ 《鲁迅全集》第 13 卷,第 573 页。
⑩ 《鲁迅全集》第 4 卷,第 576 页。
⑪ 《鲁迅全集》第 8 卷,第 368 页。
⑫ 《鲁迅全集》第 4 卷,第 232 页。
⑬ 《鲁迅全集》第 14 卷,第 157 页。
⑭ 《鲁迅全集》第 13 卷,第 324 页。
⑮ 《鲁迅全集》第 12 卷,第 429 页。

将真和美歌唱给寂寞的人们。①

《大晚报》——在我的发表短评时中，攻击得最烈的是《大晚报》……文字往往颇觉新奇，值得引用，以消愁释闷。②

鲁迅的《论"人言可畏"》、《〈某报剪注〉按语》、《"滑稽"例解》和《中国的科学资料——新闻记者先生所供给的》、《"小童挡驾"》、《剪报一斑》等，都是针对报刊、电影、广告等不良现象所作的批评专文。《我对于〈文新〉的意见》、《水灾即"建国"》等文则是专门针对报刊存在的问题所提的意见。

如《〈某报剪注〉按语》批评的是新闻记事的章回小说化。在按语的第一句就明明白白地点了出来："我到上海后，所惊异的事情之一是新闻记事的章回小说化。无论怎样惨事，都要说得有趣——海式的有趣。只要是失势或遭殃的，便总要受奚落——赏玩的奚落。"③

《"滑稽"例解》批评了报章上的标题、广告和短评貌似正经实则滑稽。"在中国要寻求滑稽，不可看所谓滑稽文，倒要看所谓正经事，但必须想一想。这些名文是俯拾即是的，譬如报章上正正经经的题目，什么'中日交涉渐入佳境'呀，'中国到那里去'呀，就都是的，咀嚼起来，真如橄榄一样，很有些回味。"④

而《中国的科学资料——新闻记者先生所供给的》一共用了短短的三句话："毒蛇化鳖——'特志之以备生物学家之研究焉。'乡妇产蛇——'因识之以供生理学家之参考焉。'冤鬼索命——'姑记之以俟灵魂学家之见教焉'。"⑤ 就把报章善于耸人听闻、哗众取宠的伎俩展现无遗。

鲁迅对媒介的批评，有时直而露，有时却隐而微。1933 年，鲁迅与瞿秋白共同编著出版的《萧伯纳在上海》一书，可以看做是他"隐而微"的媒介批评专著。这本书很薄，只有短短的 6.8 万字，收录了上海中外报刊对萧伯纳在上海停留期间的报道和评论。从这本书问世至今，治中国出版史、新闻史者很少有人关注到它背后隐藏的媒介批评意

① 《鲁迅全集》第 6 卷，第 250—251 页。
② 《鲁迅全集》第 5 卷，第 162 页。
③ 《鲁迅全集》第 8 卷，第 241 页。
④ 《鲁迅全集》第 5 卷，第 360 页。
⑤ 《鲁迅全集》第 8 卷，第 435 页。

蕴,此书的价值在学术界长期以来很少受到正确充分的评价。无论是鲁迅研究还是瞿秋白研究,大多在叙述他们的生平活动时讲故事一般地顺带提及此事,原因就在于人们一向不从媒介批评学的角度来审察该书的出版过程和意义。吴海民曾认为,这是鲁迅对新闻失实的揭露。① 这个观点发现了鲁迅对媒介不良现象的批评,但只是点到为止,没有进一步地去深入探讨。真正开始认识到此书在媒介批评史上价值的是胡正强,他盛赞此书乃"中国新闻媒介批评史上的第一部专著"②。到目前为止,就笔者资料所及,也就仅此一篇谈到此书与媒介批评的关系。在目前对中国现代媒介批评史研究才刚刚起步的情况下,"第一"的说法尚有待商榷。但无论如何,《萧伯纳在上海》一书在中国现代媒介批评史上的确具有开拓性的意义。

关于这点,我们可以从《萧伯纳在上海》一书的编辑目的、编辑方法、鲁迅为此书亲撰的广告等方面来进行具体探讨。此书是鲁迅与瞿秋白合作而成,署鲁迅的笔名"乐雯"出版。鲁迅与瞿秋白是非常亲近的朋友,瞿秋白在很短的时间内编成《鲁迅杂感选集》,在序言中深入而详细地分析了鲁迅的思想演变过程及其杂文的特点,至今都仍是对鲁迅做出认真评价的经典著作之一。鲁迅对此非常感激,手书清代何瓦琴的集句"人生得一知己足矣,斯世当以同怀视之"条幅赠之。冯雪峰在《回忆鲁迅》中也说:"鲁迅对这篇《序言》是很看重和赞赏的,表示分析是对的,以前就没有这样批评过,鲁迅说话时候的态度是愉快的严肃的,而且是流露着深刻的感激的情意。"③ 从此事可以看出他们两人思想上的共通性。斯洛伐克学者玛利安·高利克认为,瞿秋白"在中国文学批评家中第一个起来探寻'现实'的本质问题。因此,他的文学思想基本上与鲁迅的观点相接近"④。在 20 世纪 30 年代险恶的政治环境中,他们思想上的接近性,让两人相互支持,合作编译了《铁流》、《解放了的堂·吉诃德》、《萧伯纳在上海》、《鲁迅杂感选集》、《引玉

---

① 吴海民:《鲁迅对新闻失实的批判》,《新闻爱好者》1986 年第 12 期。
② 胡正强:《论〈萧伯纳在上海〉在中国媒介批评史上的地位》,《当代传播》2006 年第 5 期。
③ 陈漱瑜:《鲁迅版本书话》,北京图书馆出版社 2004 年版,第 226—227 页。
④ [斯洛伐克]玛利安·高利克:《中国现代文学批评发生史》,陈圣生等译,社会科学文献出版社 1997 年版,第 304 页。

集》、《海上述林》等著作和集子，堪称中国现代文学史上的一段佳话。

学界认为此书的编辑目的有二:首先是因为当时瞿秋白住在上海，生活窘迫，鲁迅劝其编辑此书以弥补经济上的困顿;其次，可以保存社会各界因萧的到来而自曝其本来面目的事实。所以此书往往被界定为是"剪报"性质的书籍。方汉奇先生在 1977 年所写的《鲁迅的报刊活动和他的办报思想》中，也提到此书，把它称为"类似综合报道"①。应该说，这种定位并不确切。《萧伯纳在上海》一书具有重要的史料价值，鲁迅和瞿秋白也有保存史料的目的，但如果我们也就仅仅把该书认定为是一种"剪报"，就未免低估了此书的传播学意义，也与该书的实际情形及体例相背。

究其编辑目的，上述这两方面的原因都确实存在，但却并不是最根本的原因。许广平在《鲁迅回忆录》中关于此书的编辑目的是这样说的:鲁迅和瞿秋白"痛感中国报刊报导太慢，萧又离去太快，可能转瞬即把这伟大讽刺作家来华情况从报刊上消失，为此，最好有人收集当天报刊的捧与骂，冷与热，把各方态度的文章剪辑下来，出成一书，以见同是一人，因立场不同则好坏随之而异地写照一番，对出版事业也可以刺激一下"②。此书《写在前面》中也这样说:"关于他的记载，就在中英俄日各报上，互相参差矛盾得出奇"，因此想把这"种种文件，收罗一些在这里，当作一面平面的镜子，在这里，可以看看真的萧伯纳和各种人物自己的原形"。③ 这才是他们编辑并出版该书的真正目的和原因。也就是说，鲁迅和瞿秋白编辑和出版该书的真正目的，乃是为了揭露各家报刊对同一采访对象，因立场不同而评价各异的做法，以此刺激出版事业，推动新闻出版事业的反省和进步。这种操作方式与手段，与我们今天所说的媒介批评实无二致。因此，《萧伯纳在上海》是由鲁迅和瞿秋白共同编著的一本具有媒介批评性质的书。

关于此书的编辑缘起，要追溯到萧伯纳来上海这一事件。1933 年 2 月 17 日，英国著名作家萧伯纳来到上海。这次上海之旅尽管只有短短的半天，见到的人仅有史沫特莱、杨杏佛、林语堂、蔡元培、鲁迅、梅

---

① 方汉奇:《方汉奇文集》，汕头大学出版社 2004 年版，第 402 页。
② 许广平:《鲁迅回忆录》，作家出版社 1961 年版，第 125 页。
③ 此句加引号者，均为瞿秋白语。乐雯编校:《萧伯纳在上海》，上海野草书屋 1933 年版，第 1—3 页。

兰芳等寥寥数人。但中、日、英和白俄等各界报纸对萧伯纳的讲话居然有着截然相反的不同版本，日本记者完全没有见到萧，却"亲耳"听到了萧骂"红军是土匪"的话，这一新闻事件恰似镜子一样照出了各家媒体的嘴脸。在许广平和杨之华四处收集来有关报刊后，鲁迅和瞿秋白连夜编辑，由瞿秋白剪贴翻译并编校，鲁迅写序，3月即出版问世。

在编辑方法上，书中收录了《红叶周刊》、《自由谈》、《论语》、《时报》、《生活周刊》、《申报·春秋》、《申报·业余周刊》、《艺术新闻》、《海潮》、《时事新闻》、"中国的上海当局半官报"《大晚报》、《大陆报》（英文）、"英国的上海政府半官报"《字林西报》（英文）、"日本帝国主义的机关报"《上海泰晤士报》（英文）、"日本的上海殖民地机关报"《每日新闻》（日文）、《上海日报》（日文）、"白俄的上海移民机关报"《上海霞报》（俄文）等上海中外报刊对萧伯纳在上海停留期间的报道和评论，[①] 以及路透社对萧访华之行从香港到北平的一系列专电，还从《社会与教育》和《海潮》中选取了两篇中、德学者较为全面分析萧伯纳生平、成就的文章。可以说，从比较完整、全面的各个侧面展示了由萧伯纳访沪所引起的层层波澜。

全书分五个部分，第一部分为"Welcome"，收"不顾生命"及"只求幽默"两栏，全是各家欢迎或痛骂的文章；第二部分为"呸萧的国际联合战线"，收上海各外报的社评；第三部分为"政治的凹凸镜"，收编者所著批评中外各报的文章一篇，附录两种日文报上的记载；第四部分为"萧伯纳的真话"，收萧在香港、上海、北平三地所做的片段谈话；第五部分为"萧伯纳及其批评"，收黄河清作《萧伯纳》及德国尉特甫格作《萧伯纳是丑角》两篇。总括五部分意见的有编者的《写在前面》。卷首是鲁迅为此专门作的《序言》，文中说："各人的希望就不同起来了，耳朵也不同起来了，批评也不同起来了。蹩脚愿意他主张拿拐杖，癞子希望他赞成戴帽子，涂了胭脂的想他讽刺黄脸婆，民族主义文学家要靠他来压服了日本的军队。但结果如何呢？结果只要看唠叨的多，就知道不见得十分圆满了。"[②]

---

① 此句加引号者，均为瞿秋白语。乐雯原为鲁迅笔名，此处为鲁迅和瞿秋白共同使用。乐雯编校：《萧伯纳在上海》，上海野草书屋1933年版，第62页。

② 乐雯编校：《萧伯纳在上海》，上海野草书屋1933年版。

鲁迅为萧伯纳访华一事，共写有《颂萧》、《谁的矛盾》、《看萧和"看萧的人们"记》、《〈萧伯纳在上海〉序》和为《萧伯纳在上海》所做的一则广告共五篇文章，还在多篇文章中提到此事，由此可见他对萧伯纳上海之行的关注。

按照鲁迅的说法，"我毫不觉得他是讽刺家。谈话也平平常常"①，然而，"第二天的新闻，却比萧的话还要出色得远远。在同一的时候，同一的地方，听着同一的话，写了出来的记事，却是各不相同的。似乎英文的解释，也会由于听者的耳朵，而变换花样。例如，关于中国的政府罢，英字新闻的萧，说的是中国人应该挑选自己们所佩服的人，作为统治者；日本字新闻的萧，说的是中国政府有好几个；汉字新闻的萧，说的是凡是好政府，总不会得人民的欢心的"②。

鲁迅从日方报纸、英方报纸、白俄报纸以及国民党报纸对萧氏讲话的歪曲，犀利地指出了一位名人的声望往往会成为政治利用的工具，各家媒体都在各取所需，根据自己的需要对新闻事实任意进行剪裁和解释，而根本没有正视新闻的真实性乃其生命所在的信条。这一新闻事件，仿佛就是一出媒介众角登场出演的滑稽戏。"从这一点看起来，萧就并不是讽刺家，而是一面镜。"③

在《谁的矛盾》一文中，鲁迅又巧妙地运用对比方法，对这一新闻事件进行了具体分析：

萧（George Bernard Shaw）并不在周游世界，是在历览世界上新闻记者的嘴脸，应世界上新闻记者们的口试，——然而落了第。

他不愿意受欢迎，见新闻记者，却偏要欢迎他，访问他，访问之后，却又都多少讲些俏皮话。

他躲来躲去，却偏要寻来寻去，寻到之后，大做一通文章，却偏要说他自己善于登广告。

他不高兴说话，偏要同他去说话，他不多谈，偏要拉他来多谈，谈得多了，报上又不敢照样登载了，却又怪他多说话。

① 《鲁迅全集》第4卷，第509页。
② 同上书，第511页。
③ 同上。

他说的是直话，偏要说他是讽刺，对他哈哈的笑，还要怪他自以为聪明。

他说的是真话，偏要说他是在说笑话，对他哈哈的笑，还要怪他自己倒不笑。①

瞿秋白在书中也专门写了"政治的凹凸镜"一节，来评析各媒体在这次事件上的不同嘴脸，认为"萧伯纳就做了各种政治立场的凹凸镜：……每一方面都想把萧伯纳变成凹凸镜，借'他'的光，'照耀'自己的'粗壮'，'圆转'，而把别人照成扁塌塌的矮子。其实，他们各自现了原形"②。

鲁迅倒认为"说萧是凹凸镜，我也不以为确凿"。他认为，报刊是政治相、社会相的载体，新闻是一面真实地照出众生相的大镜子。从这貌似滑稽、讽刺的新闻事件中，鲁迅揭示和解读出了另一层含义：没有脊梁的媒介的悲哀。"萧在上海不到一整天，而故事竟有这么多，倘是别的文人，恐怕不见得会这样的，这不是一件小事情，所以这一本书，也确是重要的文献。在前三个部门之中，就将文人，政客，军阀，流氓，叭儿的各色各样的相貌，都在一个平面镜里映出来了……这真是一面大镜子，真是令人们觉得好像一面大镜子的大镜子，从去照或不愿去照里，都装模作样的显出了藏着的原形"③。

不仅如此，在《萧伯纳在上海》的序言中，鲁迅还借花献佛，巧借了一则英国路透社对中国报纸大幅报道萧伯纳访华一事的批评报道。1933 年 2 月 20 日，萧伯纳由上海到北平，同日路透社发出电讯，认为"政府机关报④今晨载有大规模之战事正在发展中之消息，而仍以广大之篇幅，载萧伯纳抵北事，闻此足证华人传统的不感觉苦痛性"⑤。其实，这并非是"华人传统的不感觉苦痛性"，而是"王顾左右而言他"，以对文艺、娱乐等次要新闻的烘托来消解人们对重要政治事件的关注。西方的议程设置理论里曾详述了这其中的奥妙，鲁迅有丰富的媒介经

---

① 《鲁迅全集》第 4 卷，第 505 页。
② 乐雯编校：《萧伯纳在上海》，上海野草书屋 1933 年版，第 100 页。
③ 同上。
④ 指国民党政府的报纸。
⑤ 《鲁迅全集》第 4 卷，第 516 页。

验,他对于媒介的这一做法有着敏锐的认识。关于这点,本书还将在后面进行论述。

过去学界总把《萧伯纳在上海》认为是"剪报"性质的书籍,包括鲁迅在众多杂文中夹杂的对媒介的批评,许多学者也只是认为鲁迅善于利用报刊材料做写作素材而已。不可否认,鲁迅在对待报刊上,"剪"、"用"并举,但他"剪"的目的是为了对报刊的不良现象进行抨击。这正属于媒介批评的范畴。

遵循阶级分析的方法对复杂的新闻现象进行观察和批评,即着重暴露各家新闻媒体针对同一新闻事实进行报道和评论时,如何表现他们的不同政治立场和主观倾向,是此书进行媒介批评时的最主要内容和思维特色。这种媒介批评的理论取向和分析方法,与西方传播学批判学派可谓异曲同工,殊途同归。书中收录的这些报刊里,有的是商业性质的大众媒体,有的是同人报刊,还有一大部分是受制于不同政治团体的舆论工具。不同的利益和立场决定了不同报刊的文化风貌和价值指向,也就决定了历史和文化多种诠释可能性的存在。因此,把多种报刊就同一事件发生的"差异"关系和"互文"关系纳入视野,就构成了批评思维的平台。不同报纸提供了内容相异的版本,显然是掺杂了想象或虚拟的成分,但毕竟也算作一种历史文本。在不同报刊提供的不同或相同文本的碰撞中寻觅线索,也是媒介批评存在的一条途径,还可以从中听到不同阶层、群体、组织的不同声音,使平面化的历史、文化场景成为向不同维度延伸的立体构型。

其实,鲁迅在文章中就常常利用新闻材料进行媒介批评,可谓"用子之矛攻子之盾"。1925年发表的《启事》一文就是把各方关于开封铁塔士兵强奸女生事件的说法放在一起,让真相不言自喻。1934年所写的《未来的光荣》也把媒体对萧伯纳、法国小说家德哥派拉(M. Dekobra)和法国社会活动家伐扬古久列(P. Vaillant - Couturier)对上海访问的不同反应做了对比。只不过《萧伯纳在上海》一书搜录的媒介材料更全面,体例编排上更新颖,并配上了瞿秋白所写的短评,成为典型的媒介批评专著。

这点,在鲁迅为此书亲撰的广告上,也可以看出他对此书性质的认识。鲁迅对《萧伯纳在上海》一书非常重视,在出版前后多次于日记和书信中提及此书,并亲自为此书撰写广告。广告中明确指出:"萧伯纳一到香港，就给了中国一个冲击，到上海后，可更甚了，定期出版物上几乎都有记载或批评，称赞的也有，嘲骂的也有。编者便用了剪刀和笔墨，将这些都择要汇集起来，又一一加以解剖和比较，说明了萧是一面平面的镜子，而一向在凹凸镜里见得平正的脸相的人物，这回却露出了他们的歪脸来。是一部未曾有过先例的书籍。"[1] 也就是说，摘要"剪报"只是一种手段，重点是要"一一加以解剖和比较"，即对媒介材料进行批评、分析，让某些平日"见得平正"的媒体在这面大镜子前露出歪脸。

从明代开始，中国士大夫知识分子当中，不少人有抄录邸报的习惯，目的在于了解朝政和积累修史材料。鲁迅在 1916 年前后治中国小说史时也有抄录古碑经文的习惯，他对剪报一类的材料甚为熟悉。如果《萧伯纳在上海》属于剪报一类，鲁迅绝不会自诩为"是一部未曾有过的书籍"。可见，在鲁迅和瞿秋白的心目中，他们也不是按照过去的剪报体例来编排这本书。所以鲁迅在广告中的评价应该视为真切的评价，并非故弄玄虚。由于当时并没有出现媒介批评这样的专有术语，因此，鲁迅也只能说该书"是一部未曾有过的书籍"，以提醒广大读者注意该书的不同寻常之处。这句鲁迅对此书的自我评价，也佐证了此书的开拓性意义。

---

[1] 《鲁迅全集》第 8 卷，第 510 页。

第三篇 对新闻媒介的批判

鲁迅阅报范围非常广泛，在他的一生中，曾经点名批评的新闻媒介，约有三十多种，其中既有日本人在华出版的中文报纸《顺天时报》、罗马天主教教会在华办的中文日报《益世报》等有帝国主义背景的报纸，也有国民党中央机关报《中央日报》、国民党财阀孔祥熙收买的《时事新报》；既有《社会新闻》、《微言》等国民党 CC 系主办的刊物，也有《醒狮周刊》、《国魂》等国家主义派的报刊；既有《人言》、《现代评论》等留学英美的大学教授所办的同人杂志，也有《科学新闻》、《文艺新闻》等左翼作家办的刊物；既有《大公报》、《申报》等在当时很有影响的民营大报，也有《晶报》、《金刚钻》、《福尔摩斯》等现代上海小报。

第一章 政治、商业操控下的媒体

鲁迅的媒介批评，与当时的政治、民主、社会思潮紧密相关。因为当时的媒介，已经成为各种政治力量角逐、控制、操纵社会意识的工具。大家各为其主，而且，一种媒介在长期的发展中，依靠的政治力量不同，展现的面貌也不同。要准确地批评，必须确凿地分析当时的历史、社会背景，才能不想当然地做出判断。鲁迅在这一点上，有着清醒的认识。

第一节 官报的奴性

戈公振曾在《中国报学史》中这样分析设立官报的目的："我国之有官报，在世界上为最早，何以独不发达？其故盖西人之官报乃与民阅，而我国乃与官阅。'民可使由，不可使知'，乃儒家执政之秘诀；阶级上之隔阂，不期然而养成。故官报从政治上言之，固可收行政统一之效；但从文化上言之，可谓毫无影响……进一步言之，官报之唯一目的，为遏止人民干预国政，遂造成人民间一种'不识不知顺帝之则'之心理；于是中国之文化，不能不因此而入于黑暗状态矣。"①

虽然当时已经进入 20 世纪，但是当权者开办官报的目的并没有改变，仍然是借此来垄断舆论。1927 年 4 月，南京国民政府建立，经过宁汉合流、宁粤合流和一系列军阀混战，国民党逐渐建立了对全国的统治。国民党依靠其执政党优越的政治地位和雄厚的经济实力，立即着手建立和扩充自己的党报。1928 年 6 月，国民党首次通过和颁布党报管理规章，颁布了《设置党报条例》、《指导党报条例》、《补助党报条例》

---

① 戈公振：《中国报学史》，上海古籍出版社 2003 年版，第 71 页。

等三个条例，以加强国民党中央对党内新闻事业的领导权，同时也统一各派系的政治立场和口径。条例在党报的设置和领导体制、宣传内容、组织纪律和津贴标准等方面都作了详细的规定。这是国民党开始加强新闻舆论控制的标志。

条例颁布后，之前创刊于上海的中央直属党报《中央日报》迁往南京，并于 1929 年 2 月 1 日正式复刊。除《中央日报》外，归国民党中央宣传部直接管辖的党报主要还有：1929 年元旦创刊于北平的《华北日报》，该报比较重视吸收北平各大学学生参与采编工作，并委托国外留学生发国际新闻，因而无论是内容还是编排都比较新颖，在北平文化界颇有影响；1930 年 1 月 10 日创刊的英文《北平导报》，是直属国民党中央的唯一外文报纸，后改名《北平时事日报》；前身为国民党湖北省党部创办的《湖北民国日报》，1929 年 6 月 10 日国民党中央对其加以改组后更名为《武汉日报》正式出版，这是华中地区规模最大的国民党党报，发行点远及南京、上海、北平、天津；《广州中山日报》，原为 1924 年 10 月由国民党中宣部在广州创办的《广州民国日报》，此后该报在国民党内的派系斗争中屡易其主，蒋、汪合作之后，改此名。①

除以上诸类由国民党中宣部直接管辖的报纸外，由国民党地方党部管辖的报纸数量更是空前。按《设置党报条例》精神，在省会所在地及重要城市都有党报，且几乎都采用"民国日报"的统一名称，如《山东民国日报》、《河南民国日报》、《绥远民国日报》、《杭州民国日报》、《宁波民国日报》等。大致说来，到 1932 年前后，以《中央日报》为核心的中央直属党报系统（包括各地中央直属党报和军队党报）基本建立；到 1935 年前后国民党地方党报系统基本建立。

蒋介石很看重报纸的社会作用，他并不像以前的旧军阀那样，对于报刊只搞收买和镇压，他建立的这套新闻事业网，包括了从中央到地方的各种新闻工具，还有新闻行政机构，这种控制舆论的办法，是从德、意法西斯那里学来的。1931 年 5 月 5 日，蒋介石亲自出面在御用的"国民会议"上，宣扬法西斯的政治理论是最有效能的统治权的行施。在他的号令下，法西斯宣传猖獗一时。据估计，1932—1937 年间，国

---

① 中国第二历史档案馆编：《中华民国史档案资料汇编》第五辑第二编文化（一），江苏古籍出版社 1998 年版，第 715—716 页。

内以出版法西斯书籍及墨索里尼、希特勒言论、传记为主的书局就有数十家。鼓吹法西斯主义的书刊更是如雨后春笋，充斥书肆。《法西斯蒂及其政治》、《法西斯意大利政治制度》、《希特勒与国社党》及法西斯蒂小丛书等宣扬法西斯主义的著作顺利通过国民党图书检查制度且大量出版。

对于国民党的这种做法，鲁迅辛辣地讽刺它们一方面颁布出版法实行新闻检查，"禁期刊，禁书籍"，另一方面"做些文章，印行杂志"，编起了大量的官办报刊，以使"门市热闹"。不仅在全国各地办起了《中央日报》、《民国日报》，就连国民党上海市区党部委员、上海市政府委员朱应鹏也办起了《前锋月刊》，还在 1930 年 10 月 4 日的《申报》上大打广告宣称自己是"前进的，民族主义的，唯一的，文艺刊物"①。国民党淞沪警备司令部侦缉队长兼军法处长范争波也不甘落后，办了《前锋周报》。"1934 年，国统区共有 1186 种报刊，其中 2/3 以上是官报"②。而据 1936 年出版的国民党政府《内政年鉴》统计，全国报刊共 1763 家，其中国民党的党政军报刊就占了 1/3，而且一些民办报刊也是与官方有关系的。③

这些官报，虽是"统治者"办的，是主人的奴才，对外实际上却已成了"洋大人的跟丁"④，可还要遮遮掩掩。1933 年 3 月 31 日，曾任日本驻华公使、外务大臣的芳泽谦吉来华活动。"一般的人们，总以为是来商量政治的，然而报纸上却道并不为此"，中央社跟着一起对外宣称是：私人行动、纯系漫游性质、分访昔人旧好、并无含有外交及政治等使命。鲁迅评论道："至今为止，所听到的是革命者因为受着压迫，所以用着潜行，或者秘密的活动，但到一九三三年，却觉得统治者也在这么办的了。"⑤

对内，这些官报却在"指挥刀的掩护"下进行文化围剿——

1930 年 3 月 18 日《民国日报·觉悟》在"呜呼，'自由运动'竟是一群骗人的勾当"的栏题下，刊载署名"敌天"（自称是大夏大学

①　《申报》1930 年 10 月 4 日。
②　方汉奇：《方汉奇文集》，汕头大学出版社 2004 年版，第 449 页。
③　林贤治：《鲁迅的最后十年》，东方出版中心 2006 年版，第 68 页。
④　《鲁迅全集》第 4 卷，第 515 页。
⑤　《鲁迅全集》第 7 卷，第 430 页。

"学文科"的学生）的来稿，攻击鲁迅的讲演，其中有"公然作反动的宣传，在事实上既无此勇气，竟借了文艺演讲的美名而来提倡所谓'中国自由运动大同盟'的组织，态度不光明，行动不磊落，这也算是真正的革命志士吗？"等语。

同年5月7日《民国日报》又登载署名"男儿"的《文坛上的贰臣传——一、鲁迅》，文中攻击鲁迅和左翼文艺运动，如说"鲁迅被共产党屈服"，"所谓自由运动大同盟，鲁迅首先列名，所谓左翼作家联盟，鲁迅大作讲演，昔为百炼钢，今为绕指柔，老气横秋之精神，竟为二九小子玩弄于掌上，作无条件之屈服"，等等。①

鲁迅通过对"贰臣"一词的分析，犀利地指出这个"文坛"背后的皇帝："至于'贰臣'之说，却是很有些意思的，我试一反省，觉得对于时事，即使未尝动笔，有时也不免于腹诽，'臣罪当诛兮天皇圣明'，腹诽就决不是忠臣的行径。但御用文学家的给了我这个徽号，也可见他们的'文坛'上是有皇帝的了。"②

其实，这种"臣记者"早已有之。报纸的起源，无论中外，皆出自官报。官报的性质就决定了它"臣记者"的性质。但"臣记者"这个名词的出现，还是在民国四年。当时"参政院推袁为帝，北京各报除日人之《顺天时报》外，皆印红报，阿谀备至，而'臣记者'三字，遂成一新名词"③。但是，这种"臣记者"如果不自知，也注定没有好下场的。1926年北伐开始后，《民国日报》总编辑陈德徵，在北伐军占领上海之后，成了上海的党阀之一。"四·一二"后，陈一度"红得发紫"，除《民国日报》的总编辑外，还掌握市党部和文教机关。一时的风云际会，使他头脑发涨，居然在《民国日报》上发起"民意测验"，"选举"中国的伟人。揭晓时，第一名竟是陈德徵，第二名才是蒋中正。结果被"蒋总司令"借故押解到南京。几个月后，人虽释放了，却得到"永远不得重用"的处分。

随后国民党当局又开始搞"文化统制"，并在他们的刊物上大肆宣传。如1934年1月《汗血》月刊第二卷第四期即为《文化剿匪专号》，

---

① 《民国日报》1930年5月7日。
② 《鲁迅全集》第4卷，第194页。
③ 戈公振：《中国报学史》，上海古籍出版社2003年版，第213页。

同年 8 月《前途》月刊第二卷第八期又为《文化统制专号》。鲁迅曾在文章中用"文艺政策"和"文化统制"等字样加以揭露，但发表时都被删去。对于这种做法，鲁迅只能说："这例子常见于中国的历史上，后来的史官为新朝作颂，称此辈的行为曰：'为王前驱'。"① "为王前驱"指的是为王征战充当先锋，在国民党当局意欲垄断全国舆论的过程中，官报起到了"开路者"的作用。

这些"靠了钦定或官许的力量，到处推销无阻"的东西，可是"读的人们却不多，因为宣传的事，是必须在现在或到后来有事实来证明的，这才可以叫作宣传。而中国现形的所谓宣传，则不但后来只有证明这'宣传'确凿就是说谎的事实而已"②。因为这些报刊对内另有一副嘴脸，它们有着民众"向来没有印过的字典。这里面很有新奇的解释，例如：'解放'就是'枪毙'；'托尔斯泰主义'就是'逃走'；'官'字下注云：'大官的亲戚朋友和奴才'；'城'字下注云：'为防学生出入而造的高而坚固的砖墙'；'道德'条下注云：'不准女人露出臂膊'；'革命'条下注云：放大水入田地里，用飞机载炸弹向'匪贼'头上掷之也"③。

这样产生的"坏结果，是令人对于凡有记述文字逐渐起了疑心，临末弄得索性不看。即如我自己就受了这影响，报章上说的什么新旧三都的伟观，南北两京的新气，固然只要看到标题就觉得肉麻了"。久而久之，"宣传这两个字，在中国实在是被糟蹋得太不成样子了，人们看惯了什么阔人的通电，什么会议的宣言，什么名人的谈话，发表之后，离开无影无踪，还不如一个屁臭的长久，于是渐以为凡有讲述远处或将来的优点的文字，都是欺人之谈"。鲁迅最后总结道："所谓宣传，只是一个为了自利，而漫天说谎的雅号。"④

无怪乎戈公振叹道："今报纸所载之新闻，大半得诸通讯社，而此种通讯社，并非为供给新闻而设，纯系一种宣传作用，于是人民不能于报纸上觅得正确之事实，而对于国家或国际政策之思想，遂易误入歧

---

① 《鲁迅全集》第 5 卷，第 116 页。
② 《鲁迅全集》第 4 卷，第 435 页。
③ 《鲁迅全集》第 6 卷，第 521 页。
④ 《鲁迅全集》第 4 卷，第 435 页。

途。而无由集中，此至可痛惜之事也。"① 当时许多报纸、通讯社、电台都是国民党当局的官办工具。经过筛选、加工的"事实"，已经散发出一股官味，清醒的读者对它持怀疑态度，是难免的。

"九·一八"事变发生后，为了反抗日本的侵略和国民党政府的不抵抗政策，全国各地学生纷纷赴南京请愿，在国民党统治的心脏掀起了抗日反蒋的狂飙。国民党中央通讯社、《中央日报》秉承国民党最高当局的旨意，对学生运动采取了非难、压制乃至颠倒黑白、造谣生非的政策，诬陷"珍珠桥惨案"中的死难学生为"失足落水"。12 月 17 日《申报》在要闻版头条位置刊登了"珍珠桥惨案"中死难学生尸首的照片，揭破了《中央日报》编造的种种谎言。《中央日报》因而被愤怒的学生彻底捣毁。

虽然他们有"指挥刀的掩护"，可以"从指挥刀下骂出去，从裁判席上骂下去，从官营的报上骂开去"，② 表面上似乎是"伟哉一世之雄"，可是越见其骂越见其"怯"。这些"文艺的主持者"，"他们倘做一部'杀戮法'或'侦探术'，大约倒还有人要看的，但不幸竟在想画画，吟诗。这实在譬如美国的亨利·福特先生不谈汽车，却来对大家唱歌一样，只令人觉得非常诧异"③。在 1931 年所作的《上海文艺之一瞥》中，鲁迅讽刺道："现在上海所出的文艺杂志都等于空虚，革命者的文艺固然被压迫了，而压迫者所办的文艺杂志上也没有什么文艺可见。然而，压迫者当真没有文艺么？有是有的，不过并非这些，而是通电，告示，新闻，民族主义的'文学'，法官的判词等。"④

鲁迅把这些"指挥刀"掩护下的报刊主持者称之为"官家"，并指出"世间大抵只知道指挥刀所以指挥武士，而不想到也可以指挥文人"⑤。1933 年 2 月，鲁迅在《不通两种》一文中批评了某些报刊上慑于压力"不敢通"和主动自愿"不肯通"的文字，国民党文人王平陵在国民党官报《武汉日报》上进行了反驳。他在文章中说鲁迅"这种有闲阶级的幽默的作风，严格言之，实在不革命"，而且，写文章"装

① 戈公振：《中国报纸进化之概观》，《国闻周报》1927 年第 4 卷第 5 期。
② 《鲁迅全集》第 3 卷，第 567 页。
③ 《鲁迅全集》第 4 卷，第 294 页。
④ 同上书，第 310 页。
⑤ 《鲁迅全集》第 3 卷，第 554 页。

腔作势，吞吞吐吐，打这么许多湾儿……其言可谓尽深刻恶毒之能事"，指责鲁迅并不是真的"为着解放劳苦大众而呐喊"，而是"仅仅为着个人的出路，故意制造一块容易招摇的金字商标，以资号召而已"。

文中诬蔑说，"所谓的革命的作家，听说，常常在上海的大跳舞场，拉斐花园里，可以遇见他们伴着娇美的爱侣，一面喝香槟，一面吃朱古力，兴高采烈地跳着狐步舞，倦舞意懒，乘着雪亮的汽车，奔赴预定的香巢，度他们真个消魂的生活。明天起来，写工人呵！斗争呵！之类的东西，拿去向书贾们所办的刊物换取稿费，到晚上，照样是生活在红绿的灯光下，沉醉着，欢唱着，热爱着"。革命作家"只会对苏联当局摇尾求媚的献词"，这种"猫哭耗子的仁慈"，是不能"博得劳苦大众的同情"的。①

鲁迅在《官话而已》中进行了回应："但看他投稿的地方，立论的腔调，就明白是属于'官方'的。一提起笔，就向上司下属，控告了两个人，真是十足的官家派势。"既然是在"官报"上，"官家"写的自然是"官话"。官话的特点是"说话弯曲不得"。因为"就是几个弄弄笔墨的青年，就要遇到监禁，枪毙，失踪的灾殃，我做了六篇'不到五百字'的短评，便立刻招来了'听说'和'如果'的官话，叫作'先生们'，大有一网打尽之概"。民众们只能像"植物被压在石头底下，只好弯曲的生长"，做些"装腔作势，吞吞吐吐的文章"，而这时，"俨然自傲的"当然是"官许"的"石头"。

鲁迅针对没有根据的诬蔑反问道："什么'听说'，什么'如果'，说得好不自在。听了谁说？如果不'如果'呢？'对苏联当局摇尾求媚的献词'是那些篇，'倦舞意懒，乘着雪亮的汽车，奔赴预定的香巢'的'所谓革命作家'是那些人呀？"紧接着，鲁迅用确凿的事实指出："官话"里所说的根本没有依据，而国民党中央政治会议委员戴季陶出任广州中山大学委员会委员长就职典礼时，曾命大学生全体起立，向参加典礼的苏联政治活动家鲍罗廷一鞠躬，"拜得他莫名其妙"；国民党中央执行委员甘乃光曾做过《孙中山与列宁》的讲演，"说得他们俩真好像没有什么两样"。所以，"平陵先生的'听说'和'如果'，都成了无的放矢，含血喷人了"。"但真正老牌的官话也正是这样的。"②

---

①　王平陵：《"最通的"文艺》，《武汉日报》的《文艺周刊》1933 年 2 月 20 日。
②　《鲁迅全集》第 5 卷，第 26 页。

尽管官报有"指挥刀"的掩护,但由于国民党各中央直属党报基本设置在沿江沿海的大都市,如南京、上海、北平、天津、武汉等地。而这些地方资本主义经济相当发达,民族资产阶级企业化大报如《申报》、《新闻报》、《世界日报》、《大公报》等,和外国人在华所办报刊如上海《泰晤士报》、《字林西报》,京津《泰晤士报》等,多汇于此。这些报纸,历史悠久,实力雄厚,影响相当广泛。此外还有共产党秘密报刊的生存发展。在这样一个竞争激烈的报业环境中,国民党党报实难有所作为,其辐射能力必然会受到限制和削弱。

对这些以量取胜,多如牛毛,无人要看的官办报刊,鲁迅在《偶成》一文中引家乡村民看戏的故事,对这些本以为"有钱有势",却"看客寥寥"的报刊进行尖锐的批评:

> 前清光绪初年,我乡有一班戏班,叫作"群玉班",然而名实不符,戏做得非常坏,竟弄得没有人要看了。乡民的本领并不亚于大文豪,曾给他编过一支歌:
>
> "台上群玉班,台下都走散。连忙关庙门,两边墙壁都爬塌。连忙扯得牢,只剩下一担馄饨担"。
>
> 看客的取舍,是没法强制的,他若不要看,连拖也无益,即如有几种刊物,有钱有势,本可以风行天下的了,然而不但看客有限,连投稿也寥寥,总要隔两月才出一本。①

然而,鲁迅还没有看到国民党对《申报》、《新闻报》的改组:抗战胜利后,国民党采取股份有限公司这种形式,利用"控股"的方式吞并民间报纸,达到垄断全国舆论的目的。在接收和改组上海《申报》和《新闻报》的过程中,国民党中央宣传部使用的正是这种手段。名义上,国民党在《申报》资本原额 1.5 万股中收购 6000 股,在《新闻报》资本原额 2 万股中收购 5000 股。实际上,在申、新两报股额中,国民党"党股"均占 51% 以上。② 这样,两报作为民间报纸已不复存

---

① 《鲁迅全集》第 5 卷,第 209—210 页。
② 马光仁:《战后国民党对申、新两报的控制》,《新闻研究资料》第 33 辑,中国新闻出版社 1985 年版。

在，而变成了纯粹的国民党党报。和其他国民党党报所不同的是，它们仍标榜"以民营报纸立场，为国家尽宣传职责"的宣传方针。"群玉班"虽然戏作得非常坏，但他有本事把其他戏班都吞并了，让看客你不看也得看了。

第二节　帮闲报刊的"二丑"艺术

对于那些自我标榜"既非商办，又非官办"、"在报界里是很难得的"，其实"不知道谁是东家，就是究竟谁是'员外'"的报刊，① 鲁迅称之为"帮闲"，并用"二丑"这一戏剧形象对其进行了深刻的剖析。

当时，不少报刊接受津贴，沦为军阀、政客、官僚等的喉舌。除了社会各党团为争权夺利、扩大影响而创办的报刊外，从中央到地方的各派军阀、官僚、政客纷纷以津贴方式贿买报刊为自己鼓吹。不少报刊为权、利所诱，只要是有权势的，谁出钱，就为谁帮腔，为其摇唇鼓舌。因为"谋成事遂，睡足饭饱之余，三月炼字，半年锻句……即使还写，也许不过是温暾之谈，两可之论，也即所谓执中之说，公允之言，其实等于不写而已"②。对这些报刊，鲁迅以"帮闲"二字相赠。

什么是帮闲？鲁迅说："那些会念书会下棋会画画的人，陪主人念念书，下下棋，画几笔画，这叫做帮闲。"③ 在鲁迅看来，"帮闲的盛世是帮忙"④，"帮闲文学实在就是帮忙文学"。因为"大凡要亡国的时候，皇帝无事，臣子谈谈女人，谈谈酒，像六朝的南朝，开国的时候，这些人便做诏令，做敕，做宣言，做电报——做所谓皇皇大文。主人一到第二代就不忙了，于是臣子就帮闲"。所以他们"已经走进主人家里，非帮主人的忙，就得帮主人的闲"⑤。

可是，要帮闲也并不易得。帮闲，乃是"权门的清客"，"还要有清客的本领的，虽然是有骨气者所不屑为，却又非搭空架者所能企及"。

---

① 《鲁迅全集》第5卷，第164页。
② 《鲁迅全集》第3卷，第161页。
③ 《鲁迅全集》第7卷，第404页。
④ 《鲁迅全集》第6卷，第357页。
⑤ 《鲁迅全集》第7卷，第404—405页。

所以,"必须有帮闲之志,又有帮闲之才,这才是真正的帮闲"①。

这些帮闲报刊,鲁迅用"二丑"来形容他们。所谓"二丑",是戏剧术语,或称"二花脸",它的特点和"小丑"不同,既"不扮横行无忌的花花公子,也不扮一味仗势的宰相家丁,他所扮演的是保护公子的拳师,或是趋奉公子的清客。总之:身分比小丑高,而性格却比小丑坏"②。

"二丑"的坏,在哪里呢?鲁迅是这样说的:"小丑"扮的恶仆,还比较"简单","只会做恶,到底灭亡"③。大家也比较容易分辨。比如,"上海的小书贾化作蚊子,吸我的一点血……而我却还没有什么大怨气,因为我知道他们是蚊子,大家也都知道他们是蚊子"④。而"二丑"是"智识阶级",他的"本领却不同,他有点上等人模样,也懂些琴棋书画,也来得行令猜谜",大家很容易被他迷惑,但终究他"倚靠的是权门,凌蔑的是百姓,有谁被压迫了,他就来冷笑几声,畅快一下,有谁被陷害了,他又去吓唬一下,吆喝几声"⑤。

不过,"二丑"最坏的地方,在于他的伪装,并非一味地趋炎附势,还要装出一副有二心的样子。因为"他明知道自己所靠的是冰山,一定不能长久,他将来还要到别家帮闲,所以当受着豢养,分着余炎的时候,也得装着和这贵公子并非一伙"。所以当他"倚靠权门"的时候,"大抵一面又回过脸来,向台下的看客指出他公子的缺点,摇着头装起鬼脸道:你看这家伙,这回可要倒楣哩!"鲁迅指出,"这最末的一手,是二丑的特色"⑥。

只寥寥数语,就把这些帮闲报刊与官报和下面要谈的在华外报的区别精辟地点了出来。虽然"二丑"们自以为聪明,在帮闲之余,也偶尔在无关紧要处对统治当局讥刺几下,摆出一副公允持正的样子,小骂大帮忙一下。可"小百姓看透了这一种人","我们只要取一种刊物,看他一个星期,就会发现他忽而怨恨春天,忽而颂扬战争,忽而译萧伯

---

① 《鲁迅全集》第6卷,第357页。
② 《鲁迅全集》第5卷,第207页。
③ 同上。
④ 《鲁迅全集》第3卷,第161页。
⑤ 《鲁迅全集》第5卷,第207页。
⑥ 同上。

纳演说，忽而讲婚姻问题；但其间一定有时要慷慨激昂的表示对于国事的不满：这就是用出末一手来了"①。

这些帮闲报刊们的面目、手段也是形形色色。有的是明为独立，暗中帮闲。例如，由陈源（西滢）主编的《现代评论》在《本刊启事》中称："本刊的精神是独立的，不主附和；本刊的态度是研究的，不尚攻讦；本刊的言论趋重实际问题，不尚空谈。"② 可是自第 1 卷第 16 期（1925 年 3 月 28 日）起，每期封底都整面刊登当时金城银行的广告。10 月 2 日的《猛进》周刊第 31 期刊载了署名蔚麟的文章，揭发"《现代评论》因为受了段祺瑞、章士钊的几千块钱，吃着人的嘴软，拿着人的手短，对于段祺瑞、章士钊的一切胡作非为，绝不敢说半个不字"③。

《现代评论》主要刊登政论，同时也发表文艺创作、文艺评论，提倡白话文。它貌似自由主义，实际具有明显政治倾向。先是依附北洋政府，在 1925 年北京女师大风潮和 1926 年"三·一八"惨案及五卅运动中，都支持当局，反对革命群众运动。"例如刘百昭殴曳女师大学生，《现代评论》上连屁也不放，一到女师大恢复，陈西滢鼓动女大学生占据校舍时，却道'要是她们不肯走便怎样呢？你们总不好意思用强力把她们的东西搬走了罢？'殴而且拉，而且搬，是有刘百昭的先例的，何以这一回独独'不好意思'？"④ 1927 年"四·一二"政变后，又转而投靠国民党政权。其主要撰稿人唐有壬后来任国民党政府外交部次长。鲁迅因此批评道："这不是明明白白的么，报社收津贴，连同业中也互讦过，但大家仍都自称为公论。"⑤ 《现代评论》虽为"学者们的喉舌"⑥，却是"讨得官僚津贴或银行广告费的'大报'"⑦。

《论语》创刊于 1923 年，《人间世》创刊于 1934 年，是专门提倡"幽默"、"性灵"、"闲适"的刊物。《论语》初创时，鲁迅由于"老朋友"的关系，曾经给予过支持。为这个刊物写过《由中国女人的脚推定中国人之非中庸又由此推定孔夫子有胃病——学匪派考古学之一》、

　① 《鲁迅全集》第 5 卷，第 208 页。
　② 陆耀东等主编：《中国现代文学大辞典》，高等教育出版社 1998 年版，第 449 页。
　③ 《鲁迅全集》第 3 卷，第 165 页。
　④ 《鲁迅全集》第 1 卷，第 293 页。
　⑤ 《鲁迅全集》第 3 卷，第 238 页。
　⑥ 《鲁迅全集》第 7 卷，第 80 页。
　⑦ 《鲁迅全集》第 3 卷，第 161 页。

《学生和玉佛》等文章,希望引导这一标榜"幽默"的刊物,走向"对社会的讽刺"一边,但是未能如愿。《论语》、《人间世》仍死抱住"幽默"不放,一个劲儿地刊登《苏秦吃咸蛋的故事》和《中国究有臭虫否》之类的所谓幽默文章,"牛角尖"钻得"滋滋有味"。鲁迅因此评论说:"《人间世》之类,则本是麻醉品,其流行亦意中事,与中国人之好吸雅片相同也。"①

而事实上这两个刊物都并不"闲适",这些"正人君子们"是明显站在蒋介石一边的,反对当时的左翼文艺运动,宣扬资产阶级人性论,站在自由资产阶级立场上,鼓吹资产阶级民主政治。《论语》第 2 期就发表过《马克思风》一文,讽刺和诬蔑马克思主义在中国的传播。《人间世》也译载过宋美龄在外国杂志上发表的攻击工农红军"杀人放火"的文章。他们所标榜的"幽默",不过是"将屠户的凶残,使大家化为一笑,收场大吉"②。鲁迅在给郑振铎的信里说得很明白,"专读《论语》或《人世间》一两年,而欲不变为废料,亦殊不可得也"③。

对于这种明为独立、暗中帮闲的报刊,鲁迅评论道:"文人学士是清高的,他们现在也更加聪明,不再恭维自己的主子,来着痕迹了。他们只是排好暗箭,拿定粪帚,监督着应该俯伏着的奴隶们,看有谁抬起头来的,就射过去,洒过去,结果也许会终于使这人被绑架或被暗杀,由此使民国的国民一律'平等'。"④

而有的则是跟着"大报"屁股后面帮忙。鲁迅定居上海以后,对他和左翼文学的种种谣言不一而足。1930 年 5 月 7 日和 14 日,"大报"《民国日报》分别说"创造社诸人,因为卢布及虚荣之关系为共产党所收买"、左翼作家"受了赤色帝国主义的收买,受了苏俄卢布的津贴",等等。"卢布"说等不胫而走。上海的小报《金钢钻报》也跟着凑起了热闹,在 1931 年 2 月 6 日名为《鲁迅加盟左联的动机》的文章中,像模像样地说:"共产党最初以每月八十万卢布在沪充文艺宣传费,造成所谓普罗文艺。"鲁迅在提到这些谣言时,揭发了这些帮闲报刊的企图:"他们的惟一的长处,是在暗示有力者,说某某的作品是收受卢布所致。

---

① 《鲁迅全集》第 13 卷,第 387 页。
② 《鲁迅全集》第 4 卷,第 582 页。
③ 《鲁迅全集》第 13 卷,第 338 页。
④ 《鲁迅全集》第 4 卷,第 576 页。

我先前总以为文学者是用手和脑的,现在才知道有一些人,是用鼻子的了。"①

帮闲报刊之间也要互相帮忙。1933年8月10日,由邵洵美、章克标主编的《十日谈》刚刚创刊,就自称"舆论界的新权威",标榜敢于"说出一般人所想说而没有说的话"。8月20日,《十日谈》第二期刊出有关"捐款"的短评触犯了《晶报》。在《晶报》对邵洵美提起诉讼后,《十日谈》很快于9月21日即在《申报》刊登启事向《晶报》"声明误会表示歉意",理由是"双方均为社会有声誉之刊物,自无互相攻讦之理"。

邵、章两人自命为上海新文学作家,却又以边缘身份参加进国民党"文化围剿"中,成为"帮忙"的"二丑"。而《晶报》是现代上海一种趣味低俗的小报,有《莺花屑》专栏,为妓院和妓女做广告。因登载秽亵文字而被当时的租界总巡捕房刑事稽查处向公共公廨起诉过好几次,其主持者是后来堕落成汉奸的余大雄,他和主笔张丹斧经常在报上谩骂,挑起一班文人笔战,以此增加报纸销数。

鲁迅在《从胡须说到牙齿》里就批评过《晶报》,当时《晶报》曾刊登过一篇《太阳晒屁股赋》,鲁迅说:"一位北京大学的名教授就愤慨过,以为从胡须说起,一直说下去,将来就要说到屁股,则于是乎便和上海的《晶报》一样了。"② 这样的刊物怎可称之为"社会有声誉之刊物"?针对这两种"社会有声誉之刊物",鲁迅分析道:"'新权威'而善于'误会','误会'了而偏'有声誉','一般人所想说而没有说的话'却是误会和道歉。"③ 而且,"此'理'极奇,大约是应该攻讦'最近是在查禁之列'的刊物的罢",接着,他一语道出真谛:"金子做了骨髓,也还是站不直,在这里看见铁证了!"④

由此可见,这些帮闲报刊们彼此之间也不会攻讦,而是相互帮忙的。1926年,鲁迅曾参与编辑的《语丝》刊登过有关《现代评论》接受段祺瑞津贴的文字,《晶报》很快就发表"现代评论社主角"唐有壬的信札,辩解说《现代评论》被收买的消息,是起源于俄国莫斯科。

---

① 《鲁迅全集》第12卷,第242页。
② 《鲁迅全集》第1卷,第258页。
③ 《鲁迅全集》第5卷,第361页。
④ 同上书,第411页。

这是有特定用意的,暗指《语丝》等接受苏联卢布,跟共产党有密切关系。鲁迅愤怒地批评道:"这又正是祖传的老谱,宋末有所谓'通虏',清初又有所谓'通海',向来就用了这类的口实,害过许多人们的。所以含血喷人,已成了中国士君子的常经,实在不单是他们的识见,只能够见到世上一切都靠金钱的势力。"①

帮来帮去,帮闲报刊们的目的究竟还是要"帮忙"。1934年3月,鲁迅的短评《关于中国的两三件事》发表在日本综合性月刊《改造》上,文中对于中、日、满,都加以讽刺。可是3月3日出版的章克标、邵洵美主编的《人言》周刊第一卷第三期,就诬称鲁迅的文章是"托庇于外人威权之下的论调",并以"军事裁判"暗示国民党当局加以制裁。这些报刊对当局禁止刊物,杀戮作家不置一辞,却一味地"献检查之秘计,施离析之奇策,起谣诼兮中权,藏真实兮心曲"②,常常以莫须有的罪名对革命作家、记者进行陷害、污蔑和侮辱,"当和苏俄绝交时,就说他得着卢布,抗日的时候,则说是在将中国的秘密向日本卖钱"③。

由此可见,这些"富家儿的鹰犬","向权门卖身投靠之辈"的阴险,鲁迅因此叹道:"所谓黑暗,真是至今日而无以复加了。"④ 但鲁迅同时也指出,"只要立刻能给一个嘴巴,他们就比吧儿狗还驯服",这就是"这种鹰犬的这面目"。⑤ 因为他们"如果既不能帮忙,又不能帮闲,那么,心里就甚是悲哀了"⑥。

这些帮闲报刊的特点是:"仿佛他们都是上帝一样,超然象外,十分公平似的",⑦ 但其实他们并不是"吸风饮露,带了自己的家私来给社会服务的志士"⑧,而是"自在黑幕中,偏说不知道;替暴君奔走,却以局外人自居;满肚子怀着鬼胎,而装出公允的笑脸"⑨。他们自以

---

① 《鲁迅全集》第4卷,第194页。
② 《鲁迅全集》第5卷,第431页。
③ 《鲁迅全集》第7卷,第431页。
④ 《鲁迅全集》第13卷,第39页。
⑤ 《鲁迅全集》第5卷,第411页。
⑥ 《鲁迅全集》第7卷,第405页。
⑦ 《鲁迅全集》第3卷,第119页。
⑧ 《鲁迅全集》第5卷,第163页。
⑨ 《鲁迅全集》第3卷,第83页。

为这样的"二丑"艺术无人所识，"谁知道人世上并没有这样一道矮墙，骑着而又两脚踏地，左右稳妥，所以即使吞吞吐吐，也还是将自己的魂灵枭首通衢，挂出了原想竭力隐瞒的丑态"。鲁迅接着批驳道："丑态，我说，倒还没有什么丢人，丑态而蒙着公正的皮，这才催人呕吐。"①

正如 1933 年创刊的《微言》大肆"揭载作家秘史"在先，后又登载启事，辩解说这"虽为文坛佳话，然亦有伤忠厚"②，自行声明更换办事人，以便"以前言责……概不负责"。对此，鲁迅讽刺道："而文场实在也如戏场"，就如同"先前打诨的二丑挂了长须来唱老生戏"一样，"倒也特别而有趣的"。③

这些帮闲们的伎俩，"在忙的时候就是帮忙，倘若主子忙于行凶作恶，那自然也就是帮凶。但他的帮法，是在血案中而没有血迹，也没有血腥气的"④。他们的主要手法有三：

第一种是插科打诨，把受众的注意力从国家的生死存亡这些重要话题转引到恋爱、色情等庸俗之事上。"譬如罢，有一件事，是要紧的，大家原也觉得要紧，他就以丑角身份而出现了，将这件事变为滑稽，或者特别张扬了不关紧要之点，将人们的注意拉开去，这就是所谓'打诨'。如果是杀人，他就来讲当场的情形，侦探的努力；死的是女人呢，那就更好了，名之曰'艳尸'，或介绍她的日记。如果是暗杀，他就来讲死者的生前的故事，恋爱呀，遗闻呀……"⑤

第二种是以道德家的身份捣鬼，让告诫受众的警世者也化为丑角，让受众的希望化为乌有。"假如有一个人，认真的在告警，于凶手当然是有害的，只要大家还没有僵死。但这时他就又以丑角身份而出现了，仍用打诨，从旁装着鬼脸，使告警者在大家的眼里也化为丑角，使他的警告在大家的耳边都化为笑话。耸肩装穷，以表现对方之阔，卑躬叹

---

① 《鲁迅全集》第 3 卷，第 119 页。

② 关于《微言》，所存资料不多。据《中国抗日战争大辞典》（章绍嗣主编，武汉出版社 1995 年版）记载：1933 年 5 月在上海创刊。政治刊物。主旨是揭露日本帝国主义的侵华阴谋野心，号召人民起来抵抗日本侵略，争取民族独立。1934 年 6 月出第 2 卷第 12 期后停刊，共出 2 卷 38 期。

③ 《鲁迅全集》第 5 卷，第 390 页。

④ 同上书，第 289 页。

⑤ 同上。

气，以暗示对方之傲；使大家心里想：这告警者原来都是虚伪的……周围捣着鬼，无论如何严肃的说法也要减少力量的，而不利于凶手的事情却就在这疑心和笑声中完结了。它呢？这回它倒是道德家。"①

第三种是"当没有这样的事件时，那就七日一报，十日一谈，收罗废料，装进读者的脑子里去，看过一年半载，就满脑都是某阔人如何摸牌，某明星如何打嚏的典故"。用这些阔人、明星的琐事来填充受众的头脑，结果如何呢？"开心是自然也开心的。但是，人世却也要完结在这些欢迎开心的开心的人们之中的罢。"② 这正是这些帮闲报刊的最可怕之处。

鲁迅在这里对帮闲手法的分析倒和西方的议程设置理论有异曲同工之妙。议程设置理论是马尔科姆·麦库姆斯和唐纳德·肖于1972年提出的，认为大众传媒在一定阶段内对某个事件和社会问题的突出报道会引起公众的普遍关心和重视，进而成为社会舆论讨论的中心议题。大众传媒对改变和坚定受众的态度，对形成较为一致的看法，对提高媒介人物的知名度和媒介事件的轰动效应有着强大的导向作用。麦库姆斯和肖认为，受众通过媒介不仅了解公共问题及其他问题，而且根据大众媒介对一个问题或议题的强调，学会应该对它给予怎样的重视。也就是说，那些为大众传媒所报道的热点问题和议题，在一段时间内将日益为受众所关注，这些传播内容的重要性将为受传者所感知，而那些较少报道的问题或议题将在受众的心目中逐渐淡化。简单地说，就是大众传媒决定不了受众"怎么想"，但可以决定他们"想什么"。

例如，1930年秋国内矛盾日渐尖锐，这年的中秋节即农历八月十五是10月6日，是中国老百姓过了几千年的传统节日。可是《时报》、《民国日报》刊登了《大家错了，中秋不是本月六日》的报道，说："按中央通令中秋节为最近秋分之望月，是为本月8日"，强令人们改变八月十五过中秋节的习惯。国民党政府利用制造舆论热点的方法，来转移人们对重大社会政治问题的关心。

可是，虽然"世间只要有权门，一定有恶势力，有恶势力，就一定有二花脸，而且有二花脸艺术"。但这些"戏剧上的二丑帮忙，倒使花

---

① 《鲁迅全集》第5卷，第290页。
② 同上。

花公子格外出丑"①。而这些东家或员外们，"即使雇得一大堆帮闲，开锣喝道，过后仍是一条空街"②。

其实，在对帮闲报刊的批评中，鲁迅谈到的是报刊的圈子，也就是倾向性问题。这些报刊喜欢以客观、公正相标榜，以不偏不倚美化自己。然而，新闻的绝对客观性并不真正存在。"编刊物决不会'绝对的自由'，而且人也决不会'不属于任何一面'，一做事，要看出来的。如果真的不属于任何一面，那么，他是一个怪人，或是一个滑人，刊物一定办不好。"③

中外报刊都有一定的"圈子"，即一定的政治主张和思想倾向。鲁迅在《"硬译"与"文学的阶级性"》一文中写道："文学不借人，也无以表示'性'，一用人，而且还在阶级社会里，即断不能免掉所属的阶级性，无需加以'束缚'，实乃出于必然。自然，'喜怒哀乐，人之情也'，然而穷人决无开交易所折本的懊恼，煤油大王那会知道北京捡煤渣老婆子身受的酸辛，饥区的灾民，大约总不去种兰花，像阔人的老太爷一样，贾府上的焦大，也不爱林妹妹的。"④"不偏不倚"的"公论"，在世上是不存在的。所谓"中庸"——不偏之谓中，不易之谓庸。这样的天下正道，"其实乃是卑怯。遇见强者，不敢反抗，便以'中庸'这些话来粉饰，聊以自慰⑤。"可彼可此"即"是'骑墙'，或是极巧妙的'随风倒'了，然而在中国最得法。"⑥

对此，鲁迅评析说："办杂志可以号称没有一定的圈子，而其实这正是圈子，是便于遮眼的变戏法的手巾。"接着他举例说："譬如一个编辑者是唯美主义者罢，他尽可以自说并无定见，单在书籍评论上，就足够玩把戏。倘是一种所谓'为艺术而艺术'的作品，合于自己的私意的，他就选登一篇赞成这种主义的批评，或读后感，捧着它上天；要不然，就用一篇假急进的好像非常革命的批评家的文章，捺他到地里去。"这样做的后果是，"读者这就被迷了眼"。但是，鲁迅认为"须有

① 《鲁迅全集》第5卷，第407页。
② 同上书，第404页。
③ 《鲁迅全集》第14卷，第100页。
④ 《鲁迅全集》第4卷，第208页。原文中"捡"误为"检"字。
⑤ 《鲁迅全集》第3卷，第27页。
⑥ 《鲁迅全集》第7卷，第58页。

一定的圈子",只是"我们不能责备他有圈子,我们只能批评他这圈子对不对"①。"圈子对不对"才是衡量媒体本质的真正标准。

第三节　汉字外报的伪装与居心

中国的近代报刊是在外国人手中兴办和发展起来的。正如戈公振所说:"我国现代报纸之产生,均出自外人之手。"② 外国人在中国办报可以追溯到鸦片战争以前。1815 年英国传教士马礼逊(Robert Morrison)创办《察世俗每月统计传》,标志着中国近代新闻事业的起步。此后,随着西方列强对中国的步步侵入,在中国出版的外国报纸越来越多,影响越来越大。从 1815 年到 19 世纪末期,在我国境内由外国人发行的中文和外文报纸合计 200 余种,占全国报刊总数的 80% 以上,几乎全部控制了我国的新闻出版业。③

到 20 世纪二三十年代,这种状态并未发生根本性的改变,1933年,外国人在华所办报刊共达 105 家。当时的外国报纸主要集中在上海、哈尔滨、天津、北平等地,特别是集中在离南京较近的上海。在全部 105 家在华外文报刊中,上海有 63 家,占 60% 以上,像著名的《密勒氏评论周报》、《字林西报》、《上海泰晤士报》等,销量都在 5000—10000 份以上,影响极广。

一些外国新闻通讯社如路透社、合众社、哈瓦斯社、共同社、时事社等,都在中国设有分支机构,并向中国报纸普遍发稿。特别是英国路透社由于享有在远东地区发稿的独占权,基本上控制了中国报纸国际新闻的来源。同时还有一些外国新闻势力把触角伸展到了内地,在山西太原和四川巴县都有外国报纸出版。当时外国人在华报刊情况见表 3—1。

在各外报中,以日本人办的报纸数量最多,达 30 家以上。如在北平发行的《新支那报》、《顺天时报》等都是能左右一方的大报。日本各大报在中国都派有特派员,一般每家有四五人。例如,《朝日新闻》在上海有"朝日新闻社上海局",还有"日本新闻社上海局"和"读卖

---

① 《鲁迅全集》第 5 卷,第 449—450 页。
② 戈公振:《中国报学史》,上海古籍出版社 2003 年版,第 73 页。
③ 方汉奇:《中国近代报刊史》上册,山西人民出版社 1981 年版,第 10 页。

新闻社上海局"。① 并且，各日本报纸还联合起来共组"联合通讯社"，设总社于北平，在南京、天津、上海、汉口、沈阳等处设立分社，专门搜集有关中国的消息和情报。据《文艺新闻》的创办人袁殊回忆，"当时日本通讯社和报纸的记者主要是由两种人组成：第一种是特务机关出身的并由特务机关派到中国当记者的职业特工人员；第二种是因为同那些驻在中国的日本间谍交了朋友而为特务机关工作的半职业特务记者"②。

表 3—1　　　　　20 世纪 30 年代外国人在华报刊统计

分类 ＼ 商埠	上海	北平	天津	广州	香港	哈尔滨	其他	合计
日　报	10	3	7	2	4	8	9	43
周　刊	22	1		2		2		27
双周刊	3					2		5
月　刊	21					2		23
季　刊	6							6
年　刊	1							1

资料来源：北平燕京大学新闻学系 1933 年编印：《中国报界交通录》，第 173—180 页。

　　戈公振出版于 1926 年的《中国报学史》记载，"最近三十年中，外人在华所刊之中文报纸，属于日人者为最多，英德人次之"③，"外报之目的，为传教与通商而宣传，其为一己谋便利……初外报对于中国，尚知尊重，不敢妄加评议。及经几度战事，窘象毕露，言论乃肆无忌惮。挑衅饰非，淆乱听闻，无恶不作矣"④。

　　据国民党中央宣传部 1929 年 2 月调查，当时外国人在华办的报纸，约分三派："（1）死心踏地维护资本家派，如上海字林、泰晤士、京津泰晤士等属之；（2）骑墙派，对我国政治、社会时而说好时而说坏，无论何时随风转舵毫无宗旨，如大陆报等属之；（3）同情派，对我国

---

① 日文惯称"局"。
② 丁淦林：《丁淦林文集》，上海复旦大学出版社 2005 年版，第 38 页。
③ 戈公振：《中国报学史》，上海古籍出版社 2003 年版，第 91 页。
④ 同上书，第 137 页。

建设事业极关心、不利于我者之消息均不登载，如北京导报、华北明星报及密勒氏评论周报均属之。"① 这个调查，是站在国民党的立场上的，所以，所谓的"三派"的立场和态度究竟是否符合上述划分，还需进一步探讨，但当时外报在华的情况，也可见一斑。

在这些外报中，尤以中文外报的影响为大。对于外国人在华创办的中文报刊，鲁迅一针见血地指出他们是"学了中国人的口气"办给中国人看的。这些报刊大多有帝国主义背景，鲁迅批评它们"居心""卑劣"，不希望中国有任何进步。

《顺天时报》、《盛京时报》就是这样的报纸，它们都是日本人在华出版的中文报纸，创刊者同为日本东亚同文会前福州支部长中岛真雄。② 《顺天时报》于 1901 年 12 月创刊，是外国人在京创办的第一张日报，除中文日报外，该报还出有英文杂志一种。③ 中岛真雄自幼崇拜"尊王攘夷"、海外扩张论的积极倡导者吉田松荫。而 1895 年杀害韩国闵妃事件的主要策划者之一、驻韩特命全权公使三浦梧楼则是中岛真雄的伯父。1894 年甲午战争期间，中岛作为长周报的从军记者进入山东。1895 年 5 月前后，中岛又作为陆军翻译远渡台湾。1898 年，中岛参与了创建东亚同文会的筹备工作。

在中国各地发行中文报纸进行舆论宣传，是东亚同文会的对华方针之一。1899 年，东亚同文会成立不久便制定了四项纲领："①支那保全，②扶助支那及朝鲜的改善，③研究支那时事，以期行动，④唤起社会舆论。"④ 当年年末，又制定了开展对华工作的具体内容。包括"在对清政策上重要之地区设立支部组织"，以及"在各形胜枢要之地发行

---

① 《中央宣传部之工作报告书》，《中央日报》1929 年 2 月 22 日。

② 2005 年版《鲁迅全集》误为"中岛美雄"，见第 1 卷，第 269 页。

③ 关于《顺天时报》最初的名称，据北京图书馆文献中心关于《顺天时报》的收藏说明以及中下正治编"日本人在华经营报刊一览表"（研文社，1996），均记载初名为《燕京时报》，后改本名。甘惜分主编的《新闻学大词典》（1993）及支克坚主编的《简明鲁迅词典》（1998）、李华兴主编的《近代中国百年史辞典》（1987）、章开沅主编的《辛亥革命辞典》（1991）等词典也都持此说，而且认为《顺天时报》创刊于 10 月。但根据大连大学日本语言文化学院副教授刘爱君查阅日本国立国会图书馆关西馆藏《顺天时报》初号原件缩微胶片，该报创刊为 12 月 1 日，创刊号即称《顺天时报》。另查阅中岛真雄自叙传《不退庵的一生》，亦未见关于燕京时报之记载。由此可见，《顺天时报》创刊起就用此名。

④ 《会报》，《亚时论》第 1 号，1899 年，第 1 页。

报刊杂志，作为启发诱导机关，成为清国舆论界的木铎"①。"铎"乃中国古时宣布政教法令时或有战事时用的大铃。东亚同文会如此宣称，侵华之心可见一斑。中岛真雄在中国的办报活动，是东亚同文会对华事业的一个重要组成部分。而东亚同文会依附于日本政府，因此，中岛真雄的活动是服务于日本的大陆政策的。

《顺天时报》的创刊并没有得到清政府的允许。据东亚同文会所编的《对支回顾录》记载，"当时清政府规定，无论中外人士一概禁止在北京发行报纸杂志以及其他与政事有关的刊物。因此，中岛趁清廷迁居西安之际，认为这是发行报纸难得的机会，遂无视旧例，断然发行本报。这在当时的北京实为空前之举……"② 这一空前之举的后台是台湾总督儿玉源太郎和贵族院议长兼东亚同文会会长近卫笃磨。《顺天时报》的名字，即由来京视察的近卫笃磨亲自命名。由此可见，《顺天时报》虽为中岛真雄个人经营，但自创刊起，就有浓厚的政府背景。

《顺天时报》创刊号上刊登的"本报缘起"亦即发刊词是这样写的："……中国四万万方里四百兆人民矿产丰盈土壤腴厚以之雄视宇内鞭笞环球不亦可乎乃五年之间失其主权者二十余事庚子之变宗社几倾吁足畏哉今和议犝定海内人士或振兴有志或孤愤为怀骎骎乎新机渐萌改弦而更张之俾得致力于所学而徐图夫进步是谓因势而导事半功倍此时报之所以作也……"③ 文辞中为中国失主权而痛惜，声明办时报的目的乃为振兴中华之士因势而导，图求进步。对国人来说，读之自然倍觉亲切，很难察觉到它的真实意图。

《顺天时报》创刊初期，以呼吁中国的维新改革、宣传东亚同文会的"支那保全"论为中心，向中国介绍日本的近代化制度，系列刊登明治维新时期的代表人物传记及其主要思想，主张中国应该学习日本走上近代化道路的先进经验，因此得到中国开明的官僚知识阶层的欢迎。同时，由于《顺天时报》是日本人经营的，在日本外务省的庇护下，拥有在中国的"治外法权"，所以与中国人自办的报纸相比，在新闻报道方面不受各种制约，能享有更多的自由报道的权利。这样，在创刊后

---

① 《近卫笃磨日记》刊行会编：《近卫笃磨日记》，日本鹿岛研究所出版会 1969 年版，第 404 页。

② 亚同文会编：《对支回顾录》，日本原书房 1968 年版，第 717 页。

③ 《顺天时报》（初号），1901 年 12 月 1 日。

的一段时期，《顺天时报》受到中国朝野上下亲日派和改革派的欢迎。中岛真雄在福州时的好友、时任顺天府尹的陈璧亲自为《顺天时报》题写了报头，并为报社提供了许多方便以支持报纸的发行。①

日俄战争期间，《顺天时报》宣扬对俄主战论，与俄国的机关报《燕都报》展开了激烈论战，同时在中国民众和日本士兵中无偿发放号外，名噪一时。20世纪初期，中国近代报刊的发行刚刚起步，发行量逾万的报纸寥寥无几，而《顺天时报》一度达到了3.5万份，从而扩大了其在中国的社会影响力，并受到日本外务省的关注和重视。日俄战后，日本外务省对《顺天时报》的舆论宣传作用给予充分肯定，遂于1905年3月用1万日元将《顺天时报》收买到自己麾下。从此，《顺天时报》成为日本外务省的机关报。

辛亥革命后，《顺天时报》从日本的对华政策出发，特别是在"民国四年，以反对袁世凯称帝，销数颇畅"②，渐渐地成为北京最有势力的大报。在北洋军阀严密新闻封锁的情况下，该报因时而透露一些政界新闻而为人注意。报人龚德柏称《顺天时报》是"最讨厌而最有销路的报纸"，"只有它敢登载一切不利于中国与政府要人的消息"③。而且，它有独特的销售渠道，除依靠派报所外，遍布北京的日本洋行也多成为该报代销点。

《顺天时报》的"言论多关系中国内政，与该国外交政策相吻合"④。1932年，一战后成立的国际政府间组织"国际联盟"，虽然标榜以"促进国际合作、维持国际和平与安全"为宗旨，实际上是英、法等帝国主义国家控制并为其利益服务的工具。12月15日，国联十九国委员会特别会议通过的关于调解中日争端的"决议草案"，祖护日本的侵略，默认"满洲国"伪政权，受到中国舆论界的谴责。而当时"日本的报纸上往往加以讥笑，说这是中国祖传的'以夷制夷'的老手段"⑤。所以鲁迅说"我从来就不大看这报，但也并非'排外'，实在因

---

① 刘爱君：《20世纪在华日本报人与中日关系》，《贵州民族学院学报》2006年第2期，第37页。

② 戈公振：《中国报学史》，上海古籍出版社2003年版，第91页。

③ 陶英惠：《对〈林白水先生传〉的几点补充》，《传记文学》1969年第15期，第4页。

④ 戈公振：《中国报学史》，上海古籍出版社2003年版，第91页。

⑤ 《鲁迅全集》第5卷，第115页。

为它的好恶，每每和我的很不同"①。

而且，鲁迅还进一步指出，汉字外报热衷保存"国粹"，不希望中国有任何进步的居心："外国人办给中国人看的报纸，不是最反对五四以来的小改革吗？而外国总主笔治下的中国小主笔，则倒是崇拜道学，保存国粹的！"② 据报人徐铸成回忆，《顺天时报》的版式呆板，文字也是东洋式的汉话，半通不通。比如，它的副刊，尽登一些诗词之类，连起码的音韵都不谐，每天登一篇该报记者（日本人）迁听北的"听花日记"，有一个一成不变的公式："某日晚，与友人小酌于某某楼，略醉，步至华乐园，则周瑞安之落马湖已成尾声。有顷，大轴昭君出塞登场，绮霞（按即尚小云）饰王昭君，扮相俊丽，歌喉婉转，反二簧一段，尤令人击节。听罢归来，有绕梁三日之感，爰笔记之。"③《顺天时报》还热衷于发起"选举"四大名旦，把尚小云列于梅兰芳之上。1927 年 8 月 7 日，该报还刊登新闻《女附中拒绝剪发女生入校》，对附中拒绝剪发女生入校倍加赞赏，认为这样学风才会严厉整顿，日臻良善。

1906 年，中岛真雄在沈阳创办《盛京时报》，成为配合日本进攻中国的另一支文化侵略军。据国民党中央设计局东北调查委员会于 1945 年 7 月在《伪满教育文化总检讨》一书中指出："自事变后，日寇认为：欲征服中国，不仅可利用具优越之武力，并可以政治方式达到其企图……"④ 日方专门设立了"弘报处"，掌管的中、日文报纸有《康德新闻》、《盛京时报》、《大北新报》、《满洲新闻》等约 30 种之多。其中《盛京时报》历时最长，发行量最大，而且在伪满最有潜在势力。表面上它受日本"南满铁道株式会社"支持，暗中却与日本关东军司令部第四科（课）有密切联系。

《盛京时报》创刊时为对开一大张四版，数月后又增加了附页每日 6 版，后又日出两大张，多时达 3 张半，逢年过节，加上祝词和广告，竟有 40 多个版面。前期，它保持了中国清朝邸报和京报的模式，每天都在头条位置刊登"宫门抄"和"上谕恭录"。报道清朝宫廷的动态，

---

① 《鲁迅全集》第 3 卷，第 96 页。
② 同上书，第 47 页。
③ 徐铸成：《报海旧闻》，上海人民出版社 1981 年版，第 55 页。
④ 徐红岚：《〈盛京时报〉述略》，《图书馆学刊》1989 年第 2 期，第 32 页。

以此来归顺民心。

《盛京时报》创刊号的"发行之辞"中说:"……我土地,我人民因善邻,念唇齿厚谊,多方保全,冀力图自强……"① 在奉天的日本总领事萩厚守一在祝词中也写道:"……按日清两国论利害则为唇齿,论情谊则若兄弟,日本盛衰即清国盛衰,清国盛衰亦即日本盛衰……"② 一语道出了它的发行宗旨及欺骗伎俩。

对这些外国在华办的中文报纸,戈公振曾义愤地写道:"夫报纸之自攻击其政府与国民可也,彼报之攻击我政府与国民亦可也,今彼报代表其政府,以我国之文字与我国人之口吻,而攻击我政府与国民,斯可忍,孰不可忍!附述于此,以当国人棒喝。"③ 鲁迅也曾给过国人这样的棒喝。

1924 年春天,北京女子师范大学发生了反对校长杨荫榆的事件。④ 国立北京女子师范大学是当时全国唯一的最高女子学府。自杨荫榆就任校长以来,因为对学生实行封建奴化教育,禁止学生参加课外活动、政治运动而引起学生的不满和抵制,反抗活动屡屡不绝。而杨荫榆得到兼教育总长的司法总长章士钊的公开支持后更加有恃无恐。⑤ 8 月 22 日,北洋军阀政府教育部专门教育司的司长刘百昭率军警、男女流氓对护校女生拳脚相加,大打出手,发生所谓"武装接收女师大"事件,引起轩然大波。杨荫榆还一举开除刘和珍、许广平等六名学生。女师学生状告至段祺瑞政府,要求罢免章士钊。从校长到总长到总理,一年多来风潮越闹越大,引起各地学界、新闻界的关注。《京报》、《晨报》连续刊出《学联会援助女师》、《沪学生界电慰女师》、《全国各界妇女联合会对章士钊杨荫榆摧残女子师范大学宣言》、《教章昨约女师家长谈话各家长骂章措置不当结果一哄而散》等消息。而《顺天时报》却厕身其中拨弄是非,"大表同情于"章士钊解散女师大后成立的女子大学。

在《"公理"的把戏》一文中,鲁迅愤怒地对《顺天时报》唯恐中国不乱的行为进行了剖析:"日本人学了中国人口气的《顺天时报》,

① 徐红岚:《〈盛京时报〉述略》,《图书馆学刊》1989 年第 2 期,第 32 页。
② 同上。
③ 戈公振:《中国报学史》,上海古籍出版社 2003 年版,第 137 页。
④ 抗日战争爆发,杨荫榆因谴责日寇暴行被日军杀害。
⑤ 章士钊后为爱国民主人士。

即大表同情于女子大学，据说多人的意见，以为女师大教员多系北大兼任，有附属于北大之嫌。亏它征得这么多人的意见。然而从上列的名单看来，那观察是错的。"因为，"女师大向来少有专任教员，正是杨荫榆的狡计，这样，则校长即可以独揽大权；当我们说话时，高仁山即以讲师不宜与闻校事来箝制我辈之口。况且女师大也决不因为中有北大教员，即精神上附属于北大，便是北大教授，正不乏有当学员反对杨荫榆的时候，即协力来歼灭她们的人"①。

　　他随后指出，《顺天时报》对中国事情指手画脚，乃是藏着不良的用心和企图。"《顺天时报》的记者倘竟不知，可谓昏聩，倘使知道而故意淆乱黑白，那就有挑拨对于北大怀着恶感的人物，将那恶感蔓延于女师大之嫌，居心可谓卑劣。但我们国内战争，尚且常有日本浪人从中作祟，使良民愈陷于水深火热之中，更何况一校女生和几个教员之被诬蔑。我们也只得自责国人之不争气，竟任这样的报纸跳梁！"② 鲁迅在这里悲愤地提醒国人认清该报的真面目，也批评了"国人之不争气"。因为，"对于这样一种报纸，当时的中国人尤其是平津一带的中下层及官僚还争看不已"③。

　　"跳梁"一词乃指上蹿下跳、兴风作浪的卑劣小人。《顺天时报》就非常善于学了中国人口气造谣惑众。1925 年 10 月 26 日，段祺瑞政府根据 1922 年 2 月华盛顿会议所通过的九国关税条约，邀请英、美、法等十二国，在北京召开所谓"关税特别会议"，企图在不平等条约的基础上，与各帝国主义国家成立新的关税协定。这是和当时各界民众要求彻底废除不平等条约愿望相反的。因此在会议开幕的当日，北京各学校和团体 5 万余人在天安门集会游行，反对关税会议，主张关税自主。游行刚至新华门，即被大批武装警察阻止、殴打，群众受伤十余人，被捕数人，造成流血事件。次日，《顺天时报》和罗马天主教教会在华出版的中文日报《益世报》的新闻就以"确凿的事实"造谣鲁迅受伤。

　　鲁迅在《从胡须说到牙齿》中写道："几种报章的新闻中就有这样的话：'学员被打伤者，有吴兴身（第一英文学校），头部刀伤甚重……周

　　① 《鲁迅全集》第 3 卷，第 177 页。
　　② 同上。
　　③ 张静庐：《中国新闻记者和新闻纸》，现代书局 1932 年版，第 17 页。

树人（北大教员）齿受伤，脱门牙二。其他尚未接有报告.'……这样还不够，第二天，……《顺天时报》又道：'……游行群众方面，北大教授周树人（即鲁迅）门牙确落二个.'……"①

此时的鲁迅，正"生些小病"，"不过是整天躺在窗下的床上而已"，"然而我的门牙，却是'确落二个'的"②。看来，《顺天时报》的造谣还是很有技巧的。首先是报道"精确"，受伤者有名有姓有工作单位，听起来言之凿凿。其次是在次日的连续报道中加以确认，更让人相信无疑。鲁迅当时任教的北京黎明中学的学生都信以为真，以为鲁迅必请病假无疑，所以，当鲁迅次日去上课时，就有20多位学生缺席。从这个事例也可见，当时《顺天时报》在京的影响程度。

1926年到1927年间，民众关心南方的军事变化，但《晨报》、《世界日报》等，只能闪烁其辞，或者根本略而不载。只有《顺天时报》可以"畅所欲言"。但《顺天时报》的"畅所欲言"，是夹带着许多污蔑和谣言的。1927年国民革命军北伐时，它天天刊载前线专讯，说奉军已退过保定，党军前锋已近京郊，京师人心浮动，米价又涨，等等。4月12日，该报刊载《打破羞耻——武汉街市妇人之裸体游行》的新闻，造谣诬蔑当时尚维持国共合作的武汉政府。一些中国报纸也不分是非加以转载。鲁迅对此评论道："我们的'友邦'好友，顶喜欢宣传中国的古怪事情，尤其是'共党'的；……将'裸体游行'说得像煞有介事，于是中国人也跟着叫了好几个月。"③

《盛京时报》虽地处东北，但也广派记者遍布全国，造谣的手段也不次于《顺天时报》。1934年3月10日《大公报》"文化情报"栏转载了一则署名"乒"的简讯："据最近本月初日本《盛京时报》上海通讯，谓蛰居上海之鲁迅氏，在客观环境中无发表著述自由，近又忽患脑病，时时作痛，并感到一种不适。经延医证实确悉脑病，为重性脑膜炎。当时医生嘱鲁十年（？）不准用脑从事著作，意即停笔十年，否则脑子绝对不能用，完全无治云。"鲁迅3月16日作《闻谣戏作》诗云："横眉岂夺蛾眉冶，不料仍违众女心。诅咒而今翻异样，无如臣脑故

① 《鲁迅全集》第1卷，第262页。
② 同上。
③ 《鲁迅全集》第4卷，第359页。

如冰。"

《顺天时报》、《盛京时报》等用中文发行作为向中国进行舆论宣传的工具，对于 20 世纪初文化程度不高的中国民众来说，非常具有蛊惑、误导和欺骗性。据许羡苏记录的鲁迅北平寓宅家用收支账，鲁迅母亲就订有《世界日报》和《顺天时报》。鲁母是个思想开明的乡下人，没有什么文化。成舍我创办的《世界日报》是当时华北地区颇有影响力的民营报纸。《顺天时报》能和《世界日报》一起走进鲁宅，可见当时《顺天时报》在京的风行程度。

《顺天时报》欺骗性是非常隐蔽的。它的报头最初首列是明治年号，1905 年该报"出让于日本公使馆"后开始了它的"本土化"进程，报头的年号换成了大清或中华民国的纪年。1916 年，《顺天时报》在反袁运动中声势浩大，报社社长龟井陆良不无得意地在报上宣称："（本报）以不偏不党之见地，扶植方兴未艾之势力，而反对倒行逆施之旧势力，拥护中国已成之共和，使政治渐趋于正轨，庶不至内乱频仍，而导国家于危亡之域。"①

而实际上，《顺天时报》从旁观到反袁的姿态调整与日本政府对华政策的变动直接相关。"报上又声声口口亲热地叫'吾国'，而其观点则完全是日本人的……"② 随着欧战的深入，日本政府也不愿意继续加深中国民众对日本的恶感，从而将中国推向敌对的立场。自从提出"二十一条"的大隈内阁倒台以后，继任的寺内内阁改变策略，希望能与中国加强经济和军事合作，进而将中国拉入协约国集团。《顺天时报》秉承这一态度发表言论，效果正如台湾学者黄福庆指出的："该报的反袁言论固然与本国政府的政策相配合，而又能巧妙地对当时中外主客观情势，作有效运用，其堂皇之言论，使中国人都感到顺天时报的言论才是真正关心中国的前途而仗义执言，因此国人也刮目相看。"③

日本满铁东亚经济调查局发行的调查资料也从反面证实了这一点，资料里认为在中国用华文报纸进行宣传工作方面，日本是最成功的。北京的《顺天时报》巧妙地抓住了中国人的心理，从内容到形式均采取

①　《告别之辞》，《顺天时报》1916 年 6 月 15 日。
②　周作人：《谈虎集》，河北教育出版社 2002 年版，第 318 页。
③　黄福庆：《近代日本在华文化及社会事业之研究》，台北中研院近代史研究所 1982 年版，第 296 页。

适应华人的方式编辑，甚至华人自身往往没有察觉到自己购阅的是外国人经营的报纸。所以，尽管《顺天时报》的报道有恶意的渲染，但读者多少知道些战局变化，因此，《晨报》等每天至多发行六七千份，《顺天时报》则在1万份以上。

所以，鲁迅的这声棒喝是非常让人警醒的。但是，鲁迅也注意到，"而且也无须掩饰了，外国人的知道我们，常比我们自己知道得更清楚。试举一个极近便的例，则中国人自编的《北京指南》，还是日本人做的《北京》精确！"①《顺天时报》偶尔"也间有很确，为中国人自己不肯说的话"②。

1923年1月，北京大学学生因旅顺、大连租借期将满，向当时的国会请愿，要求收回旅、大。北洋政府在舆论压力下，于3月10日向日本帝国主义提出收回旅顺、大连和废除"二十一条"的要求，14日遭到拒绝后，即爆发了规模波及全国各大城市的反日爱国运动。4月4日《顺天时报》发表社论《爱国的两说与爱国的两派》。其中说："凡一国中兴之际。照例发生充实民力论及伸张国权论两派。试就中国之现状而论。亦明明有此二说可观……国权论者常多为感情所支配……民力论者多具理智之头脑……故国权论者。可以投好广漠之爱国心。民力论者。必为多数人所不悦。于是高倡国权论容易。主张民力论甚难。"

鲁迅对这篇社论中所提到的"国权论"和"民力论"的观点还是肯定的，因为它说出了"中国人自己不肯说的话"。该报最后的编辑长佐佐木忠战后接受采访时也承认："关于两国事件的报道，的确有颠倒黑白之处。但……关于军阀混战的报道准确而受到好评。"③

这种状况的出现，跟当时中国报纸言论的不自由与外国报纸的"治外法权"有很大关系。"当军阀拥权自重，相互混战之时，本国所有的报纸，对于国内一切关于政治军事的最近新闻，都很难迅速准确报道，这样，给日本的通讯社和报纸一种机会，把持国内新闻界凡十余年之

---

① 《鲁迅全集》第3卷，第99页。
② 同上。
③ 刘爱君：《20世纪在华日本报人与中日关系》，《贵州民族学院学报》2006年第2期，第38页。

久。"① 而且，中国的报业是在生死边缘中求生存，因此新闻业者，无不在惶惶不可终日的情况下，发行报纸。相反的，中国报纸愈受到取缔，日本人的报纸则相对兴隆发展，纵然它们的言论涉及中国内政，因有治外法权的保护，中国政府及各军阀对它也无可奈何。《盛京时报》"以张作霖取缔中国报纸颇严，而该报独肆言中国内政，无所顾忌，故华人多读之，东三省日人报纸之领袖也"②。

在《中国报学史》中，戈公振指出："近二十余年来，日人所办之华字报，如《顺天时报》、《盛京时报》等，因军人压制言论之关系，乃与彼等以绝大推销之机会。借外交之后盾，为离间我国人之手段。"③

《顺天时报》、《盛京时报》从创刊起，为日本侵华活动辩护，扶植亲日军阀和官僚，干涉中国内政，言论嚣张。④ 在中国各地广派记者、通讯员，收集政治、经济、军事、文化等方面情报，遭到中国人民强烈的反对，多次发生报贩拒卖、邮电工人拒邮的事件。1927 年 5 月，日本以保护侨民为名向山东出兵。《顺天时报》肆无忌惮，颠倒是非，宣传日本出兵山东的"正义"而抹杀事实。1928 年，北京成立了反日会，翌年 2 月该会出台了"抵制《顺天时报》条例"，对参与发行、叫卖以及购阅《顺天时报》的人严加处置。1930 年 3 月 27 日，《顺天时报》终于在中国民众的一片讨伐声中以停刊告终，结束了历时 30 年的在华出版生涯。1931 年，"九·一八"事变发生后，《盛京时报》称雄于沈阳，权威超出伪满《大同报》之上。1937 年卢沟桥事变以后，该报更加骄横，达到高峰期，在沈阳乃至全东北成为日寇文化专制的工具。1944 年 9 月 14 日，《盛京时报》停刊，历时 38 年。

鲁迅在深入批评了这三类被政治、商业所操控的媒体后，曾在《准风月谈·后记》中给他们列了一个"新闻嗅觉排行榜"：每有风吹草动，"官办的《中央日报》讨伐得最早，真是得风气之先，不愧为'中央'；《时事新报》正当'全武行'全盛之际，最合时宜，却不免非常昏愦；《大晚报》和《大美晚报》起来得最晚，这是因为'商办'的缘

---

① 胡道静：《中国近代报刊发展概况》，新华出版社 1986 年版，第 601 页。
② 黄福庆：《近代日本在华文化及社会事业之研究》，台北中研院近代史研究所 1982 年版，第 219 页。
③ 戈公振：《中国报学史》，上海古籍出版社 2003 年版，第 137 页。
④ 《盛京时报》后期，其《文学》副刊有段时间曾为进步编辑主持，发表过进步作品。

故，聪明，所以小心，小心就不免迟钝，他刚才决计合伙来讨伐，却不料几天之后就要过年，明年是先行检查书报，以惠商民，另结新样的网，又是一个局面了"①。

①　《鲁迅全集》第 5 卷，第 420 页。

第二章 流言下的新闻

　　流言是一种畸变形态的舆论。作为一种常见的社会客观现象，在人类社会的发展过程中，流言从未根绝过。鲁迅一直是一些报刊造谣的对象，深受谣言之苦。诚如他自己所言："我一生中，给我大的损失的并非书贾，并非兵匪，更不是旗帜鲜明的小人：乃是所谓'流言'。即如今年，就有什么'鼓动学潮'呀，'谋做校长'呀，'打落门牙'呀这些话。"①

　　他曾总结对当时新闻界总的印象："造谣是中国社会上的常事"②，"中国的报纸上看不出实话"③。因为"中国本来是撒谎国和造谣国的联邦"④，"历来的文坛上，常见的是诬陷，造谣，恐吓，辱骂"⑤，报刊又怎能例外？如《社会新闻》，就常常"驱使着真伪杂糅的记事"⑥，抓住一点事实，制造谣言，放着"奇特而阴毒的暗箭"⑦，更多的时候则完全是向壁虚构。对于以真实性为生命的新闻媒介，谣言本应是生存的大敌，可在当时的中国，许多报刊以谣为根，以谣苟活。

第一节　流言报的形成与传播者

　　在鲁迅的文章里，他并用了"流言"和"谣言"，还有"谣诼"这几个词。在英语中，流言与谣言多用"rumor"一词表示。但在中国，

---

① 《鲁迅全集》第 3 卷，第 161 页。
② 《鲁迅全集》第 7 卷，第 290 页。
③ 《鲁迅全集》第 4 卷，第 465 页。
④ 《鲁迅全集》第 7 卷，第 286 页。
⑤ 《鲁迅全集》第 4 卷，第 466 页。
⑥ 《鲁迅全集》第 5 卷，第 164 页。
⑦ 《鲁迅全集》第 3 卷，第 163 页。

严格说来，这几个词虽然都包含着"没有根据的话"之意，但在意义上有细微的差别，因而分别使用。按照《现代汉语词典》的解释，"流言"指"没有根据的话，多指背后议论、诬蔑或挑拨的话"；①"谣言"指"没有事实根据的消息"；"谣诼"指"造谣诬蔑的话"。② 可以看出，"流言"侧重指背地里造谣传谣，等到"谣言"时已多半成公开的消息，而谣诼则比谣言的性质更恶劣，多为诬蔑的话。鲁迅有时并列使用流言、谣言（诼），有些时候又互换使用这两个词汇，因为两者意义上的差别实在不大，也不容易区分。

流言，在本质上说，是一种信息的传递过程。根据美国学者罗斯诺的分析，流言是信息扩散的过程，同时也是其过程的产物；其次，流言的产生比流言的消失更为容易；再者，流言是一种以未经证实的信息为中心构成的交流；此外，流言还是一种偏离一般规范的证据，传播流言的人传播的都是值得怀疑的证据。

虽然真实是新闻的生命，但不论古今中外，流言作为一种"疑似事实"，与新闻、媒介的关系一直非常密切。法国学者卡普费雷说"谣言是最古老的大众传播媒介"③，美国社会学家特·希布塔尼认为"这是在一群人议论过程中产生的即兴新闻"④。流言的内容，多是有关重要人物或重要事件。这一点，与新闻有关"重要性"的价值取向不谋而合。

但是，当时的"流言报"传播流言，并非为了价值取向。这点，鲁迅在"猜想"流言的传播者时作了分析："我曾经也略略猜想过这些谣诼的由来：反改革的老先生，色情狂气味的幻想家，制造流言的名人，连常识也没有或别有作用的新闻访事和记者……跟着一犬而群吠的邑犬。"⑤ 这些"老先生"、"幻想家"、"名人"和"记者"各有所图，是为了"反改革"、"色情狂"、"制造流言"或"别有作用"，而跟着"群吠"的"邑犬"则是不辨是非的盲从的人们。20世纪二三十年代被

① 中国社会科学院语言研究所词典编辑室编：《现代汉语词典》，商务印书馆1998年版，第813页。
② 同上书，第1462页。
③ ［法］卡普费雷：《谣言》，郑若麟、边芹译，上海人民出版社1991年版，第5页。
④ 同上书，第11页。
⑤ 《鲁迅全集》第1卷，第279页。

誉为"小报之王"的《晶报》最初的编辑只有余大雄和张丹斧，报纸内容的来源渠道就是余大雄的朋友们。余大雄经常把朋友们召集到《神州日报》的编辑部聊天，然后把这些聊天内容筛选之后编成稿子，"流言新闻"也就脱笼而出。

这些流言是复杂社会生活的歪曲反映，也成为当权者控制社会的手段。第二次世界大战期间，罗伯特·H.纳普经过详细分析，把流言分为愿望流言、恐怖流言和分裂（攻击）流言。愿望流言体现了人们的希望，恐怖流言反映出的是一种恐怖和不安，分裂流言是对集团进行分裂。可以说，这三种性质的流言在当时的"流言报"上都有体现。因为谣言对受众来说具有评价功能，自然也就成为政治生活中的一种特殊的斗争工具，成为他们"杀人不见血的武器"①。

鲁迅还在若干文章、书信中进一步分析了"流言报"形成的原因："'流言'本是畜类的武器，鬼蜮的手段"②，但"上海的新闻记者就时时捏造新闻"③，这成了"上海小报记者的老法门"，为什么呢？因为他们"不敢说国家大事，只好如此"④，而且"流言之力，是能使粪便增光，蛆虫成圣的"⑤。而这些新闻记者，也便成了"自称'无枪阶级'而其实是拿着软刀子的妖魔"⑥。他们"化名办小报，卖消息；消息那里有这么多呢，于是造谣言。先前的所谓作家还会联成黑幕小说，现在是联也不会联了，零零碎碎的塞进读者的脑里去，使消息和秘闻之类成为他们的全部大学问。这功绩的褒奖是稿费之外，还有消息奖，'挂羊头卖狗肉'也成了过去的事，现在是在'卖人肉'了。于是不'卖人肉'的刊物及其作者们，便成为被卖的货色。这也是无足奇的"⑦。

由此可见，流言报的形成原因：一是"不敢说国家大事"，只好避重就轻卖些别的消息。二是可卖的消息也没有这么多，只好捏造新闻。三是因为流言之力，能使"粪便增光，蛆虫成圣"，使小报增加销路。四是当权者为制造流言颁发褒奖，除稿费之外，还有"卖人肉"的消

---

① 《鲁迅全集》第4卷，第611页。
② 《鲁迅全集》第3卷，第81页。
③ 《鲁迅全集》第4卷，第292页。
④ 《鲁迅全集》第12卷，第267页。
⑤ 《鲁迅全集》第3卷，第83页。
⑥ 《鲁迅全集》第1卷，第4页。
⑦ 《鲁迅全集》第4卷，第575页。

息奖，所得颇为丰厚。于是乎，流言报的兴盛也就不足为奇。鲁迅因此对新闻记者也日趋失望，"我向来对于有新闻记者气味的人，是不见，倘见，则不言，然而也还是谣言层出"①。

更为可笑的是，某些报刊造谣生事后，在事实面前还拒不承认甚至变本加厉。鲁迅在给李秉中的信中这样评论："上海小报，笑柄甚多，有一种竟至今尚不承认我没有被捕，其理由则云并未有亲笔去函更正也"②。造了对方的谣，还要对方亲自去函更正才可，也的确是可笑之极。甚至"丁玲，毫无消息，据我看来，是已经被害了的，③ 而有些刊物还造许多关于她的谣言"，鲁迅只能斥之曰："真是畜生之不如也。"④

第二节　流言与"谣言杀人论"

流言，同存在于时空中的一切事物一样，也具有其自身的生存史。大部分流言是先盛后衰，其消失的原因无非是：证明并非属实、兴趣减退或感到厌倦。单个的流言传播并不起眼，淹没在报头文角，容易昙花一现。但"流言报"的伎俩可不仅止于单枪匹马，而是有计划地连续报道，连续报道的威力自然比单独的消息要大得多。在《无花的蔷薇之三》中，鲁迅指出了"流言报"在流言传播方面惯用的几个步骤："北京的流言报，是从袁世凯称帝，张勋复辟，章士钊'整顿学风'以还，一脉相传，历来如此的。现在自然也如此。

第一步曰：某方要封闭某校，捕拿某人某人了。这是造给某校某人看，恐吓恐吓的。

第二步曰：某校已空虚，某人已逃走了。这是造给某方看，煽动煽动的。

又一步曰：某方已搜检甲校，将搜检乙校了。这是恐吓乙校的，煽动某方的。

……

还有一步曰：乙校昨夜通宵达旦，将赤化书籍完全焚烧矣。

---

① 《鲁迅全集》第 12 卷，第 267 页。
② 同上。
③ 其实当时丁玲并未遇害，鲁迅尚不知此消息。
④ 《鲁迅全集》第 12 卷，第 429 页。

于是甲校更正，说并未搜检；乙校更正，说并无此项书籍云。"①

从上述几个步骤里，我们可以看出"流言报"造谣胜人一筹之处，也可从中分析出其造谣的三个手段：

一是人身攻击。即对造谣对象的道德品格予以丑化，散布要"捕拿某人某人了"，或"忽而月收版税万余元，忽而得中央党部文学奖金"之类的消息，②使之在人们心目中的社会评价降低，从而削弱其社会影响力。正所谓"三告投杼，贤母生疑。千夫所指，无疾而死"③。鲁迅评论道，"鼓动学潮"、"谋做校长"、"打落门牙"等虽为"小报记者的创作"，"乃一部分人所作之小说"④，却确是造谣者本心所希望的事实，目的是"愿我如此，以自快慰"⑤，然而"文人一摇笔，用力甚微，而于我之害则甚大。老母饮泣，挚友惊心"⑥。

更恶劣的是，"其甚者竟至于……一面又中伤他人，却又不明明白白地举出姓名和实证来，但用了含沙射影的口气，使那人不知道说着自己，却又另用口头宣传以补笔墨所不及，使别人可以疑心到那人身上去"。"流言报"的大众传播加上人际传播，足可以称之为"鬼蜮伎俩"了。⑦

二是无中生有，进行政治诬陷。譬如，造谣有"赤化书籍"；鲁迅写文章批判旧势力是因为拿了苏俄的卢布，为其服务；鲁迅给高尔基的创作生活40年发了祝贺电；鲁迅是"红军领袖"，已经"被捕"和"曾受刑讯"，传播这种谣言达四五年之久。直到1931年"九·一八"事变后，谣言又换上了"亲日"的罪状，说鲁迅给日本人当侦探，是"汉奸"，有时还祸及海婴和许广平也受到攻击。

上海《社会新闻》创刊于1932年10月，专门刊登共产党人隐私的诬文，是国民党情报特务丁默村等所办，此人后来沦为汉奸，大肆捕杀共产党人和抗日志士，被日本记者称之为"婴儿见之都不敢出声的恐怖主义者"，国人则称为"丁屠夫"。1934年5月6日出版的《社会新闻》

① 《鲁迅全集》第3卷，第304页。
② 《鲁迅全集》第12卷，第256页。
③ 同上书，第255页。
④ 同上书，第251页。
⑤ 同上书，第252页。
⑥ 同上书，第255页。
⑦ 《鲁迅全集》第3卷，第162—163页。

第七卷第十二期发表署名"思"的《鲁迅愿作汉奸》一文,诬蔑鲁迅"搜集其一年来诋毁政府之文字,编为《南腔北调集》,丐其老友内山完造介绍于日本情报局,果然一说便成,鲁迅所获稿费几及万元……乐于作汉奸矣"。

《社会新闻》第十二卷第三期(1935年7月21日)又刊载孔殷的《左翼文化人物志(一)·鲁迅》,上面写道:"鲁迅既然投机的投靠共产党'左联'以求名利双收,同时亦就投机的投靠帝国主义以求生命保障。××书店老板成为他的保护人,最近还保护他到东洋,在那里给他活动疏通,作为帝国保护下的顺民。"对这些谣言,鲁迅斥之曰:"是直欲置我们于死地,这是我有生以来,未尝见此黑暗的。"①

这些"流言报"的凭空构陷之谈,虽然手法并不高明,但在当时却是很有杀伤力的。因为"谣言足以杀人"②。国民党当局常以抗日锄奸为名,行摧残进步力量之实。这些谣言反映了制造者们的真实心理,为统治者提供了"捕拿"的口实。"通讯社员发电全国,小报记者盛造谰言,或载我之罪状,或叙我之住址,意在讽喻当局,加以搜捕"③,所以鲁迅发人深省地总结道:"我还记得每有一回谣言,就总有谁被诬为下毒的奸细,给谁平白打死了。"④ 1931年1月17日,当柔石等被捕后,上海《社会日报》登载了署名为"密探"的《惊人的重要新闻》一文,造谣称"鲁迅被捕"。鲁迅认为是一种信号,就"也不住在旧寓里了"⑤。

三是反噬,即"反咬"之意。这种造谣手段最为恶毒。"流言报"先是造谣攻击对方,继而反咬一口,说是对方传播谣言。因为在传统观念中,谣言、流言等舆论形态一直具有伦理色彩,具有诽谤、诬蔑、挑拨之意,若把某人或某方的言论贴上"流言"的标签,不论其论述是否虚假、恶意,在伦理上就使之立即处于劣势,被剥夺了论述的正当性。鲁迅是这样解释"反噬"的:"如甲对乙先用流言,后来却说乙制造流言这一类事,'刑名师爷'的笔下就简括到只有两个字:'反噬'。

---

① 《鲁迅全集》第13卷,第104页。
② 《鲁迅全集》第12卷,第257页。
③ 同上书,第255页。
④ 《鲁迅全集》第4卷,第611页。
⑤ 《鲁迅全集》第12卷,第252页。

呜呼，这实在形容得痛快淋漓。然而古语说，'察见渊鱼者不祥'，所以'刑名师爷'总没有好结果，这是我早经知道的。"①鲁迅一针见血地指出："凡是自己善于在暗中播弄鼓动的，一看见别人明白质直的言动，便往往反噬他是播弄和鼓动。"②

对这样的"流言报"，鲁迅认为"大可笑"③，有的就可以一笑了之，因为他们"讲来讲去总是这几套"，造谣的才能"也还是'滥竽充数'"④，"倘使一一注意，正中其计"⑤，"与此辈讲理，乃反而上当耳。例如乡下顽童，常以纸上画一乌龟，贴于人之背上，最好是毫不理睬，若认真与他们辩论自己之非乌龟，岂非空费口舌"⑥。所以，鲁迅"谣言不辩，诬蔑不洗，只管自己做事，而顺便中，则偶刺之"⑦。

而有的就不能止于"偶刺之"了，而应该主动予以揭露。鲁迅认为，有些造谣新闻的受害者，属于"无从抗辩"的位卑的弱者，只得一任报刊的编排，"然而社会批评者是有指斥的任务的"⑧。对有的报刊，鲁迅通过对某些报道的剖析，指出其自相矛盾之处，揭露其中的谣言。

1933 年 4 月 21 日，鲁迅在《申报·自由谈》上发表《"以夷制夷"》一文，并没有点名，只是针对××报上"不能通"的新闻提出质疑。4 月 22 日和 26 日的《大晚报》副刊《火炬》就连续两次发表文章诬蔑鲁迅是受"员外"供奉的"警犬"。鲁迅把这两篇文章和自己的文章一并发表，评论说："然而无论怎样的跳踉和摇摆，所引的记事具在，旧的《大晚报》也具在，终究挣不脱这一个本已扣得紧紧的笼头。此外也无须多话了，只要转载了这两篇，就已经由他们自己十足的说明了《火炬》的光明，露出了他们真实的嘴脸。"⑨

另外，鲁迅还以自己掌握的事实，对谣言进行直接的揭露。1933

---

① 《鲁迅全集》第 3 卷，第 237 页。
② 同上书，第 80 页。
③ 《鲁迅全集》第 12 卷，第 375 页。
④ 《鲁迅全集》第 5 卷，第 389 页。
⑤ 《鲁迅全集》第 13 卷，第 249 页。
⑥ 同上书，第 134 页。
⑦ 同上书，第 158 页。
⑧ 《鲁迅全集》第 5 卷，第 163 页。
⑨ 同上书，第 121 页。

年的《科学新闻》第 3 号,转载了一则茅盾被捕的消息。对茅盾的境况,鲁迅是知道的。当天,他就给这家周刊去信,指出这消息是谣言,并且点明这谣言的风源。他写道:"这消息,最初载在《微言》中,这是一种匿名的叭儿所办,专造谣言的刊物,未有事时造谣,倘有人真的被捕被杀的时候,它们倒一声不响了。"随后,鲁迅特别指出,"而这种造谣,也带着淆乱事实的作用。不明真相的人,是很容易被骗的"①。

不过,鲁迅也指出,"流言报"并非一无是处,"谣言这东西,却确是造谣者本心所希望的事实,我们可以借此看看一部分人的思想和行为"②。因为,谣言是一种特殊的舆论,具有一般舆论的特征,但又不同于一般的社会舆论,它有自己特定的功能。谣言具有一定的指向,它反映人们(主要是造谣者)希望什么,赞成什么,反对什么。它的生命在于流传,虽然传播的内容是虚假信息,但虚假的东西能够产生并流传,说明它"兼具'奇情异事'与'合乎逻辑'"的因素,③ 所表达的内容或倾向符合某些人的希冀。报章对此也承认"报人善谣"④,因为"铺张扬历的新闻","往往先前是谣言,后来竟变成了事实,谣言变成了事实,谣言也失去了谣言的原旨,社会上都很欢迎谣言,就是因为谣言将来会变成事实的"⑤。对谣言内容及其相关语境进行认真考察,可以帮助人们解读特定历史时空中的群体心态和社会心理氛围。对照事实,谣言是虚假的,但谣言表现出的心态则是真实的。因此,鲁迅认为谣言是某种社会意识和情绪的显示浮标,具有极大的认识价值。

第三节　识破流言报的"秘笈"

这些流言报,虽然经不起事实的验证,犹如过眼烟云,很快就消逝得无影无踪,但鲁迅主张"此物不可不看,因为由此可窥见狐鼠鬼蜮伎俩也"⑥,但是,要正确认识"流言报",读懂其中的含义,也是需要一

① 《鲁迅全集》第 12 卷,第 429 页。
② 《鲁迅全集》第 3 卷,第 305 页。
③ 王安忆:《长恨歌》,作家出版社 2000 年版,第 11 页。
④ 城南生:《报人善谣》,《上海报》1931 年 6 月 22 日。
⑤ 寒风:《谣言》,《上海报》1931 年 6 月 27 日。
⑥ 《鲁迅全集》第 12 卷,第 375 页。

定技巧的。因为"谣言家是极无耻而且巧妙的，一到事实证明了他的话是撒谎时，他就躲下，另外又来一批"①。所以，对流言报不仅要看，而且要耐心地、经常地去研究他们在不同形势下说空话编假话而不断变换花样的手段。鲁迅自己承认，"我就是常看造谣专门杂志之一人，但看的并不是谣言，而是谣言作家的手段，看他有怎样出奇的幻想，怎样别致的描写，怎样险恶的构陷，怎样躲闪的原形。造谣，也要才能的，如果他造得妙，即使造的是我自己的谣言，恐怕我也会爱他的本领"②。在常看造谣报刊后，鲁迅总结出来的经验是：

一是看报刊要打折扣。对于报上那些"以危言耸听"，"以美词动听"，"夸大，装腔，撒谎"的文章，鲁迅主张对其内容"必须取消或折扣，这才显出几分真实"。"因为我们惯熟了，恰如钱店伙计的看见钞票一般，知道什么是通行的，什么是该打折扣的，什么是废票，简直要不得。""这种尺寸，虽然有些模胡，不过总不至于相差太远。"③

如1933年国民党当局发行"航空公路建设奖券"，报纸的舆论导向是认购者"一面救国，一面又可以发财"。其实，"救国"是幌子，"发财"是引诱百姓认购的手段。我们只要打点折扣，就不难发现，发行这种奖券，发财者乃是国民党官僚们。

在鲁迅看来，"夸大"、"撒谎"的传统古已有之，"《颂》诗早已拍马，《春秋》已经隐瞒，战国时谈士蜂起……现在的文人虽然改著了洋服，而骨髓里却还埋着老祖宗"，所以，要杜绝这种"流言报"非常困难。鲁迅同时也指出了流言报泛滥对受众的危害极大，这些文章"费去了多少无聊的眼力。人们往往以为打牌，跳舞有害，实则这种文章的害还要大，因为一不小心，就会给它教成后天的低能儿的"④。

如1932年1月在上海创刊，由张竹平主办的《大晚报》是号称以趣味取胜的晚报。该报连载的张若谷的"儒林新史"《婆汉迷》，是一部恶意编造的影射文化界人士的长篇小说，如以"罗无心"影射鲁迅，"郭得富"影射郁达夫等。鲁迅称为"无聊小报，以登载诬蔑一部分人的小说自鸣得意，连姓名也都给以影射的"。而其副刊《辣椒与橄榄》

---

① 《鲁迅全集》第4卷，第439页。
② 《鲁迅全集》第5卷，第389页。
③ 同上书，第61—62页。
④ 同上。

的征稿启事中，却说"如含攻讦个人或团体性质者恕不揭载"。对这样的报刊，鲁迅批评说："倘不用事实来证明他已经改变了他的夸大，装腔，撒谎……的老脾气，则即使对天立誓，说是从此要十分正经，否则天诛地灭，也还是徒劳的。"①

二是"正面文章反面看"。鲁迅常说，"我对于正面的记载，是不大相信的，往往用一种另外的看法"②。在《小杂感》中，鲁迅谈到"防被欺"，他说"自称盗贼的无须防，得其反倒是好人；自称正人君子的必须防，得其反则是盗贼"③。在《推背图》一文中，他先借用"推背"一词的直译，提出对报刊要"从反面来推测未来的情形"，并举"近几天报章上记载着的要闻"为例，说明这些文章只能反着看，才能得其真。

一、××军在××血战，杀敌××××人。

二、××谈话：决不与日本直接交涉，仍然不改初衷，抵抗到底。

三、芳泽来华（笔者注，曾任日本驻华公使、外务大臣），据云系私人事件。

四、共党联日，该伪中央已派干部××赴日接洽。

五、××××……④

而实际情形却是如此：

一、从 1930 年 10 月到 1933 年 9 月，国民党军队并不是积极抗日，而是忙于发动对红军的军事"围剿"，先后 5 次进攻中央苏区根据地。特别是第五次"围剿"，国民党集中了 100 万军队，200 架飞机。

二、1933 年报纸上不断登载蒋介石的豪言"誓不签订辱国条约"，还有汪精卫"对日妥协，现在无人敢言"的慷慨陈词，其实这是签约的准备。这年 4 月，日寇向我华北进犯时，蒋介石立即通过亲日分子黄郛派熊斌同日本代表冈村大阪商船公司签订了放弃东北四省，并将绥

---

① 《鲁迅全集》第 5 卷，第 61—62 页。

② 同上书，第 104 页。

③ 《鲁迅全集》第 3 卷，第 555 页。

④ 《鲁迅全集》第 5 卷，第 97 页。

东、察北、冀东划为日本自由出入区的卖国条约。而汪精卫也在乞求"一面交涉"的叛卖路径。

三、曾任日本驻华公使的芳泽谦吉，于1933年3月31日从日本抵沪。国民党报纸说成是因"私事"，以此遮人耳目，实际是奉日本财阀的使命，来劝说国民党政府摆脱美英控制，归顺日本。

四、1933年4月2日《申报》的"国内电讯"，登载国民党当局造谣的消息，诬蔑共产党在"联日"，说中共中央"已派干部××赴日接洽"。其实是国民党当局自己要这么做，故意转移视线。5月间，熊斌与冈村签订的协定，不正是这么做了吗？

从上述四条要闻，我们可以看出鲁迅编排的巧妙。鲁迅是很善于进行媒介批评的。可他的批评，是以事实说话，而自己却不着一字，尽得风流。这四条要闻，好比报刊条目、电视节目的编排，看似随意挑选，却是经过精心设计的，在顺序中显示深意。如果把顺序颠倒或打乱，批评的效果就会大打折扣了。

从反面看的效果，一是"能将少的增多，无的化有，例如戏台上走出四个拿刀的瘦伶仃的小戏子，我们就知道这是十万精兵；刊物上登载一篇俨乎其然的像煞有介事的文章，我们就知道字里行间还有看不见的鬼把戏"①。

二是"又反之"，"能将有的化无，例如什么'枕戈待旦'呀，'卧薪尝胆'呀，'尽忠报国'呀，我们也就即刻会看成白纸，恰如还未定影的照片，遇到了日光一般"②。当时报纸上常常登载国民党军政"要人"在谈话或通电中的这些慷慨陈词，其实很多都是制造流言前的烟雾弹。

鲁迅并不是第一个提出要"正面文章反面看"的人。1933年3月13日，陈子展在《申报·自由谈》上发表《正面文章反看法》，说当时喊"航空救国"，其实是不敢炸日本军而只是炸"匪"（红军）；"长期抵抗"等于长期不抵抗；"收回失地"等于不收回失地等，告诫读者"正面文章之外，须知有一个反面在"。鲁迅评论说："得到这一个结论的时候，先前一定经过许多苦楚的经验，见过许多可怜的牺牲。本草家

---

① 《鲁迅全集》第5卷，第62页。
② 同上。

提起笔来，写道：砒霜，大毒。字不过四个，但他却确切知道了这东西曾经毒死过若干性命的了。"① 这也是饱受"流言报"之苦的鲁迅的深切体会。

但鲁迅批评的深刻之处，是他比陈子展的文章点得更深入和透彻。他不仅仅指出要"正面文章反面看"，还提醒读者报刊上"真伪杂糅"，这样更使其真伪难辨。如果"流言报"全篇皆谣，受众也易分辨。可怕的是，"报上也有'莫干山路草棚船百余只大火'，'××××廉价只有四天了'等大概无须'推背'的记载，于是乎我们就又胡涂起来"②。

正如刊登《正面文章反看法》和《推背图》的《申报》，同时也刊登"芳泽来华系私人漫游"、"共党联日"的谣言。流言，本是无根之水，但是新闻媒体，把"疑似事实"与可靠新闻一起刊登，让流言落地生根，摇身变成"真实"的新闻话题，并在信息扩散的过程，加上自己的解释和评论，给流言披上了"真实"的外衣，让人难辨是非。

所以，"此地无银三百两"、"隔壁阿二勿曾偷"这样的文章是比较容易从反面看出来的，"但我们日日所见的文章，却不能这么简单。有明说要做，其实不做的；有明说不做，其实要做的；有明说做这样，其实做那样的；有其实自己要这么做，倒说别人要这么做的；有一声不响，而其实倒做了的。然而也有说这样，竟这样的"。鲁迅所举的近几日要闻，正一一对应了上述这几种言行不一的做法。在总结了种种"流言报"声东击西的伎俩之后，鲁迅劝告读者说，看文章"难就在这地方"③。鲁迅对"真伪杂糅"是非常痛恨的。他自认在报刊中，"攻击得最烈的是《大晚报》"，但和"《大晚报》不相上下"的《社会新闻》，在制造流言上"手段巧妙得远了，它不用不能通或不愿通的文章，而只驱使着真伪杂糅的记事"④。

在这里，我们才可以看出鲁迅用《推背图》的深意。其实，"推背"并非如他一开始所说的，仅仅只"从反面来推测未来的情形"，而是更有提醒读者注意"真伪杂糅"的含义。《推背图》原为一种唐朝五行家所作的谶纬图册，用以预测历代兴亡变乱。五代后"其学益炽"，

---

① 《鲁迅全集》第 5 卷，第 97 页。
② 同上书，第 98 页。
③ 同上书，第 97 页。
④ 同上书，第 164 页。

至宋"尤为著明"。宋太祖因"惧其惑民志"，诏禁此书。然而图传以数百年，民间多有藏本，即使是用"繁刑"仍不复可收拾。最后采取的措施是："不必多禁，正当混之耳。"这一个"混"字道尽真谛。太祖"乃命取旧本，自己验之外，皆紊其次而杂书之，凡为百本，使与存者并行。于是传者懵其先后，莫知其孰讹；间有存者，不复验，亦弃弗藏矣"①。由此看来，"真伪杂糅"的宣传是比"繁刑"更为厉害的统治手段了。前人研究时，对《推背图》的这一层意思多有疏忽，大部分都只着重谈刚开始提到的"正面文章反面看"的说法，却并未注意到鲁迅用这个"推背图"的真正含义——"真伪杂糅"的"混"字是比单纯的流言更加恶劣的伎俩。

三是要综合几家看。鲁迅以自己的经验之谈指出，看报刊，不能只浏览一家，而要综合几家不同立场不同方针的报刊看，才能看出真相。

1930 年 8 月 3 日，上海《时报》用头号字的大标题刊登了一篇《针穿两手……》的新闻，其中云："被共党捉去以钱赎出由长沙逃出之中国商人，与从者二名，于昨日避难到汉，彼等主仆，均鲜血淋漓，语其友人曰，长沙有为共党作侦探者，故多数之资产阶级，于廿九晨被捕，予等系于廿八日捕去者，即以针穿手，以秤秤之，言时出其两手，解布以示其所穿之穴，尚鲜血淋漓……（汉口二日电通电）。"

鲁迅在《再来一条"顺"的翻译》一文中摘引上述文字，剖析道："这自然是'顺'的，虽然略一留心，即容或有多少可疑之点。譬如罢，其一，主人是资产阶级，当然要'鲜血淋漓'的了，二仆大概总是穷人，为什么也要一同'鲜血淋漓'的呢？其二，'以针穿手，以秤秤之'干什么，莫非要照斤两来定罪么？但是，虽然如此，文章也还是'顺'的，因为在社会上，本来说得共党的行为是古里古怪；况且只要看过《玉历钞传》，就都知道十殿阎王的某一殿里，有用天秤来秤犯人的办法，所以'以秤秤之'，也还是毫不足奇。只有秤的时候，不用称钩而用'针'，却似乎有些特别罢了。"

鲁迅采取欲抑先扬、以退为进的论证方法，然后话锋一转："幸而，我在同日的一种日本书报纸《上海日报》上，也偶然见到了电通社的同一的电报，这才明白《时报》是因为译者不拘拘于'硬译'，而又要

---

① 《鲁迅全集》第 5 卷，第 99 页。

'顺'，所以有些不'信'了。"接着鲁迅将日文"信而不顺"地翻译过来，内容则是："……彼等主仆，将为恐怖和鲜血所渲染之经验谈，语该地之中国人曰，共产军中，有熟悉长沙之情形者……予等系于廿八日之半夜被捕，拉去之时，则在腕上刺孔，穿以铁丝，数人或数十人为一串。言时即以包着沁血之布片之手示之……"①

鲁迅继续评析道："这才分明知道，'鲜血淋漓'的并非'彼等主仆'，乃是他们的'经验谈'，两位仆人，手上实在并没有一个洞。穿手的东西，日本书虽然写作'针金'但译起来须是'铁丝'，不是'针'，针是做衣服的。至于'以秤秤之'，却连影子也没有。"至此，《时报》造谣的把戏算是看明白了。但鲁迅进一步援引历史进行分析："我们的'友邦'好友，顶喜欢宣传中国的古怪事情，尤其是'共党'的；四年以前，将'裸体游行'说得像煞有介事，于是中国人也跟着叫了好几个月。"在这里，鲁迅把过去的相关材料充分调动起来，使媒介批评显得纵横捭阖，舒卷自如。鲁迅接着指出："其实是……文明国人将自己们所用的文明方法，硬栽到中国来，不料中国人却还没有这样文明，连上海的翻译家也不懂，偏不用铁丝来穿，就只照阎罗殿上的方法，'秤'了一下完事。"② 这样层层剥笋般的剖析，使日本电通社、日文《上海日报》和《时报》造谣、帮谣的嘴脸都昭然若揭。

所以，鲁迅认为，"笑里可以有刀，自称酷爱和平的人民，也会有杀人不见血的武器，那就是制造谣言。但一面害人，一面也害己，弄得彼此懵懵懂懂"。其结果呢，是"谣言世家的子弟，是以谣言杀人，也以谣言被杀的"③。而对于"流言"，"必待事实证明之后，人们这才恍然大悟"④。最后，鲁迅用一句话作结："造谣的和帮助造谣的，一下子都显出本相来了。"⑤ 这样的媒介批评是极具社会批评的深度和理性色彩的，让人信服。

---

① 《鲁迅全集》第 4 卷，第 358—359 页。
② 同上书，第 359 页。
③ 同上书，第 611 页。
④ 《鲁迅全集》第 5 卷，第 98 页。
⑤ 《鲁迅全集》第 4 卷，第 360 页。

第三章 "有闻必录"辨

新闻是一种选择的艺术。大千世界每时每刻都在发生各种各样的事实，媒介不可能也没有必要对所有的事实进行报道。说到底，新闻报道的内容只能是简化的世界，而不可能是现实世界的原版复制。报道什么或不报道什么，是记者或媒体运用一定报道准则对现实生活的过滤。任何新闻都是通过记者选择事实而形成的，没有选择就没有新闻。

第一节 有闻必录与有闻不录

当时许多报刊，都以"有闻必录"相标榜。如1929年7月7日创刊的上海小报《铁报》，就自称"铁面无私，有闻必录"。"有闻必录"是早期资产阶级新闻学的一种观点，基本含义是：凡有所闻，报纸都可以报道，至于真伪如何，则报馆不负其责。它是19世纪西方一些报社为保护自己的新闻报道不受社会干预、解脱社会责任而提出的。然而，在中国，它却是在报道真人真事过程中提出的。中国近代最早提出"有闻必录"报道思想的是《申报》。

19世纪70年代，以赢利为宗旨的《申报》为了吸引读者兴趣，密切关注社会生活，大量报道真人真事，报纸因此受到了各界的责难，或责其持论不平，或骂其新闻失实，甚至有人到报馆吵闹，写揭帖揭发，并遭到官厅干预。报馆为应付上述窘况，不得已掏出了"有闻必录"这张护身符。1876年，《申报》在报道"杨乃武"案的新闻稿内声称："以上皆浙人告于苏友者。在苏友固不妄言，而浙人系目睹耳闻与否，本馆实未便臆测。姑就所述而录之，以符新闻体例而已。"①这里所说的

---

① 方汉奇等主编：《中国新闻学之最》，新华出版社2005年版，第180页。

"新闻体例",表达的就是"有闻必录"的意思。

19世纪80年代,这一思想正式凝练为"有闻必录"这一固定用语。1883年6月,《申报》在一则报道中法战争的新闻中称:"此信不知自何而来,官场中亦多有传述。是真是伪,万里关河无从探悉,亦以符有闻必录之例而已。"① 这里,"有闻必录"一词正式出现并很快流传开来,自上海扩及广州和全国其他城市。在相当长的一段时期内,"有闻必录"的原则受到报界的推崇。一方面,它被认为是办报人的一种不容侵犯的权力;另一方面也成为办报人对所刊新闻不负责任的一种遁词。

我们应该承认,在当时的舆论环境下,报社在报道真人真事过程中提出"有闻必录"的原则是新闻史上的一大进步。因为"有闻必录"的提出标志着新闻报道开始从述说文艺故事向注重社会实际方向的转轨。报纸如果不报道真人真事,而只是编造一些供人消遣的文艺故事,"有闻必录"这个护身符就没有必要提出了。而且比起向壁编造,任意虚构来说,多少还讲一点根据。更何况当时的报馆也常有真相难明的苦衷,如交通困难和官方封锁消息的困难,这构成了"有闻必录"所以能流行一时的客观原因。因此,这一说法影响深远,历时半个多世纪而不衰。但是,"有闻必录"作为一种报道原则并不可取。这句口号是有欺骗性的,其欺骗性在于用貌似超然客观的不负责任的态度和自然主义的手法来掩盖媒体及其记者的倾向性。后来,"有闻必录"这个护身符,日益被报界滥用,成为不真实新闻的掩护,在它的庇护下,很多不真实的"风闻"、"传闻"稿都大摇大摆地进入报纸版面,造成了十分恶劣的影响。

1935年年初的阮玲玉之死,也是报章们"有闻必录"、"笔舌杀人"的证据。阮玲玉生前是经常出现在报章中的电影明星,她的一言一行都被摄入镜头,暴露在市民的视野中,没有隐私可言。阮玲玉不幸的身世、成名的艰辛和卓越的演技曾作为制造名人神话最合适的材料,被报章一再使用,以致家喻户晓。同时,她的未婚同居生活、私生女儿、"移情别恋"、跳舞的嗜好、香港约会等"丑闻"也被报章真真假假地

---

① 方汉奇等主编:《中国新闻学之最》,新华出版社2005年版,第180页。

一一披露。① 1935 年年初，阮玲玉主演的电影《新女性》，因为其中描写的一个卑劣的记者角色而得罪了新闻记者，遭到新闻界的发难。大报、小报记者群起而攻之，要求联华电影公司向全体记者登报道歉，修改影片中侮辱记者的情节。② 阮玲玉作为女主角的扮演者受到株连。报章一改过去对她演技的赞誉，开始吹毛求疵挑毛病，加以棒杀。《新女性中的小漏洞》一文中谈到《新女性》里的一个情节时说："惟阮玲玉在车站接其爱女……于乘客纷纷下车，车中已空之际，与其爱女厮磨不舍，为时间所不许，不合情理之"③，并且违背事实说，她的演技还不如另一个名不见经传的配角。此时正值她因要求脱离其夫张达民而引起诉讼之时，在内外交困之下，阮玲玉于 3 月 8 日妇女节当天（开庭审理前日）饮恨自杀，留下了"人言可畏"的遗言，也让等候在法庭外的记者们扑了个空。阮玲玉去世之后，报章们为此又掀起了"一通空论"，如《悼阮玲玉——殡仪馆中面目如生》、《阮玲玉自杀泪痕》、《哀玲一束》等，《晶报》甚至还登文《阮玲玉非真死之怪讯》幻想阮玲玉起死回生，④ 又别有一番景象。

　　许多正直的读者和广大电影观众纷纷谴责新闻界的黑暗和舆论的不负责任。在政治上敏感的人看出新闻界向阮玲玉大泼脏水背后的政治和文化斗争的背景，指出以笔代枪一样可以杀人，居心恶毒和不负责任的舆论是置阮玲玉于死地的无形杀手，"致使她自杀的原因，在于报刊新闻对于她的诉讼事件的张扬"。新闻界当然不肯认账，一方面以有闻必录、以事实为据为自己辩解，有记者公开反驳，"以为现在的报纸的地位，舆论的威信，可怜极了，那里还有丝毫主宰谁的运命的力量，况且那些记载，大抵采自经官的事实，绝非捏造的谣言，旧报具在，可以复按。所以阮玲玉的死，和新闻记者是毫无关系的"⑤。另一方面别有用心地把矛头转向左翼影人和《新女性》，诬蔑阮玲玉的自杀是受《新女

─────────

　　① 分别参见百合《阮玲玉身世》，《晶报》1933 年 5 月 27 日；《阮玲玉以腰许国》，《罗宾汉》1928 年 6 月 7 日；《阮玲玉在香港》，《晶报》1928 年 9 月 19 日。

　　② 分别参见辛生《新女性侮辱记者之应付》，《晶报》1935 年 2 月 12 日；辛生《新女性片交涉紧张》，《晶报》1935 年 2 月 18 日；百合《影片之题材与新女性》，《晶报》1935 年 3 月 1 日。

　　③ 行云：《新女性中的小漏洞》，《晶报》1935 年 2 月 13 日。

　　④ 一晒：《阮玲玉非真死之怪讯》，《晶报》1935 年 4 月 18 日。

　　⑤ 《鲁迅全集》第 6 卷，第 343 页。

性》的启发而仿效。这场争论惊动了当时已沉疴在身的鲁迅，他抱病写下了《论"人言可畏"》这篇新闻批评的专论，批评了"有闻必录"的论调。

鲁迅首先针对对方所说"报纸无能为力"的论调，谈到了"有闻必录"中的"闻"，即新闻的选择性问题。他说："现在的报章之不能像个报章，是真的；评论的不能逞心而谈，失了威力，也是真的……但是，新闻的威力其实是并未全盘坠地的，它对甲无损，对乙却会有伤；对强者它是弱者，但对更弱者它却还是强者，所以有时虽然吞声忍气，有时仍可以耀武扬威。于是阮玲玉之流，就成了发扬余威的好材料了，因为她颇有名，却无力。"① 在这里，他指出了有些报刊畏强凌弱，对关系国计民生的重要事件"吞声忍气"、"不逞心而谈"，对强者"失了威力"；而对"有名无力"的民众却"耀武扬威"地扮演"强者""发挥余威"。

所以，媒介所谓的"有闻必录"其实是有选择的，阮玲玉有名，是"给报章凑热闹的好材料，至少也可以增加一点销场"②。而对读者来说，"恐怕义军的消息，未必能及鞭毙土匪，蒸骨验尸，阮玲玉自杀，姚锦屏化男的能够耸动大家的耳目罢?"③ 报刊标榜"有闻必录"，其实是避重就轻，弃社会责任于不顾，而迎合"爱听丑闻"，"尤其是有些熟识的人的丑闻"的读者心态。④ 如1928年春夏间马振华因受汪世昌诱骗投水自杀，上海报纸一通评说，很快"大世界小世界"这些娱乐场里"都有了《马振华》文明戏了，某影片公司也做起影戏来，这不消说也是颇受社会欢迎的。《马振华哀史》也应运而生了，并再版一万部作无条件赠送，只要邮票六分耳。中国人喜看死人出丧，喜看杀头剜肉，哀史自然也喜看了"⑤。

接着，他批驳了"有闻必录"中的"录"，即如何录，也就是新闻的真实性问题。"新闻记者的辩解，以为记载大抵采自经官的事实，却也是真的。上海的有些介乎大报和小报之间的报章，那社会新闻，几乎

---

① 《鲁迅全集》第6卷，第343页。
② 同上书，第344页。
③ 同上书，第296页。
④ 同上书，第344页。
⑤ 《鲁迅全集》第8卷，第281页。

大半是官司已经吃到公安局或工部局去了的案件。但有一点坏习气，是偏要加上些描写，对于女性，尤喜欢加上些描写。"①

因为"这种案件，是不会有名公巨卿在内的"，没有"有威力的强者"在，"因此也更不妨加上些描写"。"案中的男人的年纪和相貌，是大抵写得老实的，一遇到女人，可就要发挥才藻了，不是'徐娘半老，风韵犹存'，就是'豆蔻年华，玲珑可爱'。一个女孩儿跑掉了，自奔或被诱还不可知，才子就断定道，'小姑独宿，不惯无郎'，你怎么知道？一个村妇再醮了两回，原是穷乡僻壤的常事，一到才子的笔下，就又赐以大字的题目道，'奇淫不减武则天'，这程度你又怎么知道？"②这样的"录"是"有所闻"才录的，还是"发挥词藻"而录的呢？

这样"发挥词藻"而"录"的结果如何呢？"这些轻薄句子，加之村姑，大约是并无什么影响的，她不识字，她的关系人也未必看报。但对于一个智识者，尤其是对于一个出到社会上了的女性，却足够使她受伤，更不必说故意张扬，特别渲染的文字了。然而中国的习惯，这些句子是摇笔即来，不假思索的，这时不但不会想到这也是玩弄着女性，并且也不会想到自己乃是人民的喉舌。但是，无论你怎么描写，在强者是毫不要紧的，只消一封信，就会有正误或道歉接着登出来，不过无拳无勇如阮玲玉，可就正做了吃苦的材料了，她被额外的画上一脸花，没法洗刷。叫她奋斗吗？她没有机关报，怎么奋斗；有冤无头，有怨无主，和谁奋斗呢？"③

在这里，鲁迅提到了"机关报"。这些机关报其实是当时各为其主的党派小报。这类小报虽然发行量极少，而生存的时间却不短，与一般商业性小报不可同日而语。1927年国民党定都南京后，内部矛盾日益尖锐，党派斗争加剧。各派头面人物利用出版小报所需资金少、印刷方便、容易出售等特点，也开始涉足小报界。他们往往自己不出面，而指使其亲信办报，以作为攻击政敌的工具。于是先后有50多种党派小报在报摊上出现，构成20年代后半期小报界的又一高潮。影响较大的有醒狮派办的《闲报》，中国青年党的《潜水艇》，改组派的《革命日

---

① 《鲁迅全集》第6卷，第344页。

② 同上书，第344—345页。

③ 同上。

报》、《硬报》、《单刀》，第三党的《行动日报》，汪精卫派的《上海民报》、《上海鸣报》，蒋介石派的《锋报》、《江南晚报》、《精明报》，国家主义派的《黑旋风》，桂系的《吼报》、《响报》、《冲锋》，等。1929年3月国民党召开三中全会，内部狗咬狗斗争愈演愈烈，市面上突然同时出现五种党派小报，它们是《辣报》、《纵横》、《铁甲车》、《轰报》、《柱报》。各报背景不同，往往是围绕着三中全会的一个话题，争论不休，互相攻击，闹得不可开交，由此可见它们作为党派之间斗争的喉舌的功能。

而自称"铁面无私，有闻必录"的小报《铁报》的主办者毛子佩，其实是国民党地下工作人员，《铁报》也就成为国民党政府的宣传机构。在《大晶报铁报联合组织年鉴》（1935）上刊有政府要员潘公展、孙科等的题词，说《铁报》为大上海产生之政治刊物。

所以，鲁迅批驳道，现在的报章"还没有到达如记者先生所自谦，竟至一钱不值，毫无责任的时候。因为它对于更弱者如阮玲玉一流人，也还有左右她命运的若干力量的，这也就是说，它还能为恶，自然也还能为善。'有闻必录'或'并无能力'的话，都不是向上的负责的记者所该采用的口头禅，因为在实际上，并不如此，——它是有选择的，有作用的"①。

在这里，鲁迅强调了新闻的"有选择"和"有作用"。他认为，新闻媒介乃是"人民的喉舌"，应该"为善"，做"向上的负责的记者"。

而其实呢，某些报刊并不打算做什么"人民喉舌"。有人曾给《晶报》写过一幅字："人民喉舌"，《晶报》不但不登出来，反而专门写一篇文章，嘲弄此字幅，"表白"自己不是"喉舌"，也不愿做"喉舌"。而实际情况怎样呢？它虽然不打算做"人民喉舌"，可对当局却是堪称极尽"喉舌"之能了。1927年蒋介石、宋美龄结婚之前的一段时间，《晶报》一一报道蒋与原配夫人毛福梅（蒋经国生母）、侍妾姚冶诚、已婚六年的陈洁如的婚姻状况和解除婚约的经过，为蒋介石洗刷清白。报道说，蒋的每一次结婚和离婚都有充分理由，没有任何过错可言。而且，所有的夫人都是心悦诚服地接受"安排"："与毛离婚，以姊弟称谓"，"仍居蒋家"；"陈洁如女士前月放洋赴美"；与蒋"患难与共六七

---

① 《鲁迅全集》第6卷，第345页。

年之风尘女子姚冶诚"，从此了断尘缘，吃斋念佛。在这一切处理完之后，申明再婚的理由是："因负革命之职责益重，亟求一贤助"，必须是"当世名姝"方能与蒋共同担当革命的重任。最后，隆重推出宋美龄。① 在蒋宋联姻一事上，这些报刊们是极尽其责的。

1927 年蒋介石下野不久，很快复出。《晶报》煞有介事地说，是蒋的生辰八字在起作用："蒋氏八字为丁亥庚戌己巳庚午，今年四十一岁，九月十五日午时生"，"盖一贵显异常能成绝大事业之命"。"今年月卦，七月得涣之五"，"惠泽罩覆于九月有，事功显赫，福泽宽洪，盖绚烂之极，将归于平淡之象，所以有下野之举"。"十月十一月以后，或即重起东山，十二月事功必更显赫。"② 蒋介石生涯中的第一次下野是"四·一二"事件后国内的局势造成，《晶报》却用"算命"来解读决定中国命运的政治家的沉浮，着实充当了一次"喉舌"。

因此，鲁迅在文章中的分析如层层剥茧，充分暴露出新闻界作风的恶劣，让人们惊讶地看到这种堕落已经到了丧失人性的地步。文章把新闻界之黑暗，与司法界之流弊，某些受众的无聊心理，以及各色人等阿Q式的"优越感"等，放在一起并提，作了鞭辟入里的剖析与批驳。文章中，"她的自杀，和新闻记事有关，也是真的"这句话重复了两次，对某些记者自述的"阮玲玉的死，和新闻记者是毫无关系的"这个谬论做了有力的回答。③

其实，早在一年前，鲁迅就在《论秦理斋夫人事》一文中，发表过相似的意见，指出这些报章"乃是杀人者的帮凶"。秦夫人，姓龚名尹霞，《申报》馆英文译员秦理斋之妻。1934 年 2 月 25 日秦理斋在上海病逝后，住在无锡的秦父要她回乡，她为了子女在沪读书等原因不能回去，秦父多次严厉催迫，"既耸之以两家的名声，又动之以亡人的乩语"。5 月 5 日，她和子女一家四口服毒自杀。这是在封建礼教的制裁下发生的一桩惨案，但它却引起上海许多大报小报"不少的回声"，异口同声地对秦理斋夫人加以讨伐。

鲁迅对这些"回声"进行了深刻的剖析：先摆出了这些"回声"

---

① 参见《蒋夫人之现在与未来》，《晶报》1927 年 9 月 24 日；《蒋宋将在上海结婚》，《晶报》1927 年 10 月 10 日。

② 参见《蒋介石之八字》，《晶报》1928 年 1 月 9 日。

③ 《鲁迅全集》第 6 卷，第 343—345 页。

的具体内容——一曰"失职"，二曰"偷安"，三曰"逃兵"。① 然后指出它们的共同点：都认为造成自杀的原因，不是"由于环境"，而是"由于个人"。文章欲擒故纵，先承认这些"回声"对秦理斋夫人的指责："她是一个弱者。"然后用"但是"一转，向这些指责者发出了质问："怎么会弱的呢？"作者通过对"她的尊翁的信札"和"她的令弟的挽联"的分析来寻找原因。通过对信札和挽联内容的分析，令人信服地指出，正是这样的社会环境使秦理斋夫人成了毫无反抗能力的弱者。因而，真正的杀人凶手是封建礼教和黑暗的社会。

鲁迅至此亮出自己的旗帜，矛头指向冷漠无情的媒体舆论："自杀的批判者未必就是战斗的应援者，当他人奋斗时，挣扎时，败绩时，也许倒是鸦雀无声了。穷乡僻壤或都会中，孤儿寡妇，贫女劳人之顺命而死，或虽然抗命，而终于不得不死者何限，但曾经上谁的口，动谁的心呢？真是'自经于沟渎而莫之知也'！"② 当这些孤儿寡母在困苦、抗命、挣扎时，有哪家报纸关心过这些弱势群体，有闻必录一下呢？而他们死后却都来做"文字围剿"。

最后，鲁迅对新闻媒介所谓"有闻必录"而罔顾社会责任的做法，发出了与《论"人言可畏"》一样的指斥："责别人的自杀者，一面责人，一面正也应该向驱人于自杀之途的环境挑战，进攻。倘使对于黑暗的主力，不置一辞，不发一矢，而但向'弱者'唠叨不已，则纵使他如何义形于色，我也不能不说——我真也忍不住了——他其实乃是杀人者的帮凶而已。"③这种旁敲侧击、迂回深入的写法，具有跌宕起伏、尺寸兴波的效果，显示了鲁迅高超的论辩艺术。

值得一提的是，鲁迅在这两篇文章里都提出了进行新闻报道时对弱势人群要加以保护的问题，即新闻报道要具有人文关怀精神的观点，体现了一个思想家敏锐的社会意识。

而且，透过阮玲玉、龚尹霞案，鲁迅要进一步探寻的是，这些报刊记者的"闻"和"录"究竟从何而来？是亲自调查的第一手材料，"耳闻目睹"？还是仅仅根据官方提供的所谓"事实"？鲁迅分析道："上海

① 《鲁迅全集》第5卷，第508页。
② 同上书，第509页。
③ 同上。

的有些介乎大报和小报之间的报章，那社会新闻，几乎大半是官司已经吃到公安局或工部局去了的案件。"这些案件，是按照当局当权者的意志设立和裁决的，大报小报却把它当做"社会新闻"塞给了读者。

而且，"当时上海的报业，除几家规模大的报馆，聘有专任记者，采访政治、经济重要新闻外，其余新闻来源，均靠一群'杂牌记者'提供，这些'记者'素质很差，多半参与地方帮会组织，他们垄断上海市的社会新闻。水准较高者，可从各报馆取得'记者证'，水准较低者，仅能从规模较小的报馆取得'记者名片'，但都是仅给名义，不给月薪，各凭'某报记者'名义，招摇撞骗，靠敲竹杠为生。时人名为'文化流氓'，又名'老枪记者'。因为他们多半是'一榻横陈的瘾君子'。这些'记者'，他们各找各的关系，分成几个集团，譬如：跑法院的有跑法院的集团；跑捕房的有跑捕房的集团；各色市场有各色市场的集团；南市有南市的集团；闸北有闸北的集团。真是五花八门，可见上海'垃圾'之多，无与伦比。他们的惯例，大都是在下午四五点钟，齐集在一个茶馆里，每一个集团，都有固定的'地区茶馆'。吃茶时会面。把每个人'采访'来的新闻，凑在一起，推定一人编成一个通稿，卖给各报馆。他们不但是各报社会新闻的来源，必要时他们还可以封锁和垄断新闻。俨然形成一种'独霸新闻'的行业"①。

这种情况，在时任上海记者工会执行委员之一的袁殊的回忆中也得到了证实。20世纪二三十年代的报纸，要想任用一个记者，对平民百姓出身的人来说，那是很难的。上海的报纸记者，不是流氓的徒弟，就是同资本家或富豪有关系，有政治背景的人。上海的黄金荣和杜月笙，在新闻界很有影响。《申报》的唐世昌在执委会中就是杜月笙的代表。当时，《新闻报》每天发行15万份，《申报》每天10万份。除《新闻报》记者李浩然和顾执中等少数人外，其他大报记者几乎都是招摇撞骗的流氓记者。因为他们首先拜杜月笙等人为师爷，成为门徒，经常参与分赃。这些流氓记者接受有钱有势人的钱，也有的人接受鸦片商和赌场老板的钱，整天在旅馆里包房间打麻将，吃、喝、嫖、赌，全不干正经事。另外，这些记者对那些涉及上层的桃色事件，也是看有钱有势人的眼色行事。谁多给钱，就给谁干。尤其是当时的军阀政客，都想在上海

①　马之骕编著：《新闻界三老兵》，台北经世书局1986年版，第19—20页。

拉几个记者，给他们吹喇叭。云、贵、川、青海等地方的地方军阀们自不必说，就是像冯玉祥这样正直的旧军人也敷衍几个记者。他的军师长到上海来吃、喝、玩、乐，都交过几个记者朋友。军阀之间的斗争也反映在新闻界。袁殊记得冯玉祥反蒋时，骂吴稚晖是"苍髯老贼"。上海没有一家报纸敢登，但是《时事新报》给登了出来。①

　　这样的"记者"和"新闻来源"能保证"有闻必录"的实现吗？所以，在"闻"和"录"之间，媒体和记者可做的花样很多，并不是一句"有闻必录"就可以作为遁词。鲁迅认为，凡表现总有倾向，总有选择，绝对的自然主义是没有的。"譬如画家，他画蛇，画鳄鱼，画龟，画果子壳，画字纸篓，画垃圾堆，但没有谁画毛毛虫，画癞头疮，画鼻涕，画大便。"② 而报刊上虽标榜"有闻必录"，其实有时候却是故意地"有闻不录"。如1931年2月7日夜，"左联"五位作家被捕遇害。而"上海的报章都不敢载这件事，或者也许是不愿，或不屑载这件事"③；1933年9月30日，世界反对帝国主义战争委员会组织的远东反战会议在上海召开，主题是反对日本帝国主义侵略中国。鲁迅虽未能到会，但被选为大会主席团名誉主席之一。但有关会议的"各种消息，报上都不肯登，所以在中国很少人知道"④。可见所谓的"有闻必录"，是虚伪的。实际上，"它是有选择的，有作用的"。

第二节　"不敢通"与"不愿通"

　　"闻"和"录"，可谓是记者的基本功。可是在"闻"和"录"之间，媒介可做的花样却很多。"人们每当批评文章的时候……大概是着眼于'通'或'不通'……然而做中国文其实是很不容易'通'的，高手如太史公司马迁，倘将他的文章推敲起来，无论从文字，文法，修辞的任何一种立场去看，都可以发见'不通'的处所。"⑤ 因为孔子编《春秋》时，即"为尊者讳耻，为贤者讳过，为亲者讳疾"。司马迁在

---

① 丁淦林：《丁淦林文集》，上海复旦大学出版社2005年版，第39页。
② 《鲁迅全集》第6卷，第620页。
③ 《鲁迅全集》第4卷，第493页。
④ 《鲁迅全集》第13卷，第279页。
⑤ 《鲁迅全集》第5卷，第22页。

作《史记》时，也没有秉笔直书，有闻必录，而是秉承了春秋笔法。鲁迅发现，有些新闻报道，表面上看起来，没有什么大问题。可是仔细推敲起来，无论从文字、文法或是修辞上看，都可以发现"不通"的地方。他分析说，这"不通"的原因，是"有作者本来还没有通的，也有本可以通，而因了种种关系，不敢通，或不愿通的"①。

如《大晚报》上，就有许多"不能通或不愿通的文章"②。1932 年 10 月 31 日第四版《大晚报》，在《江都清赋风潮扩大　乡民二度兴波作乱》这个"巧妙的题目"之下，对江都乡民"暴动"一事进行了报道。文章完全站在国民党当局的立场，用了"集众纵火索诈绑县党委欲谋活烧　指挥者手执红旗并发现西装少年　苏省党政机关分派委员会审乡民"这样倾向性明显的小标题，并着重强调"唯乡民中竟发现西装，红棍，及各种旗帜之举动，是诚可为可疑的一幕也！"把矛头指向共产党，暗指是共产党在后面指使。但对乡民陈友亮被军警枪杀一事却一带而过，含糊其辞："陈友亮见官方军警中，有携手枪之刘金发，竟欲夺刘之手枪，当被子弹出膛，饮弹而毙，警察队亦开空枪一排，乡民始后退……"

这明明是一次军警枪杀乡民的流血事件，陈友亮准备夺军警的手枪，被军警当场击毙。然而，《大晚报》在报道这个事件时，不敢明白地指出军警开枪杀人这一铁的事实，竟故意舍去主语，写道"当被子弹出膛，饮弹而毙"。在上海鲁迅纪念馆收藏的鲁迅剪报簿上，在这段话上，鲁迅加了黑色的圈点。他显然敏锐地注意到了记者对杀人事件欲避而不谈的这种奇怪的"不通"。在杂文《不通两种》中，鲁迅评论道："'军警'上面不必加上'官方'二字之类的费话，这里也且不说。最古怪的是子弹竟被写得好像活物，会自己飞出膛来似的。但因此而累得下文的'亦'字不通了。必须将上文改作'当被击毙'才妥。倘要保存上文，则将末两句改为'警察队空枪亦一齐发声，乡民始后退'，这才铢两悉称，和军警都毫无关系。——虽然文理总未免有点希奇。"③

然而，"墨写的谎说，决掩不住血写的事实"④。鲁迅分析了这"不

---

① 《鲁迅全集》第 5 卷，第 22 页。
② 同上书，第 164 页。
③ 同上书，第 22 页。
④ 《鲁迅全集》第 3 卷，第 279 页。

通"的原因，"现在，这样的希奇文章，常常在刊物上出现。不过其实也并非作者的不通，大抵倒是恐怕'不准通'，因而先就'不敢通'了的缘故。头等聪明人不谈这些，就成了'为艺术的艺术'家；次等聪明人竭力用种种法，来粉饰这不通，就成了'民族主义文学'者，但两者是都属于自己'不愿通'，即'不肯通'这一类里的"①。

在这里，鲁迅指出了"不通"之一"不敢通"后的原因，即当局的文化专制对新闻媒介的严格控制。在那个时代，要讲真话、讲实话是很难的，是"不准通"的，在这样的媒介环境下，记者即使想"有闻必录"，想如实反映事实，通顺地表达自己的权利，是非常困难的。报纸稍有"越轨"，就会导致报纸被禁售，报馆被查封，编辑记者被逮捕。1935 年当《新生》周刊因《闲话皇帝》事件被查封的时候，鲁迅写道："现在的书报，倘不是先行接洽，特准激昂，就只好一味含胡，但求无过，除此之外，是依然会有先前一样的危险，挨到木棍，撕去照会的。"② 这里，"特准激昂"是一个深刻的观察与概括，说明某些书报的"激昂"是官批"特准"的。于是，没有得到"特准激昂"的报馆为了求得自身平安，宁肯违心地说些含糊的话，虚假的话，甚至说些为黑暗统治粉饰的话，陷入"不准通"，因而就"不敢通"的尴尬。

而在"不通"之二"不愿通"或"不肯通"里面，鲁迅把他们又分为两种，一是"为艺术的艺术"家，干脆就不谈政治，不论"通"与否。"为艺术而艺术"本是19 世纪法国作家戈蒂叶最早提出的一种文艺观点，认为艺术应该超越一切功利而存在，创作的目的在于艺术本身，与社会政治无关。20 世纪 30 年代初，新月派的梁实秋、自称"第三种人"、"自由人"的苏汶等，都曾宣扬这种观点。二是"民族主义文学者"，也就是国民党御用文人。"民族主义"文学是1930 年 6 月由国民党当局策划的文学运动，潘公展、王平陵、朱应鹏等国民党官员和文人组织出版的《前锋周报》、《前锋月刊》，以"民族主义"为幌子，倡导法西斯文艺，成为国民党文化"围剿"的组成部分。"九·一八"事变后，又为蒋介石的媚日反共政策效劳，所以要用"种种法，来粉饰这不通"。

---

① 《鲁迅全集》第 5 卷，第 23 页。
② 《鲁迅全集》第 6 卷，第 478 页。

在这"不通两种"中，《大晚报》是个典型的例子。在鲁迅的阅报中，《大晚报》和《申报》一起成为他常看的两种报纸。上海鲁迅纪念馆所藏鲁迅剪报簿里，134 张剪报中，这两张报纸占的比例最多。鲁迅为何"偏爱"《大晚报》？原因正如鲁迅自己在 1933 年 7 月所写的《伪自由书·后记》一文中所说，"在我的发表短评时中，攻击得最烈的是《大晚报》。"因为其常有"不能通或不愿通的文章"，而且"文字往往颇觉新奇，值得引用，以消愁释闷"①。

《大晚报》创刊于 1931 年 1 月 21 日。② 创办人张竹平是"圣公会"系统的一名基督教徒，也是与杜月笙有关系的一个"青帮"人物。在创办《大晚报》时，已是三社（时事新报社、大陆报社、申时电讯社）的董事长。总经理兼总主笔是曾虚白。创刊一周后，"一·二八"淞沪战争爆发。民众迫切希望了解当天最新的战况。而当时的"上海没有一家像样的晚报"。《大晚报》每天"下午四时一上市，立刻一抢而光，销数直线上升，两个星期之内，超过了五万份"。一个月后，"每日销行数字，最后竟高达八万份"，超过《申报》、《新闻报》等老牌大报，创下了当时上海本市报纸销数的最高纪录。③

当战事逐渐平息下来后，市民的注意力从战场转向日常生活。《大晚报》的报道重点也做了相应变化，放在了社会新闻上。曾虚白晚年回顾说："我们自动发掘过穷苦青年女子沦为娼妓，受恶棍恶鸨凌虐，一系列的事实，予以忠实报导，引发社会救济烟花女子的热烈运动；我们参加过青年们的各种文艺运动，在副刊中特辟专栏，协助他们发表作品，检讨改进。在社会活动中，影响最大使我印象犹新的，要推我们发动的'儿童健康与教育运动'了……推动一系列的儿童健康与教育的社会活动……掀起了轰动社会的高潮，为上海新闻界没有人做过的创举，而大晚报的声誉也因之而提高了。"④

应该说，《大晚报》创刊初期，报道战况消息迅速、准确，成为抗

① 《鲁迅全集》第 5 卷，第 162—164 页。
② 《中国新闻学之最》及袁义勤的《晚报的成功——〈大晚报〉杂谈》等文中说《大晚报》创刊于 2 月 12 日。但据曾虚白口述录音并审订核稿的《新闻界三老兵》一书，为 1 月 21 日，应以此为准。
③ 马之骕编著：《新闻界三老兵》，台北经世书局 1986 年版，第 19—24 页。
④ 同上书，第 27 页。

击日军侵略，沟通前方、后方的一个重要渠道。而且，它使晚报从此在上海盛行起来，读者也养成了"一天看两次报"的习惯。这点的确难能可贵。当时的北京已经盛行晚报，如《世界晚报》、《北京晚报》等，但都是日报的晚刊。而晚报在上海一直没有流行起来，可谓屡战屡败。胡道静在《上海新闻事业史的发展》一书中写道："上海有晚报是很早的事情，但是一向不受社会的欢迎，所以不能盛行，而办晚报的因大多贴本，都不能维持长久。《沪报》（1882年创刊）尝试出《夜报》，是上海最早的晚报，它的遭遇据《报海前尘录》说：'无如南市一至晚间，杜门不出之人居多；北市则商店正在上市之时，各人无暇阅报。仅藉茶楼酒馆，售数究属无多，遂以亏耗不支而止。'后来1921年沈卓吾创办《中国晚报》，惨淡经营数载，又赔累数十万元之多，使人几乎疑心上海地方是不宜于发刊晚报的。"①

平时上海人不爱看晚报，但是上海附近一有战事发生，人们还是非常关心时局，都希望及时获得有关消息。遇到这种情况，一些日报便在下午发行临时号外，因为有利可图，一些独立的晚报也应运而生。但是战争一平息，这些晚报也很快消失了。改变这种状况的正是《大晚报》。张静庐在《中国的新闻纸》一书中给予它极高评价："晚报在上海之成功，是《大晚报》努力所收得的效果。《大晚报》创刊于'一·二八'上海事变中，然不因战事停止而随之消灭，反而更推进了上海晚报盛行的伟大效果。这是因为它有着独立的精神，得着经营者紧张兴奋地拼命干的缘故。"②邹韬奋也在《再谈巴黎报界》一文中对《大晚报》称赞有加。《大晚报》的成功引起了连锁反应，《新夜报》（《晨报》晚刊，1932年6月）、《夜报》（《时报》晚刊，1933年1月）、《新闻夜报》（《新闻报》晚刊，1933年2月）和中文《大美晚报》（1933年1月）等一批晚报相继创刊，并开始了互相竞争。

但是，《大晚报》的编辑方针后来悄然发生了变化。据曾虚白亲自口述录音、审订核稿的《新闻界三老兵》一书中记载，"《大晚报》是在'一·二八'淞沪战争烽火中诞生，眼看着日军侵我领土，杀我同

---

① 胡道静：《上海新闻事业之史的发展》，上海市通志馆1935年版。

② 张静庐：《中国的新闻纸》，上海光华书局1928年版。另，此处述《大晚报》创刊为事变中，其时间当为事变前夕，参见本书前述。

胞的残酷事实，莫不恨之入骨。所以无论是社论、专栏、新闻，都积极主张抗日到底。但政府当时因受内忧外患的压迫，权衡利害，决定'攘外必先安内'的政策。以忍让的态度，来缓和日军的侵凌。但全国民众，误认政府'忍辱偷生'，所以对政府多不谅解。新闻更配合民意，哗然要求政府，应抱宁为玉碎的决心，抗日到底。大晚报主张尤烈，已受中央注意"①。

对于1931年年底的情况，曾虚白在另一篇文章中这样回忆说："上海为全国舆论中心，成为酝酿不满政府对日妥协的温床。当时上海对政府不谅的报纸，我主持的大晚报不独是一份，并且是相当突出的一份。我想我那时的态度实际上是上海新闻界共同的心态。"② 时值"九·一八"事变后，为了反抗日本的侵略和国民党政府的不抵抗政策，以上海学生为先导、以北平学生为中坚，全国各地学生纷纷赴南京请愿，掀起了抗日反蒋的狂飙。上海新闻界对这次大规模的学生爱国运动的态度，除《中央日报》等国民党报纸外，应该是比较一致的。但曾虚白所说的"上海新闻界共同的心态"，后来在他的理解下却成为对政府"不谅"。这"谅"与"不谅"的变化究竟从何而来呢？

此中的原因，曾虚白在《新闻界三老兵》一书中有"甚为得意"的详细叙述，"二十二年（1933年，笔者注）五月，中央决定派黄郛（膺白）主持华北政务，准备跟日本进行停战交涉。黄郛在北上之前，先经上海，与日方作事前接触。当时，华北局势已异常危急，因日军已入关，长城各口守军，因后援断绝而纷纷撤退。因此，一般推测，所谓停战交涉，就是辱国谈判；曾先生得悉黄郛到上海的确切时刻后，随即派两位精明能干的记者，根据线索，为黄郛在上海期间，作了他每日活动的起居注。但事出意外，任何人也没有想到，黄郛到沪后，第一件事，就是约'大晚报社长曾虚白面谈'"③。

据曾虚白自述，在他应邀至上海市市长吴铁城家与黄郛作了三个多小时的长谈后，"开我茅塞，转变我对国事研判的标准"，对于国民党政府"攘外必先安内"的政策有所领会，"对政府及处境，都有更多的

① 马之骕编著：《新闻界三老兵》，台北经世书局1986年版，第29页。
② 曾虚白：《萧同兹和中央通讯社》，湖南省常宁县文史资料委员会编印1988年版，第9页。
③ 马之骕编著：《新闻界三老兵》，台北经世书局1986年版，第29页。

了解。当然大晚报的编辑方针,多少会受到一些影响,无论是报道新闻,或专栏评论,都是在了解政府处境困难的心情下着笔,其内心压力不足为外人道,可见用心良苦"①。

这"用心良苦"的含义是如鱼饮水,冷暖自知了。当时"各报章上,'敌'呀,'逆'呀,'伪'呀,'傀儡国'呀,用得沸反盈天。不这样写,实在也不足以表示其爱国,且将为读者所不满"。谁料得到黄郛就任北平政务整理委员会委员长后,为讨好日本发布了特别通知:"御侮要重实际,逆敌一类过度刺激字面,无裨实际,后宜屏用。"《大晚报》马上发北平专电公布了这一通知。于是,"报上果然只看见'日机威胁北平'之类的题目,没有'过度刺激字面'了,只是'汉奸'的字样却还有。日既非敌,汉何云奸,这似乎不能不说是一个大漏洞"②。

1933 年 1 月,希特勒的纳粹党在竞选中获胜,30 日,兴登堡总统任命希特勒为德国内阁总理。纳粹党在德国掌权后,立刻就制造了国会大厦纵火案,迫害犹太人,开始了法西斯的独裁统治。德国国家人民党曾经同纳粹党密切合作,支持希特勒出任总理。希特勒组阁时,国家人民党的党魁胡根贝格出任经济与农业部长。可是不多久,希特勒就宣布取缔除纳粹党以外的一切政党,国家人民党被迫解散,胡根贝格也被迫辞去部长职务。希特勒在独裁的路上又前进了一大步。中国那些崇拜他的人也觉得很受鼓舞。6 月 23 日《大晚报》以《希特勒的大刀阔斧》为题评论此事,赞扬说:"大刀阔斧,言行相符的手段,是希特勒从政的特色。"

20 世纪二三十年代,中国的政治思潮异常活跃。共产主义、无政府主义、实用主义、省自治和联省自治论、国家主义、形形色色的三民主义等,纷纷产生或从外传到中国。法西斯主义也忝列其中。但在 1931 年以后,在蒋介石的支持下,法西斯主义传播的速度之快,范围之广,是其他主义难以相比的。法西斯主义一时成为社会各界的时髦话题,政界、知识界纷纷设立机构,组织人员翻译、撰写、出版法西斯主义论著,报纸杂志上有关法西斯主义的文章比比皆是。

---

① 马之骕编著:《新闻界三老兵》,台北经世书局 1986 年版,第 30—31 页。
② 《鲁迅全集》第 5 卷,第 154—155 页。

正如戈公振所说："从社会思想方面观，各种学说，纷纭杂错，目迷五色，论其学理，无不持之有故，言之成理；然其果适合于我国国情否，果适用于我国今日之人否，是尚不能无所踌躇。身为记者，于此应先下一番研究功夫，以徐待事实之证明，若根据捕风捉影之谈，人云亦云，漫为鼓吹相攻击，其不为通人所齿冷也几希。"①

鲁迅对此也非常反感。在三日后（26 日）所写的《华德保粹优劣论》一文中，鲁迅讽刺说，"有些英雄"只看到了其"大刀阔斧"的一面，而"另一面，他们是也很细针密缕的"。这细针密缕有什么表现呢？鲁迅举纳粹禁止《跳蚤歌》为证。大到一声令下取缔除自己以外的所有政党，这当然够得上说大刀阔斧了；小到连一首讽刺诗也不放过，这专政的网又是多么的细密。但是，"中华也是诞生细针密缕人物的所在，有时真能够想得入微"。鲁迅举北平社会局查禁女人养雄犬一事，"提醒"这些赞扬"大刀阔斧"的英雄们，"这影响于叭儿狗，是很大的。由保存自己的本能，和应时势之需要，它必将变成'门犬猎犬'模样"。从"不愿通"的"叭儿狗"，到为虎作伥的"门犬猎犬"的距离并不遥远，而这原因，是由于"保存自己"和"时势之需要"。②

鲁迅的话两年后应验了。到 1935 年秋，创办人张竹平在政治压力下，将"四社"（时事新报社、大陆报社、大晚报社、申时电讯社）出售给孔祥熙，《大晚报》也成为孔家的报纸。曾虚白在 1937 年抗战之初，离开该报，赴南京国民政府国防最高会议第五部出任国际宣传处处长。

在这样的变化下，《大晚报》自然用些"不能通或不愿通的文章"，以配合"政府的困难处境"了。1933 年 4 月 17 日鲁迅所写的《"以夷制夷"》一文中，也举了这样的例证：

> 我们自夸了许多日子的"大刀队"，好像是无法制伏的了，然而四月十五日的《××报》上，有一个用头号字印的《我斩敌二百》的题目。粗粗一看，是要令人觉得胜利的，但我们再来看一看本书罢——

① 戈公振：《中国报学史》，上海古籍出版社 2003 年版，第 235 页。
② 《鲁迅全集》第 5 卷，第 221 页。

"（本报今日北平电）昨日喜峰口右翼，仍在滦阳城以东各地，演争夺战。敌出现大刀队千名，系新开到者，与我大刀队对抗。其刀特长，敌使用不灵活。我军挥刀砍抹，敌招架不及，连刀带臂，被我砍落者纵横满地，我军伤亡亦达二百余……"

那么，这其实是"敌斩我军二百"了，中国的文字，真是像"国步"一样，正在一天一天的艰难起来。①

文章的最后，鲁迅接着分析说："近来的战报是极可诧异的，如同日同报记冷口失守云：'十日以后，冷口方面之战，非常激烈，华军……顽强抵抗，故继续未曾有之大激战'，但由宫崎部队以十余兵士，作成人梯，前仆后继，'卒越过长城，因此宫崎部队牺牲二十三名之多云'。越过一个险要，而日军只死了二十三人，但已云'之多'，又称为'未曾有之大激战'，也未免有些费解。"②

"事实常没有字面那么好看。"③这些让人费解的文章，看似是"喜"，实则是"忧"。国难当头，而报刊上充斥了这样"不能通或不愿通"的文字，"国步"能不艰难起来吗？作为一个跟"官方"并无密切关系的知识分子，鲁迅自然不会知道曾虚白跟黄郛"恳谈"的事情，但他敏锐地观察到《大晚报》这种"不能通或不愿通的文章"，可以看出他透过现象看本质的独到、犀利的眼光。

相比之下，救国会"七君子"之一的章乃器在《〈大晚报〉的一周年》中，也曾谈到它的几个特点：（1）无色彩的言论——文字只要言之成理，往往乐于发表，绝没有"入主出奴"的成见。（2）有思想的编辑——读者一拿到《大晚报》，就可以在极短时间内，明了今天的一切，不必在累幅连篇的废话中找寻重要消息。（3）有价值的资料——有许多资料，别处真不容易见到……具有很高的时代价值。④ 这几个自以为许的特点——"言之成理"、"不必在累幅连篇的废话中找寻重要消息"等等，在鲁迅的分析下，倒成了很好的反面典型，这种"不通"的文字的确是"具有很高的时代价值"，给后人留下珍贵的历史对比的

---

① 《鲁迅全集》第 5 卷，第 152 页。

② 同上书，第 116 页。

③ 同上书，第 14 页。

④ 袁义勤：《晚报的成功——〈大晚报〉杂谈》，《新闻与传播研究》1991 年第 1 期。

空间。

鲁迅的媒介批评，就是这样抓住一点，论及其余，用深刻的思维与精练的笔法，抓住一个"不通"，就使媒介环境中各色人等的立场毕现：

"不准通"：这是"官"——媒介制度制定者的立场。

"不敢通"：这是"奴隶"——民报的立场。

"不愿通"、"不肯通"：这是"奴才"——官报、帮闲报刊的立场。

反观之，多元化的媒介环境中，"通"也就有了种种不同：

"特准激昂"：官批特准的"通"。早期的《大公报》以"不党、不卖、不私、不盲"为原则，发表过一些批评国民党和蒋介石的文章。其中，最负盛名的是1927年12月2日张季鸾所撰的《蒋介石之人生观》一文。文章抓住蒋介石的话"人生若无美满姻缘，一切皆无意味"大加伐挞："累累河边之骨，凄凄梦里之人！兵士殉生，将帅谈爱，人生不平，至此极矣。"这种攻击尽管辛辣，但仅止于攻击蒋的人生观，并未抨击蒋宋联姻的政治目的，并不损害国民党统治的根本，所以蒋介石采取了听任自由的态度。不仅如此，1929年12月27日蒋介石还专门发表通电，嘱《大公报》转全国各报馆从1930年元旦起"于国事宜具灼见，应抒谠言"，对于党务、政治、军事、财政、外交、司法各方面"以真确之见闻，作翔实之贡献，凡弊病所在……亦请尽情批评……凡属嘉言，咸当拜纳。非仅中正赖以寡尤，党国前途亦与有幸焉"[1]。这种礼贤下士、俯就舆论的姿态确实迷惑了一些民间报纸。自此以后，张季鸾和《大公报》就由"骂蒋"转而"帮蒋"。最初，《大公报》"不许职工参加任何党派。但'为了工作的需要'，不仅容许，而且胡政之还设法帮助驻南京的特派记者，去兼《中央日报》的编辑主任；驻上海的特派记者兼任《民国日报》的编辑。并且都被鼓励参加了国民党"[2]。

"时而通"：在华外报不受新闻检查控制，根据本国利益在报道中国时事时，时而会"通"。但即使是"时而通"，也要付出一定的代价。虽然在华外报的广泛存在对于民族新闻事业的发展是有害的，但对于国民党的独裁专制统治也是不利的。因此，国民党党报和国民党新闻主管

---

[1] 由天津《大公报》次日刊发。

[2] 徐铸成：《报海旧闻》，上海人民出版社1981年版，第44页。

部门经常同外报发生正面冲突。仅 1929 年 3—4 月,国民党中央宣传部就接连处分了《华北明星报》(停邮数日)和上海《字林西报》(检扣停邮并将该报记者驱逐出境)。国民党第三次全国代表大会通过的《确立新闻政策案》中,也专门规定了"取缔外国报纸及通讯社之反动宣传"的条款。在国民党要人的口中和国民党党报上也经常出现驳斥外国报纸的言论,说外国帝国主义报纸"一直站在中国国民革命相反的地位","是极大的谣言制造所"①,要求对外国报纸严加制裁。这种冲突的根本原因在于外报报道了一些不利于当局统治的消息。

"力争通":《申报》代表了民报中另一种发展趋向和政治态度。②1931 年"九·一八"事变后,国难日亟,以《申报》为代表的上海民营报纸积极要求抗日和民主,大量报道了轰轰烈烈的爱国学生运动。特别是 12 月 17 日《申报》在要闻版头条位置刊登了"珍珠桥惨案"中死难学生尸首的照片,以血的事实戳穿了国民党中央通讯社、《中央日报》捏造的学员"自行失足落水"的谎言。12 月 20 日,《申报》又以显著版位全文刊发了宋庆龄关于《国民党不再是一个革命团体》的宣言。宣言公开斥责宁、汉双方"皆依赖军阀,谄媚帝国主义,背叛民众,同为革命之罪人"。这样,在一个时期内,《申报》完全站到了和国民党当局对立的地位。对此,蒋介石再也没有雅量"拜纳"了,而是采取了残酷镇压的手段。先是限制其发行,继则阻碍其发展,最后派特务将《申报》老板史量才暗杀。这就是鲁迅在《无声的中国》里所说的:"大胆地说话,勇敢地进行,忘掉了一切利害……说些较真的话,发些较真的声音。"③ 这大概就是"傻子"了,因此,它的遭遇是另一番景况。鲁迅的许多媒介实践,也正是"力争通"的努力,在不自由中争自由,努力走出奴隶时代的"人"的挣扎。

在这"通"与"不通"的争辩中,体现着鲁迅对"真"的追求。鲁迅历来提倡实话实说,在 1934 年给友人的信中,鲁迅说:"只要写出实情,即于中国有益,是非曲直,昭然具在,揭其障蔽,便是公道耳。"④ 在《忽然想到(四)》中,鲁迅这样说:"历史上都写着中国的

---

① 胡汉民:《四种造谣的人》,广州《民国日报》1929 年 3 月 9 日。
② 以此阶段的《申报》为例。
③ 《鲁迅全集》第 4 卷,第 15 页。
④ 《鲁迅全集》第 13 卷,第 17 页。

灵魂，指示着将来的命运，只因为涂饰太厚，废话太多，所以很不容易察出底细来。正如通过密叶投射在霉苔上面的月光，只看见点点的碎影。"① 新闻，被称为是"历史的初稿"，真实是新闻的立命之本。左联刊物《文艺新闻》创刊一周年时曾向鲁迅征求意见，他就指出，《文艺新闻》里"没有影响的话也太多，例如谁在吟长诗，谁在写杰作之类，至今大抵没有后文。我以为此后要有事实出现之后，才登为是"②。由此可以看出鲁迅把"事实"看得是非常重要的。因为"事实是毫无情面的东西，它能将空言打得粉碎"③。

在鲁迅看来，"文艺是国民精神所发的火光，同时也是引导国民精神的前途的灯火。这是互为因果的……中国人向来因为不敢正视人生，只好瞒和骗，由此也生出瞒和骗的文艺来，由这文艺，更令中国人更深地陷入瞒和骗的大泽中，甚而至于已经自己不觉得"④。上述所表现的"不通"种种，不正是这样瞒和骗的结果吗？正因如此，鲁迅一再强调讲真话、露真情的可贵，号召青年们要"将自己的真心话发表出来。——真，自然是不容易的……但总可以说些较真的话，发些较真的声音。只有真的声音，才能感动中国的人和世界的人；必须有了真的声音，才能和世界的人同在世界上生活"⑤。他热切地呼吁写作者"取下假面，真诚地，深入地，大胆地看取人生并且写出他的血和肉来"⑥。

第三节　新闻的章回化和低级趣味

1928 年年初，鲁迅到上海后不久，就发现不少令他惊异的事情。"所惊异的事情之一是新闻记事的章回小说化。无论怎样惨事，都要说得有趣——海式的有趣。只要是失势或遭殃的，便总要受奚落——赏玩的奚落。天南遯叟式的迂腐的'之乎者也'之外，又加了吴趼人李伯元式的冷眼旁观调，而又加了些新添的东西。"⑦

---

① 《鲁迅全集》第 3 卷，第 17 页。
② 《鲁迅全集》第 8 卷，第 368 页。
③ 《鲁迅全集》第 5 卷，第 569 页。
④ 《鲁迅全集》第 1 卷，第 254 页。
⑤ 《鲁迅全集》第 4 卷，第 15 页。
⑥ 《鲁迅全集》第 1 卷，第 255 页。
⑦ 《鲁迅全集》第 8 卷，第 241 页。

在友人从重庆寄来的一份无名报章中,鲁迅看到了同样的"新闻记事的章回小说化",感叹道:"真吃惊于中国的精神之相同,虽然地域有吴蜀之别"①。这篇《某报剪注》是笔名瘦莲的作者所摘,所剪注的文章题目是:

漆|
南|　大讲公妻
薰|　初在瞰江馆
的|　　犹抱琵琶半遮面
女|　现住小较场
弟|　　则是莺花啼又笑
子|

这则署名"笑男女士"来自革新通信社的消息说:前《新蜀报》主笔,原某师政治训练处主任漆树芬(字南薰),"男女学生,均并蓄兼收"。南京政府通缉共产党时,曾有漆名,因其在《新蜀报》上立言,颇含有"共味"。漆死于1927年3月31日的重庆"三·三一"案中。他的一个姓陈的女生,曾与一旅长在瞰江楼谈恋爱,"过其神女生涯",后"公然在小较场小建香巢,高张艳帜,门前一树马樱花,沉醉着浪蝶狂蜂不少也"。消息最后说,"或曰:'漆南薰之公妻主义,死有传人。'虽属谑而虐兮,亦令人不能不有此感慨也"②。这篇消息把捕风捉影、毫不相干的几件事串联起来,极尽污蔑、渲染、夸张之能事。在瘦莲的剪注里,仍是接着添油加醋:

　　(注)"三三一案"(手民注意:是三三一案,不是三三一惨案,因为在重庆是不准如此称谓的)是大中华十六年三月卅一日,重庆各界在打枪坝开市民大会,反对英兵舰炮击南京,正在开会,有所谓暴徒数百人入场,马刀,铁尺,手枪……一阵乱打,打得落花流水,煞是好看。结果:男女学生,小学生,市民,一共打死二百余人云。

---

① 《鲁迅全集》第8卷,第241页。
② 同上书,第242页。

在"三·三一"惨案中，重庆各界因反对英兵舰炮击南京而集会，被暴徒打死200多人，可在瘦莲的笔下却如说书一般，成了"马刀，铁尺，手枪……一阵乱打，打得落花流水，煞是好看"。

在其（又注）中，则进一步渲染道，"漆某生前大讲公妻（可惜我从不曾见着听着），死后有弟子（而且是女的）传其道，则其人虽死，其道仍存，真是虽死犹生"。

鲁迅对这样的"新闻记事的章回小说化"非常愤慨，在《〈某报剪注〉按语》里指出："至多，是一个他所谓'密司'者做了妓女——中国古已有之的妓女罢了；或者他的朋友去嫖了一回，不甚得法罢了，而偏要说到漆某，说到主义，还要连漆某的名字都调侃，还要说什么'羞恶之心'，还要引《诗经》，还要发'感慨'。然而从漆某笑到'男女学生'的投稿负责者却是无可查考的'笑男女士'，而传这消息的倒是'革新通信社'。其实是，这岂但奚落了'则其十之八九，确为共产分子无疑'的漆树芬而已呢，就是中国，也够受奚落了。"①

正如鲁迅所批评的，"新闻记事"奚落的是"失势或遭殃的"，跟《论"人言可畏"》里批评的一样，有钱有势的谁敢去奚落呢？并且，这种奚落与众不同，是一种"赏玩的奚落"，无论多惨的惨事都要被说成一种"海式的有趣"，这种"赏玩"的奚落和有趣里面，是一种高高在上，道貌岸然的"迂腐"加"冷眼旁观"加"一些新添的东西"。

这些"新添的东西"是什么呢？鲁迅在《"京派"与"海派"》里这样阐释："北京是明清的帝都，上海乃各国之租界，帝都多官，租界多商，所以文人之在京者近官，没海者近商，近官者在使官得名，近商者在使商获利，而自己也赖以糊口。要而言之，不过'京派'是官的帮闲，'海派'则是商的帮忙而已。"上海是极度商业化的城市，报刊也不例外，"从商得食者其情状显，到处难于掩饰"，这些新添的东西就是商业化驱使下的"忘其所以"②。

鲁迅1927年10月从广州抵达上海。他生命中的最后10年，在上海度过。鲁迅在上海的这10年，经历了以"游戏"、"消遣"为主体内容的上海小报发展从鼎盛期到转型期的演变。小报从1897年诞生到

① 《鲁迅全集》第8卷，第241页。
② 《鲁迅全集》第5卷，第453页。

1952 年终止，总数达一千余种以上，可分为发轫、定型、衍变、下降四个发展时期。它的产生、发展，与中国现代都市特别是上海大都会的形成，与现代市民文化的成型是同步的。20 世纪二三十年代，正是它的鼎盛期。从 1925 年至 1931 年，上海先后出版发行报纸 988 种，其中小报就有 855 种，占整个报界数量的 86%。小报种类很多，粗略可分为十类：综合性小报、党派小报、社团小报、行业小报、同乡会小报、家庭常识小报、医药小报、娱乐性小报、黄色小报、花界小报。① 这些小报是一种在商业文化的操纵下，经小报文人玩世品格的调适而形成的游戏文章。大部分小报报人是鸳鸯蝴蝶派小说家出身，这点可在表 3—2 中得到印证。

表 3—2　　　　　　　　　民国时期小报主要报人情况表

姓名	生卒年份	籍贯	出身	身份	笔名	任职报刊
陈蝶仙	1879—1940	浙江杭州	书香世家	报人小说家实业家	天虚我生、惜红生、太常仙蝶、樱川三郎、国货隐者、后荷花十日生	《游戏杂志》、《女子世界》、《申报》副刊《自由谈》
毕倚虹	1892—1926	江苏仪征	官僚家庭	报人小说家	闲云、春明逐客、虹、倚虹楼主、莼波、娑婆生	上海《时报》、《小说时报》、《妇女时报》、《小时报》
周瘦鹃	1894—1968	江苏苏州	出身贫寒	报人小说家	兰庵、且住、泣红、荷轩、梅丘、梅屋、紫兰主人	《申报》副刊《自由谈》、《礼拜六》、《半月》等鸳鸯蝴蝶派刊物
徐枕亚	1889—1937	江苏常熟	不详	报人小说家	东海三郎、东海鲛人、老枕、伤心人语、快活三郎	《民权报》、《小说丛报》
姚民哀	1894—1938	江苏常熟	不详	报人小说家	小妖、半塘、老匏、花尊、花尊楼主、护法军、君复、第二号看报人	《春声日报》、《戏杂志》、《新世界报》、《世界小报》
郑逸梅	1895—1992	江苏苏州	小康之家	报人剧作家	旧闻记者、冷香、疏景、水竹村人、陶拙庵、陶拙安、亭长	《消闲月刊》、《联益之友》、《金钢钻报》、《明星日报》、《永安月刊》

---

① 祝均宙:《上海小报三题》,《新闻大学》1998 年冬季刊, 第 74 页。

小报报人的才子气质与商业习俗、传统操守与现代境遇、外化的道德标准与内在的市民流氓习气，这些貌似对峙的品质，以一种奇异的方式混杂，衍生出一个精神的"怪胎"，喜于将严正化为游戏，新闻的章回小说化也就不足为奇了。

更何况，小报自诞生之日起，社会的控制、经济负担的沉重和边缘化的地位给它带来内外的压力。它的生存策略便是以中下市民为接受群体，与大报展开竞争，"补大报之不足"，坚持自己"简便"的、"以小为本"的方针，将色情（所谓"花"）、笔战（所谓"骂"）两相结合，"软""硬"兼施，走趣味化、平民化的办报路子。

余大雄在1919年《晶报》创刊中开宗明义地说："一、凡是大报上所不敢登的，晶报均可登之；二、凡是大报上所不便登的，晶报都能登之；三、凡是大报上所不屑登的，晶报亦好登之。"[1] 1936年，又提出口号："新闻要副刊化"，"副刊要新闻化"。[2] 新闻的副刊化，就意味着新闻的文艺化、小说化了。

另外，上海的商业化的发展使市民社会初步形成，也促使了小报商业化的转变。民国初年，社会局势风云际会，市民开始逃避政治，对于政治的变幻莫测感到厌恶和麻木，他们从小报的鸳鸯蝴蝶派言情小说中寻求精神慰藉，小报有了进一步发展的土壤。到了20世纪二三十年代，上海都市现代化进入鼎盛时期，消费文化逐渐形成，在这样供求双方互相需求的条件下，小报进入畸形的繁荣时期。

特别是1926年年底起，以《荒唐世界》和《牵丝攀藤》为首，上海报界卷起一股黄色小报的狂风——横四开小报，所谓的"横报"竞相出场。此类小报者有《电灯泡》、《千里镜》、《阿要开心》、《欢喜世界》、《叽里咕噜》、《稀奇古怪》、《瞎三话四》、《噜里噜嗦》、《阴阳怪气》、《白相世界》、《糊里糊涂》、《堂子新闻》、《七勿搭八》、《字纸篓》、《西洋镜》、《张牙舞爪》、《奇峰突出》、《新性报》、《情海》、《落花流水》、《瞎话三千》、《真开心》等等，不下70多种，也有人统计为五六十种之多（魏绍昌，1984）。横八开黄色小报，有《长三堂

---

① 《晶报》1919年3月3日。

② 《副刊要新闻化》，《晶报》1936年5月9日。

子》、《小宝宝》、《情话》、《老门槛》等纷纷出笼,计有100多种。①
这些黄色小报专门介绍、传授十里洋场吃喝嫖赌的经验、门径,如什么
"嫖学入门"、"堂子经"、"嫖的要素"、"轧姘头常识"、"性学指南",
等等。一时间,上海滩上黄色小报泛滥成灾。

为了耸人听闻,夺人耳目,这些上海小报的报名就很奇怪。当年就
曾有人把小报的报名连缀起来,编一个不伦不类的粗鄙的色情故事:
"一日于《幻云》,戴了水《晶》(指《晶报》)的《千里镜》,乘着
《自由车》,到《万恶世界》的《黑暗上海》来《消闲》,在《洋泾浜》
看见一大堆人。""你想《阿要开心》、《快活》得忘了其所以然了,后
来要想同她《欢乐》,恰巧她的丈夫看见了,就向他《阴阳怪气》、《噜
里噜嗦》地和她闹《礼拜六》点钟起来了。"②

而且,很多报刊的文章并不署真名实姓,而取了稀奇古怪的笔名增
加趣味性。如《晶报》作者写稿时就非常喜用化名(笔名),冯叔鸾常
用马二先生,何海鸣用求幸福斋主,黄叶翁为宣古愚,后乐笑翁为张丹
斧,诗祖宗为朱天目,破园、石皮、影庐、听鼓人为汪子实,走火为周
越然,梦湘阁为姚鹓雏,老匏、护法军、乡下人、花萼楼主为姚民哀
(他在说书时以朱兰庵为名),炯炯须弥、道听为钱芥尘,曼妙、钏影、
爱娇、微妙、拈花为包天笑,燕环、万寿室主为袁寒云,淞鹰、清波、
天狼为毕倚虹,病鸳为张庆霖,老孙、好春簃主为孙瘭蝡,南虎为徐慕
邢,天倪、饮光、SS、微雨为刘襄亭,素昧平生为邵飘萍,忱公为周今
觉,沦泥为沈能毅,神瑛、迦叶、阿迦为俞逸芬,徐一尘的化名似乎最
为奥妙,他最初署一"霄"字,后来逐步递增为"凌霄"、"凌霄汉"、
"凌霄汉阁"、"凌霄汉阁主"、"凌霄汉阁主人",成为六个字的笔名。③

包天笑的笔名还有"报馆茶房"、"跑龙套"和"胡说博士";毕倚
虹的笔名是"婆娑生";张丹斧自称"丹翁"。1927年创办的《噜里噜
嗦》主笔的名字是"圣湖室主",文章作者的名字中有:蜉蝣、神仙游
客、未来和尚、怪物、走马灯、老夫子、惜花侠、乱世英雄等。《消

---

① 祝均宙:《上海小报的历史沿革》,《新闻研究资料》第43辑,中国社会科学出版社
1988年版,第138页。
② 许奏:《闲谈〈集上海小报名〉》,《消闲》1927年7月15日。
③ 中国社会科学院新闻研究所编:《新闻研究资料》总第8辑,新华出版社1981年版,
第228页。

闲》文章作者的名字也是五花八门，如消闲生、赋闲生、荣华富贵室主、胡调将军、倒霉人、西装客、可怜的秋香、双凤随鸦室主、破字纸篓主、老吃客等。① 这样的文字游戏各式各样花样翻新，有时甚至拿自己"开涮"也在所不惜。像《上海报人名对偶录》这类开玩笑的小文章在小报中很多："上海报人可与古人名对者，如程小青对李太白，笨伯对愚公，霸三对武帝，许疯侠对济颠僧"；"可与今人名对者，如胡一鹗对严独鹤"；"可与地理名词对者……恨水对乐山"；"可与颜色对者……漱君对樵青，此外如轶群对慎独等等，极无意中为天然对句，亦可谓文坛中之一趣事矣"。② 小报作者对此"玩"得兴致盎然。

对这种现象，鲁迅早在《名字》一文中就进行过嘲讽：

> 我看了几年杂志和报章，渐渐的造成一种古怪的积习了。
>
> 这是什么呢？就是看文章先看署名。对于这署名，并非积极的专寻大人先生，而却在消极的这一方面。
>
> 一、自称"铁血""侠魂""古狂""怪侠""亚雄"之类的不看。
>
> 二、自称"蝶栖""鸳精""芳侬""花怜""秋瘦""春愁"之类的又不看。
>
> 三、自命为"一分子"，自谦为"小百姓"，自鄙为"一笑"之类的又不看。
>
> 四、自号为"愤世生""厌世主人""救世居士"之类的又不看。
>
> 如是等等，不遑枚举，而临时发生，现在想不起的还很多。③

文如其人，笔名在一定程度上代表了作者对社会、生活的一种态度。在这里，鲁迅把笔名分为了四类：武侠小说类、鸳鸯蝴蝶派、自我过谦的奴才相、愤世嫉俗的出世相，通过这四种笔名，就把报上文人的四种特性概括得一清二楚。

---

① 李楠：《晚清、民国时期上海小报研究》，人民文学出版社2005年版，第95页。
② 周公愚：《上海报人名对偶录》，《上海报》1933年12月10日。
③ 《鲁迅全集》第8卷，第123页。

由于当时的文坛上，鸳鸯蝴蝶派的作者们颇喜欢用"某生者"作为短篇小说的开头，千篇一律，毫无变化。因此，鲁迅在写作杂文《"以震其艰深"》、《所谓"国学"》、《儿歌的"反动"》等篇时，均署名"某生者"，对这一派作讽刺之意。并且，鲁迅还常用"阿二"、"巴人"等名，意在通俗。许广平说："阿二，是上海叫黄包车夫常用的。"① "巴人"，则"取'下里巴人'，并不高雅的意思"②。

其实，鲁迅对小报并不反感。鲁迅的阅报范围很广，外报、汉字外报、官报、民营大报、小报等都有所涉猎。鲁迅的文章中，小报中的"四大金刚"——《晶报》、《福尔摩斯》、《金刚钻》、《罗宾汉》都曾多次提到过。在鲁迅博物馆收藏的鲁迅藏 379 种期刊中，就还存有《甜心》、《飞报》、《晶报》、《福报》、《小晨报》、《上海报》、《民报》、《立报》、《报报》、《金刚钻》、《社会日报》、《国民日报》等众多小报。

当 1897 年第一张小报《游戏报》问世时，以消遣趣味为主的小报本色就形成了。以后的小报都遵循着这一基调发展。李伯元为增加《游戏报》的趣味性，常在广告栏里刊登诗钟、灯虎，征求对和。有时报上征对还嫌不够，在报外又组织"艺文社"，出题征文。青年时代的鲁迅也参加过这项活动，并列名于《游戏报》公布的得奖名单之中。③

鲁迅也很关注小报，他曾在杂文里多次引用小报材料，并向林语堂和邵洵美建议，在合编的《论语》杂志上摘登比较文雅而实属生活化的小报幽默文章。④ 鲁迅对报刊有种非同一般的热情和兴趣。如果是自己没有看到过的，会想法找来一睹为快。《社会日报》是当时上海发行的小报之一，⑤ 曹聚仁曾在给鲁迅的信里提过此报。鲁迅在回信里说："因为先生信上提过《社会日报》，就定来看看，真是五花八门，文言白话悉具，但有些地方，却比'大报'活泼，也有些是'大报'所不能言。例如昨天的'谣言不可信，大批要人来'就写得有声有色。"⑥

鲁迅在这里评论的"比'大报'活泼，也有些是'大报'所不能

① 许广平：《鲁迅的写作和生活》，上海文化出版社 2006 年版，第 76 页。
② 《鲁迅全集》第 3 卷，第 396 页。
③ 魏绍昌：《李伯元研究资料》，上海古籍出版社 1980 年版，第 5 页。
④ 参见《鲁迅与小报》，《光化日报》1935 年 5 月 20 日。
⑤ 此处不是林白水创办的《社会日报》，该报于 1921 年创刊于北京，原名《新社会报》1922 年 5 月改名为《社会日报》）。
⑥ 《鲁迅全集》第 13 卷，第 573 页。

言"正是新型小报的特色。小报经过 20 世纪 20 年代发展的鼎盛时期后，从 30 年代起，进入了一个相对平缓的发展期。这一时期的小报数量急剧下降，"横报"渐渐退出历史舞台。据统计，在抗战以前，出版了近百种小报，仅及 20 年代的 1/7。① 同时，小报的内容和品格有了较多的进步意义，开始了它的转型时期。

这一转型是从《社会日报》的创办开始的。《社会日报》创刊于 1929 年 11 月 1 日。由胡雄飞邀陈灵犀、姚吉光、冯若梅、钟吉宇、黄转陶、吴农花等 10 人集资创办，胡雄飞负责。按照他们的设想，是要在小报内容方面开辟新的道路，要在大小报之间闯出一条新路来，从而走出以往小报的风格。《社会日报》在发刊词《创刊小言》中说，本报是"别开蹊径，另创一格"，以"贡献于读者诸君之前焉"。正是出于这样的雄心，《社会日报》一开始就日出对开一大张，体裁近似大报，以本市社会新闻为主。由于日出一大张负担太重，加上其他各方面的问题，如采访、印刷、编辑等，最终因经济不继而停刊。10 个月以后，胡雄飞克服困难，再次筹资集股自己独办，于 1930 年 10 月 27 日复刊。胡雄飞在《社会日报》复刊时强调说："本报虽曾备尝困苦，仍无所畏忌，毅然复活也……"同时将日报改为四开四版，且为横四开小型报，分社会新闻和副刊两部分，并力争将《社会日报》办成一个新型的小报。

《社会日报》办刊方针是专载大报不登的社会新闻，报告"读者中关心最注意最新发生之社会新闻"，改变了以往小报主要以消闲娱乐型文字招徕读者的方式，且多刊载政治新闻。复刊不久，正值"九·一八"、"一二·八"抗战的相继爆发，《社会日报》紧跟形势，加大了时事新闻的分量，并且刊载新文学作家的作品。以往小报历来是旧文学阵地，与新文学是壁垒分明的。《社会日报》报人则认为小报文字虽不能不重趣味，而低级趣味是要不得的，有意将小报和新文学的联系打通。新文学作家的介入给小报界注入了新鲜的血液，上海的小报向着新的方向转型。

当时上海一些大报、小报都以很大篇幅登载电影明星胡蝶与潘某结

---

① 祝均宙：《上海小报的历史沿革》，《新闻研究资料》第 43 辑，中国社会科学出版社 1988 年版，第 153 页。

婚的消息、访问记等。《社会日报》则刊发了曹聚仁撰写的社论《大处着眼——胡蝶嫁人算得什么一回事》,认为这些是只值"半文钱的消息"。

鲁迅在信中是这样评论的:"今日却看先生之作,以大家之注意于胡蝶之结婚为不然,其实这是不可省的,倘无胡蝶之类在表面飞舞,小报也办不下去。"① 李楠在所著的《晚清、民国时期上海小报研究》中认为这段话表示"鲁迅的看法是客观的,如若为了保持报纸的'纯净',丢弃了趣味、休闲和世俗的内容,小报就不能成其为小报了"②。但笔者认为,这里正是鲁迅运用反讽笔法对小报热衷于名人艳史做法的一种批评,对《社会日报》社论基调的肯定。

因此,当左联刊物《文艺新闻》在创刊一周年时向鲁迅征求意见时,鲁迅对它所刊登的国内外文艺消息表示了肯定,但对它所刊载的"谁在避暑,谁在出汗"、某外国作家"被打了一个嘴巴"之类的轶闻,却作了诚恳的批评。认为有的是"没有也可以",有的则是"简直可以不登的"。③

20世纪30年代上海小报的转型还表现为上海第一家小型报《立报》的诞生。《立报》为1935年9月20日创刊,由成舍我、张友鸾、萨空了等合办,是一种大报式小报。说它大报化,是因为它有雄厚的资本,虽是小报却按大报规模来办,可与大报相抗衡。《立报》力争成为普通市民的大众小报,它提出口号:"报纸大众化",认为"报纸大众化是价钱便宜人人买得起,文字浅显人人看得懂","只要少吸一枝烟你准看得起,只要略识几百字你准看得懂"④。时任《立报》副刊《言林》主编的谢六逸曾向鲁迅约稿,鲁迅回复说,"《立报》见过,以为很好"⑤,但婉拒了谢的约稿请求。

由此可见,鲁迅对小报的看法是一分为二的,他肯定小报大众化、言大报所不能言的特色,但对于宣扬隐私、色情、迷信等庸俗的低级趣味,他的态度是反对的,他认为这些所谓的"趣味",其实都是麻醉人

---

① 《鲁迅全集》第13卷,第573页。

② 李楠:《晚清、民国时期上海小报研究》,人民文学出版社2005年版,第95页。

③ 《鲁迅全集》第8卷,第368页。

④ 萨空了:《我与立报》,《新闻研究资料》第26辑,中国社会科学出版社1984年版。

⑤ 《鲁迅全集》第13卷,第560页。

民的精神腐蚀剂。这体现了鲁迅媒介批评客观公正，重在内容、格调的特点。

不仅是小报，鲁迅对所谓"大报"在报道时故意耸人听闻的报道手法同样痛恨。1933 年 3 月 30 日的《大晚报》上，刊登了这样一篇新闻：

> 浦东人杨江生，年已四十有一，貌既丑陋，人复贫穷，向为泥水匠，曾佣于苏州人盛宝山之泥水作场。盛有女名金弟，今方十五龄，而矮小异常，人亦猥琐。昨晚八时，杨在虹口天潼路与盛相遇，杨奸其女。经捕头向杨询问，杨毫不抵赖，承认自去年一二八以后，连续行奸十余次，当派探员将盛金弟送往医院，由医生验明确非处女，今晨解送第一特区地方法院，经刘毓桂推事提审，捕房律师王耀堂以被告诱未满十六岁之女子，虽其后数次皆系该女自往被告家相就，但按法亦应强奸罪论，应请讯究。旋传女父盛宝山讯问，据称初不知有此事，前晚因事责女后，女忽失踪，直至昨晨才归，严诘之下，女始谓留住被告家，并将被告诱奸经过说明，我方得悉，故将被告扭入捕房云。继由盛金弟陈述，与被告行奸，自去年二月至今，已有十余次，每次均系被告将我唤去，并着我不可对父母说知云。质之杨江生供，盛女向呼我为叔，纵欲奸犹不忍下手，故绝对无此事，所谓十余次者，系将盛女带出游玩之次数等语。刘推事以本案尚须调查，谕被告收押，改期再讯。

鲁迅评论道："在记事里分明可见，盛对于杨，并未说有'伦常'关系，杨供女称之为'叔'，是中国的习惯，年长十年左右，往往称为叔伯的。然而《大晚报》用了怎样的题目呢？是四号和头号字的——

拦途扭往捕房控诉

干叔奸侄女

女自称被奸过十余次

男指系游玩并非风流

它在'叔'上添一'干'字，于是'女'就化为'侄女'，杨江生也因此成了'逆伦'或准'逆伦'的重犯了。中国之君子，叹人心之不古，憎匪人之逆伦，而惟恐人间没有逆伦的故事，偏要用笔铺张扬厉起来，以耸动低级趣味读者的眼目。"①

鲁迅在《双十怀古》中还摘引了两条报刊上宣扬迷信的新闻标题：

"冤魂为厉，未婚夫索命。"

"鬼击人背。"

"冤魂为厉，未婚夫索命"原载1930年10月7日《情潮》第109期。内容为：苏州妇人尤薛氏，有女名如玲，自幼许配同乡农民陆某之子。尤薛氏让女儿做歌伎，逼陆家退婚。陆某之子抑郁而死，并索走如玲之命。

"鬼击人背"原载10月7日《牡丹三日刊》第三期。作者为筝。文章说，汪某娶一孀妇，新婚之夜，孀妇之亡夫窥窗。行人朱耕云路过责之，被鬼击背，"觉冷如冰，痛而入骨，倏忽不见"。

当时报刊上诸如此类的宣扬迷信的新闻非常多。早在1917年，鲁迅在教育部任职时，其同事徐班侯因乘轮船遭劫，不幸丧生。因其生前好谈鬼神，俞复、陆费逵等人在上海设盛德坛扶乩，组织"灵学会"，次年1月又创办《灵学杂志》，宣传迷信，反对科学，大搞为徐灵魂照相的现代巫术活动。3月1日，上海《时报》刊登徐班侯被"招魂返里"，经乩示"可摄灵照"的报道，3日，又刊出了徐的所谓"魂灵之摄影"。对此，鲁迅在致许寿裳的信中痛斥："沪上一班昏虫又大捣鬼，至于为徐班侯之灵魂照相，其状乃如鼻烟壶。人事不修，群趋鬼道，所谓国将亡听命于神者哉！"②

1925年，鲁迅接到向培良的一封信，信中说："本来女子在中国并算不了人，新闻记者随便提起笔来写一两件奸案逃案，或者女学员拆白等等，以娱读者耳目，早已视若当然……报馆为销行计，特约访员为稿费计，都是所谓饭的问题，神圣不可侵犯的。我其奈之何？"鲁迅回信道："这些新闻并不足怪。即在北京，也层出不穷：什么'南下洼的大老妖'，什么'借尸还魂'，什么'拍花'，等等。非'用刺刀割开'他们的魂灵，用净水来好好地洗一洗，这病症是医不好的。"③

戈公振在《中国报学史》里也认为民国以来报纸，"从科学方面

---

① 《鲁迅全集》第5卷，第163页。

② 《鲁迅全集》第11卷，第360页。

③ 同上书，第286页。

观，可谓最无贡献。因科学之不发达，而迷信遂益难打破。乩坛可以问政，建醮可以弭兵，野蛮时代之把戏，居然能在二十世纪之新舞台上与人争长短，不可嗤哉？其至'天皇圣明'，'天命所归'之文字，竟能在报纸上发表，此真足悲愤者也……其在我国，如最近美国博物院所派遣之亚洲考古队，在蒙古所掘得之古代器物，及恐龙兽之化石，欧美各报争相影印，而我国报纸若不知其有事……试问我国报纸对于此种事业之成绩如何，能不扪心自愧否？今日之报纸，惟搜求不近人情之新奇事物，以博无知读者之一笑。其幼稚诚不堪言矣"①。

可是多年过去，新闻界的这种病症仍旧没有医好。1934 年 5 月 14 日的《大美晚报》就刊登这样一则新闻《玄武湖怪人》，文章说："为增游人兴趣起见。不惜巨资。特举办五洲动物园。于去冬托友由南洋群岛及云桂等处各地购办奇异动物甚夥。益增该园风光不少。兹将动物中之特别者分志于次。计三种怪人。（一）小头。姓徐。绰号徐小头。海州产。身长三尺。头小如拳。问其年已卅六岁矣。（二）大头汉。姓唐。绰号大头。又名来发。浙之绍兴产。头大如巴斗。状似寿星。其实年方十二岁。（三）半截美人。年二十四岁。扬州产。面发如平常美妇无异。惟无腿。仅有肉足趾两个。此所以称为半截美人。"②

鲁迅是学医出身，对此有一定的科学判断，他把这段剪报寄给了《论语》编辑陶亢德，并以"中头"之名附注按语如下："此篇通讯中之所谓'三种怪人'，两个明明是畸形，即绍兴之所谓'胎里疾'；'大头汉'则是病人，其病是脑水肿。而乃置之动物园，且说是'动物中之特别者'，真是十分特别，令人惨然。"③《论语》自第 4 期起，专门增辟了一个栏目《古香斋》，刊载当时各地记述复古迷信等荒谬事件的新闻和文字。其实这些荒谬事件，多是人为使之，记者如能秉承科学精神，认真调查采访即可避免，可报章为销行计，反而广为宣传。

因此，鲁迅在《中国的科学资料》里，用了短短的三句话，就把报章善于耸人听闻、哗众取宠的伎俩展现无疑：

"毒蛇化鳖——'特志之以备生物学家之研究焉。'

---

① 戈公振：《中国报学史》，上海古籍出版社 2003 年版，第 235 页。
② 《鲁迅全集》第 8 卷，第 407 页。
③ 同上。

乡妇产蛇——'因识之以供生理学家之参考焉。'
冤鬼索命——'姑记之以俟灵魂学家之见教焉。'"①
这种讽刺可谓辛辣之极!

————————————

① 《鲁迅全集》第8卷,第435页。

第四篇　对书报审查制度的声讨

　　马克思和恩格斯曾猛烈抨击过普鲁士专制政权对出版自由的压制，认为"书报检查法不是法律，而是警察手段，并且还是拙劣的警察手段"。马克思认为，普鲁士现行的法律认定人们的思想有病，用取消自由来"规定"被允诺的自由。"书报检查制度老是要新闻出版界相信自己有病，即使新闻出版界提出自己身体健康的确凿证明，也必须接受治疗。"① 当一切精神产品都成了怀疑对象，敢于说出社会真情的作者遭到制裁，就成了可怕的专制主义的牺牲品。李大钊就曾说，"世界出版最不自由之国，首推中国及俄罗斯、西班牙、土尔其"②。鲁迅的一生都与这种文化统制抗争。

---

① 《马克思恩格斯全集》第 1 卷，人民出版社 1995 年版，第 177—178 页。
② 李大钊：《李大钊文集》（上），人民出版社 1984 年版，第 247 页。"土尔其"即今"土耳其"。

第一章　文化专制下的媒介生态

　　鲁迅在他所生活过的晚清、北洋、国民党统治三个时代，对以思想和文字获罪的文祸、文网现象并不陌生，他看到的这种现象实在是太多了。在1933年6月18日致曹聚仁的信中，他提出了编写一部《中国文祸史》的想法。这样一个选题，在中国历史上曾是一个空白，鲁迅早就动了心思去填补这个空白，收集了许多资料，包括完整的《清代文字狱档》，但他苦于"居今之世，纵使在决堤灌水，飞机掷弹范围之外，也难得数年粮食，一屋图书"①，乱世之中，他终于无奈放弃了。在他身陷国民党荆天棘地般的文网中并与之苦斗时，他责问国人和史家们的冷漠和失职，慨叹这样一部史书阙如的遗憾，"我们受了损害，受了侮辱，总是不能说出些应说的话。拿最近的事情来说，如中日战争，拳匪事件，民元革命这些大事件，一直到现在，我们可有一部像样的著作？民国以来，也还是谁也不作声"②。所幸的是，在他的字里行间，留下了当时文网、文祸的许多可贵资料，让我们可以体察当时文网下媒介的艰难生存。

第一节　严酷文网中的媒介

　　在鲁迅的早年，对文网就有了体察：他发蒙时爱读的梁启超主笔的《时务报》，在变法运动失败后被查封了；革命派喉舌的《苏报》，以邹容囚死，章太炎蹲狱而告终；《警世钟》、《猛回头》，也都被清政府判为禁书；同乡蔡元培等办的《警钟日报》（前身为《俄事警闻》），是鲁

---

① 《鲁迅全集》第12卷，第404页。
② 《鲁迅全集》第4卷，第12页。

迅喜爱并多有建议的一份报刊，在鲁迅往返仙台和东京时也被清廷封杀于上海；鲁迅爱看的《民报》，也于章太炎授讲《说文解字》时被日本政府徇清廷之请查封了。

1911 年民国成立后，临时政府废除了清政府制定的《大清报律》等法令，颁布了具有宪法效力的《中华民国临时约法》，宣告："人民有言论著作刊行及集会结社之自由。"随着民主热潮的高涨和言论出版自由政策的贯彻执行，中国新闻事业得到了一次飞速发展的机会。据统计，民国元年，全国报纸陡增至 500 家，总销数达 4200 万份，突破了历史最高纪录。各地报刊风起云涌，一时蔚为大观。

可是好景不长，袁世凯窃取胜利果实后，一方面用金钱收买并建立自己的御用报纸，如北京《亚细亚日报》、广州《华国报》、上海《时报》等报纸大肆为其进行反动舆论的宣传；另一方面用暴力压制、迫害民主进步的新闻事业。1912 年 8 月，鲁迅任名誉总编辑的《越铎日报》刚创刊半年有余，就被"王都督"捣毁。1913 年，中国近代报刊界经历了一次最惨烈的浩劫——"癸丑报灾"。从宋教仁被刺的第二天起，袁世凯就开始实行严格的新闻预检，并一再通令各地对报纸严加管制。从此，报纸报人被警告训斥、传讯罚款、打砸搜查、封门逮捕等事件接连不断。甚至在政治上相当保守的北京《正宗爱国报》也难逃浩劫，社长丁宝臣被逮捕未经审讯就被枪毙，使整个北京新闻界为之震惊。据统计，在军阀、官僚的摧残下，到 1913 年年底全国继续出版的报纸只剩下 139 家，和民国元年的 500 家相比，锐减了 361 家。北京的上百家报纸，只剩下 20 余家。1914 年，袁世凯颁布了"世界上报律比较之最恶者"的《报纸条例》以及《戒严法》、《治安警察法》、《出版法》，对报纸的登记出版发行和编辑采访写作等，横加干涉，限制言论自由，残酷地镇压和迫害反对他的报刊和报人。综计 1912 年 4 月至 1916 年 6 月袁世凯当权期间，新闻记者有 60 人被捕，24 人被杀。①

此后，中国政局动荡，政权先后落入直系、皖系、奉系军阀手中。军阀们忙于政治和军事的斗争，在文化统制方面相对来说稍为松动。《新青年》从上海迁到北京并影响全国，蔡元培任北京大学校长并在学术上实行"兼包并容"的方针，提倡以民主和科学为核心的新文化，

①　方汉奇主编：《中国新闻事业简史》，中国人民大学出版社 1995 年版，第 155 页。

乃至爆发了五四运动，都是在这个时期产生的。五四运动后，北洋军阀统治集团又逐渐加紧了在文化领域的统制。

鲁迅文字发表时最早被腰斩，让他直接面对文灾，就是在他五四后出山时，翻译日本武者小路实笃的剧本《一个青年的梦》，原来连载在《国民公报》上，刊至第三幕第二场时，因《国民公报》刊登揭露段祺瑞政府的文字被查禁，只好转载到《新青年》上。然而，《新青年》也被北洋政府所注意，且由于内部的分化，到了1922年7月最终停刊。

《新青年》之后，鲁迅参与编辑了《语丝》和《莽原》、《京报》的副刊《民众文艺》、《国民新报副刊》乙种等报刊。但《语丝》"在北京虽然逃过了段祺瑞及其吧儿狗们的撕裂，但终究被'张大元帅'所禁止了，发行的北新书局，且同时遭了封禁，其时是一九二七年"①。其他报刊的命运也都大致如此，相继停刊。

停刊，对报刊来说，还算是"比较好"的结局。1926年4月26日凌晨，与鲁迅私交还不错的《京报》社长邵飘萍被张作霖以"勾结赤俄，宣传赤化"的罪名枪杀。"自民国成立以来，北京新闻界虽然备受反动军阀的残酷压迫，但是新闻记者公开被处死刑，这还是第一次。"②不过百日，《社会日报》社长林白水也被军阀张宗昌杀害。

1926年8月底，鲁迅在彷徨中南下。但是，在厦门、广州、香港，鲁迅惊异地发现，"这里言论界之暗，实在过于北京"③。鲁迅在厦门大学的演讲稿在《厦大周刊》刊登时被删节。在集美学校的演讲因有煽动学潮之嫌被拒绝刊出。两次到香港演讲，题目分别为《老调子已经唱完》、《无声的中国》，鲁迅认为其说"粗浅平庸到这地步，而竟至于惊为'邪说'，禁止在报上登载的"。作为殖民地的香港，本无新闻和书报检查，但后来香港海员大罢工，殖民当局看到进步舆论的彰显，便开始实行检查制度。鲁迅叹为"是这样的香港。但现在是这样的香港几乎要遍中国了"④。

言论既然失去自由，说话就只好"吞吞吐吐"。英国哲学家约翰·穆

---

①　《鲁迅全集》第4卷，第173页。
②　丁东等编著：《报馆旧踪》，江西教育出版社1999年版。
③　《鲁迅全集》第12卷，第38页。
④　《鲁迅全集》第4卷，第6页。

勒曾说,专制使人们变成冷嘲。鲁迅说:"而他竟不知道共和使人们变成沉默。"①

1927年9月,鲁迅离开广州前往上海,在上海这个现代文化中心度过了他生命中的最后10年。而此时的中国,是南京国民政府的时代。1927年南京国民政府成立后,国民党建立起对全国的统治,从1927年形式上统一全国到1949年败退台湾,国民党在大陆的统治历时22年。在国民党统治前期,国民党建立了新的中央政府,以一种比其前历史时期更有组织和"一党统治"的中央集权制度取代了民国早期的"多头"军阀统治,可以说,国民党政府的文化统制集过去半封建半殖民地言论统制经验之大成。鲁迅的最后10年正处在国民党统治的这一时期。

国民党所建立起来的本党新闻事业,其规模之大、分布之广、体制之完备,使中国近现代史上任何统治者的新闻事业相形见绌。国民党不仅建立自己的新闻事业网,对本党的新闻事业严格管制,还党化非党新闻事业和严密控制全国新闻界。

从1927年到1930年国民党政府颁布《出版法》之前,"国民党政府管理出版的法规是以《宣传品审查条例》、《日报登记办法》和《出版条例原则》等三项为主,辅以《全国重要都市邮件检查办法》和《各县市邮电检查办法》来规范报业活动"②。

1928年6月,国民党在制定一系列的党报建设条例的同时,制定了《指导普通刊物条例》和《审查刊物条例》,对非国民党系统报刊的出版与宣传事宜作了严格的规定,这是南京国民党政府明文制定的控制新闻界的新闻政策之始,也是国民党对新闻界实行审查追惩制度之始。

1929年,国民党中央又颁布了《宣传品审查条例》,进一步规定凡是国民党的或非国民党的宣传品,都要送审。值得注意的是,这里的"宣传品"是指涉及党政内容的报纸及通讯稿、定期刊物、书籍、戏曲电影、一切传单标语公文函件通电等。实际上,是包括了一切文化媒介——出版物、戏曲电影和信函。而且,在这个条例中,国民党已经明确规定所有宣传品的审查范围、标准,以及宣传品的性质"反动"与

---

① 《鲁迅全集》第3卷,第554页。

② 王凌霄:《中国国民党新闻政策之研究》,台北中国国民党中央委员会党史委员会出版1996年版,第23页。

否，都是以"本党主义"、"本党政策纲领"、"与党政有关"为划分和界定的尺度的，体现出浓厚的"党治"特点。

同年，还颁布了《出版条例原则》，开始实行出版品登记制度，对新闻界的统治日益强化。1929 年 8 月的《全国重要都市邮件检查办法》和 1930 年 4 月 24 日的《各县市邮电检查办法》，规定了国民党政府部门和各级党部合作，对重要都市和各县市的邮件、邮电进行检查，从流通环节上对新闻出版进行严格管理。

这些法令条例为 1930 年年底《出版法》的出台奠定了基础。同时，在这一年国民党新军阀的混战也以蒋介石集团的胜利而告终，国民党政权获得了巩固，使得制定系统的新闻法规成为可能。1930 年 12 月 16日，国民党政府公布第一部《出版法》，为其种种新闻统制措施披上了"合法"的外衣。《出版法》第十九条规定："出版品不得为左列各款之记载：一、意图破坏中国国民党或三民主义者；二、意图颠覆国民政府或损害中华民国利益者；三、意图破坏公共秩序者；四、妨害善良风俗者。"将国民党的党义明确写进了法律，并且"意图"两字语义含糊空泛，无法可循，给了国民党执法者很大的解释自由。此后，又制定了十多个有关新闻管制的法规法令，如《日报登记办法》、《出版法实行细则》、《宣传品审查标准》等，使国民党对文化界实行的审查追惩制度越来越严。鲁迅称之为"文禁如毛，缇骑遍地，今昔不异，久见而惯"①。整个文化出版界，"禁锢得比罐头还严密"②。

马克思曾热切呼唤过《出版法》，认为"新闻出版法就是对新闻出版自由在法律上的认可"③，公民需要的是出版法，而不是检查法。他认为，真正的法律不是预先制裁自由，它根本不惩罚自由，而是对破坏自由的惩罚，这同专制权力的检查法正好背道而驰。马克思写道："在新闻出版法中，自由是惩罚者。在书报检查法中，自由却是被惩罚者。书报检查法是对自由表示怀疑的法律。新闻出版法却是自由对自己投的信任票。新闻出版法惩罚的是滥用自由。书报检查法却把自由看成一种滥用而加以惩罚。它把自由当作罪犯；对任何一个领域来说，难道处于

①　《鲁迅全集》第 12 卷，第 322 页。
②　《鲁迅全集》第 4 卷，第 501 页。
③　《马克思恩格斯全集》第 1 卷，人民出版社 1995 年版，第 176 页。

警察监视之下不是一种有损名誉的惩罚吗？书报检查法只具有法律的形式。新闻出版法才是真正的法律。"① 可是国民党当局出台的《出版法》却恰恰相反，成为书报检查制实行的决策来源。

1933 年起，国民党开始由原来的审查追惩制度改为推行以旨在事先预防为主的新检查制度，直接干涉新闻事业本身的业务工作。1 月，通过了《新闻检查标准》和《重要城市新闻检查办法》，规定各地各种报刊须在发稿前将全部新闻稿件一次或分次送请检查，而且实行新闻检查时必须遵照出版法和宣传品审查标准中关于禁止"谬误"和"反动"宣传的规定，"须以中央通讯社消息为标准"，凡是不符合标准的新闻，"应扣留或删改"。这表明，国民党企图利用其党的新闻宣传机构来影响和控制全国，造成全国一个声音的国民党化局面。

马克思曾将书报检查制比做精神上的"大斋期"②，每天都是在有思想的活生生的肉体上开刀，新闻出版界只能堕落。"这种制度本身是恶劣的，可是各种制度却比人更有力量。"③在强有力的书报检查制度下，绝大多数报刊遵命鹦鹉学舌，于是"政府只听见自己的声音"，而人民失去了表达意见的权利，政府听不到人民的真正声音，但"它却耽于幻觉，似乎听见的是人民的声音，而且要求人民同样耽于这种幻觉"④。这样掩耳盗铃式的书报检查制在国民党当局的手中更加发扬光大了。

于是鲁迅"不再在期刊上投稿了。上半年曾在《自由谈》（《申报》）上作文，后来编辑换掉了，便不再投稿；改寄《动向》（《中华日报》），而这副刊明年一月一日起就停刊。大约凡是主张改革的文章，现在几乎不能发表，甚至于还带累刊物。所以在日报上，我已经没有发表的地方。至于期刊……有时用真名，有时用公汗，但这些刊物，就是常受压迫的刊物，能出到几期，很说不定的。出版的那几本，也大抵被删削得不成样子"⑤。

在对媒介出版的控制上，当局采取的手段多样而且隐蔽。"刊物虽

---

① 《马克思恩格斯全集》第 1 卷，人民出版社 1995 年版，第 175 页。
② 同上书，第 149 页。
③ 同上书，第 134 页。
④ 同上书，第 183 页。
⑤ 《鲁迅全集》第 13 卷，第 324 页。

小事，自然也在看管之列。"① 鲁迅在 1934 年 1 月 11 日致郑振铎信中说："听说又不准停刊，大约那办法是在利用旧招牌，而换其内容，所以第一着是检查，抽换。不过这办法，读者之被欺骗是不久的，刊物当然要慢慢的死下去。"信中也谈到自己稿件被删，"在上海投稿时，被删而又删，有时竟像讲昏话，不如沈默之为愈"②。

　　1934 年 2 月 19 日，国民党中央电令上海市党部查禁书籍 149 种。鲁迅已出版的著作全部成为禁书，鲁迅经常投稿的几个报刊也有不少被查封。鲁迅评论说："此间禁书百四十九种，我的《自选集》在内。我所选的作品，都是十年以前的，那时今之当局，尚未取得政权，而作品中已有对于现在的'反动'，真是奇事了。"③十年前的作品，就被发现对现今当局"反动"，也真是奇事一桩。于是乎，"新年新事，是查禁书籍百四十余种，书店老板，无不惶惶奔走，继续着拜年一般之忙碌也"④。这忙碌的结果，是图书杂志审查委员会的出台。

　　鲁迅在《且介亭杂文二集·后记》中对图书杂志审查委员会的出台是这样记载的："不知道何月何日，党官，店主和他的编辑，开了一个会议，讨论善后的方法。着重的是在新的书籍杂志出版，要怎样才可以免于禁止。听说这时就有一位杂志编辑先生某甲，献议先将原稿送给官厅，待到经过检查，得了许可，这才付印。文字固然决不会'反动'了，而店主的血本也得保全，真所谓公私兼利。别的编辑们好像也无人反对，这提议完全通过了。"⑤

　　这"事先审查"的办法，既能杜绝"反动"书刊的出版，又能保全书商的"血本"，因而很为国民党各级党部所赏识。其实，"即使没有某甲先生的献策，检查书报是总要实行的，不过用了别一种缘由来开始"。鲁迅说："总而言之，不知何年何月，'中央图书杂志审查委员会'到底在上海出现了，于是每本出版物上，就有了一行'中宣会图书杂志审委会审查证……字第……号'字样，说明着该抽去的已经抽去，该删改的已经删改，并且保证着发卖的安全——不过也并不完全有

---

　　① 《鲁迅全集》第 3 卷，第 510 页。
　　② 《鲁迅全集》第 13 卷，第 7—8 页。
　　③ 同上书，第 39 页。
　　④ 同上书，第 32 页。原文笔误如此，"老版"应为"老板"。
　　⑤ 《鲁迅全集》第 6 卷，第 475 页。

效，例如我那《二心集》被删剩的东西，书店改名《拾零集》，是经过检查的，但在杭州仍被没收。"① 这里说的《二心集》一事，原书于1932年10月上海合众书店出版后不久，即被国民党当局查禁。书店要求重新审查删削后，再行出版。结果被中宣会图书杂志审委会删去序言1篇和正文22篇，仅存16篇，改名《拾零集》出版，书店为此征求鲁迅意见，鲁迅致函说："我要求在第一页上，声明此书经中央图书审查会审定删存；倘登广告，亦须说出是《二心集》之一部分，否则，蒙混读者的责任，出版者和作者都不能不负，我是要设法自己告白的。"② 但1934年10月出版的薄薄的一册《拾零集》上，书店也不敢声明此书是《二心集》的删存部分，只在封底左上角印了："本书审查证审字五百五十九号"，对砍删做了暗示。

国民党正式成立中央宣传委员会图书杂志审查委员会后，公布了《图书杂志检查办法》，委员会设在上海，审查办法先在上海试行。因为20世纪20年代以后，全国出版业集中在上海，本地印行的图书占全国总量的2/3以上，仅1929年出版的社会科学的译著，包括马克思和列宁的著作在内，多达150余种。因此，在书报审查制度实施期间，上海就成为首害地区。

委员会对出版品进行"事先审查"，规定一切图书杂志应于付印前将稿本送审，委员会则可随意删改稿本。在这之前，国民党当局对图书是实行"事后审查"的，即图书出版后进行审查。图书既然出版了，审查后再予禁止，书店老板出于经济原因，总要千方百计地推销出去。你尽管禁，我暗地还是推销。如果是革命者写的图书，目的是在宣传革命，被禁后会用伪装封面、赠送书摊等办法，继续让它流传。现在有了事先审查的办法，可以把进步图书扼杀在出世之前。这在实行文化统制的图书审查制度中，不能不说是一大"进化"。

这事先审查原稿，并加以删改的办法是从日本学来的，但《办法》还规定删改的地方不许留空白，必须接起来，使读者看不见检查删削的痕迹。鲁迅评论说："日本固然也禁止，删削书籍杂志，但在被删削之处，是可以留下空白的，使读者一看就明白这地方是受了删削，而中国

① 《鲁迅全集》第6卷，第476页。
② 《鲁迅全集》第13卷，第226页。

却不准留空白，必须连起来，在读者眼前好像还是一篇完整的文章，只是作者在说着意思不明的昏话"①，"一切含胡和恍惚之点，都归在作者身上了。这一种办法，是比日本大有进步的"②。这样的删削对读者而言更有欺骗性。

在 1934 年 12 月给赵家璧的一封信中，鲁迅说："我曾为《文学》明年第一号作随笔一篇，约六千字，所讲是明末故事，引些古书，其中感慨之词，自不能免。今晚才知道被检查官删去四分之三，只存开首一千余字。由此看来，我即使讲盘古开天辟地神话，也必不能满他们之意。而我也确不能作使他们满意的文章。"③ 对于思想言论的极度敏感使得国民党政府对报刊书籍的出版始终绷紧了神经。

对图书杂志审查委员会的"政绩"，鲁迅是这样说的："这审查办得很起劲，据报上说，官民一致满意了。九月二十五日的《中华日报》云——

中央图书杂志审查委会工作紧张

中央图书杂志审查委员会、自在沪成立以来、迄今四阅月、审查各种杂志书籍、共计有五百余种之多、平均每日每一工作人员审查字、在十万以上、审查手续、异常迅速、虽洋洋巨著、至多不过二天、故出版界咸认为有意想不到之快、予以便利不少、至该会审查标准、如非对党对政府绝对显明不利之文字、请其删改外、余均一秉大公、无私毫偏袒、故数月来相安无事、过去出版界、因无审查机关、往往出书以后、受到扣留或查禁之事、自审查会成立后、此种事件、已不再发生矣、闻中央方面、以该会工作成绩优良、而出版界又甚需要此种组织、有增加内部工作人员计划、以便利审查工作云。"④

图书杂志审查委员会滥禁滥删，在短短时期内，竟禁、删了那么多作品，"平均每日每一工作人员审查字在十万以上"，真称得上"异常迅速"和"勤快"！

而这些手脚麻利的审查官们都是些什么人呢？"审查会"成员初期的七人，是国民党中宣会派来的项德言、朱子爽、张增、展鹏天、刘民

① 《鲁迅全集》第 6 卷，第 162 页。
② 《鲁迅全集》第 5 卷，第 200 页。
③ 《鲁迅全集》第 13 卷，第 313 页。
④ 《鲁迅全集》第 6 卷，第 477—478 页。

皋、陈文煦、王修德，虽说皆属无名小卒，但"在那里面的都是坏种或低能儿，他们除任意催残外，一无所能，其实文章也看不懂"①。

后来，便"很有些'文学家'在那里面做官"，这些"文学家"是"改悔的革命作家们，反对文学和政治相关的'第三种人'们"，他们"都坐上了检查官的椅子。他们是很熟悉文坛情形的；头脑没有纯粹官僚的胡涂，一点讽刺，一句反语，他们都比较的懂得所含的意义"②，所以"他们虽然不会做文章，却会禁文章，真禁得什么话也不能说。现在我如果用真名，那是不要紧的，他们只将文章大删一通，删得连骨子也没有；……黑暗之极，无理可说，我自有生以来，第一次遇见"③。

对于这样的检查官，鲁迅只能斥之曰："有救人之英雄，亦有杀人之英雄，世上通例，但有作文之文学家，而又有禁人作文之'文学家'，则似中国所独有也。脸皮之厚，世上无两，尚足与之理论乎。"④

这些检查官禁删的"成绩，听说是非常之好了也"⑤。1935年年初，杨霁云将鲁迅的部分佚文编为《集外集》送审，结果被抽去了九篇，其中竟包括《通讯（致孙伏园）》和《启事》，这两篇文章涉及的是1925年4月20日开封士兵在铁塔奸杀女学生事件。这件事发生在北洋军阀统治时期，原本与国民党政权无关，但仍被当局忌讳。此外，书名原为《鲁迅：集外集》，检查官特改为《集外集·鲁迅著》。同时，又删掉了杨霁云撰写的《〈集外集〉编者引言》。

鲁迅在同年1月29日致杨霁云信中感慨道："《集外集》既送审查，被删本意中事，但开封事亦犯忌却不可解，大约他们决计要包庇中外古今一切黑暗了。而古诗竟没有一首删去，却亦不可解，其实有几首是颇为'不妥'的。至于引言被删，则易了然，盖他们不许有人为我作序或我为人作序而已。颠倒书名，则以显其权威，此亦叭儿脾气，并不足异。"⑥ 这种"抽骨头"式的"检查"，鲁迅称为"文艺上的暗杀政策"，而且"有时也还有一些效力的"⑦。

---

① 其中"催"字原文笔误如此，应为"摧残"。《鲁迅全集》第13卷，第399页。
② 《鲁迅全集》第6卷，第161页。
③ 《鲁迅全集》第13卷，第325页。
④ 同上书，第340页。
⑤ 同上书，第325页。
⑥ 同上书，第362页。
⑦ 《鲁迅全集》第6卷，第220页。

在这种"文艺上的暗杀政策"下，所有的客观标准都消失了，只有检查官的意见才是真理。这种制度只能为迫害进步思想提供杀手，在新闻出版领域变"法治"为"人治"，扼杀人民的出版自由权利。

然而，好景不长，杀手似乎也有打盹的时候，在如此严密的审查文网之下，居然跑了一条"漏网之鱼"。上海生活书店创办、由杜重远任主编的《新生》周刊，在1935年5月4日出版的第二卷第十五期刊载易水（艾寒松）的《闲话皇帝》一文，其中谈道：

> 现在的皇帝呢，他们差不多都是有名无实的了。这就是说，他们虽拥有皇帝之名，却没有皇帝的实权，就我们所知道的，日本的天皇，是一个生物学家，对于做皇帝，因为世袭的关系他不得不做，一切的事虽也奉天皇之名义而行，其实早就作不得主，接见外宾的时候用得着天皇，阅兵的时候用得着天皇，举行什么大典的时候用得着天皇，此外天皇便被人民所忘记了；日本的军部、资产阶级，是日本的真正统治者。上面已经说过：现在日本的天皇，是一位喜欢研究生物学的，假如他不是做着皇帝，常有许许多多不相干的事来寻着他，他的生物学上的成就，也许比现在还要多些，据说他已在生物学上发明了很多的东西，在学术上是一个很大的损失。然而目下的日本，却是舍不得丢弃"天皇"的这一个古董。自然，对于现阶段的日本的统治上，是有很大的帮助的，这就是企图用天皇来缓和一切内部各阶层的冲突，和掩饰了一部分人的罪恶。①

周刊出版后不久，日本驻沪总领事竟以"侮辱天皇，妨害邦交"为由，向国民党政府提出严重抗议，并要求国民党中央宣传部和国民政府正式道歉。对于日方提出的恣意干涉中国内政的要求，国民党当局除了撤换上海市长吴铁城外，其余都条条照办：杜重远被判处有期徒刑；《新生》周刊禁止发行；因《新生》周刊每期稿件均向图书杂志审查委员会送审，该刊每期封底上都印有"中央图书审查委员会审查证审字第×××号"字样。日本领事馆据此而追究到该会。国民党当局只好把该会撤销，以使"友邦"了解其诚意。

---

① 倪墨炎：《现代文坛灾祸录》，上海书店1997年版，第230—231页。

无可奈何花落去。国民党统治下的图书杂志审查又回到了审查委员会成立前的局面。但是国民党党部系统,特别是中宣委员会系统(世称CC派),决不会放弃他们在意识形态领域的控制。就在图书杂志审查委员会被撤后不久,鲁迅的《门外文谈》、《准风月谈》、《不三不四集》、《花边文学》等,郭沫若的《沫若小说戏曲集》、《沫若诗集》、《后悔》,茅盾的《动摇》、《路》,以及其他进步作家的许多著作仍然被禁。到1938年10月,图书杂志审查制度又告恢复。英国作家密尔顿在谈到出版审查制度时曾激愤地批评道:"这种做法,对作者、对书籍、对学术的庄严与特权,都是一个莫大的污辱。"① 但在中国,这种污辱还在继续。

第二节 看不见的网:邮检

自从近代邮政事业开始之后,用邮电检查的方法配合实施文化统制就成了政府控制统治局面的惯用伎俩。鲁迅在日本留学时,就曾参加过反对日本政府应清廷之请颁布《清国留学生取缔规则》的运动。这一《规则》旨在剥夺留日中国学生的言论自由,镇压日益高涨的、反清的民族民主革命思潮。这其中就有实施检查书信的"规则",后来由于引起强烈反抗,学生总罢课、陈天华蹈海抗议、秋瑾等发起返国运动,最终未能实行。

虽然晚清政府的《宪法大纲》(光绪三十四年制定)中标榜有"臣民于法律范围以内,所有言论、著作、出版及集会、结社等事,均准其自由"的条例;推翻清政府后的南京临时政府的《临时约法》——中国资产阶级共和国第一个"准宪法"的文件,更庄严承诺:"人民有书信秘密、言论、著作、刊行及集会、结社的自由。"但言论自由的权利只是以"文本"的方式保留了下来。1913年的《天坛宪草》、1914年的《民国约法》、1923年的《民国宪法》等等,都声称:人民的自由权利,"非依法律不受限制",可从大清王朝到北洋政府到国民党政权,无一不加紧舆论控制,文网越收越紧,邮检成为其实行文化控制的重要手段。

---

① 密尔顿:《论出版自由》,商务印书馆1989年版,第28页。

通过邮检，国民党试图达到的重要目的之一就是控制舆论阵地，公开查禁的图书报刊，在邮检中没收；不便公开查禁的图书报刊，在邮检中予以扣留，限制其流传。许多进步人士，深受邮检的压迫。鲁迅也是其中之一。鲁迅在书信和文章中，多次揭露当局在邮检中对他和对进步人士、对文艺界的迫害。

鲁迅在广州期间，起初是南北对峙、革命力量正在进行北伐之际。他收到的从北京的来信，常经过检查。如 1927 年 3 月 17 日他给李霁野信中说："昨天收到受过检查的二月廿四日来信。"4 月 9 日给李霁野信中又说："三月十一日所发信，到四月八日收到了，或者因为经过检查等周折，所以这么迟延。"① 李霁野当时在北京，他的信件应该主要是在北京受到检查。

1927 年 4 月 12 日，国民党当局在上海发动反革命政变。28 日，李济深等在广州实行"清党"②，当局立即控制了邮局的检查。从这时起，鲁迅的一切邮件就成了他们检查的对象。孙伏园时在"红都"武汉办报，他给鲁迅来信，鲁迅收到时已"系五十日以前所发，不但已经检查，并且曾用水浸过而又晒干"③。9 月 19 日，鲁迅致章廷谦信中又说："《语丝》的一四一，二两期，终于没有收到，大概没收了。"④ 这也是广州邮检做的好事。鲁迅突然发现：中国的言论界、思想界正遭到前所未有的损害，表达的空间忽然狭窄了许多，"我觉得连思想文字，也到处都将窒息，几句白话黑话，已经没有什么大关系了"⑤。

在后来多次被国民党审查大员删削的《扣丝杂感》一文中，鲁迅对邮检做了激愤的声讨："这半年来，凡我所看的期刊，除《北新》外，没有一种完全的：《莽原》，《新生》，《沉钟》。甚至于日本书的《斯文》，里面所讲的都是汉学，末尾附有《西游记传奇》……这些收不到的期刊，是遗失，还是没收的呢？我以为两者都有。没收的地方，是北京，天津，还是上海，广州呢？我以为大约也各处都有。至于没收的缘故，那可是不得而知了。"

---

① 《鲁迅全集》第 12 卷，第 24—26 页。
② 李济深后为爱国民主人士。
③ 《鲁迅全集》第 12 卷，第 45 页。
④ 同上书，第 70 页。
⑤ 《鲁迅全集》第 3 卷，第 507 页。

但是,鲁迅从确切知道的几件事上,揣测出报刊遗失的真相:"《莽原》也被扣留过一期……因为里面有俄国作品的翻译。那时只要一个'俄'字,已够惊心动魄,自然无暇顾及时代和内容。"但是,"韦丛芜的《君山》,也被扣留。这一本诗,不但说不到'赤',并且也说不到'白',正和作者的年纪一样,是'青'的,而竟被禁锢在邮局里。"而至于黎锦明先生的《烈火集》,"因为火色既'赤',而况又'烈'乎,当然通不过的"①。

鲁迅总结道:"中国近来一有事,首先就检查邮电。"而负责检查的,都是些什么人呢?"这检查的人员,有的是团长或区长","直截痛快的革命训练弄惯了",对邮检自然是"说不明白",况且,"终日检查刊物,不久就会头昏眼花,于是讨厌,于是生气,于是觉得刊物大抵可恶——尤其是不容易了然的——而非严办不可"。于是胡乱检查一气,"不免《烈火集》也可怕,《君山》也可疑,——只剩了一条最稳当的路:扣留"。

而对于查禁报刊,邮局便是一焚了之。鲁迅看见"报上记着某邮局因为扣下的刊物太多,无处存放了,一律焚毁"。当时,他的心情"实在感到心痛,仿佛内中很有几本是我的东西似的。呜呼哀哉!我的《烈火集》呵"②。

在屡碰钉子之后,1927年10月3日,鲁迅由广州到达上海,从此在上海定居,仍然受到邮检的迫害。次年3月16日鲁迅致李霁野的信中说:"现在这里寄稿也麻烦,不准封。"③ 寄稿件不准封口,以便检查,邮检已到了明目张胆的地步。在11月4日致《语丝》的一位投稿者罗晓岚的信中说:"来稿是写得好的,我很佩服那辛辣之处。但仍由北新书局寄还了;因为近来《语丝》比在北京时还要碰壁,登上去便印不出来,寄不出去也。"④《语丝》1927年10月在北京被张作霖查禁后,北新书局也同时被封。1928年1月起,《语丝》由鲁迅编辑在上海出版。由此可见,邮检已经影响到刊物发表的内容选择,因为稿件稍有不"合时宜",就印不出来也寄不出去。发行无着落,读者自然渐渐

---

① 《鲁迅全集》第3卷,第504—505页。

② 同上书,第505—506页。

③ 《鲁迅全集》第12卷,第110页。

④ 同上书,第137页。

稀少。

　　国民党南京政府成立初期，邮检由中央"国民政府秘书处"负责，到地方上则是党政军都抓，具体落实到公安局执行。所以邮检标准由各地党政领导机关随意决定，各自为政。报刊界深受其害。《语丝》第四卷第三十二期（1928 年 8 月 6 日）刊有读者冯珧《谈谈复旦大学》一文，揭露当时该校内部的一些腐败情形。出身于该校的国民党浙江省党部党务指导委员会委员许绍棣就以"言论乖谬，存心反动"的罪名，在浙江查禁《语丝》和其他书刊 15 种。这样，《语丝》虽在上海被邮检通过，到了杭州又被扣留。鲁迅在 10 月 18 日致章廷谦信中说："《语丝》之不到杭，据云盖被扣。"① 就反映当时浙江更为严厉的邮检情况。

　　因为邮检中遇到的是大量的图书报刊的检查工作，所以，国民党曾把邮检工作一度划给中央宣传部管辖。1929 年 8 月，国民党中常会还通过了全国统一的邮检办法。在国民党中宣部主管邮检工作期间，"成绩"显著：

　　首先，从邮检中发现革命图书报刊，予以查禁，使革命图书报刊的流传遇到了层层困难。如上海出版的丁玲主编的《北斗》，其第 2 卷第 2 期（总第 8 期）在安徽芜湖的邮检中，发现其中几篇文章的内容"助长赤焰，摇惑人心"，就上报中宣部，于是国民政府密令"上海市政府会同当地司法机关"查禁《北斗》，"拿办其主持人并查封湖风书局"。

　　其次，通过邮检查禁革命图书报刊，不予流传。许多革命图书报刊是地下出版的，光靠查禁、没收乃至查封书店并不能完全奏效，国民党中宣部就不断将查禁的出版物名称通报各地邮检部门，要其予以扣留。该中宣部于 1936 年编印《中央取缔社会科学反动书刊一览》，编入 1928 年 12 月至 1936 年 6 月查禁的社会科学图书刊物目录 676 种，陆续通令"各省市宣传部及各地邮检所查禁扣留"、"通令各地邮检所扣留焚毁"。由此可见，邮检对于当局的文化专制统治已多么重要。

　　而且，通过邮检，中宣部掌握了大量新闻出版的情况，特别是地下革命图书报刊的情况，不断向中央呈报调查报告，供中央"决策"时参考。大规模的文字狱，大规模的查禁图书报刊，都是由中宣部事先积

---

　　① 《鲁迅全集》第 12 卷，第 134 页。

累情报的。邮检已成为中宣部掌握文化情报的重要门户。①

进入 20 世纪 30 年代后，国民党为巩固其政权，进一步加强了文化领域的控制。国民政府军事委员会先后制定了《邮电检查施行规则》和《邮电检查所组织规程》，使邮检工作更全面、更系统、更严密，成了加害于文化界的一张文网。邮检工作也渐渐由中宣部转归国民党特务机构军统局管辖，到 1936 年完全纳入特务活动控制范围。1936 年发布的《邮政总局密通令》对以往规则进行了进一步补充，明确邮检工作，"邮局人员，不得参预"，以保证军统局的绝对控制。而且，未设立邮电检查的地方，随时可以根据"情形紧急"而检查邮件。邮检几乎已经到了无孔不入的地步。

鲁迅在书信中多次谈到邮检对文化出版事业的摧残。1930 年 5 月 24 日致章廷谦信中说："前曾寄《萌芽》第四期，后得邮局通知，云已被当局扣留。"② 8 月 2 日致方善境信中说："此地杂志停滞之故，原因复杂。举其要端，则有权者先于邮局中没收（不明禁），一面又恐吓出版者。"③ 9 月 20 日致曹靖华信中说："现已在查缉自由运动发起人'堕落文人'鲁迅等五十一人，听说连译作（也许连信件）也都在邮局暗中扣住。"④ 1933 年 12 月 20 日致郑振铎信中说："《文学》此地尚可卖，北平之无第六期，当系被暗扣，这类事是常有的。今之文坛，真是一言难尽，有些'文学家'，作文不能，禁文则绰有余力，而于是乎文网密矣。"⑤ 1934 年 1 月 17 日致萧三信中说："寄书报，就很为难，个人须小心，托书店代寄，而这样的书店就不多，因为他们也极谨慎，而一不小心，实际上也真会惹出麻烦的。"⑥

1933 年 3 月 16 日《论语》第 13 期上，鲁迅以"何干"署名的文章《由中国女人的脚，推定中国人之非中庸，又由此推定孔夫子有胃病》，就《大晚报》3 月 1 日刊发的一则有关邮检的新闻做了一番"推定"，报道称："有人由邮政局致宋女士之索诈信口（自按：原缺）件，

① 倪墨炎：《现代文坛灾祸录》，上海书店 1997 年版，第 239—240 页。
② 《鲁迅全集》第 12 卷，第 235 页。
③ 同上书，第 239 页。
④ 同上书，第 242 页。
⑤ 同上书，第 529 页。
⑥ 《鲁迅全集》第 13 卷，第 10 页。

业经本市当局派驻邮局检查处检查员查获，当将索诈信截留，转辗呈报市府。"邮检的蠢才们还以为这是他们的功绩，告诉记者张扬出来。所以，鲁迅"告诫"读者，"看了之后，也切不可便推定虽为总理夫人宋女士的信件，也常在邮局被当局派员所检查"①。这正是鲁迅以自称"学匪"派考古学的手法，揭露当局弄巧成拙的邮检手段。

　　1936 年年初，鲁迅跟唐弢谈话时，还希望他把检查邮电、扣留书报的情况写出来。据唐弢回忆，当时最突出的一件是：日本帝国主义侵略东北后，美国 Vanity Fair 杂志上登了一幅漫画，画着日本天皇替军阀拉炮车。在这期杂志刚刚邮寄到上海的时候，国民党政府派出大批检查员，赶到邮局，把所有的 Vanity Fair 杂志都扣留了。鲁迅在谈起此事时，"脸色有点凄苦，像是在回忆。'写了出来，是讽刺。也就因此，检查'老爷'要把我的名字从中国驱除。但是，这却是一件颇为费力的工作。'说到末一句，他笑了"②。这之前，1935 年鲁迅也曾跟唐弢谈起图书检查的情形，大概觉得自己精力不济，希望唐弢能编写一部中国文网史。唐弢回答说："这个工程过于浩大，自己力不胜任。鲁迅先生点头同意了"。后来唐弢对此"不知不觉地留心起来。长夜披读，手自摘抄，分类排比，积久成帙。直到抗日战争胜利前几个月，抄写材料连同别的一些稿件，终于在一次亡命中丢失。以后虽继续搜寻，恢复的却不到五分之一"。③ 如今，70 多年过去了，对于中国现代文祸史或文网史的研究，可以说仍在起步阶段。这不能不说是个极大的遗憾。

---

① 《鲁迅全集》第 4 卷，第 522 页。
② 子通主编：《鲁迅评说八十年》，中国华侨出版社 2005 年版，第 102 页。
③ 倪墨炎：《现代文坛灾祸录》，上海书店 1997 年版，第 3 页。

第二章　揭破伪自由之网

限制言论和思想传播，实行严厉的书报检查制度，是各国君主们为维护专制制度而规定的措施，但受到了人们的猛烈抨击。密尔顿在《论出版自由》中认为："书籍并不是绝对死的东西。它包藏着一种生命的潜力，和作者一样活跃。不仅如此，它还象一个宝瓶，把创作者活生生的智慧中最纯净的菁华保存起来。"① 因此，"写作自由和言论自由……是一切伟大智慧的乳母"，"是一切自由中最重要的自由"②。所以，"杀人只是杀死了一个理性的动物，破坏了一个上帝的象；而禁止好书则是扼杀了理性本身，破坏了瞳仁中的上帝圣象。……如果牵涉到整个出版界的话，就会形成一场大屠杀……这是杀害了一个永生不死的圣者，而不是一个尘凡的生命"③。伏尔泰甚至认为言论自由和出版自由是其他一切自由的保障。

虽然人们憧憬着生来自由平等，能够自由传达思想和意见，各个公民都有言论、著述和出版的自由。但是统治者历来限制那些与自己的利益对立的思想的传播，审查制度常常作为社会控制的重要机制发挥着作用。这种制度的危害不言而喻，成为反对人类成熟的一种最现实的工具，在一定程度上成功地阻止了思想的自然流动，成为自由的精神生活的莫大障碍。

第一节　对言论自由的呼唤

新闻自由作为公民与报刊的法定权利，是判定社会和报刊制度进步

---

① 密尔顿：《论出版自由》，商务印书馆 1989 年版，第 5 页。
② 同上书，第 44 页。
③ 同上书，第 5 页。

的标志。正如马克思认为："没有新闻出版自由，其他一切自由都会成为泡影。自由的每一种形式都制约着另一种形式，正像身体的这一部分制约着另一部分一样。只要某一种自由成了问题，那么，整个自由都成问题。"① 马克思强调，"自由报刊是国家精神"②，他把出版自由上升到人类精神、国家精神这样一种高度，认为在诸种自由中，发表意见的自由是人的基本需要，因而是最重要的、不可剥夺的。

鲁迅对此也持同样的看法。1932 年元旦，上海《中学生》杂志新年号上登载了鲁迅的答问。杂志社的提问是："假如先生面前站着一个中学生，处此内忧外患交迫的非常时代，将对他讲怎样的话，作努力的方针？"鲁迅的回答十分明确："请先生也许我回问你一句，就是：我们现在有言论的自由么？假如先生说'不'，那么我知道一定也不会怪我不作声的。假如先生竟以'面前站着一个中学生'之名，一定要逼我说一点，那么，我说：第一步要努力争取言论的自由。"③

由此可见，言论自由，成为鲁迅第一步要努力争取的自由。没有言论自由的社会，也就没有其他一切自由。如果人民的要求、真理的发现都不允许发表，就只能剩下欺骗性的报刊。剥夺人类的言论自由，使人无法表达自己的追求和愿望，就是从根本上夺走了人类解放的可能。鲁迅的这种观点，跟马克思主义的新闻自由观一样，把言论自由作为一种判定社会文明的尺度，提出了一个远远超出媒介批评的重大话题。

可以说，鲁迅的一生，都是为冲破伪自由的罗网而争取真自由的鏖战，他首先争取的就是言论自由。早在 1907 年，鲁迅还在日本留学时，就在《文化偏至论》中回顾了人类争取自由的历史：自罗马帝国统一欧洲以来，教皇凭借权力桎梏人心，钳制舆论，"思想之自由几绝，聪明英特之士，虽摘发新理，怀抱新见，而束于教令，胥缄口结舌而不敢言"。到了 16 世纪初，德国马丁·路德倡导宗教改革，创立新教，由于思想自由导致了社会多方面的变革，如贸易自由扩大，科学发明日新。特别重要的是，1649 年和 1688 年英国发生了两次资产阶级革命，1775年美国进行了反抗英国殖民主义的独立战争，1789 年发生了震撼世界

---

① 《马克思恩格斯全集》第 1 卷，人民出版社 1995 年版，第 201 页。
② 同上书，第 179 页。
③ 《鲁迅全集》第 4 卷，第 372 页。

的法国大革命。从此,"平等自由之念,社会民主之思,弥漫于人心"①。可见,自由民主思想之影响至为深远。

辛亥革命后,1912年1月3日,绍兴《越铎日报》创刊。鲁迅被推为发起人,并为其撰写《越铎》出世辞。在此文中,鲁迅为中国人民结束了奴隶的命运开始成为国家的主人而欢欣鼓舞。他说:"共和之治,人仔于肩,同为主人,有殊台隶。"最使他感到振奋的是"越人于是得三大自由",即孙中山在《民权初步·自序》中承诺的"人民之集会自由、出版自由、思想自由"。因此,他希望借助《越铎日报》来"纾自由之言议,尽个人之天权,促共和之进行,尺政治之得失,发社会之蒙覆,振勇毅之精神"②。

同年2月,鲁迅欣然应中华民国临时政府教育总长蔡元培之邀,先在南京任教育部部员,5月,随临时政府进京。8月,教育部任其为佥事,后为社会教育司第一科科长。一向厌恶官场的鲁迅,何以会欣然接受邀请,做起了官吏?在1925年,鲁迅写给许广平的信中回顾了当年的从政心情:"说起民元的事来,那时确是光明得多,当时我也在南京教育部,觉得中国将来很有希望。自然,那时恶劣分子固然也有的,然而他总是失败。"③觉得中国很有希望,可见鲁迅当时舒朗的心情。鲁迅曾为共和国的诞生付出过自己的激情,当革命理想最终实现,他成为南京临时政府的公职人员,大概也希望借此实现自己"纾自由之言议"、"促共和之进行"的志向,更好地贡献于国家、服务于大众。

但就在鲁迅被任命为教育部佥事的同月,他曾寄予厚望的《越铎日报》被绍兴军政府的宪兵砸毁,同为发起人的孙德清腿上被刺刀刺伤。11月,鲁迅的学生宋琳等又创办了绍兴《天觉报》。鲁迅应邀为题祝词:"敬祝《天觉》出版自由"④,又绘《如松之盛》画一幅相赠,还是希望报刊能出版自由,如青松一般茂盛。

这之后的鲁迅,处于尴尬的小吏位置与沉寂的大隐生活之中,在抄碑摩挲金石中保持着沉默的关注。20世纪初期的中国,面临着两大问题:一是社会制度落后;二是科学技术落后。这两大问题互为因果,制

① 《鲁迅全集》第1卷,第48—49页。
② 《鲁迅全集》第8卷,第41—42页。
③ 《鲁迅全集》第11卷,第31页。
④ 刘运峰:《鲁迅全集补遗》,天津人民出版社2006年版,第336页。

约着中国社会的进步与发展。因此，五四新文化运动的启蒙思想家提出了"德先生"和"赛先生"的口号：一个是民主，即"德谟克拉西"（Democracy）；另一个是科学，即"赛因斯"（Science）。民主与自由相辅相成，不可分割。从来就没有扼杀自由的民主，也从来就没有不以自由为基础的民主。鲁迅在 1919 年创作的《圣武》中这样写道："现在的外来思想，无论如何，总不免有些自由平等的气息，互助共存的气息。"① 但这样的思想，在一个有数千年历史的封建农业大国，在一个人民"体质和精神都已硬化"的国家，② "实没有插足的余地"③。所以，自由民主观念的传播受到遏制也就不可避免。"土绅士或洋绅士们"就常常说，"中国自有特别国情，外国的平等自由等等，不能适用"④。

　　1920 年，虽然经过五四运动的冲击，但鲁迅发现，上海的书店仍用石印翻印清代的《百孝图》，为吸引读者，"书名的前后各添了两个字：《男女百孝图全传》。第一叶上还有一行小字道：家庭教育的好模范。"这样的"模范"书籍里，序言中却对现代民主自由观念大加诋毁："慨自欧化东渐，海内承学之士，嚣嚣然侈谈自由平等之说，致道德日就沦胥，人心日益浇漓，寡廉鲜耻，无所不为。"⑤ 直到 1927 年，香港女校仍贴出了这样的对联："岂可开口自由，埋口自由，一味误会自由，趋附潮流成水性。"⑥ 被鲁迅誉为"尤为高超"的这副对联仍希望女生们"母凭子贵，妻藉夫荣"。

　　正如列宁所说："'出版自由'这个口号从中世纪末直到 19 世纪成了全世界一个伟大的口号。为什么呢？因为它反映了资产阶级的进步性，即反映了资产阶级反对僧侣、国王、封建主和地主的斗争。"⑦ 可在中国这个经历了漫长封建统治的国度里，即使到了 20 世纪，争取言论自由的斗争仍旧刚刚开始。鲁迅在北洋军阀统治时期就亲身体验过这种言论受禁锢的痛苦，由"莫谈国事"，到"连发表思想都要犯罪，讲

---

① 《鲁迅全集》第 1 卷，第 373 页。
② 《鲁迅全集》第 4 卷，第 228 页。
③ 《鲁迅全集》第 1 卷，第 373 页。
④ 同上书，第 290 页。
⑤ 《鲁迅全集》第 2 卷，第 335 页。
⑥ 《鲁迅全集》第 4 卷，第 52 页。
⑦ 《列宁全集》第 42 卷，人民出版社 1987 年版，第 85 页。

几句话也为难"①，更何况奢谈新闻、出版自由? 稍有言谈，就得准备
"钻网"——钻"政府"已经张开来的"压制言论的网"②。

而到了厦门，亦是如此。1916 年 10 月 1 日创刊于厦门的《民钟日
报》，在 1918 年 5 月 28 日被福建军阀李厚基查封。后于 1921 年 7 月 1
日复刊，鲁迅在厦门大学时指导学生创办的《鼓浪》周刊，即附于该
报刊出。鲁迅在与李硕果等人的谈话中，就认为"李厚基查封《民钟
报》是一种妨碍新闻自由的罪行"③。

到了广东，还是如此。1927 年 4 月 8 日，他在黄埔军官学校讲演
时，曾经这样说:"有实力的人并不开口，就杀人，被压迫的人讲几句
话，写几个字，就要被杀;即使幸而不被杀，但天天呐喊，叫苦，鸣不
平，而有实力的人仍然压迫，虐待，杀戮，没有方法对付他们"，鲁迅
用自然界的现象来比喻说，"在自然界里也这样，鹰的捕雀，不声不响
的是鹰，吱吱叫喊的是雀;猫的捕鼠，不声不响的是猫，吱吱叫喊的是
老鼠;结果，还是只会开口的被不开口的吃掉"④。

到了南京国民政府时期，频繁出台的法律法规对文化出版界所造成
的高压态势让国人愤慨。于是，国民政府不时做出"言论自由"的表
态，以缓解矛盾。1929 年 12 月 27 日，蒋介石通电全国，在北平召开
记者招待会，并嘱《大公报》转全国各报馆，表示欢迎报界的善意批
评，希望各报"以真确之见闻，作翔实之贡献，其弊病所在，能确见其
征结;非攻讦私人者，亦请尽情批评"。

但实际情况是:国民党当局并不真正欢迎所谓的"批评"。1930 年
2 月，在冯雪峰等的组织下，成立了中国自由运动大同盟，是一个纯粹
政治性的团体，斗争的纲领是反对帝国主义和反对国民党的反动统治，
争取人民的言论、出版、结社自由。

虽然鲁迅担心成立以后，除了发发宣言以外，干不了什么，估计一
成立就会马上被解散，但仍然作为发起人之一参加了成立大会。大会宣
言明确表示:"自由是人类的第二生命，不自由，毋宁死! 我们处在现

① 《鲁迅全集》第 1 卷，第 363 页。
② 《鲁迅全集》第 11 卷，第 41 页。
③ 吴作桥等编:《再读鲁迅——鲁迅私下谈话录》，时代文艺出版社 2005 年版，第 181
页。
④ 《鲁迅全集》第 3 卷，第 436 页。

在统治之下，竟无丝毫自由之可言！查禁书报，思想不能自由。检查新闻，言语不能自由……不自由的痛苦，真达于极点！我们组织自由运动大同盟，坚决为自由而斗争。感受不自由痛苦的人团结起来，团结到自由运动大同盟旗帜之下来共同奋斗！"①

中国自由运动大同盟发起人包括鲁迅在内共 51 人。宣言通过后在《萌芽月刊》第一卷第三期发表。然而情况的发展正如鲁迅所料，"上海教育局长陈德徵知道此事后，勃然大怒道：在三民主义统治之下，还觉得不满足么？那可连现在所给予的一点自由也要收起了。而且，真的是收起了的"②。中国自由运动大同盟遭到了严重的压迫，基本无法活动。随后，国民党反动政府查缉自由运动 51 个发起人，连译作、信件，也都在邮局暗中扣住，鲁迅还受到特务的盯梢。中国自由运动大同盟存在的时间很短，除了发表了一个宣言以外，也确实没有什么活动。

在与日本友人圆谷弘的谈话中，鲁迅只能这样描述中国的舆论现实："没收、禁止、对作家逮捕、暗杀，是中国政府的常用手段，所谓'文学的自由'这样的东西是几乎没有的。譬如说，要禁止共产党，说俄国是共产党，便连俄国古代作家的东西也立即禁止了。国民政府是与中国大众完全对立的。作家们要写中国社会的普通事情，对政府来说，就立即成了暴露文学、左翼文学。我们认为是好的东西，对官方来说就是坏的。报纸也是这样，政府认为坏的报纸，国民便认为是好的。但是，这样的报纸一一被禁止了。国民党里是没有作家的。为什么呢？因为国民党里没有写出像样作品的作家。不过，不支持政府和国民党的作家没法生活。首先是作品不能发表。杂志也好，报纸也好，反映现实的作家的作品不让登载。而且，既没有著作权，也没有发行所。"③

1932 年 1 月，国民政府通令取消电报新闻检查，"查言论自由，为全国人民应有之权利。现在统一政府成立，亟应扶植民权，保障舆论，以副喁望，而示大公"④。这样"伪自由"的做法当然遮不住明白人的

① 北京鲁迅博物馆鲁迅研究室：《鲁迅研究资料》（4），天津人民出版社 1980 年版，第 476 页。

② 周晔：《伯父的最后岁月——鲁迅在上海》，福建教育出版社 2001 年版，第 90 页。

③ 吴作桥等编：《再读鲁迅——鲁迅私下谈话录》，时代文艺出版社 2005 年版，第 180—181 页。

④ 朱汇森主编：《中华民国史纪要》，台北中华民国史资料研究中心 1984 年版，第 65 页。

眼。同年 1 月 5 日，鲁迅致增田涉的信中就这样写道："丑剧是一时演不完的。政府似有允许言论自由之类的话，但这是新的圈套，不可不更加小心。"①

果然，《出版法》出台之后，文化出版界人士抗议不断。1932 年，以商务印书馆、中华书局、世界书局、北新书局等为代表的上海出版界就发表了反对政府施行出版法的请愿书，呼吁言论自由，一致认为："言论出版自由，为民主国国民应享有之权利；国民党党纲，久经明白规定，垂为典则……在昔君主专制及军阀专政时代，妄作威福，任意摧残，压迫言论出版自由，借以遂其一己之私，固无足议，自国民政府成立，著作家、出版界无不欣忭鼓舞，以为从此得以安享人权，获取自由。犹近年以来，实事上则钳制束缚，视昔加严。中央及各地党政军务机关，往往派遣员役，检查邮寄，搜索书肆；轻则扣押处罚，重则拘禁封闭。甚至同属一书，有在甲地可以通行，寄至乙地则遭罚办者；更有中央政府或党政机关业经允许出版，而地方或军事机关仍复禁止者。政令分歧无所赴诉。立法上又有出版法及出版法施行细则之颁布，条文繁碎，奉行艰难。"②

这样的请愿，并没有给文化出版界带来实质性的改变。言论自由，在国民党统治下终于成为一句空言，"例如这《自由谈》，其实是不自由的"③。在这争取言论自由的斗争中，争辩的面貌倒以互换的面目出现：

1933 年 6 月 11 日《大晚报》副刊《火炬》登载法鲁的《到底要不要自由》一文，对得不到写作自由而被迫用"弯弯曲曲"笔法的鲁迅进行嘲讽：

> 明言直语似有不便，于是正面问题不敢直接提起来论，大刀阔斧不好当面幌起来，却弯弯曲曲，兜着圈子，叫人摸不着棱角，摸着正面，却要把它当做反面看，这原是看"幽默"文字的方法也。
> 心要自由，口又不明言，口不能代表心，可见这只口本身已经

---

① 《鲁迅全集》第 14 卷，第 192 页。
② 《上海出版业反对国民党反动政府施行出版法请愿》，中国新书月报第二卷第一号，张静庐辑注：《中国近现代出版史料》现代丁篇（下），上海书店 2003 年版，第 413 页。
③ 《鲁迅全集》第 5 卷，第 14 页。

是不自由的了。因为不自由，所以才讽讽刺刺，一回儿"要自由"，一回儿又"不要自由"，过一回儿再"要不自由的自由"和"自由的不自由"，翻来复去，总叫头脑简单的人弄得"神经衰弱"，把捉不住中心。到底要不要自由呢？说清了，大家也好顺风转舵，免得闷在葫芦里，失掉听懂的自由。照我这个不是"雅人"的意思，还是粗粗直直地说："咱们要自由，不自由就来拼个你死我活！"

本来"自由"并不是个非常问题，给大家一谈，倒严重起来了。——问题到底是自己弄严重的，如再不使用大刀阔斧，将何以冲破这黑漆一团？

鲁迅反驳道："这就是说，自由原不是什么稀罕的东西，给你一谈，倒谈得难能可贵起来了。你对于时局，本不该弯弯曲曲的讽刺。现在他对于讽刺者，是'粗粗直直'要求你去死亡。"①

这场辩论倒让人们认清了，真正要自由的人和伪自由的人之间的区别。正如鲁迅在《透底》里所说，这场辩论倒透出了他们的底，"要自由的人，忽然要保障复辟的自由，或者屠杀大众的自由，——透底是透底的了，却连自由的本身也漏掉了，原来只剩得一个无底洞"②。

鲁迅清醒认识到：专制之下，言禁必严，势也！他1932年在《言论自由的界限》一文中，以三年前新月社的遭遇为例，谈到了何种言论才能得到自由。1929年新月社诸君子在《新月》上发表谈人权、约法等问题的文章，批评国民党"独裁"，引证英、美各国法规，提出解决中国政治问题的意见。文章发表后，国民党报刊纷纷著文攻击，说他们"言论实属反动"，国民党中央议决由教育部对胡适加以"警诫"，《新月》月刊第二卷第四期曾遭扣留。他们继而研读"国民党的经典"，著文引据"党义"以辨明心迹，终于得到蒋介石的赏识。

鲁迅先从《红楼梦》里的焦大酒醉骂人谈起，"看《红楼梦》，觉得贾府上是言论颇不自由的地方。焦大以奴才的身分，仗着酒醉，从主子骂起，直到别的一切奴才，说只有两个石狮子干净。结果怎样呢？结

---

① 《鲁迅全集》第5卷，第171—172页。
② 同上书，第109页。

果是主子深恶,奴才痛嫉,给他塞了一嘴马粪"。接着,鲁迅笔锋一转,指出焦大的苦衷:"其实是,焦大的骂,并非要打倒贾府,倒是要贾府好……所以这焦大,实在是贾府的屈原。"

文章紧接着联系实际,"三年前的新月社诸君子,不幸和焦大有了相类的境遇。他们引经据典,对于党国有了一点微词,虽然引的大抵是英国经典,但何尝有丝毫不利于党国的恶意,不过说:'老爷,人家的衣服多么干净,您老人家的可有些儿脏,应该洗它一洗'罢了。不料'荃不察余之中情兮',来了一嘴的马粪:国报同声致讨,连《新月》杂志也遭殃。但新月社究竟是文人学士的团体,这时就也来了一大堆引据三民主义,辨明心迹的'离骚经'。现在好了,吐出马粪,换塞甜头,有的顾问,有的教授,有的秘书,有的大学院长,言论自由"。

由此可见,"党国究竟比贾府高明,现在究竟比乾隆时候光明:三明主义"。很明显,"三明主义"是三民主义的另一种调侃的读法。那么,既然如此光明了,"竟还有人在嚷着要求言论自由"。鲁迅"劝解"道,这些人"大约是在没有悟到现在的言论自由,只以能够表示主人的宽宏大度的说些'老爷,你的衣服……'为限,而还想说开去"。这再说开去,"是断乎不行的……那就足以破坏言论自由的保障。要知道现在虽比先前光明,但也比先前利害,一说开去,是连性命都要送掉的。即使有了言论自由的明令,也千万大意不得。这我是亲眼见过好几回的"①。

由此可见,国民党文化统制下的言论自由的界限是仅止于"能够表示主人的宽宏大度的说些'老爷,你的衣服……'为限",而还想再接着说开去是"断乎不行的"。在1934年所作的《隔膜》一文中,鲁迅又一次谈到了"言议"的界限:"奴隶只能奉行,不许言议;评论固然不可,妄自颂扬也不可,这就是'思不出其位'。譬如说:主子,您这袍角有些儿破了,拖下去怕更要破烂,还是补一补好。进言者方自以为在尽忠,而其实却犯了罪,因为另有准其讲这样的话的人在,不是谁都可说的。一乱说,便是'越俎代谋',当然'罪有应得'。倘自以为是'忠而获咎',那不过是自己的胡涂。"② 这样圈起来的界限,也只能就

---

① 《鲁迅全集》第5卷,第122—123页。

② 《鲁迅全集》第6卷,第45页。

此沦落为奴隶的言论范围，又何能谈自由可言？

在这里，鲁迅把言论自由作为反映人类进步，判断媒介制度进步的重要标准，给后来的媒介批评提出了重要的原则：判定一种媒介制度是否进步，要看它有没有言论自由、有什么样的言论自由和有多少言论自由。言论自由的界限，标明着自由的尺度和真实性。密尔在《论自由》中以种种的例证分析得出，在一个严格区分主奴的国度里，言论是有界限的。这跟鲁迅的观点是何其相似！可惜，在密尔发出这样言论自由呼吁后的二百多年后，中国的舆论环境仍是在遮云蔽日之中。

国民政府关于言论自由的明令，的确颁布了不少。1933 年 9 月 1 日，国民政府发布《保护新闻从业人员》的命令，训示各级政府及军人"对于新闻从业人员，一体切实保护"。针对 1933 年江苏《江声日报》经理刘煜生被省政府主席顾祝同下令枪杀一事，该训令还装模作样特别提出"察核该省（即江苏省）党部，以各地方政府，对于新闻从业人员，常多不知爱护，甚且有任意摧残情事，特令通令保护"①。可是，即使有了明令，也的确大意不得。一年后，蒋介石就不顾舆论所向，悍然枪杀了民营大报《申报》的经理史量才。

很快，国民政府就规定起言论自由的界限了。1934 年 11 月 27 日，汪精卫、蒋介石发表致全国的《通电》，其中有"人民及社会团体间，依法享有言论结社之自由，但使不以武力及暴动为背景，则政府必当予以保障，而不加以防制"等语。② 这界限，就是"不以武力及暴动为背景"。对这种虚伪的承诺，知识界反应冷淡，"没有人来附和或补充"，只有胡适在天津《大公报》上发文，声称对于这个原则当然是完全赞成的。对这种情况，鲁迅只能说道："真真好极妙极。"③

这跟当年马克思、恩格斯所处的境地是何其的相似！19 世纪初叶，普鲁士政府曾颁布过一项极其严厉的书报检查令，给文化教育事业带来重创，引起民众的强烈愤慨。为了造成民主自由的假象，缓和越来越尖锐的阶级矛盾，维护封建专制王权，普鲁士国王于 1842 年年初又颁布了一项新的书报检查令。这个法令诡称要放宽对新闻出版的限制，允许

---

① 次日由南京《中央日报》发表。
② 次日由《申报》发表。
③ 《鲁迅全集》第 13 卷，第 298 页。

对国家机构及其个别部门进行批评，对法律进行讨论，等等。但该法令同时又指出：这些批评言论只有在"叙述礼貌、倾向善良"时才可发表，日报应由完美无缺的人操办，这些人要以"他们的意图严正和思想忠诚"做担保。①

"叙述礼貌、倾向善良"、"意图严正和思想忠诚"和"不以武力及暴动为背景"这几条言论自由的界限是多么的相似！但是一个是百年前的普鲁士封建王权，而一个却是推翻了封建帝制后的现代中国！

时隔一年，1935 年年底，在言论自由的界限之网越收越紧之际，国内新闻界实在无法忍受，仍寄希望于政府的开明，纷纷致电国民党政府，要求"保障舆论"。如平津报界 12 月 10 日的电文中说："凡不以武力或暴力为背景之言论，政府必当予以保障。" 12 月 12 日，南京新闻学会的电文要求"保障正当舆论"和"新闻从业者之自由"。② 其实，这都不过是对新闻自由权的一种幻觉争取而已。

鲁迅觉得这样寻求保护无异于与虎谋皮，正如他虽然在《自由谈》上投稿，但深知"《自由谈》并非同人杂志，'自由'更当然不过是一句反话，我决不想在这上面去驰骋的"③。所以，面对新闻界"保障正当舆论"的要求，他决断地说："我的不正当的舆论，却如国土一样，仍在日即沦亡，但是我不想求保护，因为这代价，实在是太大了。"④这代价究竟大到什么程度呢？鲁迅说："即使从此文章都成了民众的喉舌，那代价也可谓大极了：是北五省的自治。这恰如先前的不敢恳请'保护正当舆论'和要求言论自由的代价之大一样：是东三省的沦亡。"⑤ 所有这些两面派的手法，在鲁迅看来，"依然弥漫着惊人的真的大黑暗。现在的光天化日，熙来攘往，就是这黑暗的装饰，是人肉酱缸上的金盖，是鬼脸上的雪花膏"⑥。

鲁迅曾经准备编集一部《围剿十年》，对当时的文化围剿"加以考证：一、作者的真姓名和变化史；二、其文章的策略和用意……等，大

① 刘建明：《西方媒介批评史》，福建人民出版社 2007 年版，第 72 页。
② 《鲁迅全集》第 6 卷，第 226 页。
③ 《鲁迅全集》第 5 卷，第 4 页。
④ 《鲁迅全集》第 6 卷，第 226 页。
⑤ 《鲁迅全集》第 5 卷，第 439 页。
⑥ 同上书，第 204 页。

约于后来的读者，也许不无益处。但恐怕也不多，因为自己或同时人，较知底细，所以容易了然，后人则未曾身历其境，即如隔靴搔痒。譬如小孩子，未曾被火所灼，你若告诉他火灼是怎样的感觉，他到底莫名其妙。我有时也和外国人谈起，在中国不久的，大约不相信天地间会有这等事，他们以为是在听《天方夜谈》。所以应否编印，竟也未能决定"①。可惜后来未曾编成。

他还曾打算把他 1934 年和叭儿们斗争的杂文集定名为《狗儿年杂文》（1934 年是甲戌年）。因为"人民在欺骗和压制之下，失了力量，哑了声音……百姓就只好永远钳口结舌，相率被杀，被奴。这情形一直继续下来，谁也忘记了开口，但也许不能开口"②。但他深信民众们总有一天要起来冲破这压制言论的重重罗网，"蒙蔽是不能长久的，接着起来的又将是一场血腥的战斗"③。鲁迅的斗争韧性一直未曾改变，因为他坚信"半生以来，所负的全是挨骂的命运，一切听之而已，即使反将残剩的自由失去，也天下之常事也"④。

第二节　论古今禁焚书

话语权永远是权势者和弱势者之间争夺的中心。在《写于深夜里》中的"一个童话"篇里，鲁迅借童话写了这样一个国度："有一个时候，有一个这样的国度。权力者压服了人民，但觉得他们倒都是强敌了，拼音字好像机关枪，木刻好像坦克车。"虽然他们"取得了土地"，但"皮肤的抵抗力也衰弱起来"⑤。于是，禁焚书也就成了古今中外媒介史上亘古不绝的现象。

文化典籍作为宣传思想、传播民意的一种舆论工具，是中国古代最重要的传播媒介之一。漫长的中国古代封建社会虽然有时战乱频仍、朝代更迭，但是对文化典籍从总体上还是形成了较严密、系统的管理和控制体系，为传播文化知识和传统文化的继承和发展起到了不可磨灭的作

---

① 《鲁迅全集》第 13 卷，第 99—100 页。
② 《鲁迅全集》第 6 卷，第 295 页。
③ 同上书，第 162 页。
④ 《鲁迅全集》第 12 卷，第 225 页。
⑤ 《鲁迅全集》第 6 卷，第 521 页。

用。然而，不容忽视的是，在政府对传媒的控制上，尤其是对言论、典籍的管理、控制上形成了一条或明或暗的链条，即禁书与文字狱，构成了中国古代政府对传媒管制最富特色的表现形式之一。目前学术界对禁书与文字狱的研究，总是将其作为一个独立的事项进行事实的排列与分析，其实，将禁书和文字狱放在政府对媒介、舆论的管制系统中进行深入的探讨会有更深刻的发现。

禁书与文字狱的现象是同权力共生的，权力与专制成了文化压制的共谋者。从现存史书记载上我们获知，中国最早的禁书并不是秦始皇的"焚书坑儒"，而是发生在公元前四世纪战国时代的秦国秦孝公时期。当时秦国僻居西北，受中原齐、楚、魏、燕、韩及赵等六国的歧视，具有雄心抱负的秦孝公开始广纳人才。他接受了法家公孙鞅（即后来的商鞅）的变法理论，实行严刑酷法，重视农业生产和军队建设。为达到其富国强兵的目的，在文化思想领域实行残暴的专制和禁锢，也成为商鞅变法理论中重要的内容之一。"燔《诗》、《书》而明法令"措施的实行，[①] 制造了中国历史上第一次禁书事件，开辟了中国历代封建统治者禁毁文化典籍对人民实行愚民统治的先河。

继秦孝公一百多年之后，中国历史上又爆发了一场最令人发指影响深远的全国性的禁毁书籍案，即秦始皇"焚书"事件。除医药、卜筮、种树之书，先秦典籍均被焚毁。秦相李斯倡言焚毁书籍时还指出："古者天下散乱，莫之能一。是以诸侯并作，语皆道古以害今，饰虚言以乱实，人善其所私学，以非上之所建立。今皇帝并有天下，别黑白而定一尊。私学而相与非法教，人闻令下，则各以其学议之，入则心非，出则巷议。夸主以为名，异取以为高，率群下以造谤。如此弗禁，则主势降乎上，党与成乎下。禁之便！"[②] 故而要禁言、禁书及禁学。这与韩非子的"禁奸之法，太上禁其心，其次禁其言，其次禁其事"的思想也是一致的。[③]

---

① 《韩非子·和氏》，《四库全书荟要》子部，第 58 册，吉林人民出版社 1997 年版，第 325 页。

② 《史记·秦始皇本纪》，《四库全书荟要》史部，第 26 册，吉林人民出版社 1997 年版，第 160—161 页。

③ 《韩非子·说疑》，《四库全书荟要》子部，第 58 册，吉林人民出版社 1997 年版，第 453 页。

因此，秦始皇不仅要将记载思想言论、历史史实的典籍禁止在民间传播，而且还要将制造这些思想言论的儒士也杀光，以此从思想上禁绝天下不利其统治的因素。秦始皇焚书坑儒，虽然和 20 世纪纳粹法西斯焚书之举还有"差距"，但在世界史上也仍然不失为一大"盛举"，它最终确立了中国古代以禁书为核心的政府对传媒管制的最有效的方式，为历代所承袭和发展。

从此以后，与言论管制和书籍管制相伴相生的还有一种对传媒的管制，即文字管制，政府对个人著述文字或保存他人文字中有"违碍"内容的人进行迫害、族杀等文字狱。文字狱与禁书的紧密结合说明了政府对传媒管制的进一步深入和加强。唐以后禁书成为当权者实行政治文化思想专制的重要步骤，成为统治者打击异己思想、统一思想认识须臾不可离的工具，其禁书手段也更加丰富、系统及完备。颁行于唐高宗永徽四年（1653）的《唐律疏议》以法律条文形式明确对禁书作了详细的规定，不仅对禁书的内容有所规定，而且对违禁人的处置也做了具体规定，它们都为后世所承袭和发展。这种以法律形式明确规定禁书内容和处置违禁人的措施的做法，实质上也就是明确规定了禁书这种政府对传媒管制手段的合法性，为唐以后统治者变本加厉地禁毁典籍提供了法律依据。为进一步彻底地围剿、收集查禁之书，宋仁宗宝元二年（1038）时，更是开了中国历史上最早以禁书目录收缴禁书的先河，这个传统为清高宗时查禁全国的违碍禁书发挥了巨大的作用。①

对历史的探究让我们发现，从古至今，对书籍等媒介的管制，与对言论的管制结伴而行。言论与文字，都成为迫害的目标所在。中国古代禁书是中国古代政府对传媒管制最富特色的一种管理和控制手段，它与口语管制、文字管制即文字狱，构成了政府对传媒实行专制独裁的重要组成部分，反映出中国古代媒介文化发展过程中一条黑暗的主线，映衬出封建统治者企图以政治统治全面控制媒介文化的发展，使媒介文化成为政治的附庸。反观历史，现代中国史上的禁焚书的确有着悠久的传统根源。

放眼世界，一样可以发现：只要存在权力的斗争，就会出现对言论

---

① 师曾志：《从政府对传媒的管制看中国古代禁书》，《编辑之友》1994 年第 2 期，第 52 页。

和媒介的控制。在古希腊民主的雅典,苏格拉底就是以言论罪被处死的。1501 年,与罗马宗教裁判所、耶稣会等差不多同时出台的,是教皇亚历山大六世创定的出版检查制度。随后是布鲁诺受到的火刑和伽利略屈辱的沉默。16 世纪罗马教廷的"禁书目录"名声远播,并在绵延的几个世纪中不断增加,直至近期才得以解禁,可知政治和宗教的独裁者对于言论自由的憎恨,是如何的根深蒂固。可以说,世界上没有一个民主的、发达的国家,在其历史上不曾出现过书报审查制度,不曾禁焚过文明的结晶。

但是,这些"中外古今触目皆是的东西"[1],随着民主革命的进程,到 19 世纪,在世界范围内(主要是欧美地区),书报审查制度已基本销声匿迹,对于出版物的控制,如检查制、许可证和各种禁令已被取消,有关言论和出版自由的权利观念,在人们心中牢固地建立起来。然而,当这种文化专制制度在世界广大地区走向消亡的时候,在东方这个有着"焚书坑儒"古老传统的大国里,却是正当其时。

在国民党中央党部和国民政府的档案中,有案可查的记录触目惊心:1927—1937 年间,共查禁书刊 2058 种。[2] 其中,据国民党中宣部及中央宣传委员会编审科印发的文件,1929—1934 年间,被禁止发行的书刊约 887 种;1936 年通令查禁的社会科学书刊达 676 种。除了上海,各地政府也大肆查禁,仅北平一地,1934 年焚毁的书刊便有 1000 多种。[3] 但由于当时的档案不全,而且各省市的查禁目录没有统计在内,所以这些数字是极不完整的,实际查禁的数目要远远超过目前的资料。在《黑暗中国的文艺界的现状》一文中,鲁迅写道:"统治阶级的官僚……禁期刊,禁书籍,不但内容略有革命性的,而且连书面用红字的,作者是俄国的……连契诃夫……的有些小说,也都在禁止之列。"[4]

上海良友图书印刷公司 1933 年 1 月出版的《竖琴》,作为《良友文学丛书》第一种,收苏联 10 位作家的短篇小说 10 篇,其中 2 篇为柔石所译,1 篇为曹靖华所译。书前原有鲁迅写《前记》一篇,因国民党"中央"有意见,只得将其从已装订好的书上剪去。但即使将《前记》

---

① 《鲁迅全集》第 7 卷,第 247 页。
② 倪墨炎:《现代文坛灾祸录》,上海书店 1997 年版,第 65 页。
③ 林贤治:《鲁迅的最后十年》,东方出版中心 2006 年版,第 67 页。
④ 《鲁迅全集》第 4 卷,第 293 页。

剪去，反动派仍于 1934 年 7 月以"普罗意识"为由将它查禁。鲁迅在 1936 年 2 月 19 日致夏传经信中说："《竖琴》的前记，是被官办的检查处删去的，去年上海有这么一个机关，专司秘密压迫言论，出版之书，无不遭其暗中残杀，直到杜重远的《新生》事件，被日本所指摘，这才暗暗撤销。"①

除了查禁书刊外，当局还查封捣毁出版机构，迫害出版界人士。如 1929 年查封创造社，1930 年查封上海现代书局，1931 年查封北新、群众、东群等书店，其他如出版左翼书刊的湖风书店、良友图书公司、神州国光社、光华书局等也先后被封，无一幸免。当局"一面禁止书报，封闭书店，颁布恶出版法，通缉著作家，一面用最末的手段，将左翼作家逮捕，拘禁，秘密处以死刑，至今并未宣布"②。

而在报刊上出现的是什么呢？"官准的有骨气的文章"③、"张口大叫着的希特拉像"④，出版界或者推出大量的"算学教科书和童话"，或者出版英汉对照的小说，或者是"竭力称赞春天"的书籍，⑤ 商业性、消遣性的倾向愈来愈严重，而严肃的、进步的，带有革命倾向的书刊，却不得不采用假书名、假封面而艰难面世。如把《布尔塞维克》伪装成《中央半月刊》、《少女怀春》，《少年先锋》化名《闺中丽影》、《童话》，《中国工人》化名《漫画集》、《红拂夜奔》、《南极仙翁》，《中国工人》的特刊《工人宝鉴》化名为《卓别麟故事》，《红旗》化名《快乐之神》、《一顾倾城》等，但也很快被发现查禁。

正如鲁迅所言："属于统治阶级的所谓'文艺家'，早已腐烂到连所谓'为艺术的艺术'以至'颓废'的作品也不能生产，现在来抵制左翼文艺的，只有诬蔑，压迫，囚禁和杀戮；来和左翼作家对立的，也只有流氓，侦探，走狗，刽子手了。"⑥ 对这种情景，鲁迅只能说，"中国的焚禁书报，封闭书店，囚杀作者，实在还远在德国的白色恐怖以前"⑦。因为，在《中国文坛上的鬼魅》、《且介亭杂文二集·后记》、

---

① 《鲁迅全集》第 14 卷，第 32—33 页。
② 《鲁迅全集》第 4 卷，第 289 页。
③ 《鲁迅全集》第 5 卷，第 438 页。
④ 《鲁迅全集》第 6 卷，第 519 页。希特拉即希特勒。
⑤ 《鲁迅全集》第 4 卷，第 293 页。
⑥ 同上书，第 292 页。
⑦ 同上书，第 546 页。

《准风月谈·后记》等文章中，他记录了不少当局查禁书刊，压迫书店的事例，还十分详细地保留了一批禁书目录，还有审查委员会的活动情况。当局不仅对本国的作者和作品如此，还虐及译文，对一些翻译过来的世界名著也是如此，"凡是运输精神的粮食的航路，现在几乎都被聋哑的制造者们堵塞了"①。

在《花边文学》序言中，他十分愤慨地质问道："在这种明诛暗杀之下，能够苟延残喘，和读者相见的，那么，非奴隶文章是什么呢？"在这里，他使用了"奴隶文章"一词，对此，他是这样解释的：

> 我曾经和几个朋友闲谈。一个朋友说：现在的文章，是不会有骨气的了，譬如向一种日报上的副刊去投稿罢，副刊编辑先抽去几根骨头，总编辑又抽去几根骨头，检查官又抽去几根骨头，剩下来还有什么呢？我说：我是自己先抽去了几根骨头的，否则，连"剩下来"的也不剩。②

由此可见，奴隶文章，即没有独立思想和人格，没有"骨头"的文章，"官许之印本，必经检查，抽去紧要处，恰如无骨之人，毫无生气了"③，这是文化专制下的必然产物。而当时的报刊上，何止于这样的奴隶文章，奴才文章也比比皆是。对于奴隶和奴才，鲁迅曾有过这样的区分："一个活人，当然是总想活下去的，就是真正老牌的奴隶，也还在打熬着要活下去。然而自己明知道是奴隶，打熬着，并且不平着，挣扎着，一面'意图'挣脱以至实行挣脱的，即使暂时失败，还是套上了镣铐罢，他却不过是单单的奴隶。如果从奴隶生活中寻出'美'来，赞叹，抚摩，陶醉，那可简直是万劫不复的奴才了，他使自己和别人永远安住于这生活。就因为奴群中有这一点差别，所以使社会有平安和不安的差别，而在文学上，就分明的显现了麻醉的和战斗的的不同。"④这里论述的奴隶与奴才的区别非常精辟，麻醉与战斗，陶醉与抗争，正是他们本质的不同。

---

① 《鲁迅全集》第 5 卷，第 295 页。
② 同上书，第 438 页。
③ 《鲁迅全集》第 13 卷，第 343 页。
④ 《鲁迅全集》第 4 卷，第 604 页。

对奴性的抨击，可以说贯彻了鲁迅的一生，而对于奴群的差别的辨析，倒跟列宁的很相似。列宁也是这样划分奴隶与奴才的。他在《论大俄罗斯人的民族自豪感》一文中说："谁都不会因为生下来是奴隶而有罪；但是，如果一个奴隶不但不去追求自己的自由，反而为自己的奴隶地位进行辩护和粉饰……那他就是理应受到憎恨、鄙视和唾弃的下贱奴才了。"① 鲁迅未必看过列宁的这篇文章，恐怕只能说是英雄所见略同了。

其实，探究鲁迅的人生轨迹，就会发现，鲁迅曾任过一段时间教育部通俗教育研究会小说股审核干事，负责制定议案、查禁书籍的重任。这段历史，往往为研究者所忽视。从禁书者到被禁者，这样的角色转变带来了怎样人生观的转向？如何影响他对媒介的态度？这些问题都可以从他这段禁书者的历史中找到答案。

从 1912 年到 1926 年，鲁迅在教育部度过了 15 年的官吏生涯，是他从日本归国后的过半光阴。他所任职的教育部社会教育司第一科，负责文化、科学和美术的管理工作。据吴海勇考证，鲁迅"佥事"职级再加上"科长"实职，亦即处长的权力与待遇，鲁迅在教育部确实并不"区区"。② 他的职责所在，要对出版问题进行行政干预。

1915 年，急于称帝的袁世凯需要强化对社会舆论的控制，看中了通俗教育研究会，希望把它变成控制思想文化、扩大舆论宣传的工具。这个 1912 年由南京临时政府教育部一些部员和社会上"热心教育事业的人士"发起成立的社团组织，施行方针乃为"注重卫生、谋生、公众道德、国家观念等四主义"③，这些主张颇为符合统治者的利益，于是时任教育总长的汤化龙受命改组通俗教育研究会，命令鲁迅等 29 名教育部部员加入通俗教育研究会，使民间社团官方化。随后，汤化龙又以行政命令，指定任命了研究会各分支主任，"兹派该会会员周树人为小说股主任"④，负责关于新旧小说的调查、编辑及改良、审核事项及关于研究小说书籍的撰译事项。需要注意的是，审核事项成为工作中的重中之重。9 月 6 日成立大会后，15 日的第一次会议，就以逐条宣读字

---

① 《列宁全集》第 26 卷，人民出版社 1988 年版，第 110 页。
② 吴海勇：《时为公务员的鲁迅》，广西师范大学出版社 2005 年版，第 37 页。
③ 沈鹏年：《鲁迅在"五四"以前对文坛逆流的斗争》，《学术月刊》1963 年 6 月号。
④ 原件藏于北京鲁迅博物馆。

斟句酌的方式通过了《小说股办事细则》，确定了其"调查"、"审核"、"编译"的职责所在。不论中、外国新旧小说，小说股都设法调查。在"第三节审核"目录下，是这样的细则："第八条，本股得调查员之报告后，应按照调查目录分别搜集，交由审核员审核。第九条，应交审核员审核之小说，须分期分给阅看。审核员应加具评论及意见书交由本股主任经由股员会报告大会。"①

9 月 29 日召开的第三次会议上，着重研究的就是关于制定全面审查存在于社会上的各种小说的分类标准问题。鲁迅指定会员张继煦、沈彭年整理意见，写出草案，后经充分研究，出台了《审核小说之标准》，对有关教育、政事、哲学及宗教、历史地理、科学、社会情况、寓言及谐语、杂记等八类小说及其封面插图均做了上、中、下三等的划分，按不同标准分别审核。上等者宜设法提倡，中等者听任之，下等者宜设法限制或禁止之。鲁迅身为股主任，负责分配审核书籍。

10 月，原教育总长汤化龙因对帝制复辟并不拥护，因此被袁世凯一脚踢开，张一麐坐上了头把交椅，教育次长兼通俗教育研究会会长也由梁善济换成了袁希涛。上任伊始，张一麐大肆鼓吹宗法主义，为袁世凯复辟帝制大造舆论。他说："中国社会自游牧时代进入宗法时代，而宗法社会遂为中国社会之精神，一家人咸听命于其家长，孝悌贞节，皆为美德，著于人心，蒸为风俗，此诚我国社会之特长也。顾世界大通，我国所长者亟宜保存。"落实到小说股的任务，张总长以为应编辑极有趣味之小说，寓忠孝节义之意，而对当时上海的进步出版物心有所恶，训诫鲁迅等多为调查，一经查出，必"严其罚而火其书"，而力求快出"忠孝节义"之作。鲁迅与其意见相左，于是矛盾迭生。被派来监督的大会干事徐协贞指责鲁迅说："本股于审核小说一事最为重要，现在审核如何，请主任报告。"鲁迅答曰："此项审核，现在尚无结果。"② 鲁迅一面强调"审核方法亦极困难"来拖延，一面认真审核，尽量使不该被禁之书避免列入诲淫诲盗的禁书目录中。

在年底召开的第三次全体会员大会上，鲁迅宣读了两项议案：《劝导改良及查禁小说办法议案》和《公布良好小说议案》，并说明"此两

---

① 孙瑛：《鲁迅在教育部》，天津人民出版社 1979 年版，第 50 页。
② 吴海勇：《时为公务员的鲁迅》，广西师范大学出版社 2005 年版，第 95 页。

案在本股内固已迭经讨论，惟仍属一股少数人之意思，今既开大会，则三股会员均已在座，诸君对此两案有何意见及有无修正之处，请再加讨论，以期完善"。

《劝导改良及查禁小说办法议案》认为，"劝导小说，专事查禁，仍恐非正本清源之法，拟一面行文劝导，令自行取缔，以理其本源。查禁之时，并通知各关卡认真搜检，以绝其来路；又书贾贩卖，多不问书之内容，查禁时亦应将已禁书目通知各商人，使之自行戒慎，今拟办法如左：

请部通知书业商会并通咨各省巡按使分饬商会转知出版家，令此后自行取缔，不复印行有害社会之小说。

报馆附载之小说，每有甚妨害于风俗者，应请部咨行内务部并各省巡按使转饬各报馆令其注意。

请部将应禁之书籍目录接次咨行财政部及税务处转饬各关卡税局照书目搜检核办。

请部将应禁之书籍目录按次通知书业商会，并通咨各省巡按使分饬商会转知书铺自行取缔，停止贩售。"

在查禁不良小说的同时，还设法提倡上等小说。《公布良好小说议案》规定，"对于依照审核标准列入下等之小说，即设法限制或禁止之，则上等之小说亦应设法提倡，令拟办法如左：

上等之小说于审核时应加具评语，以供社会之参考。

上等之小说目录及评语除登载本会议事录外，应送登教育公报及各种新闻杂志。"

鲁迅宣读后，由于全体大会没有意见，两项议案遂顺利通过。对目前审核小说的实效此等敏感之事，鲁迅只是举重若轻地附带提及："关于小说之审核，经本股审核完毕者，已有数十本，大概以中等者居多。诸君对于此事，均非常注意，故附带报告之。"①

这两项议案体现了鲁迅对于查禁书籍"恐非正本清源之法"的态度，虽然顺利通过，但这样的议案当然并不符合袁世凯当初改组此会的初衷。次年年初，袁世凯复辟帝制后，教育次长兼通俗教育研究会会长袁希涛突然提出参加小说股第十二次会议，在会上他批评那些议案"多

---

① 孙瑛：《鲁迅在教育部》，天津人民出版社1979年版，第56—57页。

从消极方面入手"，强调研究会重在编译宣扬封建伦理道德、宣扬忠孝节义的小说，对于社会上泛滥的迷信荒诞等腐蚀人们心灵的丑恶读物，禁与不禁倒在其次，"鸦片烟、私货及各种危险物等，尚难检查，而况于书籍？且搜检之际，惟警察是赖，若就警察程度言之……未必不涉纷扰"①。鲁迅对此很不以为然，表示关于《劝导改良及查禁小说办法议案》中的"第一，二条尚无何等讨论之必要"，至于第三条，既然会长如此认为，那么干脆删除了事。他提议大家，就第四条，即应禁之书籍目录是否发给商会的问题进行讨论。这次会议的冲突，以鲁迅的胜利而告终，经过大家讨论以后，除第三条略作一点修改之外，其余诸条一字未改。

但此次胜利也以他"辞请"免去小说股主任的职位为代价。但他还继续参与讨论应禁小说及杂志事宜，并于 10 月被推举为小说股审核干事。随着袁世凯的暴死，帝制的倾覆，研究会也就失去了依靠的大树，慢慢萎缩下去。而鲁迅跟教育部的关系也逐渐疏离，转而花很多时间在高校任教、从事创作，以学者、作家的身份出现在人们的面前。他在京的这 15 年，其挚友许寿裳的见解颇为精到：鲁迅"在北京工作十五年。其间又可分为前后两段，以《新青年》撰文（民国七年）为界，前者重在辑录研究，后者重在创作"②。

但这 15 年的为官生涯，特别是从事审核工作的经验，使他对禁焚书的历史有了更为深刻的体会。因此，在揭露和抨击国民党文化专制政策的时候，鲁迅常常刨这种文化专制的"祖坟"，把古今中国历史上的这种现象产生的根源剖析得淋漓尽致。鲁迅认为："史书本来是过去的陈账簿，和急进的猛士不相干。但先前说过，倘若还不能忘情于呻唔，倒也可以翻翻，知道我们现在的情形，和那时的何其神似，而现在的昏妄举动，胡涂思想，那时也早已有过，并且都闹糟了……不同是当然要有些不同的，但总归相去不远。我们查账的用处就在此。"③他收集了许多有关文字狱的资料，所写的《买〈小学大全〉记》、《病后杂谈》、《隔膜》、《病后杂谈之余》等篇，都是专门剖析明清文字狱档的。

---

① 孙瑛:《鲁迅在教育部》，天津人民出版社 1979 年版，第 58 页。
② 许寿裳:《我所认识的鲁迅》，人民文学出版社 1978 年版，第 25 页。
③ 《鲁迅全集》第 3 卷，第 149 页。

在《买〈小学大全〉记》中，他谈道："清的康熙，雍正和乾隆三个，尤其是后两个皇帝，对于'文艺政策'或说得较大一点的'文化统制'，却真尽了很大的努力的。文字狱不过是消极的一方面，积极的一面，则如钦定四库全书，于汉人的著作，无不加以取舍，所取的书，凡有涉及金元之处者，又大抵加以修改，作为定本。此外，对于'七经'，'二十四史'，《通鉴》，文士的诗文，和尚的语录，也都不肯放过，不是鉴定，便是评选，文苑中实在没有不被蹂躏的处所了。而且他们是深通汉文的异族的君主，以胜者的看法，来批评被征服的汉族的文化和人情，也鄙夷，但也恐惧，有苛论，但也有确评，文字狱只是由此而来的辣手的一种，那成果，由满洲这方面言，是的确不能说它没有效的。"①

这里说得很深刻：古今文化统制上都有消极和积极的一面。消极的是鲜血淋漓的文字狱，而积极的一面则是更隐蔽、更有欺骗性的禁锢思想的文化"建树"。清政府为实行文化统制，在编纂《四库全书》时，将认为内容"悖谬"和有"违碍字句"的书，都分别"销毁"和"撤毁"（即"全毁"和"抽毁"）。"禁书"即指这些应毁的书。编纂《四库全书》等，就其性质和目的来说，都是为了禁锢思想，跟文字狱、焚书又有何不同呢？

在《病后杂谈之余》一文里，鲁迅又说："现在不说别的，单看雍正乾隆两朝的对于中国人著作的手段，就足够令人惊心动魄。全毁，抽毁，剜去之类且不说，最阴险的是删改了古书的内容。乾隆朝的纂修《四库全书》，是许多人颂为一代盛业的，但他们却不但捣乱了古书的格式，还修改了古人的文章；不但藏之内廷，还颁之文风较盛之处，使天下士子阅读，永不会觉得我们中国的作者里面，也曾经有过很有些骨气的人。"②

在这篇文章里，鲁迅以宋人晁说之的《嵩山文集》中的《负薪对》一篇为例，用《四部丛刊续编》影印的旧抄本和四库本相对勘，"以见一斑的实证"，发现四库本作了非常细心的删改。鲁迅摘抄了几段异文，"即此数条，已经可见'贼''虏''犬羊'是讳的；说金人的淫掠是

---

① 《鲁迅全集》第 6 卷，第 59 页。
② 同上书，第 188 页。

讳的；'夷狄'，当然要讳，但也不许看见'中国'两个字，因为这是和'夷狄'对立的字眼，很容易引起种族思想来的"。总之，"大抵非删即改，语意全非，仿佛宋臣晁说之，已在对金人战栗，嗫嚅不吐，深怕得罪似的了"①。写到这里，不由让我们想起鲁迅在《推背图》中所举的宋太祖"真伪杂糅"的手段，这个更有欺骗性的"混"字实在是比"繁刑"、文字狱更为厉害的、隐形的禁焚书手段了。

虽然拿宋本和四库本一比较就能知道其中的差别，而"现在中西的学者们，几乎一听到'钦定四库全书'这名目就魂不附体，膝弯总要软下来似的。其实呢，书的原式是改变了，错字是加添了，甚至于连文章都删改了"。这其中的原因不言自明。鲁迅认为，"官修"而加以"钦定"的正史，摆的是"史架子"，里面也不敢说什么，而且，"字里行间是也含着什么褒贬的"，这褒贬之间就能看出统治者压制文化的心态。所以，如果要了解真相，他提倡多读野史，看那些没有被禁删过的原始记录。"野史和杂说自然也免不了有讹传，挟恩怨，但看往事却可以较分明，因为它究竟不像正史那样地装腔作势。"② 在《忽然想到》一文中，他也说："看野史和杂记，可更容易了然了，因为它们究竟不必太摆史官的架子……试将记五代，南宋，明末的事情的，和现今的状况一比较，就当惊心动魄于何其相似之甚，仿佛时间的流驶，独与我们中国无关。现在的中华民国也还是五代，是宋末，是明季。"③

其实，鲁迅的这种建议也给新闻工作者很好的启示，即如何看待新闻来源的真实性问题。在《论"人言可畏"》中，鲁迅就说："新闻记者的辩解，以为记载大抵采自经官的事实，却也是真的。上海的有些介乎大报和小报之间的报章，那社会新闻，几乎大半是官司已经吃到公安局或工部局去了的案件。"④ 面对指责，新闻记者辩称自己采访的来源都是"吃到公安局或工部局的案件"，报道内容采自"经官的事实"，可有多少人想过，这些"经官的事实"的真实性呢？在当时的历史条件下，许多案件的判定都是当权者意志的体现，而并非法律的公平裁决。没有自己独立的思维，在采访时多探究些新闻来源，而只是依附于

---

① 《鲁迅全集》第6卷，第189—191页。
② 《鲁迅全集》第3卷，第148页。
③ 同上书，第17页。
④ 《鲁迅全集》第6卷，第344页。

"经官的事实"，报道真相又何从谈起？

　　鲁迅对古代文字狱的分析，让读者明白，中国的统治者及士大夫文人，是历来如此的。他们在文化上是一种结盟关系，为了统治的需要而掩盖、涂改和伪造历史，钦定经典，垂范将来。结果呢？他指出："宋曾以道学替金元治心，明曾以党狱替满清钳口。"① 种种的"治心""钳口"法，都改变不了改朝换代的结局。专制统治覆亡了，而文化专制的残酷性却仍在延续。正如鲁迅所说："单单的杀人究竟不是文艺，他们也因此自己宣告了一无所有了。"②

　　鲁迅在探究中国古代的文字狱历史时，也关注着域外的相同景致。外国的文网史也是历史悠久，并不比中国的文字狱逊色。早在鲁迅日本留学之初，他就亲历了彼邦的文网之严。1905 年日俄战争中，日本政府把幸德秋水等创建的反战团体平民社创办的《平民新闻》查禁；年末又应清政府所请，由文部省颁布《清国留学生取缔规则》，剥夺留学生言论自由、禁止集会结社、检查书信等。全体留日学生为此抗议纷纷。陈天华蹈海，秋瑾等数百人愤然归国。随后，刘师培夫妇创办的《天义报》被勒令停刊，章太炎主编的《民报》被封禁。在鲁迅回国后不久，日本当局先后杀害了所谓的"思想之敌"幸德秋水和大杉荣夫妇等，可谓是文字狱的巅峰之举。

　　俄国诗人、童话作家爱罗先珂（1889—1952），童年时因病双目失明。曾先后到过日本、泰国、缅甸、印度等国。1921 年在日本因参加"五一"游行，6 月间被日本政府驱逐出境，辗转来到中国，曾在北京大学、北京世界语专门学校任教。鲁迅在他未被日本驱逐之前，"并不知道他的姓名。直到已被放逐，这才看起他的作品来"。鲁迅因此翻译了他的作品《桃色的云》、《爱罗先珂童话集》，以及日本作家江口涣记述爱罗先珂在日本受迫害经过的文章，希望"传播被虐待者的苦痛的呼声和激发国人对于强权者的憎恶和愤怒"。当日文的《桃色的云》出版时，鲁迅发现江口涣的文章"已被检查机关（警察厅？）删节得很多"③，由此足见"彼国官厅的神经衰弱症的痕迹"④。

<hr>

① 《鲁迅全集》第 6 卷，第 296 页。
② 《鲁迅全集》第 4 卷，第 295 页。
③ 《鲁迅全集》第 1 卷，第 236—237 页。
④ 《鲁迅全集》第 10 卷，第 321 页。

1927 年，鲁迅在翻译日译本的俄国作家毕力涅克所作《日本印象记》中的序言《信州杂记》时也发现，"原译本中时有缺字和缺句，是日本检查官所抹杀的罢，看起来也心里不快活"。在毕力涅克的这本书中，也记录了他在中国所遭到的言论之罪。"在中国的国境上，张作霖的狗将我的书籍全都没收了。连一千八百九十七年出版的 Flaubert 的《Salammbo》，也说是共产主义的传染品，抢走了。在哈尔宾（笔者注，哈尔滨），则我在讲演会上一开口，中国警署人员便走过来，下面似的说……话，不行。……读不行！"①

鲁迅多次提到，国民党图书杂志审查委员会事先审查原稿，并加以删改的办法就是从日本学来的，不过，终究青出于蓝而胜于蓝。"日本的刊物，也有禁忌，但被删之处，是留着空白，或加虚线，使读者能够知道的。中国的检查官却不许留空白，必须接起来，于是读者就看不见检查删削的痕迹，一切含胡和恍忽之点，都归在作者身上了。这一种办法，是比日本大有进步的，我现在提出来，以存中国文网史上极有价值的故实。"②

鲁迅对世界范围内的文化专制并不陌生，邻国日本、俄国，其后的苏联还有罗马教廷直到希特勒上台后的德国等种种禁焚书的"盛举"都在他的笔下有所记载。鲁迅曾说："如果我们能够看见罗马法皇宫中的禁书目录，或者知道旧俄国教会里所诅咒的人名，大概可以发见许多意料不到的事的罢，然而我现在所知道的却都是耳食之谈，所以竟没有写在纸上的勇气。"③

鲁迅在这里提到的"罗马法皇宫中的禁书目录"，是指 16 世纪欧洲宗教改革兴起后，罗马教皇为了镇压"异端"，于 1543 年设立查禁书刊主教会议，随后教廷控制下的西欧各大学相继发布"禁书目录"，1559 年罗马教皇亲自颁布"禁书目录"，所列禁书数以千计。其后被禁止的有：吉本的《罗马帝国的衰亡》，雨果的《悲惨世界》、《巴黎圣母院》，泰纳的《英国文学史》以及卢梭、伏尔泰、梅特林克、左拉、大仲马和小仲马等人的著作。

---

① 《鲁迅全集》第 10 卷，第 489—491 页。

② 《鲁迅全集》第 5 卷，第 200 页。

③ 《鲁迅全集》第 7 卷，第 247 页。

　　而"俄国教会里所诅咒的人名"则指十月革命前，受帝俄沙皇政权直接控制利用的俄罗斯正教会，对当时具有民主革命思想的人物都极为仇视。曾被教会指名诅咒的有别林斯基、赫尔岑、车尔尼雪夫斯基、杜勃洛留波夫、托尔斯泰等人。

　　杰出的思想家被指名诅咒，著作被禁。这样的事实不是同样发生在现代的中国吗？在1927年，鲁迅为俄国小说散文集《争自由的波浪》所作的小引一文中，就这样说道：

　　　　倘若读过专制时代的俄国所产生的文章，就会明白……俄皇的皮鞭和绞架，拷问和西伯利亚，是不能造出对于怨敌也极仁爱的人民的。

　　　　以前的俄国的英雄们，实在以种种方式用了他们的血，使同志感奋，使好心肠人堕泪，使刽子手有功，使闲汉得消遣。总是有益于人们，尤其是有益于暴君，酷吏，闲人们的时候多；餍足他们的凶心，供给他们的谈助。将这些写在纸上，血色早已轻淡得远了；如但兼珂的慷慨，托尔斯多的慈悲，① 是多么柔和的心。但当时还是不准印行。这做文章，这不准印，也还是使凶心得餍足，谈助得加添。英雄的血，始终是无味的国土里的人生的盐，而且大抵是给闲人们作生活的盐，这倒实在是很可诧异的。

　　　　……然而翻翻过去的血的流水账簿，原也未始不能够推见将来，只要不将那账目来作消遣。②

　　英雄的血，成为闲人们作生活的盐，这与鲁迅在小说《药》中描写的血馒头是何其的相似！争自由的烈士的血，成为愚民的药引，没有经历过人性曙光普照的国度大抵相同。改革者们"被拷问，被幽禁，被流放，被杀戮了"，用血换来的自由，"大半也都要成为流水账簿罢"③。

　　可惜，鲁迅并没有看到改革者成功后的"作为"。在房龙的《宽容》一书中，对此有这样的介绍："俄国大革命爆发了。在过去的七十

---

① 但兼珂，通译为聂米罗维奇—丹钦科，俄国小说家，诗人；托尔斯多即托尔斯泰。
② 《鲁迅全集》第7卷，第317—318页。
③ 同上书，第318页。

五年里，俄国的革命者大声疾呼，说自己是贫穷的、遭受迫害的人，根本没有自由。为了证明这一点，他们指出，当时所有的报纸，都受到了严格检查，但在一九一八年，形势颠倒过来了。革命者当了权。又发生了些什么变化吗？这些胜利的、热爱自由的革命者，是不是废除了书报检查制度呢？根本没有！他们查封了一切对现在的新主人的行为不做正面报道的报纸和杂志。他们把大批可怜的编辑流放到西伯利亚或阿尔汉革尔斯克。毫不过分地说，他们比被称为'白衣小神父'的那位沙皇手下遭到唾骂的大臣和警察们，要不宽容一百倍。"①

更有意思的是，这段话，并不是在《宽容》的每个中译本里都会出现，20世纪90年代的旧版译本和有些新版译本中都没有这段话。译者和编辑抑或出版社，大部分都把这段话删去了。这其中的缘故，大概是如鱼饮水，冷暖自知了吧。

在鲁迅的文章里，指名道姓地谴责焚书行为的，是针对希特勒的《华德焚书异同论》。1933年希特勒执政后，实行文化专制政策，禁止所谓"非德意志"（即不符合纳粹思想）的书籍出版和流通。1933年5月起在柏林和其他城市焚烧书籍。这个事件，在威廉·夏伊勒著的《第三帝国的兴亡——纳粹德国史》中是这样记载的：

> 一九三三年五月十日晚上，也就是希特勒当总理后的四个半月，柏林发生了一幕西方世界自从中世纪末期以来未曾看到过的景象。在约莫午夜的时候，成千上万名学生举着火炬，游行到了柏林大学对面的菩提树下大街的一个广场。火炬扔在堆集在那里的大批书籍上，在烈焰焚烧中又丢了许多书进去，最后一共焚毁了大约两万册书。在另外几个城市里，也发生了同样的景象。焚书开始了。那个晚上由兴高采烈的学生在戈培尔博士的赞许眼光下丢入柏林烈焰中的许多书籍，都是具有世界声誉的作家的著作。

这次焚书，不仅包括草拟魏玛宪法的学者雨果·普鲁斯在内的、数十位德国作家作品遭到焚毁，许多外国作家如杰克·伦敦、海伦·凯勒等的作品也不能幸免。用一份学生宣言的话说，凡是"对我们的前途起

---

① 沈昌文：《编辑的甘苦》，《书摘》2007年第12期，第105页。

着破坏作用的，或者打击德国思想、德国家庭和我国人民的动力的根基的"任何书籍，都得付之一炬。①

这次焚书事件在世界范围内引起轩然大波，也引起了国内学者的注意。1933 年 6 月 23 日《申报》副刊《春秋》刊出了署名瞻庐的《焚书》一文，认为"秦始皇的政策现在流传到外国去了"，"善学嬴政的莫如德国"。以秦的焚书为德国焚书的先例。但鲁迅并不同意这个看法，他认为这两次焚书还是有区别的。

对秦始皇焚书坑儒事件，鲁迅的态度是否定的，他认为这是典型的愚民政策，在《上海所感》中，鲁迅说："愚民的发生，是愚民政策的结果，秦始皇已经死了二千多年，看看历史，是没有再用这种政策的了，然而，那效果的遗留，却久远得多么骇人呵！"② 但他也看到了秦始皇统一文字、规范度量衡等举措的重大意义，在某些方面来说，秦始皇"烧书是为了统一思想。但他没有烧掉农书和医书；他收罗许多别国的'客卿'，并不专重'秦的思想'，倒是博采各种的思想的"。而"希特拉先生们却不同了，他所烧的首先是'非德国思想'的书，没有容纳客卿的魄力；其次是关于性的书，这就是毁灭以科学来研究性道德的解放，结果必将使妇人和小儿沉沦在往古的地位，见不到光明。而可比于秦始皇的车同轨，书同文……之类的大事业，他们一点也做不到。"③

所以，从整体上来说，希特勒的焚书之举比秦始皇的焚书坑儒是有过之而无不及。鲁迅把它与阿拉伯人焚书相比。亚历山大是埃及最大的海港城市，在埃及托勒密王朝时期（前 305—前 30）是地中海东部政治、经济和文化的中心。该城图书馆藏书甚丰，公元前 48 年罗马人人侵时被焚烧过半；残存部分，传说于公元 641 年阿拉伯人攻陷该城时被毁。所以鲁迅说："阿剌伯人攻陷亚历山德府的时候，就烧掉了那里的图书馆，那理论是：如果那些书籍所讲的道理，和《可兰经》相同，则已有《可兰经》，无须留了；倘使不同，则是异端，不该留了。这才是希特拉先生们的嫡派祖师。"④

---

① 威廉·夏伊勒：《第三帝国的兴亡——纳粹德国史》，世界知识出版社 1979 年版，第 340—342 页。

② 《鲁迅全集》第 7 卷，第 433 页。

③ 《鲁迅全集》第 5 卷，第 223 页。

④ 同上。阿剌伯，即阿拉伯。亚历山德，即亚历山大。《可兰经》，即《古兰经》。

鲁迅在希特勒的纳粹党当权后，对其所作所为是非常厌恶的。鲁迅在与黄新波的谈话中说，"希特勒一举手,① 就将德国的文化毁灭了。在我们这里，和德国也差不多"②。1933 年 5 月 13 日，宋庆龄、蔡元培、鲁迅、杨杏佛等，联名抗议德国希特勒法西斯政权的暴行，并一同去上海德国领事馆递交《为德国法西斯压迫民权摧残文化向德国领事馆抗议书》。这份抗议书一开头就说："中国民权保障同盟是反抗中国的恐怖，争取中国的民权和人权，并与世界进步力量联合在一起的，它对于现在统治着全德国的恐怖和反动，感到非提出强有力的抗议不可。"这份《抗议书》公开发表之后，鲁迅还接着写了《华德保粹优劣论》和《华德焚书异同论》两文，深刻地剖析了国内外的法西斯们。紧接着，6 月 4 日所写的《又论"第三种人"》一文里，又一次公开宣称"我也正是憎恶法西斯谛的一个"③。在几个月里，他陆续写了好几篇谴责希特勒的文章。他和郑振铎合编的《北平笺谱》赠送给各大使馆，但并没有向德国和意大利国家图书馆赠送，因为"法西斯蒂的国里似乎用不着文化的，所以不给"④。值得注意的是，这个时期正是德国纳粹法西斯的昌盛时期，说这些话，是需要智慧和勇气的，由此可见鲁迅犀利的眼光和一个知识分子的良知所在。

然而，就在鲁迅和民权保障同盟的同人们，到德国领事馆抗议法西斯的专制文化摧残人类文化和文明的暴行时，中国的思想文化界却有一股"开明独裁"的逆流。许多饱受西方民主教育、倡导民主科学的知识分子如丁文江、傅斯年、罗家伦等，竟然希望蒋介石能够效法希特勒、墨索里尼以及斯大林等，建立领袖独裁、一党专政的新式专制，希望凭借这种新式独裁政治去建构秩序和文明，把中国带入世界强国之列。时任国立中央大学校长的罗家伦，居然把希特勒宣传纳粹主义的《我之奋斗》一书列在商务印书馆的"星期标准书"中广为推荐，序言中这样推介："希特拉之崛起于德国，在近代史上为一大奇迹……希特

---

① 指法西斯的举手礼。

② 吴作桥等编:《再读鲁迅——鲁迅私下谈话录》，时代文艺出版社 2005 年版，第 188 页。

③ 《鲁迅全集》第 4 卷，第 546 页。"法西斯谛"及下文的"法西斯蒂"，均指"法西斯"。

④ 内山完造:《鲁迅先生》，载 1936 年 11 月号《译文》第 2 卷第 3 期。

拉《我之奋斗》一书系为其党人而作；唯其如此，欲认识此一奇迹者尤须由此处入手。以此书列为星期标准书至为适当。"①

鲁迅不禁慨然，"堂堂的一个国立中央编译馆，竟在百忙中先译了这一本书"，而且，"堂堂的一位国立中央大学校长，却不过'欲认识此一奇迹者尤须由此处入手'。真是奇杀人哉"!② 他蔑视地说："有些人们，也译了《莫索里尼传》，也译了《希特拉传》，但他们绍介不出一册现代意国或德国的白色的大作品。"③ 这"白色"大概就是相对于法西斯"黑色"所比的优秀作品吧。

在这样的形势下，"平安的刊物上，是登着莫索里尼或希特拉的传记，恭维着，还说是要救中国，必须这样的英雄，然而一到中国的莫索里尼或希特拉是谁呢这一个紧要结论，却总是客气着不明说"④。

于是，国民党的文网中也就出现了这样的情景："这回《译文》中有一篇是讲德国一个小学堂，不肯挂希氏照相的，不准登；有一篇是十九世纪初之法人所作，内有说西班牙之多盗，是政府之故的，被删掉了。今之德国和昔之西班牙都不准提，还有什么可说呢？"⑤ 不仅不准刊登有损法西斯的文章，而且"中国式的法西斯开始流行了。朋友中已一人失踪，一人遭暗杀"⑥。

在1933年9月3日所写的《同意与解释》一文中，鲁迅引用了希特勒9月初在纽伦堡国社党大会闭幕时演说中的话，"新进的世界闻人说：'原人时代就有威权，例如人对动物，一定强迫它们服从人的意志，而使它们抛弃自由生活，不必征求动物的同意。'这话说得透彻……人对人也是这样"⑦。紧接着，9月3日，时任国民党政府财政部长的宋子文，也开始宣扬西方各国政府的"权力之大"，"为十九世纪人士所梦想不到"，要中国效法这种威权的"好榜样"。

但是，所谓的"威权"，鲁迅说："这里最要紧的还是'武力'，并非理论。不论是社会学或是基督教的理论，都不能够产生什么威权。原

---

① 《鲁迅全集》第6卷，第587页。
② 同上。
③ 《鲁迅全集》第4卷，第474页。
④ 《鲁迅全集》第7卷，第431页。
⑤ 《鲁迅全集》第13卷，第343页。
⑥ 《鲁迅全集》第14卷，第247页。
⑦ 《鲁迅全集》第5卷，第303页。

人对动物的威权，是产生于弓箭等类的发明的。至于理论，那不过是随后想出来的解释。这解释的作用，在于制造自己威权的宗教上，哲学上，科学上，世界潮流上的根据，使得奴隶和牛马恍然大悟这世界的公律，而抛弃一切翻案的梦想。"①

所以，一心效仿法西斯实行集权统治的国民党，又何必宣扬"现在的世界潮流，正是庞大权力的政府的出现"呢？鲁迅反讽地说："中国自己的秦始皇帝焚书坑儒，中国自己的韩退之等说：'民不出米粟麻丝以事其上则诛'。这原是国货，何苦违背着民族主义，引用外国的学说和事实——长他人威风，灭自己志气呢？"国民党当局禁焚的书还算少么？总之，"大家做动物，使上司不必征求什么同意，这正是世界的潮流"②。

这里的说法，跟乔治·奥威尔的《动物庄园》是多么的相似。而《动物庄园》问世后，一直成为"最经常性"被列入禁书目录的著作，直到 1987 年，仍被美国佛罗里达州帕拉马城的贝和默利斯中学列为教学禁书。而鲁迅的著作，即使是在他身后，也避免不了被禁删的命运。鲁迅逝世后不久，成立了以蔡元培、宋庆龄为正、副主席的纪念委员会，该会筹备之初就曾考虑应尽早出版《鲁迅全集》。许广平早在 1936 年 11 月就将编好的全集目录，报送国民党内政部审核登记。翌年 4 月 30 日和 6 月 8 日，内政部先后下发两个批件，不仅强令将《准风月谈》和《花边文学》改名为"短评七集"与"短评八集"，并开列篇目，点名要将鲁迅所写《十四年的读经》、《铲共大观》等许多杂文统统删去。在国民党专制统治下，要想完整地、公开地出版《鲁迅全集》已不可能。1938 年版的 20 卷本《鲁迅全集》限于当时的历史条件，收录作品很不完备。

新中国成立后，1958 年的 10 卷本仍有明显的缺陷与不足。首先是仍未收录 1912—1936 年的鲁迅日记；其次，1956 年第 1 卷《出版说明》原曾明确写道，将收入至那时为止"已经搜集到的全部书信"1100 多封。在全集出版过程中，因发生反右斗争，冯雪峰被错划右派，结果待到 1958 年第 9、10 两卷出版时，鲁迅书信中凡涉及两个口号论

___

① 《鲁迅全集》第 5 卷，第 303 页。
② 同上。

争以及批评30年代周扬等人宗派主义、关门主义错误的信函，均被当权者统统砍去；不仅如此，就连牵涉30年代文坛重要论争的某些关键注释，也被掌管意识形态和文艺界领导大权者，利用权势作了手脚：歪曲历史，嫁祸雪峰，贬低鲁迅，从而开脱自己。同样受当时国内外政治大气候影响，鲁迅的个别文章也遭被删改的厄运。同样是《〈竖琴〉前记》一文，在介绍苏联"绥拉比翁的兄弟们"这一文学团体时，就将鲁迅原文中"托罗茨基也是支持者之一"这至关重要的一句被悄悄地不留痕迹地删除了。①

　　在"文化大革命"期间，10卷本全集被作为有严重政治问题的书籍曾一度禁止出版。1972年2月，美国总统尼克松访华时，周总理原拟赠其一套《鲁迅全集》，鉴于10卷本此时已被视为"禁书"，于是改而寻觅一套珍贵的38年版《鲁迅全集》纪念本，因年代久远，几经周折才觅得一套。

　　纵观世界历史可见，随着政府统治经验的积累，政府对传媒管制的领域逐渐扩大，传媒管制的手段也日益系统、完备。然而，有些政府就在对传媒管制愈加专制黑暗，手段日益成熟时，导致其社会体制却日益走向没落，甚至灭亡，这种情况发人深省。

---

　　①　宋应离等编：《20世纪中国著名编辑出版家研究资料汇辑》第2卷，河南大学出版社2005年版，第169页。

第三章　对"文力征伐"的反抗

　　鲁迅说:"经验使我知道,我在受着武力征伐的时候,是同时一定要得到文力征伐的。"① 所谓"武力征伐",指的是通缉、恫吓、隐匿与逃亡;而"文力征伐",除了众多"覆面的"、"指挥刀下挺身而出的"英雄们的造谣攻击之外,就是整个的出版审查制度的压迫。17 世纪英国资产阶级革命内战中的社会民主主义思想人物斯宾诺莎(Spinoza)曾经说:"强制言论一致是绝对不可能的。因为,统治者们越是设法削减言论自由,人们越是顽强地抵抗他们。"② 鲁迅也是如此。

第一节　笔名:文网下的迷藏

　　中国文人有喜用笔名的习惯,取名的原因也有很多种。像前文谈到的各种"铁血"、"瘦鹃"之类,有人是为了故弄玄虚;有人是为了满足个人嗜好;有人是怕作品登不了大雅之堂;也有人怕为批评对象忌恨而有意隐姓埋名。但像鲁迅这样用笔名进行文化抗争的作家并不多见,而且,鲁迅使用的笔名达 140 余个,在中国文学史上恐怕也是第一人。

　　鲁迅的每一个笔名,都经过深思熟虑。因为"一个作者自取的别名,自然可以窥见他的思想"③。1898 年,鲁迅用第一个笔名"戛剑生"写了《戛剑生杂记》一文。戛,击也。意指舞剑、击剑的人。这个笔名表达了鲁迅青年时代渴求战斗的激情。从 1898 年到 1917 年,这之间鲁迅共用了 12 个笔名。1898 年,18 岁的鲁迅毅然抛弃了"读书应

---

① 《鲁迅全集》第 5 卷,第 420 页。
② [英] 斯宾诺莎:《神学政治论》,商务印书馆 1982 年版,第 272 页。
③ 《鲁迅全集》第 4 卷,第 464 页。

试"的所谓"正路","走异路,逃异地,去寻求别样的人们"①,来到南京水师学堂求学。随后又去日本留学。这一时期的笔名,鲜明地反映出他当时艰苦求索,满怀希望的情绪。1903 年在译文《哀尘》中所用笔名是"庚辰",庚辰乃传说中治水的大禹的助手,是一个造福中国人民的形象,表露出鲁迅早期怀抱着的宏伟抱负。之后的"索子"、"索士",表明自己是一个探索的人,希望探求一条拯救祖国的道路。"迅行"、"令飞"等笔名,更是勉励自己要迅速前进,展翅奋飞。1909 年,鲁迅返国。不久,辛亥革命爆发。1912 年 1 月,他在《〈越铎〉出世辞》中以"黄棘"署名,希望以棘为策,驱马迅行,透露出鲁迅期盼革命成功的热望。但辛亥革命的失败阴影让他沉默了下去。从 1913 年起到 1917 年,鲁迅没有取用过任何笔名。

直到 1918 年,他发表《狂人日记》时,因为"母亲姓鲁",且"周鲁是同姓之国","取愚鲁而迅速之意"②,遂突破男尊女卑的传统,破天荒地使用母亲的姓氏,开始使用"鲁迅"一名。这个名字成为他使用最多的笔名,并以此闻世。以"鲁迅"为名发表的译作,就有 500 篇以上。据鲁迅自述,当时,"我所用的笔名也不只一个:LS,神飞,唐俟,某生者,雪之,风声;更以前还有:自树,索士,令飞,迅行"③。"唐俟",是中国盼望着光明的前途之意。④"风声"则是要树前进之风,发战斗之声。

在 1927—1936 年这十年间,鲁迅这一笔名遭到当局的特别注意,为了冲破文化"围剿"的罗网,鲁迅不得不使用大量的笔名。这一时期所用笔名达 100 个以上,占了他一生所用笔名的绝大部分,仅在《申报》一家报纸上,鲁迅就先后换用了 41 个笔名,在《中华日报》上也

---

① 《鲁迅全集》第 1 卷,第 437 页。
② 许寿裳:《亡友鲁迅印象记》,上海文化出版社 2006 年版,第 49 页。
③ 《鲁迅全集》第 3 卷,第 395 页。
④ 本书此处和本节一些笔名释义参考李允经所著《鲁迅笔名索解》一书。对"唐俟"这一笔名,有不同解释。许寿裳文中所载"那时部里长官某颇想挤掉鲁迅,他就安静地等着,所谓'君子居易以俟命'也。把'俟堂'两个字颠倒过来,堂和唐两个字同声可以互易,于是成名曰'唐俟。'"参见许寿裳《亡友鲁迅印象记》,上海文化出版社 2006 年版,第 49 页。王宏志认为"唐俟"来自鲁迅较早时(袁世凯称帝前后)的一个自号"俟堂",就是"古人的待死堂"的意思。因其时鲁迅对中国和社会的前景极为悲观,感到事无可为,只有待死。参见王宏志《鲁迅与"左联"》,新星出版社 2006 年版,第 309 页。

变换过 13 个笔名。

这些笔名在迷惑敌人的同时，也含义深刻，有的寓有调侃嘲讽之意，有的内涵则更侧重于讽刺和战斗。如"佩韦"，"韦"指的是柔韧的牛皮，意喻自己佩韦而战。"隋洛文"是针对 1930 年国民党浙江省党部呈请国民党中央通缉"堕落文人鲁迅"一事而起的笔名。"九·一八"事变后，国民党当局文化围剿更为严密，把他的文章视为蛇蝎，他就偏要以"它音"（意即毒蛇之音）同他们做韧性的战斗。他以"明瑟"（意即用语简洁，旗帜鲜明）为笔名，写下了《"友邦惊诧"论》，对国民党及其"友邦"无情鞭挞。为讽刺国民党卖国的外交政策，他又取名"白舌"，意在指明他们的所谓外交无非是白费唇舌，只是骗取舆论，捞取政治资本而已。在国难声中，国民党不去抗日，却一味宣扬"建国"，鲁迅以"遐观"为名，写下了《水灾即"建国"》一文，"遐观"，远看也，这远近之中却看透了本质。

1933 年年初，他应友人之约，为《申报》副刊《自由谈》投稿，在《伪自由书·前记》中，鲁迅谈到给《自由谈》投稿的动机时，说明"又因为我旧日的笔名有时不能通用，便改题了'何家干'，有时也用'干'或'丁萌'"①。这不能通用的原因，是因为 1930 年 3 月国民党浙江省党部呈请通缉鲁迅之后，不准学校请他讲演，鲁迅的著作无端受邮局扣留，有的地方甚至因为《呐喊》的封面是红色的就勒令禁书。他在致刘炜明的信中提到，"这几年来，短评我还是常做，但时时改换署名，因为有一个时候，邮局只要看见我的名字便将刊物扣留，所以不能用。"② 这暗中的压迫使鲁迅只得改题笔名，以免编者受累。用得最多的是何家干三字。据许广平回忆，"取这名时，无非因为姓何的最普通，家字排也甚多见，如家栋、家驹，若何字作谁字解，就是'谁家做'的，更有意思了。又略变为家干、干、何干等。大致仍给读者以一贯的认识"③。鲁迅以这几个类似的笔名发表了二十多篇杂文，鲁迅预料到，这些杂文将使对手恼羞成怒，要追问："这是谁干的?""何家干"这个笔名正好应了这句话，给对手以莫大的嘲讽。而就此干下

---

① 《鲁迅全集》第 5 卷，第 4 页。
② 《鲁迅全集》第 13 卷，第 245 页。
③ 许广平:《鲁迅的写作和生活》，上海文化出版社 2006 年版，第 76 页。

去，干到底，"干"也就成了他不畏强暴的又一个笔名。

可是，这些笔名不久就被以鼻子看书报的文学家"嗅"了出来。曾任《时事新报》、国民党《中央日报》副刊主编，提倡所谓"民族主义文学"的王平陵在国民党官报《武汉日报》上发文说："鲁迅先生最近常常用何家干的笔名，在黎烈文主编的《申报》的《自由谈》，发表不到五百字长的短文。"而且，王在文中还指责说："他尽可痛快地直说，何必装腔做势，吞吞吐吐，打这么许多湾儿。"① 周木斋也在《涛声》上附和道："听说'何家干'就是鲁迅先生的笔名。"②

许广平认为，"这是他第一次改姓埋名仍受到告发和压迫的经过"③。但据鲁迅自述："这要制死命的方法，是不论文章的是非，而先问作者是那一个；也就是别的不管，只要向作者施行人身攻击了……这种战术，是陈源教授的'鲁迅即教育部佥事周树人'开其端，事隔十年，大家早经忘却了，这回是王平陵先生告发于前，周木斋先生揭露于后，都是做着关于作者本身的文章。"④

于是，到5月初，鲁迅的投稿，"竟接连的不能发表了"⑤。5月4日，鲁迅致黎烈文的信中写道："原想嬉皮笑脸，而仍剑拔弩张，倘不洗心，殊难革面，真是呜呼噫嘻，如何是好。换一笔名，图掩人目，恐亦无补。"⑥ 果然，25日，《自由谈》的编者刊出启事，说："这年头，说话难，摇笔杆尤难"，"吁请海内文豪，从兹多谈风月，少发牢骚"。之后，鲁迅投稿所用的笔名就换得更勤了，有20个之多。在《准风月谈》的《前记》里有这样的文字："从六月起的投稿，我就用种种的笔名了，一面固然为了省事，一面也省得有人骂读者们不管文字，只看作者的署名。然而这么一来，却又使一些看文字不用视觉，专靠嗅觉的'文学家'疑神疑鬼，而他们的嗅觉又没有和全体一同进化，至于看见一个新的作家的名字，就疑心是我的化名，对我呜呜不已，有时简直连读者都被他们闹得莫名其妙了。"⑦

---

① 《鲁迅全集》第5卷，第23页。
② 同上书，第88页。
③ 许广平：《鲁迅的写作和生活》，上海文化出版社2006年版，第76页。
④ 《鲁迅全集》第5卷，第5页。
⑤ 同上。
⑥ 《鲁迅全集》第12卷，第393页。
⑦ 《鲁迅全集》第5卷，第200页。

许广平回忆说，鲁迅每于一篇文字写好之后，就想名字，有时用旧的，有时被"嗅"出来了，就立刻重起。这些笔名与正文往往有着有机的联系，增强了文章的内在张力。在《准风月谈》里，用"游光"这个笔名的，多半是写关于夜的文章，如《夜颂》、《谈蝙蝠》、《秋夜纪游》、《文床秋梦》等。鲁迅在《夜颂》中说："我爱夜"，"爱夜的人要有听夜的耳朵和看夜的眼睛，自在暗中，看一切暗"①。"游光"正是这"听夜的耳朵和看夜的眼睛"。而署名"丰之余"的多是批评社会的篇章，如《推》、《二丑艺术》、《吃教》、《扑空》等十几篇，是针对说他是"封建余孽"者而起的名字。谈到浙江的"堕民"，鲁迅为浙江绍兴人，又常年客居在外，就取名"越客"。写到《双十怀古》，针对文中搜集的众多资料，干脆就叫做"史癖"。《"商定"文豪》一文，讽刺的是当时"文艺杂志广告的夸大"，因此就叫"白在宣"，暗示这种充满铜臭气的宣传，完全是徒然的。而"苇索"，则取古人以苇索缚鬼，执以饲虎之意，意喻自己以笔作枪。"桃椎"与此含义相近，因为桃椎在传说中是一种除邪逐鬼的武器。

尽管换了这么多笔名，但仍不免于压迫，到 11 月初，鲁迅只好停笔。在《准风月谈·后记》中，他说："这六十多篇杂文，是受了压迫之后，从去年六月起，另用各种的笔名，障住了编辑先生和检查老爷的眼睛，陆续在《自由谈》上发表的。不久就又蒙一些很有'灵感'的'文学家'吹嘘，有无法隐瞒之势，虽然他们的根据嗅觉的判断，有时也并不和事实相符。但不善于改悔的人，究竟也躲闪不到那里去，于是不及半年，就得着更厉害的压迫了，敷衍到十一月初，只好停笔，证明了我的笔墨，实在敌不过那些带着假面，从指挥刀下挺身而出的英雄。"②

但 1933 年的下半年，鲁迅仍旧执笔，换了更多的笔名，四处出击，除了《自由谈》之外，又在《十字街头》、《文学月报》、《北斗》、《现代》、《涛声》、《论语》、《申报月刊》、《文学》等处投稿，最后大部分收入《南腔北调集》。这次的笔名更多，有白舌、罗忧、动轩、何干、洛文、旅隼等。旅隼，隼乃急疾之鸟，飞乃至天，喻士卒劲勇，能深攻

① 《鲁迅全集》第 5 卷，第 203 页。
② 同上书，第 402 页。

184

入敌也。许广平说："旅隼，和鲁迅音相似，或者从同音蜕变。隼性急疾，则又为先生自喻之意。"① 这个笔名，与鲁迅一生旅居各地、四海为家的战斗生活相契合。而"何干"、"洛文"则是"何家干"、"隋洛文"的简称。

这种斗争策略的确收到了一定的成效。鲁迅在《花边文学·序言》中就谈到，当《申报·自由谈》被迫撤换编者之后，鲁迅只好"改些作法，换些笔名，托人抄写了去投稿，新任者不能细辨，依然常常登了出来"②。

在 1933 年，他新用的笔名有 28 个。那时还未成立特别的审查机构，但鲁迅已意识到这场危机的来临。他说："风暴正不知何时过去，现在是有加无已，那目的在封锁一切刊物，给我们没有投稿的地方。我尤为众矢之的，《申报》上已经不能登载了，而别人的作品，也被疑为我的化名之作，反对者往往对我加以攻击，各杂志是战战兢兢……即使不被伤害，也不会有活气的。"③

12 月 2 日，他写信给郑振铎形容在这种状况下的感觉："海上'文摊'之状极奇，我生五十余年矣，如此怪像，实是第一次看见，倘使自己不是中国人，倒也有趣，这真是所谓 Grotesque，眼福不浅也，但现在则颇不舒服，如身穿一件未曾晒干之小衫，说是苦痛，并不然，然说是没有什么，又并不然也。"④

到 1934 年设立书报检查委员会后，如果鲁迅用真名，检查官会将文章大删一通，"删得连骨子也没有"⑤。因为"文力征伐"的加剧，鲁迅被迫所用的笔名竟达到了 41 个之多。即使这样，仍有许多文章遭到了检查官的删除。《病后杂谈》一文，竟被砍掉了"五分之四"。《病后杂谈之余》，也都是删之又删的。还有《不知肉味和不知水味》，发表时被删掉了后半篇；《中国人失掉自信力了吗?》一篇中，凡是对于求神拜佛略有不敬之处，即被删除。《脸谱臆测》不准发表；《阿金》则

---

① 许广平：《鲁迅的写作和生活》，上海文化出版社 2006 年版，第 77 页。
② 《鲁迅全集》第 5 卷，第 437 页。
③ 《鲁迅全集》第 12 卷，第 504 页。
④ 同上书，第 508 页。
⑤ 《鲁迅全集》第 13 卷，第 325 页。

"不但不准登载，听说还送到南京中央宣传会里去了"①。

鲁迅愤怒地把国民党的书报审查与清代的文字狱相提并论，在1935年4月9日致增田涉的信中说："现在国民党的做法，与满清时别无二致，也许当时满洲人的这种作法，也是汉人教的。去年六月以来，对出版物的压迫步步加紧，出版社也大感困难。对于新的青年作家的作品，压迫特别厉害，常常把有关紧要之处全部删除，只留下空壳。"他提醒日本研究中国文学的学者，需对此种情形仔细了解，否则就会产生"隔膜"，因为"我们都是带着锁链在跳舞"②。

鲁迅多次把这种处境比作是"带着锁链在跳舞"，而笔名则成了他起舞时的面具。但鲁迅并不屈服，他说："只要我还活着，就要拿起笔，去回敬他们的手枪。"③ 笔名，也是他回敬手枪时的匕首。于是，鲁迅取用笔名的方式方法灵活多变。有的抒发心愿，有的揭露讽刺，有的反击战斗；有的是幼名的衍变，有的是古典词义的蜕化，有的是汉字谐音，有的则妙用外文；有的笔名与文章内容紧紧相连，有的又与他所处的社会状态不能分离，有时甚至将敌人或论敌对他的攻击言词稍加变化用作笔名。

这其中，有不少笔名，是帮助读者认识他所处的环境和当时的思想状态的。当鲁迅被剥夺了出国访问的自由，被困于中华时，他以"华圉"作笔名以示抗议，暗指当时的中国是一个禁锢奴隶的监狱。当国民党浙江省党部呈请通缉他，让他失去重返故乡的机会时，他就用了颇有思乡之情的"越客"、"越侨"等笔名。有时，他怀念居住过15年之久的北京，便又有"燕客"等名的出现。鲁迅俯首甘为孺子"牛"（"孺牛"），认为文艺应当属于人民，他自己也属于"杭育杭育"派，故有谐音的笔名"康郁"。国民党多次把他的名字列入特务暗杀的黑名单，他就自比张禄（战国时期魏国范睢受迫害后之化名），取笔名"张承禄"、"张禄如"，以示控诉。当他被《社会新闻》等污为"汉奸"时，他就把"叽云汉奸"四字每字各取一半，取名"公汗"，表达自己的愤怒。

---

① 《鲁迅全集》第6卷，第221页。
② 《鲁迅全集》第14卷，第354页。
③ 同上书，第247页。

　　在遍布文网的新闻出版界，鲁迅署真名不行，署假名也不行，他只能悲愤地说："我们活在这样的地方，我们活在这样的时代。"① 所以有些笔名意在通俗，以期掩过检查官耳目，如虞明、余铭、子明等。杨霁云先生说，鲁迅杂文《倒提》的手稿上署名"董季荷"，"此一笔名的用意，我猜想是因彼时检查处威严赫赫，他特用一风月式的笔名以掩人耳目也"②。

　　还有一些跟最初的笔名一样，表示着希望和自勉。他常以"隼"（疾飞之鸟）、"翁隼"（老健的鹰）、"旅隼"（游击的鹰）、孺牛（"俯首甘为孺子牛"的缩写）自况。这些笔名正是"令飞"、"神飞"等笔名的新发展。面对黑暗，他切盼文艺新苗茁壮挺拔（"苗挺"），坚定地表示要继续战斗（"苟继"），对旧势力、旧思想要及锋而试（"及锋"），单刀直入（"直入"），而且要精力充沛（"张沛"）地搏斗下去，坚信着光明的到来。③ 写于 1936 年 8 月底的《立此存照》几篇，取了"晓角"之名，即用尽最后的力量吹响黎明前战斗的号角。它成为鲁迅的最后一个笔名，正如许广平所说："他最后还不忘唤醒国人，希望我们大家永远记取这一位文坛战士的热望。"④

第二节　荆天棘地下的话语释放

　　在写于 1934 年 1 月 21 日夜的《〈引玉集〉后记》中，鲁迅说："目前的中国，真是荆天棘地，所见的只是狐虎的跋扈和雉兔的偷生，在文艺上，仅存的是冷漠和破坏。而且，丑角也在荒凉中趁势登场……但历史的巨轮，是决不因帮闲们的不满而停运的；我已经确切的相信：将来的光明，必将证明我们不但是文艺上的遗产的保存者，而且也是开拓者和建设者。"⑤ 这段话是他长期以来与文化围剿坚持斗争的写照，虽然是"荆天棘地"，但仍坚信着"将来的光明"。

　　为了冲破国民党当局的文网，鲁迅除了大量使用笔名讽刺、迷惑对

① 《鲁迅全集》第 6 卷，第 221 页。
② 许广平：《鲁迅的写作和生活》，上海文化出版社 2006 年版，第 81 页。
③ 李允经：《鲁迅笔名索解》，福建教育出版社 2006 年版，第 7 页。
④ 许广平：《鲁迅的写作和生活》，上海文化出版社 2006 年版，第 82 页。
⑤ 《鲁迅全集》第 7 卷，第 441 页。

手外，还采取了三种主要斗争策略：

一是妙用曲笔，讲求策略。所谓曲笔，即或正话反说，或声东击西，或借古喻今、借写风月谈风云等手法的综合运用。正如鲁迅所说："猛烈的攻击，只宜用散文，如'杂感'之类，而造语还须曲折，否，即容易引起反感。"① 因为，写作不可避免地处于时代环境和文化语境等力量的控制下，并不是完全个人化的行为，受到各种有关因素的交互作用。杂文作为一种"戴着镣铐的舞蹈"，在多种制约力量的作用下，就必须特别注意讲究写作艺术和策略才能够生存。

鲁迅原想毫无顾忌，直抒胸臆，但他当时置身的环境却禁忌重重。"现在的读书界，确是比较的退步，但出版界也不大能出好书。上海有官立的书报审查处，凡较好的作品，一定不准出版，所以出版界都是死气沈沈。杂志上也很难说话，现惟《太白》，《读书生活》，《新生》……三种，尚可观，而被压迫也最甚。"②

"言论的路很窄小，不是过激，便是反动。"③ 这样恶劣的媒介环境，迫使他措辞时常弯弯曲曲，鲁迅将这种写法比喻为"戴着锁链在跳舞"。作为这类"舞蹈"的杂文也就必须特别讲究艺术性，用隐晦曲折的语言和战斗手法来表达自己的思想观点，巧妙地言别人所不能言、不敢言之语，从而达到针砭时弊、警醒世人的目的。郁达夫曾说：鲁迅杂文"发出的尽是诛心之论"，"像一把匕首，能以寸铁杀人，一刀见血"④。而鲁迅的杂文之所以能成为战斗的"匕首"、"投枪"、"感应的神经，攻守的手足"⑤，能对世人产生深远的影响，大部分原因还要归功于他的写作策略。

鲁迅杂文中的许多观点，是针对媒介而发。他的媒介批评，有时喜用反语，闪烁其辞，声东击西。这使他的"对抗"不是生硬的、短兵相接式的，而是一种曲曲折折、迂回婉转的，带有浓厚的意会性的幽默，有着"诉诸我们理性的可笑性"，使读者有曲折蕴涵的神会，而让

① 《鲁迅全集》第11卷，第99页。
② 《鲁迅全集》第13卷，第387页。
③ 《鲁迅全集》第4卷，第136页。
④ 郁达夫：《中国新文学大系》散文二集，上海良友图书印刷公司印行1935年版，第14—15页。
⑤ 彭定安：《鲁迅杂文学概论》，辽宁教育出版社1999年版，第17页。

被批评者感到难言的隐痛。隐痛之所以难言，无疑是因为造语的曲折。鲁迅所谓的"造语曲折"中的"曲折"在这里并不意味隐晦，而是一种特殊的表现方式。鲁迅不常在杂感里做出直接的结论式的答案，往往采用对比、暗示、取譬、借喻等表达手段，通过客观的叙述揭发内在的矛盾，使读者从事物的相互关系中得到启发。这样的曲笔，与现实之间产生了一定的距离感，避免了短兵相接的尴尬和赤膊上阵的艰难，成为反文化"围剿"过程中进行的"堑壕战"。

当官方检查机构的注意力集中在"写什么"上时，鲁迅则避其锋，更多在"怎么写"方面用力，迂回逼近目标。当《自由谈》迫于形势，刊出"吁请海内文豪，从兹多谈风月"的启事，鲁迅便说："'月白风清，如此良夜何？'好的，风雅之至，举手赞成。但同是涉及风月的'月黑杀人夜，风高放火天'呢？这不也明明是一联古诗么？"① 可见任何材料，都可以作为思想的载体，是任何条条框框所封锁不住的。在杂感中，他谈历史，谈文化，谈典故，谈洋人，题材似乎距离中国现实十万八千里，其实无一不息息相关。1933 年 5 月，鲁迅在致黎烈文的信中说："近来作文，避忌已甚，有时如骨鲠在喉，不得不吐，遂亦不免为人所憎。后当更加婉约其辞，惟文章势必至流于荏弱，而干犯豪贵，虑亦仍所不免。希先生择可登者登之，如有被人扣留，则易以他稿，而将原稿见还，仆倘有言谈，仍当写寄，决不以偶一不登而放笔也。"②

鲁迅不仅自己力行这种斗争策略，也跟周围朋友、学生大力提倡"堑壕战"。他与李霁野谈话中说："有些人拿愚蠢的冒险当勇敢，总怂恿人赤膊上阵，我总疑心他们属于敌人那一面；自然，其中也有老实人，但总是轻者遭殃，重者送命。生物具有保护色，在残酷的斗争中怎么就不可以学习呢？"③

据鲁迅的前期弟子王志之回忆，1932 年冬他初次见鲁迅先生，曾跟鲁迅谈到创办刊物的艰难，"过去的刊物，差不多一出来就被军警整个地搜去，仿佛专为了给军警焚毁才出版的。这样，再怎样激烈怎样正确也是白费气力。现在，为了要想给一般读者更多的他们想要的东西，

---

① 《鲁迅全集》第 5 卷，第 199 页。
② 《鲁迅全集》第 12 卷，第 392 页。
③ 吴作桥等编：《再读鲁迅——鲁迅私下谈话录》，时代文艺出版社 2005 年版，第 78 页。

似乎应该除了'正确'还要注意到它的影响，尤其是文艺这东西，它不像一篇宣言，也不必一定要抓着什么大题目，为了影响的深入，应该在技术上使它更成熟更能同一般大众接近，一种文艺刊物，应该尽可能地使它的生命长久一点。在开头，至少更该在态度上和缓一点大方一点；所以，我想，最好是办一种能够公开发行的东西，思想方面不必太单纯，只要不是彻底的反动我们都容纳，我们要把技巧这一条件放在第一位。但，以过去的情形看来，差不多只要能公开发表的文章或公开发行的刊物，都有被'严厉地打击'的可能，于是那些真正'正确'的、'前进'的东西就难与一般读者见面了"①。鲁迅对他的看法深表赞同，并约他再定时间详谈。

　　鲁迅在跟许钦文的谈话中也是这样劝说他的，"编辑人员本来应该站在读者的一边，也应该迎合点读者的心理。可是，后来我明白了：且不说编辑人员，其中有一部分还是保守的，惟恐出了乱子敲破饭碗，总要是四方平稳的文章才敢编进去发表。即使是维新的，总也有所顾忌，因为编辑人员的上面有着总编辑和馆长、社长等老板，他们是更要顾到利害关系的，尤其是讽刺得尖锐的文章，有些人总是要做不应该做的事情，却不愿意被人暗暗地揭露出来。如果触犯了有权势者，不但编辑的人饭碗要打破，那刊物也将办不下去。这种情况是存在的。但我们决不能因此搁笔，当然仍然要写讽刺文章，仍然要揭露黑暗。不过要注意到这种情况，写得暗藏一点，含蓄一点，使得不大刺眼，但明白的读者能够领会到。总之，在这种情况下，我们写文章投稿的，要多用一番功夫，要写得能够通过编者的眼睛，实际上也要不使他们太为难。否则发表不出去。不就是白写的了么？"②

　　在鲁迅看来，报刊工作者必须讲究斗争的策略，发扬"韧"的战斗精神，万不能打"赤膊战"。1929 年 5 月 28 日在西三条故居，鲁迅与张孟闻的谈话也是这样劝告的。"斗争要有长期而坚强的韧性，不能赤手空拳，挺身而出地硬干，而是沉着机智地去应付艰危。站出来讲话尤需要明喻暗譬，大家领会而又无懈可击；绝不可以对当地当政强梁权贵指名道姓地明白指斥，借以避免授人以柄，徒招祸害到自己身上，对敌

---

① 孙伏园等：《鲁迅先生二三事》，河北教育出版社 2000 年版，第 18 页。
② 同上书，第 100 页。

人必须讲求应付的妥善而巧妙的策略。我明天（笔者注，指次日在北大讲演日期）就是用机智的隐喻来讲话，正要抓紧策略来应付敌人，冲击敌人，而不被敌人钻空子。"①

　　而20世纪30年代，中共在"左倾"机会主义路线的错误领导下，在白区公开出版的一些革命文学刊物完全不顾及公开出版的刊物和党的地下报刊应有的区别，把地下报刊上的一些口号，如像"拥护中国革命"、"苏维埃政权万岁"等原样写到文章里面来，以致刊物很快就遭国民党查禁。鲁迅批评这种做法是"对于中国社会，未曾加以细密的分析，便将在苏维埃政权下才能运用的方法，来机械的运用了"②。他把这种做法形象地比喻为打"赤膊战"，认为这是一种愚蠢的做法，其结果是便宜了敌人，并恳切地告诫一些进步的文艺社团，要"察看环境"，不妥追求表面上的"激烈"。

　　二是散兵战术，四处出击。1930年这一年，鲁迅一共只写了后来收入《二心集》内的不到10篇的短评。次年他在给曹靖华的一封信中所说："这里对于左翼文艺，是压迫无所不至，然而别的文艺，却全然空洞无物，所以出版界非常寂寥"③。

　　《申报》来约稿后，开始"平均每月八九篇"，暂时地打开了一点局面，但不久他的文章又由于"常不免涉及时事的缘故"而"接连的不能发表了"。④送去的《保留》、《有名无实的反驳》、《不求甚解》等短评，或由于隐指国民党当局的亲日卖国，或由于讽刺蒋介石当局的不抵抗主义，而被扣发。连累到《自由谈》的主编人也遭到反动报刊的人身攻击。《自由谈》的"自由"本来是一句空话，现在连说点空话的这点"伪自由"也被剥夺了。

　　但是，鲁迅一直坚持自己韧性的战斗。正如他与李霁野的谈话中提到的，"报纸没有一家没有背景，我们可以不问，因为我们自己绝办不了报纸，只能利用它的版面，发表我们的意见和思想。不受到限制、干涉，就可以办下去；没有自由，再放弃这块园地。总之，应当利用一切

---

① 张孟闻：《鲁迅先生的告诫》，载《鲁迅诞辰百年纪念集》，湖南人民出版社1981年版。

② 《鲁迅全集》第4卷，第304页。

③ 《鲁迅全集》第12卷，第266页。

④ 《鲁迅全集》第5卷，第5页。

机会，打破包围着我们的黑暗和沉默"①。

于是，从1934年下半年起，鲁迅运用"散兵战"战法，向近30种报刊投稿。从1934—1935年，鲁迅的战绩是空前辉煌的。他将这两年新写的杂文编成三本杂文集：《花边文学》、《且介亭杂文》、《且介亭杂文二集》。当他主编或经常联系的某一个刊物受到敌人的禁锢办不下去时，他就改换一个名称，再办下去。《萌芽》从第6期起改名《新地》，《前哨》从第2期起改名《文学导报》，《拓荒者》后来改名《海燕》。当一些"违禁"的稿件，在一个报刊上被扣发时，他就转移到另一个报刊发表。当一些文章在国内估计难以通过时，就先送到国外报刊或国内外文报刊上发表，然后再回译过来。

1935年年末的最后一天，鲁迅编完《且介亭杂文二集》，已是元旦伊始。在这辞旧迎新之际，他在"后记"中给自己算了一笔文账："我从在《新青年》上《随感录》起，到写这集子里的最末一篇止，共历十八年，单是杂感，约有八十万字。后九年中的所写，比前九年多两倍；而这后九年中，近三年所写的字数，等于前六年。"② 这就是鲁迅在文网密布的30年代运用"散兵战"、"钻网法"越战越强的明证。

三是立此存照，"卷土重来"，恢复被删削文章的原貌。在一个失去自由言论的环境里，鲁迅特别注重史料的保存，亦即"实录记忆"的保存，他说是"立此存照"，或说是禹鼎所浇铸的鬼魅，使罪恶的形相不至于轻易地自行销匿。他常常感叹中国人的健忘，对于"集体记忆"，不是国家有意识的使之遗忘，就是社会无意识的遗忘。遗忘，让人不能正视现实，不能回顾历史。因此，与这强大的遗忘倾向作斗争，恢复被批评者的形成为他努力的目标。

在1931年2月2日致韦素园的信中，他说："中国的做人虽然很难，我的敌人（鬼鬼祟祟的）也太多，但我若存在一日，终当为文艺尽力，试看新的文艺和在压制者保护之下的狗屁文艺，谁先成为烟埃。"③

1934年2月，国民党当局一次就查禁了149种文艺图书，鲁迅在与

---

① 赵家璧等:《编辑生涯忆鲁迅》，河北教育出版社2000年版，第145页。

② 《鲁迅全集》第6卷，第466页。

③ 《鲁迅全集》第12卷，第254页。

亲友的书信中都有所反映，不仅如此，他还把这次禁书目录附于《且介亭杂文二集》后记中，立此存照，予以曝光。为了对抗当局的查禁图书，鲁迅或自费印书，如以"三闲书屋"的名义出版《毁灭》、《铁流》、《士敏土之图》，以"诸夏怀霜社"的名义出版瞿秋白文集《海上述林》；或资助野草书屋、联华书局印书，还支持叶紫、萧军等以"奴隶社"的名义出版"奴隶丛书"。彼虽禁遏，但我偏要印行，赌气而已。这就是鲁迅的态度。专制的铁掌总算留下了漏光的缝隙。

在1934年年底鲁迅致刘炜明的信中，他感慨地说："中国的事情，说起来真是一言难尽。从明年起，我想不再在期刊投稿了。上半年曾在《自由谈》（《申报》）上作文，后来编辑换掉了，便不再投稿；改寄《动向》（《中华日报》），而这副刊明年一月一日起就停刊。大约凡是主张改革的文章，现在几乎不能发表，甚至于还带累刊物。所以在日报上，我已经没有发表的地方。至于期刊，我给写稿的是《文学》，《太白》，《读书生活》，《漫画生活》等，有时用真名，有时用公汗，但这些刊物，就是常受压迫的刊物，能出到几期，很说不定的。出版的那几本，也大抵被删削得不成样子。"虽然形势已经"黑暗之极，无理可说"，但鲁迅坚定地说，"我是还要反抗的。从明年起，我想用点功，索性来做整本的书，压迫禁止，当然仍不能免，但总可以不给他们删削了"①。

国民党中央图书杂志审查委员会在上海成立后，任务"就是不断的禁，删，禁，删，第三个禁，删"②。有的禁、删是出于政治忌讳，例如删去"主子是外国人"、"炸弹"、"巷战"之类，有的则禁删得莫名其妙。鲁迅对此进行了针锋相对的斗争，有些文章发表时被删节，但结集出版时"卷土重来"，一概恢复原文原貌。1934年3月10日出版的《准风月谈》的编法和先前的不同，"是将刊登时被删改的文字大概补了上去了，而且旁加黑点，以清眉目"，"以存中国文网史上极有价值的故实"③。后面的《花边文学》、《且介亭杂文》、《且介亭杂文二集》编法和《准风月谈》都大致相同，即将被检查时删改了的文字都补了

---

① 《鲁迅全集》第13卷，第324—325页。
② 《鲁迅全集》第6卷，第476—477页。
③ 《鲁迅全集》第5卷，第200页。

上去，加上黑点；被检查官打上红杠子的部分打上黑杠子，以清眉目；整节或全篇被抽掉的，也完全补了上去。这也一如他在别的场合里说的，一以作黑暗和挣扎的纪念，二是特意给留下这些党老爷的"蹄痕"。

在与唐弢的谈话中，鲁迅说："要是书店愿意的话，我看倒可以连同批语一起印出去。过去有钦定书，现在来它一个官批集，也给后代看一看，我们曾经活在一个什么样的世界里。这是官批本。你就另外去印你自己的别集。快了！一个政权到了对外屈服，对内束手，只知道杀人、放火、禁书、掳钱的时候，离末日也就不远了。他们分明的感到：天下已经没有自己的份，现在是在毁别人的，烧别人的，杀别人的，抢别人的。越凶，越暴露了他们的卑怯和失败的心理！"① 1933 年 6 月 25 日，杨杏佛被暗杀后不久，鲁迅在致山本初枝信中仍坚定地表示，"只要我还活着，就要拿起笔，去回敬他们的手枪"②，表达了他无所畏惧的革命精神。

其实，正如马克思所指出的，对新闻出版的真正检查是平等的相互批评，引导出版物和批评者发现真理，辨别自己的错误。检查制度却堵塞了这一途径。书报本身负有批评政府的责任，而检查制强行要求赞扬当权者而禁止任何实质性的批评，以致把批评变成政府垄断的权力，只想批评人民而不想受到批评。任何形式的书报检查制，都似乎把一切权力集中在当权者手中，垄断是非判断，完全剥夺媒介的权利。

在这种情况下，书报检查已经失掉理性，它并没有消灭业已存在的思想上的斗争，而只是片面地剥夺了报刊监督政府的权利，而同时，也产生了令统治者意想不到的结果：一切检查制所不能容忍的作品都对读者有特殊的吸引力。这就是禁书的魅力。鲁迅就说："为了文字狱，使士子不敢治史，尤不敢言近代事，但一面却也使昧于掌故，乾隆朝所竭力'销毁'的书，虽遗老也不复明白，不到一百三十年，又从新奉为宝典了。这莫非也是'剥极必复'么？恐怕是遗老们的乾隆皇帝所不及料的罢。"③ 鲁迅酷爱藏书，他谈到禁书在市场上的热销，"清代禁

---

① 唐弢：《琐忆》，载 1961 年 9 月号《人民文学》。
② 《鲁迅全集》第 14 卷，第 247 页。
③ 《鲁迅全集》第 6 卷，第 59 页。

书，市价之高，决非穷读书人所敢窥觎"①，"民元革命后就是宝贝，即使并无足观的著作，也常要百余元至数十元。我向来也走走旧书坊，但对于这类宝书，却从不敢作非分之想"②。

马克思对此类现象也曾分析说："一切秘密都具有诱惑力……书报检查制度使每一篇被禁作品，无论好坏，都成了不同寻常的作品，而新闻出版自由却使一切作品失去了这种特殊的外表。"③ 书报检查的最终结果，导致检查制度本身陷入这种狼狈的境地，这大概是掌权者所不想看到的吧。

---

① 《鲁迅全集》第6卷，第60页。
② 同上书，第55页。
③ 《马克思恩格斯全集》第1卷，人民出版社1995年版，第172页。

第五篇　对电影、广告的效用分析

　　夏衍在 1936 年这样写道："时人论中国电影，常常从一九三二年开始……田汉、洪深，很早的关心电影艺术而且实际的和电影制作发生了关系，这是一般人周知的事实，但是另外一个'作为宣传煽动手段的电影'的关心者——鲁迅，就很少有人知道。"①

　　诚如夏衍所言，许多人对鲁迅在促进中国电影方面的贡献所知甚少，无论是在当时还是在现在，研究者对此方面的关注远远低于对鲁迅小说、散文、杂文的关注。与鲁迅大量的新闻批评相比，他有关电影的文字并不算多，仅在十几篇杂文和二十多封书信和日记中零散地谈到过电影。但他热爱电影，关注电影。是他，于 1929 年在中国首次传播了列宁关于电影的重要论述。② 在 1930 年年初，他翻译了《现代电影与有产阶级》并撰写长达千余言的《译者附记》，对我国早期进步电影事业发展产生了重大影响，为即将开展的新文化电影批评提供了有力的思想武器。在这前后他撰写的《略论中国人的脸》、《上海文艺之一瞥》、《"连环图画"辩护》、《电影的教训》、《未来的光荣》、《"小童挡驾"》等文以及一系列书信、日记，对于 20 世纪二三十年代在我国放映的中外影片及电影界的某些现象，都发表了自己独到的见解。

---

　　① 刘思平、邢祖文：《鲁迅与电影（资料汇编）》，中国电影出版社 1981 年版，第 174 页。

　　② 据李道新的《中国电影批评史》的说法，1932 年 6 月，王尘无第一次在中国介绍了列宁的这一观点，似可商榷。参见《中国电影批评史》，北京大学出版社 2007 年版，第 61 页。

第一章　电影传播的幻象

虽然鲁迅自谦"电影我是不懂得其中的奥妙的"①，虽然鲁迅没有给人们留下一部系统的电影艺术论著，但如果我们因此而忽视鲁迅的电影批评，那将是一个很大的损失。这些文字同样显现着鲁迅的深刻，包含着鲁迅独特的、对我们极具启示性的电影批评眼光。

第一节　鲁迅与影戏：疏离与同路

虽然鲁迅晚年非常热爱电影，而且是电影使他的人生发生了重大转向。但我们也应该注意到：鲁迅接触电影的时间，并不算早。而且，在他人生道路的十字路口，他最终选择的是文学而不是电影。

根据现在所能看到的史料记载，中国人第一次看到电影，是在1896年8月11日晚上海徐园"又一村"的游艺活动上。② 时年鲁迅16岁，正处在父亲病逝给家庭带来的巨大变故之中。近10年后，第一部中国自己的电影《定军山》也于1905年在北京的丰泰照相馆诞生。此时，25岁的鲁迅，已在日本仙台医学专门学校学习，开始接触到电影。鲁迅回忆说，当时教授微生物学的方法，"是用了电影，来显示微生物的形状的，因此有时讲义的一段落已完，而时间还没有到，教师便映些风景或时事的画片给学生看"③。其时，日本还没有开始拍摄有故事情节的影片。

1906年1月，鲁迅开始学习细菌学课程。在课间的"日俄战争教

---

① 《鲁迅全集》第12卷，第247页。
② 陆弘石在《中国电影史1905—1949》中认为是8月11日。
③ 《鲁迅全集》第1卷，第438页。

育幻灯会"中，看到日本兵杀害中国人而中国人麻木地充当看客的镜头，深受刺激，决心弃医从文，以文艺来改造国民的精神。① 可以说，是电影使 26 岁的鲁迅在人生道路上发生了重大转向。这点，他在《呐喊·自序》中有过详细叙述。

有学者因此认为，鲁迅弃医从文的行为，证明他从最初就没有把电影看做消闲娱乐的东西，就理解了电影是一种艺术，是"改变精神"的工具。② 笔者认为，这种看法并不客观。只能说，当时的鲁迅借电影了解到了文艺的重要性，隐约地意识到电影可以作为"改变精神"的工具。但是他对电影社会功用的真正而深入的认识是在上海定居后。因为在幻灯片事件后 10 年的时间里，鲁迅对电影这一新媒介接触"一定不怎么多"③。在改造国民精神的道路上，他选择了文学这一艺术形态而不是电影。鲁迅为何选择文学，其中包括报纸和小说等纸质媒体作为他启蒙事业的工具，而没有选择电影这样的视觉新媒介呢？

这是一个非常有意思值得深入研究的问题。有关这点，周蕾在《视觉性、现代性与原始的激情》中也发现了这一问题。④ 她从鲁迅如何在观看了一部日本人斩杀中国间谍的新闻影片后弃医从文这一众所周知的故事中，发现了第三世界中一种新话语（即"技术化的视觉性"）的开端。她认为鲁迅故事中自相矛盾的地方是，鲁迅一方面充分意识到新的视觉性的直接而残忍的力量；另一方面却又依赖中国"古老的、以文字为中心的文化"去完成他的启蒙事业。周蕾从后殖民话语的角度出发进一步宣称，现代中国的知识分子基本上压抑了这种视觉性，使其长期边缘化。但是，"电影的出现仍表明了语言文字遭受历史性错位的时刻"⑤。

这样的分析有一定的道理，对鲁迅为何最终选择了文学而不是电

---

① 关于此处鲁迅观看的是影片还是幻灯片或者教学片，有不同说法。时间上，也有人认为是 1905 年。此处采用的是 2005 年版《鲁迅全集》的说法，参见《鲁迅全集》第 18 卷第 7 页。

② 陈明远：《何以为生：文化名人的经济生活》，新华出版社 2007 年版，第 65 页。

③ 许广平：《鲁迅的写作和生活》，上海文化出版社 2006 年版，第 169 页。

④ 周蕾：《视觉性、现代性与原始的激情》，罗岗主编《视觉文化读本》，广西师范大学出版社 2003 年版。

⑤ Rey Chow, Primitive Passions：Visuality, Sexuality, Ethnography, and Contemporary Chinese Cinema. （New York：Columbia University Press, 1995）. pp. 10—18.

影，而且自始至终都没有把电影放到自己的批评重心上来，的确是个值得深入研究的话题。但对周蕾的观点，笔者也认为稍失之偏颇。因为，鲁迅对电影这种崭新的视觉媒介的认识有一个渐进的过程。1906 年，中国电影才刚刚起步，早期电影的不成熟、娱乐化和商业气息，让他与电影保持了距离。相对文字，电影所蕴含的现代意识更强烈，但所需要的技术性和资金、场地等限制因素也更难控制与掌握，让当时的鲁迅选择电影也的确并非易事。后期鲁迅对电影的社会功用有了更深刻的认识，但已经以笔报国的实践惯性也很难改变了。

根据鲁迅夫人许广平的回忆，鲁迅早期接触电影少，一是因为他本身对电影不太感兴趣，"往往会含着迷惘不解的疑问说出一句：'为什么这样欢喜去看电影呢？'"有时也会跟友人戏谈说，看电影是小姐们的事情。二是因为经济窘迫，"那时的学校和教育部都是欠薪，他一直负债，到将离开北京的时候"①。据日记记载，这中间只有 1916 年和 1917 年陪同三弟周建人和朋友看过四次电影。②

鲁迅与电影疏离的这种情况，到了 1924 年有了根本性的转变。这年，他在北京女子高等师范学校讲授《中国小说史》时，被许广平等学生们拉着到影院去看电影。这一年，鲁迅 44 岁。在日记里，是这样记载的：1924 年 4 月 12 日："往平安电影公司看《萨罗美》。"这是根据英国作家奥斯卡·王尔德小说改编的电影，即《莎乐美》，由美国联艺电影公司 1922 年出品。19 日："晴，晨往女师校讲。午后往开明戏园观非洲探险影片。"③ 这天看的是什么片子呢？查阅北京《晨报》1924 年 4 月 20 日广告可知："开明影院—非洲百兽大会—演期三天—空前未有—猛兽生活—非洲实景—以血肉枪炮摄影机器之代价换来—费资百五十万圆—费时二年有半……"这是美国大都会影片公司 1923 年出品的纪录片《非洲百兽大会》。

可以说，从那时起，鲁迅才开始越来越多地接触电影，把电影当作了主要的娱乐方式。鲁迅博物馆收藏的鲁迅藏期刊中，就有 1924 年 12 月 14 日至 1925 年 1 月 18 日第 1—6 期的《电影周刊》，这也可以说是

---

① 许广平：《鲁迅的写作和生活》，上海文化出版社 2006 年版，第 169—170 页。
② 根据刘思平等《鲁迅与电影》（资料汇编）统计。
③ 《鲁迅全集》第 15 卷，第 508 页。

鲁迅逐渐开始关注电影的一个佐证。

关于鲁迅在京期间，何时接触电影的叙述，有些论著和文章并没有认真考证日记，而是以讹传讹。如陈明远的《何以为生：文化名人的经济背景》一书中，"据我查阅《鲁迅日记（1912—1936）》的史料，得知北京'开明影院'是鲁迅43岁时首次观看电影故事片的场所……鲁迅第二次看电影是在1924年11月30日的真光剧场……鲁迅中年时代在北京，仅仅看了这两场电影"①。这一判断的错误性是非常显而易见的，且不提1916年和1917年鲁迅看电影的记录，仅就本书前面所引的鲁迅日记，在《鲁迅全集》第15卷第508页中，很明显的有两次看电影的记录，所看影片也一清二楚，如果认真查阅过日记，怎么会犯这样的错误呢？其实，这也不是此书首犯的错误，在早前关于鲁迅与电影的一些论文中，如《鲁迅与电影》（娄国忠）等中就已经有这样不认真的论断了。

而对于许广平认为鲁迅在京时期对电影本身不感兴趣的分析，笔者认为，倒也不完全尽然。否则，鲁迅到上海后，突然热衷于观影就显得非常的突兀。虽然由于各种原因，鲁迅在他人生中的前44年中接触电影不多，但是，不能忽视的是，他对电影兴起之前的影戏，却是充满了兴趣，并且对剧本创作也颇为关注。

鲁迅对家乡绍兴的目连戏，十分喜爱，在多篇文章里谈到过目连戏，提到自己年少时期盼看戏的情景。十余岁的鲁迅，还在目连戏中客串过"义勇鬼"。鲁迅在日本留学期间，每逢夏天日本鬼节时，也曾花费八分钱去站着看日本的古装戏"歌舞伎"，还看过春柳社李息霜（即李叔同）等主演的文明戏《黑奴吁天录》和新剧《风流线》。而且，他也热情关注着戏剧创作：1908年鲁迅的第一篇文艺论文《摩罗诗力说》中，就介绍了拜伦、雪莱的诗剧和易卜生的剧作，是我国近代现代戏剧史上，最早介绍他们戏剧创作的文章。同年的《文化偏至论》一文中，也多次论及易卜生的剧作和思想。

1912年，鲁迅在教育部任职后，任社会教育司第一科科长，主管文艺、音乐、演（戏）剧等事项。据日记记载，鲁迅在5月5日跟教育部到达北京后，过了不过1个月零5天，就"与齐君宗颐赴天津"去广

---

① 陈明远:《何以为生：文化名人的经济背景》，新华出版社2007年版，第65页。

和楼考察新剧。新剧，即早期现代话剧，又称"文明戏"。对于在天津看的这一出根据当年江北水灾事情创作的新剧《江北水灾记》，鲁迅的评价是"勇可嘉而识与技均不足"[①]，可谓简明扼要。1919 年，他翻译了日本武者小路实笃的四幕话剧《一个青年的梦》，在北京《国民公报》和《新青年》上连载。同年十月，翻译了俄国阿尔志跋绥夫（今译）的《工人绥惠略夫》。1922 年 5 月，翻译了俄国盲诗人爱罗先珂的童话剧《桃色的云》。在 1921 年左右，他还打算写剧本《杨贵妃》，曾多次跟孙伏园谈起过剧本的构思。

与鲁迅交往甚密的许钦文回忆说，1923 年前后"《晨报》总编辑蒲伯英是议员，编过新剧本，办了个戏剧专门学校，由陈大悲主持教务。校址在丞相胡同、南半截胡同南头的那边。我到晨报馆去看孙伏园，常常碰见陈大悲。当时北京很少人赞成新戏，有些学生是脱离了家庭才进这个学校的。鲁迅先生支持这个学校……鲁迅先生在《呐喊·社戏》上说：'我在倒数上去的二十年中，只看过两回中国戏'，'然而都没有看出什么来就走了'。那是指旧戏……后来，一九二四年夏，鲁迅先生去西安讲学，几次到易俗社去看新剧，还捐给易俗社不少的钱。鲁迅先生这样重视新戏，显然不是为着个人的娱乐。他是社会教育司的科长，无论为着忠于职责，为着他一贯革命的精神，都是要利用戏剧这个艺术武器来宣传新思想的"[②]。许钦文的这些回忆，证实了鲁迅对影戏的重视与关注。

对影戏、剧本创作充满了兴趣和热情的鲁迅，会对电影不感兴趣？这似乎有些矛盾，让人费解。笔者认为，当时鲁迅在北京时期接触电影不多，许广平所说的两点原因中，有一部分是正确的：经济上的窘迫的确使鲁迅在一些开支上比较拮据。

鲁迅在北京时候的经济情况，外表上看，好像还不错，其实不然。他在教育部当佥事，1916 年后薪俸有三百银洋一月。但 20 年代后时常欠薪。[③] 当时北洋政府欠薪，打折扣，是普遍的现象，尤其是像教育部这样的清冷衙门。他还在几所学校兼职任教，学校里的薪水也是如此，

---

① 《鲁迅全集》第 15 卷，第 5 页。

② 孙伏园等：《鲁迅先生二三事》，河北教育出版社 2000 年版，第 92 页。

③ 陈明远的《何以为生：文化名人的经济背景》及其相关文章中，有关于鲁迅薪俸、收支的统计，可参照互阅。

时常拖欠。他研究中国旧文学，要下考证工夫，可是没有钱买古书，尤其是珍本之类，他的《中国小说史略》及《古小说钩沉》等著作的材料，都是他废寝忘食在北京各图书馆搜罗得来的。他不但自己买不起珍本，有一次甚至为了要吃饭，把他原有的一本明抄本《立斋闲录》、一部明刻的《宫闱秘典》也拿去向一个藏书家卖钱果腹，后来因为那藏书家出价太苛刻了，才没有卖成。鲁迅卖了绍兴祖屋在京置了八道湾房产后，与周作人一家合住，但因其消耗甚巨，鲁迅以其全部收入提供家用，常仍感不敷开支。1923 年后兄弟失和，鲁迅遂向许寿裳、齐寿山各借了四百元，购买了阜成门内西三条二十一号的房子，在这里和母亲同住到一九二六年离开北京。所负的八百元债务，一直到厦门大学教书时还拖欠着，可以说他在北京这几年，一直没有脱离债务的负担。

而根据民国五年（1916 年）九月出版的《北京指南》卷五所载"电光影戏"一条，民国初年北京电影院情况如下——

"电光影戏，京中称为'电影'，初自泰西流入中国南方各埠，继自上海天津等处，流行入京。惟专设常演之处，亦无多多。于戏园中加演之余，则东安、西安市场中间或有专演者。看资则贵贱不等。大抵专门常演之处，则取资贵，优等须八角，头等四角，二等二角半，起码铜元十二个。其稍便宜者，则以铜元为标码，头等二十四枚，二等二十枚，三等十二枚。"而 1916 年的银洋 1 圆差不多折合如今的人民币 50 多元，可以买 30 斤左右的大米。[①] 所以，以鲁迅负债欠薪的经济状况，看电影的确不易。

但除此之外，还有非常重要的一点，许广平并没有提及：当时鲁迅压抑的心境使他无心去体验电影这种新的娱乐方式。鲁迅当时在教育部任职，受到上司的排挤和压制，而母亲给他娶的媳妇朱安，没有文化，话不投机，他们一直分居，家庭气氛是非常压抑的。1923 年，又与二弟周作人之间兄弟失和，对他打击很大。鲁迅时刻克制自己，对电影这样的新式娱乐活动自然不会多加注意，只是在三弟或朋友来京时才偶尔陪伴一同观影作为招待项目之一。

所以，笔者认为，许广平所说的原因，有一半是对的。其中另一半原因含糊其辞，可能跟她毕竟身在其中是当事人之一的处境有关系吧。

---

① 按照陈明远《何以为生：文化名人的经济背景》一书计算，参见第 225 页。

正所谓如鱼饮水，冷暖自知。总结起来，鲁迅早期与电影疏离的原因大致有三：一是早期电影的不成熟，品位低，引不起他观影的兴趣；二是因为经济原因；三是当时压抑的心境使然。

应该说，鲁迅早年对影戏的热爱以及对剧本创作、戏剧理论的熟悉，对他后来的电影鉴赏奠定了坚实的基础。而与许广平的恋爱乃至结合让他的生活重新充满了生机，待到 1927 年在上海定居后，这个电影业发达的东方大都市给他提供了更多观影机会和评影氛围。

电影的繁荣与影院的兴建是 20 世纪新兴的都市文明象征。20 世纪初，戏曲和游乐场一直是上海滩最红火的娱乐业，而进入民国以后，短短几年，电影就迅速成为一个最受欢迎的娱乐新产业。自 1908 年西班牙商人雷玛斯在上海美租界建立起中国第一家正规影院——虹口大戏院以后，外国影片一时泛滥沪上。到 1933 年，全球影院最多的城市中，上海有 44 家影院，位于第 7，排在纽约（400 家）、伦敦（275 家）、洛杉矶（125 家）、底特律（75 家）、芝加哥（75 家）、旧金山（50 家）之后，巴黎之前（40 家）。这 40 多家现代化影院，如"ISIS（上海大戏院）"、"卡尔登"、"大光明"、"国泰"、"大上海"等都具有世界第一流的放映设施，所映影片从国产影片到好莱坞、苏联、德、法等国电影一应俱全。

而版税收入、稿费和出任由蔡元培举荐的"大学院"特约撰述员一职所获的薪水，[①] 已大大超过他在北京时期的收入，经济上的稍微宽裕足以让他实现自己看电影这个爱好。[②] 从 1927 年到 1936 年，根据日记考察，他生命中的最后 10 年中，共观看电影 142 场次。仅 1927 年就有 13 场次，1933 年 4 月迁居上海虹口施高塔路（今山阴路）大陆新村以后的 3 年时间内，看电影的次数就更为可观，达到 95 场次，几乎三周两场。他经常偕朋带友一起观看电影，每有新片，必一睹为快。一部电影有时会看上两遍，遇到不好的电影，他会中途退出又去看另一部电影，有时甚至一天看两部电影。经常跟鲁迅一同搭车去看电影的，有许

---

① 这项薪俸从 1927 年 12 月到 1931 年 12 月。

② 可参阅陈明远《何以为生：文化名人的经济背景》一书中有关鲁迅的章节。但笔者认为，说鲁迅后期生活很宽裕，其中的计算考虑到通货膨胀、币制转换等因素似有些误差。但限于本书并不着眼于此，恕不赘述。鲁迅挚友许寿裳谓鲁迅致死之由其一为"经济的窘迫"，诚更为可信，可参见许寿裳《亡友鲁迅印象记》一书。

广平、海婴和三弟周建人夫妇及其子女。此外还有鲁迅的好友，如
1928—1929 年柔石等；1934 年日本友人内山完造夫妇等；1935 年茅
盾、郑振铎、黎烈文、黄源等。1936 年春，萧军、萧红曾有三次（3 月
28 日、4 月 11 日和 13 日）随同鲁迅观影。

鲁迅所看的电影最初多是哑巴电影，也就是无声电影。1929 年 2
月 9 日上海的夏令配克大戏院首次公映美国影片《飞行将军》，这是中
国第一次正式公开放映有声电影。这之后鲁迅才看到有声电影。不过当
时有声电影水平还很低，声画配合得不很好，对话跟剧情说明书差不
多，又呆又长，缺乏艺术性。尽管如此，不论是哑巴电影还是有声电
影，一有新片放映，他是一定要去看的。直到他去世前 10 天，还去电
影院看了根据普希金的著名小说《杜勃罗夫斯基》改编的故事片《复
仇遇艳》。

鲁迅经常热切地介绍朋友们去看电影，《夏伯阳》、《复仇遇艳》、
《人猿泰山》或者非洲的怪兽这一类的影片都是他推介的对象。在内山
书店老板内山完造的回忆录中，也记着这样的谈话："老版泰山来了，①
去看看吧。听说非常有趣的呢。我同你大概是没有机会到非洲的山中去
的了。不去看一点电影之类吗？"②

鲁迅看影片的范围十分广泛，风光片、侦探片、历史片、击剑片、
滑稽片、儿童片、战争片、科幻片等通通来者不拒。甚至某些如关于林
肯一生之类的传记影片，他明白表示"我是不大要看的"③，但因为没
什么好电影，也还是去看了。鲁迅的侄女周晔也曾回忆说，鲁迅还常常
带她们一起去看电影，在鲁迅的日记中也提到了带周晔和海婴去看《米
老鼠》等迪斯尼制作的动画片的事。④

鲁迅晚年迷恋电影的程度，实在不下于他的书瘾和烟瘾。电影，已
成了鲁迅晚年主要的娱乐方式。他热衷于观影，并在杂文、日记、书信
中写下自己对电影的观感和评价。1935 年 1 月 4 日，他在看了渲染埃及
女王艳史的美国影片《克来阿派忒拉》（即《倾国倾城》）之后，就写

---

① 老版即老板，泰山指影片《人猿泰山》。
② 内山完造：《鲁迅先生》，1936 年 11 月号《译文》第 2 卷第 2 期。
③ 《鲁迅全集》第 11 卷，第 588 页。
④ 参见 1935 年 4 月 20 日等日记数篇。

信给山本初枝说："并非广告上说的那么好的电影。"① 1936 年 3 月 18 日，他在给欧阳山、草明的信中说："我的娱乐只有看电影，而可惜很少有好的。"② 这点，在许广平回忆有关鲁迅娱乐生活的文章中，可以得到证明，因为文章里主要谈的是鲁迅看电影的情况。

电影在丰富他晚年生活的同时，也成为他创作的灵感源泉。鲁迅的一些散文颇有电影镜头的意象，而电影中的人物也成为他笔下的过客。在《答徐懋庸并关于抗日统一战线问题》一文的最后一段，鲁迅写道："抓到一面旗帜，就自以为出人头地，摆出奴隶总管的架子，以鸣鞭为唯一的业绩——是无药可医，于中国也不但毫无用处，而且还有害处的。"③ 此后许多人再三引用"奴隶总管"这个典故，以表示对于"极左"威权的抗议和藐视。根据 1934 年 4 月 15 日的《鲁迅日记》所载："夜与广平往上海大戏院观《亡命者》。"④ 这一典故的出处正是来自美国影片《亡命者》。影片里那个"奴隶总管"的业绩只有"鸣鞭"。奴隶们偷偷休息一下，"奴隶总管"的鞭子就要打过来；但即使奴隶们不停地干活，"总管"的鞭子仍旧不放手；因为"总管"的职责是打人，不打人便是他没有业绩，所以不论奴隶们在不在工作，工作好或不好，"总管"就只有不停地挥舞着鞭子以示号令，即所谓"鸣鞭"来表示他的业绩。

鲁迅去世后不久，茅盾在《二三事》一文中写道："从'亡命者'电影内那个'奴隶总管'，鲁迅先生想到了文坛上的一些典型人物，——这里有所谓'理论家'、'批评家'，和所谓'指导者'。他们手里的鞭子就是'批评'，对于文艺工作者的工作不是说它'主题不正确，不够积极'，就是说它'世界观、人生观不够前进'，或者'尚欠缺前进的现实主义的创作方法'；……他们的'批评'就等于'亡命者'电影内那'奴隶总管'的鞭子，没头没脑落到了工作者身上，受者始终不知道做错在哪里。鸣鞭是他们的工作成绩，要表示他们在'努力工作'，便没头没脑给你一鞭，倘有被吓呆了不敢动笔了呢，他们的鞭子就又响了，振振有词说你不努力。用'奴隶总管'来形容这些

---

① 《鲁迅全集》第 14 卷，第 336 页。
② 同上书，第 48 页。
③ 《鲁迅全集》第 6 卷，第 558 页。
④ 《鲁迅全集》第 16 卷，第 444 页。

'指导家们',正是再恰当也没有。鲁迅先生指了出来,沉痛地说他们再不觉悟, '是无药可医,于中国也不但毫无用处,而且还有害处的'。"①

在鲁迅晚年的通信中,他经常感叹自己每天要因生计而像做苦工一样,很不快活,日子不好过,整日这样拼命,连玩一下的工夫也没有,想到这里,真有些灰心。因此,这些电影镜头给鲁迅留下了深刻的印象,引起了内心的共鸣,在文章和通信中多次使用"奴隶总管"和"鸣鞭"的比喻,成为著名的典故。

在鲁迅最后的日子里,电影给他带来了"大的欢喜"。在他逝世前十天,看了苏联电影《复仇遇艳》后,情不自禁地给两位朋友写信,极力称赞,推荐他们快去一看。据胡风回忆,"在先生底最后的时间,是这样没有欢喜的环境,是这样带着鲜血的苦斗。然而,幸而有一次,也许仅有这一次罢,先生感受到了大的喜欢,那是看了由普式庚(笔者注,即普希金)底小说做成的影片《杜勃洛夫斯基》(《复仇遇艳》)。好像那以后的几天中间,先生逢人便要赞惜一番。后来听见夫人景宋女士说,看了那以后的先生是高兴得好像吃到了称心的糖果的小孩子一样。"而且,鲁迅还热情地跟胡风探讨起剧情的设计。胡风说:"杜勃洛夫斯基和却派也夫(夏伯阳)所说的人生虽然不同,但在影片制作手法上有一点却很相像,在结尾处,却派也夫用的是复仇的几炮,杜勃洛夫斯基用的是复仇的一枪……先生马上接了下去——'是呀,我当初不晓得为什么那样地觉得满意,后来想了一想,发现了那最后的一枪大有关系。如果没有那一枪,恐怕要不舒服的,可见恶有恶报的办法有时候也非用不可……'于是先生笑了,笑得那么天真,只有在他底笑颜上面才能够感到的,抖却了所有的顾虑,升华着全部的智慧,好像是在苍劲的古松上绽开了明艳的花朵。"②

许广平也把这次看电影称之为"是永不能忘怀的一次,也是他最大慰藉,最深喜爱,最足纪念的临死前的快意了"③。由此足见电影对鲁迅的影响之大。而他最后病重期间所写的一系列《立此存照》里,其

---

① 茅盾:《二三事》,载《工作与学习丛刊》第一辑,1937年3月10日。
② 子通主编:《鲁迅评说八十年》,中国华侨出版社2005年版,第41—42页。
③ 许广平:《鲁迅的写作和生活》,上海文化出版社2006年版,第172页。

中一篇是关于电影批评的。

第二节 电影:娱乐与宣传的双面镜

新闻媒介的社会教育作用是显而易见的,而电影自传入中国以来则更多地是被看做一种娱乐品,强调它的娱乐功能。在 1932 年左翼作家进入电影界之前,电影被当做一种投机赚钱的事业呈现着畸形的商业性繁荣,甚至五四新文化运动对它也影响不大。这使人们,包括大多数左翼文艺家,并没有像当时重视文学等的社会意义那样关注电影。当时新文化界许多人也都认为电影纯粹只是一种商品而不是艺术。20 年代洪深由戏剧而尝试电影,即有人劝他"不要自堕人格",还有人挖苦他是"拿他的艺术卖淫了"[①]。鲁迅时常看电影,也被讥为"鲁迅真阔气","甚至死后看到他的日记,时常写出看电影,也失望了,以为鲁迅的生活应该更苦些才是"[②]。因为在 30 年代物价较为稳定的时期,一部美国影片在首轮影院的票价最高可达银洋 1 圆以上,折合如今的人民币 30 元左右,一般民众无力问津。这些责怪虽然毫无道理,但也可见当时大众对电影的普遍认识。

我们在探讨鲁迅与电影的关系时,首先将论及其中的娱乐意识。这并不是因为它比鲁迅电影眼光中的艺术意识、社会意识更为深刻,而是因为在鲁迅与电影的实际关系中,娱乐是一条最基本的纽带,是娱乐使鲁迅与电影发生了密切的联系,成为他生活中一个重要内容。

从 1924 年起,鲁迅越来越多地去看电影,主要是为了娱乐。这跟他对报刊这些新闻媒介的态度截然不同。这当然与电影媒介影像化、娱乐化的特性不无关联。在他看来,这是一种工作之余的轻松和精神调节,是为了"苏息一下,苏息之后,加倍工作的补偿"。有时,工作到晚间,在比较放得下手的时候,他会突然叫上一辆车子和许广平一起去看电影。虽然在生活、工作中他非常简朴,但看电影则"每次的座位都是最高价的","他的意思是:看电影是要高高兴兴,不是去寻不痛快的"。许广平曾说:"如果作为挥霍和浪费的话,鲁迅先生一生最奢华

---

① 程季华:《中国电影发展史》第 1 卷,中国电影出版社 1980 年版,第 72 页。
② 许广平:《鲁迅的写作和生活》,上海文化出版社 2006 年版,第 170—171 页。

的生活怕是坐汽车，看电影。"①

把电影当做娱乐，这并不奇怪，也不损害鲁迅作为文学巨匠的风采。世界电影开启于卢米埃尔兄弟的纪实短片，而中国电影开启于国粹京剧。这在某种程度上显示着中国电影娱乐化、商业化的起源。中国电影诞生伊始，便成了本地商业文化的承载和延续，传统的娱乐趣味因此找到了最新、最时髦的表达方法。鲁迅对电影的社会性质是有一定的认识的，但由于当时电影缺乏积极社会意义的商业性倾向，也确实对他把看电影当做一种娱乐活动有一定影响。

文学和电影都是艺术，都具有社会的、审美的和娱乐的意味。鲁迅选择文学作为他的工作，对文学有深刻的体验与认识。对于电影，他也有同样的社会认识和艺术体验。虽然鲁迅把看电影作为一种娱乐，但把看电影作为一种娱乐活动和把电影作为一种纯粹的商业性娱乐品是两个概念，鲁迅没有把电影看做一种单纯的娱乐品，他对文学的深刻的社会认识同样投射在电影上。文学源于生活，是一定社会生活的反映，应该在社会生活中产生重大社会影响。电影，也应帮助人们认识生活。他并不认为电影就是单纯的博人一笑，而认为电影这种新媒介能够扩大眼界，增加知识，以补足自己生活经验的不足。

在 1936 年 4 月 15 日致颜黎民的信中，他说："我不知道你们看不看电影；我是看的……是看关于菲洲和南北极之类的片子，因为我想自己将来未必到菲洲或南北极去，只好在影片上得到一点见识了"②，以便借此知道各处的人情风俗和物产。鲁迅的这种观点与当时电影创作、电影鉴赏领域某些人一味排斥社会目的、单纯追求消遣玩乐的观点，表现出泾渭分明的不同思想倾向。《鲁迅日记》所载的，在鲁迅最后十年间所看过的 150 多场电影、已知片名的 90 多部影片中，多数都是就有关影片所反映的内容对观众能否有一定的认识意义，作为鉴赏抉择的着眼点之一。他先后看过《爱斯基摩》、《南美风月》、《北极探险记》、《南极探险记》、《洪荒历险记》、《兽王历险记》、《非洲猎怪》、《非洲小人国》、《非洲百兽大会》、美国探险家弗兰克·勃克亲自拍摄的纪录性探险片《龙潭虎穴》、探险家威廉逊拍摄的探险片《龙宫历险》，以

---

① 许广平：《鲁迅的写作和生活》，上海文化出版社 2006 年版，第 170—171 页。
② 《鲁迅全集》第 14 卷，第 77 页。"菲洲"，即非洲，有时鲁迅文中还用作"斐州"。

及美国福斯公司根据中国题材拍摄的《陈查礼探案》，等等。1934年9月下旬与次年2月下旬，鲁迅甚至饶有兴味地先后三次去观看美国影片《人猿泰山》的续集《泰山情侣》。

鲁迅之所以选择这些影片观赏，当然含有可使精神愉悦、获得审美享受的成分。因为影片所反映的探险经历与异地风光，既可使观者开拓视野，更多地了解各地风土人情，同时通过人兽间各种奇趣异闻与惊险剧情的观赏，可以赏心悦目。许广平也说：鲁迅对于"北极爱斯基摩的实生活映演，非洲内地情形的片子等等，是当作看风土记的心情去的，因为自己总不见得会到那些地方去。侦探片子如陈查礼的探案，也几乎每映必去，那是因为这一位主角的模拟中国人颇有酷肖之处，而材料的穿插也还不讨厌之故"。"历史的片子，可以和各国史实相印证，还可以看到那一时代活的社会相，也是喜欢去看的"，"战争片子或航海、航空演习片，也喜欢去看，原因觉得自己未必亲自参战，或难得机会去看实际的飞机、兵舰之类罢"①。

许广平在好几篇文章中都提到，鲁迅闲时看电影是旅居上海以来的、唯一的娱乐，不过她又在其他地方指出鲁迅看电影不是单纯为了消遣。她说："鲁迅对看电影不是单纯为了消遣，而是为了增加感性知识，这也是一种学习。看过电影，鲁迅有时候也利用电影的材料写东西。记得当时，他对非洲情况的影片很感兴趣，他很关心非洲人民在比利时、法国殖民者统治下的苦难生活，了解非洲的丰富的天然资源。他说：'非洲我们是不会去的了，能在电影中了解了解也是好的。'此外，鲁迅也很重视从实际中获得知识，如像参观展览会、研究有关动植物的书籍等，尽可能地去观察和了解。"②

电影，成为鲁迅了解外面世界的一个窗口。在国外引进的电影里，鲁迅最喜欢看的是反映自然风光和丛林草莽的野兽影片（相当于现在央视的《动物世界》），他看不惯那些"香艳色情"和"打斗格杀"的"巨片"，反而从那些野兽为自由而挣扎咆哮的镜头里，激发了更多的共鸣。

由此可见，鲁迅把看电影作为娱乐活动，是基于对电影娱乐性的一

---

① 许广平：《鲁迅的写作和生活》，上海文化出版社2006年版，第172页。
② 同上书，第16页。

种切实、具体的感受，这就是由电影面面复原现实的逼真性所带给观众的一种身临其境之感。他看电影"是多少带着到实地参观的情绪去的"①，吸引他的也是电影那种把人们带到陌生世界中的神奇感。他后来在了解了一些影片制作法后曾说："知道了看去好像千丈悬崖者，其实离地不过几尺，奇禽怪兽，无非是纸做的"，很失望，因此，"还自悔去看那一本书，甚至于恨到那作者不该写出制造法来了"②。鲁迅的这段话，自然还有其更深刻的社会意义，在于揭露人们安于自欺的社会心理。但就电影而言，却也道出他作为观众的个中滋味。从普通民众的精神需求论证娱乐电影的必要性，是人性化的体现。把电影作为正当娱乐，用于缓解现实社会造成的身心压力，补偿人们在现实生活中希望得到却无法实现的愿望，以求达到"陶冶性情，裨益身心"的功效，这种重视电影社会功能的观念是敏锐的，也是积极健康的。这可以看做是一种电影社会心理学的萌芽。因此，尽管对当时电影一再表示不满，但他还是十分喜爱电影。鲁迅对电影的娱乐性选择，切合着电影的娱乐功能，也显现出他电影批评中对电影娱乐意识的基本认识。

鲁迅电影批评中所涉及的电影的娱乐意识、艺术意识、社会意识分别指向电影作品的不同方面，但又是统一的。有时候，他对某一类影片会有两种看法。他曾多次对非洲探险片之类表示不满："侦探片子演厌了，爱情片子烂熟了，战争片子看腻了，滑稽片子无聊了，于是乎有《人猿泰山》，有《兽林怪人》，有《斐洲探险》等等，要野兽和野蛮登场。"③ 但也时常提到自己爱看"关于菲洲和南北极之类的片子"，这并不意味着鲁迅的电影批评标准是分裂、不统一的。对于后者，他是为了更多地了解不同的风土人情、增长见闻。而对于前者，则是批评这类影片的猎奇和刺激观众的创作态度。1933 年 12 月 28 日在致王志之的信中，他说："我们只要看电影上，已大用菲洲，北极，南美，南洋……之土人作为材料，则'小说家'之来看支那土人，做书卖钱，原无足怪。阔人恭迎，唯恐或后，则电影上亦有酋长飨宴等事迹也。"④ 喜欢其风土人情，批判其猎奇态度，是鲁迅对这类影片所作的不同角度的

---

① 许广平:《鲁迅的写作和生活》，上海文化出版社 2006 年版，第 172 页。
② 《鲁迅全集》第 5 卷，第 481 页。
③ 同上书，第 443 页。斐洲，即非洲。
④ 《鲁迅全集》第 12 卷，第 535 页。

观照。

　　鲁迅在电影艺术品格上对纪实美学风格的认同，这一点在以前较少受到研究者的关注。鲁迅生活的中后期，是世界纪录电影的前所未有的鼎盛时期，以弗拉哈迪展示北极爱斯基摩人生活风貌的《北方的纳努克》为代表的世界纪录电影思潮亦即写实主义电影思潮的肇兴和繁荣，与东方的以现实主义文学实践为宗旨的鲁迅在心灵深处生成共鸣也算是水到渠成的事情。

　　一些文章从鲁迅最初看幻灯片弃医从文这件事，得出鲁迅当时已认识到电影作为宣传鼓动工具的重要性的结论，这恐怕未必符合实际。尽管鲁迅在当时已经认识到善于改变国民精神的"当然要推文艺"[1]；但他对电影这一尚未发展成熟的艺术形式，却没有也不可能达到同等认识。从鲁迅的回忆中我们只能看到，他当时对于电影这种直观的影像性所表现出来的强大优势，即生动的形象性和广泛的群众性，有相当深切的感受。这使他在中国较早提出了通过电影传播科学知识的主张。这种主张曾遭到守旧者的"哄笑"。1909年，鲁迅从日本回国，在几所中学任教，后来又在教育部任职，这期间他曾多次提倡要利用电影和幻灯来进行教学。他说："用活动电影来教学生，一定比教员的讲义好……我深信不但生物学，就是历史地理，也可这样办。"然而，他的这一提议"还没有说完，就埋葬在一阵哄笑里了"[2]。他对电影这种特性的认识超越了艺术感染力，而把它作为一种传播媒介手段，提出了它的文化意义。这在当时使他遭到了一阵哄笑，但在今天，却已成为一种现实趋势。

　　可以说，鲁迅对电影的最初看法，是与他当时所处的社会条件和思想状态相吻合的。事实也正是这样，在弃医从文以后的十几年里，鲁迅不仅没有把电影作为宣传鼓动的工具，而且很少接触电影。这十几年里，鲁迅经历了中国历史上的两次重大变革：辛亥革命和"五四"运动。在汹涌的革命浪潮中，他手中的武器不是电影，而主要是文学。直到1924年，鲁迅才开始越来越多地接触电影。这与他当时与许广平相恋后开始复苏的心情有很大关系。而此时的中国电影，也迎来了默片时

----

[1] 《鲁迅全集》第1卷，第439页。
[2] 《鲁迅全集》第4卷，第457页。

代的黄金岁月，影院、电影教育、电影出版物等都在逐渐兴盛。随着电影在中国影响的扩大，国人开始对电影进行理性思考并形诸于文字。1921年，中国有了最早的电影杂志《影戏丛报》、《影戏杂志》等，理论性的影评文章开始进入国人的视野。到了1924年，随着《影戏学》的出版和昌明电影函授学校的创办，中国电影的理论研究已初具规模。鲁迅也逐渐接触到有关电影理论、制作的文章、书籍。

在对电影有了更多了解之后，鲁迅对电影的看法开始发生了变化。电影对他来说，不仅仅成为一种娱乐的方式，而且也成为他写作的素材，批评的对象。他从电影中，看到了宣传的力量和侵略的存在。随着观影次数的增多，鲁迅对电影这种艺术形式有了新的认识，这种认识与他对文学的认识逐渐趋于同步。最能表明这种变化的，是鲁迅本人对电影的直接评论、译介和关注的日渐增多。

1929年，鲁迅翻译了卢那卡尔斯基的《艺术论》和《文艺与批评》两部文艺论著，里面提供了关于苏联电影的信息。在《文艺与批评》中，鲁迅"硬译"了列宁那段关于电影的名言："一切我国的艺术之中，为了俄罗斯，最为重要的，是电影。"[1] 在中国，是鲁迅首次传播了列宁这一有关电影的重要论述。[2] 1930年，在左翼作家进入电影界，使中国电影发生根本性改变之前，鲁迅翻译了日本电影评论家岩崎昶的《现代电影与有产阶级》，并为这篇译文写了几千字的《译者附记》，结合当时中国的电影状况做了精辟的分析，表现了对电影的一种严肃的社会性和艺术性的观照。这些文艺观念及其对电影的分析，在中国电影史上都还是较早的理论介绍，为即将展开的中国电影文化运动和新文化电影批评，提供了非常有力的思想武器。

鲁迅看电影虽然是一种娱乐活动，但并不只是一种外行看热闹式的娱乐。他看过关于电影制作法的书，其电影批评中包含着可贵的艺术意识。鲁迅译介岩崎昶的电影理论时，中国电影与中国革命运动正处在从相互脱离走向结合的重要转折关头，世界共产主义思潮和革命文艺运动也正相应蓬勃发展。鲁迅所译介的日本电影评论家岩崎昶，是日本左翼

---

① 鲁迅:《鲁迅全集》第7卷，新疆人民出版社1995年版，第87页。
② 据李道新的《中国电影批评史》的说法，1932年6月，王尘无第一次在中国介绍了列宁的这一观点，似可商榷。参见《中国电影批评史》，北京大学出版社2007年版，第61页。

电影理论家、日本电影理论奠基人。鲁迅之所以翻译他的文章，也是因为与他在电影艺术主张上有共通之处。岩崎昶，1927 年东京帝国大学德国文学系毕业，从事电影评论。1929 年 2 月参与创立日本无产阶级电影同盟。以自己著作的版税购买 16 毫米电影摄影机，用三个月的时间拍摄了纪录片《柏油马路》，他用偷拍等纪实手段，把东京普通百姓的生活真实记录下来。1930 年制作了《第 11 次五一国际劳动节》。摄制组分成六个小组冒着被警察逮捕的风险拍摄了集会实况。战后，任日本电影社制作部长，主持《日本新闻》的拍摄。纪录片《日本的悲剧》，就是他这一时期完成的纪录片代表作之一。1950 年创立新星电影社，制作了《原子弹下的日本》，为日本独立制片运动做出了贡献。为促进日本电影的理论建设，岩崎昶还潜心著述，主要著作有：《电影与资本主义》、《电影的理论》、《现代电影艺术》、《日本电影史》、《现代电影》、《被占领的银幕》等。

　　与中国相似的是，日本的左翼电影运动当时同样遭当局镇压而大受挫折。20 世纪 30 年代后期的日本电影完全掌握在内务省警保局的手里。内务省规定，"凡是表现接吻、色情的拥抱、淫荡的跳舞和酒宴的镜头，一律剪掉"。岩崎昶说："无论接吻问题也好，语言问题也好，归根结底说明了法西斯反动文化的浪潮开始到来。"这一政策的另一个任务就是将一切可能对天皇不敬的电影"斑点"全部抹掉："凡有涉及皇宫、否认国家体制、诽谤军队和侮辱警察这类危险的影片，绝对不予通过。因此，过去只要剪掉一些镜头就能通过的那种影片，今后一律禁止上映。"① 1934 年，日本成立电影统制委员会；1939 年 4 月在帝国会议上通过了日本电影法。岩崎昶评论"那就是把希特勒的电影法译成日文，然后再染上一层皇道精神"②。

　　因此，在日本屡遭迫害的岩崎昶听说自己的论文在中国被鲁迅翻译发表并拥有大批读者时，当即决定访问上海，适逢中国电影界和上海市民自发为阮玲玉举行隆重葬礼不久。在上海街头，他被广为传唱的一首电影主题歌所吸引，到电影院观看了蔡楚生导演的《渔光曲》（1934），这是一部带有悲情色彩的左翼电影，影片描写了一个穷苦的渔民家庭，

　　① 岩崎昶：《日本电影史》，中国电影出版社 1963 年版，第 153—154 页。
　　② 同上书，第 163 页。

为寻生路来到上海，最终被埋没在贫民窟中的悲情故事。在1935年2月举行的莫斯科国际电影节上，这部电影获得了"荣誉奖"，这是中国电影首次获得的国际性奖项。正当日本左翼电影处于低潮之时，中国的左翼影片则进入了高潮期。两者之间巨大的反差使岩崎昶颇为激动。他访问了各大电影公司，会见了当时中国左翼电影的领导人。回国后，他在好几个纪实类文学杂志发表文章，向日本公众介绍了中国左翼电影的活力，让日本第一次了解了中国电影的真实状况。

鲁迅翻译的这篇《现代电影与有产阶级》一文是岩崎昶所著《电影和资本主义》中的一部分，原名《作为宣传，煽动手段的电影》，是一篇揭示电影社会意义的文章，重点论述了电影的宣传作用，非常发人深思，鲁迅读后"觉得于自己很有裨益"①，所以介绍给了中国读者。文章分七部分论述了电影与观众、宣传、战争、爱国主义、宗教、有产阶级和小市民之间的关系，认为电影是一种新的印刷术，"是由于将运动的照相的一系列，印在Zelluloid的薄膜上而成立的。那活字，并非将概念传给读者，却给以动作和具象。这在直接地是视觉底的这一种意义上，是无上的通俗底的而同时也是感铭底的活字，在原则底地没有言语这一种意义上，则是国际底活字"。短短几句，将电影的要素——活动照相而成的画面和它的艺术特点——非概念的直接视觉形象而产生的通俗性和感染力表述得十分清楚。这种分析的基础是建立在电影的特性之上的。文章也因此认为："作为宣传，煽动手段的电影的效用，就在这一点。"②

这篇文章由电影强烈而通俗的艺术感染力而论及其社会宣传作用，认为现代电影"在实质上，都是用于大众底宣传，煽动的绝好的容器"③，而"为资本主义底生产方法和有产者政府的监视所拘束的现今电影的一切，几乎都被用于拥护有产阶级的事"④。文章详尽地剖析了电影中所宣传的有产阶级思想，如维护资本主义秩序、军国化的"爱国主义"、护教思想、反对无产阶级革命等等。对于迎合小市民趣味的电影，文章特别指出："卢那卡尔斯基关于苏维埃电影，曾经说明过'拙

① 《鲁迅全集》第4卷，第418页。
② 同上书，第399页。
③ 同上书，第402页。
④ 同上书，第412页。

劣的煽动，却招致反对的结果'这原则，在这里，却被有产者底地应用了。露骨的宣传是停止了。最所希望的，是使电影的看客看不见'阶级'这观念。至少，是坐在银幕之前的数小时中，使他们忘却了一切社会底对立。"① 因此，有产阶级利用电影进行宣传和煽动，小市民和无产阶级已经觉察到这种诡计，可是随之又产生了小市民的影片，电影也成为阶级文化冲突和欺骗的工具。诚然，并非每部影片都是为了宣传而拍摄，但每部影片都必然带有一定的社会意义并传导给观众。鲁迅觉得此文很有裨益，因此介绍给读者，主要也在于针对当时的电影现状和观众的趣味。虽然这是一篇译作，但从中也可以看出鲁迅的态度，鲁迅所认为的裨益，一方面在于了解电影的艺术要素，另一方面更在于认识电影的宣传和欺骗作用。

　　岩崎昶关于西方资本主义国家的资产阶级意识形态电影的分析，对于当时的中国来说，无疑是有直接指导意义的。但是，中国社会及其电影毕竟与西方资本主义国家有所不同。因此，鲁迅对岩崎昶电影理论的借鉴并未仅仅局限于接受，而是于认同与接受的同时，结合中国社会及其电影的实际进行了独立的、极富创造性的思考。他在《译者附记》中，对文章中所分析的电影在宣传、战争和迎合小市民等方面所起到的宣传、煽动和迷惑功能深表赞同。鲁迅认为，中国也存在这样的情况："上海的日报上，电影的广告每天大概总有两大张，纷纷然竞夸其演员几万人，费用几百万，'非常的风情，浪漫，香艳（或哀艳），肉感，滑稽，恋爱，热情，冒险，勇壮，武侠，神怪……空前巨片'，真令人觉得倘不前去一看，怕要死不瞑目似的。现在用这小镜子一照，就知道这些宝贝，十之九都可以归纳在文中所举的某一类，用意如何，目的何在，都明明白白了。"② 鲁迅也看这类电影，但他强调必须认识其社会意义，才不致稀里糊涂地被教化。在这里，尽管是对电影中有产阶级思想的剖析，但也在抽象上揭示了电影的社会性质，并且也启示着社会进步思想对电影社会作用的运用。20 世纪 30 年代中期左翼电影兴起，强调正确意识，抨击庸俗电影和反动电影对观众的腐蚀。鲁迅在 1930 年的这一译作及《译者附记》可视为其先声了。特别是《译者附记》结

---

① 《鲁迅全集》第 4 卷，第 415 页。
② 同上书，第 418 页。

合中国当时的电影状况（包括电影制作导向、广告宣传、观众欣赏趣味等）作了精辟分析，为中国电影理论建设和推动中国电影事业健康发展做出了积极的贡献。

在《二心集》的序言中，他这样说："译文则选了一篇《现代电影与有产阶级》附在末尾，因为电影之在中国，虽然早已风行，但这样扼要的论文却还少见，留心世事的人们，实在很有一读的必要的。"① 这段话揭示了鲁迅电影批评的一个重要方面，即他把电影同社会发展联系起来的方式。鲁迅的电影批评本质上还是社会批评和文化批评。当写作有关电影的文字时，他并不仅仅专注于电影本身，而是更扩大于中国的历史、社会和信仰体系。他从现代电影中引用例证，不但揭示电影本身及与其制作生产相关的社会意义，而且以此来抨击传统社会有关阶级、种族和性别的偏见。

这之后，鲁迅还相继发表了《电影的教训》、《"小童挡驾"》、《"立此存照"》（三）等十三篇论及电影的文章。② 在文章中，鲁迅一再批评当时的国产电影，对电影将中国人的奴性、媚骨艺术化而深感痛心，同时，对帝国主义利用电影进行文化侵略的行径，也进行了驳斥。他意识到"电影对于看客的力量的伟大"③，看到画面镜头这种电影要素的强烈感染力。因此提出，对于文盲，可以"请画家，演剧家，电影作家出马，给他看文字以外的形象的东西"④。电影由于其视觉化语言形式而被电影理论者称为"没有文化的人的书籍"，鲁迅的认识正是与电影界普遍的形象化描述相一致的，可见鲁迅对电影艺术特点是有较全面的把握的。鲁迅对电影艺术特性的体验和认识，体现了他较高的电影趣味和电影修养，同时，也使他的电影批评具有较深入的艺术眼光。

总体来说，鲁迅的影像观与文字观有相近之处，比较强调它们的"宣传"作用，用鲁迅自己的话来说就是："一切文艺固是宣传，而一切宣传却并非全是文艺。"⑤ 鲁迅对电影这种新型影像媒介的看法，一方面与他能从内山书店等处便捷地购买到带有马列倾向的杂志有关，另

---

① 《鲁迅全集》第 4 卷，第 195 页。
② 根据《鲁迅与电影》中资料统计。
③ 《鲁迅全集》第 4 卷，第 421 页。
④ 《鲁迅全集》第 5 卷，第 537 页。
⑤ 《鲁迅全集》第 4 卷，第 85 页。

一方面也跟影院里播放的影片有关：他所购买的文字媒介（书籍和杂志），恰恰被鲁迅用来解剖电影院提供的各种影像媒介（影片）。鲁迅对电影的态度，既受到杂志上文章的影响，也受到他所观看的电影的影响。作为一个思想家、文艺家和影迷，鲁迅的电影批评融社会思索、艺术体验和娱乐于一体，这是一种切合电影特点的批评眼光，也显示了鲁迅整体艺术思想的丰富性。更难能可贵的是，在 20 世纪 30 年代中国电影在其艺术本体形态上还处于一种不很成熟的情况下，鲁迅的电影批评眼光已经具备了一种难能可贵的现代意识。

第三节　对剧本创作和电影改编的真言

名著具有较好的文学基础，经过适应于视觉艺术表现特点的创造性改编，对于提高影片思想水平与艺术质量有较切实的积极意义。同时通过具有广泛群众性的影片上映，倘忠实于原著，也可使有关文学名著能突破鉴赏者文化水平局限，获得更多的受众。从艺术社会学观点出发，鲁迅对影片改编文学名著问题也一直十分关注。

据鲁迅日记所载，他对于根据小说、话剧、诗剧、舞剧剧本改编的影片看过不少。如根据普希金《杜勃罗夫斯基》改编的《复仇遇艳》、根据富尔曼诺夫同名小说改编的《夏伯阳》、根据托尔斯泰、莎士比亚、歌德、杰克·伦敦、雷马克、大仲马、王尔德、史蒂文森等人作品改编的《哥萨克》、《仲夏夜之梦》、《浮士德》、《野性的呼声》、《西线无战事》、《三剑客》、《萨罗马》、《多情公主》、《金银岛》等。《夏伯阳》、《金银岛》、《哥萨克》曾两次观看，并在 1931 年 8 月 20 日《日记》中对影片《哥萨克》给予"甚佳"的评价。

对于电影改编，不同的论述者可以有不同的角度、侧重点，但有一个目标是相同的，即探究什么样的改编是成功的，什么样的改编是失败的？鲁迅作为一个文学家而喜欢电影，他的作品也曾涉及电影改编，因此，他对电影改编有多次论述，对这个至今仍众说纷纭的问题有比较全面和客观的看法，其中有些是针对他自己的小说改编成电影的看法。

首先，鲁迅强调改编的影片需忠实于原著。1935 年 8 月 14 日，他看了根据杰克·伦敦小说改编的《野性的呼声》，当夜在日记上批评道："与原作甚不合。"① 后来在致山本初枝的信中又说："上月看了杰克·伦敦的《野性的呼声》，大吃一惊，与原著迥然不同。今后对于名著改编的电影再不敢领教了。"②

鲁迅对当时的中国电影界颇有些失望，担心他们的素质还不能够很好地在改编上忠实于原著。这点在他对待《阿Q正传》改编为电影的态度上可见一斑。曾几度有人打算把《阿Q正传》搬上银幕，其中包括知名的戏剧家洪深，但鲁迅都表示了反对。这其中的原因，除了原著缺少电影因素外，也与他对"中国此刻的'明星'"和影剧导演的素质没有信心有关。

1930年，时任北京陆军军医学校数学教师的王乔南将《阿Q正传》改编为电影文学剧本《女人与面包》，写信征求鲁迅的意见。鲁迅在回信中说："我的意见，以为《阿Q正传》，实无改编剧本及电影的要素，因为一上演台，将只剩了滑稽，而我之作此篇，实不以滑稽或哀怜为目的，其中情景，恐中国此刻的'明星'是无法表现的。"紧接着，鲁迅又指出"诚如那位影剧导演者所言，此时编制剧本，须偏重女脚"。这里，他尖锐批评了电影界哗众取宠的商业作风，偏重女角，已经是一种艺术偏颇，而偏重于这种不能准确表现作品的明星，则是一种艺术的堕落了。联系到鲁迅曾对当时电影中"裸体运动大写真"的抨击，他这里实际上是在批评这种把女明星当做招徕观众的手段的风气，并表明演员最根本的是要表现作品。但这个电影的常识问题，却往往得不到重视，成为电影界顽固的通弊。所以鲁迅说，"我的作品，也不足以值这些观众之一顾，还是让它'死去'罢"③。可是，王乔南没有考虑鲁迅的意见，仍对阿Q剧本进行了重编。鲁迅只好无奈地回复道："它化为《女人与面包》以后，就算与我无干了。"④ 鲁迅在这里实际上也指出，不忠实原著的改编也可能是好电影，但与原著已没有什么关系了，只是一种电影创作而已。

在1936年7月19日致沈西苓的信中，鲁迅嘲笑某些导演"乃是天下第一等蠢物，一经他们××，作品一定遭殃"。因为他留心各种有关

<hr>

① 《鲁迅全集》第16卷，第546页。
② 《鲁迅全集》第14卷，第378页。
③ 《鲁迅全集》第12卷，第245页。
④ 同上书，第247页。

《阿Q正传》的评论，"觉得能了解者不多，搬上银幕以后，大约也未免隔膜，供人一笑，颇亦无聊，不如不作也"①。可见鲁迅是比较注重原著的"本意"的。原著有它独特的思想和艺术影响，电影改编要借助、维持这种影响，要保持两者的关系，就应该忠实原著。事实上，改编确实存在着两种形态：一种是忠实于原著；一种是改变了原著，但仍不失为一部好电影。鲁迅的看法分别针对这两种情况，它给予我们的启示是，要维系于原著的影响，必须忠实于原貌，反之，则不必以原著来苛求改编，但也必须割断两者之间的联系，以免对原著产生误解。

陈卫平（1991）在《论鲁迅的电影眼光》中认为，鲁迅不愿自己的作品被改编成电影，被人当做仅供一笑的娱乐品，表现了他对电影娱乐性的一种认识。② 这个判断恐怕有些失当。根据书信的前言后语和当时的电影环境，鲁迅之所以不同意改编自己的作品，大部分原因还是觉得没有合适的导演或演员能够真正理解他的作品，不理解原著的本意，怎么能够做到忠实地改编呢？

1935年4月20日《时事新报·新上海》所载《金时计即将开拍》的消息曾报道说：蔡楚生"于旬日内埋头之下，完成其《金时计》（暂名）剧本。关于此剧骨干，系取材于俄国作家 L. Panteleev 之杰作，为增强剧力及适合国情计，更益以精隽之补充，而成为一非常动人之影剧"。《金时计》，即鲁迅所译小说《表》。鲁迅对此曾明确表示，"《表》将编为电影，曾在一种日报（忘其名）上见过，且云将其做得适合中国国情。倘取其情节，而改成中国事，则我想：糟不可言！我极愿意这不成为事实"③。

联系前述对于根据杰克·伦敦小说改编的《野性的呼声》"与原著迥然不同"所表示的不满，联系对于根据小说《红楼梦》改编的剧作《绛洞花主》所发表的意见，可见鲁迅所主张的影片改编、剧作改编，从事改编者必须"统观全局"、"熟于情节，妙于剪裁"，使原著的基本内容"销熔一切"，"铸入"新作之中，使"一部大书，一览可尽，而神情依然具在"④。因此，当供人们案头阅览的文学作品转换为诉诸于

---

① 《鲁迅全集》第14卷，第119页。
② 陈卫平：《论鲁迅的电影眼光》，《鲁迅研究月刊》1991年第8期，第19—26页。
③ 《鲁迅全集》第13卷，第442页。
④ 《鲁迅全集》第8卷，第179页。

观众视觉的银幕形象与舞台形象时，在基本内容方面必须力求忠于所改编的原著，而不能仅仅"取其情节"，对原作进行另起炉灶的"改作中国事"的大肆改动，一旦出现"与原著迥然不同"的情况，比如明明是反映特定的国外生活内容的原作，却要"将其做得适合中国国情"，明明是以男性阿Q为作品主角，却为了"偏重女脚"硬要将作品改编为《女人与面包》，显然"糟不可言"。

当然，这样说，并不意味着鲁迅主张根据文学作品改编的影片对原著的一切都不能有任何"走样"。前述所提及的、鲁迅所感到"快意"的《复仇遇艳》中"农奴最后给地主的一击"，在原著中便没有任何描写，由于改编者遵循作品人物性格发展逻辑，对作品情节与细节所作的有益补充、改动，依然获得了鲁迅的热烈赞赏。

其次，在电影改编问题上，鲁迅还强调了"电影的要素"问题。他认为，对缺少"电影要素"的文学作品的改编很难表现原著。因此，无论哪种改编，"电影化"都应该是一种基本原则。事实上，即使是忠实原著的改编也有一个再创造的问题，就是挖掘其电影要素使之电影化。每种艺术都有自己独特的构成要素，这种要素即体现着这一艺术门类独特的表现方式和艺术魅力。

在鲁迅看来，并非所有小说或其他文学作品都具有改编为电影剧本，搬上银幕的可能。正是基于这种认识，鲁迅不同意将《阿Q正传》改编成电影，他在给王乔南的回信中所强调的也是"以为《阿Q正传》，实无改编剧本及电影的要素"。鲁迅在这里把"电影的要素"同一般的文学艺术的共同特征区别开来，强调电影银幕形象塑造的特殊性在于主要依靠"明星"的"表现"、通过人物的言论行动本身等，而往往不能借助于作者的描述与富于形象性的议论、介绍，来展示有关作品深邃的主旨立意。因此，倘若原著因作者描绘、叙述多于对人物形象言行活动的刻画，便缺乏"搬上银幕"的可能。鲁迅还认为，由于银幕人物形象较少依靠作者的描述等作为辅助表现手段，因而对于演员的理解原著"本意"的要求更高，非一般水平者所能胜任。

这里的"要素"，就是指的区别于文学的电影特质。每种艺术都应该突出自己的艺术要素。文学和电影都是艺术，都具有社会的、审美的和娱乐的意味。但文字是一种抽象的符号，其字里行间的意蕴贯穿出一种独特的文学意味，这种想象的空间并不是电影这种具象化的语言形式所能完全表现的。如小说中的阿Q画圆圈是这样描写的："阿Q伏下去，使尽了平生的力画圆圈。他生怕被人笑话，立志要画得圆，但这可恶的笔不但很沉重，并且不听话，刚刚一抖一抖的几乎要合缝，却又向外一耸，画成瓜子模样了。"① 在这里，小说主要是表现阿Q"生怕被人笑话"的心态，字里行间蕴藏着的心理活动远比画圈的动作要深刻、辛辣得多。但这却是电影语言很难传达出来的，如果阿Q的动作只剩下画圈，难免会流于滑稽。事实上，后来的电影改编，虽然极力避免滑稽，却正是免不了滑稽，其结果仍为鲁迅所言中。这并非创作者功力不够，实乃两种艺术要素的功能不同所致。阿Q的意韵产生于字里行间，鲁迅对文学要素和电影要素之间的区别，体验是极深的。

的确，电影思维与文学思维并不能完全等同。比如，影片的叙事速度就远远要比文学的叙事速度快，摄影机能观看一个立体的物象，在几秒钟之内就把小说要花许多页才能交代清楚的细节呈露无遗。影片能在同一瞬间里把故事、人物性格、思路、意念、形象和风格全都传递给观众。虽然电影的影像叙事功能在许多方面为文学所不及，但文学中也有许多元素是电影无法表现的。

因此，即使到了21世纪的今天，关于电影改编的这个争论仍在继续。有人就认为，摄影机反映可见的外部世界，是它的特长。但人物心理、精神世界是不可见的，往往成为电影改编中的难点。有些论者甚至宣称"美文不可译"，认为目前改编为电影而且稍有好评的小说几乎全不是真正优秀的小说，真正优秀的小说几乎都是难以捉摸而且深具魅力的美文，即文字本身携带的、洋溢飘忽于字里行间的一种美。这种美文或这种文字美是电影不可能达到的，是"电影的异域物。"这种观点虽然有点极端，但也反证了文学转译为电影的艰难，稍有不慎即告失败。

因此，当鲁迅得知改编后的《阿Q正传》可能成为《女人与面包》一类影片时，严肃表示：这样的影片"与我无干"。他自称持这种态度并非为了"保护阿Q"，也并非认为自己的作品有"不得改作剧本之类的高贵性质"②，而实在只是要求改编者充分考虑"电影的要素"，遵循电影艺术表现生活的特殊性，对抉择与改编文学作品有缜密的斟酌。

---

① 《鲁迅全集》第1卷，第549页。
② 《鲁迅全集》第12卷，第245页。

　　鲁迅在改编问题上强调"电影的要素"，这既是对两种艺术语言的区别的认识，也包括对它们之间联系的认识，即文学作品中也可能有电影要素的存在，它们之间存在互相沟通和吸收的可能。鲁迅在《〈十月〉后记》中称赞作品"那用了加入白军和终于彷徨着的青年（伊凡及华西理）的主观，来述十月革命的巷战情形之处，是显示着电影式的结构和描写法的清新的"①。显然，文中体现了一种主观蒙太奇手法，这里显现出鲁迅对不同艺术之间互相交流的重视。不同的艺术通过互相吸收来发展自身，正是在这一点上，鲁迅称赞了作品的"清新"之处。

　　鲁迅对于电影改编的看法，既有原则性，又有具体性，明确地道出了改编艺术的基本要义。这点，是他从对戏剧剧本创作的体验中得来的。鲁迅对影戏创作非常熟悉。一方面跟他曾在教育部的任职有一定的关系，另一方面，也是出于自己的兴趣。在与许钦文的谈话中，鲁迅多次谈到剧本创作的问题，分析小说与戏剧之间的区别。他认为，编剧本"总要比写小说多用些功夫。小说的读者，大概是学了文化的知识分子；戏剧的观众，同在一个剧场里，有着大学教授，也有许多目不识丁，是缺少学习文化的机会的，有老人，也有小孩子，各方面的人都要顾到，台词就得格外通俗，格外精练了的；所以编剧本，要注意用另一种语言，就是叫做'戏剧语言'的。在结构、部署上，写小说也比编剧自由得多：小说里的'焦点'，固然可以放在中间，也可以一开头就写成焦点，引起读者的注意，使得感到非读下去不可。也可以放在末尾，突然结束，使人耐味，终于得到深刻的印象。而戏剧则不同，戏剧要顾到主角的精力，不能每幕每场都出台，总得有个休息的时间。因此编剧本，总要有点舞台经验才好"。"但在原则上……无论是小说中的对话，或者剧本里的台词，只要说出来了一般读者、观众所想说而未能明白说出口来的，总会受到欢迎而博得同情。"②

　　而对于喜剧、悲剧、惨剧，鲁迅也有自己独特的理解。"戏剧……把没有什么价值的东西，当众毁掉的算作喜剧，把有价值的东西当众毁掉是悲剧。无论喜剧、悲剧，都可以受到观众的欢迎，只要编得出色。拿莎士比亚的剧本来说，《威尼斯商人》是他喜剧的代表作品，《哈姆雷

　　① 《鲁迅全集》第10卷，第352页。

　　② 许钦文：《在老虎尾巴的鲁迅先生》，上海文化出版社2007年版，第102—103页。

特》是悲剧的代表作——在悲剧的戏剧里，还可以划出一部分来算作惨剧的。惨剧和悲剧的区别，在于闹成悲惨的结局，是否由于主角自己的玩弄？比如同某个人谈恋爱，闹成悲惨的结果，是悲剧。因为并没有注定，必须去同这个人谈恋爱；结果不好，由于找错了对象，不是不可以避免的。惨剧并非由于主角自己玩弄的结果。'喜剧'、'悲剧'、'惨剧'这种名称，也可以用到有些小说上来。比如《祝福》，祥林嫂到后来，弄得活既活不成，死也死不得，如果有鬼，她怕被锯开身子来，如果无鬼，将永远见不到惟一亲爱的阿毛了，悲惨到了极点，但这种痛苦，并不是她自己找寻出来的。祥林并非她害死，再嫁本非她所愿，阿毛是狼拖去的，都出于无可奈何，所以是惨剧。《阿Q正传》可难说了，阿Q的绑上囚车去枪毙，因他有抢劫的嫌疑，这嫌疑由于做了小偷，做小偷由于失业，失业因为他跪在吴妈的面前求爱，好像悲惨的结果是他自己找寻出来的，似乎是悲剧性的。但阿Q，弄得姓也没有了，连名字，叫做阿桂，还是阿贵也已弄不清楚，不能早就结婚成家，这才跪到吴妈的面前去。总的说原也是可惨的！"①

鲁迅认为，影戏是一种综合艺术，可以利用戏剧这个艺术武器来宣传新思想。"戏剧……对于吸引观众的注意力，有着许多有利条件，因为戏剧是综合性的艺术：首先是有伴奏的音乐。即使有些人有时对于剧情不感兴趣，听听悦耳的音乐，也是不至于不耐烦的。音乐是，即使你并不注意倾听，也会钻到你的耳朵里来的。何况舞台，高大的建筑，生动的雕刻，美丽的绘画的布景，配上五花八门的灯光，总是显得堂堂皇皇的。所以要用戏剧这个艺术武器宣传新思想，实在并不难，这终究是个革命的武器！"②

但是，影剧创作必须对现实有所帮助，可资参考。鲁迅翻译了小路实笃的四幕话剧《一个青年的梦》，并作译者序。在序中，他说明译介此剧的目的，在于借他人"敲门的声音"作为半夜里高楼上的警钟，以唤醒人民起来反对帝国主义的侵略和封建军阀统治。文中还赞扬了作者敢于"在大风雨中，擎出了火把"的精神，肯定了剧本所揭示的反对不义战争的宗旨，并说明自己对书中"也有意见不同的地方"，提醒

---

① 许钦文：《在老虎尾巴的鲁迅先生》，上海文化出版社 2007 年版，第 103—104 页。

② 同上书，第 103 页。

读者注意有分析地阅读。

在1921年前后,鲁迅还曾打算创作过剧本《杨贵妃》。因为他"觉得唐代的文化观念,很可以做我们现代的参考,那时我们的祖先们,对于自己的文化抱有极坚强的把握,决不轻易动摇他们的自信力;同时对于别系的文化抱有极恢廓的胸襟与极精严的抉择,决不轻易地崇拜或轻易地唾弃。这正是我们目前急切需要的态度"①。因此对于唐明皇和杨贵妃的性格,对于盛唐的时代背景,以及宫室服饰、用具等等,鲁迅统统考证研究得很详细。他也曾跟孙伏园等谈起剧本的写法,打算于明皇被刺的一刹那间,从此倒回上去,把其生平一幕一幕反映出来。原计划是三幕,每幕都用一个词牌为名,第三幕是"雨淋铃"。其中,长生殿盟誓是为救济情爱逐渐稀淡而不得不有的一个场面。他认为唐明皇和杨贵妃两人间的爱情早已衰竭了,不然何以会有七夕夜半,两人盟誓愿世世为夫妇的情形呢?在爱情浓烈的时候,哪里会想到来世呢?

孙伏园回忆说,鲁迅希望"拿这深切的认识与独到的见解作背景,衬托出一个可歌可泣的故事,以近代恋爱心理学的研究结果作线索……所感到缺憾的只是鲁迅先生还须到西安去体味一下实地的风光。计划完成以后,久久没有动笔,原因就在这里"②。可是,在1924年夏西安讲学后,对西安颓败景象的失望让鲁迅几乎完全决定无意再写《杨贵妃》了。剧本就此夭折,没有与读者见面,成为一件憾事。

鲁迅虽一再自谦地表示"我于电影一道是门外汉","电影我是不懂得其中的奥妙的"③,但他关于影片改编问题所发表的见解,以及上述对一系列影片所作的评论,均切中时弊,颇有见地。这些重要见解不仅在当时对我国进步电影事业的繁荣发展曾产生了重要的影响,即使在如今,对提高当前电影创作、影剧评论的质量,也仍有一定的现实指导意义。

---

① 孙伏园等:《鲁迅先生二三事》,河北教育出版社2000年版,第63页。
② 同上。
③ 《鲁迅全集》第12卷,第247页。

第二章　对中外电影的价值发现

夏衍在 1936 年曾这样感叹："现在，不论怎样，文化部门里面总算有了'电影艺术'这个名称，一切'文化人'的集会团体里面，也算有了'电影艺术家'参加的机会，但是在五、六年之前，情况就和现在两样，'影戏'这种'娱乐品'，完全是'文化人'注意圈外的存在，电影演员，自然也只有和'文明戏子'和'髦儿戏子'相仿的身份，当然，在电影界本身，当时也已经有了许多开拓者在那里播种和耕耘，但是所谓'文化界人士'——尤其是以新文化运动主导者自任的革命的知识分子，却完全将这种新的艺术看作'化外区域'而不加顾盼。"鲁迅较早开始的对电影的关注与贡献让夏衍钦佩，他希望人们"不应该忘记了少数对于这种艺术独具只眼的'新文化运动者'的名字"①。

第一节　对国产电影的逻辑解构

鲁迅所看的国产影片不算多，对早期国产影片，他的评价不高。据日记所载，鲁迅先后看过的国产影片有《水火鸳鸯》、《新人的家庭》、《一朵蔷薇》、《诗人挖目记》等。1927 年鲁迅在广州中山大学期间，日记中接连有"夜观电影"的记载。但影片内容很煞风景，在观电影《诗人挖目记》后，鲁迅在日记里评曰："浅妄极矣！"② 由于该片残留了不少旧文明戏的影响，情趣庸俗低下，据许广平回忆，鲁迅观看时"几乎不能终场而去……从此之后，对于国产片无论如何劝不动他的兴

---

① 刘思平、邢祖文：《鲁迅与电影（资料汇编）》，中国电影出版社 1981 年版，第 174 页。

② 《鲁迅全集》第 16 卷，第 4 页。

趣。后来《姊妹花》之类轰动一时的片子，他也绝对不肯去看了"①。

据许广平的回忆，"那时的国产片子，的确还幼稚，保持着不少文明戏作风，难以和欧美片竞争，实在也难得合意的选材"②。的确如此，中国电影工业起源于20世纪初，早期有浓重的文明戏的痕迹。郑正秋早期的影戏中就体现了文明戏的模式。而从1926年下半年开始的四年多时间里，中国影坛相继形成了"古装片"、"武侠片"、"神怪片"三股商业电影热潮。这些影片，不是"才子佳人"就是"英雄与美人"，还在其中根据商业的需要，穿插迎合市民观众喜好的艳闻逸事或庸俗噱头；或者过分着眼于侠士剑客们的个人超能力；特别是由"武侠片"发展到"神怪片"的时候，其负面价值则被张扬到了近乎"精神麻醉"的地步。不仅观众在看片之前焚香拜神、看片之后径往峨嵋求道寻仙的事例时有所闻，而且创作者本身也常常于摄影棚中专设神龛以求保佑，在不敢面对现实苦难的同时也反映出时人对现实世界的否定。直到1931年3月政府的电影检查委员会严令禁摄"提倡迷信邪说"的影片之后，"神怪片"的热潮终于渐告式微。

鲁迅对于当时国产电影不能正确反映中国人的真实形象，抱着厌烦和憎恶的态度。在1927年所作的《略论中国人的脸》一文中，鲁迅从广州所见国产电影上表现的、西洋人和东洋人眼光中的国人脸相，予以了辛辣的讽刺。鲁迅说：

> 近来却在中国人所理想的古今人的脸上，看见了两种多余。一到广州，我觉得比我所从来的厦门丰富得多的，是电影，而且大半是"国片"，有古装的，有时装的。因为电影是"艺术"，所以电影艺术家便将这两种多余加上去了。
>
> 古装的电影也可以说是好看，那好看不下于看戏；至少，决不至于有大锣大鼓将人的耳朵震聋。在"银幕"上，则有身穿不知何时何代的衣服的人物，缓慢地动作；脸正如古人一般死，因为要显得活，便只好加上些旧式戏子的昏庸。
>
> 时装人物的脸，只要见过清朝光绪年间上海的吴友如的《画

① 许广平：《鲁迅的写作和生活》，上海文化出版社2006年版，第173页。
② 同上。

报》的，便会觉得神态非常相像。《画报》所画的大抵不是流氓拆梢，便是妓女吃醋，所以脸相都狡猾。这精神似乎至今不变，国产影片中的人物，虽是作者以为善人杰士者，眉宇间也总带些上海洋场式的狡猾。可见不如此，是连善人杰士也做不成的。①

当时绝大多数"古装片"，几乎都是借"古代"这样一个模糊的年代概念和假托古人名姓，来演绎"才子佳人"、"英雄美人"，往往缺乏对可考史实的依循，而更多热衷于野史细节。与此同时，为了尽快投放市场并尽早获利，大多数制片公司在工艺环节上流于草率从事。编一个简单的剧情表，搬几件现成的戏剧行头，绘几出简陋的布景，凑几个临时演员，就在较少的资金和较短的时间里敷衍成片。这成为多数"古装片"的通弊，场面和镜头调度的舞台化，表演的戏曲程式化，则更是屡见不鲜。

基于电影视觉语言直观地再现现实的艺术功能，鲁迅十分注重电影表现生活的逼真性。在这里，鲁迅一方面是在批评这些电影表现生活的不真实，另一方面，也给人们一种关于电影美学上的更深的启示：电影具有再现生活的逼真性。当拍摄对象本身不真实时，这种不真实却往往被它的再现功能所掩饰，造成了观众对生活的误读。

显然，他对影片中承袭的传统戏曲舞台程式化表演的虚假作风感到担忧，也担忧这样的电影在海外中国人的社区文化中的影响。他接下去说："听说，国产影片之所以多，是因为华侨欢迎，能够获利，每一新片到，老的便带了孩子去指点给他们看道：'看哪，我们的祖国的人们是这样的。'在广州似乎也受欢迎，日夜四场，我常见看客坐得满满。广州现在也如上海一样，正在这样地修养他们的趣味。"② 这段话除了表明他本人也是电影院的常客外，也透露出他对中国文化在国内外如何被显示的真实性问题的关注。

在1929年3月22日致韦素园的信中，鲁迅写道："上海的市民是在看《开天辟地》（现在已到'尧皇出世'了）和《封神榜》这些旧

① 《鲁迅全集》第3卷，第433页。
② 同上书，第434页。

戏,新戏有《黄慧如产后血崩》（你看怪不怪?)"① 这个新戏是根据
1928年上海的一宗真人实事改编:富家小姐黄慧如与男仆陆根荣因情
私奔,黄的家长告官后,黄、陆在苏州双双被捕,经当地法庭审判,男
事主陆根荣刑监入狱。黄、陆一案经新闻媒体"炒作",掀起轩然大
波,上海舞台等剧场推出京剧《黄慧如和陆根荣》,还别出心裁,随戏
票赠送黄、陆二人合影照一张,以满足小市民的好奇心理。上海电影公
司老板顾无为专程约黄慧如产后去上海拍电影。没想到,1929年3月
19日,黄因产后重症而死。黄慧如之死,又给影剧界、商家带来了意
想不到的收获。看《黄慧如和陆根荣》戏的人更多,剧作家们又创作
了《黄慧如产后血崩》等戏。由郑正秋编导,胡蝶、龚家农合演的影
片《黄陆之恋》也隆重面世。这些影剧节目,彼此呼应,热闹一时。

国产电影界这种粗制滥造之风,不仅使观众已有的电影文化水平大
为降低,而且使民族电影业走向了危途:国内大中城市中比例占多数的
由外商投资的影院,拒绝放映国产片,几乎使国产片的国内市场濒于丧
失;南洋片商也趁机将收购价格压到最低,使国产影业赖以维系的主要
经济收入锐减;大量制片机构因此倒闭。

对于国产片中或者远离生活的程式化倾向,或者完全照搬现实的庸
俗化作风,鲁迅在1931年7月30日为社会科学研究会所作《上海文艺
之一瞥》的讲演中说:"现在的中国电影,还在很受着'才子+流氓'
式的影响,里面的英雄,作为'好人'的英雄,也都是油头滑脑的,
和一些住惯了上海,晓得怎样'拆梢'、'揩油'、'吊膀子'的滑头少
年一样。看了之后,令人觉得现在倘要做英雄,做好人,也必须是流
氓。"② 鲁迅的这种观点,与后来1934年春左翼剧作家联盟提出的"电
影应该艺术地表现社会的真实"的批评基准是相吻合的。

电影,作为拥有广大观众、具有广泛群众性的综合艺术,由于它可
以使具有不同文化水平的观众普遍欣赏,能使"识字无几的"观众获
得文化知识与审美享受,更应考虑作品内容是否健康有益,而使人们
"发生感动,造成精神上的影响"③。1933年,明星影片公司摄制的由郑

① 《鲁迅全集》第12卷,第156页。
② 《鲁迅全集》第4卷,第300页。
③ 《鲁迅全集》第1卷,第346页。

正秋编导的《姊妹花》轰动一时，影片卖座率很高，在上海新光大戏院公映时开创了连映 69 天的票房纪录，还参加过国际电影展览会。影片通过一对双胞胎姐妹大宝和二宝的不同遭遇和道路，反映了社会中的贫富对立和矛盾：二宝当了军阀的姨太太，过着骄奢的生活。大宝却从遭受天灾人祸的农村，流落到城市中来，并给二宝的孩子当了奶妈。由于这对姐妹自幼分离，相会而不相识，大宝一再受到阔太太二宝的欺负、打骂……导演郑正秋借这个姐妹间的曲折故事，寄寓了"本是亲骨肉，主仆两处分"的思想主题。但影片结尾采取了调和阶级矛盾的做法，让军法处长赵大和军阀钱督办的第七姨太太大发善心，让穷苦的大宝和她母亲升入"贵人"的天堂，制造虚幻的大团圆的结局，大大减弱了影片的现实力量。剧中穷老太婆对她的穷女儿说的："穷人终是穷人，你要忍耐些！"意思就是说，你认命吧。有人曾利用这句对白在报上大肆宣扬宿命哲学。1934 年 2 月 20 日《大晚报》的《日日谈》栏目所登载的邵宗涵的《穷人哲学》即是一例。而影片中暴露出的"对于丑恶的现实的不满"和"幻想着阶级的模糊的界限"的广大小市民观众的观赏心理也不容忽视。

鲁迅对影片违反生活逻辑，从而亦不可能遵从艺术逻辑的弱点表达了自己的看法，表示不赞成"认命"这种态度。他在《运命》一文中说："自然，这是教人安贫的，那根据是'运命'。古今圣贤的主张此说者已经不在少数了，但是不安贫的穷人也'终是'很不少。'智者千虑，必有一失'，这里的'失'，是在非到盖棺之后，一个人的运命'终是'不可知。"而且，"运命说之毫不足以治国平天下，是有明明白白的履历的。倘若还要用它来做工具，那中国的运命可真要'穷'极无聊了。"① 这对观众正确认识影片内容起到了积极的引导作用。

鲁迅的电影批评如同他的文学批评一样，往往采取一种社会的视角，把社会批评与电影批评结合在一起，或者由社会批评电影，或者以电影批评社会，由此显现出一种深入和深刻。

当时国民党"中央宣传委员会"的"电影股"以及所属的中央电影摄影场，在"供给优良剧本"的借口下，把一些立场观点错误的剧本硬塞给影片公司。比如在"沟通文蛮的分野，发掘原始遗址"的幌

---

① 《鲁迅全集》第 5 卷，第 465 页。

子下，对少数民族作丑化描写的《瑶山艳史》便是一例。这部 1933 年由上海艺联影业公司出品的以"开化瑶民"为主旨的影片《瑶山艳史》，片中有在瑶区从事"开化"工作的男主角向瑶王女儿求爱，决心不再"出山"的情节。9 月初在上海公映时，影片公司在各报大登广告。该片曾获国民党中央党部嘉奖，"开化瑶民"一语，见于嘉奖函中。因此，左翼影评曾批评它对少数民族的歪曲，认为"很难找出《瑶山艳史》和什么《西游记》、《盘丝洞》之类的影片不同的价值来。"①

对此，鲁迅在《电影的教训》一文中，首先肯定了国产影片正在逐步脱离武侠片、神怪片的套路，转向现实主义的题材的做法。他诙谐地说："国产电影也在挣扎起来，耸身一跳，上了高墙，举手一扬，掷出飞剑，不过这也和十九路军一同退出上海，现在是正在准备开映屠格纳夫的《春潮》和茅盾的《春蚕》了。当然这是进步的。"可是，"这时候，却先来了一部竭力宣传的《瑶山艳史》"。他进一步揭示了影片所隐含的落后的社会心理和民族心理："这部片子，主题是'开化瑶民'，机键是'招驸马'，令人记起《四郎探母》以及《双阳公主追狄》这些戏本来。中国的精神文明主宰全世界的伟论，近来不大听到了，要想去开化，自然只好退到苗瑶之类的里面去，而要成这种大事业，却首先须'结亲'，黄帝子孙，也和黑人一样，不能和欧亚大国的公主结亲，所以精神文明就无法传播。这是大家可以由此明白的。"②鲁迅以当时社会中自大和自卑混杂的民族心理批判了影片潜在的落后性。中国曾经有过的"自大"心理在洋人的枪炮下被粉碎了，由此形成一种自卑心理，但在弱小民族面前却依然保持着这种"自大"，所谓开化瑶民即是如此。这显然是一种荒谬的种族优劣论。鲁迅以这种深刻的社会批判揭示了影片潜在的意识实质，是击中其真正弊端的。

鲁迅的电影批评常常超越作品而指向社会，即通过批评电影而进行社会批判。如对于当时电影中的色情现象，他一方面指出这是对于市侩心理的迎合，一方面则直接针砭这种心理背后的社会观念。在《"小童挡驾"》中，鲁迅在剖析了某些观众的色情心理后，进一步指出："中

---

① 程季华:《中国电影发展史》第 1 卷，中国电影出版社 1980 年版，第 290 页。
② 《鲁迅全集》第 5 卷，第 310 页。

国社会还是'爸爸'类的社会，所以做起戏来，是'妈妈'类献身，'儿子'类受谤。即使到了紧要关头，也还是什么'木兰从军'，'汪碕卫国'，要推出'女子与小人'去搪塞的。"①鲁迅由电影现象而指向社会现象，旨在批判封建中国歧视妇女的社会结构和传统观念，实际上也加深了对这种电影现象的认识。它不仅是庸俗的、不健康的，在根本上则是落后封建的社会观念的体现。这样的社会批判也加深了电影批评的深度。

"九·一八"事变后，日本军国主义的侵略行径，大大激发了中国民众的抗日爱国热情与救亡意识，脱离现实的影片受到冷落，从而创造了电影转向现实题材的外部环境。1932 年 4 月，瞿秋白的《普罗大众文艺的现实问题》对国产电影现状做出严厉抨击，认为《火烧红莲寺》一类影片充斥"乌烟瘴气的封建妖魔"和"小菜场上的道德"——"资产阶级的'有钱买货无钱挨饿'的意识"。②

与此同时，中国共产党开始注意到电影的影响力，中共的介入，为电影潮流转向起到了推动作用。恰在这时，影片公司老板出于生意上的考虑，有意寻求左翼文化界的支持。1933 年中共成立了电影小组，派出夏衍等人加入明星公司，并为各公司提供剧本。3 月，电影《狂流》的上映，标志着中国电影左翼潮的开端。反映农村破产、工人失业以及反对侵略压迫的进步影片终于一步步取代了那些专门描写神怪武侠、鸳鸯蝴蝶的影片。左翼电影运动既是对中国面临的日益严重的内忧外患的必然反应，也是中共在文艺战线上反抗国民党统治有意识参与和引导的结果。

鲁迅热情扶持中国的"左翼"电影事业。1933 年，明星影片公司决定拍摄夏衍根据茅盾小说《春蚕》改编的故事片。这部小说作为茅盾"农村三部曲"之一，通过老通宝及其后代由小康的自耕农下降为贫雇农的悲惨遭遇，反映了自"九·一八"事变后中国农村经济的破产。鲁迅认为将它搬上银幕，确实是"国产电影也在挣扎起来"的进步表现。

但与此同时，国民党当局也加强了对电影的控制。虽然电影在最初

---

① 《鲁迅全集》第 5 卷，第 470 页。
② 瞿秋白：《普罗大众文艺的现实问题》，《文学》第 1 卷第 1 期，1932 年 4 月 25 日。

的时候只是一种肤浅的、无关紧要的娱乐，然而等到这种"活动影戏"大规模地进入市场，在民众中产生广泛影响时，电影也成了当局眼中"思想交流的利器"。针对国产影片更多地表现出来的"违反党义、迷信邪说、提倡鼓吹阶级斗争"等现象，以及对进口影片"浪漫、肉感、辱华"的担忧，从1930年起，国民党当局就加强了对电影的统制：1930年11月3日，国民政府颁布《电影检查法》，明确将"违反三民主义"列为一大项。可见，国民党重视电影检查的意识形态与政治控制效用，其实行电影检查的最重要原因，欲将电影这一最具影响力的大众媒介形式置于官方监控之下。1931年1月29日国民政府公布《电影检查法施行规则》；2月3日行政院公布《电影检查委员会组织章程》，开始电影检查；1932年3月国民政府发布《各地教育行政机关会同警察机关稽查电影办法》；6月，国民党中央宣传部对上海各电影公司发布《禁拍抗日影片通令》，宣布"以后关于战争及含有革命性之影片，均在禁摄之列"。1933年12月1日又发布《电影剧本审查登记办法》，试图从源头上扼杀左翼及进步电影。

1933年11月12日，上海艺华影片公司被一伙暴徒捣毁，临走留下传单，说其理由是因影片公司为共产党所利用，"摄制鼓吹阶级斗争之电影片"。良友图书印刷公司被人敲破了价值二百元的窗玻璃。许多书店和报馆都收到了落款为"上海影界铲共同志会"的恐吓信，里面说："对于赤色作家所作文字，如鲁迅，茅盾，蓬子，沈端先，钱杏邨及其他赤色作家之作品，反动文字，以及反动剧评，苏联情况之介绍等，一律不得刊行，登载，发行。如有不遵，我们必以较对付艺华及良友公司更激烈更彻底的手段对付你们，决不宽假!"①

在《准风月谈·后记》中，鲁迅毫不畏惧地如实记录了蓝衣社特务用法西斯手段捣毁艺华影业公司，禁演田汉、夏衍等编写的早期进步电影的做法。不久，又写下《中国文坛上的鬼魅》发表在英文刊物《现代中国》上，由人将它译成德文和法文，转载在《国际文学》上，让全世界的人们都知道国民党摧残进步电影的行径。特别是对早期进步演员阮玲玉的自杀和"左翼剧联"盟员艾霞之死，鲁迅写下了《论"人言可畏"》一文，在愤怒批评报章所谓"有闻必录"论调的同时，也批

① 《鲁迅全集》第5卷，第419页。

评了电影受众的市侩性及电影明星制的弊端。文中隐约有对妇女解放的吁求，闪烁些微女权主义理想的光芒，要知道，女权主义电影理念的兴起是在30多年以后的欧美了。

第二节　好莱坞电影：文化侵略的软刀子

最早把电影引入中国的并不是美国人而是欧洲人，欧洲人对中国电影市场的统治地位一直持续到第一次世界大战爆发。① 美国人早期并不十分热衷于投资中国市场。而且，在一战以前，与具有强劲资本优势的法国电影业相比，美国电影的产业规模还相当弱小。第一次世界大战切断了欧洲电影来源，美国电影乘虚而入，全面进军中国市场，到战争结束时，好莱坞已经取代欧洲后来居上。用一句美国外交官当时的话说，"现在中国上演的电影已经几乎全是美国片了"②。对于好莱坞在中国的发展情况，萧织纬与尹鸿教授的合作课题《好莱坞在中国》中有非常翔实而深入的分析。

与此同时，美国政府明确地意识到，电影和其他大众文化不仅具有产业意义，而且对于宣传美国的政治、文化和扩大经济影响都具有不可替代的重要作用。文化输出可以影响到其他国家、地区和民族的历史意识、社团意识、宗教意识以及文化意识，甚至语言，淡化甚至重写这些地区的传统和文化，从而创造新的民族文化记忆，促使其与美国的信念和价值融合。从此，美国便通过各种政治和经济手段向全世界推销电影、录音唱片以及其他大众文化产品。

在20世纪的头50年里，美国人对中国的电影市场曾经作过系统而详细的调查。从1927年1月起，美国商业部的对内对外贸易司开始定期发表有关世界各国电影市场的调查报告，第一份便是关于中国电影市场的报告。在发刊宗旨中，编纂人明确宣布这是美国政府旨在帮助美国电影业开辟海外市场的一种举措。报告根据美国驻中国各地使领馆人员的调查综合整理而成，对中国电影市场做了相当细致的调查、分析和研

① 此处的"好莱坞"一词不限于其地理含义，而通指美国的电影工业。
② 见《有关远东贸易与经济的几点感想》（Far Eastern Trade and Economic Notes），发表于《商务报告》（Commercial Reports）1921年9月12日，转引自萧织纬、尹鸿《好莱坞在中国：1897—1950年》，《当代电影》2005年第6期。

究，统计了当时中国电影屏幕、电影观众的数量、分布，阐述了中国电影发展的过程，介绍了中国电影的法规、广告、教育和杂志等方面的状况，并特别分析了政治不稳定、交通不发达、经济落后、国产电影竞争等美国电影进入中国的障碍；报告在讨论中国人的电影趣味时还指出中国观众经历了从打斗片到西部片的变化，三角恋爱和两代冲突之类的题材因违反传统伦理不受中国人欢迎，但一般爱情片和历史题材的影片，尤其是喜剧片和儿童做主角的影片都很卖座；报告将"大团圆"、"善恶分明"等叙事特点总结为美国电影能够占据中国电影市场的原因；报告还特别提醒美国片商不要把丑化中国人的影片运到中国来。这份报告对中国电影市场调查的细致和深入程度不仅在当时甚至在现在连中国人自己可能都没有做到。①

当时中国有4亿人口，被认为是世界最大的电影市场。在经济利益的驱动下，包括美国在内的很多西方投资者纷纷来到中国，想依靠电影盈利。中国最早的电影公司和专业电影院，都是由西方人建立的。曹聚仁在《文坛五十年》中曾说道："一个葡萄牙的小瘪三，到了上海，在四马路张块布幔，敲敲小锣，引人看活动影片，一转眼变成了九家大影戏院老板，赚了论千万财富回国享福，也不是稀罕的事。"② 20世纪20年代，外商投资的影院开始拒放国产影片，除了国产影片质量低劣外，最重要的就是试图以此垄断盈利。曾经三次试图吞并南洋兄弟烟草公司的英美烟草公司，以充足的资本实力，采用双管齐下的方式试图垄断中国电影市场——1923年在上海设立"影片部"，次年下半年开始拍摄故事片；1925年4月又开始新建影院和收买大商埠的小影院，拒放中国自制影片（收买大商埠的小影院，目的是欲断国产片之后路，因为其时国产片大多只能在二三轮小影院上映）。及至30年代，两家美国注册的中国第一有声影片有限公司和联合电影公司，以同样充足的资本实力，试图实施"中国好莱坞"计划。③

虽然前者在"五卅"后的反帝声浪中偃旗息鼓，后者也因舆论压力和本土人才的拒绝合作而告流产。但外资对中国放映市场的垄断始终存

① 萧织纬、尹鸿:《美国第一份中国电影市场的官方调查报告与好莱坞的全球化策略》，《电影艺术》2002年第1期，第119—121页。
② 曹聚仁:《文坛五十年》，上海东方出版中心2006年版，第7页。
③ 陆弘石:《中国电影史1905—1949》，文化艺术出版社2005年版，第299页。

在。中国人自己"只有制造厂，没有发行所，摄制的影片，每天上千万尺，而开映的地盘却没有一寸"①。1926 年以前，多数影院由外商投资，这些建筑豪华的影院一般只经营外国片（主要是美国片）的放映业务，对国产片的选择颇为苛刻。1926 年由华资承租的中央影戏公司成立后，情况稍有改变。但到 30 年代初期，情形又变得恶劣起来："中国所有上等、中等的影剧院，均与美国的影片公司订有放映的合同，譬如某一家戏院和米高梅订了合同之后，该戏院便不能放映任何一家的影片，中国人的中国影戏院，只许放映美国人的片子，有时候，中等的影戏院如果要开映中国片子，没有得着美国影片公司的恩准，便会受到严重的惩罚。"②

在这样的形势下，国产影片日益衰微，大量美国电影被贩运来中国分销到各地。南京国民政府电影检查委员会在统计中称，1934 年有 412 部外国电影在中国放映，其中有 364 部来自美国，占进口影片的 88%。"作为 20 世纪中国的一道重要的文化景观，好莱坞对中国社会影响深远：早在 30 年代就有人说过，好莱坞已经'取代了传教士、教育家、炮舰、商人和英语文学，成为中国学习西方工业社会文化和生活方式的最为重要途径'。"③好莱坞类型片流畅的叙事手段、奇观化的巨片策略和令人艳羡的明星效应，吸引了中国观众及电影创作者的注意力。

好莱坞电影逐渐成为中国城市文化的一个组成部分，尤其是在上海这样的城市。上海自开埠以来，迅速发展成为人口密集、经济力量强盛的大都市，符合电影事业发展的要求，因此也成为好莱坞全球化扩张的目的地之一。到 20 世纪 30 年代后期，华纳、二十世纪福克斯、派拉蒙、米高梅等"八大公司"都在上海建立了机构，通过代理商发行影片。据统计，鲁迅在 1927—1936 年的 10 年间，共观看了 142 部影片，其中美国片就有 121 部。鲁迅当时能见到的刊物包括 1923 年叶劲风编辑的《小说世界》，其中几期经常报道好莱坞电影，包括中文的电影简介和明星照。自 1933 年 8 月到 1937 年 7 月，天津的《北洋画报》出版了 107 期周刊性的《电影专刊》，经常报道西方电影的消息。20 世纪 30

---

① 何味辛：《中国电影界的绝大危机》，《影戏春秋》1925 年第 6 期。
② 李淞耘：《国片复兴声浪中的几个基础问题》，《影戏杂志》1931 年第 2 卷第 3 期。
③ 萧织纬、尹鸿：《好莱坞在中国：1897—1950 年》，《当代电影》2005 年第 6 期。

年代中期,国家电影检查委员会的电影检查报告列出所有批准公映的电影,大多数是好莱坞作品。

在美国向中国出口的电影中,包括了故事片(占五成左右)、短片、纪录片和新闻影片。对美国电影,鲁迅是持一种"拿来主义"的态度来观看的。他看得最多的是美国实地拍摄的探险片,如《南极探险》、《人兽奇观》等。对一些纪录片、喜剧片、侦探片、歌舞片等都作了公允的评价,特别对卓别林的第一部有声电影《城市之光》(City Light)给予热烈的赞赏。1932年1月4日下午,鲁迅夫妇曾邀周建人夫妇同往上海大戏院观看卓别林主演的影片《城市之光》,由于影院客满,未能如愿,遂临时去奥迪安影院改看美国故事片《蛮女恨》(Aloha)。隔了六天,原班人马又去上海大戏院,才满足了这一愿望。

但整体来说,他对美国电影的评价并不高。1931年7月30日看了美国喜剧演员赫莱·朗登主演的《狼狈为奸》后,在日记中写道:"殊不佳。"① 这位喜剧演员常以呆头呆脑、心智不全的形象表现虐待狂的心理,风格过分直露,幽默意味不浓,自然得不到鲁迅的青睐。11月13日,鲁迅同周建人夫妇及许广平前往国民大戏院观看美国无声影片《银谷飞仙》,感到"不佳,即退出",又去虹口大戏院看美国影片《人间天堂》,感受"亦不佳"②。之后,他曾明确表示,再"不看什么'获美''得宝'之类"的影片。③

在鲁迅看来,影片思想内容的健康有益和由内容本身所显示的健康情趣,应该是和谐统一的,片面追求趣味则达不到其应有的社会效益。鲁迅对表现探险、侦破一类内容的美国影片,曾一再表示过不满。在看了一味表现打斗的美国惊险片《荒岛历险记》、《珍珠岛》以后,曾明白表示这些是表现得"甚拙"的影片。④ 鲁迅认为,文艺作品应该使人们感到"有兴趣,并且有益"⑤,但也不能"单是'为笑笑而笑笑'"⑥,"掉到'开玩笑'的阴沟里去的"⑦,他反对是非、善恶、美丑不分,而

① 《鲁迅全集》第16卷,第262页。
② 同上书,第277页。
③ 《鲁迅全集》第14卷,第77页。
④ 《鲁迅全集》第16卷,第529页。
⑤ 《鲁迅全集》第6卷,第19页。
⑥ 《鲁迅全集》第5卷,第47页。
⑦ 同上书,第548页。

只是一味以引人发笑，作为着力追求的唯一审美效果。

在对美国电影的批评中，鲁迅笔下经常出现或隐含的是这样几个关键词："金钱、主仆、性"。

鲁迅认为，美国电影在中国倾销，最初的目的，并不一定是要进行文化上的侵略，更多的还是经济上的考虑。"那些影片，本非以中国人为对象而作，所以运入中国的目的，也就和制作时候的用意不同，只如将陈旧枪炮，卖给武人一样，多吸收一些金钱而已。"① 对电影商品观的这一认识，在当时的影评人中还是非常独到而有前瞻性的。因为鲁迅这一观点的提出是在 1930 年年初，而中国较为正规的电影批评起始于30 年代初期左翼电影兴起后，以各大报的电影副刊为代表，并受到左翼电影运动的强烈影响。1933 年，王尘无在《中国电影之路》里也尝试用马克思主义观点和苏联经验，探讨了电影的经济属性和文化属性。在文中，王尘无主要借鉴了岩崎昶在《普罗电影论》中认为"电影首先是一种商业，企业，为获得利润的资本主义的产物"的观点，还有北川氏在《苏俄电影的五年计划录党的指令》介绍的资料，指出电影具有产业、文化两种性质，"我们若使不从他的经济的侧面，即从其资本主义的生产形式去看时，不容易把握电影的真相"②。虽然没有明确资料表明鲁迅也看过岩崎昶的《普罗电影论》和北川氏的《苏俄电影的五年计划录党的指令》，但根据鲁迅翻译岩崎昶《现代电影与有产阶级》的情况，可以推断出鲁迅的这一观点有可能也是受岩崎昶的启发。除此之外，鲁迅在所译的卢那察尔斯基的《〈艺术论〉（卢氏）小序》一文结尾曾肯定卢氏在文中的思想，"如所论艺术与产业之合一，理性与感情之合一，真善美之合一，战斗之必要，现实底的理想之必要，执着现实之必要，甚至于以君主为贤于高蹈者，都是极为警辟的"③。他把"艺术与产业之合一"放在了首位，也可看出鲁迅有关电影商品观的起源所在。

电影是一种新兴媒介，也是技术发展和商业运作结合的产物。在当时的美国，电影业以大工业生产方式运作，在某种意义上，它不是一种

① 《鲁迅全集》第 4 卷，第 419 页。
② 王尘无：《中国电影之路》，《明星》月刊 1933 年第 1 卷，第 1—2 期。
③ 《鲁迅全集》第 10 卷，第 326 页。

艺术表现的手段，影片的生产只是为资本家提供有利的投资机会。到20 世纪中后期，美国在 "电影方面的投资超过 15 亿美元，这样大的资金使电影事业成了一种大规模的工业，在资本上可以与制造汽车、罐头、钢铁石油、纸烟这些美国最大的工业相比拟"①。正因为如此，为了追求利润，美国制片商必须维持一定的生产量，而当这一生产量超过国内市场需求时，唯一的出路就是向外输出。以 1928 年北京电影市场放映的影片为例，美国片的毛利是国产片的一倍左右。② 按照中国社会科学院近代史研究所汪朝光的估算，③ 如果从影院容量上座率与票价上粗略估算美国影片在中国市场的收入情况，1936 年上海有 16 家影院放映外国影片，共计 17208 个座位，票价在 2 角至 1 元之间，④ 如果以上座率 60% 每天放映 3 场，平均票价 6 角计，则日收入可有 1.8 万元，年收入 650 余万元。如果美国片在其中占 80%，再以对半分成计，则美商在上海市场年收入当在 260 万元左右。⑤ 这是一笔不小的收入。

但在美国电影大规模进入中国的同时，除了经济方面，还会引起一系列的相关反应。在一般情况下，市场反应着重于经济角度，制度反应着重于社会或政治角度，而电影同行的反应则更多地着重于艺术角度。当时中国特殊的时代环境，造成了中国电影同行对美国电影反应的双重角度，即影评对美国电影的政治批评，和艺术上对美国电影的实际借鉴。中国的电影制作者常常通过观看美国影片学习电影制作。同世界上其他国家电影业一样，中国电影吸取了好莱坞电影诸如灯光、结构、叙事等方面的制作风格与方法。中国早期电影的主流作品，大多受到好莱坞电影尤其是类型电影的深刻影响，倾向于对好莱坞类型电影进行适度的复制、模仿或改装。美国影片对中国电影的市场运作、艺术表现、技

---

① 乔治·萨杜尔：《世界电影史》，徐昭、胡承伟译，中国电影出版社 1982 年版，第 243 页。

② 沈子宜：《电影在北平》，中国电影资料馆编：《中国无声电影》，中国电影出版社 1996 年版，第 186 页。

③ 汪朝光：《好莱坞的沉浮——民国年间美国电影在华境遇研究》，《美国研究》1998 年第 2 期。

④ 《上海电影院一览表》，《上海市通志馆年鉴》委员会编：《上海市年鉴》（民国二十六年），上海中华书局 1937 年版，第 208—210 页。

⑤ 1935 年以前，中国使用银元，30 年代早中期银元与美元比价大致在 1：0.218—0.363 之间，1935 年 11 月币制改革后，改用法币，当时法币与美元的比价为 1：0.295。参见许涤新、吴承明主编《中国资本主义发展史》第 3 卷，人民出版社 1993 年版，第 68—69 页。

术制作产生了不容忽视的影响。

鲁迅认为，当时的好莱坞电影，多流于"发财结婚片"模式。在那些电影中，女主角因为嫁得好而得享荣华富贵。他以自己的观影经历为例指出："看了什么电影呢？现在已经丝毫也记不起。总之，大约不外乎一个英国人，为着祖国，征服了印度的残酷的酋长，或者一个美国人，到亚非利加去，发了大财，和绝世的美人结婚之类罢。"[①] 这样的电影所造成的后果，是在早期的中国电影业中造就了一种鲁迅称之为"才子＋流氓"的模式。这固然有中国传统流弊的影响，但好莱坞式类型电影的影响也不容忽视。在《上海文艺之一瞥》中，鲁迅对国产电影的这种现象有着详尽的论述。

而对于民众来说，正如李欧梵所述："对当时的中国电影观众来说，花几小时看场好莱坞的电影，即意味着双重享受：一边让自己沉浸在奇幻的异域世界里，一边也觉得合乎自己的口味，这口味是被无数流行的浪漫传奇和豪侠故事（包括那些被译成文言的读本）培养出来，经电影这种新的传媒而得到强化的。"[②] 美国电影的倾销，让美国人的价值观和行为规范潜移默化，深入到社会生活的各个方面。20 世纪 20 年代初，上海曾发生轰动一时的"阎瑞生风流命案"。主犯阎瑞生在审讯时交代谋杀的动机和细节竟都是从美国侦探片看来的。可见，美国侦探片曲折的情节对中国的影响已经超越了电影本身。及至 30 年代，中国电影女演员黎灼灼同男朋友张翼分手，对报界说张不及洋人浪漫。这说明一种新的恋爱观和性道德准则已经在中国获得相当广泛的接受，否则她不可能这样来为其行为辩护。而美国电影在传播这些道德观和行为方式的过程中则起到了关键性的作用。

鲁迅在进行电影批评时，常常从社会学的角度出发，即从电影去看社会的发展，或者是从社会的发展去看电影的建构与发展。对电影社会意义的这一认识，使鲁迅十分重视电影的实际社会影响和作用。艺术的形象化特点使其意识形态的作用往往显得十分含蓄，而电影的直观语言形式则通过更具扩张性的联想使这种社会影响作用更为潜移默化。鲁迅在剖析当时那些欧美的恋爱冒险等影片时指出：尽管大多数中国观众对

---

① 《鲁迅全集》第 6 卷，第 505 页。
② 李欧梵：《上海摩登》，剑桥大学出版社 2000 年版，第 95 页。

于这些影片的见解，"当然也和他们的本国人一样"，但是这些影片借以吸引人的"风情，浪漫，香艳（或哀艳），肉感……"背后，"冥冥中也还有功效在，看见他们'勇壮武侠'的战事巨片，不意中也会觉得主人如此英武，自己只好做奴才；看见他们'非常风情浪漫'的爱情巨片，便觉得太太如此'肉感'，真没有法子办——自惭形秽，虽然嫖白俄妓女以自慰，现在是还可以做到的。非洲土人顶喜欢白人的洋枪，美洲黑人常要强奸白人的妇女，虽遭火刑，也不能吓绝，就因看了他们的实际上的'巨片'的缘故。然而文野不同，中国人是古文明国人，大约只是心折而不至于实做的了"①。

语言结构中以不易察觉和不可分离的方式将其能指和所指"胶合"在一起的现象被称为"同构"。电影语言是一种独立的元语言，其艺术特质决定了本身就具有隐喻性，并与隐喻对象同构。鲁迅早就看出电影的形式"对于看客力量的伟大"，对其传播功效有清醒的认识，所以，内心深处的危机感更加深重。因为，"中国人倘被别人用钢刀来割，是觉得痛的，还有法子想；倘是软刀子，那可真是'割头不觉死'，一定要完"②。

在这里，鲁迅抓住了电影由"冥冥中"产生社会作用于观众的影响方式，并进而把电影与当时社会心态联系起来，把握其实际影响。欧美的这些电影并非是专为教化中国观众而拍的，它们说到底还是属于娱乐片一类。中国观众也并非有意识地要接受一些什么教化而去看这些影片，根本上也还是为了娱乐消闲。但鲁迅则从当时社会上一种较普遍的崇洋心理，揭示了这些影片在实际上所产生的"奴化"中国观众的作用。可以说，是畸形的社会心理扭曲了电影欣赏中的联想，但欧美这些电影在强化这些畸形的社会心理上也起了一定的作用。

按照鲁迅的分析，这种奴性是中国人传统中所固有的，电影潜意识的渗透让观众的这种奴性更为内化。鲁迅在《电影的教训》一文中，首先分析了中国旧戏中对这种奴性的灌输。"当我在家乡的村子里看中国旧戏的时候，是还未被教育成'读书人'的时候，小朋友大抵是农民……但还记得有一出给了感动的戏，好像是叫做《斩木诚》。一个大

---

① 《鲁迅全集》第4卷，第419页。
② 《鲁迅全集》第7卷，第325页。

官蒙了不白之冤，非被杀不可了，他家里有一个老家丁，面貌非常相像，便代他去'伏法'。那悲壮的动作和歌声，真打动了看客的心，使他们发见了自己的好模范。因为我的家乡的农人，农忙一过，有些是给大户去帮忙的。为要做得像，临刑时候，主母照例的必须去'抱头大哭'，然而被他踢开了，虽在此时，名分也得严守，这是忠仆，义士，好人。"①我们注意到，这个旧戏还是他未被教育成"读书人"时所看，这意味着，从农民到后来被四书五经之类教育成的"读书人"都在受着奴性的驾驭。而家丁代大官伏法，主母的被踢开，都彰显了名分、等级的"严守"。

接着，他笔锋一转，从旧戏说到电影，以"影院纪实"式的笔调写道："但到我在上海看电影的时候，却早是成为'下等华人'的了，看楼上坐着白人和阔人，楼下排着中等和下等的'华胄'，银幕上现出白色兵们打仗，白色老爷发财，白色小姐结婚，白色英雄探险，令看客佩服，羡慕，恐怖，自己觉得做不到。但当白色英雄探险非洲时，却常有黑色的忠仆来给他开路，服役，拼命，替死，使主子安然的回家；待到他豫备第二次探险时，忠仆不可再得，便又记起了死者，脸色一沉，银幕上就现出一个他记忆上的黑色的面貌。黄脸的看客也大抵在微光中把脸色一沉：他们被感动了。"②影片里的镜头是帝国主义推行殖民文化的真实写照，闪回和倒叙/预叙的电影表现手段被用来服务于意识形态规约下的策略性的"煽情"。观众潜意识中得到的"满足"，使意识形态中的奴役他者成为合理的、伪艺术化的需要。在这里，鲁迅并没有讲什么阶级矛盾和民族斗争的大道理，而是让人们自己去细细品味。笔法堪称含蓄幽默，笔力可谓入木三分，揭示出国人本性中潜在的奴性的存在。

而有些影片，貌似进步实则为"拥护有产者社会而设的宣传电影"，其欺骗性不言而喻。1927年鲁迅到上海定居后不久，就去看了美国电影《党人魂》。这是一部表现苏联十月革命的影片，因为听说这部电影"很进步"，在有的地方禁演了。虽是禁演，这部影片的卖座率却是空前的。《申报》上《党人魂》的巨幅广告写着："全美第一名导演

---

① 《鲁迅全集》第5卷，第309页。
② 同上书，第310页。

西席地密尔生平最著名最得意最耗心血之大杰作"，"大伏尔加船夫杰作"。但看了以后，鲁迅很失望。正如岩崎昶在《现代电影与有产阶级》一文中所分析的，这部影片"是只在用俄国的无产阶级革命为背景这一点上，因而遭了禁止，或重大的删剪的。但要之，那所描写，是将无产阶级革命当作了无统制的暴民的一揆。无教育而不道德的农民和劳动者，倚恃着多数，攻入贵族的城堡去，破坏家具，××美丽的少女，酗酒，单喜欢流血。那是在无产阶级的胜利上，特地蒙上暴虐的假面，涂些污泥，使小市民变成反革命起见而作的有产阶级的××。我们于此，看见了如拥护有产者社会而设的宣传电影，却被×××××××的××所禁止的那种奇怪而且愉快的现象了。"①后来在与张友松的谈话中，鲁迅说："租界当局是些胡涂虫，居然把一部反革命的宣传品（指《党人魂》，笔者注）当作革命作品看待（指当时租界禁映此片，笔者注），未免太可笑了。"②

正是在这一意义上，鲁迅并不同意软性电影论者所持的电影是"给眼睛吃的冰激凌，给心灵坐的沙发椅"的观点，而揭露了这些电影作为文化侵略的实际作用；"欧美帝国主义者既然用了废枪，使中国战争，纷扰，又用了旧影片使中国人惊异，胡涂。更旧之后，便又运入内地，以扩大其令人胡涂的教化"③。一部电影固然有其本身的客观意义，但当它与不同的社会环境联系在一起时，其实际社会作用会远远超过其本身意义。鲁迅重视电影的这种实际影响，也就更能揭示其社会性质了。

在指出国人潜在奴性的背后，鲁迅还指出了观众彰显的市侩性。因为"鼻子生得平而小，没有欧洲人那么高峻，那是没有法子的，然而倘使我们身边有几角钱，却一样的可以看电影。侦探片子演厌了，爱情片子烂熟了，战争片子看腻了，滑稽片子无聊了，于是乎有《人猿泰山》，有《兽林怪人》，有《斐洲探险》等等，要野兽和野蛮登场。然而在蛮地中，也还一定要穿插一点蛮婆子的蛮曲线。如果我们也还爱看，那就可见无论怎样奚落，也还是有些恋恋不舍的了，'性'之于市侩，是很要紧的"④。这段对电影观众的描述，颇有阿Q的神韵。

---

① 《鲁迅全集》第 4 卷，第 413—414 页。

② 张友松：《鲁迅和春潮书局及其他》，《鲁迅研究资料》1980 年第 7 辑，第 98 页。

③ 《鲁迅全集》第 4 卷，第 422 页。

④ 《鲁迅全集》第 5 卷，第 443 页。

《现代汉语词典》对"小市民"的解释是这样的："1. 城市中占有少量生产资料或财产的居民。一般是小资产阶级，如手工业者、小商人、小房东等。2. 指格调不高、喜欢斤斤计较的人。"① 老上海的小市民精明、工于算计，比之中国其他城市的同类型形象，有着更为鲜明的地域特征，可以说是集上述两种解释为一体。这样的观众以他者的身份去接受西方意识的冲击，却以主体者的身份去品评审视外来文明，令自己无形中处于高人一等的地位，恰恰符合了一直以来除中国外皆为蛮荒文明的"大中华"观念。凝视的角度令排斥感相对减小，从而心理上更易接受。接受的同时，又可以随时进行批判，满足心态平衡的要求。

1934 年 3 月下旬，上海大戏院放映一部德、法、美等国裸体运动纪录片《回到自然》。影院曾为此大肆宣传，大讲什么"裸体运动大写真"，什么"人体美与健康美的表现"，等等，宣传上还有这样的文字——

"一个绝顶聪明的孩子说：她们怎不回过身子儿来呢？"

"一位十足严正的爸爸说：怪不得戏院对孩子们要挡驾了！"

这跟现在有些影片标榜"少儿不宜"来吸引观众眼球又有什么不同呢？而这样的标榜，也暴露出所迎合的某些观众的心态。这样的宣传，自然让有些观众趋之若鹜。鲁迅特地撰写的《"小童挡驾"》一文中说道：

> 近五六年来的外国电影，是先给我们看了一通洋侠客的勇敢，于是而野蛮人的陋劣，又于是而洋小姐的曲线美。但是，眼界是要大起来的，终于几条腿不够了，于是一大丛；又不够了，于是赤条条。这就是"裸体运动大写真"，虽然是正正堂堂的"人体美与健康美的表现"，然而又是"小童挡驾"的，他们不配看这些"美"。②

看看影院广告招揽观众"风情，浪漫，香艳（或哀艳），肉感……"的广告，就可看出国人的复杂心态。电影需要黑暗，而"性"的活动

---

① 中国社会科学院语言研究所词典编辑室：《现代汉语词典》1998 年版，第 1387 页。
② 《鲁迅全集》第 5 卷，第 469 页。

也离不开黑暗。电影院是黑暗的场所,银幕上所映现的又是那些助长黑暗中人们所从事的行为的各种场景。小市民需要"性"的刺激,需要追求异性的场所,而好莱坞式的电影和影院恰恰能够完成上面这些任务。鲁迅的这一观点与许美埙、唐纳认为中国电影观众的成分大多数是"小市民层"的观点不谋而合。①茅盾也在《封建的小市民文艺》一文中界定"小市民"为"小资产阶级"。他还列举了至少两类"小市民"观众,即《火烧红莲寺》的看客——"小市民层的青年(小学生和店员)",以及《啼笑因缘》的看客——"小市民层中的成年人"。②

在《论人言可畏》中,鲁迅在评判新闻界弊端的同时,也对观众的市侩性进行了犀利的分析。在谈到阮玲玉之死时,鲁迅写道:"读者看了这些,有的想:'我虽然没有阮玲玉那么漂亮,却比她正经';有的想:'我虽然不及阮玲玉的有本领,却比她出身高',连自杀了之后,也还可以给人想:'我虽然没有阮玲玉的技艺,却比她有勇气,因为我没有自杀'。化几个铜元就发见了自己的优胜,那当然是很上算的。但靠演艺为生的人,一遇到公众发生了上述的前两种的感想,她就够走到末路了。"③观众对明星的这种复杂态度,在鲁迅笔下表现得淋漓尽致。这种市侩的心态,在现如今也没有根本的改变。

尽管从一开始,为了适应严酷的市场竞争,影院和电影创作者就非常注重迎合观众的欣赏口味,"但真正从电影观众的角度出发,对观众欣赏电影时的特殊心态进行较为深入细致的分析研究,是在1932年以后才得以起步的"④。鲁迅1930年年初在《〈现代电影与有产阶级〉译者附记》中便对电影受众的奴性与市侩性开始进行的这些探讨颇有价值。

好莱坞不仅在中国发行放映,而且也在中国拍摄制作电影。由于复杂的历史和文化原因,有关中国或以中国为主题的电影一直很受好莱坞制片人的青睐。如米高梅电影公司根据赛珍珠(Pearl Buck)同名小说改编的《大地》(1937)、环球电影公司制作的《东方即西方》(1930)、

---

① 参见许美埙《弗洛伊特主义与电影》,《现代电影》第3期,1933年5月;唐纳《小市民层与中国电影》,《申报》"电影专刊",1934年5月27日、28日。

② 茅盾:《封建的小市民文艺》,《东方杂志》第30卷第3号,1933年1月1日。

③ 《鲁迅全集》第6卷,第344页。

④ 李道新:《中国电影批评史》,北京大学出版社2007年版,第105页。

派拉蒙公司制作的《上海快车》（1932）等。但出现在美国电影里的华人多是下层人物甚至匪角，是留着长辫、穿着长袍的猥琐形象，"被一再描绘成为流氓坏蛋"，而"这种对中国事物采取基本对立的观念，同中国人的日益增长的新的民族自豪感，激烈地冲突起来了"①。

当时中国电影界的大部分同人对于这种现象是无法接受的，认为这是"中国人在影戏界上的人格"破产——"若有中国人，不是做强盗，便是做贼。做强盗做贼，也还罢了，还做不到寻常的配角，只做他们的小喽罗。一样做一个侍者，欧美人便是一个堂堂正正的侍者；一换了中国人，就有一股委靡不振，摇尾乞怜的神气，唉！我们中国人在影戏界上的人格，真可称'人格破产'的了！"因为外国电影对中国人的描绘对于每一个中国人都是相关的，这并不是对于一个具体人的描绘，而是有代表性的，代表了外国人对于中国人的总体认识。"没有到中国来过的外国人，看了这种影节，便把他来代表我们中国全体，以为中国全体人民都是这样的；那么，哪得不生蔑视中国的心呢？"② 1930 年，因为一部以华人作反面角色的电影《不怕死》的上映，明星公司编剧洪深还大闹过一回大光明影院，直闹到影片被禁，大光明停业。

其实，西方历来有东方主义的传统，西方人眼中的东方往往成为分裂的两方面：一方面，符码化为愚昧野蛮，茹毛饮血，等等，另一方面，则充满浪漫神秘的异域情调和神秘文化氛围。电影诞生一百多年来这种意识一直未得以彻底反拨。对不能对中国人原型进行准确阅读和还原的东方主义式的好莱坞重商电影，与当时中国电影界的大部分同人一样，鲁迅对此始终持一种拒斥和批判态度。"有些所谓文学家也者，也得找寻些奇特的（grotesque），色情的（erotic）东西，去给他们的主顾满足，因此就有探险式的旅行，目的倒并不在地主的打拱或请酒。……但中国人，在这类文学家的作品里，是要和各种所谓'土人'一同登场的，只要看报上所载的德哥派拉先生的路由单就知道——中国，南洋，南美，英，德之类太平常了。我们要觉悟着被描写，还要觉悟着被描写的光荣还要多起来，还要觉悟着将来会有人以有这样的事为有趣。"③

---

① 陶乐赛·琼斯：《美国银幕上的中国和中国人》，邢祖文、刘宗锟译，中国电影出版社 1963 年版，第 66 页。

② 顾肯夫：《〈影戏杂志〉发刊词》，《影戏杂志》1921 年第 1 卷第 1 期。

③ 《鲁迅全集》第 5 卷，第 444 页。

但对"辱华影片"这种现象，鲁迅在明确表示了自己反抗"被描写"的批评态度的同时，却又从另一个角度去分析了两种极端态度。他说："饱暖了的白人要搔痒的娱乐，但菲洲食人蛮俗和野兽影片已经看厌，我们黄脸低鼻的中国人就被搬上银幕来了。于是有所谓'辱华影片'事件，我们的爱国者，往往勃发了义愤。"在《现代电影与有产阶级》的《译者附记》中，鲁迅以大半的篇幅，剖析了围绕 1929 年美国影星范朋克及其主演的影片《月宫宝盒》所发生的一系列事件，批评了两种极端的态度：一是不作具体分析，盲目指责影片"辱没了中国"，"和范朋克大闹了一通，弄得不欢而散。但好像彼此到底都没有想到那片子上其实是蒙古王子，和我们不相干，而故事是出于《天方夜谈》（笔者注，即《天方夜谭》）的，也怪不得只是演员非导演的范朋克"①。二是低声下气，上海电影公会甚至呈信，托范朋克向世界宣传中国"四千余年历史文化所训练之精神"。鲁迅重点抨击了后一种态度，尖锐地指出"这正是被压服的古国人民的精神"，这种精神的实质是什么呢？"因为被压服了，所以自视无力，只好托人向世界去宣传，而不免有些谄；但又因为自以为是'经过四千余年历史文化训练'的，还可以托人向世界去宣传，所以仍然有些骄。骄和谄相纠结的，是没落的古国人民的精神的特色。"②从而告诉人们，这种自卑和自大纠结下的奴性心态，正是帝国主义电影文化侵略的社会基础。

与其他影评者的分析相比，鲁迅对此现象的分析更为客观深入。他对国人"骄和谄"心理的分析是非常深刻的，低声下气的态度和奴性的心态是永远不可能得到他人的尊重的。后来发生的事实也证实了鲁迅批评的正确性。1936 年，美国派拉蒙公司电影导演约瑟夫·冯史丹堡（Josef von Sternberg）访问上海，因为上海曾放映他执导的"辱华影片"《上海快车》，舆论一时哗然。③ 有人在报上一厢情愿、义正词严地希望"经过了这回教训之后，冯史丹堡会明白，无理侮蔑他人是不值得

---

① 《鲁迅全集》第 6 卷，第 645 页。

② 《鲁迅全集》第 4 卷，第 422 页。

③ 按《鲁迅全集》中所摘《大公报》的记载，此片在"一二·八"战事后曾放映过两天。可按照美国学者玛丽·坎珀的考证，《上海快车》从未在上海公映，认为一些记载把影片《不怕死》与此片混淆。参见《上海繁华梦——1949 年前中国最大城市中的美国电影》，《亚洲电影》（*Asian Cinema*），1995 年冬季号。

的……拍《上海快车》的时候，冯史丹堡对于中国，可以说一点印象没有，中国是怎样的，他从来不晓得，所以他可以替自己辩护，这回侮辱中国，并非有意如此。但是现在，他到过中国了，他看过中国了，如果回好莱坞之后，他再会制出《上海快车》那样作品，那才不可恕呢"①。可实际情况是，这位美国导演并没有如上文所希望的一到中国就改变了原有的论调。他并不把中国的"舆论的谴责"放在心里，在实地考察了中国现状之后，仍然说出自己的实话："中国人没有自知，《上海快车》所描写的，从此次的来华，益给了我不少证实。"②

鲁迅特地把《大公报》上有关此事件的不同报道辑录于《"立此存照"（三）》一文之中。在文中，鲁迅并不赞成当时某些人对外国影片公司以中国人民的生活为描写对象的影片，稍有缺点便视为"辱华"而一概予以排斥、摒弃。鲁迅认为，中国那时的现实也的确没有什么可以让人说好话的地方。没有好处可言却硬让人家说好话，那就是自欺和欺人。就好像患了浮肿病的人，自己讳疾忌医，还愿意别人都糊涂，误认他是肥胖。所谓"辱华"之处，要看看别人在哪些地方真正侮辱了中国人，哪些地方表现得违背了事实。而"不看'辱华影片'，于自己是并无益处的，不过自己不看见，闭了眼睛浮肿着而已。但看了而不反省，却也并无益处。我至今还在希望有人翻出斯密斯的《支那人气质》来。看了这些，而自省，分析，明白那几点说的对，变革，挣扎，自做工夫，却不求别人的原谅和称赞，来证明究竟怎样的是中国人"③。的确，只有以电影的方式重建国人的优异形象和民族的崇高地位，才能真正达到涤除"辱华"影片恶劣影响、有效维护民族自尊心的目的。

鲁迅抨击了"辱华电影"泛滥于上海和其他沿海城市，并正不断向内地扩展的现象，影响、侵蚀着二三十年代半殖民地的中国社会文化。在这个意义上，澳大利亚悉尼新南威尔士大学中文系的 Jon Eugene von Kowallis 认为，"尽管常常被人视为文化上的偶像破坏者和激进分子，鲁迅的这个结论却与儒家的人道主义传统教导相一致，即，通往未来的道路，只有在反思过去的基础上开辟出来，自我意识只有在保持对自己

---

① 萧运：《冯史丹堡过沪再志》，上海《大公报》1936 年 9 月 20 日。
② 弃扬：《艺人访问记》，上海《大公报》1936 年 9 月 20 日。
③ 《鲁迅全集》第 6 卷，第 649 页。

的动机和行动的批评观察才能达到（自我反省）。在这种意义上，他可以被视为是参加了被人们称为有关东方主义的争论，无论在学术界还是在电影界"①。这一评价倒是颇有新意。

尽管好莱坞在中国有着经济背后的特殊使命，但不可否认，总体来说，好莱坞电影通过其文化强势在登陆中国后对中国电影市场的形成和早期电影制作产生了巨大影响。这一影响是一把双刃剑，一方面体现了其殖民文化的特点，通过影片输出，传播资产阶级思想和美国生活方式；另一方面，电影作为精神产品具有文化属性，又培育了国人的电影意识，促进了中国民族电影的诞生和发展。"好莱坞作为中国文化的他者，在凝视与被凝视中，既解构又重构了中国的传统文化，电影作为其中重要的媒介工具，在很大程度上带动了中国的现代性。"②

鲁迅是一个在文化上积极主张拿来的思想家。对于美国电影等外来文化，鲁迅主张是"拿来主义"。正如周海婴所说："拿来主义就好像是鲁迅精神与人格的眼睛，体现的是他的气度、视野和眼光。"③他在《拿来主义》一文中这样写道："但我们被'送来'的东西吓怕了。先有英国的鸦片，德国的废枪炮，后有法国的香粉，美国的电影，日本的印着'完全国货'的各种小东西。于是连清醒的青年们，也对于洋货发生了恐怖。其实，这正是因为那是'送来'的，而不是'拿来'的缘故。"这"送来"的历史就是被迫、屈辱的历史。何以打破这被迫和屈辱呢？那么，就首先需要去拿来。所以他说："总之，我们要拿来。我们要或使用，或存放，或毁灭。那么，主人是新主人，宅子也就会成为新宅子。然而首先要这人沉着，勇猛，有辨别，不自私。没有拿来的，人不能自成为新人，没有拿来的，文艺不能自成为新文艺。"④

相对于当时评判点更偏重于政治的左翼影评来说，鲁迅对美国电影的评判是辩证的、一分为二，较为客观、深入。虽然左翼影评也曾认为，并非"帝国主义国家的影片一律都要加以反对"，但他们对美国影

① ［澳］寇志明：《鲁迅论电影及电影中的鲁迅：官方制作和独立制作者"正传"》，北京大象出版社 2006 年版，第 336 页。

② 姜玢：《凝视现代性：三四十年代上海电影文化与好莱坞因素》，《史林》2002 年第 3 期。

③ 周海婴、周令飞：《鲁迅是谁》，载葛涛《鲁迅文化史》，东方出版社 2007 年版，第 2 页。

④ 《鲁迅全集》第 6 卷，第 40—41 页。

片更多地"力求从政治内容上去肯定成败锐钝，同时看它服从内容的艺术表现，是否为裹着糖衣的毒药或与此相反而区别好坏"①。他们强调的是内容决定形式，内容第一，即政治标准第一，而在实际批评时，往往又成了政治标准唯一，难免会留下简单化、概念化和主观化的弊端。

　　而鲁迅的电影批评，其本质上是社会批评和文明批评。他的批评观点里，可以看出岩崎昶电影理论的深刻影响，又对其有进一步的创造性运用与发挥。鲁迅的系列分析从反殖民文化和国民性批判的角度，在多篇文章中完成，笔调尖锐且不乏幽默。在《二心集》的序言中，他这样说："译文则选了一篇《现代电影与有产阶级》附在末尾，因为电影之在中国，虽然早已风行，但这样扼要的论文却还少见，留心世事的人们，实在很有一读的必要的。"② 这段话提示了鲁迅电影批评的一个重要方面，即他把电影同社会发展联系起来的方式。当写作有关电影的文字时，他并不仅仅专注于电影本身，而是更扩大及于中国的历史、社会和信仰体系。他从现代电影中引用例证，不但揭示电影本身的内在意义，而且涉及电影的制作生产过程，并以此来抨击传统社会有关阶级、种族和性别的偏见。

第三节　对苏联电影的快意

　　相对于好莱坞电影来说，苏联电影在中国遭到的境遇与之截然不同。③ 因为意识形态等诸多原因的影响，有关苏联的一切，都不同程度地受到阻挠和禁止。其中，又尤以苏联电影的输入中国为最晚，数量也非常有限，与好莱坞电影的铺天盖地形成鲜明的对比。

　　苏联电影在中国的传播，始于20世纪20年代中期。1924年，纪录片《列宁的葬礼》在中国部分城市放映。1925年，由田汉主持的南国社也非公开地放映了爱森斯坦的经典名片《战舰波将金号》。1931年苏联电影开始在中国半公开放映。1933年2月16日，随着影片《生路》在上海大戏院的正式公映，中国观众才得以欣赏到完全不同于好莱坞出

---

① 凌鹤：《左翼剧联的影评小组及其他》，《电影艺术》1980年第9期。
② 《鲁迅全集》第4卷，第195—196页。
③ 本书中的"苏联影片"均指前苏联影片。

品的影片。自 1933 年以后,苏联影片陆续输入中国的为数不少,但由于国民党中央电影检查委员会的百般挑剔,准予公开上映的并不多。《我们来自喀琅什塔得》一片审查了四五次,审查的时间长达半年,最后还是删剪了好几段,才获得通过。著名影片《夏伯阳》在南京审查时,就被禁映了。后来经过片商的一再请求,同时又因国民党方面所谓"我国军事专家以该片对我国军训不无稍补"方准于公开放映。

鲁迅对苏联电影非常喜爱,一有新片就要去看。许广平回忆说,他是"每张都不肯错过的"①。但在禁映苏联影片的"条例"取消之前,看苏联电影是有被捕的危险的。那时只有上海大戏院敢放映苏联电影。这个在上海由国人开办的第一家正规影院,因竞争激烈营业陷入窘境。老板曾焕堂无奈只能剑走偏锋,对苏联影片的大开绿灯,因其地理位置背华界而邻租界,故一般在租界被禁之片,均争趋之,专赖此种影片赚钱。当年租界的严禁之片,如《亡命者》、《回到自然》等等,都是在上海大戏院和观众见面的。上海大戏院的大门面临租界的北四川路,而院址则全部坐落在华界闸北,国民党特务就利用这一点盯梢抓人,认准了就从边门拖入华界。老影人程步高在回忆录中对此有生动描述:"往上海大戏院看苏联电影,是有被捕的危险的。但是苏联电影只在上海大戏院放映,又不愿不看。知道有危险,还是硬头皮,冒冒险。看一次戏,不免提心吊胆。下次新片放映,又是鼓足勇气,甘愿危险,溜进上海大戏院,颇有'拼死吃河豚'之感。"②但即便如此,到上海大戏院看苏联影片的还是大有人在,鲁迅就是其中之一。我们从《鲁迅日记》中可以发现,鲁迅晚年几乎每周都要看一场影片,而上海大戏院又是他去得最多的一家影院。

1932 年 11 月中苏复交后,原先禁映苏联影片的"条例"取消了,第一部经过删剪的苏联影片《生路》在个别影院放映。鲁迅捷足先登,并对这部描写苏维埃政府教育改造流浪儿的影片产生了很大的兴趣。1935 年初秋纪念十月革命节时,鲁迅与宋庆龄、史沫特莱、茅盾、许广平、黎烈文等受邀去苏联驻上海领事馆观看《夏伯阳》,对这部描写"铁的人物和血的战斗"的革命影片赞赏不已,对在场的苏联驻华大使

---

① 许广平:《鲁迅的写作和生活》,上海文化出版社 2006 年版,第 172 页。
② 程步高:《影坛忆旧》,中国电影出版社 1983 年版,第 198 页。

勃加莫洛夫等表示，"我们中国现在有数以千计的夏伯阳正在斗争"。①
隔了半年多，当《夏伯阳》在上海大戏院正式公映时，鲁迅又兴致勃
勃地邀请萧军、萧红、胡风等再次前往观看。

据鲁迅日记，从 1932 起，大凡当时在上海首演的苏联影片，如
《亚洲风云》（《国魂》）、《生路》、《雪耻》、《傀儡》、《夏伯阳》、《复
仇遇艳》等，他全都去看了，并利用自己的话语影响力所能及地向周围
推介。需要指出的是，以上影片并不能代表苏联电影最高水平，而以
《战舰波将金号》、《母亲》、《土地》等为代表的更高艺术水准的苏联电
影，即"蒙太奇电影"，② 鲁迅并未见到。在他逝世前 10 天，观看了由
普希金小说改编的《复仇遇艳》，"以为甚佳"，认为它"不可不看"，
当晚就写信"鼓动"两位友人"快去看一看"。③ 这被视为是他"最大
慰藉、最深喜爱、最足纪念的临死前的快意"影片。

相对于好莱坞影片，鲁迅对苏联影片几乎没有毁贬之词。有学者认
为鲁迅如此喜爱苏联电影，和他的"俄国文学是我们的导师和朋友"
的名言联系起来看才能够理解。④ 的确，鲁迅对来自苏联的文学艺术，
似乎有一种自然的亲近感，这与他赞赏被压迫者的反抗的态度比较切
合。其实，这只是一方面，文学和电影是两种迥异的艺术语言，苏联电
影本身所发散的艺术光芒和在世界上的宏大影响力才是本因。20 世纪
20 年代中后期开始，苏联电影艺术家的理论研究和创作实践取得了较
大的成就，在世界影坛上引起了很大的反响。就连反共最坚决的欧美资
本主义阵营，也为苏联影片的艺术成就所折服，爱森斯坦访问美国就引
起巨大轰动。

而且，国内外当时都处于革命大转折的重要年代，一方面是席卷西
方资本主义世界的经济危机，一方面则是苏联社会主义经济的迅速恢复
和发展。这极大地鼓舞了资本主义国家的工人运动和殖民地半殖民地国
家的民族民主革命运动。与此相联系，苏联的（包括电影在内的）无

---

① 宋庆龄：《追忆鲁迅先生》，载《鲁迅回忆录 1 集》，上海文艺出版社 1978 年版，第 2
页。

② 此处"蒙太奇"比一般提到的蒙太奇技术/艺术手法有更深的内涵，已升华为创作理
念。

③ 《鲁迅全集》第 14 卷，第 165—166 页。

④ 《鲁迅全集》第 4 卷，第 473 页。

产阶级文艺为世界所瞩目，许多国家的左翼文艺运动都受到它的影响。比如日本左翼文艺的发展就明显地受到苏联无产阶级文艺的影响。鲁迅所译的《艺术论》和《文艺与批评》，就是先传到日本，后转译到中国来的。后来夏衍与郑伯奇分别译介的苏联电影理论名著《电影导演论》和《电影脚本论》也是如此。

在这样的历史条件下，苏联电影很容易就得到了中国进步电影工作者的青睐，并开始了艺术理论和方法的直接学习与借鉴。鲁迅在这股理论译介风潮中也是开风气之先的，译介了苏联先进的电影理论以及有关促使电影事业发展的决策性文献。1928 年起，鲁迅根据日译本重译了反映苏联十月革命时期文艺运动情况的《文艺政策》一书，汇集了包括电影事业各项方针政策的重要报告与有关决议文件。1929 年上半年，鲁迅先后翻译了卢那卡尔斯基（现译卢那察尔斯基）关于艺术的论文专辑《艺术论》和普列汉诺夫（Georg Valentinovitch Plekhanov）的同名文艺论集《艺术论》，介绍了卢那察尔斯基和前期的普列汉诺夫关于艺术起源、艺术的社会作用和艺术的阶级性的见解。隔了两个月，他又翻译了卢那察尔斯基的《文艺与批评》，其中《苏维埃国家与艺术》谈到电影的阶级性，谈到了列宁对电影的重要指示。鲁迅的译文是："一切我国的艺术中，为了俄罗斯，最为重要的，是电影。"（现通常译为：在所有的艺术中，电影对于我们是最重要的）。鲁迅翻译的列宁对于电影的指示，以及对苏联革命文艺理论的介绍和当时电影艺术家的著作，都为 30 年代的中国左翼电影运动乃至整个左翼文艺的理论建设和创作实践，奠定了坚实的基础。

1930 年年初，鲁迅翻译了日本左翼影评家岩崎昶的《现代电影与有产阶级》。这篇文中虽然主要是剖析"资本主义底宣传电影"的，但对苏联电影的动态也十分关注。这一点颇为值得注意。岩崎昶在文中写道："在 1928 年，开在墨斯科（笔者注，即莫斯科）的中央委员会的席上，关于电影，有了'将电影放在劳动者阶级的手中，关于苏维埃教化和文化的进步的任务，作为指导，教育，组织大众的手段'的决议了。苏维埃电影的任务，即在世界的电影市场上，抗拒着资本主义底宣传的澎湃的波浪，而作××××宣传。"① 这是岩崎昶深受苏联电影

---

① 《鲁迅全集》第 4 卷，第 403—404 页。

影响的例证。他在论文的篇末有几句声明，说明在计划完成的全书中还包括"无产阶级方面所作的宣传电影等"。对此，鲁迅在《译者附记》中特意译出，以示强调。这些都表明鲁迅与岩崎昶对发展无产阶级电影事业的关切和渴望。

鲁迅翻译的《现代电影与有产阶级》和他自己所写的《译者附记》，是 30 年代左翼电影运动最早的理论文献。① 据夏衍回忆，当时"以新文化运动主导者自任的革命的知识分子，却完全将这种新的艺术看作'化外区域'而不加顾盼"。他赞扬这篇《译者附记》具有"先见"之明："在一九三六年的现在看，这种意见差不多每个影评者都能讲的话了，但是文章后面注的年月是'一九三〇，一，十六'，就觉得鲁迅先生在当时已经很有'先见'了。"② 因此，鲁迅的率先行动对当时人们的触动是可想而知的。

从那时起，国内开始系统地介绍苏联电影理论及其他国家的进步电影，左翼电影运动蓬勃发展。1932 年黄子布（夏衍）和席耐芳（郑伯奇）翻译了普多夫金的《电影导演论》和《电影脚本论》。1933 年，年轻的共产党员、电影评论家王尘无，在他那篇有名的文章《中国电影之路》中借用了岩崎昶的《普罗电影论》和北川氏的《苏俄电影的五年计划录党的指令》中的话，以探讨电影的性质问题。可以毫不夸张地说，鲁迅的这篇译文和《译者附记》，是中外电影关系史上独放异彩的一页，它产生于中国当时特有的社会及电影的土壤，饱含着当时世界革命文坛运动迅猛发展的勃勃生机。

这些苏联电影的输入和理论的翻译介绍，和好莱坞电影一起促成了中国电影观念的转变和创作艺术风格的拓展。夏衍编写的电影剧本《狂流》，就是根据他自己翻译的普多夫金的《电影导演论》和《电影脚本论》"所提示的原则编写的"，它也"是我国正式出版的第一个电影剧本"③。许多中国电影工作者都在不同程度上接受了不同于好莱坞风格的苏联蒙太奇思维方法的影响和美学启示。由于"中国影人是在自己电影传统相对好莱坞电影经验理解的基础上接受苏联的蒙太奇理论的，对

---

① 凌振元：《试论鲁迅对左翼电影运动的贡献》，《吉林师范学院学报》1989 年第 1 期。
② 夏衍：《鲁迅与电影》，载上海《电影·戏剧》1936 年第 1 卷第 2 期。
③ 程季华：《苏联电影早期在中国放映史实及其他》，《中国电影》1957 年第 11—12 期。

苏联经验的学习也受到这种传统的影响而有所取舍","创作上更多的是把它与好莱坞电影经验结合起来,注重叙事蒙太奇技巧的应用"。① 正如夏衍所说:"那时候中国电影,简单的讲,理论上学苏联,技术上学美国。"② 中国左翼电影工作者学到新的创作态度和创作方法,开始尝试着用苏联电影中的意识形态色彩和现实主义批评标准去用电影表达自己的倾向性,用电影替普通大众鸣不平。但值得注意的是,苏联电影所提出的——"电影在一方面是积极地促进文化革命的要因及工业化与协动化的过程武器,另一方面应利用为增加国库收入的有力源泉。"③在某种程度上,后一方面所涉及的有关电影的商品观除王尘无的文章外被国人大大地忽视了。

鲁迅在评价有关影片的得失成败时,也更多地从电影艺术的社会认识意义着眼。1936 年 10 月,他在看了苏联探险片《黄金湖》以后,认为"很好",并认为"罗曼蒂克的"法国影片《暴帝情鸳》"恐怕也不坏",表示"与其看美国式的发财结婚影片,宁可看《天方夜谈》一流的怪片子"④。看了描写苏联青年向北极进军事迹的影片《冰天雪地》以后,表示"真好"⑤。

鲁迅之所以不同程度地赞赏这些影片,都和影片在认识意义或教育意义上对人们有益,以及艺术表现上能使人们感到"趣味津津"有关。比如《复仇遇艳》,就因为其中"农奴最后给地主一击",即烧毁庄园和对富人"抢劫"的这场戏,曾经"最使他快意"。尽管审美感受的愉快与一般生理上的快感并不是一回事,但却有着较为密切的联系。审美感受中一切更高级、更复杂的心理现象,都是在通过生理感受所获得的感性材料的基础上产生的。鲁迅对于影片《复仇遇艳》由生理机能的适当满足而和适应一定的社会阶级利益的精神满足相联系,由一般的"快意"升华为审美享受的获得满足,从而一吐为快地急切动员别人获取相应的艺术享受,这一切都不难看出鲁迅评价《复仇遇艳》等影片

---

① 钟大丰、舒晓鸣:《中国电影史》,中国广播电视出版社 1995 年版,第 31 页。
② 夏衍:《历史的回顾——在文学艺术研究院的讲话》,载《文艺研究》1979 年第 4 期。
③ 北川氏:《苏俄电影的五年计划录党的指令》,载罗艺军编《20 世纪中国电影理论文选》,中国电影出版社 2003 年版,第 126 页。
④ 《鲁迅全集》第 13 卷,第 560 页。
⑤ 曹白:《写在永恒的纪念中》,载《鲁迅先生纪念集》,文化生活出版社 1937 年版。

所依据的进步思想内容和完美艺术表现相统一的审美标准与评论原则。

综上所述可以看出，揭露帝国主义电影实质，维护和促进中国新生电影的发展，成为鲁迅电影批评思想构建的主脉络，与鲁迅毕生的文学实践和政治理念相应和。在电影理论的译介上，他起到了开路先锋的作用，因为到 1933 年后，这一批评目的才"成为每一个进步电影批评者的共识"①。浓重的社会批判意识使鲁迅的电影批评始终不偏离于"呐喊"的主轨。鲁迅一生所写的关于电影的文字不算太多，但在这不多的文字之中，可以洞见他对电影的批评性读解，从电影的任务到它的效果，从欧美的电影到中国电影之发展与趋向，是与鲁迅在政治主张和文学实践上的主轨迹相平行或兼容的。

但鲁迅对电影的批评，其实更多程度上是传统的社会批评的方法，是一种借物言志。正如王得后所说："鲁迅的电影批评，性质上是社会批评和文明批评。他不限于就电影批评电影，而是在中国社会和传统文明的广阔背景中通过电影来批评旧社会，旧思想，旧道德，旧文明，批评电影及其创作中的问题。"② 这使鲁迅对电影本体/修辞所偶尔阐发的吉光片羽式的"真知灼见"被淹没在其智慧的浩茫大海之中。

也正因为上面的原因，虽然鲁迅关注电影，但他常常囿于影迷的身份，自始至终也没有把电影放在自己的批评主体上来。与对新闻媒介的批评相比，鲁迅对电影这种视觉媒介的批评关注要少很多。在被李道新划分为"电影的新文化批评"的 20 世纪 30 年代，鲁迅电影批评的主旋律跟当时的进步主流吻合，但也表露出自己独有的特色。在当时进步电影批评与"软性电影"的论争中，鲁迅并没有投身其中。在与左翼电影同路的同时，鲁迅也显露出一丝疏离的态度，他对好莱坞电影的批评中，并没有完全从意识形态着眼发出"将那些麻醉品从国内的电影院一脚踢出场"的宏论，③ 对影片进行"注释"、"解剖"和"警告"，而是以幽默的笔调揭示背后的经济利益，审视着观众在其中的被异化。只是鲁迅对苏联电影的由衷喜爱，让他对苏联电影没有发一句否定之辞，这在以批评为己任的鲁迅实属罕见。

---

① 李道新：《中国电影批评史》，北京大学出版社 2007 年版，第 64 页。
② 王得后：《鲁迅的电影批评》，《文艺报》1984 年第 2 期。
③ 《〈电影艺术〉代发刊辞》，《电影艺术》第 1 期，1932 年 7 月。

鲁迅反对电影文化侵略、创建民族电影的基本思想，对于我们今天发展社会主义电影事业，仍然有着十分重要的启发意义。新时期以来，中国电影在改革开放中开始与世界交流、接轨。一方面使中国电影能够博采众长，以促进自身的变革与发展；而另一方面，也使中国电影处于全球后殖民文化语境之中，经受着西方"文明"的冲击。在新的历史条件下，重温鲁迅当年对外借鉴的历史经验，我们既要敢于"拿来"，善于吸取，又要独立思考，锐意创新；既要头脑清醒，警惕后殖民文化的渗透，又要防止草木皆兵，动辄以"崇洋"、"辱国"相加。只有这样我们的电影事业才能得以健康发展。

第三章　广告:世间百态的写照

　　鲁迅自称是一个"爱看广告者"①,同时也是一位优秀的广告创意者。他身体力行作过不少书刊广告。在 2005 年出版的《鲁迅全集》和 2006 年出版的《鲁迅全集补遗》里,笔者粗略统计后发现直接与广告有关的文章有 60 多篇。广告为他赢得了读者,也帮助他了解当局统治下的半封建半殖民地社会的人情世态,成为他撷取观察和批判现实世界第一手材料的来源。

第一节　剥下离奇广告的美丽画皮

　　辛亥革命前,国内资本主义工商业不发达,广告客户少,许多人还不懂得广告的作用,"视广告为奢侈品,或甚至视为慈善事业之荒谬观念"并不少见。②辛亥革命后,尤其是第一次世界大战期间,帝国主义列强无暇东顾,中国民族工商业因此得到较快发展。民国广告业也随着商业发展、科技进步、报纸及其他传媒的日益普及而逐渐形成并发展起来。

　　到民国初年,各大城市尤其是上海的广告行业已初具规模,大小广告公司近 20 家,有报刊广告、橱窗广告、邮寄广告、广播广告等。而报刊广告以其发行量大、覆盖面广、连续性强以及图文并茂等特点,在现代广告业中雄踞榜首。商家认识到在发行量较大的报纸上登载广告,其作用与影响更为突出。"一纸风行,不胫而走。故报纸所到之区,即广告势力所及之地。且茶坊酒肆,每藉报纸为谈料。消息所播,谁不洞

---

① 《鲁迅全集》第 8 卷,第 277 页。
② 徐宝璜:《新闻学》,载《新闻文存》,中国新闻出版社 1987 年版,第 356 页。

知。永印脑筋，未易磨灭。非若他项广告之流行不远，传单之随手散佚也。是故新闻愈发达广告之作用亦愈宏。"① 这段话把广告与新闻纸之间的关系分析得颇为透彻。

对报刊而言，广告收入也成为其收入的主要来源。各种报纸杂志登载广告的版面越来越多，以致戈公振感叹广告地位已比新闻篇幅要多出许多。他在《中国报学史》中对1925年4月10日以后20天左右的各地主要报纸进行抽样分析，当时的广告种类已从商务广告扩展到社会、文化、交通等其他类型，广告在版面中的地位急剧上升，有的甚至占版面一半以上。当时几家报纸广告占版面的比例是：北京《晨报》占52.7%，天津《益世报》占62%，上海《申报》占42.7%，可见广告数量之多。② 还有学者曾随机统计1933年12月1日《申报》的广告，发现该日30版中（10版为增刊）29版均登有广告，总共多达540条。许多广告占了1/4版以上，有的更占了半版甚至全版。此日的《申报》之所以增出10版，主要就是因为广告太多常规版面无法容纳。③ 这种由于广告较多而增加版面的情况，在当时对许多报纸来说都是司空见惯的现象。不仅如此，广告的剧增对报纸登载新闻的版面也形成了较大的冲击。有时会把新闻地位挤成一小块，或者夹成一条"小弄堂"。有的在版面中央登一块广告，而四面都补上新闻。此"四面靠水式"的报纸广告，所需费用也很昂贵。

不仅如此，广告花样翻新，内容千奇百怪，翻开旧日上海报纸，有时让人哭笑不得：写着"妹妹我爱你"这类庸俗情诗一首，却原来是服装店的广告；大字"未婚者注意"下面，是出租结婚礼服、礼帽、衬衫、漆皮鞋；更滑稽的是上海三德洋行生殖灵宣传部登出蒋介石的照片和蒋介石结婚近闻，把蒋介石作为推销药品的广告了。还有大量包愈新老白浊、花柳病捷径、白浊专家、电灼淋浊、洗射白浊，各种各样治疗梅毒、花柳病的药，以及百补戒烟丸之类的戒烟药，还有寻尸赏格、悬赏捉拿、面授函授催眠术，等等，看了使人毛骨悚然。

鲁迅自称是一个"爱看广告者"，对经常订阅的几份报刊上的广

---

① 薛雨孙：《新闻纸与广告之关系》，载《最近之五十年——申报馆五十周年纪念》，上海书店1987年版。

② 戈公振：《中国报学史》，北京三联书店1986年版，第212—225页。

③ 赵琛：《民国报纸广告》，《中国广告》2005年第4期。

告，看得很细心，每有"奇特"广告，就剪下略加点评"绍介"给读者，希望"有目共赏"①。所以，当他看到"庐山荆棘丛中，竟有同志在剪广告，真是不胜雀跃矣"。于是，连原文加上一节"拾遗"，发表在《语丝》周刊上。但是，鲁迅是个非常认真的人，他也指出了"从敝眼光看来，盈同志所搜集发表的材料中，还有一种缺点，就是他尚未将所剪的报名注明是也。自然，在剪广告专家，当然知道紧要广告，大抵来登'申新二报'，但在初学，未能周知"②。

为什么连剪广告也要注明报名呢？因为鲁迅有一个经验，就是"看广告的种类，大概是就可以推见这刊物的性质的。例如'正人君子'们所办的《现代评论》上，就会有金城银行的长期广告，南洋华侨学生所办的《秋野》上，就能见'虎标良药'的招牌。虽是打着'革命文学'旗子的小报，只要有那上面的广告大半是花柳药和饮食店，便知道作者和读者，仍然和先前的专讲妓女戏子的小报的人们同流，现在不过用男作家，女作家来替代了倡优，或捧或骂，算是在文坛上做功夫"③。在这里，鲁迅不仅敏锐地看到了报刊通过其所登的广告反映出来的它对某一资本家财团在经济和政治上的依附关系，也看到了它们之间在精神和思想文化上的一致性。有时候，广告也成为当局者统治的一种手段。鲁迅曾愤恨地说："现在的统治者……什么他都怕，因而在出版界上也布置了比先前更进步的流氓，令人看不出流氓的形式而却用着更厉害的流氓手段：用广告，用诬陷，用恐吓。"④

在这篇《剪报一斑》中，编者盈昂剪录了5类广告共计7篇，篇篇可谓奇文：如律师启事里，江西龙虎山"受命于天，传位已六十三代"的张天师聘请律师做顾问，接洽事务，并对"不法侵犯者当依法尽维护之责"；商业广告里，则是茂丰洋行"为寓沪富绅巨商之安全起见，特聘重金请欧战时著名工程司来沪专装无畏保险汽车"；还有则图书广告宣称：上海三友图书公司表示"无论中外埠，如附邮票六分附下列赠券"，即可无条件赠送马振华哀史；特别启事里，是南洋兄弟烟草公司声明：烟壳内层上所印字母缩写并非"共产党"之缩写；最后一则于

---

① 《鲁迅全集》第 4 卷，第 49 页。
② 《鲁迅全集》第 8 卷，第 277 页。
③ 《鲁迅全集》第 4 卷，第 175 页。
④ 同上书，第 309 页。

《扬州日报》封面刊登的"求婚广告"更妙,一位"二十一岁方始读书"的朱姓丧偶"名士",自称"竖穷三界。横贯地球。对于宗教学,性命学,道德学,政治学,法律学,兵机学"均精通,广征"香阁娇娃。学林才女。或及正之娼妓。失志之英雄……惟外国人不收"①。

对这 7 篇所剪广告,鲁迅的评论是"这篇一发表,我的剪存材料,可以废去不少",看来鲁迅所剪存材料与此篇有类似之处,不过"唯有一篇,不忍听其湮没,爰附录于后,作为拾遗"附录进去。附录进去的这篇是"寻人赏格"。这可不是普通的寻人启事,而是妓院主人悬赏捉拿"潜逃妓女"的启事,赫然登在"中华民国十七年八月一日《新闻报》第三张'紧要分类'中之'征求类'"。至此,我们也明白了《拾遗》开头,鲁迅说"紧要广告,大抵来登'申新二报'"中,这"紧要"的含义了。妓院悬赏拿人的广告也算"紧要",对此,鲁迅只能说,"妓院主人也可以悬赏拿人,至少,可以使我们知道所住的是怎样的国度,或不知道是怎样的国度者也"②。

近代上海报业大多为商业化运作,报纸的营业收入,一方面靠报纸的销数,更主要的要靠广告收入。据报人徐铸成回忆,大报如《申报》、《新闻报》等报馆收入,70% 是来源于广告,对于报纸本身的售价来说,除了白报纸的成本和报贩的折扣以后是亏本的。不足之数,全靠广告收入来弥补。③ 任何一家报纸,除含有色彩(指为党派团体所创办的报纸),为某一方政治派别服务而获津贴者外,其存亡的命运,悉系于广告之有无,"故报纸之广告,实为报纸之命脉"④。

《新闻报》创刊于 1893 年 2 月 17 日(清光绪十九年元旦),由中外商人合组的私人公司创办,其后又得到清廷官员如张之洞等人的资助。1899 年转入美传教士福开森(John C. Ferguson)之手。虽然创刊比《申报》晚 21 年,但经过一番顽强拼搏,也跃居于全国数一数二的大报行列,发行量由 1914 年日销 2 万份到 1921 年增加到 5 万份,1926 年猛增到 14 万份。资金积累也成倍增长,每年获利几万元或十几万元,甚至更高,1922 年广告费收入达到近百万元,扣去董事分红及各项开

---

① 《鲁迅全集》第 8 卷,第 279—284 页。
② 同上书,第 277 页。
③ 徐铸成:《旧闻杂忆》,四川人民出版社 1981 年版,第 189—190 页。
④ 黄冠:《四小报被罚感言》,《社会日报》1929 年 12 月 3 日。

支，大约也盈余几十万元，形成了申、新两报并驾齐驱的局面。① 作为一家面向工商界读者为主的经济新闻大报，居然刊登妓院悬赏拿人的广告，可见当时报纸在刊登广告时毫无把关可言。

广告被徐宝璜称为"有力之商业媒介"。在他眼里，分类广告"实乃小形之新闻。每一种类，均有一部分人，急欲取而读之"。他认为："新闻纸最要之收入，为广告费，至其卖报所得，尚不足以收回其成本，此世所熟知者也。故一报广告之多寡，实与之有莫大之关系。广告多者，不独经济可以独立，毋须受人之津贴，因之言论亦不受何方之缚束，且可扩充篇幅，增加材料，减轻报资，以扩广其销路。又广告如登载得当，其为多数人所注意也，必不让于新闻。"②

但他同时也提出要对广告内容进行审查，新闻社"当先审查其内容何如。若所说者为实事，而又无碍于风纪，则可登出之。若为卖春药、治梅毒、名妓到京或种种骗钱之广告，则虽人愿出重资求其一登，亦当拒而不纳。因登有碍风纪之广告、足（助）长社会之恶风，殊失提倡道德之职务；而登载虚伪骗人之广告，又常使阅者因受欺而发生财产之损失。此损失纵使于法律上，不能向该新闻社索赔偿，而就道德方面而言，该社实有赔偿之义务。故一报常登不正当之广告，必致广告之信用扫地，因之其价值不堪阅矣"③。

但是，当时许多报刊为了经济利益，对广告的内容基本是不审查的。香港《循环日报》上，居然堂而皇之地刊登绑匪枪毙人质，索要赎金的《撕票布告》、相命师诓骗信女的诈骗信《致信女某书》、还有地痞流氓逼迫茶楼女招待妙娥的《诘妙娥书》。

《撕票布告》里把人质被枪毙致死的惨状详加描写，还加上绑匪"枪毙示众，以儆其余"的恐吓。《致信女某书》里相命师先说信女"今生命极好"，但"汝前世犯了白虎五鬼天狗星"，"若不信解除……有子死子，有夫死夫"，对信女极尽威逼之能事。《诘妙娥书》里流氓对不服淫威的女招待拳打脚踢后，又在报上下了最后通牒，"限你一星期内答复，妥讲此事，若有无答复，早夜出入……难保性命之虞"。

① 马光仁主编：《上海新闻史》，复旦大学出版社1996年版，第553页。
② 徐宝璜：《新闻学》，载《新闻文存》，中国新闻出版社1987年版，第353—354页。
③ 同上。

　　《循环日报》1874年2月4日在香港创刊,由王韬主编,是中国第一份以政论著称的报纸,在国内最早传播资产阶级改良主义思想,在近代报坛上产生了深远的影响。可半个世纪后,却堕落成这样无耻的报刊,真让人叹惜。鲁迅把这三篇"奇文"收编成文,集在《匪笔三篇》里,在前言中"号召"广为征收"土匪,骗子,犯人,疯子等等的创作","不限有韵无韵","但经文人润色,或拟作赝者不收"①。

　　还有许多广告故弄玄虚、欺骗读者,读者在看广告时,很难分辨真假。在《某笔两篇》中,鲁迅对他昨天"得幸"看到的两则奇特广告给予了评说。一则是载于香港《循环日报》的行医广告。一位熊姓人士在广告中吹嘘自己曾"历任民国县长,所长,处长,局长,厅长。通儒,显宦,兼作良医,尤擅女科……每日下午应诊及出诊"。如果只从广告中看,这个姓熊的的确很不简单,官做过不少,又是通儒显宦,并且是个擅长女科的良医;但世上真有这样的奇人吗?不止鲁迅,恐怕所有看过这则广告的读者中也没几个人信。因此鲁迅在案语里如此评说:"以吾所闻,向来或称世医,以其数代为医也;或称儒医,以其曾做八股也;或称官医,以其亦为官家所雇也;或称御医,以其曾走进(?)太医院也。若夫'县长,所长,处长,局长,厅长。通儒,显宦',而又'兼作良医',则诚旷古未有者矣。而五'长'做全,尤为难得云。"②鲁迅的点评,有理有据,欲擒故纵,对这一名不副实的虚假广告给予了批驳,使做广告者立时显出其本意来。

　　另外一则刊登在广州《民国日报》的广告更加离奇。广告刊登者是广东省立第一中学的余姓人士,"授中等教育有年,品行端正,纯无嗜好"。父母不幸去世后,他独自继承了家产,现在自愿"甘心"给人当儿子。有相当之家庭,且需要儿子者,请和他联系,"来函报告(家庭状况经济地位若何)"。看了该广告后能帮忙介绍者,成功后则赠送百金酬谢。虽介绍但不成者,"当有谢谢"。对这则广告,鲁迅评说道:"我辈生当浇漓之世,于'征求伴侣'等类广告,早经司空见惯,不以为奇。昔读茅泮林所辑《古孝子传》,见有三男皆无母,乃共迎养一不相干之老妪,当作母亲一事,颇以为奇。然那时孝廉方正,可以做官,

----

① 《鲁迅全集》第4卷,第44页。
② 同上书,第49页。

故尚能疑为别有作用也。而此广告则挟家资以求亲，悬百金而待荐，雒诵之余，乌能不欣人心之复返于淳古，表而出之，以为留心世道者告，而为打爹骂娘者劝哉？特未知阅报诸君，可知广州有欲儿子者否？要知道倘为介绍，即使好事不成，亦有'谢谢'者也。"①

在这里鲁迅用反讽写法来调侃这位刊登广告者千古未曾有的孝心，又故意用帮衬语言"特未知阅报诸君，可知广州有欲儿子者否？要知道倘为介绍，即使好事不成，亦有'谢谢'者也"。对这位世上罕见的大孝子进行了讽刺。那么这位"孝子"真如广告中所说之用心良苦要尽孝道，还是另有真实本意（如需来函报告家庭状况经济地位）？其用心究竟何在？对于这样的广告人们应该如何读解？鲁迅的这番评说当能引发许多读者之深省。

1931 年，日本占领东三省后，上海报章上在"国难声中"仍旧一片歌舞升平，登载很多借爱国之名行享受之实的商业、娱乐广告。如"国难来了，民众们起来抵抗，请用唯一国货——热心牌热水瓶，必能增加你们爱国的热心"。马占山的画像也登上了广告："希望全国一致对外，人人都学马占山将军，请吸马占山将军香烟。"在《沉滓的泛起》一文中，鲁迅揭露了这些软广告发国难财的祸心。

一则广告表面上看起来是很冠冕堂皇的："胡汉民先生说，对日外交，应确定一坚强之原则，并劝勉青年须养力，毋泄气，养力就是强身，泄气就是悲观，要强身祛悲观，须先心花怒放，大笑一次。"这到底是什么广告呢？鲁迅揭开了谜底："但这样的宝贝是什么呢？是美国的一张旧影片，将探险滑稽化以博小市民一笑的《两亲家游非洲》。"②原来是电影院招揽观众的影片广告。

还有一则是1931 年10 月《申报·本埠增刊》连续登载的黄金大戏院的广告："是民族性的活跃，是歌舞界的精髓，促进同胞的努力，达到最后的胜利。"原来这是"爱国歌舞表演"。鲁迅说："倘有知道这立奏奇功的大明星是谁么？曰：王人美，薛玲仙，黎莉莉。"③鲁迅对当时电影界捧明星的风气十分反感，当电影明星被请去在救灾募捐会上作

---

① 《鲁迅全集》第4 卷，第50 页。
② 同上书，第331 页。
③ 同上书，第332 页。

表演时，他辛辣地讽刺道："莫非电影明星与标准美人唱起歌来，也可以'消除此浩劫'的么？"①

最后一则是10月25日"爱国文艺界所主宰的《申报》所发表出来的"，登在《自由谈》里注明是"苏民自汉口寄"的通讯。其中说到这位"苏民"因为长期生病，不能投身义勇军，非常遗憾，他的上海朋友知道后，"竟以灵药一裹见寄。云为培生制药公司所出益金草，功能治肺痨咳血，可一试之"等等。一试之后"则咳果止，兼旬而后，体气渐复"，于是乎可以"身列戎行，一展平生之壮志"云云。这其实是以新闻形式出现的变相广告。鲁迅引用了这段文字后，嘲讽地指出：这哪里是什么通讯？"不必是文学青年，就是文学小囡囡也会觉得逐段看去，即使不称为'广告'的，也都不过是出卖旧货的新广告。"其目的是要趁"国难声中"，"将利益更多地榨到自己的手里"。②

1935年9月，上海报纸上刊登了这样一条广告，题目是四个一寸见方的大字——"看救命去！"如果只看题目，人们恐怕会猜想到这是展示外科医生对重病人施行大手术，或对濒死的人用人工呼吸，救助触礁船上的人员，挖掘崩坏的矿穴中的工人，等等。但其实展示的不是这些内容，而还是照例的"筹赈水灾游艺大会"，看些滑稽戏、月光歌舞团的歌舞之类。诚如广告所说，"化洋五角，救人一命……一举两得，何乐不为"，钱是要拿去救命的，不过所"看"的却其实还是游艺，并不是"救命"。在《逃名》一文中，鲁迅对这种耸人听闻、名不副实的发国难财的广告非常愤恨。鲁迅说，这就是所谓"文字游戏国"的中国人的一种习惯："一切总爱玩些实际以上花样，把字和词的界说，闹得一团糟，弄得暂时非把'解放'解作'孥戮'，'跳舞'解作'救命'不可。捣一场小乱子，就是伟人，编一本教科书，就是学者，选几条文坛消息，就是作家。于是比较自爱的人，一听到这些冠冕堂皇的名目就骇怕了，竭力逃避。"③ 在这里，鲁迅不仅对资本家在广告上的不择手段和报刊对资本钱袋的依附做了有力的批判，而且对受众固有的爱图虚名的心理也做了辛辣的讽刺。

---

① 《鲁迅全集》第5卷，第475页。
② 同上书，第332页。
③ 《鲁迅全集》第6卷，第409页。

第二节　点破书籍广告的财色之恋

《语丝》是鲁迅曾颇为重视的刊物，但他最终和《语丝》经理人李小峰的破裂，以及最后辞去《语丝》主编，和《语丝》脱离关系，原因之一就是和李小峰在收刊广告的内容上有分歧。在《我和语丝的始终》一文中，鲁迅对《语丝》为了经济利益乱登广告进行了批评：《语丝》"还有一种显著的变迁是广告的杂乱……《语丝》初办的时候，对于广告的选择是极严的，虽是新书，倘社员以为不是好书，也不给登载……听说北新书局之办《北新半月刊》，就因为在《语丝》上不能自由登载广告的缘故。但自从移在上海出版以后，书籍不必说，连医生的诊例也出现了，袜厂的广告也出现了，甚至于立愈遗精药品的广告也出现了。固然，谁也不能保证《语丝》的读者绝不遗精，况且遗精也并非恶行，但善后办法，却须向《申报》之类，要稳当，则向《医药学报》的广告上去留心的"①。

从文中可清楚地感受到，鲁迅认为：办报刊是件严肃的事，应对读者负责。刊登广告同样是一件严肃的事，广告对产品的宣传应诚实可信，真正起到产品促销之目的；亦应分门别类，适当地选择好媒体。既不要误导消费者，又不要污染了圣洁的新闻媒介。笔者认为，在20世纪二三十年代旧中国广告业不太发达，广告法规未能真正建立时，鲁迅的这一观点对于净化旧中国的广告市场，让广告媒介自觉遵守职业道德、使当时的广告业能有一个较好的发展是很有益处的。

从以上认识出发，鲁迅严格控制自己所编报刊上的广告，拒绝收登那些名不副实的商业广告和不负责任的医药广告。他的著作交给出版商出版，也必以将书中的广告须先看一遍，并加以改正作为先决条件。对于自己所编报刊的出版广告，鲁迅也力主慎重，反对浮夸。他鄙薄邵洵美、高长虹之流在广告中把他们自己所编的刊物吹捧为"舆论界的新权威"之类加"假冠"以欺人的做法。

在《"商定"文豪》一文中，他对"文艺杂志广告的夸大"，提起尖笔，"前去刺一下"。鲁迅嘲讽说："一看杂志的广告，作者就个个是

① 《鲁迅全集》第4卷，第175页。

文豪。中国文坛也真好像光焰万丈。"但实际情况如何呢？所谓的作家"现在是前周作稿，次周登报，上月剪贴，下月出书，大抵仅仅为稿费"。"就大体而言，根子是在卖钱，所以上海的各式各样的文豪，由于'商定'，是'久已夫，已非一日矣'的了。"①

于是乎，"商家印好一种稿子后，倘那时封建得势，广告上就说作者是封建文豪，革命行时，便是革命文豪，于是封定了一批文豪们。别家的书也印出来了，另一种广告说那些作者并非真封建或真革命文豪，这边的才是真货色，于是又封定了一批文豪们。别一家又集印了各种广告的论战，一位作者加上些批评，另出了一位新文豪"②。

做广告完全不从事实出发，而是看风使舵，胡乱吹嘘，借广告来抬高自己，压低别人。鲁迅指出："还有一法是结合一套脚色，要几个诗人，几个小说家，一个批评家，商量一下，立一个什么社，登起广告来，打倒彼文豪，抬出此文豪，结果也总可以封定一批文豪们，也是一种的'商定'。"③

广告可以"商定"，文豪可以"商定"，但"就大体而言，根子是在卖钱"。虽然"后来的书价，就不免指出文豪们的真价值，照价二折，五角一堆"，不过，这"并不是文豪们走了末路，那是他们已经'爬了上去'，进大学，进衙门"。广告，只不过是这些人爬官进阶的"踏脚凳"而已。④

鲁迅斥责这种做法为轻薄卑劣，因为他历来主张办刊物"不要贴大广告，却不妨卖好货色"⑤。他自己也身体力行作过不少书刊广告。在这些广告里没有夸大其词的自我吹嘘，也没有浅薄的溢美之词，没有俗不可耐的故作深沉，更没有卖弄风情式的庸俗表白。鲁迅写的这些书刊广告，始终坚持以朴实的文笔向广大读者介绍新出版的书刊，不仅文采斐然，明白通俗，而且真实可信，体现了对读者负责的精神，和那些华而不实耸人听闻的广告，形成了鲜明的对比。

---

① 《鲁迅全集》第 5 卷，第 397 页。
② 同上书，第 398 页。
③ 同上书，第 397 页。
④ 同上。
⑤ 《鲁迅全集》第 13 卷，第 197 页。

鲁迅说："只有真的声音，才能感动中国的人和世界的人。"① 对"真"的追求贯穿了鲁迅的一生。1931 年三闲书屋再版的《毁灭》一书后，就大字印着"三闲书屋校印决不欺骗读者的书籍"。"决不欺骗读者"这句话，在他的书刊广告里出现过多次。1933 年《文艺连丛》出版预告里也重申："约定的编辑，是真的肯负责任的编辑，他决不只挂一个空名，连稿子也不看。因此所收的稿子，也就是切实的翻译者的稿子，稿费自然也是要的，但决不是专为了稿费的翻译。总之：对于读者，也是一种决不欺骗的小丛书。"② "真"在广告上的表现，便是态度的诚实与表述的准确。

20 世纪二三十年代，鲁迅主持编辑《莽原》和《未名丛刊》等杂志、丛书，为了增加发行量，扩大知名度和影响力，鲁迅抽出时间写了一些广告。他这样写道："大志向是丝毫也没有。所愿的：（1）在自己，是希望那印成的从速卖完，可以收回钱来再印第二种；（2）对于读者，是希望看了以后，不至于以为太受欺骗了。"③ 坦率的态度，质朴的语言，拉近了作者与读者的关系，那不以赚钱为目的的良苦用心，使读者因同情而理解。

表述的准确则包括了细节描写、内容概括和文字表达的准确，要求实事求是，实话实说。1925 年，在《莽原》出版之前，《京报》曾刊登一则邵飘萍代拟的广告："思想界的一个重要消息：如何改造青年的思想？请自本星期五起快读鲁迅先生主撰的《□□》周刊，详情明日宣布。本社特白。"④ 这则广告语言表达稍显夸张，鲁迅批评该广告写得"那么夸大可笑"，所以亲自执笔，重新撰写，并"硬令登载"，"不许改动"⑤。鲁迅所拟广告绝无半点粉饰夸大、哗众取宠的意思，而是坦率直言"本报原有之"，因"团体解散"，"故另刊一种"。虽有些无奈，却使人理解时局动荡下的文坛，书刊发行之不易。而且，在文中鲁迅表达了自己对刊物的想法，"率性而言，凭心立论，忠于现世，望彼将

---

① 《鲁迅全集》第 4 卷，第 15 页。
② 刘运峰：《鲁迅全集补遗》，天津人民出版社 2006 年版，第 475—476 页。
③ 《鲁迅全集》第 7 卷，第 477 页。
④ 《鲁迅全集》第 8 卷，第 472 页。
⑤ 《鲁迅全集》第 11 卷，第 53 页。

来"①。这也是鲁迅一贯对媒介的期许。

如果涉及自己而于事实不符的虚假广告,鲁迅也要澄清并公布于众。鲁迅曾于1931年10月26日在上海出版的《文艺新闻》第33号"广告"栏中发表《鲁迅启事》,对现代书局印行的《果树园》广告提出质疑:"顷见十月十八日《申报》上,有现代书局印行鲁迅等译《果树园》广告,末云:'鲁迅先生他从许多近代世界名作中,特地选出这样地六篇,印成第一辑,将来再印第二辑'云云。《果树园》系往年郁达夫先生编辑《大众文艺》时,译出揭载之作,又另有《农夫》一篇。此外我与现代书局毫无关系,更未曾为之选辑小说,而且也没有看过这'许多世界名作'。这一部书是别人选的。特此声明,以免掠美。"②

而当时,"投机的风气使出版界消失了有几分真为文艺尽力的人"③。在20世纪30年代初题作《三闲书屋印行文艺书籍》的广告中,开头这样写道:"敝书屋因为对于现在出版界的堕落和滑头,有些不满足,所以仗了三个有闲,一千资本,来认真绍介诚实的译作,有益的画本,货真价实,童叟无欺。宁可折本关门,决不偷工减料。买主拿出钱来,拿了书去,没有意外的奖品,没有特别的花头,然而也不至于归根结蒂的上当。编辑并无名人挂名,校印却请老手动手。因为敝书屋是讲实在,不讲耍玩意儿的。"④ 一千现洋是鲁迅自己拿出来的,准备赔光,校对老手也是他本人。这里对于买东西有奖、名人挂空名等广告中的"特别的花头"作了微妙的讽刺。

鲁迅在《书籍和财色》里,对这些现象进行了进一步的批评。报刊、书籍发行时,为了吸引读者,开始是"先定虚价,再打折扣,玩些互相欺骗的把戏"。后来,"对于这样简捷了当,没有意外之利的办法,是终于耐不下去的。于是老病出现了,先是小试其技:送画片。继而打折扣,自九折以至对折,但自然又不是旧法,因为总有一个定期和原因,或者因为学校开学,或者因为本店开张一年半的纪念之类。花色一点的还有赠丝袜,请吃冰淇淋,附送一只锦盒,内藏十件宝贝,价值不资。更加见得切实,然而确是惊人的,是定一年报或买几本书,便有得

---

① 《鲁迅全集》第8卷,第472页。
② 同上书,第499页。
③ 刘运峰:《鲁迅全集补遗》,天津人民出版社2006年版,第476页。
④ 《鲁迅全集》第8卷,第505页。

到'劝学奖金'一百元或'留学经费'二千元的希望"。订一年报，居然就有如此丰厚的钱财入账，真是"书中自有黄金屋"了。鲁迅对比说："洋场上的'轮盘赌'，付给赢家的钱，最多也不过每一元付了三十六元，真不如买书，那'希望'之大，远甚远甚。"①

"我们的古人有言，'书中自有黄金屋'，现在渐在实现了。但后一句，'书中自有颜如玉'呢?"鲁迅接着举例说明，"日报所附送的画报上，不知为了什么缘故而登载的什么'女校高材生'和什么'女士在树下读书'的照相之类，且作别论，则买书一元，赠送裸体画片的勾当，是应该举为带着'颜如玉'气味的一例的了"。在这里，鲁迅讽刺道，"在医学上，'妇人科'虽然设有专科，但在文艺上，'女作家'分为一类却未免滥用了体质的差别，令人觉得有些特别的"。不仅如此，"但最露骨的是张竞生博士所开的'美的书店'，曾经对面呆站着两个年青脸白的女店员，给买主可以问她'《第三种水》（笔者注，指性生活中的分泌物）出了没有?'等类，一举两得，有玉有书"②。张竞生曾任北京大学教授，1926年起在上海编辑《新文化》月刊，1927年开设美的书店（不久即被封闭），宣传性文化。美的书店曾出版他写的小册子《第三种水》。书刊的发行竟然用这样露骨黄色的花样做广告，真可谓堕落了。

为此，鲁迅最后这样"奉劝"道："书籍的销路如果再消沉下去，我想，最好是用女店员卖女作家的作品及照片，仍然抽彩，给买主又有得到'劝学'，'留学'的款子的希望。"由此足以看出鲁迅对于人们的谆谆劝诫：广告应该以正确的心态去做，不能走邪路。可惜诸如此类的做法在21世纪的今天不也正有沉渣泛起之虞吗?买书订报看电视听广告都有奖，拨打热线发短信就可以得到美酒、太阳镜、热水器、首饰，等等。

---

① 《鲁迅全集》第4卷，第165页。
② 同上书，第166页。

第六篇　中国现代媒介批评的开拓者

第一章 作为媒介批评垦荒者的贡献

列宁曾说："判断历史的功绩，不是根据历史活动家没有提供现代所要求的东西，而是根据他们比他们的前辈提供了新的东西。"① 要客观、公正地评价鲁迅在中国现代媒介批评史上的贡献和地位，就必须确定一个参照系，把他放在时间的坐标上，和前人做一番比较，看看他比前人有何超越之处；还要把他放在空间的坐标上，和同时代的人比较，看他有何创新之处。否则，兀然、牵强地给鲁迅封上一个"开拓者"的桂冠，是毫无科学根据的，也背离学术研究的真正意义。

因此，本书选取了近代资产阶级改良派新闻理论的集大成者梁启超、中国马克思主义新闻思想的先驱李大钊以及资产阶级自由主义思潮的代表人物胡适与鲁迅做了横向的比较。他们都有丰富的媒介实践，对报刊也都做出过不同角度的评判，从中可以辨析出特定时空中鲁迅媒介批评思想的作用。

第一节 超越前人的独立品格

媒介批评在我国历史上，常常与文学批评、政论批评混合在一起。近代思想改良运动，所谓的对媒介进行的批评实际上就是思想观点之间的交锋。这成为当时报学批评的一大特点，准确地说，这还不能算是真正意义上的媒介批评。

在近代新闻事业诞生之初，中国早期主要的新闻学研究者如王韬、郑观应、谭嗣同、严复、汪康年、章太炎等人，虽然都有丰富的办报实践经验，但总的来说，他们首先是政治改良家、政治革命家，或者是一

---

① 列宁：《列宁全集》第 2 卷，人民出版社 1984 年版，第 154 页。

个学者，其次才是一个报刊活动家。"他们的新闻学研究成果，往往被纳入其政治理论体系，言论救国成为较为普遍的价值取向。"① 因此，中国早期新闻研究主体具有非专业化特征，绝大部分人怀有强烈的政治功利目的，他们的新闻实践和相关学术研究，缺乏明确的新闻学科意识，具有浅显笼统、不深不透不系统的缺点。包蕴在他们零散的新闻理论中的媒介批评意识还很微弱，尚处于萌芽时期的不经意、不自觉状态。

在这方面有所突破的是梁启超（1873—1929）。梁启超是中国近代著名的政治活动家、思想家、文学家，同时也是中国近代资产阶级改良派新闻理论的集大成者。其从事新闻的生涯从1895年创办《中外纪闻》到1920年由欧洲回国，先后达25年之久，主编报刊十种以上，被推崇为"舆论界之骄子"。在近代中国，梁启超第一次从社会建构的高度阐述了新闻的功能、宗旨与地位，其新闻思想超越了王韬、郑观应等前驱，引导了中国近代新闻思想的大发展。但他也见证了中国近代报刊事业的起步发展时期，深刻体会到我国近代报刊存在的各种弊病。他在媒介批评领域的贡献是他在中国新闻事业史上，第一次系统完整地提出了新闻批评的标准问题，标志着中国近代媒介批评理论从自为开始走向自觉状态。

1901年，梁启超在其主编的《清议报》第100期上发表《本馆第一百册祝辞并论报馆之责任及本馆之经历》的长文，首次提出了衡量新闻媒体质量好坏的四条标准："校报章之良否，其率何如？一曰宗旨定而高，二曰思想新而正，三曰材料富而当，四曰报事确而速。若是者良，反是则劣。"② 在众多的中国新闻事业史研究专著和教材中，人们常常把梁启超提出的这四条衡量新闻媒体质量好坏的标准解读为办好报纸的四条原则。这一解读并不十分恰切，因为梁启超自己在文中已很明确地将此四条解释为"校报章之良否，其率何如？"即他下面进一步阐述的是衡量新闻媒体好坏的标准。

梁启超敏锐地看到报刊这一新的传播工具的教育功能，遂利用报馆教愚民，振民气。在这篇长文中，他提出了报纸就是要"倡民权、衍哲

---

① 李秀云:《中国新闻学术史》，新华出版社2004年版，第74页。

② 梁启超:《梁启超政论卷》，新华出版社1994年版，第66页。

理、明朝局、厉国耻"，把其视之为"清议报之脉络之神髓"，一言以蔽之，即"广民智振民气"。后因《清议报》报馆被大火烧毁，1902年梁又创办新的报纸，取名《新民丛报》，其第一号所载《告白》作了说明："本报取《大学》'新民'之义，以为欲维新我国，当先维新我民。"梁启超借助《新民丛报》大量引进西方先进文化和先进观念，大倡自由、平等、民权等，以新的道德意识、价值观和行为方式改造中国国民，重新塑造中国人的精神世界，铸造出一代"新民"。梁启超在《敬告我同业诸君》中，把"开民智"的新闻思想发展为报馆的天职之一是"向导国民"①。

由于梁启超的报刊活动与其政治活动密不可分，所以他从一开始办报就注意到报刊强烈的政治性和党派性，重视报刊的宣传和鼓动作用，利用报刊来引导舆论，为其改良的政治目的服务。其次，开民智、造新民是梁启超一生新闻理念中不变的基本点，成为贯穿梁启超终生的思想。与此同时，梁启超的新闻理念也是不断变化、完善的：一是从早期的封建主义的报史观到近代资产阶级报史观的转变；二是从报刊的去塞求通到报纸的"监督政府、向导国民"，报刊职能观不断完善；三是对于报刊体例的认识的发展。最初梁启超十分强调报纸政论的作用，后来既重论说又重记事。这些新闻理念也由此成为他新闻批评的基础原则。

值得注意的是，在近代中国，梁启超是第一个将新闻自由真正作为一面思想的旗帜，并使之高高矗立于新闻阵地之人。梁启超在日本系统地接触了欧洲和日本资产阶级学说，思想急剧变化。在认同了民主自由的价值观后，梁启超后期的新闻思想就浸染了浓郁的自由主义色彩。在1899年《自由书·绪言》中，梁启超首次有了对新闻自由的明确阐述："自东徂以来，与彼都人士相接，诵其诗，读其书，时有所感触。"而感触最深的，莫过于"西儒约翰·弥勒曰：'人群之进化，莫要于思想自由，言论自由，出版自由。'三大自由，皆备于我焉"②。1901年，他又在《本馆第一百册祝辞并论报馆之责任及本馆之经历》中阐发道："思想自由、言论自由、出版自由，此三大自由者，实惟一切文明之母，而近世世界种种现象皆其子孙也。而报馆者实荟萃全国人之思想言论，

---

① 梁启超：《梁启超政论卷》，新华出版社1994年版，第84页。
② 梁启超：《饮冰室文集点校》第4卷，云南教育出版社2001年版，第2250页。

或大或小，或粗或精，或庄或谐，或激或随，而一一绍介之于国民。"① 在《敬告我同业诸君》一文中他写道："西人有恒言曰：'言论自由，出版自由，为一切自由之保障。'……而报馆者即据言论、出版两自由，以实行监督政府之天职者也。"② 可见，在他看来，报馆（新闻）自由就是言论自由和出版自由在新闻领域的运用。他逐渐认识到报馆是独立于政府之外的一种力量，报馆可以自由监督政府。自接受了西方资产阶级的三大自由学说之后，梁启超一生都没有放弃对新闻自由的追求与奋斗。

鲁迅在青年时代，喜爱阅读《新民丛报》，十分欣赏梁启超"笔端常带感情"的文风，受到过梁启超的不少影响。与梁启超相比，鲁迅同样强调报刊在"新民"上的作用。早在 1912 年，鲁迅为故乡《越铎日报》创刊号写的《〈越铎〉出世辞》里，就提出"纾自由之言议，尽个人之天权，促共和之进行，尺政治之得失，发社会之蒙覆，振勇毅之精神。灌输真知，扬表方物"③。这个激情昂扬的《出世辞》，实际上成为该报初期的宗旨，也成为鲁迅以后 20 多年一以贯之的媒介批评的标准，即希望媒介能在促进共和、倡导自由、鼓舞民气方面发挥积极的作用。从这个《出世辞》中可以看出许多梁启超的影子。而鲁迅终生在文学、媒介空间中奋斗，以谋求改变"国民性"、"立人"的思想，与梁启超"欲维新我国，当先维新我民"也有一些共通之处。这与他们都身临忧患困顿的时代背景不无相关。虽然两人所处时代不同，但都处在中华民族灾难深重，帝国主义列强入侵，亡国灭种的危机迫在眉睫的关键时刻。作为有着强烈的忧国忧民和经邦济世的爱国情怀的知识分子，必然会有相似的媒介期许。

两者也重视新媒介工具的教育功能。梁启超认为，为了改造中国，必先唤醒国人。他敏锐地看到报刊这一当时新的传播工具的教育功能，遂利用报馆教愚民、振民气。鲁迅也强调报刊"灌输真知"的功能，并且意识到电影这种新媒介所具有的直观的影像性的强大优势，即生动的形象性和广泛的群众性，这使他在中国较早提出了通过电影传播科学

---

① 张之华：《中国新闻事业史文选》，中国人民大学出版社 1999 年版，第 37 页。
② 梁启超：《饮冰室文集点校》第 4 卷，云南教育出版社 2001 年版，第 2215 页。
③ 《鲁迅全集》第 8 卷，第 42 页。

知识的主张。1909 年，鲁迅从日本回国，在几所中学任教，后来又在教育部任职，这期间他曾多次提倡要利用电影和幻灯来进行教学。他对电影这种特性的认识超越了艺术感染力，而把它作为一种传播媒介手段，提出了它的文化意义。这种主张曾遭到守旧者的"哄笑"。但在今天，却已成为一种现实趋势。

　　他们同样强调新闻报道的真实性。梁启超对 1901 年以前"中国数十年来报界之情状"作总结时，提出判断报章优劣的四个标准之一就是"报事确而速"，揭示了报道内容的真实性与时效性的原则。1907 年，他在《时报发刊例》中，确定其办报方针为：论说要做到公、要、周、适；记事做到博、速、确、直、正，也强调了论说、记事中的真实性原则。鲁迅同样如此，他反对瞒和骗的文艺，把"事实"看得非常重要，因为"事实是毫无情面的东西，它能将空言打得粉碎"①。鲁迅对流言新闻的批驳，对官报歪曲事实的讽刺，对商业媒体哗众取宠的指责，对广告夸大其辞的揭露，都是因为其中内容毫无真实性可言。

　　但鲁迅对"真"的追求，不仅仅是对新闻事实真实性的追求。鲁迅对中外电影中不能真实表现国人的形象而造成观众误读的现象也表示了担忧，透露出他对中国文化在国内外如何被显示的真实性问题的关注。同时，虽然鲁迅对不能把中国人进行真实阅读和还原的东方主义式的好莱坞重商电影，与当时中国电影界的大部分同人一样，对此始终持一种拒斥和批判态度。在明确表示了自己反抗"被描写"的批评态度的同时，却又从另一个角度去分析了两种极端态度，指出"骄和谄相纠结的，是没落的古国人民的精神的特色"②。从而告诉人们，这种自卑和自大纠结下的奴性心态，正是帝国主义电影文化侵略的社会基础。

　　在这一点上，鲁迅对"真实性"的关注比梁启超增添了一抹现代色彩，而与同时代的批评者相比，又多了一份理性的辩证眼光。其实，去伪存真，一直是鲁迅倡导的基本道德准则，也是他实践媒介批评时秉承的一贯原则。早在赴日初期，鲁迅就篆刻了一枚"存诚去伪"的印章，在步入社会之初就把它作为自己立身处世的座右铭。他认为，国民性中最缺乏和最需要的是"诚"，最多最大的劣点因而急需摒弃的是"伪"。

---

① 《鲁迅全集》第 5 卷，第 569 页。
② 《鲁迅全集》第 4 卷，第 422 页。

在早期论文中,他用相当多篇幅反复表达了"存诚去伪"的思想。在《摩罗诗力说》中,他热切盼望中国能有"精神界之战士"出现,"作至诚之声,致吾人于善美刚健"之境。① 在《破恶声论》中,他强调了真正心声的重要,提出"诚于中而有言",即心中有诚意才有言论,语言应表达自己的真情实感;并强调了"声发自心"对于"群之大觉"的重要意义。他反对戴着假面具"以钓名声于天下",憎恶一切言不由衷的伪君子"蒙幀面而不能白心"。他不但反对"造作伪言"危害人民,而且提出了"伪士当去",表现了他同虚伪决不妥协的斗争精神。②

在对言论自由的呼唤上,在对媒介制度的批判上,鲁迅身上所灌注的现代意识较梁启超而言则更为彰显。梁启超的改良主义政治理想是实现日本式的君主立宪制,这种理想就决定:他必然有反封建的一面,也必有不彻底、不完全的一面。具体到对其新闻自由思想所产生的影响来说,也相应地分为两个方面:在反封建方面,梁启超早在 1896 年就提出打开报禁准许设立报馆,准许报馆报道各类事实,以求开风气、开明智、去塞求通之效。其反封建性就体现在,这不仅有违于清廷搞文字狱的文化专制政策,而且也与几千年来统治者们所奉行的"民可使由之,不可使知之"的愚民理念不符。很明显,这是其政治理想中反封建的延伸,最大的动机不过是达成其政治理想中反封建的第一步——借助报馆之宣传,广泛传播改良理念,为改良作舆论上的准备。其次,他花费了大量的文字来论述报馆的独立性、报馆议事及批评政府的必要性与可行性。这是他在反封建途中考虑建构立宪制时不得不考虑的一个因素——权力的制衡。这既体现了他对未来社会权力制衡蓝图的部分构想,也体现了其政治理想中反对封建王权的一面。

但是,梁启超改良主义政治理想中的反封建不彻底性,也在其新闻自由思想中体现出来。这种不足主要体现在:第一,他不是将新闻自由既视为一种手段,或是看做一种目的,而是仅仅视为一种手段——一种强国的手段。在对新闻自由必要前提的阐述当中,他的表述显得异常苍白,根本没有触及推翻帝制这个新闻自由的前提性因素。并且,他所要强的国并不是严格意义上的资本主义国家,而是一个保有很大皇权的国

---

① 《鲁迅全集》第 1 卷,第 102 页。
② 《鲁迅全集》第 8 卷,第 25—36 页。

家，这样，其新闻自由思想就不免陷入自相矛盾的境地：一方面，他为了强国，要实行新闻自由；另一方面，他所维护的皇权势必会扼杀他所提出的新闻自由思想。第二，梁启超将报馆视为新闻自由的唯一主体，却没有看到新闻自由主体的普遍性。另外，梁启超改良主义政治理想中单纯的国家立场影响到其新闻自由思想中对民生、民权的关注不够，尽管他涉及开民智，但是并没有视其为一种民生意义上的民权，而是仅仅将其视为强国的一种手段。①

相比之下，鲁迅不仅视新闻自由为反封建反强权的工具，从根本上要求废除书报检查制度，而且视新闻自由为一种目的。这种工具性观念是非常彻底的。在1932年元旦，鲁迅在答上海《中学生》杂志时说："第一步要努力争取言论的自由。"② 由此可见，鲁迅认为，言论自由应该成为广大民众第一步要努力争取的自由，言论自由的主体具有普遍性，而不仅仅是局限于新闻从业人员。同年，在《言论自由的界限》一文中，鲁迅把言论自由作为反映人类进步，判断媒介制度进步的重要标准，给后来的媒介批评提出了重要的原则：判定一种媒介制度是否进步，要看它有没有言论自由、有什么样的言论自由和有多少言论自由。言论自由的界限，标明了自由的尺度和真实性。没有言论自由的社会，也就没有其他一切自由。鲁迅的这种观点，跟马克思主义的新闻自由观一样，把言论自由作为一种判定社会文明的尺度，也扩大了言论自由的主体群，提出了一个远远超出媒介批评的重大话题。

媒介批评是按照一定社会和阶级的标准，对媒介活动进行的价值判断和理论鉴别。它是属于意识形态范畴的一种精神活动，不可避免地要受到特定社会形态或阶级意识的影响。阶级意识是特定社会形态的哲学观念，是社会文化思潮的综合物。梁启超无论从哪方面而言，他首先是一个以改造社会、振兴国家为己任的政治家，然后才是一个杰出的新闻职业人，所以根本上说，梁启超的政治理想构成了其新闻思想的根据，并通过各种形式的转换、融入而成为他新闻思想的重要内容。因此，梁启超评价各家报刊也往往看其能否为政治服务，能否实现报刊的政治功

① 张继木：《清末梁启超新闻自由思想论述》，《福建论坛》（人文社会科学版）2005年第11期。
② 《鲁迅全集》第4卷，第372页。

能。比如他分析《万国公报》,认为虽然其体例比较完整,但与政治、学问关系不大,没有鲜明的政治立场和主张,所以没有被他列入良刊之列。一份远离政治的报刊,在梁启超看来,永远够不上优秀的资格。

虽然梁启超逐渐认识到报馆应是一个自由独立发展的事业,但是一方面是旧中国混乱的政治秩序和报界薄弱的经济力量无法为新闻自由提供滋长的土壤;另一方面以梁启超为代表的资产阶级报人在报业经营中由于受党派利益的制约,没有在经营上给予太多的关注,导致在发展报馆事业时与经济基础的种种矛盾,成为他在中国实践新闻自由的过程中遇到的重大问题。1921 年他在为《时事新报》发行五千号写的纪念辞中感慨道:"吾侪从事报业者,其第一难关,则在经济之不易独立。报馆恃广告费以维持其生命,此为天下通义;在产业幼稚之中国,欲恃广告所入以供一种完善报纸之设备,在势既已不可能,而后起之报为尤甚。"① 他对媒介商品性的认识,因为政治、经济上的制约而无奈地淡化。袁世凯专制及其后来的军阀残酷封杀使梁启超对"言论独立"的前景感到非常失望。

而在言论自由与政治、经济独立的问题上,鲁迅所表现出来的为了自由而无所保留的独立性更让人称许。他为自由而强调坚守独立的意识。他希望媒介独立,不依附于权贵或其他政治、经济势力。他批驳政治、商业操纵下的媒体——揭露汉字外报为了政治利益而无所不在的欺骗性;讽刺当权者控制下官报的奴性;认为《现代评论》虽为"学者们的喉舌",却是"讨得官僚津贴或银行广告费的'大报'";而对于《晶报》与《十日谈》的纷争,鲁迅则一针见血地指出:"金子做了骨髓,也还是站不直,在这里看见铁证了!"1935 年年底,在言论自由的界限之网越收越紧之际,国内新闻界实在无法忍受,仍寄希望于政府的开明,纷纷致电国民党政府,要求"保障舆论"。面对新闻界"保障正当舆论"的要求,鲁迅决断地说:"我的不正当的舆论,却如国土一样,仍在日即沦亡,但是我不想求保护,因为这代价,实在是太大了。"但他深信民众们总有一天要起来冲破这压制言论的重重罗网,"蒙蔽是不能长久的,接着起来的又将是一场血腥的战斗"。鲁迅的斗争韧性一直未曾改变,因为他坚信"半生以来,所负的全是挨骂的命运,一切听

---

① 梁启超:《本报五千号纪念辞》,《时事新报》1921 年 12 月 10 日。

之而已，即使反将残剩的自由失去，也天下之常事也"。鲁迅所表现出的独立的批评意识，是媒介批评中最弥足珍贵的品格。

另外，由于媒介环境的限制，梁启超的媒介批评仅限于新闻批评（具体而言就是报学批评），散见于他的文章中。而鲁迅的媒介批评，涉及报刊、电影、广告等诸多媒介以及书报审查制度，有《论"人言可畏"》、《"小童挡驾"》等媒介批评专文和《萧伯纳在上海》这样的媒介批评专著，在广度和深度上都比梁启超有所超越。

第二节　新闻自由责任论的萌发

五四新文化运动前夕，李大钊（1889—1927）因主持《新青年》杂志的编务，得与鲁迅相识。对于这位昔日的战友，鲁迅曾回忆道："我最初看见守常先生的时候，是在独秀先生邀去商量怎样进行《新青年》的集会上，这样就算认识了。不知道他其时是否已是共产主义者。总之，给我的印象是很好的：诚实，谦和，不多说话。《新青年》的同人中，虽然也很有喜欢明争暗斗，扶植自己势力的人，但他一直到后来，绝对的不是。"[1]

鲁迅长李大钊八岁，在他的眼里，李大钊的遗文是"先驱者的遗产，革命史上的丰碑"[2]。现在鲁迅藏书中，还保存着他所珍藏的李大钊所编的三期《政治生活》。在这几期中，有李大钊同志用"守常"、"猎夫"等笔名发表的文章。

李大钊是开创中国马克思主义新闻事业和新闻思想的先驱，在中国新闻事业史上占有重要的地位。他一生重视报刊宣传工作，从1913年起开始报刊宣传活动，到1927年被捕、遇害的14年间，积极从事报刊活动，由他主编及参与编辑的报刊达15种。他以守常、明明、孤松等15个笔名先后为57家报刊撰写稿件400余篇，近百万字。

多年来丰富的报刊实践经验，让李大钊认识到新闻界的许多弊端。五四时期，李大钊逐渐转变为坚定的马克思主义者，他的报刊活动灌注了反帝反封建的精神，将马克思主义的思想、方法运用到实际的媒介活

---

[1] 《鲁迅全集》第4卷，第538页。
[2] 同上书，第540页。

动中，撰写了大量文章，内容涉及言论、出版自由、社会舆论与民主政治建设、新闻事业的性质与特点、新闻记者的修养与培养、反对西方新闻侵略以及办报与修史之间的辩证法等问题。其中包含的媒介批评思想充满了激情澎湃的爱国主义热情和对言论出版自由的殷切期待，成为我国早期运用马克思主义思想、观点进行媒介批评的先驱。

在对帝国主义在中国进行新闻侵略的认识上，李大钊与鲁迅是一致的。李大钊是中国现代史上较早地对帝国主义新闻侵略进行批判的有识之士。在半殖民地半封建社会的中国，有不少外国的新闻宣传机构。日俄战争后，日本从俄国手里取得了辽东半岛上的租界地，在租界地上大办刊物，推行殖民文化。日本人还在关内办有大量报刊，日满通信社、电报通信社在十几个城市设有分社。美、英、德等国也在各大城市办有新闻机构。他们凭借雄厚的资本优势，传播有利于他们的消息，在一些重要问题和关键时刻兴风作浪，造谣惑众。1924 年 6 月，路透社制造孙中山逝世的谣言，"图乱广州时局"，一时引起国内混乱，人心惶惶。不但许多中国报纸发文哀悼，不少外国报纸也跟着凑热闹。莫斯科"各大报自《真理报》以下，均著论哀悼，把中山先生的肖像刊于论首"①。李大钊在 6 月 18 日《向导》第 71 期发表《新闻的侵略》一文，明确表达了他对于帝国主义新闻侵略的批判态度。他将帝国主义新闻机构凭借其优势实力和在华不平等地位造谣惑众制造混乱以逞其不可告人目的的行为视为"新闻侵略"，是最早使用这一概念剖析帝国主义在华新闻机构实质的中国人。

对于外国人在华自由办报之事，李大钊痛陈其弊，认为外国人在中国新闻事业的发展，是对中国的新闻侵略，因其言论和报道：一可使中国人盲目崇拜西方文明，二可使其操纵中国的经济命脉，三可提供军事消息，凡此种种均对中国不利。这种新闻的侵略，全世界只有中国才有。西方强国从不允许外人在他们的国度自由传播消息。因此，广州政府驱逐路透社记者出境，是完全正当的。对于这些造谣惑众，破坏中国社会经济政治安宁的新闻侵略者，应当予以严办。"中国政府应根本取缔外国利用通讯社在国内各地宣传，应将那些造谣生事的、侮辱中国的

---

① 李大钊:《李大钊全集》第 4 卷，河北教育出版社 1999 年版，第 127 页。

外国新闻记者，驱逐出境，一个不留，才是正办。"① 中国政府应从根本上取缔外国在华的新闻事业，同时强大国人的办报力量。

1926 年，李大钊通过分析日本人在中国和其本土办的报纸准确地预见到了日本对于满蒙进攻的步骤，呼吁全国同胞警惕日本破坏中国国民革命及其侵略满蒙的阴谋和行动。② 他认为，日本报刊所宣扬的大亚细亚主义是日本企图夺取亚洲霸权的一种掩饰，是并吞中国的隐语，"表面上只是同文同种的亲热话，实际上却有一种独吞独咽的意思在话里包藏"③。他通过《大亚细亚主义与新亚细亚主义》、《再论新亚细亚主义》、《日本人听者》、《日本帝国主义最近进攻中国的方策》等一系列文章，深刻地指出了日本帝国主义对华侵略的图谋。

但是，虽然在对汉字外报的隐蔽性与欺骗性的认识上，鲁迅与李大钊的笔锋所向是一致的，但仔细分析起来，两者在立场观点上却有所不同：李大钊认为外国人在中国新闻事业的发展，就是对中国的新闻侵略，中国政府应从根本上取缔外国在华的新闻事业。针对日本报刊所宣扬的大亚细亚主义，他提出新亚细亚主义，号召亚洲各弱小民族联合起来共同反对日本的大亚细亚主义，进行民族解放运动。这才是李大钊媒介批评的根本目的。而鲁迅的媒介批评则更客观、更有辩证性，也更关注到媒介的自身特点。他虽然也一针见血地指出他们是"学了中国人的口气"办给中国人看的，大多有帝国主义背景，居心卑劣，不希望中国有任何进步。但他在提醒国人认清此种报刊的真面目时，也批评了"国人之不争气，竟任这样的报纸跳梁！"因为，"对于这样一种报纸，当时的中国人尤其是平津一带的中下层及官僚还争看不已"。同时，鲁迅也注意到，"外国人的知道我们，常比我们自己知道得更清楚。试举一个极近便的例，则中国人自编的《北京指南》，还是日本人做的《北京》精确！"在这方面，《顺天时报》偶尔"也间有很确，为中国人自己不肯说的话"。鲁迅在此没有把这一媒介现象简单化，一味地进行否定，他不仅揭露了汉字外报居心卑劣的内核，也批驳了其同文同语"学了中国人的口气"办给中国人看这一外在的隐蔽性，更指出其说了

---

① 李大钊：《李大钊全集》第 4 卷，河北教育出版社 1999 年版，第 127 页。
② 同上书，第 669 页。
③ 李大钊：《李大钊全集》第 3 卷，河北教育出版社 1999 年版，第 146 页。

"中国人自己不肯说的话"这更具欺骗性的内在一面，并对受众不辨是非的态度进行了批评。这样辩证、客观的媒介批评在当时反日的社会情境下，是需要非常清醒的头脑的。包括鲁迅后来对好莱坞电影文化侵略的分析，都是坚持了一分为二的辩证原则。

任何专制政府为维护自己的统治必然推行钳制言论、禁锢思想的文化专制政策。在对言论自由的强烈呼唤上，李大钊与鲁迅也是一致的。从焚书坑儒、文字狱到袁世凯的北洋政府"左手持利刃、右手持金钱"，破坏临时约法，压制异己，操纵舆论的种种文化专制行径，李大钊撰写了大量的文章，如《民彝与政治》、《宪法与自由思想》、《自由与胜利》、《暴力与政治》、《强力与自由政治》、《危险思想与言论自由》、《自由与秩序》等，给予了深刻的揭露和抨击。

李大钊认为，中国是世界上言论出版最不自由的国家之一，"世界出版最不自由之国，首推中国及俄罗斯、西班牙、土尔其"①。为了保护出版自由，必须以法律明文规定的方式，禁止书报检查制度对出版自由的破坏。《天坛草案》第十条有"中华民国人民有言论著作及刊行之自由，非依法律不受制限"的字句。李大钊认为这一法律条文是否含有检阅制度，语意模糊。他主张"关于出版，绝不可施行检阅制度，除犯诽谤罪及泄漏秘密罪律有明条外，概不受法律之限制，仿各国以严禁检阅制度揭于宪法明文中为宜也"②。他对于北洋政府颁布《出版法》也提出诸多异议，如该法第十一条第二项有关新闻出版不得"妨害治安"的规定，但却对于此四字的确切含义均未有明文解释。北京《国民公报》记者孙几伊因触犯《出版法》中妨害治安罪而被判刑。对此，李大钊认为所谓"妨害治安"就是扰乱社会的安宁秩序，而《国民公报》上孙的文章"究竟曾否扰乱社会之安宁秩序，并于社会秩序有无丝毫之影响，事实俱在，实令人索解无从"。"妨害治安"四字，实际上是黑暗统治压制言论自由的一个借口。他认为，"妨害治安"就像不定时炸弹，令舆论界的人们如履薄冰，时有"犯罪"的危险。③

对于当时普遍存在的警察随便逮捕记者、封闭报馆的现象，李大钊

---

① 李大钊：《李大钊文集》（上），人民出版社 1984 年版，第 247 页。"土尔其"今译"土耳其"。
② 李大钊：《李大钊全集》第 2 卷，河北教育出版社 1999 年版，第 436 页。
③ 李大钊：《李大钊全集》第 3 卷，河北教育出版社 1999 年版，第 504 页。

也予以严厉谴责。他在《新生活》上著文直言道："哪里还有自由！哪里还有'约法'！'约法'上明明有出版自由，可是印刷局可以随便被干涉，背反'约法'的管理印刷法可以随便颁布，邮局收下的印刷物可以随便扣留。"① 这使约法中规定的言论、出版自由成了一纸空文，为此，1920 年 8 月 1 日，李大钊、胡适、蒋梦麟等联名在《晨报》上发表《争自由的宣言》，呼吁废止有悖约法的各种法规，强烈要求保障人民的言论出版自由。他发表了《宪法与思想自由》，反对定孔教为"国教"和列入宪法，认为这是取消了"教授自由、言论自由、出版自由、信仰自由"②，李大钊认为自由之保障，不仅系于法制之精神，而尤在于舆论之价值。只有广泛的言论自由，才能对政府进行有效的社会监督，实行真正的民主政治。

"新闻自由"（Freedom of the Press，又译"出版自由"）思想，在16—17 世纪欧洲反对皇权特许出版制和罗马教皇原稿审查制时提出来，经历从古典到现代的演变，最终形成了当代的新闻自由观。李大钊等在《争自由的宣言》中认为，颁布的约法、条例把人民的言论自由交给警察署来处理，把个人意见和社会舆论的发表权寄附在警察官的控制之下，从根本上剥夺了宪法上规定的人民有出版自由的权利。他主张对于言论自由、出版自由、集会结社自由、书信秘密自由不得在宪法外再设立限制的法律。③ 1922 年 2 月 12 日，李大钊应北京大学新闻记者同志会之请，在该会成立大会上发表题为《给新闻界开创一个新纪元》的演讲，从理论上概括了一个早期马克思主义者对于新闻事业的基本的观点，贯注了唯物史观的精神，因此被认为是"我国第一篇用马克思主义观点阐述新闻现象的讲话"④。虽然对李大钊当时是否由于种种客观条件的限制，尚未能深入了解马克思、列宁的新闻报刊思想，还不能下一个确论。但有些观点跟马克思、恩格斯的观点非常接近，带有很强的马克思主义色彩。如马克思、恩格斯称"书报检查法不是法律，而是警察手段，并且还是拙劣的警察手段"⑤，认为任何形式的新闻检查制都是

① 李大钊：《李大钊文集》（下），人民出版社 1984 年版，第 127 页。
② 同上书，第 537 页。
③ 李大钊：《李大钊全集》第 3 卷，河北教育出版社 1999 年版，第 517—518 页。
④ 徐培汀、裘正义：《中国新闻传播学术史》，重庆出版社 1994 年版，第 22 页。
⑤ 马克思、恩格斯：《马克思恩格斯全集》第 1 卷，人民出版社 1995 年版，第 178 页。

把一切权力集于一身，垄断是非判断，从上到下剥夺媒介的权利。所以，马克思在《评普鲁士最近的书报检查令》中进一步指出："整治书报检查制度的真正而根本的办法，就是废除书报检查制度。"① 由此可以看出，这位具备初步马克思主义思想的早期中国的马克思主义者，在媒介批评实践上所表现出来的战斗精神，是有别于前人的媒介批评实践的。

但是，我们也要注意到，李大钊的媒介批评在闪耀着马克思主义思想光芒的同时，他对媒介的态度是经历了一个从激进的民主主义者和爱国主义者到马克思主义者的转变过程的。李大钊早期的报刊批评活动和报刊思想受西方思想界的影响比较大。在北洋法政专门学校读书时他从严复、江兆民等翻译的赫胥黎、穆勒、达尔文、孟德斯鸠、卢梭等人的著作中接受了西方进化论和自由主义政治学说的影响。后来李大钊又留学日本，进一步接受西方立宪政治、自由主义、民主主义思想影响。他早期的媒介批评观点都反映出了这些西方思想的影响。

《民彝》是中国留日学生总会刊物，1916 年 5 月 15 日创刊于日本。当时李大钊是编辑部主任，他在该刊上发表文章主张言论自由，认为自由的言论虽不一定是真理，但却与真理为邻。报刊应同时反映对立双方的言论，谁是谁非，才能愈辩愈明，健全的舆论也才能够得以形成。否则"其所言为是，则禁之者使天下后世无由得是以救非；其所言为非，则禁之者使天下后世无由得非以明是"。并且认为报刊不要对是非曲直妄下论断，因其"自能获于天下公论之中"②。他认为共同意见的基础在于充分的自由讨论，"商讨既至详尽之程度，乃依多数之取决以验稽其结果"③。在讨论中，多数应有容纳少数的胸怀，在决定之后，少数应服从多数。

李大钊特别强调报刊应容忍不同观点意见。人们可以在辩论中明白是非曲直，得是以明非，得非以察是，理会越辩越明，这样社会文化才能得以进步。他认为思想自由和言论自由是实现光明社会的保障。无论什么思想言论，"只要能够容他的真实没有矫揉造作的尽量发露出来，

---

① 马克思、恩格斯:《马克思恩格斯全集》第 1 卷，人民出版社 1995 年版，第 134 页。
② 李大钊:《李大钊全集》第 2 卷，河北教育出版社 1999 年版，第 353 页。
③ 同上书，第 740 页。

都是于人生有益，绝无一点害处"。即便一种学说真的与情理相悖，也不应禁止，而应让大家知道，他们才不会去信。如若对之禁止、隐蔽，倒容易被人误信。思想是绝对自由的，是不能禁止的自由。"你要禁止他，他的力量便跟着你的禁止越发强大。你怎样禁止他、制抑他、绝灭他、摧残他，他便怎样生存、发展、传播、滋荣，因为思想的性质力量，本来如此。"所以，"要利用言论自由来破坏危险思想，不要借口危险思想来禁止言论自由"①。

从上述观点可以看出，李大钊明显汲取了现代新闻自由思潮中约翰·斯图亚特·密尔（John Stuart Mill，1806—1873）有关"交换意见的自由市场"的思想。新闻自由思想经历了从古典到当代的演变。古典出版自由是指争取出版物的自由，是在 16—17 世纪欧洲反对皇权特许出版制和罗马教皇原稿审查制中提出来的，以 1644 年英国思想家约翰·弥尔顿的《论出版自由》为代表。

现代新闻自由是指从 18 世纪起在西方兴起的以讨论政治问题、批评政府为主要内容的、争取发表意见的自由。密尔的"讨论发现真理论"是其中的主要代表。密尔认为，真理是在讨论中发现和完善的，新闻出版自由提供了讨论的机会，也提供了人们认识真理的机会。密尔坚决反对剥夺任何人发表意见的权利，他认为，假定全体人类持有一种意见，而仅仅一人执有相反的意见，人类要使那一人沉默并不比那一人（假如他有权力的话）要使人类沉默更为正当。迫使一个意见不能发表的特殊罪恶乃是对整个人类的掠夺，对后代和对现在的一代都是一样。假如那个意见是对的，那么他们是被剥夺了以错误换真理的机会；假如那个意见是错的，那么他们失掉了一个差不多同样大的利益，就是从真理与错误冲突中产生出来的对于真理的更加清楚的认识。② 人类只有通过讨论，在交换意见的自由市场中，才能发现真理，认识和改正自己的错误。

李大钊早期依据西方现代新闻自由理论所提出的这些观点，拓展了人们的认识，对国家的科学进步具有普遍意义，但也存在着一定的消极因素。如果在消息栏或评论栏内，不论正确与否、有无党派、真实还是

①　李大钊：《李大钊全集》第 3 卷，河北教育出版社 1999 年版，第 272 页。
②　密尔：《论自由》，商务印书馆 1959 年版，第 17 页。

虚伪,都能自由书写;如果没有约束,只要将思想投入到自由市场中去,就可以得到自动调整的自由。这样没有约束的自由也会造成思想的混乱。虽然后期李大钊也在一些地方谈到了媒介的社会责任,但他更多地着墨在了新闻的历史观上。而与此相比,鲁迅的新闻自由、言论自由观中,则呈现出较强的理性色彩,带有更多的当代新闻自由的基调。

当代新闻自由是 20 世纪兴起的、重视受众知情权和维护公共利益的自由,要求承担社会责任,不限于媒体和记者的行业自由,赋予了受众使用媒介、表达意志的权利,是现代自由主义思潮遭受挫折的产物。19 世纪末 20 世纪初,资本主义经济的发展使报纸从少量发行、个人经营变为大量发行并转向垄断。在经济利益的刺激下报纸中的黄色新闻、揭丑新闻和低俗炒作泛滥起来。社会各界对媒体的过度自由提出强烈谴责,要求公正地传播各种意见,有效地保护公民的权利和利益。"其进步意义在于:(1)在理论上对新闻自由进行修正和调整,扩大了公民新闻活动的权利,维护了公共领域中信息传播的秩序。(2)要求报业承担社会责任,提高了媒体的法治意识和伦理意识,维护了新闻业的纯洁性。(3)遏制了报界破坏和滥用新闻自由的低俗风气,反对各种虚假新闻、黄色新闻及名人绯闻的过度宣泄,维护了新闻自由的真正价值。"[1]

在鲁迅对媒介批评的诸多表述中,非常强调媒介的社会责任,维护新闻自由的真正价值——在《论"人言可畏"》中痛斥新闻媒介以"有闻必录"为由罔顾社会责任的做法;在《论秦理斋夫人事》中,指出这些报章"乃是杀人者的帮凶"[2];对流言新闻、虚假新闻的批判不遗余力;在对小报的批评中,鲁迅肯定小报大众化、言大报所不能言的特色,但对于宣扬隐私、色情、迷信等庸俗的低级趣味,他认为这些所谓的"趣味",其实都是麻醉人民的精神腐蚀剂。而且,鲁迅在前两篇文章里,都提出了进行新闻报道时对弱势人群要加以保护的问题,即新闻报道要具有人文关怀精神的观点,体现了一个思想家敏锐的社会意识。

在对言论自由的呼唤中,与马克思主义的新闻自由观相似,鲁迅也把言论自由作为一种判定社会文明的尺度,但同时,他也意识到了争取

---

① 刘建明:《新闻学概论》,中国传媒大学出版社 2007 年版,第 294 页。
② 《鲁迅全集》第 5 卷,第 509 页。

自由的艰难性和复杂性，在批评中借古讽今，分析了言论自由的界限，指出国民党文化统制下的言论自由的界限是仅止于"能够表示主人的宽宏大度的说些'老爷，你的衣服……'为限"，而还想再接着说开去是"断乎不行的"。因为"奴隶只能奉行，不许言议；评论固然不可，妄自颂扬也不可，这就是'思不出其位'"。同时，他也提醒广大民众注意当权者提倡"伪自由"的虚伪性。"丑剧是一时演不完的。政府似有允许言论自由之类的话，但这是新的圈套，不可不更加小心。"面对新闻界"保障正当舆论"的要求，他决断地说："我的不正当的舆论，却如国土一样，仍在日即沦亡，但是我不想求保护，因为这代价，实在是太大了。"鲁迅的这些思想，表明他对新闻自由、言论自由的真正意义有着清醒而切实的认识，带有当代新闻自由思想的色彩。这是非常难能可贵的，因为修正现代新闻自由思想中自由放任观点、全面阐释当代新闻自由思想的《一个自由和负责任的新闻界》一书，是到1947年才由美国"新闻自由委员会"出版的。

第三节　体制外的批评锋芒

鲁迅与胡适，好像是个永远也绕不开的话题。他们是20世纪最具时代意义和代表性的现代学人。从某种意义上来说，如果不了解鲁迅与胡适，就难以理解20世纪时代思潮所达到的广度和深度。如果不比较鲁迅与胡适，也难以确定鲁迅在媒介批评史上的地位和价值。对鲁迅与胡适这两位20世纪的思想文化大家，如果不是武断和偏执，而是持客观与中肯立场的话，我们确实可以从中梳理出中国现代化进程中具有深远意义的东西。鲁迅与胡适由同一媒介营垒的战友到后来的分手，甚或对立，不仅蕴含着中国新文化运动的基本内涵，而且也包含着中国在现代化过程中所发生的主要文化冲突。鲁迅与胡适在现代化过程中的两种思考、两种选择，代表了中国现代知识分子的两种精神路向。

媒介批评的标准，除了受阶级意识的影响和制约外，也存在着永恒的人类社会准则，如正义、人性、理性等。从两人身上看到的对媒介的不同文化隐含及对未来中国知识阶层的影响不仅超过章太炎、梁启超那一代学人，而且超过了五四时期的其他现代知识分子。鲁迅与胡适媒介批评思想的不同，其本质上仍然是基于中国现代知识分子的两种精神路向的差异。

在中国近现代史上，胡适是一个起过重要作用但又颇多争议的人物。胡适不仅在学术思想界是一个知名的学者，更是一个积极参与社会改革进步、关注中国发展进程的社会活动家。在胡适众多的社会活动中，报刊活动纵贯其一生都不曾间断。

1906 年，15 岁的胡适考入中国公学后，便开始为竞业学会的《竞业旬报》撰稿，他的报刊活动生涯由此开端。他一生共创办或参与编辑过七种报刊，在其 71 年的生命中，竟有 33 年在办报刊：留美期间，给章士钊等人在日本创办的《甲寅》杂志以及陈独秀主持的《新青年》等进步报刊投稿，后更因在《新青年》上发表《文学改良刍议》而名动一时。1922 年，胡适创办《努力》周报；1928 年参与创办了《新月》杂志；1932 年 5 月创办《独立评论》；在此期间，他还不间断地为《大公报》撰写了若干时评，建议并实际操作了《大公报》上知名栏目《星期论文》的开办；1949 年与雷震等人创办《自由中国》杂志，并写下发刊宗旨，进而成为《自由中国》的发行人和实际意义上的精神支柱。

1908 年 8 月，从《竞业旬报》第 24 期起，胡适接任主编。同年第 37 期上，胡适发表了《本报周年之大纪念》，将他的办报宗旨用浅显的文字表达出来："我们的宗旨是希望我们同胞：第一，革除从前种种恶习惯；第二，革除从前种种野蛮思想；第三，要爱我们的祖国；第四，要讲道德；第五，要有独立的精神。"①

四年后，鲁迅也写下了他第一篇办报的宗旨——为《越铎日报》创刊号写的《〈越铎〉出世辞》："纾自由之言议，尽个人之天权，促共和之进行，尺政治之得失，发社会之蒙覆，振勇毅之精神。灌输真知，扬表方物。"

对比这两篇办报宗旨，可以看出，两者虽然都表达了革除旧习、启蒙社会等方面的愿望，但立场却有明显的不同：胡适是居高临下地表达了对同胞（或者说受众）的希望（当然，这也是办报的目的）；而鲁迅则站在媒介本身的立场，比较全面地阐发了办报的目的和意义。准确地

---

① 《本报周年之大纪念》，刊于 1908 年 12 月 23 日《竞业旬报》第 37 期，署名"铁儿"。见《胡适全集》第 21 卷，安徽教育出版社 2003 年版，第 123 页。

说，鲁迅的这篇《〈越铎〉出世辞》更符合报刊宗旨所应写的内容要求。报刊的宗旨，揭示了报刊的灵魂，也是他坚持媒介批评的标准。而鲁迅与胡适办报宗旨的不同，在两人以后的媒介生涯中，更加凸显出来。

在报刊应该具有开启民智的功能这方面，两人都曾受到梁启超的影响，观点基本一致。胡适认为，报刊不仅仅要对事件进行报道，也需要肩负起启发国民素质的重担。他在《竞业旬报》上发表的第一篇文章《地理学》，就用浅显的文字介绍了近代科学。在其后的诸多文章中，他大力倡导文学革命，提倡"白话文运动"。在讨论国语运动的历史的时候，把国语运动最早的第一期归结为白话报的时期。他认为在这时期内，有一部分人要开通民智，怕文言太深，大家不能明了，便用白话做工具，发行报纸，使知识很低的人亦能懂得。同时，他也积极地为个性解放、妇女解放而呼喊。1908 年《竞业旬报》第 25、26、28、32 期上分别发表了胡适的《无鬼丛话》，宣传无神论；1914 年发表在《留美学生年报》第三年本上的《非留学篇》，强烈呼吁国人重视国内教育的发展；又发表《杜威的教育哲学》、《杜威之道德教育》等一系列文章宣扬教育的方向；而后又应《少年中国》的邀请写下《大学开女禁的问题》，最终同蔡元培一起让男女同校得以实现。而白话文在报刊上的普及使中国近代报刊的发展进入快速时期。开启民智，利用报刊的辐射力和影响力使人民了解近代科学和思想观念，成为两人对媒介的共识。

在《竞业旬报》上，胡适不仅发表了很多涉及社会、政治等方面的白话文章来阐述自己对外在世界的观点，而且还进行了自己媒介批评的初步尝试。他特别重视"时闻"栏目，在"国内近事"、"外国新闻"栏下，胡适用通俗的语言介绍新近的新闻事实，并在一些重要、有趣的新闻后加上诙谐的按语表达编者对新闻内容的看法。

胡适在办报刊的经验积累中，也意识到媒介批评的重要性。在致张东荪先生的信中，胡适谈到，我们中国报界向来的一个弱点在于没有"书评"一栏，"有时有新书介绍"也只是寻常的介绍，很少严格的批评。这种缺点，实在是应该"救正"的，因为著名作家若没有批评家的监督，"一定要堕落的"。①

---

① 胡适：《胡适全集》第 20 卷，安徽教育出版社 2003 年版，第 546 页。

在 1932 年 5 月 22 日《独立评论》创刊号引言中，胡适也提到：我们对读者的期望，和我们对自己的期望一样：也不希望得着一致的同情，只希望得着一些公正的，根据事实的批评和讨论。① 可以说，媒介批评是媒介的镜子，以镜为鉴，才能不断进步。

在对媒介的期许中，胡适秉承的仍是一种"文人论政"的态度。"文人论政"，或曰政治家型报人办报，主要是指报人应具有政治家的一些重要素质，如政治头脑、政治眼光、政治智能、政治勇气等，在我国有着很深的历史渊源。② 从 1874 年王韬在香港创办《循环日报》首开"文人论政"之风算起，到 1948 年 12 月储安平的《观察》被国民党查封，这一传统至少绵延了 75 年。文人论政作为中国报刊的一种传统，深刻影响着中国知识分子报刊活动的理念，胡适也不例外。深得西方自由主义精髓的胡适从"二十年不谈政治"到操笔上阵，从早期的《竞业旬报》到《每周评论》、《努力周报》、《新月》、《独立评论》以及后来的《自由中国》，都成为他论政的平台。

在《大公报》出版万号特刊的时刻，胡适写了一篇媒介批评的专文《后生可畏——对〈大公报〉的评论》。文中盛赞《大公报》近年来所取得的成绩：这个小孩子居然在这几年之中，不断地努力，赶上了那些五六十岁的老朽前辈，跑在他们的前面；不但从一个天津的地方报纸变成一个全国的舆论机关，并且安然当得起"中国最好的报纸"的荣誉。并且，他进一步指出《大公报》之所以能这样"后生可畏"，"不过是因为他在这几年之中做到了两项最低限度的报纸职务：第一是登载确实的消息，第二是发表负责任的评论。这两项都是每一家报馆应该尽的职务"③。可见，胡适十分认同《大公报》的办报方针。

而《大公报》正是"文人论政"的典型代表。1941 年 5 月，《大公报》获得美国密苏里大学新闻学院颁发的奖章，这是一个世界性的荣誉。张季鸾在社评《本社同人的声明》中说："中国报，有一点与各国不同。就是各国的报是作为一种大的实业经营，而中国报原则上是文人论政的机关，不是实业机关。这一点，可以说中国落后，但也可以说是

① 胡适：《胡适全集》第 21 卷，安徽教育出版社 2003 年版，第 458 页。
② 甘惜分：《新闻学大辞典》，河南人民出版社 1993 年版。
③ 胡适：《胡适全集》第 21 卷，安徽教育出版社 2003 年版，第 451 页。

特长……以本报为例，假若本报尚有渺小的价值，就在于虽接着商业经营，而仍能保持文人论政的本来面目。"同年中国新闻学会的成立宣言中也指出："我国报业之有与各国不同者，盖大抵为文人发表政见而设……此科风气，今犹遗存。"①

胡适认为，"文人论政"需要有足够的"政治智能"，要完善自身的修养和见识。因此，他批评当时新闻舆论界的最大毛病就是不肯下苦功夫做社会考察，完善自己的政治智能。他在《欢迎我们的兄弟——〈星期评论〉》中这样说道："现在舆论界的大毛病——死症——就是没有人肯做这种仔细研究的功夫。上海那几位最'红'的主笔先生，一个人每天要做几家报纸的社论或时评，还要天天打牌吃花酒，每天报馆里把专电送到他们的牌桌上或花酒席上，他们看一看，拿起一张局票，翻转来写上几行，就是一篇社论了。他们从来不做学问的研究，也不做社会的考察，只靠一个真滑的头脑，一支惯熟的破笔，就可以做'舆论家'了！这不是上海的实在情形吗？这种'舆论家'的主张还有什么价值可说呢？"② 在胡适看来，没有"政治智能"、不做政治修养锻炼和准备的人是不配做舆论家"论政"的。

在《后生可畏——对〈大公报〉的评论》一文最后，胡适说："要做到这种更荣誉的地位，有几个问题似乎是值得《大公报》的诸位先生注意的：第一，在这个 20 世纪里，还有那一个文明国家用绝大多数人民不能懂的古文来记载新闻和发表评论的吗？第二，在这个时代，一个报馆还应该依靠那些谈人家庭阴私的黑幕小说而推广销路吗？还是应该努力专（转）向正确快捷的新闻和公平正直的评论上谋发展呢？第三，在这个时代，一个舆论机关还是应该站在读者的前面做向导呢？还是应该跟在读者的背后随顺他们呢？"③ 这段话明确地表示出胡适对当时报刊使用文言、喜揭黑幕、迎合读者等弊病的批评态度，也提出了报刊作为舆论机关，作为"文人论政"的载体和主体，需要对社会上发生的事情有深刻的了解以及前瞻性的分析，以正确快捷的新闻和公平正直的评论成为读者的向导。

---

① 傅国涌：《文人论政：一个中断的传统》，2004 年 5 月 5 日，http：//www. dajun. com. cn。

② 胡适：《胡适全集》第 21 卷，安徽教育出版社 2003 年版，第 178 页。

③ 同上书，第 452 页。

但是，文人论政的前提，是对政府的认同。胡适虽然多次宣扬他不"参与政治"，但从本质上讲，这个观点并非指他对政治不闻不问，而指的是他要站在政治权益集团之外，"尽一个合格的知识分子对社会应尽的义务"。为此，胡适一生都希冀做政府的"净友"，希望通过报刊宣扬自己的政治主张以对政府、社会、国家有所帮助，这种精英意识浓厚的"文人论政"的新闻思想贯穿胡适一生新闻活动的始终，也成为他媒介批评的准则之一。这点，1959 年胡适在《自由中国》创刊 10 周年庆祝会上的演讲中可以得到很好的印证。在演讲中，胡适强调："第一，不要把我们自己看成是弱者。有权有势的人当中，也包括我们这一班拿笔杆的穷书生；我们也是强者。第二，因为我们也是强者，我们也是有权有势的人，我们绝对不可以滥用我们的权力。"①

相比之下，鲁迅的媒介批评更多地代表了来自草根阶层体制外的反抗，对现行媒介制度的彻底颠覆。虽然他也曾希望"促共和之进行，尺政治之得失"，但在残酷的现实面前，他对当权者已完全丧失了希望，而代之以激昂的反抗。

在言论自由方面，两人观点的差异更能凸显出这种区别。1929 年，胡适在《我们要我们的自由》中，对当时的社会政治环境所带来的言论压抑做了如下的描述："近两年来，国人都感觉舆论的不自由。在'训政'的旗帜之下，在'维持共信'的口号之下，一切言论自由和出版自由都得受种种的钳制。异己便是反动，批评便是反革命。报纸的新闻和议论至今还受检查。稍不如意，轻的便停止邮寄，重的便遭封闭。所以今日全国之大，无一家报纸杂志敢于有翔实的记载或善意的批评。"②

他指出："负责任的舆论机关既被钳制了，民间的怨愤只有三条路可以发泄：一是秘密的传单小册子，二是匿名的杂志文字，三是今日最流行的小报。社会上没有翔实的新闻制度，人们自然愿意向小报中去寻快意的谣言了。善意的批评既然绝迹，自然只剩一些恶意的谩骂和丑诋了。一个国家里没有纪实的新闻而只有快意的谣言，没有公正的批评而

---

① 姜义华：《胡适学术文集》（哲学与文化卷），中华书局 2001 年版，第 743 页。
② 胡适：《胡适全集》第 22 卷，安徽教育出版社 2003 年版，第 381 页。

只有恶意的谩骂丑诋，——这是一个民族的大耻辱。"①

但胡适认为，"争自由的方法在于负责任的人说负责任的话；不负责任的秘密传单或匿名文字都不是争自由的正当方法。我们所争的不是匿名文字或秘密传单的自由，乃是公开的，负责任的言论著述出版的自由"②。对于新闻界来说，言论自由是一种"自天的责任"。"从中国向来知识分子的最开明的传统看，言论的自由，谏诤的自由，是一种'自天'的责任，所以说'宁鸣而亡，不默而生'。从国家与政府的立场看，言论的自由可以鼓励人人肯说'忧于未行，恐于未炽'的正论危言，来替代小人们天天歌功颂德、鼓吹升平的滥调。"③

由此可见，胡适认为的言论自由，是站在国家与政府的立场上看待的"谏诤的自由"。而且，胡适从来都不认为自由是无条件的、为所欲为的、绝对的。他一直特别强调自由与容忍之间的关系。胡适曾经有如下的表述，应该可以清楚地证明胡适对言论自由的基本观点："争取言论自由我们最重要的是要得到政府的谅解，得到各地方政府的谅解。政府当然不愿意你批评，但要得到政府谅解，必须平时不发不负责任的言论……在那时，我们曾提出一个平实的态度，就是公正而实际，说老实话，说公平话，不发不负责任的高论，是善意的。久而久之，可以使政府养成容忍批评的态度。"④ 另外，胡适也曾引用哥伦比亚大学史学教授纳文斯（Nevins）的说法："真正自由主义者——连正统的社会主义者都包括在内——虽然意见互有不同，但其最后归趋都一致认为多数人的统治应以尊重少数人的基本权利为原则。"⑤ 从上述话语可以看出，胡适推崇的言论自由是有责任的言论自由，是有限制的言论自由。但这个责任与限制是以政府的许可为范围、标准的。

可见，胡适要争的是政府允许的自由。而他也在实际行动中履行着这个观点，至死未变。1949 年 5 月 15 日，在驶往美国的克利夫兰总统号轮船上，胡适为《自由中国》写下了创刊宣言《〈自由中国〉的宗旨》。第一条中提到："第一，我们要向全国国民宣传自由与民主的真

---

①　胡适：《胡适全集》第 22 卷，安徽教育出版社 2003 年版，第 381 页。
②　胡适：《胡适全集》第 21 卷，安徽教育出版社 2003 年版，第 382 页。
③　胡适：《宁鸣而死　不默而生》，台北自由中国 1955 年版，第 12 期。
④　胡适：《胡适全集》第 22 卷，安徽教育出版社 2003 年版，第 761 页。
⑤　同上书，第 727 页。

实价值,并且要监督政府(各级政府),切实改革政治经济,努力建立自由民主的社会……"① 然而,《自由中国》奉行的自由、民主的原则并不为国民党所容纳,屡屡受到国民党政府的压迫。1951 年 6 月 1 日《"政府"不可诱民入罪》的社论发表在《自由中国》第 4 卷第 11 期上,成为创刊以来的第一次言祸,胡适也因此要求辞去发行人的职务。在给雷震的信中,胡适提到:"我因此细想,《自由中国》不能有言论自由,不能有用负责任态度批评实际政治,这是台湾政治的最大耻辱。"② 虽然胡适、雷震等人为《自由中国》做了很多的努力,但在国民党多重的挤压下,《自由中国》也还是无疾而终,成为胡适晚年的最大憾事。但胡适对争这种政府许可的自由的观点一直未变,直到 1952 年 9 月 14 日,在致蒋介石的信中,胡适还是这样希望:"言论自由不是宪法上的一句空话,必须由政府与当国的党明白表示愿意容忍一切具体政策的批评,并须表示,无论是孙中山,蒋介石,无论是三民主义五权宪法,都可以作批评的对象。"③虽然胡适非常推崇"自由"和"独立",但是由于他并不鲜明的阶级立场使他逐渐演变成一个并不"独立"的自由精灵。

而鲁迅则不希望拥有这样不自由的"自由"。鲁迅清醒地认识到:专制之下,言禁必严,势也!他 1932 年在《言论自由的界限》一文中,以三年前新月社的遭遇为例,谈到了何种言论才能得到自由。1929 年新月社诸君子在《新月》上发表谈人权、约法等问题的文章,批评国民党"独裁",引证英、美各国法规,提出解决中国政治问题的意见。文章发表后,国民党报刊纷纷著文攻击,说他们"言论实属反动",国民党中央议决由教育部对胡适加以"警诫",《新月》月刊第二卷第四期曾遭扣留。他们继而研读"国民党的经典",著文引据"党义"以辨明心迹,终于得到蒋介石的赏识。

鲁迅以《红楼梦》里的焦大酒醉骂人谈起,层分缕析,指出国民党文化统制下的言论自由的界限是仅止于"能够表示主人的宽宏大度的说些'老爷,你的衣服……'为限",而还想再接着说开去是"断乎不行

---

① 汪幸福:《胡适与〈自由中国〉》,湖北人民出版社 2004 年版,第 7 页。
② 同上书,第 31 页。
③ 胡适:《胡适全集》第 34 卷,安徽教育出版社 2003 年版,第 239 页。

的……那就足以破坏言论自由的保障。要知道现在虽比先前光明，但也比先前利害，一说开去，是连性命都要送掉的。即使有了言论自由的明令，也千万大意不得。这我是亲眼见过好几回的"①。

在1934年所作的《隔膜》一文中，鲁迅又一次谈到了"言议"的界限："奴隶只能奉行，不许言议；评论固然不可，妄自颂扬也不可，这就是'思不出其位'。譬如说：主子，您这袍角有些儿破了，拖下去怕更要破烂，还是补一补好。进言者方自以为在尽忠，而其实却犯了罪，因为另有准其讲这样的话的人在，不是谁都可说的。一乱说，便是'越俎代谋'，当然'罪有应得'。倘自以为是'忠而获咎'，那不过是自己的胡涂。"② 这样圈起来的界限，也只能就此沦落为奴隶的言论范围，又何能谈自由可言？

在这里，鲁迅把言论自由作为反映人类进步和判断媒介制度进步的重要标准，给后来的媒介批评提出了重要的原则：判定一种媒介制度是否进步，要看它有没有言论自由、有什么样的言论自由和有多少言论自由。言论自由的界限，标明着自由的尺度和真实性。密尔在《论自由》中也以种种例证指出，在一个严格区分主奴的国度里，言论是有界限的。这跟鲁迅的观点是何其相似！而接受了西方自由主义思想，读过密尔著作的胡适，却没有意识到这一点，的确让人不解。当然，也可能胡适强烈的精英意识、文人论政的参与性让他不觉得跟当局有主奴之隔吧。

国民政府关于言论自由的明令，的确颁布了不少。1933年9月1日，国民政府发布《保护新闻从业人员》的命令，训示各级政府及军人"对于新闻从业人员，一体切实保护"。可仅仅一年后，蒋介石就不顾舆论所向，悍然枪杀了民营大报《申报》的经理史量才。

而且，国民政府很快就规定起言论自由的界限了。1934年11月27日，汪精卫、蒋介石发表致全国的《通电》，其中有"人民及社会团体间，依法享有言论结社之自由，但使不以武力及暴动为背景，则政府必当予以保障，而不加以防制"等语。③ 这界限，就是"不以武力及暴动

---

① 《鲁迅全集》第5卷，第123页。
② 《鲁迅全集》第6卷，第45页。
③ 《申报》1934年11月28日。

为背景"。对这种虚伪的承诺,知识界反应冷淡,"没有人来附和或补充"①,只有胡适在天津《大公报》上发文,声称对于这个原则,"当然是完全赞成的"②。对这种政府言论自由"曲高和寡"的局面,鲁迅只是在信中淡淡说道:"真真好极妙极。"③ 对这一事件,胡适与鲁迅的反应迥然不同。这其中的差异耐人寻味。

1935 年年底,在言论自由的界限之网越收越紧之际,国内新闻界实在无法忍受,但仍寄希望于政府的开明,纷纷致电国民党政府,要求"保障舆论"。如平津报界 12 月 10 日的电文中说:"凡不以武力或暴力为背景之言论,政府必当予以保障。"12 月 12 日,南京新闻学会的电文要求"保障正当舆论"和"新闻从业者之自由"。④

鲁迅觉得这样寻求保护无异于与虎谋皮,只不过是对新闻自由权的一种幻觉争取而已。正如他虽然在《自由谈》上投稿,但深知"《自由谈》并非同人杂志,'自由'更当然不过是一句反话,我决不想在这上面去驰骋的"⑤。所以,面对新闻界"保障正当舆论"的要求,他决断地说:"我的不正当的舆论,却如国土一样,仍在日即沦亡,但是我不想求保护,因为这代价,实在是太大了。"⑥ 这代价究竟大到什么程度呢?鲁迅说:"即使从此文章都成了民众的喉舌,那代价也可谓大极了:是北五省的自治。这恰如先前的不敢恳请'保护正当舆论'和要求言论自由的代价之大一样:是东三省的沦亡。"⑦

虽然胡适是资产阶级自由主义思想的代表人物,但相比之下,鲁迅为争取新闻自由、言论自由的斗争更为彻底。现在学界对鲁迅是不是自由主义者有许多纷争。笔者认为,非要给鲁迅扣上一个"主义"的帽子,似乎有点强人所难。鲁迅在本质上,是个独立的自由人。但自由和自由主义,在语意和内涵上还是有差距的。他热爱自由,崇尚自由,一生追求自由,虽然他亲近左翼,但并不依附于任何党派。这难能可贵的独立性是他最值得珍视的品质。鲁迅的儿子周海婴在古稀之年才首次开

---

① 《鲁迅全集》第 13 卷,第 298 页。
② 《大公报》1934 年 12 月 9 日。
③ 《鲁迅全集》第 13 卷,第 298 页。
④ 《鲁迅全集》第 6 卷,第 226 页。
⑤ 《鲁迅全集》第 5 卷,第 4 页。
⑥ 《鲁迅全集》第 6 卷,第 226 页。
⑦ 《鲁迅全集》第 5 卷,第 439 页。

口，写下《鲁迅与我七十年》。书中披露：在鲁迅死后第 21 年，即 1957 年 7 月，"毛主席曾前往上海小住，依照惯例请几位老乡聊聊，据说有周谷城等人，罗稷南先生也是主席的老友，参加了座谈。大家都知道此时正值'反右'，谈话的内容必然涉及对文化人士在运动中处境的估计。罗稷南老先生抽个空隙，向毛主席提出了一个大胆的设想疑问：要是今天鲁迅还活着，他可能会怎样？

这是一个悬浮在半空中的大胆的假设题，具有潜在的威胁性。其他文化界朋友若有同感，绝不敢如此冒昧，罗先生却直率地讲了出来。不料毛主席对此却十分认真，沉思了片刻，回答说：以我的估计，（鲁迅）要么是关在牢里还是要写，要么他识大体不做声。一个近乎悬念的询问，得到的竟是如此严峻的回答。

罗稷南先生顿时惊出一身冷汗，不敢再做声。他把这事埋在心里，对谁也不透露。

一直到罗老先生病重，觉得很有必要把几十年前的这段秘密对话公开于世，不该带进棺材，遂向一位信得过的学生全盘托出。"[1]

周海婴对此事"再三疑虑，是不是应该写下来，心里没有把握"，因为"这段对话属于'孤证'，又事关重大"，所以曾撰写之后又抽掉。但终于提笔写下，"请读者判断吧"。[2] 此事也在学界引起不小波澜，这其中的来龙去脉以及由此折射出来的各种文化人的心态在《鲁迅文化史》中有非常详尽而准确的分析。其实，何去何从，毛泽东并没有给鲁迅提出可供选择的第二种结局。对比胡适在 1953 年致蒋介石的书信，鲁迅的选择肯定是第一种。正如《重读鲁迅》一文中所评论的："假如他不再发表文章，不再对有害的事物作出反响或抗争，他也就不再是作家鲁迅，而只是一位名叫周树人的统战对象了。"[3] 一个真正热爱自由的人，具有穿越时空看透各种政治家的历史的眼光。

① 周海婴：《鲁迅与我七十年》，上海文汇出版社 2006 年版，第 318—319 页。

② 同上。

③ 邵燕祥、朱正：《重读鲁迅》，东方出版社 2007 年版，第 241 页。

第二章　作为媒介批评实践者的建树

鲁迅媒介批评的开拓性，首先是批评精神的独立。这是鲁迅媒介批评中最难能可贵的一点，也是他与前人梁启超、同时代人胡适等的重大区别；其次是批评领域的开拓。从媒介环境到受众观，从媒介的商品性到媒介制度，从新闻从业者的职业道德到有闻必录新闻观，从好莱坞的文化侵略到媒介素养教育……与前人及同时代人相比，鲁迅开拓了许多新的批评领域；最后也是最重要的标志，是一些媒介批评专文和专著的诞生，对《萧伯纳在上海》一书的重新认识可以让我们确认其在中国现代媒介批评史上的开拓性意义。

第一节　"立人为本"的批评取向

批评新闻现象、剖析新闻作品，必然需要有一个大致的批评标准，即衡量新闻活动及其效果是非优劣的原则。因此，媒介批评标准的建立是媒介批评正常进行的基础和前提。批评标准的提出和确定固然与新闻事业发展的实际状况密切相关，也与批评者的知识结构、思想倾向、思维角度以及审美趣味、社会理想、境界高低密切相关，更是批评者自觉意识的直接产物。

鲁迅认为，批评是有一定标准的，也就是"须有一定的圈子"。他说："我们曾经在文艺批评史上见过没有一定圈子的批评家吗？都有的，或者是美的圈，或者是真实的圈，或者是前进的圈。没有一定的圈子的批评家，那才是怪汉子呢。"①无论批评呈现出怎样的纷乱状态，就每个批评者而言，其所言说的背后，必然含有这些主体在既往的实践中所形

---

① 《鲁迅全集》第5卷，第449页。

成的价值标准。五四以来，仅就鲁迅耳目所及，"各专家所用的尺度"就非常之多，"有英国美国尺，有德国尺，有俄国尺，有日本尺，自然又有中国尺，或者兼用各种尺"①。只不过，因各主体所接受的教育背景、信仰不同，或其在各具特色的人生阅历中所形成的经验、兴趣、爱好不同，或其所代表的利益、诉求不同所导致的立场的高下与视野的宽窄，这些标准有的深刻，有的浅薄，有的模糊紊乱，有的清晰系统，有的大致接近，有的大相径庭。因此，鲁迅认为，"我们不能责备他有圈子，我们只能批评他这圈子对不对"②。

具体而言，媒介批评的标准，实质上就是媒介批评的价值取向。对媒介批评的标准问题，学界也有一些不同的判定方法。笔者比较认同台湾学者黄新生所提出的媒介批评标准的四个取向：

第一个取向是以评判（evaluation）作为求知的方法。评判涉及价值判断。大众媒介不是一套"客观的"或中性的事实，而是社会成员的主动创造，其中隐含着信念和目的。在媒介批评时，需要有价值的判断，分析和阐明大众媒介所创造的价值与人们生活的关系，为人们提供指导并解释生活的意义。

第二个取向是以解释（interpretation）作为求真的方法。大众媒介产品和其他艺术、文化品一样，是意识形态的产物，传递某种社会意识形态和特定的价值观念，并从某种特定的角度肯定或否定某种价值体系。但是，大众媒介的文化产品的表层，往往经过了精美的"包装"，使得这种特定的意识形态掩蔽不彰，不易察觉。这就需要批评家的解释对其加以揭示与剖析，指出其背后的意义和内在的含义。这种解释活动的目的，在于使一般的受众从"意义的消费者"转变成"意义的生产者"。对媒介传达的意义不予全盘接纳，而尝试着去解释或再创造原作者所提供的意义。

第三个取向是以批判（criticize）作为求善的方法。本质上，媒介机构是工业与商业的组织，目的是扩大利润，迎合或操纵受众。批评家应具有批判的精神，以否定性的思考、意识的启蒙、现状的改变，激起受众的独立判断能力，促使受众去思考、感受和回应，拓展个人的心

① 《鲁迅全集》第 4 卷，第 83 页。
② 《鲁迅全集》第 5 卷，第 450 页。

智，完善个人的人格。

第四个取向是以"去魅"（disenchantment）作为求美的方法。高雅文化、精英文化的"去魅"过程，也就是大众文化的"赋魅"过程。大众文化的通俗性、贫乏性、模式化、平面化的审美过程，对现实采取认同的妥协立场，摒弃了精英文化对现实持批判态度的传统精神。法兰克福学派理论家认为，大众文化是麻醉大众意志的精神鸦片。从审美角度看，批评家应该清醒地看到大众文化的这些弊端，指明商业社会大众文化导致大众审美情趣低俗的危害，为大众文化"去魅"。①

因此，黄新生认为：求知、求真、求善、求美是媒介批评的最主要标准。其实，综观鲁迅的整个媒介批评实践，这四个取向在其中都有所显现。比如，他对各类报刊的评价，是一种求知的价值判断；对汉字外报隐蔽性和欺骗性的揭露，是一种求真的解释剖析；对商业媒体哗众取宠甚至以笔杀人的做法，是一种求善的否定批判；对好莱坞电影文化侵略的揭示，是一种求美的去魅过程。

鲁迅求知、求真、求善、求美的批评取向，其实也是他"立人为本"思想的表达。正如周海婴、周令飞总结鲁迅精神时所认为的："'立人为本'是鲁迅精神的灵魂。实际上，鲁迅从青年时代起就自觉地把自己的全部精力投入到了推动中国社会现代转型这样一个巨大的社会工作上去了。国家民族遭受凌辱的历史困境曾使鲁迅十分痛心，这激发了他对人的精神麻木，尤其是中国人的精神麻木的自觉而深入的关注。他在日本留学期间无意间看到影像中麻木的中国人，这件事对鲁迅刺痛最深，他在《〈呐喊〉自序》里写道：'这一学年没有完毕，我已经到了东京了，因为从那一回以后，我便觉得医学并非一件紧要事，凡是愚弱的国民，即使体格如何健全，如何茁壮，也只能做毫无意义的示众的材料和看客，病死多少是不必以为不幸的。所以我们的第一要著，是在改变他们的精神，而善于改变精神的是，我那时以为当然要推文艺，于是想提倡文艺运动了。只有当具有个体尊严和独立思考能力的人被确立起来，一个现代意义上的中国的崛起和强大才是可能的。'鲁迅在这里讲到的个体尊严和个体意识的觉醒就是他'立人为本'思想的

---

① 黄新生：《媒介批评》，台湾五南图书出版公司 1992 年版，第 4—5 页。

精髓。"①

　　早在 1902 年，鲁迅就已经对国民性问题进行了深入思考。许寿裳在《亡友鲁迅印象记》中说："鲁迅在弘文学院的时候，常常和我讨论下列三个相关的大问题：一怎样才是最理想的人性？二中国国民性中最缺乏的是什么？三它的病根何在？他对这三大问题的研究，毕生孜孜不懈，后来所以毅然决然放弃学医而从事于文艺运动，其目标之一，就是想解决这些问题，他知道即使不能骤然得到全部解决，也求于逐渐解决上有所贡献。"② 正是对国民性的思考，让他最终弃医从文，确立"立人为本"的精神追求。

　　鲁迅讲的个体尊严，代表着现代人的价值理念。这种观念表明每个个体都有充分发展自我、享受幸福的权利，同时，他也完全拥有个人独立思考的权利，这是每个人的天赋人权。人不应该为自己的独立思考遭受损害，这是一种普世价值理念。而个体意识的觉醒则意味着个体对自我的生存价值的关注与自觉……拥有了个体尊严和个体生命的自觉意识，也就拥有了鲁迅所说的"自信力"。而这些拥有自信力的人，才是中国的脊梁。③

　　正如鲁迅在《中国人失掉自信力了吗》中所说："要论中国人，必须不被搽在表面的自欺欺人的脂粉所诓骗，却看看他的筋骨和脊梁。自信力的有无，状元宰相的文章是不足为据的，要自己去看地底下。"④觉醒人的个体尊严，激活人的个体生命意识，这是鲁迅人格与精神的首要之点。具有个体尊严和清醒的个体意识是他特别看重的精神品质。

　　而对于媒介，鲁迅的评判标准也是如此。一份报刊，就如同一个人。人有人格，报有报格。如果没有尊严和自信力，就是"金子做了骨髓，也还是站不直"⑤。对于官报，鲁迅侧重对其奴性的批判，指出这些官报是"统治者"的奴才，"洋大人的跟丁"⑥。他憎恶那种"为王前驱"的奴性，通过对"贰臣"一词的分析，犀利地指出这个"文坛"

　　① 周海婴、周令飞：《鲁迅是谁》，载葛涛《鲁迅文化史》，东方出版社 2007 年版。
　　② 许寿裳：《亡友鲁迅印象记》，上海文化出版社 2006 年版，第 24 页。
　　③ 周海婴、周令飞：《鲁迅是谁》，载葛涛《鲁迅文化史》，东方出版社 2007 年版，第 3—4 页。
　　④《鲁迅全集》第 6 卷，第 122 页。
　　⑤《鲁迅全集》第 5 卷，第 411 页。
　　⑥《鲁迅全集》第 4 卷，第 515 页。

背后的皇帝。在他看来，官报的性质就决定了它"臣记者"的性质。"从指挥刀下骂出去，从裁判席上骂下去，从官营的报上骂开去，真是伟哉一世之雄，妙在被骂者不敢开口。"① 但是，这种骂却是仗势，仗势而逞威风者不过是"狗一样的文人"。

鲁迅反对帮忙，对帮闲也不放过。他多次嘲弄帮闲报刊，淋漓尽致地描写他们的二丑艺术。他认为帮忙与帮闲是无法截然分开的，"帮闲的盛世是帮忙"，帮闲是帮忙衍化过来的。就如同"二丑"，尽管他装得与贵公子不是一伙，也毕竟"受着豢养，分着余炎"。

在对媒介的批判中，他抓住一个"不通"，就使媒介环境中各色人等的立场毕现：

"不准通"：这是"官"——媒介制度制定者的立场。

"不敢通"：这是"奴隶"——民报的立场。

"不愿通"、"不肯通"：这是"奴才"——官报、帮闲报刊的立场。

而这之中，最缺少的就是真正的"人"的立场。在被当权者圈起来的界限中，"人"也只能就此沦落为奴隶的言论范围，又何能谈自由可言？在明诛暗杀之下，能够苟延残喘，和读者相见的，非奴隶文章又会是什么呢？"官许之印本，必经检查，抽去紧要处，恰如无骨之人，毫无生气。"② 而当时的报刊上，何止于这样没有独立思想和人格的无骨之文，即使是奴才文章也比比皆是。对于奴隶和奴才，鲁迅曾有过这样的区分："一个活人，当然是总想活下去的，就是真正老牌的奴隶，也还在打熬着要活下去。然而自己明知道是奴隶，打熬着，并且不平着，挣扎着，一面'意图'挣脱以至实行挣脱的，即使暂时失败，还是套上了镣铐罢，他却不过是单单的奴隶。如果从奴隶生活中寻出'美'来，赞叹，抚摩，陶醉，那可简直是万劫不复的奴才了，他使自己和别人永远安住于这生活。就因为奴群中有这一点差别，所以使社会有平安和不安的差别，而在文学上，就分明的显现了麻醉的和战斗的不同。"③ 这里论述的奴隶与奴才的区别非常精辟，麻醉与战斗，陶醉与抗争，正是他们本质的不同。

---

① 《鲁迅全集》第 3 卷，第 567 页。

② 《鲁迅全集》第 13 卷，第 343 页。

③ 《鲁迅全集》第 4 卷，第 604 页。

对奴性的抨击，对立人的追求，可以说贯穿了鲁迅的一生。而鲁迅对于奴群的差别的辨析，倒跟列宁的很相似。列宁也是这样划分奴隶与奴才的，他在《论大俄罗斯人的民族自豪感》一文中说："谁都不会因为生下来是奴隶而有罪；但是，如果一个奴隶不但不去追求自己的自由，反而为自己的奴隶地位进行辩护和粉饰……那他就是理应受到憎恨、鄙视和唾弃的下贱奴才了。"① 鲁迅未必看过列宁的这篇文章，恐怕只能说是英雄所见略同了。

鲁迅的许多媒介实践，正是"力争通"的努力，在不自由中争自由，努力走出奴隶时代的"人"的挣扎。他的媒介批评，也是对立人格、立报格的向往。这些既显示出鲁迅独立的批评意识，也凸映出鲁迅媒介批评的实质归根结底还是一种社会批评和文明批评。

诚如鲁迅 1929 年在《〈文艺与批评〉译者附记》里所说："本书的内容和出处，就如上文所言。虽然不过是一些杂摘的花果枝柯，但或许也能够由此推见若干花果枝柯之所由发生的根柢。但我又想，要豁然贯通，是仍须致力于社会科学这大源泉的，因为千万言的论文，总不外乎深通学说，而且明白了全世界历来的艺术史之后，应环境之情势，回环曲折地演了出来的支流。"② 从对媒介批评杂摘的花果枝柯，的确可以推见到这些枝柯发生的根柢：社会批评和文明批评。

鲁迅研究专家王得后先生曾说："鲁迅的电影批评，性质上是社会批评和文明批评。他不限于就电影批评电影，而是在中国社会和传统文明的广阔背景中通过电影来批评旧社会，旧思想，旧道德，旧文明，批评电影及其创作中的问题。"③ 其实，上述判断，可以推而广之到他的媒介批评上来。

与媒介实践密切相关的、能与之产生更直接互动的、常常为论者所使用的批评模式，有社会批评（含道德批评、女权主义批评、后殖民批评）、心理批评、接受批评等几种。并且，在某种意义上，心理批评与接受批评均是社会批评的补充。但值得注意的是，批评家并不总是在认真研究了媒介批评的方法以后才进入评论的过程。事实上，许多评论家

---

① 列宁：《列宁全集》第 26 卷，人民出版社 1988 年版，第 110 页。
② 《鲁迅全集》第 10 卷，第 332 页。
③ 王得后：《鲁迅的电影批评》，《文艺报》1984 年第 2 期。

在对媒介作尽可能深入的论析时，甚至没有清晰明朗地意识到所运用的工具和手段的细部特征。因此，鲁迅对某种批评模式的采用，可能是有意，也可能是无意，但如果对其批评文本作完整的而不是局部的、立体的而不是平面的研究，就可以发现，这许多不同批评方法的多元互补，最后凸显的还是社会批评。

鲁迅对各种刊物的评价往往是首先着眼于它们进行社会批评的程度与水平。他支持爱护浅草社和沉钟社，却也善意地批评他们：为什么老搞翻译，老写诗？为什么不多发议论？为什么不参加现实斗争？他热情地赞扬"思想革命"的《猛进周刊》和《京报副刊》，希望"在黑暗中，时见匕首的闪光，使同类者知道也还有谁还在袭击古老坚固的堡垒，使之看见浩大而灰色的军容，或者反可以会心一笑"①。

鲁迅始终把对社会的批评重任放在自己的肩上，在谈到知识分子在改革事业中所应有的态度时，他说道："由历史所指示，凡有改革，最初，总是觉悟的智识者的任务。但这些智识者，却必须有研究，能思索，有决断，而且有毅力。他也用权，却不是骗人，他利导，却并非迎合。他不看轻自己，以为是大家的戏子，也不看轻别人，当作自己的喽罗。他只是大众中的一个人，我想，这才可以做大众的事业。"② 有研究，能思索，有决断，有毅力，利导而并非迎合，这样的批评才能成就大众的事业。

这样的社会批评者，着重了解社会环境和创作者对此做出的反映的广度和方式。一般来说，社会批评对作品的解析是从两个方面着手的，一是考察作品是否真实地揭示了时代的状况，尤其是有没有揭示出社会历史发展的趋势；二是考察作者是用什么方式揭示出来的。前者属于思想的范畴，后者属于艺术的范畴。不难看出，作为一种宏观的批评原则，社会批评涵盖面相当广泛，从丹纳在《艺术哲学》中提出的种族、环境、时代三要素决定论到马克思主义批评、社会主义现实主义批评、政治批评、道德批评、女权主义批评、后殖民批评等都可以包括在内。

宽泛地说，在社会批评作为一种命题提出之前，就已经广泛地存在于文艺批评的实践之中。鲁迅对媒介的批评，延续了以往文艺批评的一

---

① 《鲁迅全集》第 3 卷，第 25 页。
② 《鲁迅全集》第 6 卷，第 104 页。

些取向和特点，并不足为奇。在鲁迅的媒介批评中，既有对新闻界弄笔杀人，让阮玲玉哀叹"人言可畏"的道德批评，也有对官报在指挥刀下进行文化围剿的政治批评；既有吸收了马克思主义理论对言论自由阶级性的批判，也有关注好莱坞电影在中国文化侵略的后殖民批评；既有关注新女性命运的女权主义批评，也有对媒介不能正确反映现实生活的现实主义批评……

在这其中，又能看出鲁迅对历史标准与美学标准的尊崇。"我是从美学观点和历史观点，以非常高的、即最高的标准来衡量您的作品的。"① 这是恩格斯在致拉萨尔的信中所提出的著名论断，一直以来为很多批评家所遵奉。电视批评家仲呈祥先生就曾说："说实话，我至今仍坚信恩格斯当年在《致斐·拉萨尔》中所提出的'美学观点和历史观点'是文艺批评包括影视艺术批评在内的最高的标准。一部人类的文艺批评史，雄辩地证明了只有坚持美学评析与历史评析的辩证统一，才能对批评对象即作品作出实事求是、入木三分的科学评价，才能超越作品实现感性认识基础上更高层次的理性升华。"② 虽然对这一标准仍有论者持怀疑态度，认为如果将之说成是恩格斯在此提出了文艺批评的一般标准，或说成这就是马克思主义的文艺批评标准，则显得理由不够充分。但无论如何，历史与美学评析的辩证统一观点的确是批评的较高原则。

鲁迅的治学方法是从章太炎那里学来的。章太炎自幼生长在一个具有浓厚传统学术氛围的环境中，青年时代又是在杭州诂经精舍的经史堆中度过的。他的授业老师是清代著名的朴学大师俞樾。因此鲁迅在治学方法上通过章太炎和清代朴学取得了联系。鲁迅后来在辑佚、校勘、考证、目录学等方面的学术成就是和清代朴学分不开的（如《古小说钩沉》、《嵇康集》等）。章太炎十分重视治史，并以之归于经世致用。鲁迅也主张治学先治史，这是对清初学风的继承。鲁迅在辑佚、校勘、辨伪等方面所取的实事求是的科学态度，又是与乾嘉学派所常标榜的"无征不信"的治学态度颇为接近的。当然，鲁迅并未堕"奴才家法"的

---

① 恩格斯：《致斐·拉萨尔》，《马克思恩格斯选集》第 4 卷，人民出版社 1972 年版，第 347 页。

② 仲呈祥：《批评标准与"观赏性"》，《中国电视》2001 年第 10 期。

窠臼，走进故纸堆中。

钱玄同也认为："（一）他治学最为谨严，无论校勘古书或翻译外籍，都以求真为职志，……（二）他读史与观世，有极犀利的眼光，能抉发中国社会的痼疾，如《狂人日记》、《阿Q正传》、《药》等小说及《新青年》中他的《随感录》所描写所论述的皆是，这种文章，如良医开脉案，作对症发药之根据，于改革社会是有极大的用处的。"①

因此，鲁迅的媒介批评既带有史家的严谨确凿，所批评的媒介文章、内容等都有摘录或具体的出处，指向性非常明显，也带有文学家的俏皮幽默，所批评的涵盖内容带有一定的普遍意义；既在批评时秉持历史的观点，在批判书报审查制度、禁焚书时，强调要"刨祖坟"，看野史，把古今中外的历史事件纵横捭阖，以剖析当权者对媒介的残酷摧残，也把握了美学原则，对银幕上身穿不知何时何代衣服的人物、"缓慢地动作"、"古人一般死的脸"、"旧式戏子的昏庸"、"上海洋场式的狡猾"的脸相等进行了辛辣的讽刺。

毛泽东在延安陕北公学纪念鲁迅逝世一周年大会上的讲话中，提到鲁迅的第一个特点是具有政治远见，说他用显微镜和望远镜看中国的社会，用显微镜观察得真，同时又用望远镜看得非常远。看中国的社会看得真看得细，那是由于看到了中国遥远的将来。这就是用历史的眼光看问题，用文学的方法来谈问题。他以敏锐的眼光，从"不容易觉察的"日常生活现象中揭示出潜藏着的"简直近于没有事情的"因素，同时着力揭示出日常生活中人们司空见惯的"不合理、可笑，可鄙，甚而至于可恶"的种种现象。

1927年11月10日，茅盾以"方壁"的笔名在《小说月报》第18卷第11号发表了长篇文章《鲁迅论》，形象地指出了鲁迅的特点："鲁迅站在路旁边，老实不客气的剥脱我们男男女女，同时他也老实不客气的剥脱自己。他不是一个站在云端的'超人'，嘴角上挂著庄严的冷笑，来指斥世人的愚笨卑劣的；他不是这种样的'圣哲'！他是实实地生根在我们这愚笨卑劣的人间世，忍住了悲悯的热泪，用冷讽的微笑，一遍一遍不惮烦地向我们解释人类是如何脆弱，世事是多么矛盾！他决

---

① 子通：《鲁迅评说八十年》，中国华侨出版社2005年版，第22页。

不忘记自己也分有这本性上的脆弱和潜伏的矛盾。"① 茅盾认为："《呐喊》和《彷徨》中的'老中国的儿女'，我们在今日依然随时随处可以遇见，并且以后一定还会常常遇见。"② 郁达夫也曾说："当我们见到局部时，他见到的却是全面。当我们热中去掌握现实时，他已把握了古今与未来，要全面了解中国的民族精神，除了读《鲁迅全集》以外，别无捷径。"③ 由此可见，"率性而言，凭心立论，忠于现世，望彼将来"④，这是鲁迅一贯对媒介的期许，这其中包含的历史和美学的观点发人深思。

日本学者增田涉这样评价说："鲁迅不是把文学看作是一种教养，因而他不是在文学中追求没有国家或民族的抽象的人和人生，而是始终考虑、探求中国的社会、民族和历史。在这个意义上，我认为鲁迅可以说是扎根于中国的大地和中国的历史的文学家。"⑤ 同样，我们也可以认为鲁迅是植根于中国大地和中国历史的媒介批评者。他的思想不是书斋式的或体系式的，而是现代中国文化转型中痛苦而切实的摸索，带有对传统得失的深刻感悟，对国情民性的透彻理解，又渗透着独到的人生体验。他对媒介的犀利批评中，更多的是在做"社会相"的揭露和研究。他所画下的许多脸谱，如"二丑"、"叭儿狗"、"商定文豪"、"革命小贩"、"奴隶总管"、"洋场恶少"等，是一种"社会相"的概括。他对媒介文化现象的剖析，最终也都是对国民性弱点的研究与批判。但同时，他也吸收了先进的思想理论，把中国传统学术文化、马克思主义学说、西方新闻传播学（如对有闻必录新闻观的批评）及人文社会学科思潮等等在媒介批评中进行了融和、运用。

鲁迅的媒介批评是以文学家的姿态出现的，他以文学敏感和情感体验切入思考，认识问题具有深刻性、敏锐性，但也有不全面、不系统的特点，只是一些零碎的、片断的感受，不在意具有一定规模的专用性的篇章结构的营造，因此在批评的学术化、概念的精确化、阐释的理论化上都还有明显的不足。另外，鲁迅的风格就是逆反思维、不合作精神以

① 茅盾：《茅盾论鲁迅》，山东人民出版社1982年版，第12页。
② 同上书，第27页。
③ 郁达夫：《回忆鲁迅》，上海文化出版社2006年版，第111页。
④ 《鲁迅全集》第8卷，第472页。
⑤ 子通：《鲁迅评说八十年》，中国华侨出版社2005年版，第213页。

及批判的话语方式。他所能提供的是一种思想观照和精神指向性的提醒，而不是追求科学完备的解决方案。他的深刻必然有时会导致片面、偏激，甚至矫枉过正。当然，这要考虑到当时特定的历史语境。鲁迅所处的历史大环境好比一间阴森压抑的铁屋子，独裁专制的乌烟瘴气令国人精神窒息，灵魂麻木，在这种情势之下，只有大声呐喊才能唤醒沉睡的民众。这也是他"立人为本"批评取向的来源所在。

第二节　独立自由的批评精神

陈独秀在1937年12月谈到鲁迅时，认为鲁迅虽然不是《新青年》最主要的作者，但他有自己独立的思想，不"因为附和《新青年》作者中那一个人而参加的"，所以其作品"在《新青年》中特别有价值，这是我个人的私见"。最后称赞"这位老文学家终于还保持着一点独立思想的精神，不肯轻于随声附和，是值得我们钦佩的"①。

陈独秀对鲁迅的评价还是比较公允的。这种独立自由的批评姿态，是鲁迅媒介批评中最为难能可贵的一点。文章的张力，就是人格的张力。写作的维度，就是人格的维度。作为独立的现代知识分子，在压迫者与被压迫者之间，他别无选择地倾向于后者，为他们的解放而呐喊。在权威话语和民间大众话语之间，他不为某种私利而迁就迎合，也没有走上文人论政依附于权威的旧路。

他"立人"目标的设置，启蒙主义的选择，让他获得了现代独立性，也为此付出了人生的代价。"那就是要孤独地承受来自权威的各种压迫。而鲁迅的性格又使他越是在压迫之中，越容易坚守阵地。他顽强地坚守着知识分子独立的话语立场，捍卫着知识分子独立的话语空间，无论有什么样的压迫，也决不放弃知识分子对现实社会和文化传统的独立批判权。在对权威话语的反抗中，鲁迅以自己的话语实践确立了中国现代知识分子话语的独立性。"② 这种独立性意味着文化与观念的创新精神。在拥有深厚封建文化传统的国度努力批判旧媒介文化，传播新文化的理念，这本身就是一种文化的创新。

---

① 子通：《鲁迅评说八十年》，中国华侨出版社2005年版，第24—25页。
② 李新宇：《鲁迅：中国现代知识分子话语的基石（二）》，《鲁迅研究》1998年第6期。

应该承认，中国知识分子长期以来也有自己的某种独立性。但这种独立性与当权者的冲突是非常有限的、暂时的，常常在遇到"无道昏君"时这种冲突才会发生。因此，这种创新性也是在权力范围内的创新。而鲁迅一针见血地指出："中国文学从我看起来，可以分为两大类：（一）廊庙文学，这就是已经走进主人家中，非帮主人的忙，就得帮主人的闲；与这相对的是（二）山林文学。唐诗即有此二种。如果用现代话讲起来，是'在朝'和'下野'。后面这一种虽然暂时无忙可帮，无闲可帮，但身在山林，而'心存魏阙'。如果既不能帮忙，又不能帮闲，那么，心里就甚是悲哀了。"这一区分从帮忙与帮闲的文学中剔出了独立的知识分子话语，澄清了创新的本质，不仅划开了鲁迅与历代宫庭文人的界限，也划开了他与历代山野文人的界限。鲁迅对帮闲报刊深恶痛绝，认为过去的中国"不帮忙也不帮闲的文学真也太不多。现在做文章的人们几乎都是帮闲帮忙的人物"。然而，即使不帮忙也不帮闲的隐士们的文学，也不是知识分子独立的话语，因为"中国是隐士和官僚最接近的"①。鲁迅开始寻求不帮忙、不帮闲，同时也不通"魏阙"的批评之路，创新之路。而鲁迅之前的梁启超、曾一起在《新青年》并肩作战的胡适等，都没有超越这个批评的界限。

梁启超首先是一个以改造社会、振兴国家为己任的政治家，然后才是一个杰出的新闻职业人，从根本上说梁启超的政治理想构成了其新闻思想的根据。因此，梁启超评价各家报刊也往往看其能否为政治服务，能否实现报刊的政治功能。一份远离政治的报刊，在梁启超看来，永远够不上优秀的资格。而梁启超改良主义政治理想中的反封建不彻底性，也在其新闻自由思想中体现出来。他不是将新闻自由既视为一种手段，也看做一种目的，而是仅仅视为一种手段——一种强国的手段。他的表述中根本没有触及推翻帝制这个新闻自由的前提性因素。并且，他所要强的国并不是严格意义上的资本主义国家，而是一个保有很大王权的国家，这样，其新闻自由思想就不免陷入自相矛盾的境地。

相比之下，鲁迅不仅视新闻自由为反封建反强权的工具，从根本上要求废除书报检查制度，而且视新闻自由为一种目的。为自由，鲁迅强调坚守独立的意识。他希望媒介独立，不依附于权贵或其他政治、经济

---

① 《鲁迅全集》第 7 卷，第 405—406 页。

势力。他批驳政治、商业操纵下的媒体——揭露汉字外报为了政治利益而无所不在的欺骗性；讽刺当权者控制下官报的奴性；认为《现代评论》虽为"学者们的喉舌"，却是"讨得官僚津贴或银行广告费的'大报'"；而对于《晶报》与《十日谈》的纷争，鲁迅则一针见血地指出："金子做了骨髓，也还是站不直，在这里看见铁证了！"

而胡适虽然多次宣扬他不"参与政治"，但从本质上讲，这个观点并非指他对政治不闻不问，而指的是他要站在政治权益集团之外，"尽一个合格的知识分子对社会应尽的义务"。为此，胡适一生都希冀做政府的"诤友"，希望通过报刊宣扬自己的政治主张以对政府、社会、国家有所帮助，这种精英意识浓厚的"文人论政"的新闻思想贯穿胡适一生新闻活动的始终，也成为他媒介批评的准则之一。

相比之下，鲁迅的媒介批评更多地代表了来自草根阶层体制外的反抗，对现行媒介制度的彻底颠覆。虽然他也曾希望"促共和之进行，尺政治之得失"，但在残酷的现实面前，他对当权者已完全丧失了希望，而代之以激昂的反抗。面对新闻界"保障正当舆论"的要求，他决断地表示自己并不想寻求保护。他的斗争韧性一直未曾改变，因为他坚信"半生以来，所负的全是挨骂的命运，一切听之而已，即使反将残剩的自由失去，也天下之常事也"。鲁迅所表现出的独立的批评意识，是媒介批评中最弥足珍贵的品格。

这种独立意识，和他"立人为本"的思想是一脉相承的。"如果说'立人为本'是鲁迅思想与精神的灵魂的话，那么，独立思考则是他的骨髓。它使'立人为本'这个灵魂获得了支撑。"① 梁启超说二十四史是"二十四姓之家谱"，到了鲁迅笔下，又何尝只是"相斫书"和"独夫的家谱"呢？② 他批判中国文化，因为"中国的文化，都是侍奉主子的文化，是用很多的人的痛苦换来的"③。他希望媒介独立，不再侍奉主子，做洋大人的跟丁儿。可实际情况是，以上海为例："最有权势的是一群外国人，接近他们的是一圈中国的商人和所谓读书的人，圈子外

---

① 周海婴、周令飞：《鲁迅是谁》，载葛涛《鲁迅文化史》，东方出版社2007年版，第3页。

② 《鲁迅全集》第3卷，第17页。

③ 《鲁迅全集》第7卷，第326页。

面是许多中国的苦人，就是下等奴才。"① 读书人趋炎附势，甘于做奴隶，并陶醉其中。这种觉醒与麻木、陶醉的分别，分出了独立意识的彻底与否。他反复抨击奴才，反对奴性，反抗权威话语。中国历代统治者都希望知识分子帮忙制造好的奴隶，而鲁迅却坚决拒绝这种合作，拒绝做"醉虾"的帮手，而走上了独立而艰险的寻"人"之路。鲁迅是这样认为的："我自己，是什么也不怕的，生命是我自己的东西，所以我不妨大步走去，向着我自以为可以走去的路。即使前面是深渊、荆棘、狭谷、火坑，都由我自己负责。"②

《媒介批评通论》一书中谈到媒介批评的修养时提到，批评家要具备良好的政治素质，要有崇高的思想修养和批评的良好文风。③《媒介批评——起源·标准·方法》一书中，认为媒介批评人的修养包括：宏深的思想、广博新颖的知识、坚持真理的勇气、严谨科学的批评态度和审美能力。④ 笔者以为，上述几点都是媒介批评者必须具备的素质，但这之外，能否具有独立的批评意识，是更为可贵的品质。尤其是在政治、商业利益的操纵下，面对摇摆不定的媒体，如果没有独立的批评意识，没有对自身生存方式和精神立场的选择和坚守，难以揭穿幻象背后的真相。这样的品格，也是鲁迅之所以能在媒介批评方面超越梁启超和胡适的价值所在。

这种独立的批评意识，有时表现为就事论事，并不因人讳言。鲁迅和蔡元培有深厚的友谊，但对蔡元培所办的《俄事警闻》，鲁迅曾毫不讳言地批评过。当时日俄战争开始，蔡鹤卿（元培）和何阆仙（琪）在上海创办《俄事警闻》，竟也袒日而抑俄。鲁迅认为这事太无远见，日本军阀野心勃勃，包藏祸心，而且日本和邻国邻接，若沙俄失败后，日本独霸东亚，中国人受殃更毒。于是他向蔡、何提出三点意见：（一）持论不可袒日；（二）不可以"同文同种"、口是心非的论调，欺骗国人；（三）要劝国人对国际时事认真研究。后来《俄事警闻》采纳

---

① 《鲁迅全集》第 7 卷，第 325 页。
② 《鲁迅全集》第 3 卷，第 54 页。
③ 刘建明：《媒介批评通论》，中国人民大学出版社 2001 年版，第 291—294 页。
④ 王君超：《媒介批评——起源·标准·方法》，北京广播学院出版社 2001 年版，第 54—62 页。

鲁迅的意见，持论有所转变。①

　　这种独立的批评意识，主要还表现为不人云亦云的独立思考。鲁迅的特点和价值，就在于他不喜欢人云亦云。他的思维方式，看问题的角度、方法，都不同于一般人，常常对公认的常规、常态、定论，提出质疑和挑战。鲁迅常常采取一种怀疑的态度，另辟蹊径，透入历史的本质去重新思考评判。鲁迅有意用这种逆反式的评判去警醒人们，挣脱被传统习惯所捆绑的思维定式，揭示历史上被遮蔽的真实，正视传统文化中不适于时代发展的腐朽成分。当时的环境并不是为鲁迅这样一个脱离开政治专制和文化专制体制的社会知识分子而准备的。他毅然地背离了传统，特立独行，从没路的地方走出自己的路来。

　　面对吹捧者，鲁迅并不沾沾自喜，而认为要警惕，对于别人夸赞我们的话尤需认真地想一想。他有一个不大为一般人所能接受的说法：某些外国人来到中国之后，称赞中国这个好那个好，这证明他是要吃中国人肉的。这话里的意思是：那些骂我们的人未必是坏人，而吹捧我们的却往往不怀好意。用现在某些人的话说，夸赞我们的话，那才是真正的"殖民主义话语"。在《老调子已经唱完》一文中，鲁迅明确指出："无论中国人，外国人，凡是称赞中国文化的，都只是以主子自居的一部分。"② 受外国人的称赞也许可以让我们得到一点虚荣，但是也有相反的效果，就是让中国人以为自己的国家还不错，安于现状，苟且偷生，由此产生的客观效果是有助于使人做稳了奴隶，让中国人越来越陷入奴隶的境地而自己还要沾沾自喜。

　　因此，在对辱华电影的态度上，鲁迅对好莱坞电影不能真实表现国人的形象而造成观众误读的现象表示了担忧，透露出他对中国文化如何被显示的真实性问题的关注。虽然鲁迅对不能把中国人进行真实阅读和还原的东方主义式的好莱坞重商电影，与当时中国电影界的大部分同人一样，对此始终持一种拒斥和批判态度。但在明确表示了自己反抗"被描写"的批评态度的同时，却又从另一个角度分析了国人的两种极端态度，指出"骄和谄相纠结的，是没落的古国人民的精神的特色"③，从

---

① 沈殿民：《鲁迅早年的活动点滴》，《上海文学》1961 年第 10 期。
② 《鲁迅全集》第 7 卷，第 326 页。
③ 《鲁迅全集》第 4 卷，第 422 页。

而告诉人们，这种自卑和自大纠结下的奴性心态，正是帝国主义电影文化侵略的社会基础。

如果不领会鲁迅的这种批判的意图和姿态，就可能以为鲁迅太片面和绝对。所以，问题是如何理解鲁迅说这些话时的"语境"。鲁迅的有些思想并不能得到当时多数人的理解和赞同，至今也还受到人们的非议。但鲁迅始终认为，要改造中国的国民性，就要揭发自己的缺点，这才是意在复兴，意在改善。这跟他媒介批评的目的是一致的：意在改善，重在建设。

比如，对于美国电影等外来文化，鲁迅主张是"拿来主义"。正如周海婴所说，"拿来主义就好像是鲁迅精神与人格的眼睛，体现的是他的气度、视野和眼光"①。拿来主义体现的是文化的气度、视野与眼光。它是一种主动积极的态度。值得注意的是，鲁迅的拿来主义，他的立场是完全中国的。他是脚踩在中国的大地而放眼世界的，一切拿来的东西都是为了我们自身的自强和壮大。所以，他与崇洋媚外是势不两立的，也不赞同无选择地乱拿。

真正的独立思考意味着能够把批判精神体现出来。鲁迅在《野草》中描写了一个举起投枪的战士，这个战士的形象很大程度上就是他的自我画像。批判意味着一个人有勇气面对真实的世界，并且不依赖任何外在的权威做出自己独立的判断。值得特别强调的是，鲁迅的这种批判目的不是破坏、拆毁和颠覆，而是在于"拿来"，推动中国社会的现代转型，建设一个强大的中国。他的建设性的意义是非常明显的。

而且，作为思想家，鲁迅强调在思想与文化观念上的创新，这是在科技创新和制度创新基础上的更高程度的创新。"同时，也要看到，科技创新和制度创新也必须依赖于我们在多大程度上具有思想和文化创新的意识。所以，文化和观念的创新既是基础性的创新，同时也是主导性的创新。"② 只有坚持思想和文化观念的创新，才能推动传媒事业的不断进步。

鲁迅的独立批评意识，一方面来自思想上的独立追求，他虽然亲近

---

① 周海婴、周令飞：《鲁迅是谁》，载葛涛《鲁迅文化史》，东方出版社2007年版，第2页。
② 同上书，第4页。

左翼，但绝不依附于任何党派，长达 10 年的自由撰稿人身份让他保持了难得的自由品格。另一方面，也跟他后期较为宽裕的经济环境不无关系。"物质决定意识"，经济上一旦独立，人的思想也就相对地独立起来。"五四前后和 20 年代，中国知识阶层虽然人数很少，但是能量很大，这在某种程度上得利于他们相当优越的经济后盾。"① 李大钊是最早开始关注人民生活状况和经济权（生存权）的学者。1919 年 12 月，他在《新生活》第 19 期上发表了一篇《物质和精神》的短文说："物质上不受牵制，精神上才能独立。教育家为社会传播光明的种子，当然要有相当的物质维持他们的生存。不然，饥寒所驱，必致改业或兼业他务。久而久之，将丧失独立的人格。精神界的权威，也保持不住了。"② 有精神上的独立，才会有人格上的独立，而经济独立是其中重要的保障。

在探讨现代知识分子的独立品格时，陈明远的经济论也颇有独到之处。根据陈明远的分析，从 1912 年到 1936 年中国的物价是基本稳定的，升降平缓，幅度不大。有时反而出现通货（银根）紧缩、物价下跌的反常现象。③ 鲁迅在上海定居后的收入，还算宽裕。自己有了足够的薪金，才能摆脱财神的束缚，才能够超越权势的羁绊。虽然也时有窘顿之处，但较高的稿酬和版税收入可以使鲁迅达到一不依附于"官"、二不依附于"商"的经济相对自由状况，成为独立的批评姿态的坚强后盾。因此，自由独立的经济生活构成了自由思想与独立人格之坚强后盾和实际保障，让鲁迅成为启蒙运动中传播和创新现代化知识的社会中坚。

但财富自由同时也是把双刃剑。正如周海婴所分析的，"鲁迅当年的生活是很精致的，他当年的生活大概仍然是今天很多人追求的梦想，但是鲁迅从来没有因为自己拥有这样的生活就遗忘了自己对社会的使命，他对自己的使命和自我完成是充分自觉的。"在这里，周海婴提到了软暴力问题，他认为，鲁迅要"做到韧性的坚守，就要面对三个东西：暴力、权力和软暴力"④。鲁迅从来没有向暴力和权力屈服过，更

---

① 罗志田：《乱世潜流：民族主义与民国政治》，上海古籍出版社 2001 年版，第 16 页。

② 《李大钊文集》第 3 卷，人民出版社 1999 年版，第 139 页。

③ 陈明远：《何以为生：文化名人的经济背景》，新华出版社 2007 年版，第 222 页。

④ 周海婴、周令飞：《鲁迅是谁》，载葛涛《鲁迅文化史》，东方出版社 2007 年版。

没有被软暴力所腐化和动摇。尤其是软暴力，更有当今的现实意义。我们这个时代是一个软暴力处处显示威力的时代，如何在这样一个时代中使每个生命个体发育成型，拥有健全的个体生命自觉，这是很重要的问题，值得我们认真对待。鲁迅后代的分析，可谓鞭辟入里。

虽然思想家的过人之处，他的价值所在，就在于他的独立创新。他能感觉到社会还没有感觉到的东西，能看到别人还没有看到的东西，说出别人说不出的话，但他的贾祸之道却也正在这里。王实味的杂文《野百合花》里面这样写道："青年是可贵，在于他们纯洁，敏感，热情，勇敢，他们充满着生命底新锐的力。别人没有感觉的黑暗，他们先感觉；别人没有看到的肮脏，他们先看到；别人不愿说不敢说的话，他们大胆地说。"[1] 但这篇《野百合花》一发表，王实味立刻遭到了整肃，并于 1947 年以"反革命托派奸细分子"的罪名斩决，真正被割掉了头颅。甚至到了 1958 年，王实味含冤逝去 11 年后，还掀起了对他的再批判，说他"以革命者的姿态写反革命的文章"，"帮助了日本帝国主义和蒋介石反动派"。直到 1991 年才给予平反昭雪。[2] 独立的话语是要付出代价的。1957 年关于毛泽东"鲁迅如果现在还活着"的回答，也是一个明证。

第三节　开拓创新的批评领域

媒介批评对大众传媒的评判，涉及三个层面——文化、本体和现象层面。文化层面，属于宏观意义上的批评，关注的是传播制度与社会、经济制度的关系，大众传播与大众文化的关系，大众传播与科学技术，大众传播媒介与意识形态问题，跨国传播过程中的控制与反控制、渗透与反渗透、扩张与反扩张问题等。

本体层面属于中观意义上的批评，主要包括：大众传播的传播者研究、受众研究、内容研究及工具、效果、社会功能和作用研究等。

现象层面指大众传播生产的文化产品和传递给受众的各种信息，属微观意义的批评，主要是：对大众文化的意义和作用的批评，即对媒介

---

[1]　王实味：《野百合花》，《解放日报》1942 年 3 月 13 日。
[2]　邵燕祥、朱正：《重读鲁迅》，东方出版社 2007 年版，第 240 页。

作品的评价和分析。

鲁迅的媒介批评范围涉及很广，从各种报刊到中外电影、通讯社、广播、广告以及书报审查制度等，除了对当时新兴的、尚未普及的电视没有发表评价外，基本涵盖了当时流行的大众传媒。从媒介环境到受众观，从媒介的商品性到媒介制度，从新闻从业者的职业道德到有闻必录新闻观，从好莱坞的文化侵略到媒介素养教育……与前人及同时代人相比，鲁迅开拓了许多新的批评领域。

在对媒介环境的评价上，鲁迅认为当时的媒介环境并不好，在校的青年"可看的书报实在太缺乏了"，科学文章过于高深、枯燥，他希望有一种"通俗的科学杂志，要浅显而且有趣的"①。因此，他提倡媒介环境的多样性，"只看一个人的著作，结果是不大好的：你就得不到多方面的优点。必须如蜜蜂一样，采过许多花，这才能酿出蜜来，倘若叮在一处，所得就非常有限，枯燥了"②。

而在媒体对受众的效果影响上，鲁迅并不是媒介的魔弹理论者，而接近于有限效果论者。鲁迅劝朋友少看无聊新闻，因为"我觉得你所从朋友和报上得来的，多是些无关大体的无聊事，这是堕落文人的搬弄是非，只能令人变小，如果旅沪四五年，满脑不过装了这样的新闻，便只能成为像他们一样的人物，甚不值得"③。但鲁迅认为，现在的报章"还没有到达如记者先生所自谦，竟至一钱不值，毫无责任的时候。因为它对于更弱者如阮玲玉一流人，也还有左右她命运的若干力量的，这也就是说，它还能为恶，自然也还能为善"④。因此，他并不同意文字无用之说，反驳道："假如文字真的毫无什么力，那文人真是废物一枚，寄生虫一条了。他的文学观，就是废物或寄生虫的文学观。"⑤

在对官报和帮闲报刊利用制造舆论热点的方法，来转移公众对重大政治事件注意力的手法分析时，鲁迅指出他们一是插科打诨，把受众的注意力从国家的生死存亡这些重要的话题转引到恋爱、色情等庸俗之事上。二是以道德家的身份捣鬼，让告诫受众的警世者也化为丑角，让受

---

① 《鲁迅全集》第3卷，第26页。
② 《鲁迅全集》第14卷，第76页。
③ 同上书，第123页。
④ 《鲁迅全集》第6卷，第345页。
⑤ 《鲁迅全集》第8卷，第425页。

众的希望化为乌有。三是当没有这样的事件时，那就七日一报，十日一谈，收罗废料，装进读者的脑子里去，用阔人、明星的琐事来填充受众的头脑。"开心是自然也开心的。但是，人世却也要完结在这些欢迎开心的开心的人们之中的罢。"①鲁迅这样的分析和西方的议程设置理论有异曲同工之妙。

而面对受众，鲁迅则有些怒其"不争气"。在对汉字外报的批判中，鲁迅曾"自责国人之不争气，竟任这样的报纸跳梁！"②因为，"对于这样一种报纸，当时的中国人尤其是平津一带的中下层及官僚还争看不已"③。这其中，也包括鲁迅的母亲。

1925年2月20日在京创刊的《第一小报》，自创刊日起就连载译自日文的《常识基础》一书，却受到读者冷落。鲁迅用反讽的口气评论道："民众要看皇帝何在，太妃安否？而《第一小报》却向他们去讲'常识'，岂非驳谬。"所以，《第一小报》与《群强报》之类的消闲小报相比，"即知道实与民意相去太远，要收获失败无疑"。《群强报》是当时北京出名的小报。刊登的政治新闻纯是旧闻，而对社会新闻则周咨博访，力求详尽。如庙会情形、天桥动态、剧界演出等，特别注重。尤其是对戏院的演出非常重视，每天刊登广告。凡是有戏癖的人清早起来，即花铜子二枚买一张，因此报纸销路日增，日销七八万份。在当时这类小报的确成了供应北京社会底层大众的精神食粮。因此，鲁迅跟时任北京大学哲学系教授、《猛进》周刊主编徐炳昶谈到办"通俗的小日报"一事时，只能无奈地说："现在没奈何，也只好从智识阶级……一面先行设法，民众俟将来再谈。而且他们也不是区区文字所能改革的。"④

来到上海后，鲁迅更发现，"上海的市侩们更不需要这些，他们感到兴趣的只是今天开奖，邻右争风；眼光远大的也不过要知道名公如何游山，阔人和谁要好之类；高尚的就看什么学界琐闻，文坛消息。总之，是已将生命割得零零碎碎了"⑤。在对电影观众的分析中，鲁迅用

①　《鲁迅全集》第5卷，第290页。
②　《鲁迅全集》第3卷，第177页。
③　张静庐：《中国新闻记者和新闻纸》，上海现代书局1932年版，第17页。
④　《鲁迅全集》第3卷，第25—26页。
⑤　《鲁迅全集》第4卷，第576页。

影院纪实的笔调描写了受众崇洋的心理,正是这种畸形的社会心理扭曲了电影欣赏中的联想,自卑和自大纠结下的奴性心态,成为帝国主义电影文化侵略的社会基础。在剖析受众潜在奴性的背后,鲁迅还指出了观众彰显的市侩性。因为"鼻子生得平而小,没有欧洲人那么高峻,那是没有法子的,然而倘使我们身边有几角钱,却一样的可以看电影。侦探片子演厌了,爱情片子烂熟了,战争片子看腻了,滑稽片子无聊了,于是乎有《人猿泰山》,有《兽林怪人》,有《斐洲探险》,等等,要野兽和野蛮登场。然而在蛮地中,也还一定要穿插一点蛮婆子的蛮曲线。如果我们也还爱看,那就可见无论怎样衰落,也还是有些恋恋不舍的了,'性'之于市侩,是很要紧的"①。这段对电影观众的描述,颇有阿Q的神韵。

而在《论"人言可畏"》中,鲁迅更是将受众这种市侩心理分析得惟妙惟肖:"小市民总爱听人们的丑闻,尤其是有些熟识的人的丑闻。上海的街头巷尾的老虔婆,一知道近邻的阿二嫂家有野男人出入,津津乐道,但如果对她讲甘肃的谁在偷汉,新疆的谁在再嫁,她就不要听了。阮玲玉正在现身银幕,是一个大家认识的人,因此她更是给报章凑热闹的好材料,至少也可以增加一点销场。读者看了这些,有的想:'我虽然没有阮玲玉那么漂亮,却比她正经';有的想:'我虽然不及阮玲玉的有本领,却比她出身高';连自杀了之后,也还可以给人想:'我虽然没有阮玲玉的技艺,却比她有勇气,因为我没有自杀'。化(花)几个铜元就发见了自己的优胜,那当然是很上算的。"②

于是,"这哄动一时的事件,经过了一通空论,已经渐渐冷落了,只要《玲玉香消记》一停演,就如去年的艾霞自杀事件一样,完全烟消火灭。她们的死,不过像在无边的人海里添了几粒盐,虽然使扯淡的嘴巴们觉得有些味道,但不久也还是淡,淡,淡"。③

斯洛伐克学者玛利安·高利克曾说:"文学艺术在中国现代社会中基本上带有社会政治目标,如变革中国社会,对实现这种变革的人的教育。"④ 但正如鲁迅曾感叹的:"一方面是庄严的工作,另一方面却是荒

① 《鲁迅全集》第5卷,第443页。
② 《鲁迅全集》第6卷,第344页。
③ 同上书,第343页。
④ 玛利安·高利克:《中国现代文学批评发生史》,陈圣生译,社会科学文献出版社1997年版,第306页。

淫与无耻!"① 先驱者的引导，被受众冷落一旁，家长里短的丑闻却让这些扯淡的嘴巴觉得有些味道。对读者来说，"恐怕义军的消息，未必能及鞭毙土匪，蒸骨验尸，阮玲玉自杀，姚锦屏化男的能够耸动大家的耳目罢"?② 这正如鲁迅的小说《药》中，革命者的牺牲，只换来愚民手中作药引的一个血馒头。

鲁迅也由此希望能通过媒介批评，使受众具有独立的批评意识，成为明白的读者。这样，在面对流言新闻时，"明白的读者们并不相信它，因为比起这种纸上的新闻来，他们却更切实地在事实上看见只有从帝国主义国家运到杀戮无产者的枪炮"③。这是鲁迅在媒介素养思想方面的一点萌芽。他和瞿秋白所编辑的《萧伯纳在上海》一书，目的也是在于把当天报刊的捧与骂，冷与热，把各方态度的文章剪辑下来，出成一书，以见同是一人，因立场不同则好坏随之而异地写照一番，使读者识鉴自明。

在对待好莱坞电影等外来新媒介上，鲁迅是一个在文化上积极主张拿来的思想家，他对于美国电影等外来文化没有一味否定，而是主张"拿来主义"。他在《拿来主义》一文中这样写道："但我们被'送来'的东西吓怕了。先有英国的鸦片，德国的废枪炮，后有法国的香粉，美国的电影，日本的印着'完全国货'的各种小东西。于是连清醒的青年们，也对于洋货发生了恐怖。其实，这正是因为那是'送来'的，而不是'拿来'的缘故。"这"送来"的历史就是被迫、屈辱的历史。何以打破这被迫和屈辱呢？那么，就首先需要去拿来。所以他说："总之，我们要拿来。我们要或使用，或存放，或毁灭。那么，主人是新主人，宅子也就会成为新宅子。然而首先要这人沉着，勇猛，有辨别，不自私。没有拿来的，人不能自成为新人，没有拿来的，文艺不能自成为新文艺。"④

在这里，鲁迅也谈到了媒介工作者的品格问题。要想拿来，成为新人，成为新文艺，"首先要这人沉着，勇猛，有辨别，不自私"。鲁迅主张新思想传播者应正视人生，揭露黑暗，抛弃"瞒和骗"的歪风，

① 《鲁迅全集》第6卷，第297页。
② 同上书，第296页。
③ 《鲁迅全集》第4卷，第292页。
④ 《鲁迅全集》第6卷，第40—41页。

以诚和爱的精神指引民众。鲁迅早年在东京弘文学院与许寿裳谈论时，就痛切地感到"我们民族最缺乏的东西是诚和爱——换句话说，便是深中了许伪无耻和猜疑相贼的毛病"①。1925 年，鲁迅又呼吁"我们的作家取下假面，真诚地，深入地，大胆地看取人生并且写出他的血和肉来……"②

鲁迅着眼于"真"和"诚"，包含着两层意思。首先，"只有真的声音，才能感动中国的和世界的人"。真和诚应该是媒介工作者的必备素质。"文艺是国民精神所发的火光，同时也是引导国民精神的前途的灯火"③，如果高举灯火的战士，不能照见社会黑暗的本质，而是用"瞒"和"骗"造出奇妙的逃路，那就永远不能将迷茫无知的民众从睡梦中惊醒。传播者应该力求以独到敏锐的眼光和无畏的勇气揭出真的现实，否则，浮光掠影、隔靴搔痒地反映社会现象，甚至粉饰太平，永远无法起到震撼、激励民众的作用。其次，鲁迅希望传播者以真诚换真诚，通过对现实的深刻透视，言民众所不能言不敢言，获取民众的真心信任。媒介是否能取得良好的传播效果，很大程度上取决于他们能否在民众中树立可信的形象、能否做到以诚待人，给予民众平等的关注和体谅，否则只能与民众愈发疏远，直至丧失民心。

在对官报的批判中，鲁迅就批评官报上的所谓宣传，后来只证明就是说谎的事实。这样产生的"坏结果，是令人对于凡有记述文字逐渐起了疑心，临末弄得索性不看。即如我自己就受了这影响，报章上说的什么新旧三都的伟观，南北两京的新气，固然只要看到标题就觉得肉麻了"。久而久之，"宣传这两个字，在中国实在是被糟蹋得太不成样子了，人们看惯了什么阔人的通电，什么会议的宣言，什么名人的谈话，发表之后，离开无影无踪，还不如一个屁臭的长久，于是渐以为凡有讲述远处或将来的优点的文字，都是欺人之谈"。鲁迅最后总结道："所谓宣传，只是一个为了自利，而漫天说谎的雅号。"④

鲁迅认为，办报"此事看去似易，做起来却很难"。办报人，"就

① 许寿裳:《我所认识的鲁迅》，人民文学出版社 1978 年版。
② 《鲁迅全集》第 1 卷，第 255 页。
③ 同上书，第 254 页。
④ 《鲁迅全集》第 4 卷，第 435 页。

得存学者的良心，有市侩的手段"①。所谓学者的良心，就是说办报要有基本立足点，始终奉行一定的宗旨，不能为了利益而故意迎合受众的低级趣味，要坚持保留自身特色，表达自己的主张，绝不能在追求市场的利益驱使下失掉自己。但同时，也要有市侩的手段。鲁迅对媒介的商品性认识是非常深刻的。只有面向市场，报纸才能生存。一味追求高深的思想的新潮，而不顾民众的文化水平、理解能力，是不能在市场中立足，在民众中找到出路的，因而鲁迅认为办报应本着务实精神，先求生存，而后才能扩大影响，使百姓接受。所以，应根据不同受众采取适当的传播方式以达到自己的传播目的。如孙中山逝世时，当时北京《劳动文艺周刊》编辑毛壮候主张为此出版《劳动文艺周刊》专号。鲁迅认为大可不必。"因为一出专号，对于政治没有兴趣的人，他一定不要看，反而减少宣传力。纪念或欢迎文章，是可以登载的，中山先生虽不是文艺家，更不是劳动文艺家，但中山先生创造民国的功勋，是值得纪念，也值得欢迎的。"② 鲁迅提出用"市侩的手段"，实际上是反对生硬的思想说教，以近乎强制的态度将新观念硬推给民众，而应讲究传播技巧，以符合大众心理为依据，寻求"润物细无声"的传播方式。

在对待报刊种类的问题上，鲁迅觉得办大型的周刊，因撰稿人多，为了"希图保持内容的较为一致起见，即不免有互相牵就之处，很容易变成和平中正、吞吞吐吐的东西，而无聊之状于是乎可掬"。而各种小周刊，"虽然量少力微，却是小集团或单身的短兵战，在黑暗中，时见匕首的闪光，使同类者知道也还有谁还在袭击古老坚固的堡垒，较之看见浩大而灰色的军容，或者反可以会心一笑"。而且，这类小刊物，"只要所向的目标小异大同，将来就自然而然的成了联合战线，效力或者也不见得小"③。

鲁迅很早就针对民众文化教育层次低的现实情况，提出了采用浅易直白的表达方式的观点。1925 年鲁迅在《华盖集·通讯》中，针对徐炳昶办通俗小日报传播新思想和科学常识的提议，肯定了他办大众化、平民化报纸的思想，同时也提醒他要以百姓的教育状况和喜好为出发

① 《鲁迅全集》第 3 卷，第 25—26 页。
② 孙伏园：《鲁迅先生二三事》，河北教育出版社 2000 年版，第 229 页。
③ 《鲁迅全集》第 3 卷，第 25 页。

点，不要一味追求高雅而脱离群众。这样才能使宣传科学和进步思想的新报纸存活而博得民众的喜爱。鲁迅还多次提倡要利用电影和幻灯来进行教学，对于文盲，可以"请画家，演剧家，电影作家出马，给他看文字以外的形象的东西"①，让电影成为没有文化的人的书籍。尽管鲁迅的一些观点在其一生中并未得到实践，但至今仍未失其现实意义，而融会其中的对民众的真切的尊重和平等观念，尤其值得今天的媒介工作者思考借鉴。

中国较为正规的电影批评起始于 20 世纪 30 年代初期左翼电影兴起后，以各大报的电影副刊为代表，并受到左翼电影运动的强烈影响。诚如夏衍在 1936 年所言，当时以新文化运动主导者自居的革命知识分子，完全将电影这种新的艺术看做"化外区域"而不加顾盼时，鲁迅就已经开始对"作为宣传煽动手段的电影"的关注和译介了。鲁迅是最早关心电影宣传的评论者之一。虽然人们对鲁迅在促进中国电影发展方面的贡献所知甚少，无论是在当时还是在现在，研究者对此方面的关注远远低于对鲁迅小说、散文、杂文的关注。但我们应该看到：是鲁迅，于 1929 年，在中国首次传播了列宁关于电影的重要论述；是鲁迅，于 1930 年年初，在左翼作家进入电影界，使中国电影发生根本性改变之前，翻译了日本左翼电影评论家岩崎昶的《现代电影与有产阶级》，并撰写了长达千余言的《译者附记》，结合当时中国的电影状况做了精辟的分析，对早期我国进步电影事业发展产生了重大影响，为即将开展的新文化电影批评提供了有力的思想武器。

在这篇附记里，鲁迅指出，美国电影在中国倾销，最初的目的，并不一定是要进行文化上的侵略，更多的还是经济上的考虑。在为所译的卢那察尔斯基的《艺术论》所写的序文结尾，他也肯定卢氏在文中所论艺术与产业之合一的观点"极为警辟"。对电影的商品性的这一认识，在当时的影评人中还是非常独到而有前瞻性的。到 1933 年，王尘无在《中国电影之路》里也开始尝试用马克思主义观点和苏联经验，探讨电影的经济属性和文化属性。

还有上面所提到的鲁迅对电影受众的心理分析，这些在中国电影史上，都还是较早的一种批评尝试。因为真正从电影观众的角度出发，对

---

① 《鲁迅全集》第 5 卷，第 537 页。

观众欣赏电影时的特殊心态进行较为深入细致的分析研究，是在 1932 年以后才得以起步的。因此，鲁迅 1930 年年初在《〈现代电影与有产阶级〉译者附记》中对电影受众的奴性与市侩性开始进行的这些探讨颇有价值。

在对广告的批评上，鲁迅对资本家在广告上的不择手段、对财色的迷恋和报刊对资本钱袋的依附，都作了有力的批判。他认为，刊登广告同样是一件严肃的事，广告对产品的宣传应诚实可信，真正起到产品促销之目的；亦应分门别类，适当地选择好媒体。既不要误导消费者，又不要污染了圣洁的新闻媒介。在 20 世纪二三十年代旧中国广告业不太发达，广告法规未能真正建立时，鲁迅的这一观点对于净化旧中国的广告市场，让广告媒介自觉遵守职业道德、使当时的广告业能有一个较好的发展是很有益处的。

除了《论"人言可畏"》、《〈某报剪注〉按语》、《"滑稽"例解》和《中国的科学资料——新闻记者先生所供给的》、《"小童挡驾"》、《剪报一斑》等针对报刊、电影、广告等不良现象所做的批评专文外，《萧伯纳在上海》一书在中国现代媒介批评史上具有开拓性的意义。遵循阶级分析的方法对复杂的新闻现象进行观察和批评，即着重暴露各家新闻媒体针对同一新闻事实进行报道和评论时，是如何表现他们的不同政治立场和主观倾向，是此书对各家新闻媒体进行新闻批评时的最主要内容和思维特色。这种媒介批评的理论取向和分析方法，与西方传播学批判学派可谓异曲同工，殊途同归。

纵观现代文坛、报界，像鲁迅一样，涉猎媒介之广，批评之深的，恐怕无人能出其右。称他为"现代媒介批评的开拓者"，实不为过。

第三章　作为媒介批评引导者的启迪

第一节　鲁迅的批评与反批评

陈独秀在 1937 年 12 月写过一篇文字，开首这样评论鲁迅："世之毁誉过当者，莫如对于鲁迅先生。"① 的确如此，无论鲁迅生前还是身后，有关鲁迅的纷争一直持续到现在。捧之者，如仰视云端；恨之者，恨不得摁其入地。骂人与被骂，批评与反批评，纠缠了鲁迅的一生，直到现代化的网络媒介空间里，也仍在继续。②

1919 年 1 月 15 日，鲁迅以"唐俟"的笔名在《新青年》第 6 卷第 1 号发表了《随感录四十三》，这是鲁迅发表最早的杂文。2 月 15 日，鲁迅又以"唐俟"的笔名在《新青年》第 6 卷第 2 号发表了《随感录四十六》，批评上海出版的《时事新报》星期图画增刊《泼克》刊登的六幅讽刺新文学的漫画，这篇涉及媒介批评的文章招来了该刊记者的攻击。4 月 27 日的《时事新报》刊登了题为《新教训》的文章，明确指出："须知画中所骂者，正是这一班以五十步笑百步崇拜外国偶像的新文艺家。"这篇仅有一百多字的文章不经意间开启了 20 世纪批评鲁迅的历史，也揭开了鲁迅媒介批评与反批评的序幕。

1936 年 1 月，还不到 25 岁的李长之撰写的《鲁迅批判》一书由北新书局出版，这是鲁迅研究史上的第一部研究专著。这本书在出版之前，鲁迅曾经看过清样。虽然文中对鲁迅颇多否定之辞，但也不乏创新之语。而鲁迅对于批评的谦虚态度，也颇值得我们学习。这本薄薄的小册子在出版后受到了高度评价，1936 年 4 月出版的《青年界》月刊第 9

---

① 子通:《鲁迅评说八十年》，中国华侨出版社 2005 年版，第 24 页。
② 本节文字，除注解外，部分资料来源于葛涛《鲁迅文化史》，东方出版社 2007 年版。

卷第 4 号刊登的《批评界之权威著作〈鲁迅批判〉》一文指出："本书所贡献者，尤在其方法：既不偏重纯艺术的鉴赏，也不忽视社会学的剖析，在注意一作家之进展的考察之中，同时并研究一作家之思想、性格的本质。在这里，科学的态度与艺术的笔墨，熔而为一了，所以是中国批评界上划时代的一本著作。"有意思的是，这里"既不偏重纯艺术的鉴赏，也不忽视社会学的剖析，科学的态度与艺术的笔墨，熔而为一"的词句，也可以很贴切地用来形容鲁迅的媒介批评风格。

鲁迅曾在 1934 年 5 月 15 日致杨霁云的信中写道："集一部《围剿十年》，加以考证：一、作者的真姓名和变化史；二、其文章的策略和用意……大约于后来的读者，也许不无益处。"[①] 鲁迅的这一愿望虽然生前没有实现，但现在《"围剿"鲁迅资料选编》（内部资料）、《被亵渎的鲁迅》、《恩怨录——鲁迅和他的论敌》、《一个都不宽恕》等早已问世，且大都成了畅销书。这表明读者还是很关心批判鲁迅先生的文章，也从这些书中受到了许多"益处"。

其实，即使鲁迅先生逝世后，国内外非议、指责鲁迅先生的言论仍络绎不绝，至今未停。20 世纪 90 年代，随着新生代作家的崛起，一些新生代作家出于种种目的不断对鲁迅进行批判，由此引发了多次有关鲁迅的论争。

1998 年第 10 期的《北京文学》刊发了由新生代作家朱文发起、整理的《断裂：一份问卷和五十六份答卷》，问卷第七个问题涉及鲁迅。朱文、韩东等作家宣布"鲁迅是一块老石头"、"让鲁迅一边歇一歇吧"、"鲁迅是个乌烟瘴气的鸟导师"，表达了对鲁迅所代表的新文学传统和现有文学秩序的不满。其实这种现象早在鲁迅在世时就已经很多了。在此前后，《鲁迅研究月刊》、《南方周末》、《中华读书报》等报刊发表了批评"断裂"调查的文章。但不久就在有关方面的指示下逐渐冷下来了。与 20 世纪 80 年代《杂文报》和《青海湖》杂志因为刊发批评鲁迅的文章而做出自我批评相比，刊登"断裂调查"的《北京文学》和《芙蓉》杂志并没有受到政治方面的压力。这也显示出官方对有关鲁迅的论争的处理方式有明显的改变，不再采取上纲上线的政治批判方式，而是采取了冷处理的方式。这种对媒介论争的处理态度充分反

---

① 《鲁迅全集》第 13 卷，第 99 页。

映了时代的进步。

1999 年年末，葛红兵在《芙蓉》1999 年第 6 期发表了《为 20 世纪中国文学写一份悼词》一文，对鲁迅进行了尖锐的抨击，再次使批评鲁迅的言论在世纪末成为社会关注的热点；随后，王朔在《收获》杂志上抛出了《我看鲁迅》一文；与此同时，青年批评家张闳、朱大可、崔卫平和一些网友在网上发表了更为尖锐的批评鲁迅的文章。这一系列批评文章在社会上引起了极大的震动，卷入论战的不仅有知名学者还有许多网友，不仅有几十家重要报刊还有多家网站，甚至于新华社为此也发了报道稿。此外，学界还对鲁迅是否被利用、鲁迅是不是自由主义者、鲁迅婚恋纠葛等展开了一系列论争。

客观地说，这些批评鲁迅的文章在学术上也并非一无是处，但有些行为带有明显的为某些杂志炒作的意味。原先默默无名的《芙蓉》杂志由此一"炮"走红。这其中所暴露的某些媒介为了自我炒作而不惜哗众取宠的面目以及各色人等在论争中折射出的不同心态，值得我们反思。跟《萧伯纳在上海》一书异曲同工的是，葛涛等主编的《聚集鲁迅事件》一书也客观展现了这些论争的来龙去脉，既是对鲁迅事件的事实留存，从中也反映了对某些媒介在其中自我炒作的无声批评。

随着市场经济的发展，鲁迅研究虽然逐渐摆脱了意识形态的严密控制，却又遭到商业化的冲击，变成边缘化的事物，鲁迅研究也逐渐冷落下来。而一些青年作家和学者又通过抨击鲁迅来发泄对现存文化秩序的不满，这些都促使曾经高高在上的鲁迅走下圣坛，成为文化消费的对象。而媒介，在其中扮演了不可或缺的角色。

进入 21 世纪，国内围绕鲁迅评价问题先后爆发出多次大规模的论争，在社会上产生了重大的影响。这些论争不仅突破了鲁迅研究此前存在的一些学术禁区，澄清了一些关于鲁迅的有争议的史实问题，在对鲁迅的评价问题上取得了进展，而且通过大众传媒的力量，把日渐冷落的鲁迅研究变成公众关注的社会热点话题，有力地促进了鲁迅在社会上的传播。

但与此同时，鲁迅的作品也遭到了传媒的恶搞。2000 年，江苏作家范小天拍摄的根据鲁迅《阿 Q 正传》改编的 10 集电视剧《阿 Q 的故事》正式播出。该剧充分运用商业化手段把鲁迅的《阿 Q 正传》、《孔乙己》、《故乡》、《药》等中短篇小说糅合在一起，改编成了一个荒诞的故事：清朝末年，两名太监盗窃宫中宝物流窜到绍兴未庄，为转移视线摆脱追捕，假造了一份子虚乌有的清宫扫荡革命党人黑名单，由此引发一场革命党、保守党、知县衙门等多方势力的殊死搏斗。剧中，以打短工为生的阿Q一心喜爱孔乙己的女儿秀儿，而秀儿偏偏钟情于革命者夏瑜，丧夫的"豆腐西施"杨二嫂又渴望着心地善良的阿Q的爱。迂夫子孔乙己为保全他误以为是科举名册的假名单，不惜装疯并把女儿嫁给了阿Q，当理想幻灭之后真的疯了；阿Q在令人啼笑皆非的"英雄气概"和一厢情愿的"忠贞爱情"的驱使下顶替夏瑜坐牢，最终懵懵懂懂地丢了性命，只有一心坚持革命理想的夏瑜走上了革命的道路。

这个电视剧原来设计成了一部20集的纯商业片，有追杀、有三角恋等诱人眼球的诸多元素。经过北京专家的批评指正后改为8集，商业色彩有所淡化，艺术性有所加强。导演最后拍成了10集，尽管在片头打出了"谨以此片献给伟大的思想家、文学家、中国现代文学主将鲁迅"的文字，尽管出品人范小天自述拍摄这部电视剧完全是出于对鲁迅先生的尊重。但是这部电视剧的商业化手段还是非常突出：阿Q谈起了三角恋爱；假洋鬼子赶时髦说起"经济制裁"；新增的角色县太爷林福贵卖起了日本生发油……不仅是鲁迅，就连阿Q也成了文化消费的对象。

孙伏园曾说："反对之不足，而至于攻击，赞成之不足，而至于崇拜，这些在鲁迅先生生前也都有过，以文字问世的人对于这些答复自是早在意中的。但或有未见作品而即加以攻击的，亦有未见作品而即加以崇拜的，鲁迅先生是最觉着怅惘而不知所以的了。"[1] 鲁迅大概不会想到21世纪的传媒界会把他的作品如此"融会贯通"，铸成10集的"杰作"，不知道他是会怅惘而不知所以，还是会进行怎样犀利的媒介批评了？

第二节　E时代的新鲁迅

虽然鲁迅已经离开人世70多年了，可在这个现代化的新媒介时空里，在互联网一"网"打尽天下的今天，他也没能避免被E化的命运。

---

① 孙伏园：《鲁迅先生二三事》，河北教育出版社2000年版，第77页。

E 时代的鲁迅,以这样不同的面目呈现在受众面前:网络鲁迅研究、鲁迅在今天、网络时评家等。21 世纪初,鲁迅就这样走进网络时代,在这一最具活力与自由的媒体里,与大众共舞。

通常意义上,或者说学术意义上所指的"网络鲁迅",主要是指网络上面的鲁迅研究和探讨情况,是一种有别于学术视野"鲁迅"的"民间鲁迅"的勃发。随着互联网的发展,网上出现了一批有关鲁迅的网站和论坛,喜欢或不喜欢鲁迅的网友常常在网上谈论有关鲁迅的话题。现在,随意登录知名搜索引擎,键入"鲁迅"或"鲁迅研究"之类的关键词,就可搜索到大量与鲁迅有关的网站、频道、论坛、博客主页。国学网、文学视界、网易、新浪、人民网等重要网站都设有"纪念鲁迅专题",百度里面还有专门的"鲁迅吧"。此外,还有不少类似"评读鲁迅论坛"的个人网站。美国、澳大利亚、新加坡、中国台湾等也有一些类似站点。这都表明互联网因其独特的优势已对传播鲁迅、研究鲁迅起到了重要作用。

2001 年,网易制作了纪念鲁迅诞辰 120 周年的专辑。在形式上充分体现了网络色彩,不仅巧妙地讽刺了当代社会中的一些"吃"鲁迅的现象,而且也把社会上的一些关于鲁迅的热点话题融进专辑之中,并通过链接论坛的形式为网友提供了发表对这些现象看法的互动平台。与此同时露面的是新浪网站上纪念鲁迅诞辰 120 周年的专辑,题为"百年鲁迅精神丰碑",由北京鲁迅博物馆葛涛策划。如果说网易网站纪念鲁迅诞辰 120 周年的专辑"大家都来'吃'鲁迅"以网友的文章为主体,更多地体现了一种富有讽刺和戏仿的狂欢节色彩,那么新浪网的纪念鲁迅专辑则以学者的文章为主体,更多地体现了历史的厚重感和沧桑感。

葛涛把这些事件作为网络鲁迅的第一个高潮。作为较早关注网上开展的鲁迅研究的学者,在他编著的《网络鲁迅》(2001)一书里,较为全面地收集社会上关于鲁迅的热点话题的评论,而且还有网友对鲁迅作品的模仿秀,网络色彩比较浓厚。这不仅是"网络鲁迅"发展史上,而且是鲁迅研究史上第一次以网友的文章为主体的纪念鲁迅的专辑。此后,在每年的《鲁迅研究年鉴》上,都有他关于本年度网上鲁迅研究情况的总结文章。在《被剪成碎片的鲁迅》一文中,他这样写道:"我不禁自问:我能用这些观点各异的碎纸片拼贴出鲁迅先生在互联网上的真实形象吗？网友和读者会认可或接受我所'塑造'的鲁迅形象吗？在拼贴的过程中，我感到这些观点各异的碎纸片就如同万花筒中的碎纸片，而用这些碎纸片拼成的本书也就如同一个万花筒：读者从中看到的将是一个被 e 化的鲁迅、一个虚拟世界中的鲁迅、一个 70 年代出生的'新新人类'和 80 年代出生的'飘族'视阈中的另类鲁迅，同时也是一个多彩而又变形了的鲁迅。"①

　　来自网络的声音，多数呈现出一种观点而并非权威的表达，传达了普通民众的声音，代表了另一种全然不同的立场和方向。这些声音来自五湖四海，三教九流，各行各业。据葛涛所述，其中有大中学生、网站编辑、打工者、外企白领和常被拖欠工资的乡村教师，还有日、韩、英、美、加、马来西亚、新加坡、印度尼西亚、突尼斯以及中国港、澳、台等地网友。这些有着不同文化背景、知识层次参差不齐的网友视野中的鲁迅是多彩的，同时也是零碎的，迥然不同于文学史家、文学评论家视野中的鲁迅。相对专家视野中的鲁迅而言，网友视野中的鲁迅在某种程度上也可以称作是"民间的鲁迅"或"网上鲁迅"。

　　但其中，也有许多人从鲁迅的文章中摘录下尖锐的词语，利用网络平台，作为攻人或利己的工具。紧随王朔之后，网上出现了多篇青年学者批评鲁迅的文章，如张闳的《走不近的鲁迅》、朱大可的《殖民地鲁迅和仇恨政治学的崛起》、崔卫平的《阁楼上的疯男人》等，这些文章在网上引起了较大的争议，一些论坛上还出现了许多围绕这几篇文章而激烈辩论的帖子。在某种意义上，作为鲁迅研究在互联网这一公共空间中的拓展，网上有关鲁迅的这些言论也是无法忽视而必须直接面对的。网友在作为公共空间的互联网上围绕此事件展开了激烈的论争，出现了众声喧哗的局面，其论点也呈现出多元化色彩。网络鲁迅的争论，在某种意义上（去掉些意识形态色彩），又何尝不是另一个时代另一种媒介空间里，鲁迅与论敌的论争呢？

　　除了网络上的鲁迅研究之外，许多网友也经常设想如果鲁迅在今天的网络上会是个什么样子？他会怎样对待和评论这一新媒介呢？虽然鲁迅已经去世 70 多年，可现在有不少网友把他称为是网络时代的作家。②

① 葛涛：《被剪成碎片的鲁迅》，《鲁迅研究月刊》2001 年第 8 期。
② 刘松萝：《鲁迅：网络时代的作家》2006 年 3 月 22 日，http：//www. sdblog. cn。

鲁迅去世于1936年,当然不可能在互联网上写作和评论。但网友们认为,鲁迅的杂文,特别是后期的杂文很像网络上的文章:批评和辩论性的文章居多,篇幅短小,观点鲜明,这些都是网络文字的特点。最早还只是内容上的接近,到了1933年出版《伪自由书》以后,鲁迅的文集在形式上也与网络文字接近了。

鲁迅晚年的几部杂文集中,常常把自己与对手论战的文章放在一起,有时甚至会出现几个回合的辩论。其中有与王平陵关于警民冲突报道的辩论,关于萧伯纳访华的辩论,与王慈关于"辣椒救国"的辩论,关于"文人无文"的辩论,关于"以夷制夷"的辩论,与施蛰存关于《庄子》和《文选》的辩论,与章克标关于"登龙术"的辩论,等等。鲁迅还喜欢写很长的后记,讲述杂文写作的过程,辩论的前前后后,还有杂文集中没有收进来的辩论。鲁迅还在《准风月谈》的后记中提到,《社会新闻》曾经批评说,刊行《伪自由书》的本意完全是为了一条尾巴——《后记》。

于是,我们就可以从鲁迅的文集中看到主帖、跟帖以及作者的答复。与现在不同的是,帖子要印在报纸上,对方要看到,再写跟帖,写完了发表,这样的一个回合就需要几天的时间。等到编入集子,几个月甚至半载一年就过去了。其实,文章脱离了当时的背景,辩论中缺少了对方的言论,我们得到的信息就残缺了。

因此,网友们展望:可以想象,鲁迅如果生活在今天,身体状况又足够好,一定是网上的活跃人物。有的网友认为鲁迅有众多的"马甲"(笔名),这又是与网络相似的地方。不过,鲁迅这位拥有200多个马甲的"高人",使用马甲倒不是为了别的什么目的,而是"鲁迅"这个ID被锁定了,无法通过新闻检查。而且,鲁迅也不曾用马甲顶过自己。相反,鲁迅还发表声明,拒收"思想巨人"之类的桂冠。鲁迅多次提到,有人自己办一个什么社,再出版作家词典将自己的名字收进去,这其实就是利用马甲了。在鲁迅时代,像挂名的名人主编、名人校阅等就已经出现了,只是一经披露,多少还有些无地自容。现在有些地方,名不副实者坦坦荡荡,提出质询的人反倒会被群起而攻之。

某网友曾这样设想道:"先生一定会把键盘和鼠标作武器,把论坛当阵地,毫不留情地横扫一切牛鬼蛇神;孔乙己已经西装革履,头发一丝不苟,规模整齐,面对一帮读者,他的语言是欧化的:在新殖民主义的国虐式的自我救赎的潜层背后，处在自我阉割下的俄狄浦斯情结。"①
有的网友则产生了一些只有在新媒介时空才能有的想象。比如，假如鲁迅活在今天，坐在电脑前与许广平聊天，那一定很有意思：

那天鲁迅可能给自己起的网名是"一头白象"或"白象"。有的网友说这个网名说起来还是鲁迅的老朋友林语堂给他取的呢。"白"而非"灰"，显得与众不同，"难能可贵"。许广平说"白象"就让人感到"特别"，"特别"就不放心，"令人担忧"。鲁迅自己解释说："人应该学一只象。第一，皮要厚，流点血，刺激一下子，也不要紧；第二，我们要强韧地慢慢走下去。"

他称许广平，一会儿是"乖姑"，一会儿是"小刺猬"。

许广平称他，一会儿是"雄鸽"，一会儿是"小雏"。

鲁迅聊天肯定用绝了各种表情。或龇牙咧嘴的笑，或作痛苦状，滴下几滴眼泪（你看，他写的信里署名处都画了一头大象，可两封信里的神态不一样：长鼻子忽而高耸，忽而低垂，这大概是表示自己或高兴或悲哀的心理吧）。为了表示自己的爱情，鲁迅少不了要献上几次玫瑰花。

隔在两人昵称和各种表情之间的是甜蜜的爱情故事。

如果鲁迅聊天用的网名是"胡羊尾巴"，那跟他聊天的肯定是他儿时的伙伴。因为他小时候长得矮小灵活，动作敏捷利落，像是绵羊的小尾巴，短短的，圆滚滚的，摇来晃去，非常好玩，所以绰号"胡羊尾巴"。

鲁迅给自己选头像，肯定要选猫头鹰——如果有这个头像的话。如果没有猫头鹰这个头像设置，鲁迅也一定会取个网名叫猫头鹰，来和其他网友聊。下边是聊天记录片断：

网友荒原：你为什么叫猫头鹰啊？

猫头鹰：在古希腊，它是智慧女神雅典娜的原型，雅典的城徽就是猫头鹰。

网友荒原：但在中国，它却是不祥之物，有点像乌鸦。在咱们中国人看来，猫头鹰习性古怪：总在黑夜活动，白昼栖息，即使睡着，也睁开一只眼，发出怪叫。

猫头鹰：是啊，它发出的是"恶声"。咱们中国是一个喜好吉祥，欢迎喜鹊，讨厌乌鸦、猫头鹰之类不祥之物的国家，从来就有粉饰太

---

① 邓丹：《e化鲁迅挑战学术鲁迅》2001 年 11 月 29 日，http：//culture.163.com。

平,报喜不报忧的传统。我偏要当一回人人讨厌的猫头鹰,即使睡着,也要睁了眼看。

网友荒原:你讨厌!你搅了我们的美梦!

猫头鹰:我怕你们在铁屋子里睡过去了……

网友荒原:我明白了。"白象"、"胡羊尾巴"、"猫头鹰"、"蛇"、"孺子牛"、"受伤的狼"、"狮虎"、"鹰隼"、"野草"敢情都是你鲁迅先生啊?

猫头鹰:还有好多呢……你慢慢从百度上搜索吧……

在博客渐渐兴起之后,"如果鲁迅活着,会是一个怎样澎湃的博客?"成了流传于国内博客圈的一个有趣问题。

有人尝试做了这样的回答——我们不妨作一个这样的假设:某年某月的某一天,这样一个焦点播报横空出世:现代中国最有创造性和独立性的思想家和文学家鲁迅先生开博。那么鲁迅先生的博客能上排行榜吗?从表面看这似乎是个无聊的问题,实则不然,先生博客的点击数量是值得我们思考的问题,或者说我们应该分析一下鲁迅博客与点击数量之间的辩证关系。

文章认为,当越来越多的人因历史文化知识积累的缺乏,无法很好地阅读鲁迅文字的时候;当越来越多的人因社会阅历和人生体验的不足无法从先生的作品中看到一种精神或者一种思想的时候;当越来越多的人因审美鉴赏力的不足而无法发现先生作品中蕴涵着的一个知识分子拥有的良知的时候,我们会看到一个不争的事实,那就是鲁迅博客点击数量并不高。而鲁迅是没有丝毫的奴颜和媚骨的,绝不会在意什么点击数量。尽管其博客热度与美女明星相比只能望其项背,但鲁迅这样的以启蒙为己任的思想家会继续把阿Q的形象、看客的形象、孤独者、拿来主义……贴上来,他会一如既往地用独到的方法观察中国,他会一如既往地鄙视传统,怀疑权威。

因此,这位网友的结论是:尽管我们不愿意承认,但我们不得不面对那样一个尴尬的现实,那就是在公众偷窥心理得到极大满足的同时,鲁迅恐怕是无法做到这些的,于是,我坚信先生一定会在博客色气冲天的氛围中体会孤独。①

---

① 《鲁迅先生的博客能上排行榜吗?》http://www.quanyi.org/Html/guancha/110623270_2.htm,2006年8月7日。

　　还有网友把鲁迅和冰心相提并论，认为他们两位在 E 时代都是写博客的高手。冰心的笔法是：大海、小船、母亲的爱。她总是悄悄地告诉你美好是什么、温暖在哪里，爱是一切……像一杯祁红，品一口，淡淡的甜。而鲁迅的笔法是：匕首、投枪、离弦的箭。看准了，刺出去，直指人的本性、社会的根源。把伪装的人皮撕开，把悲哀的劣根斩断，把微茫的一点火光点亮，坚定地说：看清底下的，走下去。这些文章，给我们真实的良知，就好比坐火车进入隧道以后，人们都在猜测着什么时候才会亮起来的感觉一样。但在竞争激烈的今天，新浪这样的商业媒体对鲁迅博客会持一种什么态度，结果可能并不让人乐观。

　　网友们对鲁迅在 E 时代的形象和作为的探讨，既体现了对目前有些网络媒体"腥、性、色"弊病的批评，也表达了对鲁迅独立精神的向往。与此同时，一批崇尚"公民写作"的网络时评家们，出现在受众面前。较早的有大鲁迅网（网址 http：//www. home. Chinese. com），开站日期在 2000 年 12 月 15 日，开站宣言为："用鲁迅的眼光审视当代中国"，关注当下社会现实、民生疾苦，重在继承发扬鲁迅的精神。斑竹中国寒士这样说："如果你曾经是一个农民子弟，或曾念过书，或只要你不是个麻木的中国人，点击本站你应该有所感想。"从《最穷的纳税人：中国农民》、《积忧劳成恶疾：中国教育》、《儒家病态积淀：国民性格》等文章不难看出斑竹对鲁迅精神的继承。但可惜的是目前该站已经关闭。

　　此后，网络论坛上逐渐崛起一批更为领悟公共空间真谛的网络时评家。他们活动的范围有天涯社区"关天茶舍"、凯迪社区、西祠胡同"青锋论谈"、人民网的强国论坛、新华网、千龙网、新浪网、红网所开设的时评频道和论坛等。虽然他们并没有自封为"网络鲁迅"，但无论是批评目的、写作风格都与鲁迅有着千丝万缕的联系。

　　方舟子是其中典型的，也是颇有争议的一位网络时评家。在他博客上的个人简介里这样写道：中文互联网的先驱者之一。1994 年创办世界上第一份中文网络文学刊物《新语丝》，主持新语丝网站，担任新语丝社社长。2000 年创办中文网上第一个学术打假网站"立此存照"，揭露了多起科学界、教育界、新闻界等领域的腐败现象。目前担任《中国青年报》、《经济观察报》、《长江商报》和《法制晚报》的专栏作者。

　　他在《我的"偶像"是鲁迅》一文中说："我在文章中从不掩饰我

对鲁迅的推崇，某些作风、经历也很容易让人联想到鲁迅，例如疾恶如仇的性格、不留情面的文风、组织鲁迅著作电子化工程、建立第一个鲁迅网页乃至最终由学科学出身变成自由撰稿人，都能让支持我的人赞我有鲁迅遗风，让反对我的人骂我是鲁迅遗孽。现在鲁迅已不像十几、二十年前那么神圣，且大有被人打倒再踏上几脚永世不得翻身之势，被人说像鲁迅未必都是恭维，有时倒是嘲笑乃至鄙夷了。但是如果说我是在有意学鲁迅，却也不是，无非是因为自小喜读鲁迅文章，以后也不曾远离过，第一次上美国大学图书馆，借回来的是几本鲁迅作品集，到现在身边也少不了一张鲁迅文集的光盘，如此熏陶之下，难免潜移默化受其影响。"① 在他博客中专门有一个"新闻打假"栏目，里面有《新华社假新闻："中药复方治疗机理获得了国际医学界的肯定"》等多篇媒介批评的专文。

一个言路开明的时代或许更有助于民意通畅表达。网络时评家的组成人员很复杂，有机关职员、媒体时评编辑、教师、税务工作者、大学教授、大学生以及军人等，彼此间的知识结构和观念差异都比较大。当知名网友"十年砍柴"出现在时评版时，虽然是同一个人，但"十年砍柴"显然要比《法制日报》政文部记者李勇有名得多。在"十年砍柴"看来，时评家更多是栖身在传统媒体里的不落伍人士、思想比较自由的高校教师，他们对现代文明规则有着深刻体察。

他认为，网络时评家群体有两个特征，"一是精神比较独立，思想比较自由；一是已经比较成功地挣脱了单位体制的羁绊"，"他们就算离开单位也可以有尊严地活在今天的中国。有尊严就是人格相对独立，经济上自给自足，不仰体制鼻息"②。"十年砍柴"对网络时评家群体特征的分析，与鲁迅坚持独立自由的批评精神背后的两大支柱：人格独立，经济自足，是多么的类似。

网络时评家们普遍认为：网络媒介更平等、开放、自由，在思想表达上和司马迁刻在竹简上，苏东坡写在纸张上，鲁迅发在《申报》上，没有本质区别，都是个人思想的表达。从竹简到纸张再到网络的媒介演

---

① 方舟子：《我的"偶像"是鲁迅》2007 年 3 月 7 日，http：//culture. ccca. org. cn。

② 何雄飞：《E 时代的时评家》2008 年 3 月 9 日，http：//2288990. blog. hexun. com/17482168_ d. html。

变，使知识不再成为垄断的资源，网络平台的开放性让批评更真实，传播速度更快，辐射面更广，影响的多是年轻的新生力量，其重要性越来越彰显出来。

如创建于 2003 年 1 月的"青锋论谈"，最活跃时全国有 2000 多名时评作者在这里发表作品，有几十家媒体在这里选稿，包括《齐鲁晚报》、《半岛晨报》、《北京娱乐信报》、《江南时报》、《青年时报》等，他们发出的声音还引起了高层关注。如县委书记进京拘传记者事件、乌鲁木齐市委书记说"八成上访者有理"、湖北天门城管事件等都是"青锋论谈"关注的话题。版主范青锋希望评论具有批判性，争取所有人都应该有平等的话语权。他认为，网络时评家大都有着强烈的社会责任感且疾恶如仇，他们都希望自己的观点或看法能对社会进步有推动作用。

有网友还曾拿胡戈同鲁迅相提并论，认为网络游侠胡戈虽然职业为自由音乐人，但他最有名的成就却是恶搞短片《一个馒头引发的血案》，并一发而不可收拾，连续创作了《春运帝国》、《血战到底》、《鸟笼山剿匪记》等多部恶搞视频短片作品。胡戈制作这些短片的目的意在揭露和批评影视、传媒业内的丑恶及不良现象。有所不同的是，鲁迅是生活在旧社会，胡戈是生活在 21 世纪的新社会；鲁迅用的是笔，胡戈用的是电脑，传播的媒体介质固然不同，但并不能就因此说胡戈行为的意义比不上鲁迅。

也有人认为，网络时评家目光指向社会生活中的不公不义，他们爱批评，同情弱者，关注底层，向往一个很好的社会秩序。但并不是所有时评家都能真切感受到底层民众的生活，容易根据想象来理解民众，难免陷入不痛不痒的空谈，尽管他们自己认为代表了民意和真理。

不管怎样，来自网络的批评是一笔主要来自草根平民的精神资源，丰富多彩，给我们提供了宝贵的借鉴。里面犀利深刻的话语，击中了当代传媒界、学术界的某些弊端，其积极意义不容否定。鲁迅就多次提到，如果要了解真相，应多读野史，看那些没有被禁删过的原始记录。网络时评家追求言论自由，表达民意的向往体现了当今社会自由空间的开放格局。但同时又难免泥沙俱下，鱼龙混杂，其中也存在不同程度的情绪化语言，以揭示隐私的方式来贬低他人，以否定一切的态度来看待史事等，缺乏起码的历史唯物主义态度与必要资料基础的批评是不能够经得起当代的检验与历史的淘洗的。因此，加强反思历史、批判现实的力度与深度，是网络批评中一个值得强调的话题。

第三节　深远的批评影响

　　鲁迅对媒介的批评，表面看上去是一事一议，但并不是就事论事，而是注意挖掘批评对象后面的深层政治意识形态和社会意义，以其思想的深刻性和洞察力而发人深省。比如，对标榜"客观、公正"的某些报刊，他指出隐藏在其背后的政治、经济势力这些"看不见的手"的控制。对于好莱坞电影，他在批判其文化侵略的同时，也剖析了其存在的受众的奴性心理基础。

　　他侧重考察文化与其他社会活动领域、文化和权力之间的关系建构，分析大众传媒同社会制度、文化的关系。鲁迅的媒介批评不仅指向具体的新闻媒体及其报道，而且还针对笼罩在新闻报道之上，弥漫在新闻界的新闻现象，但其立论却常常是从某一具体的新闻事件入手。这种媒介批评把媒介及其新闻现象放在整个社会政治、经济的大文化圈中审视，既描述新闻现象以引起社会的注意，又加以解析，明确表示出个人的态度，使媒介批评具有宏观的品格。

　　在批评手法上，鲁迅运用得非常巧妙：有的是将报刊材料稍加排比，使之脉络分明，再略加说明，其意自现，如《双十怀古》；有的是照登原文，缀以前言或后语，着墨不多，而含义深远，如《某笔两篇》；有的只在附录别人的文章上加一句话，就一语中的。鲁迅的媒介批评，大多隐藏在他文章的字里行间，巧妙的构思、幽默讽刺的语言，只有熟知背景的人才能深谙其味。

　　就其批评文体而言，鲁迅主要采用了杂文文体。五四新文化运动时期，鲁迅在《新青年》、《晨报副镌》等报刊上开创了杂文文体，从20世纪20年代末到30年代以后，有极大的影响和深远的延续。到了30年代，在反文化"围剿"中，杂文成为令人瞩目的文体，为报纸副刊广泛采用。黎烈文主编的《申报·自由谈》、聂绀弩主编的《中华日报·动向》和谢六逸主编的《立报·言林》，都以刊载杂文为特色，受到读者的欢迎。杂文最大程度地发挥了"论时事不留面子，砭痼弊常取类型"的批判性，成就了及时有效的"文明批评"和"社会批评"。鲁迅在《且介亭杂文〈序言〉》中说：杂文作者的任务，"是在对于有害的事物，立刻给以反响或抗争，是感应的神经，是攻守的手足"①。他的杂文，体裁风格多变，内容精练深刻，匕首似的刺入深处，又快镜似的反映社会政治的日常事变，使它毫无遁形。

有论者曾用"攻其一点，不及其余"的评语去否定鲁迅的杂文，试想当时如果要求鲁迅"兼及其余"，把问题的方方面面都写进杂文里面去，那么就成了论文而不是杂文了，文章鲜明的批评性和尖锐性恐怕就要丧失殆尽。

正是由于报纸杂志等现代传媒，鲁迅的杂文便成为一种"现在进行时"，与现实的中国形成一种互动关系。鲁迅以他思想家的远见卓识、文学家清醒而自觉的文体意识，通过现代传播媒介，采用杂文这种形式，深入到现实生活的各个领域，对各种时代信息（包括媒介信息），做出政治的、历史的、道德的、审美的评价和判断，并及时地得到生活与社会的反馈。报纸杂志等媒介空间，给鲁迅的媒介批评提供了场地，而媒介批评也在这空间中得以及时地反应。

鲁迅的媒介批评，是一种辩证、立体的分析。他说："我总以为倘要论文，最好是顾及全篇，并且顾及作者的全人，以及他所处的社会状态，这才较为确凿。"② 因此，对汉字外报，有好就说好，有坏就说坏，一分为二，这样辩证、客观的媒介批评在当时反日的社会情境下，是需要非常清醒的头脑的。而对"辱华影片"现象，鲁迅在明确表示了自己反抗"被描写"的批评态度的同时，又从另一个角度去分析了国人对此的两种极端态度，提出要"拿来主义"。与其他影评者的分析相比，鲁迅的分析更为客观深入。

但是，批评并非"不平"，不能只是一味地"迎头痛击，冷笑，抹杀，却很少见诱掖奖劝的意思的批评"。鲁迅认为，"批评家的职务不但是剪除恶草，还得灌溉佳花——佳花的苗。譬如菊花如果是佳花，则他的原种不过是黄色的细碎的野菊，俗名'满天星'的就是"③。这里讲到"灌溉佳花"应当保护"原种"，就包含着"原创的作品"，即使那"原创"的就像野菊，和后来人工培植的花朵又大又美的菊花有很

---

① 《鲁迅全集》第6卷，第3页。
② 同上书，第444页。
③ 《鲁迅全集》第3卷，第162页。

大差别，那也应该加以保护"满天星"——原始的野种，这道理十分明
显。因为"原始的野种"在遗传学上具有重要意义，没有"野种"，就
不会有"家种"，更不会有后来的"繁花似锦"。对于"灌溉佳花"，鲁
迅认为，那应该有"诱掖奖劝"的意思。在分析作品时，有诱导扶持、
奖励规劝之心，而不能对作品不分青红皂白，只是"痛击，冷笑，抹
杀"。

批评也不是谩骂。"假如指着一个人，说道：这是婊子！如果她是
良家，那就是谩骂；倘使她实在是做卖笑生涯的，就并不是谩骂，倒是
说了真实。"①但无论真实与否，"战斗的作者应该注重于'论争'；……
但必须止于嘲笑，止于热骂，而且要'喜笑怒骂，皆成文章'，使敌人
因此受伤或致死，而自己并无卑劣的行为，观者也不以为污秽，这才是
战斗的作者的本领"②。

鲁迅在好几篇文章中都谈到了批评的这一基本原则，因为"批评日
见其多了，是好现象；然而批评日见其怪了，是坏现象，愈多反而愈
坏"③。他明确批评了这种"恶意的批评"，认为"恶意的批评家在嫩苗
的地上驰马，那当然是十分快意的事；然而遭殃的是嫩苗——平常的苗
和天才的苗。幼稚对于老成，有如孩子对于老人，决没有什么耻辱；作
品也一样，起初幼稚，不算耻辱。因为倘不遭了戕贼，他就会生长，
成熟，老成；独有老衰和腐败，倒是无可救药的事！"④

之所以形成这种恶意的批评，是因为他们"独有靠了一两本'西
方'的旧批评论，或则捞一点头脑板滞的先生们的唾余，或则仗着中国
固有的什么天经地义之类的"，就来"践踏"、"滥用"批评的权威。鲁
迅只是"愿其有一点常识"，希望"他们于解剖裁判别人的作品之前，
先将自己的精神来解剖裁判一回，看本身有无浅薄卑劣荒谬之处"。因为
批评"这事情是颇不容易的"，必须对批评的对象有充分的了解，以公
正、客观的态度，才能去品评，而不能还不知道"出洋留学和'放诸四
夷'的区别，笋和竹的区别，猫和老虎的区别，老虎和番菜馆的区别"⑤，

---

① 《鲁迅全集》第5卷，第451页。
② 《鲁迅全集》第4卷，第466页。
③ 《鲁迅全集》第1卷，第425页。
④ 同上书，第176页。
⑤ 同上书，第423—424页。

"作品才到面前，便恨恨地磨墨，立刻写出很高明的结论"①。

　　鲁迅认为当时的批评界做法都很"幼稚"，"我们先前的批评法，是说，这苹果有烂疤了，要不得，一下子抛掉"②，或者"不是举之上天，就是按之入地"，"倘将这些放在眼里，就要自命不凡，或觉得非自杀不足以谢天下的"。批评，最重要的是实事求是，"批评必须坏处说坏，好处说好，才于作者有益"③。"倘不是穿心烂，就说：这苹果有着烂疤了，然而这几处没有烂，还可以吃得"④。在这一点上，外国的批评文章"却很有可以借镜之处"⑤。所以，鲁迅真诚地"希望刻苦的批评家来做剜烂苹果的工作，这正如'拾荒'一样，是很辛苦的，但也必要，而且大家都有益的"⑥。他介绍厨川白村的目的也是启发中国的批评家们要学习外国人那种大胆正视自己民族痼疾的实事求是精神，希望中国有更多的"辣手的文明批评家"出现。⑦

　　当时有人把有定见的批评家跟张献忠考秀才相提并论，认为批评家往往用一个一定的圈子向作品上面套，合就好，不合就坏。这种做法跟张献忠考秀才的做法一样。当时，张献忠让人在两柱之间横系一条绳子，叫应考的走过去，太高的杀，太矮的也杀，于是杀光了蜀中的英才。鲁迅对此批驳道，批评应该就事论事，不应因事及人。"评文的圈，就是量人的绳吗？论文的合不合，就是量人的长短吗？引出这例子来的，是诬陷，更不是什么批评。"⑧

　　鲁迅一直认为，"必须更有真切的批评，这才有真的新文艺和新批评的产生的希望"⑨。荆有麟曾回忆说："鲁迅不大拿出批评家的派头，去批评某一篇著作或某一个人。但是，他的杂感、论文和小说，甚至于散文诗《野草》，却没有一篇不是充满了批评的态度。我们只要翻检一下，从五四后，直到他死时为止，文坛上一切潮流与现象，都会发现在

---

　　①　《鲁迅全集》第 1 卷，第 176 页。
　　②　《鲁迅全集》第 5 卷，第 317 页。
　　③　《鲁迅全集》第 4 卷，第 528 页。
　　④　《鲁迅全集》第 5 卷，第 317 页。
　　⑤　《鲁迅全集》第 4 卷，第 528 页。
　　⑥　《鲁迅全集》第 5 卷，第 317 页。
　　⑦　《鲁迅全集》第 10 卷，第 268 页。
　　⑧　《鲁迅全集》第 5 卷，第 450 页。
　　⑨　《鲁迅全集》第 10 卷，第 332 页。

他的笔墨中。他的批评，有时只是一鳞半爪，但就只这一鳞半爪罢，那深刻性，却要比洋洋数万言，还要有力的多。"①

为柔石校阅中篇小说《二月》时，鲁迅在《柔石作〈二月〉小引》这篇小文中，采用了抒情、叙事与议论相结合的手法，对《二月》的优缺点作了严正的评论。后来，当根据《二月》改编的电影《早春二月》受批判时，长篇累牍的批判文章，翻来覆去常常使人看了不得要领，还是鲁迅这几百字《小引》说得分明、准确。柔石非常悦服这种诚恳而具体的批评，他后来对人说："这种批评才是对作者有帮助的批评。"②

在对待批评的态度上，鲁迅也是提倡谦虚的自我批评，诚恳地接受他人的批评。1926 年 7 月，开明书店出版了《关于鲁迅及其著作》一书，这部著作是在鲁迅指导下由未名社的成员台静农编选的，收集了1923 年到 1925 年的关于鲁迅的访谈和评论文章 12 篇。书中按照鲁迅的意见删去了周作人的《阿 Q 正传》一文和国外关于鲁迅的评论，增加了陈源（陈西滢）批评鲁迅的文章。台静农在序言中说："这里面有揄扬，有贬损，有谩骂，在同一时代里，反映出批评者不同一的心来，展开在我们一般读批评文字的人的眼前，这是如何令人惊奇而又如何平淡的事啊！"

1931 年，当鲁迅知道日本弟子增田涉要为他写传时，立刻写了"搔痒不着赞何益，入木三分骂亦精"这两句郑板桥的诗送给增田涉。这说明鲁迅希望听到的是"入木三分"的深刻批评，而反对"搔痒不着"的浮浅赞誉。

鲁迅关于批评的原则、态度、批评者应具备的素质等方面都做了具体的阐述，并亲力行之。这些虽然不是专门针对媒介批评的（当时，媒介批评这个概念还没有正式提出来），可是在进行媒介批评的实践中，这是鲁迅一贯坚持的原则。今天看来，这些原则仍具有普遍性的意义。

① 孙伏园：《鲁迅先生二三事》，河北教育出版社 2000 年版，第 193 页。
② 周晔：《伯父的最后岁月——鲁迅在上海》，福建教育出版社 2001 年版，第 64 页。

结　语

　　鲁迅并不希望自己的文章有多长的生命。他在为第一本杂文集《热风》写的"题记"中说："我以为凡对于时弊的攻击,文字须与时弊同时灭亡,因为这正如白血轮之酿成疮疖一般,倘非自身也被排除,则当它的生命的存留中,也即证明着病菌尚在。"① 文章还有生命,即证明它所攻击的时弊还没有消除。但是,我们不得不痛苦地承认,虽然时光已经过去了80多年,但鲁迅的不少文章,实际上也还并未过时。这显示了鲁迅批判社会、批评媒介的历史眼光,也暴露了一些媒介根深蒂固的弊病消除的艰巨性。他在批评活动中所阐发的许多新闻传播思想和观念,并未因时间的流逝而稍有黯淡,对我们今天的新闻传播事业依然具有指导、借鉴的作用,成为留给后人的宝贵精神遗产。

　　鲁迅去世60年后的一个小例子可以很好地证明这一点。1996年10月16日《光明日报》上登了一篇文章,题目叫做《鲁迅"论"九十年代文化》。鲁迅早在20世纪30年代已去世,怎么还能出来"论"90年代文化呢? 原来作者把鲁迅当年写的文章照抄一遍,然后加一个小标题,来批评90年代媒介的一些不良现象。譬如说,《鲁迅论某些报刊之增广"闲文"》,鲁迅原文为:"七日一报,十日一谈,收罗废料,装进读者的脑子里去,看过一年半载,就满脑都是某阔人如何摸牌,某明星如何打嚏的典故。开心自然是开心的。但是人世却也要完结在这些欢迎开心的人们之中的罢。"这是鲁迅30年代写的文章,但我们读后的感觉却仿佛鲁迅针对的就是90年代某些报刊的所作所为。还有一则:《论出版社翻印之大量古旧破烂》:"'珍本'并不就是'善本',有些是正因为它无聊,没有人要看,这才日就灭亡,少下去;因为少,所以'珍'

---

　　① 《鲁迅全集》第1卷,第308页。

起来。"① 这是鲁迅《杂谈小品文》中的一节,读起来仿佛也在针砭当下的现实文化现象。鲁迅60多年前写的文章可以一字不动地在90年代发表,让你觉得他正在对当代中国的传媒界发言,这种"正在进行式"的存在,也正是人们对鲁迅至今仍有兴趣的一个很重要的原因。

即使进入21世纪的今天,传媒界的这些弊病也并没有消除:娱乐新闻整日报道"名人的起居注"、虚假新闻"腥、性、色"俱全、名为治病实为卖药欺人耳目的软广告、为出名不择手段10万元一版的征婚广告、买书订报看电视听广告都有奖,拨打热线发短信就可以得到美酒、首饰等,还有关于电影改编的争论,有关"文化大革命"报刊中所谓喉舌论的反思,媒体的责任与名人隐私,保护弱势群体话语权的问题等,都可在鲁迅的媒介批评中找到问题和答案。而前面一章所谈到的E时代网友们对鲁迅的设想和期望,也证明着他还在现实生活中和我们一起对话。

鲁迅曾说:"我有时决不想在言论界求得胜利,因为我的言论有时是枭鸣,报告着大不吉利事,我的言中,是大家会有不幸的。"② 所以,面对鲁迅在21世纪媒介的有些"言中",笔者的心情是非常复杂的:一方面感叹鲁迅批评媒介的历史眼光,另一方面又深为媒介根深蒂固的陋习而悲哀。

在本书的写作过程中,鲁迅思想的深刻性和复杂性,使笔者在接近他的时候,常常会陷入表述的尴尬。正如网友荆轲所说:"评论鲁迅是危险的事情!鲁迅是现代的中国最高的一根标尺,我们大多数人都是爬不到最上面那一节的。如果某人自负地认为可以轻易爬到顶,结果一爬,爬到'思想'那一节就'晕菜'了……难免让人产生一种'此人拿自己当猴耍儿'的感觉。"③

而最令笔者不安的是,鲁迅反对"摘句"似的引用"权威之言"。他说:"最能引读者入于迷途的,是'摘句'。它往往是衣裳上撕下来的一块绣花,经摘取者一吹嘘或附会,说是怎样超然物外,与尘浊无干,读者没有见过全体,便也被他弄得迷离惝恍。"④ 但是,他不可避

① 《鲁迅全集》第6卷,第432页。
② 同上书,第225页。
③ 葛涛:《被剪成碎片的鲁迅》,《鲁迅研究月刊》2001年第8期,第240页。
④ 《鲁迅全集》第6卷,第439页。

免地成为一个被"摘句"式的引用者，这正如鲁迅希望他的作品"速朽"，但他的作品却在一直不朽下去。王志之在鲁迅去世时就说："我相信，无论哪一种说法，都会在他的遗言上来寻章摘句作为自己的盾牌了。这，鲁迅先生是明白的。他说：一个伟人在生前总多挫折，处处遭人反对；但一到死后，就无不神通广大，受人欢迎。佛说一声'唵'，弟子皆有所悟，而所悟无不异。"①

也许，本书也正是所悟甚异的一类。毕竟，选择媒介批评这个新的角度来进行鲁迅研究是一种全新的尝试。因此，当笔者看到王朔说："有一点也许可以肯定，倘若鲁迅此刻从地下坐起来，第一个耳光自然要扇到那些吃鲁迅饭的人脸上，第二个耳光就要扇给那些'活鲁迅'、'二鲁迅'们。"② 的确心有所感。虽然笔者最初是因为对媒介批评的研究兴趣而选择了鲁迅，但在研究过程中对鲁迅、鲁迅研究的深入了解让笔者深深地感到：很多时候我们都是在误读鲁迅（其中也包括王朔自己）。而且，目前中国的学术研究日益时尚化，各种西方时髦的理论话语，被套用到各种研究的框架中，在写作中，如果不借用几个理论框架，就容易被认为是没有深度没有理论。不论是鲁迅研究，还是媒介批评研究，日益成为时尚话语中的一种映衬，很多文章借用流行的概念扫描鲁迅，扫描媒介，借用当下的舞台，表达自己的意愿，摘抄鲁迅语录而在兜售着自己的新闻观。这种看似深刻的思考，其实对研究对象是一种无情的讽刺。学术研究中的实用主义和时尚化倾向，在一定程度上对学科造成了伤害。

正如孙郁所说："鲁迅是不愿意自己被供奉起来的。他一生攻击最多的是被御用的文人，他的最基本的人生态度，乃是生命的有限性。但我们的研究者们，常常相信的是概念的永恒性，并且热衷于学术上的'宏大叙事'。鲁迅一生中要消解的，就是这东西，而不幸的是，他的研究者们，有许多追求的正是此物。对一个非体系化的存在进行体系化的梳理时，我们常常陷入自制的圈套。要么是悖论，要么乃荒唐。"③

也许，笔者也正陷入鲁迅所厌恶的"摘句"和试图体系化的梳理当

① 孙伏园：《鲁迅先生二三事》，河北教育出版社2000年版，第3页。
② 王朔：《我看鲁迅》，载陈漱渝《鲁迅风波》，大众文艺出版社2006年版，第189页。
③ 孙郁：《算是求疵》，载陈漱渝《鲁迅风波》，大众文艺出版社2006年版，第302页。

中去，这正是学术著作不可避免的症结所在。但无论如何，笔者对鲁迅媒介批评思想的研究，在遵循了《绪论》所陈述的研究态度和方法后，还是有所收获：

一、通过翔实的资料分析，辨析了鲁迅全集和新闻史中的一些史实、媒介批评学上的相关概念，更正了其中的错误，丰富了报刊史和媒介批评史的研究内容：

"新闻战"与媒介批评的界限问题。本书对现代媒介批评的生态萌芽进行分析后指出：利用媒介进行的思想论争或称"新闻战"，不应该被完全纳入媒介批评的范围。如果把媒介批评的外延扩大，则容易有把媒介批评泛化的倾向；中国现代媒介批评最初是文学批评在逐渐兴起的大众传媒或大众文化时代的一种延续，随着批评实践的勃发，建设性的、理性的、以价值评判为本质的媒介批评观念才逐步得以确立。

《顺天时报》报名、创办人和创刊时间的辨正。通过对《顺天时报》的报名、创办人的分析，指出《顺天时报》创刊的时间为12月1日，创刊号即用此名，创办人为中岛真雄。而至今北京图书馆文献中心关于《顺天时报》的收藏说明以及中下正治编《日本人在华经营报刊一览表》（研文社，1996），均记载此报初名为《燕京时报》，后改本名。甘惜分主编的《新闻学大词典》（1993）、支克坚主编的《简明鲁迅词典》（1998）、李华兴主编的《近代中国百年史辞典》（1987）、章开沅主编的《辛亥革命辞典》（1991）等词典也都持改名说，而且认为《顺天时报》创刊于10月。2005年出版的《鲁迅全集》中把创办人误为中岛美雄。

更正了《大晚报》的创刊日期，对《大晚报》进行了较为深入的研究。方汉奇先生主编的《中国新闻学之最》及袁义勤的《晚报的成功——〈大晚报〉杂谈》等文中均说《大晚报》创刊于2月12日。但据其主办人曾虚白亲口述录音并审订核稿的《新闻界三老兵》中资料确定，应为1月21日。目前大陆学界对《大晚报》的研究不多，本书对此的分析探讨丰富了新闻史的研究内容。

确认鲁迅是在中国传播列宁关于电影的重要论述的第一人。论文通过分析，确认了是鲁迅于1929年在中国首次传播了列宁关于电影的重要论述。此前，据李道新在《中国电影批评史》中的说法，是1932年6月王尘无第一次在中国介绍了列宁的这一观点。

《上海快车》是否在上海公映的问题。按 2005 年出版的《鲁迅全集》中所摘《大公报》的记载，此片在"一二八"抗战后曾放映过两天。可按照有关的不同资料分析，《上海快车》可能从未在上海公映，一些记载误把影片《不怕死》与此片混淆。

此外，还有对鲁迅"唐俟"这一笔名的不同解释等资料的辨析研究。

二、在综合分析鲁迅新闻思想和传播思想的基础上，观照他的媒介批评思想，探讨他与媒介空间的互动关系。并且，在一个历史的时空坐标上，透视了民国初期的媒介环境和批评生态，分析了近代资产阶级改良派新闻理论的集大成者梁启超、中国马克思主义新闻思想的先驱李大钊以及资产阶级自由主义思想的代表人物胡适等的媒介批评思想，并与鲁迅相比较，由此印证了鲁迅在现代媒介批评史上的开拓意义：

首先表现为批评精神的独立。这种独立自由的批评姿态，是鲁迅媒介批评中最为难能可贵的一点，也是他与前人梁启超、同时代人胡适等的重大区别。鲁迅寻求的是既不帮忙也不帮闲的批评之路、创新之路。而鲁迅之前的梁启超和曾与鲁迅一起在《新青年》并肩作战的胡适等，都没有超越这个批评的界限。

其次表现为批评领域的开拓。鲁迅的媒介批评范围涉及很广，从各种报刊到中外电影、通讯社、广告以及书报审查制度等，除了对当时新兴的尚未普及的电视没有发表评价外，基本涵盖了当时流行的大众传媒。从媒介环境到受众观，从媒介的商品性到媒介制度，从新闻从业者的职业道德到有闻必录新闻观，从好莱坞的文化侵略到媒介素养教育……与前人及同时代人相比，鲁迅开拓了许多新的批评领域。

最后，能反映其在现代媒介批评史上具有开拓意义的最重要标志，是一些媒介批评专文和专著的诞生。除了《论"人言可畏"》、《〈某报剪注〉按语》、《"滑稽"例解》和《中国的科学资料——新闻记者先生所供给的》、《"小童挡驾"》、《剪报一斑》、《言论自由的界限》等针对报刊、电影、广告、媒介制度等不良现象所做的批评专文外，对《萧伯纳在上海》一书的重新认识可以让我们确认其在中国现代媒介批评史上的开拓性意义。

通过对纵、横两方面的分析、比较，我们可以发现：纵观现代文坛、报界，像鲁迅一样，涉猎媒介之广，批评之深的，无人能出其右。

因此，称他为"现代媒介批评的开拓者"，实不为过。

但是，我们也应该看到，鲁迅的媒介批评是以文学家的姿态出现的，他以文学敏感和情感体验切入思考，认识问题深刻、敏锐，但也有不全面、不系统的特点。鲁迅的媒介批评往往只是一些零碎的、片断的感受，他不在意具有一定规模的篇章结构的营造，因此在批评的学术化、概念的精确化、阐释的理论化上都还有明显的不足。另外，鲁迅的风格就是逆反思维、不合作精神以及批判的话语方式。他所能提供的是一种思想观照和精神指向性的提醒，而不是追求科学完备的解决方案。这正是作为一个垦荒者的典型特征。

这也正如孙伏园在鲁迅逝世五周年杂感中所写："鲁迅先生确不像一个哲学家那样，也不像一个领导者那样，为别人了解与服从起见，一定要将学说组成一个系统，有意地避免种种的矛盾，不使有一点罅隙；所以他只是一个作家、学者，乃至思想家或批评家。"①

三、研究过程中所参照互阅的新闻传播学、媒介批评学、西方传播批判理论、电影学等方面的交叉学科研究，也让本书有一些新的发现：

鲁迅在谈到"流言报"时，引用《推背图》是另有深意的。前人研究时，对《推背图》的这一层意思多有疏忽，大部分都只着重谈文章一开始提到的"正面文章反面看"的说法，却并未注意到鲁迅用这个"推背图"的真正含义——"真伪杂糅"的"混"字是比单纯的流言传播更加恶劣的伎俩。

鲁迅在对"有闻必录"新闻观的批驳中，不仅批评了新闻界"闻"和"录"中新闻的选择性和真实性问题，还提出了新闻报道要对弱势人群加以保护的问题，并针对受众的心理进行了鞭辟入里的剖析。

鲁迅在愤怒声讨书报审查制度，呼唤言论自由的时候，曾任教育部通俗教育研究会小说股审核干事，负责制定议案、查禁书籍的历史，却往往为研究者所忽视。从禁书者到被禁者，这样的角色转变带来了怎样媒介观的转向？如何影响他对媒介的批评态度？这些问题都可以从他这段禁书者的历史中找到答案。

鲁迅在电影艺术品格上对纪实美学风格的认同，这一点在以前较少受到研究者的关注。鲁迅人生的中后期，正是世界电影中的纪录片前所

----

① 孙伏园：《鲁迅先生二三事》，河北教育出版社 2000 年版，第 76 页。

未有的鼎盛时期。世界写实主义电影思潮的肇兴和繁荣，与东方的、以现实主义文学实践为宗旨的鲁迅在心灵深处生成共鸣，对鲁迅的电影批评产生了一定影响。

鲁迅在对官报和帮闲报刊利用制造舆论热点的方法，转移公众对重大政治事件注意力的手法进行分析时，指出他们一是插科打诨，把受众的注意力从国家的生死存亡这些重要话题转引到恋爱、色情等庸俗之事上。二是以道德家的身份捣鬼，让告诫受众的警世者化为丑角，让受众的希望化为乌有。三是当没有这样的事件时，那就七日一报，十日一谈，收罗废料，用阔人、明星的琐事来填充受众的头脑。鲁迅的上述分析，与马尔科姆·麦库姆斯和唐纳德·肖于 1972 年提出的议程设置理论有异曲同工之妙。

鲁迅希望通过媒介批评，使受众具有独立的批评意识，成为明白的读者。这是鲁迅在媒介素养思想方面的一点萌芽。他和瞿秋白编辑的《萧伯纳在上海》一书的目的，一方面希望把各方不同态度的文章剪辑下来，使读者识鉴自明；另一方面着重暴露各家新闻媒体针对同一新闻事实进行报道和评论时，如何表现他们的不同政治立场和主观倾向。这是此书对各家新闻媒体进行新闻批评时的最主要的思维特色。这种媒介批评的理论取向和分析方法，与西方传播学批判学派可谓殊途同归。

因此，在鲁迅的媒介批评中，既有对新闻界弄笔杀人，让阮玲玉哀叹"人言可畏"的道德批评，也有对官报在指挥刀下进行文化围剿的政治批评；既有吸收了马克思主义理论对言论自由阶级性的批判，也有关注好莱坞电影在中国文化侵略的后殖民批评；既有关注新女性命运的女权主义批评，也有对媒介不能正确反映现实生活的现实主义批评……

四、本书把握了历史与纵横这个立体的空间，关注鲁迅媒介批评的原则与取向、批评的范围等方面，最后仍然回到当代的新媒介时空，探讨了 21 世纪 E 时代的情境下，在这一最具活力与自由的媒体里，网络时评家的兴起以及鲁迅独立自由的批评精神在当今社会的深远影响和意义。

这一部分正是鲁迅的媒介批评思想具有现实意义的根源所在。密切关注鲁迅媒介批评思想与时下传媒界的关系，是本书写作中的一个重要支撑。媒介批评的价值，不在于一般意义上的说"是"，而在于有针对性的说"不"。有些话虽然别人也说，但在鲁迅笔下却获得了新意，甚至整个被刷新,成为他的独特表述。本书尽量挖掘、分析了为鲁迅所独有的媒介批评思想,并与 21 世纪 E 时代的新媒介时空紧密相连,探讨了其在当今社会的延续性。

但是,由于此选题是一个交叉学科的研究,笔者才疏学浅,对鲁迅研究不甚精深,而且目前中国现代媒介批评史的研究还处于起步阶段,可参照的资料非常贫乏,再加上学科视野和研究时间的限制,本书不可避免会存在一些错误,也留下了不少遗憾:比如对鲁迅媒介批评思想的来源的挖掘还不够深入,对其与媒介空间的互动关系也由于篇章所限没有更深入地展开,等等。

其实,关于中国现代知识分子与媒介空间的互动,他们对媒介的批评及其对公共舆论空间、民主进程的促进,是一个很有意思值得再深入研究下去的话题。本来设想的题目打算研究中国现代民主知识分子的媒介批评思想,但因为题目比较大,涉及十几个人物和众多现代报刊,怕不能做深做好。所以最终决定将切口缩小,确定为鲁迅一人。在与前人和同时代人的比较中,由于篇章所限,只选取了梁启超、李大钊、胡适这三个代表人物,其实,诸如陈独秀、蔡元培等也都是非常有价值的选择。在以后的研究工作中,如果能够把中国现代民主知识分子与媒介空间的这种互动、依存关系深入展开研究,就会对现代媒介批评史有一个全新的把握,也能对鲁迅在现代媒介批评史上的地位和作用有一个更为宏观和客观的评价。这些都期待以后有机会能在后续研究工作中得以实现。

参考文献

许纪霖编：《20世纪中国知识分子史论》，新星出版社2005年版。

陆弘石：《中国电影史1905—1949》，文化艺术出版社2005年版。

刘思平、邢祖文选编：《鲁迅与电影》（资料汇编），中国电影出版社1981年版。

方汉奇主编：《中国新闻学之最》，新华出版社2005年版。

雷跃捷：《媒介批评》，北京大学出版社2007年版。

李泽厚：《中国现代思想史论》，天津社会科学院出版社2003年版。

戴元光：《中国传播思想史》，上海交通大学出版社2005年版。

徐培汀、裘正义：《中国新闻传播学说史》，重庆出版社1994年版。

胡太春：《中国近代新闻思想史》，山西人民出版社1987年版。

李秀云：《中国现代新闻思想史》，中国社会科学出版社2007年版。

方汉奇：《方汉奇文集》，汕头大学出版社2004年版。

胡正强：《中国现代报刊活动家的思想评传》，新华出版社2003年版。

张育仁：《自由的历险——中国自由主义新闻思想史》，云南人民出版社2003年版。

蔡尚伟：《百年双城记——成都·重庆的城市文化与传媒》，四川大学出版社2005年版。

方汉奇：《新闻史的奇情壮彩》，华文出版社2000年版。

蔡铭泽：《〈向导〉周报研究》，福建人民出版社2004年版。

马光仁：《上海新闻史》，复旦大学出版社1996年版。

王洪祥：《中国现代新闻史》，新华出版社1997年版。

郭汾阳、丁东：《报馆旧踪》，江西教育出版社1999年版。

郑逸梅：《书报话旧》，学林出版社1983年版。

刘海贵:《中国现当代新闻业务史导论》,复旦大学出版社 2002 年版。

冯并:《中国文艺副刊史》,华文出版社 2001 年版。

张之华:《中国新闻事业史文选》,中国人民大学出版社 1999 年版。

程庆光:《集报》,辽宁教育出版社 1998 年版。

刘小清、刘晓淇:《中国百年报业掌故》,江苏人民出版社 2000 年版。

陈昌凤:《蜂飞蝶舞——旧中国著名报纸副刊》,福建人民出版社 1999 年版。

李文绚:《报章血痕——中国新闻史上被残杀的报人》,福建人民出版社 1999 年版。

焦国标:《名士风流——文化名人的报刊生涯》,福建人民出版社 1999 年版。

薛飞:《凌云健笔——中国记者中的大手笔》,福建人民出版社 1999 年版。

陈彤旭:《出奇制胜——旧中国的民间报业经营》,福建人民出版社 1999 年版。

杨钟岫、文世昌:《风雨传媒》,重庆出版社 2006 年版。

傅国涌:《笔底波澜——百年中国言论史的一种读法》,广西师范大学出版社 2006 年版。

傅国涌:《文人的底气——百年中国言论史剪影》,云南人民出版社 2007 年版。

傅国涌:《1949 年:中国知识分子的私人记录》,长江文艺出版社 2005 年版。

李彬、涂鸣华:《百年中国新闻人》,福建人民出版社 2006 年版。

徐铸成:《徐铸成回忆录》,生活·读书·新知三联书店 1998 年版。

中共中央马、恩、列、斯著作编译局:《五四时期期刊介绍》,生活·读书·新知三联书店 1979 年版。

《中国报界交通录》,燕京大学新闻系编印 1933 年版。

宋云彬:《红尘冷眼:一个文化名人笔下的中国三十年》,山西人民出版社 2002 年版。

曹聚仁:《鲁迅评传》,复旦大学出版社 2006 年版。

邵燕祥、朱正：《重读鲁迅》，东方出版社 2006 年版。

谢泳：《胡适还是鲁迅》，中国工人出版社 2003 年版。

鲁迅：《鲁迅全集》，人民文学出版社 2005 年版。

吴俊：《鲁迅评传》，百花洲文艺出版社 1997 年版。

陈漱渝：《谁挑战鲁迅》，四川文艺出版社 2002 年版。

孙郁：《鲁迅与胡适》，辽宁人民出版社 2000 年版。

王富仁：《中国鲁迅研究的历史与现状》，浙江人民出版社 1999 年版。

朱晓进：《鲁迅文化观综论》，陕西人民教育出版社 1996 年版。

乐黛云：《国外鲁迅研究论集》，北京大学出版社 1981 年版。

郜元宝：《鲁迅六讲》，上海三联书店 2000 年版。

汪幸福：《胡适与〈自由中国〉》，湖北人民出版社 2004 年版。

张晓唯：《蔡元培与胡适》，中国人民大学出版社 2003 年版。

胡适：《胡适全集》，安徽教育出版社 2003 年版。

李燕珍编：《胡适自述》，北京团结出版社 1996 年版。

胡明：《胡适思想与中国文化》，广西师范大学出版社 2005 年版。

周质平：《胡适与中国现代思潮》，南京大学出版社 2002 年版。

朱文华：《鲁迅、胡适、郭沫若连环比较评传》，上海文艺出版社 1991 年版。

李敖：《胡适研究》，中国友谊出版公司 2006 年版。

李敖：《胡适评传》，文汇出版社 2003 年版。

李敖编：《胡适语粹》，文汇出版社 2003 年版。

章清编：《胡适学术文集：哲学与文化》，中华书局 2001 年版。

沈寂主编：《胡适研究》，安徽教育出版社 2000 年版。

夏晓虹选编：《胡适论文学》，安徽教育出版社 2006 年版。

胡适：《容忍与自由：胡适演讲录》，京华出版社 2006 年版。

胡适主编：《努力周报》，岳麓书社 1999 年版。

胡适主编：《独立评论》，岳麓书社 1999 年版。

黄艾仁：《胡适与著名作家》，安徽大学出版社 1998 年版。

蔡清隆：《胡适的社会思想》，台北巨流图书公司 1998 年版。

易竹贤：《新文学天穹两巨星：鲁迅与胡适》，武汉大学出版社 2005 年版。

[美] 周明之:《胡适与中国现代知识分子的选择》,雷颐译,广西师范大学出版社 2005 年版。

胡明:《胡适思想与中国文化》,广西师范大学出版社 2005 年版。

董德福:《梁启超与胡适:两代知识分子学思历程的比较研究》,吉林人民出版社 2004 年版。

张晓唯:《蔡元培评传》,百花洲文艺出版社 1997 年版。

聂振斌选注:《蔡元培文选》,百花洲文艺出版社 2006 年版。

蔡元培:《蔡孑民先生言行录》,广西师范大学出版社 2005 年版。

蔡元培:《蔡元培自述》,河南人民出版社 2004 年版。

蔡尚思:《蔡元培》,江苏古籍出版社 1982 年版。

康振常:《蔡元培传》,上海人民出版社 1985 年版。

高平叔撰著:《蔡元培年谱长编》,人民教育出版社 1998 年版。

中国蔡元培研究会编:《蔡元培全集》,浙江教育出版社 1997—1998 年版。

蔡尚思:《蔡元培学术思想传记》,棠棣出版社 1950 年版。

桂勤编:《蔡元培学术文化随笔》,中国青年出版社 1996 年版。

蔡元培、张元济:《蔡元培张元济往来书札》,台北中央研究院中国文哲研究所筹备处 1990 年版。

高平书编:《蔡元培语言及文学论著》,河北人民出版社 1985 年版。

蔡建国编:《蔡元培画传》,上海人民美术出版社 1988 年版。

蔡元培研究会编:《论蔡元培》,旅游教育出版社 1989 年版。

陈纪滢:《胡政之与大公报》,香港:掌故月刊社 1974 年版。

刘淑玲:《大公报与中国现代文学》,河北教育出版社 2004 年版。

吴廷俊:《新记〈大公报〉史稿》,武汉出版社 1994 年版。

王芝琛、刘自立:《1949 年以前的大公报》,山东画报出版社 2002 年版。

王芝琛:《一代报人王芸生》,长江文艺出版社 2004 年版。

王芝琛:《王芸生与大公报》,中国工人出版社 2001 年版。

周雨:《王芸生》,人民日报出版社 1996 年版。

王芸生:《芸生文存》,大公报馆 1937 年版。

方汉奇主编:《〈大公报〉百年史》,中国人民大学出版社 2004 年版。

周雨编：《大公报人忆旧》，中国文史出版社 1991 年版。

周雨：《大公报史》，江苏古籍出版社 1993 年版。

贾晓慧：《大公报新论》，天津人民出版社 2002 年版。

《大公报一百周年报庆丛书》编委会：《我与大公报》，复旦大学出版社 2002 年版。

侯杰：《〈大公报〉与近代中国社会》，南开大学出版社 2006 年版。

方蒙：《〈大公报〉与现代中国大事实录》，重庆出版社 1993 年版。

陈纪滢：《抗战时期的大公报》，台北黎明文化事业公司 1981 年版。

徐铸成：《报人张季鸾传》，生活·读书·新知三联书店 1986 年版。

中国人民政治协商会议陕西省榆林市委员会编：《张季鸾先生纪念文集》，陕西人民教育出版社 1991 年版。

胡霖编：《季鸾文存》，大公报馆 1947 年版。

张季鸾：《季鸾文存》，大公报馆 1944 年版。

张季鸾：《季鸾文存》，上海书店 1989 年版。

朱传誉主编：《张季鸾传记资料》，台北天一出版社 1979 年版。

邹嘉骊等编著：《韬奋年谱》，上海文艺出版社 2005 年版。

三联书店编：《韬奋画传·经历·患难余生记》，生活·读书·新知三联书店 2004 年版。

邹韬奋：《事业管理与职业修养》，学林出版社 2004 年版。

邹韬奋：《韬奋书话》，学林出版社 2000 年版。

邹韬奋：《韬奋自述》，学林出版社 2000 年版。

邹韬奋：《我的出版主张》，广西教育出版社 1999 年版。

邹韬奋：《经历》，岳麓书社 1999 年版。

邹韬奋：《韬奋全集》，中国韬奋基金会韬奋著作编辑部 1995 年版。

关东生编：《韬奋读者信箱》，中国城市出版社 1998 年版。

潘大明：《韬奋人格发展的轨迹》，上海文艺出版社 1998 年版。

胡愈之等：《众说韬奋》，学林出版社 2000 年版。

陈挥：《韬奋传》，江西人民出版社 2001 年版。

武志勇：《韬奋经营管理方略》，中央编译出版社 2000 年版。

钱小柏、雷群明：《韬奋与出版》，学林出版社 1983 年版。

邹韬奋纪念馆编：《邹韬奋研究》，学林出版社 2005 年版。

邹韬奋：《韬奋新闻出版文选》，学林出版社 2000 年版。

蒋丽萍、林伟平:《民间的回声——新民报创始人陈铭德邓季惺传》,新世界出版社 2004 年版。

陈铭德等:《〈新民报〉春秋》,重庆出版社 1987 年版。

中国人民大学新闻系辑:《关于研究新民报的材料》,中国人民大学新闻系 1957 年版。

张友鸾:《战时新闻纸》,中山文化教育馆 1938 年 12 月。

张友鸾:《去到敌人后方办报》,中山文化教育馆 1939 年版。

张钰选编:《胡子的灾难经历——张友鸾随笔选》,十月文艺出版社 2005 年版。

《张友鸾纪念文集》,文汇出版社 2000 年版。

张恨水:《张恨水全集》,北岳文艺出版社 1993 年版。

袁进:《张恨水评传》,湖南文艺出版社 1988 年版。

张占国、魏守忠编:《张恨水研究资料》,天津人民出版社 1986 年版。

刘少文:《大众媒介打造的神话:论张恨水的报人生活与报纸化文本》,中国社会科学出版社 2006 年版。

中国人民大学港澳台新闻研究所:《报海生涯——成舍我百年诞辰纪念文集》,新华出版社 1998 年版。

张友鸾等:《世界日报兴衰史》,重庆出版社 1982 年版。

徐铸成:《报海旧闻》,上海人民出版社 1981 年版。

庞荣棣:《现代报业巨子——史量才》,上海教育出版社 1999 年版。

宋军:《申报的兴衰》,上海社会科学院出版社 1996 年版。

《申报索引》编辑委员会:《申报索引》,上海书店 1991 年版。

唐弢主编:《〈申报〉自由谈杂文选:1932—1935》,上海文艺出版社 1987 年版。

《申报》影印组编:《申报介绍》,上海书店 1983 年版。

徐忍寒编著:《申报七十七年史料》,上海(出版者不详)1962 年版。

张梓生等主编:《申报年鉴》,上海申报馆特种发行部 1933 年版。

《申报月刊》,上海申报馆月刊社,1932—1935。

《申报每周增刊》,上海申报馆,1936—1937。

《生力》,申报新闻函授学校同学会,1936—1937。

《最近之五十年：申报馆五十周年纪念》，上海申报馆 1923 年版。

林慰君：《我的父亲林白水》，政协会议北京市委员会文史资料研究委员会 1989 年版。

郭汾阳：《铁肩辣手：邵飘萍传》，浙江人民出版社 2006 年版。

散木：《乱世飘萍：邵飘萍和他的时代》，南方日报出版社 2006 年版。

邵飘萍：《实际应用新闻学》，北京京报馆 1923 年版。

邵飘萍：《新闻学总论》，北京京报馆 1924 年版。

旭文：《邵飘萍传略》，北京师范大学出版社 1990 年版。

方汉奇编：《邵飘萍选集》，中国人民大学出版社 1987 年版。

华德韩：《邵飘萍传》，杭州出版社 1998 年版。

曹聚仁：《文坛五十年》，上海东方出版中心 2006 年版。

蔡鲜美：《论中国近现代新闻思想的发展》，兰州大学硕士论文，1998 年。

高鹏铭：《试论中国现代民营报人的新闻专业主义思想及实践》，华中师范大学硕士论文，2006 年。

黄旦：《"耳目"与"喉舌"的历史性转换：中国百年新闻思想主潮论》，复旦大学博士论文，1998 年。

李宏：《五四时期的大众媒介与民主思潮》，武汉大学硕士论文，2005 年。

王博：《简论胡适新闻思想》，河北大学硕士论文，2006 年。

杨风华：《自由的平台——〈努力周报〉研究》，上海师范大学 2004 年版。

黄旦：《五四前后新闻思想的再认识》，《浙江大学学报》（人文社会科学版）2000 年第 4 期。

蔡铭泽：《论三十年代初期中国的舆论环境》，《中国人民大学学报》1994 年第 3 期。

姜红：《现代中国自由主义新闻思想的流变》，《新闻与传播研究》2005 年第 2 期。

蔡铭泽：《三十年代国民党新闻政策的演变》，《新闻与传播研究》1996 年第 2 期。

林华：《二十世纪二十年代北京的几家日报社》，《人民政协报》

2003 年 2 月 13 日。

薛新力:《抗战时期重庆的新闻出版事业》,《渝州大学学报》1998年第 1 期。

宁树藩:《"有闻必录"考》,《新闻研究资料》总第 34 辑,中国新闻出版社 1986 年版。

曾宪明:《旧中国民营报人同途殊归现象分析》,《新闻与传播研究》2003 年第 2 期。

任建:《鲁迅与报刊的改革》,《新闻记者》1986 年第 10 期。

胡正强:《鲁迅论谣言及其传播》,《新闻界》2004 年第 6 期。

胡正强:《鲁迅的新闻批评实践及其思想论略》,《新闻界》2004 年第 4 期。

余章瑞:《鲁迅对报刊材料的应用》,《新闻战线》1979 年第 4 期。

张梓轩:《鲁迅报刊思想浅析》,《理论学习》2005 年第 9 期。

黄侯兴:《鲁迅的报刊思想》,《中国社会科学院研究生院学报》1983 年第 5 期。

吴海民:《鲁迅对新闻失实的批判》,《新闻爱好者》1986 年第 12 期。

王颖吉、李筑:《蔡元培早期报刊宣传活动论略》,《贵州大学学报》2003 年 9 月。

汪振军:《新闻自有品格——蔡元培新闻思想述评》,《当代传播》2006 年第 5 期。

胡正强:《蔡元培新闻思想论略》,《新闻与传播研究》1996 年第 2 期。

张巧玲:《蔡元培的办报活动与新闻思想》,《青年记者》2006 年第 4 期。

关肇昕:《蔡元培新闻思想初探》,《南京师范大学学报》1993 年第 3 期。

方汉奇:《一代报人胡政之》,《新闻与写作》2005 年第 1 期。

胡政之:《我的理想中之新闻事业》,《新闻学研究》1932 年。

胡政之:《中国新闻事业》,《新闻学刊全集》,上海光华书局 1930年版。

方汉奇:《一代报人胡政之》,《新闻与写作》2005 年第 1 期。

张娟丽：《报业巨子胡政之》，中国人民大学硕士论文，2005 年。

向武、赵战花：《"报界"巨子胡政之》，《今传媒》2005 年第 5 期。

付阳、王瑾：《胡政之与 1916—1920 年的〈大公报〉》，《书屋》2004 年第 12 期。

李云豪：《张季鸾办报思想探析》，南昌大学硕士论文，2005 年。

程沧波：《我所认识的张季鸾先生》，台湾《传记文学》第 30 卷第 6 期。

胡香：《报业宗师张季鸾》，《新西部》2003 年第 5 期。

施喆：《自由主义职业报刊理念的探寻与游移——张季鸾新闻思想述评》，《新闻大学》2002 年秋季号。

张季鸾：《无我与无私》，《新闻记者》（中国青年新闻记者学会）第 1 卷第 3 期，1938 年 6 月 1 日。

散木：《"一代报人"的王芸生》，《读书》2005 年第 10 期。

甘竞存：《一代报业宗匠王芸生》，《文史精华》2001 年第 8 期。

陈建新：《百年沧桑载沉浮：新记〈大公报〉研究述评》，香港《中国传媒报告》2004 年第 4 期。

韩晓：《新记大公报的职业化理念与实践》，武汉大学硕士论文，2005 年。

顾承卫、杨小明等：《新闻巨擎史量才的传媒观探析和启示》，《西安电子科技大学学报》2006 年 5 月版。

董天策、谢影月：《"史家办报"思想探究》，《新闻大学》2006 年 2 月。

吉家友：《史量才的报刊活动及编辑思想》，《信阳师范学院学报》1995 年 7 月。

黄新宪：《林白水的社会启蒙思想探略》，《河北师范大学学报》2006 年 7 月。

王开林：《千秋白水文章》，《书屋》2005 年第 8 期。

王仲莘：《白话报的鼻祖 通俗化的大师》，《炎黄纵横》2006 年第 8 期。

曾以亮：《乱世飘萍》，《书屋》2005 年第 8 期。

卢贤松：《邵飘萍新闻学说的基本思想和现实意义》，《新闻实践》

2005 年第 1 期。

方汉奇:《纪念邵飘萍》,《新闻与写作》1985 年第 3 期。

孙晓阳:《论邵飘萍的办报思想》,《新闻学论集》第 9 辑,中国人民大学出版社 1985 年版。

邵飘萍:《我国新闻学进前之趋势》,《报学讨论集》,四川新闻学会 1929 年版。

邵飘萍:《中国新闻学不发达之原因及其事业之要点》,《新闻学名论集》,上海联合书店 1930 年版。

刘雪飞:《成舍我〈世界日报〉成功经验及启示》,《湖北大学成人教育学院学报》2006 年第 4 期。

徐少红:《成舍我的报人生涯》,《民国春秋》1998 年第 5 期。

成舍我:《三种报纸的出路》,《报展》(上海复旦大学 30 周年纪念·世界报纸展览会纪念刊),1936 年 1 月。

成舍我:《我所理想的新闻教育》,《报学季刊》第 1 卷第 3 期,1935 年 3 月 29 日。

成舍我:《“纸弹”亦可歼敌》,《新闻记者》(中国青年新闻记者学会)第 1 卷第 3 期,1938 年 6 月 1 日。

成舍我:《“纸弹”亦可歼敌》(续完),《新闻记者》(中国青年新闻记者学会)第 1 卷第 4 期,1938 年 7 月 1 日。

成舍我:《中国报纸之将来》,《新闻学研究》1932 年。

成舍我、马星野等:《当前报业的几个实际问题》,《新闻学季刊》第 3 卷第 2 期,1947 年 12 月 25 日。

傅国涌:《一代报人成舍我》,《炎黄春秋》2003 年第 10 期。

陈云阁:《重庆世界日报记实》,《新闻与传播研究》1981 年第 4 期。

余望:《论成舍我的新闻人才观》,《出版科学》2006 年第 2 期。

徐少红:《成舍我与南京〈民生报〉》,《南京史志》1998 年第 4 期。

萨空了:《我与〈立报〉》,《新闻研究资料》总第 25 辑,中国社会科学出版社 1984 年 5 月版。

郑连根:《陈铭德邓季惺夫妇和〈新民报〉》,《炎黄春秋》2005 年第 4 期。

秦松：《〈新民报〉女老板邓季惺的经营之道》，《西南农业大学学报》（社会科学版）2006 年第 2 期。

张林岚：《鹅庐女主人——忆新民报老经理邓季惺先生》，《新闻记者》1995 年第 11 期。

徐静、李传玺：《隐忍下的"作育新民"——谈新民报的办报态度与宗旨》，《新闻爱好者》1999 年第 11 期。

方汉奇：《办报圣手张友鸾》，《新闻与写作》2005 年第 6 期。

张钰：《报坛驰骋 30 年——记先父张友鸾新闻工作经历》，《新闻与传播研究》1991 年第 1 期。

钰锦、济人：《张友鸾的传奇人生》，《钟山风雨》2004 年第 5、6 期。

钟怀：《一个老报人留下的精神财富》，《传媒观察》2001 年第 2 期。

张涛甫：《报人作家张恨水》，《中华新闻报》2003 年 12 月 19 日。

张涛甫：《张恨水的报人角色》，《中国现代文学研究丛刊》1998 年第 4 期。

胡正强、戎志毅：《张恨水的编辑素质观》，《编辑之友》1999 年第 3 期。

胡正强、沙永梅：《张恨水报刊编辑实践及其思想述略》，《湘潭大学社会科学学报》1999 年第 12 期。

萧笛：《张恨水的新闻生涯》，《新闻界》1995 年第 4 期。

中原：《张恨水是新闻工作者》，《新闻记者》1995 年第 6 期。

孙世恺：《写小说办报兼而得之》，《新闻与写作》1994 年第 10 期。

余望、袁丰雪：《张恨水的副刊编辑艺术》，《编辑之友》2006 年第 3 期。

邹韬奋：《大报和小报》，《大众生活》创刊号，1935 年 11 月 16 日。

高亮：《亲民的读者观：邹韬奋报刊理念评析》，《湖南大众传媒职业技术学院学报》2005 年第 7 期。

谈嘉佑：《邹韬奋新闻思想探析》，《南京政治学院学报》1996 年第 3 期。

胡正强：《试论邹韬奋的新闻批评实践及其思想》，《新闻界》2005 年第 5 期。

徐新平:《邹韬奋大众新闻思想述论》,《湖南大众传媒职业技术学院学报》2004 年第 10 期。

张亚华:《试论邹韬奋新闻思想的内涵及其在当今的拓展》,《中央社会主义学院学报》1997 年第 9 期。

吴端民:《论邹韬奋报刊思想的民众观》,《编辑学报》1998 年第 10 卷第 2 期。

董霞:《民众观是邹韬奋报刊思想的核心》,《山东省青年干部管理学院学报》2002 年第 3 期。

后 记

收拾书房时，偶然发现自己多年前的篆刻，朱红色的印泥在薄薄的棉纸上依然清晰，而岁月中伴着台灯以刀做笔的情景却模糊了。就好像直到现在，一直不敢喝文山包种茶，因为记忆中的它总跟坐冷板凳的学术时光相连。

从开始撰写本书起，就喝从台湾带回的文山包种茶。每天，以一杯清茶开始，让发晕的头脑清醒。春节停笔几天，没有喝茶，没有写字。正月初九下午，终于又打起精神开始继续。沸腾的泉水注入紫砂壶中，文山包种茶泛起甘甜的清香，让我瞬间回到了往日写作的记忆中，思绪又开始沉浸在现代中国的语境里。板凳坐得十年冷，文章得失寸心知。就这样坚持下来，经秋至冬，从春到夏。

本书最早确定的题目为"报刊的烛光，历史的针砭——中国现代民主知识分子的媒介批评"，题目较大，容易挖出坑而不易掘成井。在多方搜集资料后，最终决定将切口缩小，确定为鲁迅一人。但题目涉及媒介批评和鲁迅研究两个方面，这样的跨学科研究，历程可谓艰苦。特别是选题涉及鲁迅，既有夺人的光环也笼罩着无数阴影。"率性而言，凭心立论，忠于现世，望彼将来。"这是鲁迅对媒介的期许，也鼓励着我在写作中坚持自己的原则。虽然达不到这样的标准，但也希望能尽力而为。这30万字的书稿里，既有与前人交错时空的会心一笑，也有学力不足留下的诸多遗憾。但无论如何，自己在写作中收获和坚持了一种理性的批评精神，这就够了。

当穿梭在图书馆长长的书架和走廊中，有时候，只能听到自己脚步声的回响。坐在宽大的书桌前，看周围顶天而立的书架，感觉到那句话的存在："听，先知的话语在寂静之声中轻轻地传递……"

当深夜跑完步，躺在宿舍楼下宽大的草坪上仰望星空时，就会想到康德的那句话："我所敬畏的只有头上的星空和内心的道德。"当人们为了理想，为了真理，为了真善美而奋斗的时候，是最无所畏惧的。

从确定选题到不断修改到最后定稿出版，历时六年。这其间自己走了很多地方，经历了生命中的许多转折。书稿得以出版，首先要感谢中国青年政治学院！感谢学校对学术研究的大力支持！这凝聚了几年心血的学术专著才没有尘封而得以面世！

感谢清华！在清华园里，我度过了六年的苦读光阴。荷塘里的鸣虫，草地上的喜鹊，盖着皑皑白雪的清华学堂东北角就是新闻与传播学院的文西楼。是我的恩师刘建明教授引领我走进理论的殿堂，给了我学习的方向和努力的源泉。永远难以忘记文西楼三楼东侧小屋，刘老师在办公室里留给我的启迪人生的谈话和催人奋进的话语，更难忘他一字一句一个标点帮我们修改论文的情景。刘老师无私、勤奋、关爱学生的精神，永远是我学习的榜样。特别是在自己也为人师后，更加体会到刘老师难以超越的师德。"你们一定要多读书，多思考。"他沉稳而有力的声音，常常回荡在我的脑海中，每当自己因为各种原因要松懈时，这有力的声音都会督促我前进。

感谢（原）鲁迅博物馆馆长孙郁老师的无私帮助！他热情接待了我这个莽撞的跨学科研究者，肯定了本书的价值，解答了我的很多疑问，并欣然参加了最后的论文答辩。前辈的研究风范和为人品格由衷敬仰！

感谢我的家人！父母不仅赐予了我生命，也一直关注我的成长。母亲开朗通达，几次卧病在床却怕影响我的学生而隐瞒了消息。父亲勤奋为学的精神一直是我的楷模，他仔细通读了全书并提出了很好的意见。姐姐、姐夫在我不能尽孝的时候，承担了照顾父母的重任。感谢相濡以沫的爱人一直鼓励我，帮我借阅了几百本书籍，女儿纯净的眼睛让我坚持下去。家人是我生命中最温暖的所在，没有他们的理解、支持和关爱，就没有今天的我。

最后，还是以鲁迅的茶语来结束吧。这位外表严肃、内心其实颇为有趣的老人与我同乡，也极爱喝茶。他这么形容这生于山间，死在锅里，葬于罐内，活在杯中，被热水复苏了的绿色精灵："色清而味甘，微香而小苦。"没有过多华丽的词藻，没有过多深刻的升华，仅仅十个字便道尽了茶的味道，人生的味道。谨以此与爱茶、做学术的同道共勉，也激励自己在未来之路继续前行。

作者

2012 年 3 月 9 日

壬辰年仲春于木雨轩